Cathrin Moeller, Diplomsozialpädagogin, arbeitete unter anderem in Resozialisierungsprojekten. Neben der Arbeit an den eigenen Texten, darunter der *Spiegel*-Bestseller «Wolfgang muss weg!», coacht sie kulturelle Bildungsprojekte. Sie wohnt mit ihrem Mann, einem Kriminalhauptkommissar, in der Nähe von Leipzig. Nach «Todesglut», dem ersten Fall der «Akademie des Verbrechens» auf Rügen, folgt nun mit «Todesklinge» der zweite Band.

Stimmen zu «Todesglut»:

«Diese ‹Todesglut› wird erst der Anfang sein (...), handfest und knallhart (...), in einem atemraubenden Showdown gelöst.» Christine Jacob, *Leipziger Volkszeitung*

«Wenn Sie Lust haben, mal wieder den Atem anzuhalten (...). ‹Todesglut. Die Akademie des Verbrechens› wird Sie nicht loslassen, bis Sie den Täter kennen.» Sabine Ertz, *Saarländischer Rundfunk*

«Ein spannender Auftakt einer interessanten Reihe (...), die perfekte Urlaubslektüre (auf Rügen)!» *Leser-Welt*

CATHRIN MOELLER

TODES KLINGE

KRIMINALROMAN

Rowohlt Taschenbuch Verlag

Originalausgabe
Veröffentlicht im Rowohlt Taschenbuch Verlag,
Hamburg, Juni 2023
Copyright © 2023 by Rowohlt Verlag GmbH, Hamburg
Redaktion Claudia Wuttke
Covergestaltung HAUPTMANN & KOMPANIE
Werbeagentur, Zürich
Coverabbildung Shutterstock
Satz aus der Garamond Premier Pro
bei Pinkuin Satz und Datentechnik, Berlin
Druck und Bindung GGP Media GmbH, Pößneck
ISBN 978-3-499-01008-8

KAPITEL 1

Die Wildheit der Steilküste war einzigartig. Er atmete tief durch. Schon Caspar David Friedrich ließ sich 1818 von der Insel, ihren schroffen Kreidefelsen, den feinen Sandstränden, den tiefen Buchenwäldern, den grasbewachsenen Dünen und den spektakulären Sonnenuntergängen über dem Meer inspirieren. Den Namen und die Jahreszahl hatte ihm diese dicke Lehrerin mit dem strengen Blick im Kunstunterricht eingebläut, die ihn immer so abfällig wie eine Missgeburt behandelt hatte. Dabei war Kunst ein Schulfach, das er für völlig überflüssig hielt und ziemlich oft schwänzte, auch weil er mehr Angst davor hatte, von dieser Frau vor der ganzen Klasse getadelt zu werden, als einen Eintrag ins Hausaufgabenheft zu kassieren.

Rügen, die Perle in der Ostsee, war auch seine Inspirationsquelle. Allerdings für Zerstörung.

Auslöschen, Demolieren, Beseitigen, Dem-Erdboden-Gleichmachen, Unterdrücken, Töten, das war es, was ihn zutiefst befriedigte. Angstschreie klangen wie Musik in seinen Ohren. Einem anderen Menschen das Leben zu nehmen, war der Moment, in dem er sich groß und mächtig fühlte. Pulsierend herausspritzendes Blut berauschte ihn wie eine Droge, wie

Sex. Nur besser. Dieses erregende Gefühl hatte er zum ersten Mal mit sieben gespürt, als er seinem Vater beim Schlachten von Kaninchen zugesehen hatte. Dieses Zappeln, dieser Blick aus den angstgeweiteten Augen, das letzte Aufbäumen vor dem Unausweichlichen, das dem Tier bestimmt war und das es nicht beeinflussen konnte, war faszinierend. Nur ein Stich in den Hals, dann war es still. Der Körper erschlaffte. Es war vollbracht, ein Leben mit einer einzigen Handbewegung beendet. Und dann durfte er dem Tier das Fell abziehen. Dieses schmatzende Geräusch würde er nie vergessen. Er lächelte in der Erinnerung an damals. Das war seine Welt. Er war eben der böse Friederich. So hatten ihn die Lehrerin und seine Mutter genannt. «Der Friederich, der Friederich, das ist ein böser Wüterich ...», sagte er und drapierte ihr das lange schwarze Haar über die Schultern. Sie lag nackt, nur mit einem weißen Nachthemd bekleidet, auf dem Klapptisch, den sie genau wie den steinigen Strand ringsum mit einer Plastikfolie abgedeckt hatten. Ein Provisorium, das notwendig war, auch wenn die Flut in ein paar Stunden ohnehin alle Spuren wegspülte, wollten sie auf Nummer sicher gehen. Was das Mädchen wohl denkt, wenn es sie beide jetzt in ihren Schutzanzügen mit den Schutzbrillen sieht? Zu gerne hätte er sie gefragt, aber sie konnte ihm nicht antworten. Ihre Augen waren weit aufgerissen. Sie konnte weder schreien noch sich rühren. Sie hatten sie mit einem Nervengift betäubt, das ihre Muskeln lähmte. Doch da war etwas in ihren Augen, das ihn irritierte. Trotz. Sie schien keine Angst vor dem Tod zu haben, selbst als er ihr mit der Messerklinge über die Kehle fuhr, sprühten ihre Augen Funken. Vor Wut! Nein, so schaffte er es nicht. Sie verunsicherte ihn. Er konnte ihrem Blick nicht standhalten und gab das Messer ab.

«Was?»

«Stich du ihr die Augen aus!», befahl er und trat einen Schritt beiseite.

«Wieso ich?»

«Ich kann so nicht», sagte er.

«Du musst sie bestrafen. Sie hat uns gesehen.»

«Bring du es zu Ende.» Er wendete sich ab und schlug die Hände vors Gesicht.

«Jetzt reiß dich zusammen, wir machen es genau so, wie es abgemacht war. Sie hat es verdient.»

Er nahm das Messer zurück, atmete tief durch und setzte die Spitze der Klinge an ihrem linken Auge an, aber zögerte wieder.

«Schau sie an und denk daran, was sie getan hat.»

Er wusste genau, dass ihr letzter Blick ihn verfolgen würde, sich in seinem Kopf ausbreiten und seine Gedanken beherrschen. Trotzdem spannte er seine Muskeln an und stach zu, zweimal. Gallertartige Flüssigkeit quoll aus ihrem Kopf hervor. Mehr schaffte er nicht. Er gab das Messer wieder ab und sah mit zusammengebissenen Zähnen zu, wie die scharfe Klinge sich tief im Hals versenkte und das Blut in einer Fontäne herausspritzte.

KAPITEL 2

Henry stand vor der Tafel im Hörsaal 2 und gab seinen Studierenden einen Moment Zeit, sich Notizen zu machen. Draußen konnte man dank des Novembernebels den Park um das Jagdschloss nur erahnen. Es lag unweit von Bergen, und in ihm hatte die *Academy of Criminal Investigation* ihren Sitz. Er fand diese mystische Stimmung genau passend für das Institut, von dem nicht jeder wissen sollte, dass hier eine neue Generation von Verbrechensbekämpfern ausgebildet wurde, die später als Kriminologen mit besonderen Fähigkeiten an der Seite von Polizeibeamten gerade in schweren Fällen wie Organisierter Kriminalität, Terror und Mord mitarbeiten sollten, ähnlich einer Taskforce. Auf der Insel Rügen rankten sich viele Gerüchte um diesen fast geheimen Ort, der bei den Einheimischen nur *Akademie des Verbrechens* hieß.

Die dunklen Wolken am Himmel hingen heute so tief, als wollten sie sich auf den Wipfeln der Bäume ausruhen. Selbst jetzt am Mittag war es so dunkel, dass der Kronleuchter über den aufsteigenden Bankreihen eingeschaltet war. Er wartete, bis die 15 Studierenden seines Kurses ihre Köpfe hoben, und schaute in die aufmerksamen Gesichter. «Bei tödlichen Sexualdelikten handelt es sich primär um die Vergewaltigungsabsicht zum Lustgewinn», sagte er, wischte die Tafel ab, trat an das Lehrerpult und packte schon mal seine Unterlagen in die Tasche, damit er pünktlich gehen konnte, wenn es in drei Minuten zur Pause klingelte. «29 Prozent der Täter bringen ihre Opfer aus diesem Motiv dann auch um. Bei 71 Prozent findet die Tötung aber ausschließlich aus Angst vor Entdeckung statt. Morgen machen wir dann dort weiter und werden uns damit beschäftigen, wie man anhand des Modus Operandi den Unterschied in den Motiven erkennen kann», sagte er und beendete die Einführungsvorlesung zur neuen Lektion im Kurs *Wie man einen Mörder fängt*. In der ersten Einheit stand das Thema Mordmotive bei Sexualdelikten auf dem Plan, zu dem er heute unbedingt noch einen passenden Fall heraussuchen musste. Den wollte er ihnen zur nächsten Vorlesung präsentieren. Seitdem er das Prinzip der Praxisnähe anwendete und die Theorie mit echten Verbrechensbeispielen würzte, bei denen die Studierenden nach neuen Ermittlungsansätzen in kalten ungelösten Fällen suchten, waren seine Vorlesungen so beliebt, dass es Wartelisten für den Kurs gab. Die Studierenden mussten sich die Teilnahme erst in einem Test verdienen, anhand dessen er seine Auswahl traf. Entsprechend engagiert arbeiteten sie mit und hatten die Theorie eines Themas bereits vor der Stunde durchgeackert. Gemeinsam werteten sie dann im praktischen Teil alle bekannten Fakten des Falls aus, trugen weitere Informationen zusammen, entdeckten neue Spuren und übten Hypothesenbilden zu Tathergängen und Tatmotiven und erstellten Täterprofile. Schließlich war es sein Auftrag als Dozent, ihnen seine besondere Ermittlungsmethode beizubringen. Es nützte schließlich auch nicht, theoretisch zu wissen, wie man Fahrrad fuhr, man musste es üben, um sich im Sattel zu halten. Genauso verhielt es sich in einem Mordfall da-

mit, den Details Aufmerksamkeit zu schenken, daraus Schlussfolgerungen zu ziehen und sie in der Praxis zu überprüfen.

Es klingelte. Henry verabschiedete sich bei seinen Studierenden mit einem Kopfnicken.

Marcus, ein junger Mann mit eisblauen Augen und weichen Gesichtszügen, die von blonden Locken wie bei einem
Engel umrahmt wurden, stand auf und trat auf ihn zu. «Das
würde ja im Umkehrschluss bedeuten, dass Serienmörder,
die ihre Opfer auf eine bestimmte Art auffällig präsentieren,
erwischt werden wollen.» Sein verschmitztes Grinsen gefiel
Henry gar nicht. Das setzte er nur auf, wenn er etwas vorhatte,
das anderen Mitmenschen in der Regel nicht gefiel.

«Ihr Umkehrschluss ist mir zu einseitig gedacht. Mir ist
noch kein Täter begegnet, der erwischt werden wollte. Vielleicht fühlt sich so ein Täter, der die Opfer auffällig drapiert,
einfach überlegen?»

«War das so beim Rosenmörder, den Sie damals gefasst
haben?» Aha, daher wehte der Wind. Der Student aus dem
zweiten Jahr hat sich wohl in Vorbereitung des neuen Themas
daran erinnert, was Henry den Studierenden über den Rosenmörder-Fall zu Beginn seiner Dozententätigkeit erzählt hatte.
Er schaute Henry erwartungsvoll an. Marcus war ein Schlitz-
ohr mit einem messerscharfen Verstand und einer blitz-
schnellen Beobachtungsgabe. Ganz sicher verfolgte er mit
dieser Äußerung ein Ziel. Wollte er etwa, dass Henry seinen
letzten Fall als Kommissar bei der Stralsunder Mordinspektion zum Unterricht mitbrachte? Einen Teufel würde er tun!

«Auch wenn der Täter zum Lustgewinn tötet und sich
überlegen fühlt, hat er doch sicher Angst, entdeckt zu werden. Ist es da nicht fahrlässig, seine Opfer so unverkennbar zu

inszenieren?» Henry gefiel zwar, dass Marcus und besonders die anderen vier Besten des zweiten Studienjahres, mit denen er erst vor zehn Wochen in einem echten ungelösten Fall den Täter ermittelt hatte, nicht alles hinnahmen, was man ihnen erzählte. Sie stellten Theorien infrage und setzten sich damit auseinander. Aber Henry ließ sich ungern manipulieren. Er ahnte, dass auch die anderen darauf brannten, in dieser Lektion seinen alten Rosenmörder-Fall auseinanderzunehmen. Doch dazu war er nicht bereit. Schon jetzt, wenn sie nur den Namen erwähnten, kam alles wieder hoch, und er sah Hannas Leiche im weißen Nachthemd am Strand von Sellin, ihre ausgestochenen Augen, den zugenähten Mund und die blutgetränkte Rose in den gefalteten Händen. Nach fünf Jahren war es immer noch unerträglich für ihn, daran zu denken, dass seine Kollegin Hanna den Köder für den Rosenmörder gespielt hatte, der vorher fünf junge Touristinnen auf die gleiche Weise ermordet hatte. Dass er sie nicht daran gehindert hatte. Nein, er würde ihnen einen anderen Fall zum Unterricht mitbringen. «Es gilt das Prinzip, uns mit alten *ungelösten* Fällen zu befassen. Der Rosenmörder-Fall ist geklärt, Tom von Bredow wurde gefasst», sagte er bestimmt und schaute auf die Uhr über der Hörsaaltür. 12.15 Uhr. Er musste sich beeilen und die Akademie pünktlich verlassen. Heute würde er Matti zum ersten Mal von der Schule abholen, mit nach Hause nehmen und bis zum Abend betreuen. Heute war der große Tag, der ihn einen Schritt näher ans Ziel brachte, Hannas Sohn zu adoptieren. Er durfte sich keinen Fehler erlauben, denn das Jugendamt und die Heimleitung des Waisenhauses beobachteten mit Argusaugen, wie er mit dem Jungen im Alltag zurechtkam. Henry zog den Parka an und schulterte seine Ledertasche. Die Studierenden verließen den Hörsaal. Außer Marcus, Charlotte, Aron und Neda. Die vier ignorierten sein Signal, dass die Vorlesung beendet war, und blieben vor ihm am Lehrerpult stehen. Neda, die Studentin mit der Brille, spitzte den Mund. «Waren Sie damals wirklich sicher, den richtigen Täter gefasst zu haben?» Henry erstarrte. Neda stellte sein Ermittlungsergebnis infrage, nur um zu erreichen, dass er nachgab. Er spürte aufsteigenden Unmut und biss sich auf die Zunge, bevor er etwas Unüberlegtes erwiderte. Dabei hatte sie mit ihrer Äußerung genau seinen wunden Punkt getroffen. Seit Tom von Bredow sich in seiner Zelle erhängt und ihm das Gerücht zu Ohren gekommen war, dass dieser Mann Mattis leiblicher Vater sein sollte und Hanna niemals etwas angetan hätte, zweifelte Henry tatsächlich manchmal daran, damals den richtigen Rosenmörder überführt zu haben. Er könnte es sich nie verzeihen, dass er schuld am Tod von Mattis Mutter und schließlich auch Mattis Vater war, den er zu einer lebenslangen Haft mit anschließender Sicherheitsverwahrung ins Gefängnis gebracht hatte. Aber auch ohne Geständnis war die Beweislage erdrückend, und die psychische Verfasstheit von Bredows sprach ebenfalls eine eindeutige Sprache. Deshalb verdrängte er möglichst jeden Gedanken daran. Während Neda weiter sprach, ballte Henry eine Faust, um den Selbsthass zu unterdrücken und die Kontrolle über seine Gefühle zu behalten. Er musste cool bleiben, denn seine Studierenden sollten nichts davon merken, dass der Fall ihm immer noch keine Ruhe ließ.

«Tom von Bredow hat nie ein Geständnis abgelegt, sondern wurde allein wegen der Indizien verurteilt. Der Mann war Veterinärmediziner, also keineswegs dumm, und trotzdem war er bei allen sechs Frauen dem gleichen Modus Operandi im Tathergang und in der Präsentation der Leiche gefolgt. Also hat er sich ziemlich sicher gefühlt, dass die Polizei seine Handschrift nicht entschlüsselt?» Henry zog die Augenbrauen hoch. Neda war ebenfalls gut informiert. Woher sie sich diese Information beschafft hatte, wollte er besser gar nicht wissen. Neda war ein Computergenie und Technikexpertin, eine Meisterin der Recherche, die Tricks und Kniffe beherrschte, um sich sogar in perfekt gesicherte Datenbanken von Behörden einzuhacken. Nun mischte sich auch noch Aron ein, der pragmatisch veranlagte Student, der eigentlich wenig redete und manchmal etwas ruppig rüberkam. «Wenn ich es mir richtig überlege, sind Marcus und Nedas Anmerkungen gerechtfertigt. Wie erklärt sich eigentlich, dass Tom von Bredow kein Geständnis abgelegt und bis zum Schluss die Taten geleugnet hat? Das widerspricht sich doch eigentlich damit, dass er sich überlegen gefühlt hat. Hätte er dann nicht am Ende damit geprahlt, dass es sechs Morde brauchte, um ihn zu überführen? Ich würde als Ermittler zweifeln, vielleicht doch den Falschen hinter Gitter gebracht zu haben.» Jetzt fehlten nur noch Charlottes Argumente zu dieser Diskussion. Tatsächlich, die anderen schauten zu ihr. Charlotte fing den verschwörerischen Blick ihrer Kommilitonen auf. *Verfluchte!* Die hatten sich abgesprochen. Etwas verunsichert räusperte sie sich und sah Henry an. Er verschränkte die Arme vor der Brust und war gespannt, was die rothaarige Studentin mit dem besonderen Einfühlungsvermögen, das ihr half, genaue Profile von Opfern und Tätern zu erstellen, zu sagen hatte. Sie hatte ihn genau beobachtet und sicher längst bemerkt, dass er seine Unsicherheit vor ihnen zu verbergen suchte.

«Es wäre interessant, diesen Fall als Beispiel heranzuziehen, weil der Auslöser für das Motiv des Rosenmörders in seiner traumatischen Kindheit zu finden ist.» Ah! Sie gab offen zu, was sie wollte. «Der immer gleiche Modus Operandi deutet auf eine Projektion hin.»

«Stimmt, Bredow hatte Gelegenheit, Mittel und Motiv. Alle technischen Spuren führten zu ihm», sagte Henry. «Aber so ist es am Ende einer Ermittlung ja immer. Erst sieht man den Wald vor lauter Bäumen nicht, und dann ergibt sich das Bild als Ganzes. Im Nachhinein war es bei unserem ersten Fall ja nicht anders, oder?» Seine Studenten sollten keine voreiligen Schlüsse ziehen.

«Aber hat Sie das nicht gerade aufgrund von Bredows Intelligenz stutzig gemacht? Wären ihm solche Fehler wirklich unterlaufen?», mischte sich Marcus wieder ein.

Henry seufzte. Er wusste besser als jeder andere, dass es keine «Fehler» waren. Aber er verstand schon. «Sie vier wollen also, dass wir uns den Rosenmörder-Fall im Rahmen dieses Themas vornehmen. Ich werde es mir überlegen und Ihnen meine Entscheidung morgen mitteilen. Abgemacht?», sagte er und dachte: Nie im Leben! Aber er hatte jetzt keine Zeit für eine weitere Diskussion, er musste zu Matti. Henry beeilte sich, hetzte zwei Stufen auf einmal nehmend die Treppe hoch.

Im Flur bog er zum Hörsaal drei ab, wo Lucia Bertolli, die Professorin für forensische Pathologie, ihre Vorlesung beendete. «Schauen Sie sich vor unserer Exkursion morgen in die Rechtsmedizin nach Greifswald alle späteren Leichenveränderungen noch einmal genau an, Autolyse, Heterolyse und Skelettieren. Wir wollen uns schließlich nicht blamieren», sagte sie mit diesem italienischen Singsang in der Stimme, den Henry so an ihr liebte. Lucia schaltete den Beamer aus und wischte sich mit der anderen Hand eine Haarsträhne ihrer schwarzen Mähne aus dem Gesicht. Sie schaute zu ihm hoch und setzte ein professionelles Lächeln auf. Er winkte sie zu sich. Einige Studierende schauten ihr hinterher und beobachteten sie genau. Henry hatte durchaus mitbekommen, dass unter ihnen Wetten liefen, ob er und Lucia zusammenkommen würden. Er musste sich bemühen, ihr nicht zu tief in die zweifarbigen Augen zu schauen, von denen dank einer seltenen Laune der Natur eins blau und eins braun war. Lucia blieb im gebührenden Abstand vor ihm stehen und unterdrückte ein süffisantes Schmunzeln, während sie ihn musterte. Ihr Gesicht verriet ihm, woran sie gerade dachte. An letzte Nacht. Sie provozierte ihn. Henry räusperte sich. Bis jetzt hatten sie ihr junges Verhältnis in der Akademie gut vor den neugierigen Blicken ihrer Schüler verbergen können. Dabei machten sie sich einen Spaß aus dem Versteckspiel. Er fand, es ging niemanden etwas an, und war noch nicht bereit, es öffentlich zu machen. «Ich wollte dir nur mitteilen, dass sich Sophie für heute krankgemeldet hat», sagte er förmlich. In Wahrheit wollte er sie nur noch einmal sehen, bevor er Matti abholte und nach Hause fuhr.

«Rovesciato? Du bist aufgeregt», stellte sie leise fest und sagte laut: «Danke für die Info.»

«Hast du noch zwei Minuten.» Auch er redete nun lauter, damit es die Vorübergehenden hören konnten. «Wir müssten uns noch zu dem neuen Beispielfall abstimmen. Es wäre gut, wenn wir in dieser Lektion wieder fächerübergreifend arbeiten.» Sie nickte zustimmend und blieb mit ihrem Blick an seinen Lippen hängen. Hör auf! *Sie werden es mitkriegen*, dachte

Henry und kratzte sich verlegen an der Stirn. Lucia verstand das Signal, aber folgte ihm für seinen Geschmack zu belustigt nach draußen in den Flur. Dort waren sie endlich allein. Sie spähte in beide Richtungen, dann drückte sie ihm einen Kuss auf den Mund. «Du rockst das mit Matti.»

«Ich hätte dich gerne dabei.»

Lucia schaute ihn bedauernd an.

«Ich weiß, du hast bis 17.00 Uhr Vorlesung.»

«Grüß ihn von mir.»

«Das wird ihn freuen. Er mag dich sehr. Vielleicht schaffst du es zum Abendessen?», fragte er erwartungsvoll. Lucia druckste herum. «Wir fahren morgen und Freitag auf diese Exkursion in die Rechtsmedizin, und Samstag halte ich dort den Vortrag auf dem Kongress.»

«Verstehe, du musst dich noch vorbereiten.» Jetzt schaute er sich um und gab ihr einen Kuss. Plötzlich nahm sie eine distanzierte Haltung an. Henry drehte sich um. Ah, Professor Tatter war im Anmarsch. «Bis dann?», verabschiedete sie sich schnell, denn der Strafrechtsprofessor eilte in großen Schritten auf sie zu. Die Ledertasche unter den Arm geklemmt, balancierte er einen Stapel Papiere und setzte bei Lucias Anblick ein schmieriges Lächeln auf. Henry bedachte er wie immer mit einem herablassenden Seitenblick und grüßte nur knapp. Am Anfang hatte es ihn geärgert, doch mittlerweile war Henry egal, was der Mann mit dem Ziegenbart und der lächerlichen Fliege, die er stets um den Hals trug, von ihm dachte.

«Herr Zornik!», rief Charlotte, die ihm bis in den oberen Flur gefolgt war. Henry blieb stehen. Seine Lieblingsstudentin eilte mit einem Brief in der Hand auf ihn zu. «Den haben Sie im Hörsaal verloren.»

«Danke!» Henry ließ den ungeöffneten Umschlag mit dem Logo eines medizintechnischen Labors in seiner Tasche verschwinden. Ihr Lächeln wirkte besorgt. Dachte sie etwa, er sei krank? Nein, er fühlte sich topfit, und das Schreiben hatte mit seinem Gesundheitszustand nichts zu tun. Henry scheute sich davor, diesen Brief zu öffnen, der heute Morgen in seinem Briefkasten gelegen hatte. Er beschloss, sich seiner Furcht vor dem Ergebnis später zu stellen. Zuerst musste mit Matti alles gut gehen. Henry bog zur Haupttreppe ab, umrundete die Ritterrüstung, der immer noch der zweite Handschuh fehlte. Jedes Mal, wenn er hier vorbeikam, schmunzelte er, denn allein Lucia und er wussten, wo der steckte. Bei dem Gedanken an sie beruhigte er sich. Obwohl sie so temperamentvoll war, erdete sie ihn. Ihre Nähe gab ihm eine innere Sicherheit, die er vorher so noch nie gespürt hatte. Mit ihr fühlte er sich weniger verloren. *Du bist verliebt, mein Freund!*, dachte er beschwingt und hörte auf halber Treppe schon wieder seinen Namen, den ihm jetzt die Schulsekretärin hinterherrief. Henry drehte sich um. «Professorin Krohn verlangt nach Ihnen.» Anscheinend kam er heute hier nicht pünktlich weg.

«Was gibt es denn? Ich habe einen Termin, zu dem ich nicht zu spät kommen darf.» Frau Meyer zuckte mit den Schultern.

«Es scheint wichtig zu sein.»

«Mein Termin ist auch wichtig.» Henry holte das Handy aus der Jackentasche. Ihm blieben noch fünfzehn Minuten zu Mattis Schulschluss. Na, gut! Auf dem Display ploppte ein eingegangener Anruf auf, der ihn während der Vorlesung nicht erreicht hatte. Die psychologische Praxis von Verena Schall hatte ihn vor zehn Minuten zurückgerufen. Sicher wollten sie ihm Behandlungstermine vorschlagen. Darum würde er sich auch später kümmern. Er steckte das Telefon weg, stieg die Stufen wieder hoch und folgte Frau Meyer ins Rektorat.

Mit ungutem Gefühl schob Henry die schwere Eichentür zum ehemaligen Herrenzimmer auf. Wenn die Rektorin zur unangekündigten Audienz bat, gab es irgendein Problem. Vielleicht hatte sich mal wieder ein Studierender über seine direkte Art beschwert. Ihm fiel die Auseinandersetzung am letzten Freitag mit Lukas ein. Ihm hatte Henry unmissverständlich klargemacht, dass er nicht zum Kriminologen taugt, weil er die Aufgaben bisher zu nachlässig anging. Und dann hatte Henry ihm in seiner Rage noch gesagt, dass Lukas ihn mit seinem Desinteresse und der mangelnden Leidenschaft für den Beruf an Hauptkommissar Blume erinnerte, von dem seine Studierenden wussten, dass Henry ihn für unfähig hielt. Sein Blick glitt durch den Raum. Binnen Zehntelsekunden nahm er jedes Detail auf. Beatrice Krohn saß mit angespannten Schultern hinter dem überdimensionalen Schreibtisch, auf dem farblich sortierte Mappen lagen. Der dreiarmige Leuchter an der Decke spendete trübes Licht. Die Rektorin war eine stets elegant gekleidete Frau, die mit ihren vierundvierzig Jahren wegen der frischen Gesichtsfarbe, den dunkelblonden schulterlangen Haaren und ihrer zierlichen Gestalt zehn Jahre jünger aussah. Trotzdem strahlte sie das Selbstbewusstsein einer reifen Frau mit hoher Kompetenz und Menschenkenntnis aus, wie Henry es von Führungskräften erwartete. Sie war strukturiert, hasste Chaos und hatte gerne alles unter Kontrolle. Ihr fragender Blick sah eigentlich nicht nach Ärger aus, sondern eher danach, dass sie seinen Rat brauchte.

«Ich habe gerade einen Anruf von einer Kommissarin der Mordkommission aus Hamburg erhalten. Sie hat sich nach Borowski erkundigt. Was hat das zu bedeuten?»

Henry war alarmiert.

«Vielleicht wollen die Hamburger Kollegen ihn als Zeugen in einem Kriminalfall befragen. Oder er hat selbst etwas angestellt», sagte er.

Frau Krohn atmete hörbar aus. «Könnte er tot sein? Immerhin haben wir seit dieser letzten E-Mail vom 18. September nie wieder etwas von ihm gehört.»

Henry stützte sich mit den Händen auf die Stuhllehne vor ihrem Schreibtisch. Eigentlich hatte er jetzt keine Zeit, aber er wollte ihren Zweifel ausräumen. «Also, er und ich haben erst vor vier Wochen wegen meines Auszugs und der Abwicklung seines Mietvertrages telefoniert. Da klang er putzmunter.»

Die Rektorin presste die Lippen zusammen. Sie machte sich Sorgen.

«Hat die Kommissarin denn gesagt, warum sie sich für Borowski interessiert?», fragte Henry, obwohl er wusste, dass man bei der Suche nach Personen, die in irgendeiner Form in einen Mordfall verwickelt waren, Dritten gegenüber niemals den Grund äußerte. Sie könnten die gesuchte Person ja vorwarnen.

«Nein. Denken Sie, er hat etwas angestellt und sich deshalb über Nacht aus dem Staub gemacht?»

«Er war ein Meister im Tarnen und Täuschen. Aber ich habe keine Ahnung. Dafür kannte ich ihn zu kurz.»

«Aber Ihnen hat er seine Wohnung überlassen.»

«Ich war genauso überrascht wie Sie. Was beunruhigt Sie denn?»

«Dass wir in irgendeiner Form mit einem Mordfall in Hamburg Verbindung gebracht werden und unsere Akademie in Verruf geraten könnte. Unabhängig von dieser Sache mit Borowski und Hamburg mache ich mir Sorgen. Es reicht schon, dass wir von den Einheimischen *die Akademie des Verbrechens* genannt werden. Das klingt in meinen Ohren, als würden wir Verbrecher ausbilden, anstatt diese zu bekämpfen. Schon Professorin Wellers Unfall vor drei Monaten hat die Gerüchteküche zum Brodeln gebracht. Und dieser Hauptkommissar Blume von der hiesigen Mordkommission hat uns sowieso auf dem Kieker und wartet nur auf eine Gelegenheit, unsere Einrichtung schließen lassen zu können. Und jetzt sieht es aus, als sei er dem einen Schritt näher gekommen. Ich weiß nicht, was Blume für Kontakte hat ...» Sie druckste herum, dann zeigte sie ihm ein Schreiben. Henry las, dass die Wissenschaftsbehörde einen anonymen Hinweis bekommen hat, dass Dozenten und Studierende der Akademie unbefugt Zugang zu alten Ermittlungsverfahren erhalten haben mussten, darin herumschnüffelten und unbescholtene Bürger in Verruf brachten. «Anonym», sagte er verwundert.

«Das allein könnte reichen, dass sie uns die Schule dichtmachen. Bisher sind wir, wie Sie wissen, staatlich genehmigt, aber noch nicht staatlich anerkannt. Diesen Status muss man sich als Privatakademie erst über fünf Jahre erarbeiten.» Sollte Hauptkommissar Blume so weit gegangen sein? Oder steckten gar ein paar einflussreichere Leute dahinter, denen sie bei ihrer ersten Ermittlung im Fall der unbekannten Toten in der Stadtbibliothek auf die Füße getreten waren?

«Nicht auszudenken, wenn sich dann noch herausstellt,

dass einer unserer Dozenten in Hamburg in einen Mordfall verwickelt ist.»

«Borowski ist ein *ehemaliger* Dozent», betonte Henry. Beatrice Krohn winkte ab. «Dieser kleine Unterschied wird die Presse kaum interessieren.»

«Nun machen Sie sich mal nicht verrückt.»

«Stellen Sie sich vor, Borowski hat wirklich jemanden in Hamburg umgebracht. Und wir haben ihn hier drei Jahre beschäftigt, ohne zu merken, was er vielleicht tatsächlich für ein Mensch war», sagte sie leise, aber Henry hörte die Panik in ihrer Stimme.

«Wissen Sie was? Falls die Kommissarin hier auftauchen sollte, holen Sie mich einfach dazu. Niemand kann Ihnen anlasten, dass Sie sich möglicherweise in einem Menschen getäuscht haben. Er war ein sehr guter Lehrer in seinem Fach und hat sich in seiner Arbeit nichts zuschulden kommen lassen. Die Sache wird sich zum Positiven aufklären.» Henry guckte auf sein Handy. Verfluchte, er musste los. Mattis Unterricht war in zwei Minuten vorbei. Er sprang auf. «Bitte entschuldigen Sie, aber ich muss Matti heute zum ersten Mal von der Schule abholen. Jugendamt und Heim testen meine väterlichen Kompetenzen.» Er zwinkerte ihr zu, auch, um ihre Sorgen zu zerstreuen.

«Na, dann viel Erfolg», sagte Frau Krohn, doch ihr Blick blieb nach innen gekehrt. Darüber könnte Henry sich später wieder Gedanken machen. Jetzt musste er sich einzig und allein auf Matti konzentrieren. Er rannte die Treppe hinunter. Studierende aus seinem Erstsemesterkurs kamen ihm entgegen und sprachen ihn an: «Herr Zornik, könnten wir kurz über die Aufgabe …» Er winkte ab.

«Bitte kommen Sie morgen zu mir. Wie Sie ja wohl hoffentlich bemerken, habe ich es eilig.» *Wahrnehmung, Freunde!*, ärgerte er sich. Dachten die etwa, er rannte die Treppe zum Spaß hinunter?

«Aber ...», setzte der Student zum Widerspruch an. Henry eilte an der Gruppe vorbei.

«Jetzt nicht!», sagte er mit Nachdruck und schüttelte verständnislos den Kopf. Meine Güte, was war bei manchen dieser Generation bloß schiefgelaufen, dass es ihnen so oft an Einfühlungsvermögen mangelte und sie nur ihre eigenen Befindlichkeiten im Blick hatten? Draußen hetzte er über den Parkplatz und entriegelte schon mal den Pick-up per Fernbedienung. Er sprang hinters Steuer, warf das Handy auf den Beifahrersitz und fuhr los, passierte das schmiedeeiserne Tor des Akademiegeländes und raste die von Pappeln gesäumte Allee hinunter. An der Kreuzung zur B6 bremste er, denn vor ihm schlängelte sich eine Autokarawane aus Buschwitz kommend bis nach Bergen hinein. Na großartig! Sein Handy klingelte. Er schaute auf das Display. Die psychologische Praxis von Dr. Schall. Da er sowieso warten musste, konnte er den Anruf auch annehmen. «Zornik», meldete er sich.

«Guten Tag», sagte eine piepsige Stimme. «Sie hatten heute Morgen bei uns wegen eines Termins angerufen.» Henry setzte den Blinker und starrte auf die Hauptstraße. Die Autos kamen nur im Schneckentempo voran. «Es tut uns leid, aber aus Kapazitätsgründen nehmen wir keine neuen Patienten an.»

«Hören Sie, ich bin kein Patient. Frau Dr. Schall hat mich vor fünf Jahren im Rahmen einer polizeilichen Ermittlung psychologisch betreut ...»

«Das ist ja lange her.» Henry verdrehte die Augen. «Da stehen sie nicht mehr in unserem System.»

«Der Termin ist wirklich dringend.»

«Ich gebe es weiter. Das muss dann Frau Doktor selbst entscheiden. Wie war Ihr Name noch gleich?»

«Henry Zornik. Können Sie mich bitte zu ihr durchstellen? Dann kann ich das direkt mit ihr klären.»

«Das geht nicht, sie hat gerade einen Patienten. Sie wird Sie zurückrufen.» Henry hörte das Knacken in der Leitung. Die Sprechstundenhilfe hatte ihn weggedrückt. Na gut, dann musste er sich eben gedulden. Er warf das Telefon zurück auf den Beifahrersitz und hob dankend den Arm, weil ein Lkw-Fahrer bremste, sodass er sich in die Autoschlange Richtung Bergen einfädeln konnte.

Kurz darauf erreichte er die Grundschule Altstadt Bergen in der Breitsprecherstraße. Er war nun acht Minuten zu spät. Henry parkte auf der gegenüberliegenden Straßenseite vor dem dreistöckigen weißen Gebäude mit den Sprossenfenstern. Zum Haupteingang auf der Rückseite gelangte man nur über den Schulhof. Mehrere Kinder mit Ranzen auf dem Rücken verließen das umzäunte Gelände durch das eiserne Tor neben dem Schulhaus. Sie hatten ausgemacht, dass er Matti um 12.30 Uhr dort empfing. Nun waren es schon neun Minuten Verspätung. Er sah den Jungen nicht. Oh Mann, das fing ja gut an. Nächstes Mal musste er unbedingt pünktlich sein. Er wusste doch, wie wichtig das für Matti war. Henry stieg aus, lief auf den Schulhof, in dessen Mitte mehrere Bäume und Bänke standen. Leer. Sicher war Matti bei dem ungemütlichen Wetter wieder ins Haus gegangen, um dort auf ihn zu warten. Ganz schön kalt, stellte Henry fest und schloss den Reißverschluss seiner Jacke. Er zog an der Eingangstür zur Schule. Abgeschlossen. Was richtig war, sonst könnte ja jeder Fremde durch die Schule spazieren. Er klingelte unter der Gegensprechanlage. Der Lautsprecher rauschte, dann knackte es. «Zornik hier, ich wollte Matti Grabner abholen, Klasse 3b.»

«Die 3b ist schon hoch, da müssen Sie sich im Hort melden», vernahm er die krächzende Stimme der Schulsekretärin. Henry drückte auf den nächsten Klingelknopf und wiederholte sein Anliegen.

«Matti haben wir nicht mit nach oben genommen, der hatte doch das Schreiben von Frau Haberland, dass er gleich nach dem Unterricht von Ihnen abgeholt wird.»

«Unten ist er aber nicht.»

«Wenn ihn eine Erzieherin vom Heim nicht gleich nach dem Unterricht abholt, dann wartet er immer auf dem Schulhof. Er ist da sehr zuverlässig.» Ja, das war Matti, und die Erzieher vom Heim sicher auch. Verfluchte! Henry hätte sich in den Hintern treten können. Doch das half ihm jetzt auch nicht weiter. Wo war er nur? Henry eilte nach vorne zur Straße, wo sein Auto stand. Das kannte Matti ja. Er spähte in alle Himmelsrichtungen. Von dem Neunjährigen war nichts zu sehen. Nein, Matti war nicht weggelaufen. Davon war er überzeugt. Vielleicht war er auf die Toilette gegangen, und niemand hat es bemerkt? Henry rannte zurück, klingelte abermals. «Er ist nicht im Hort und auch nicht auf dem Schulhof. Er muss noch im Gebäude sein. Entweder Sie gucken selbst nach, oder Sie lassen mich rein, und ich schaue.» Die Schulsekretärin kam an die Tür. Sie suchten zuerst in den Toiletten und den Klassenräumen im Erdgeschoss. Überall waren schon die Stühle auf die Tische gestellt. Nichts. Da fiel sein Blick aus dem Fenster schräg über die Straße. Dort kam gerade ein Junge im blauen Anorak mit geringelter Bommelmütze und grünem Ranzen auf dem Rücken aus dem Bäcker und wurde von drei Jungs umringt. Matti, dachte Henry erleichtert. Er trug eine gefüllte Papiertüte in der Hand. Die Jungs rissen ihm die Tüte weg. Matti protestierte. Doch sie gaben ihm die Tüte nicht zurück, sondern warfen sie sich gegenseitig über Mattis Kopf hinweg zu, lachten über seine tollpatschigen Versuche, die Tüte zu fangen, schubsten und traten ihn. Henry riss das Fenster auf. «Ey!», brüllte er über die Straße. Die Jungs drehten sich zu ihm um. «Lasst Matti sofort los und gebt ihm seine Tüte zurück!» Ein Großer mit lockigem Haar grinste frech und warf die Tüte auf die Straße, wo ein Auto darüberfuhr. Matti erstarrte. Die drei johlten. Da überlegte Henry nicht lange, schwang sich aufs Fensterbrett und sprang auf den Fußweg hinaus. Damit hatten die drei nicht gerechnet. Wie der Blitz stoben sie auseinander und rannten davon. Na wartet, Freunde, euch kriege ich schon. Man trifft sich immer zweimal im Leben. Wütend auf die Jungs und gleichzeitig froh, dass er Matti gefunden hatte, lief er zu ihm über die Straße. «Komm, wir kaufen ein neues Teilchen, aber vorher müssen wir deiner Schulsekretärin noch Bescheid sagen, dass ich dich gefunden habe.» Matti nickte.

«Du warst zu spät. Nach sechs Minuten bin ich zur Bäckerei gegangen.»

«Ja, ich weiß. Meine Schuld. Aber so etwas kann manchmal vorkommen, wenn man aufgehalten wird. Könntest du dann bitte im Sekretariat warten. Ich habe mir Sorgen gemacht.» Matti verzog keine Miene. Henry wusste, dass der Junge die

Gefühle anderer nicht nachempfinden konnte, aber rational verstand, was das Wort Sorgen bedeutete. Als er ihm versöhnlich über den Kopf streichen wollte, wich Matti aus, sodass Henry die Hand schnell herunternahm. Manchmal vergaß er noch, dass das Kind keine Berührungen mochte.

«Ich gehe aber schon allein raus und warte immer auf dem Schulhof. Frau Haberland sagt, das fördert meine Selbstständigkeit.»

«Kommen die Erzieher aus dem Heim nie zu spät?»

«Nein.» Henry runzelte die Stirn. «Nur Oma war einmal elf Minuten zu spät dran, weil sie noch beim Arzt gewesen war. Da hat sie aber im Sekretariat Bescheid gegeben», sagte Matti. Nicht einmal daran hatte Henry gedacht. Er musste unbedingt an sich arbeiten. Manchmal zweifelte er, wie jetzt, wenn er es, selbst aus gutem Grund, nicht schaffte, pünktlich zu sein, Mattis Bedürfnissen je gerecht werden zu können. Mit seiner beschissenen Kindheit aus Gewalterfahrungen und Vernachlässigung im Gepäck und null Erfahrung, was es bedeutete, sich um ein Kind zu kümmern und es großzuziehen, wusste er nur, wie es nicht laufen sollte. Er musste einfach alles daransetzen, Situationen wie eben künftig zu vermeiden. So vorausschauend sollte er doch wohl sein.

«Kanntest du die drei?»

«Ja, das waren Max, Ben und Erik aus meiner Klasse.»

«Ärgern sie dich oft?»

«Geht so», sagte Matti und senkte den Kopf. «Sie lachen beim Sportunterricht über mich, weil ich den Ball nicht richtig fangen kann.» Motorische Schwierigkeiten waren typisch für Kinder mit Asperger-Syndrom.

«Das ist reine Übungssache. Ich könnte es dir beibringen.

Hättest du Lust?» In Mattis Augen blitzte es kurz auf. Er schaute Henry ins Gesicht, aber nicht in die Augen. Überhaupt gab er anderen keine Hinweise, wie es ihm ging, was er fühlte, selbst wenn er wütend war, zeigte sich das nicht in seiner Mimik. Aber Henry konnte ihn mittlerweile lesen und wusste, dass Matti ihm gerade dankbar war. Auch wenn es Henry darauf nicht ankam, war es doch ein Signal. Er liebte dieses Kind wie seinen eigenen Sohn und wollte, dass es glücklich war, es beschützen und ihm das Zuhause geben, was er selbst nie hatte.

«Sehr gerne.»

«Haben die drei verlangt, dass du ihnen etwas kaufst?»

«Nein. Frau Haberland sagt, ich soll unvorhergesehene Zeitfenster sinnvoll füllen, also habe ich Heidelbeermuffins für unser Vesper besorgt. Dafür hat sie mir extra Geld mitgegeben. Denn ich soll mich bei dir wie zu Hause fühlen. Du kamst nicht, also habe ich diesen Punkt unseres Tagesablaufs einfach nach vorne verlegt, sodass wir ihn uns jetzt hätten sparen können und unser Zeitkonto wieder ausgeglichen wäre. Warten ist nämlich Zeitverschwendung. Statistisch ist belegt, dass der Mensch 374 Tage seines Lebens damit verbringt, auf andere Menschen oder Maschinen zu warten», sagte Matti in belehrendem Ton. Henry öffnete die Tür zum Bäcker und ließ dem Kind den Vortritt. «Dann wollen wir jetzt nicht noch mehr Zeit verschwenden und uns beeilen, dass wir nach Hause kommen. Dann helfe ich dir bei den Hausaufgaben und bin sicher, dass wir die verlorene Zeit wieder aufholen werden.» Erst wenn sie das geschafft hatten, würde er ihm noch eine Einheit Balltraining vorschlagen, damit Matti nicht durcheinanderkam.

KAPITEL 3

Sophie knallte den Rucksack in die Ecke ihres WG-Zimmers und warf sich mit Anorak und Schuhen aufs Bett. Ihre Augen füllten sich mit Tränen. Dieser verdammte Arsch! Warum konnte er sie nicht einfach in Ruhe lassen? Sie setzte sich auf, schnappte das Kopfkissen und vergrub ihr Gesicht darin. Und ihre Mutter war einfach das Letzte! Okay, dann wusste Sophie wenigstens, woran sie war und dass Mama auf Vaters Seite stand und Sophie von ihr nichts zu erwarten hatte. Eigentlich war es absehbar gewesen. Trotzdem machte Sophie diese Erkenntnis unendlich traurig. Als sie ein Auto vorfahren hörte, wischte sie sich die Tränen ab und schaute aus dem Fenster. Die schwarze Limousine bremste direkt vor dem ehemaligen Gesindehaus auf dem Gelände der *Academy of Criminal Investigation*, an der Sophie seit zwei Jahren studierte. Sie sah noch, wie Wilbert, Fahrer und Personenschützer der Familie Dresen, um das Auto herumkam, die hintere Tür öffnete und ihrer elegant gekleideten Mutter aus dem Wagen half. «Den Weg hättest du dir sparen können», murmelte sie und zog sich die Bettdecke über den Kopf. Es klingelte mindestens zehnmal an der Wohnungstür. Niemand zu Hause! Sophie lauschte und schmunzelte, als das Läuten verstummte. Ihre Mitbewohnerinnen Neda und Charlotte waren immer noch drüben im

Haupthaus beim Unterricht. Sie hatte sich bei ihnen von unterwegs für heute mit einer Magenverstimmung entschuldigt und gebeten, es an die Schulleitung weiterzugeben. Was nicht einmal gelogen war. Dieses ganze Theater mit ihrer Familie hatte ihr übel auf den Magen geschlagen. Sie lugte unter der Bettdecke hervor und sah Wilbert, der sein kantiges Gesicht an die Scheibe des Sprossenfensters drückte. Mit der kreidebleichen Haut, dem vernarbten Schmiss auf der Wange, den schlohweißen Haaren und dem eisigen Blick aus hellgrauen Augen sah der Hüne bedrohlich aus. Scheiße, Vaters Mann fürs Grobe gab natürlich nicht so leicht auf. Ihr eigener Fehler. Sie hatte ihr Handy eingeschaltet, um mit Neda zu telefonieren. Dann hatte sie es unbedacht wieder eingesteckt. Sophie verdrehte die Augen. Sie könnte wetten, dass Wilbert sie im Auftrag ihres Vaters darüber geortet hatte. Digitale Überwachung war nun kein Problem für den größten Software- und Medienunternehmer Europas. Würde er so etwas tatsächlich wagen? Ja! Dass er damit einen Vertrauensbruch beging, war ihm egal. Ihm ging es um Kontrolle. Das Gesicht verschwand von der Scheibe. Trotzdem wagte sie es nicht, sich zu bewegen. Und dann noch der Rucksack! Den hatte er bestimmt gesehen und wusste nun auch ohne Smartphone-Ortung, dass sie da war. Sie hörte den Motor der Limousine. Gaben sie auf? Sophie lugte abermals unter der Bettdecke hervor. Die Limousine rollte aus ihrem Sichtfeld. Würden sie es jetzt drüben in der Akademie versuchen? Mist, das konnte sie von hier aus nicht beobachten. Sophie schlug die Bettdecke zurück und stand auf. Sie lief ins Bad, verschloss hinter sich die Tür und schaute von dort auf den Akademieparkplatz. Von der Limousine war nichts zu sehen. Waren sie tatsächlich unverrichteter Dinge gefahren? Sie zuckte mit den Schultern, spähte noch einmal aus dem kleinen Fenster. Jetzt blieb nur noch die vordere Giebelseite, wo ihre Mutter und Wilbert im Auto darauf warten konnten, dass sie irgendwann herauskam. Diese Seite überblickte sie aus Nedas Zimmer. Also lief sie aus dem Bad und ihrer Mutter direkt in die Arme, die gerade über die Schwelle zur Wohnungstür trat. Wilbert stand hinter ihr, das Lockpicking-Set in den Händen. Sie waren tatsächlich nur um die Ecke gefahren. Sprachlos darüber, dass er einfach die Tür aufgebrochen hat, blieb Sophie wie erstarrt stehen. Dann riss sie sich zusammen, unterdrückte ihren Schmerz, der diese gefühlskalte Frau sowieso nicht berührte. Sie schaute ihrer Mutter direkt ins Gesicht. «Verschwinde! Du hast mich belogen. Ich dachte, du stirbst, dabei hast du mich in seine Falle gelockt. Auch wenn unser Verhältnis nicht immer das innigste war, ich habe dir vertraut. Du bist meine Mutter!»

«Es tut mir leid, Sophie, es war eine blöde Idee. Er will doch nur dein Bestes.»

«Er will mein Bestes? Das bezweifle ich. Er hat Angst um seine Geschäfte, und du unterstützt ihn dabei.»

«Du hast es immer noch nicht begriffen, oder? Entweder du bist für ihn, oder er sorgt dafür, dass du für ihn bist. Ich habe auch nur dieses eine Leben. Ich werde mich hüten, mich mit ihm anzulegen. Das Gleiche rate ich dir.»

«Du hast Angst vor ihm», sprach Sophie aus, was sie seit Langem wusste. Ihre Mutter schluckte. «Mama, warum hast du dich nie von ihm getrennt?»

«Weil wir ihm dankbar sein sollten.»

Sophie verschränkte die Arme vor der Brust. «Ach, wofür denn?»

«Er hat uns aufgenommen und dich großgezogen. Du hast die besten Schulen besucht. Das hat alles er bezahlt.»

Sophie horchte in sich hinein. Jegliches Mitgefühl mit der Mutter, die ihre Tochter so schamlos belogen und eigentlich nie beschützt hatte, war ihr in den letzten Sekunden abhandengekommen. Sophie schaute herablassend auf diese perfekt frisierte Frau, die mit ihren achtundfünfzig Jahren dank Botox keine Falte im Gesicht hatte, aber auch keine Mimik mehr besaß. «Außerdem hat er mir einmal deutlich gemacht, dass man sich nicht von einem Alexander Dresen trennt.» Sollte Sophie sie jetzt etwa bedauern? «Ich habe noch keine Lust, zu sterben oder den Rest meines Lebens in einer geschlossenen Einrichtung zu verbringen. Du weißt doch selbst am besten, dass er die Macht besitzt, das zu veranlassen. Möchtest du diese Erfahrung noch einmal machen?»

Nein, das wollte Sophie nicht. Genau das hatte ihr Vater ihr angetan, als sie ihm mit siebzehn klargemacht hatte, was sie von seinen dubiosen Geschäften hielt. Schon damals hatte sie erkannt, dass er mit seinen Unternehmen für Kriminelle Geldwäsche betrieb. Sie hatte ihm gedroht, ihn fertigzumachen, weil es nicht zu ihrem Weltbild und ihrem Sinn für Gerechtigkeit passte, dabei zuzusehen, wie ihr Stiefvater vom Drogen-, Menschen- und Waffenhandel profitierte und billigte, dass Unschuldige dafür getötet und gequält wurden. Wie naiv von ihr! Einem Alexander Dresen drohte man nicht ohne Konsequenzen. Er hatte sie daraufhin zwangseinweisen und ruhigstellen lassen, weil sie mit Wahnvorstellungen angeblich eine Gefahr für sich und andere darstellte. Wenn die Erinnerung daran hochkam, was sie dank ihm in dieser Spezialklinik erlebt hatte, bekam sie immer noch Panik und Todesangst.

«Deine Freunde und dieser Lehrer, ihr habt wohl mit eurer Herumschnüffelei einige Geschäftspartner von ihm so nervös gemacht, dass sie ihre Investitionen in ein geplantes Großprojekt auf der Insel überdenken. Und du steckst mittendrin. Er war so wütend, dass er damit gedroht hat, dich wieder wegzusperren. Das wollte ich dir ersparen. Ich habe keinen anderen Ausweg gesehen, als dich mit dieser Lüge nach Hamburg zu locken. Sophie, lass dieses Studium und hör auf, solche Lügen über ihn zu verbreiten.»

«Aufgeben? Niemals! Du weißt genau, dass das keine Lügen sind, aber du bist ihm hörig.» Sophie schaute ihrer Mutter in die Augen, und was sie sah, machte sie wütend und traurig zugleich. «Wovor hast du tatsächlich Angst?» Sie zeigte auf die Handtasche im Wert eines Kleinwagens am gebeugten Unterarm ihrer Mutter. «Mittellos dazustehen! Das ist alles, was dich kümmert.» Ihre Mutter holte aus und schlug ihr mit der flachen Hand ins Gesicht. «Ich habe dich gewarnt.» So war es schon immer gewesen. Die Gewalt, die Marlene Dresen stumm von ihrem Mann ertrug, gab sie dann an ihre Tochter weiter, wenn ihr die Argumente fehlten. Ihre Mutter, die in diesem Moment nicht mehr für sie war als eine Frau im Designerkostüm, wendete sich ab und lief aus der Wohnung. Während sich Sophie die Wange rieb, hörte sie eine Autotür zuschlagen und die Limousine davonfahren. Ihre Augen füllten sich mit Tränen. Ab heute hatte sie keine Familie mehr. Sie schniefte und wischte sich die Nase am Jackenärmel ab. Was erschütterte sie aber so an dieser Erkenntnis? Das wusste sie doch seit Jahren. Sie spürte kurz in sich, und es gab keinen Zweifel. Es war die pure Angst. Angst davor, ihrem Vater völlig ausgeliefert zu sein. Denn in einem hatte ihre Mutter recht: Alexander Dresen war mehr als mächtig. Sie hatten bei ihrer letzten Ermittlung mit Zornik im Umfeld des Immobilienbüros Winkler & Partner Verbindungen zur italienischen Mafia entdeckt, die über Strohmänner und ein weitverzweigtes, undurchdringliches Netzwerk in Immobiliengeschäfte und in die Tourismusbranche investierte und schmutziges Geld wusch. Dabei war auch der Name von Alexander Dresen aufgetaucht. Ein Informant hatte Zornik gesteckt, dass sie etwas ganz Großes planen. Genau das hatte ihre Mutter gerade bestätigt. Dafür musste ihr Vater alle Störfaktoren beseitigen. Polizei, Richter und Staatsanwaltschaft konnte er bestechen, aber Zornik und die Studierenden, zu denen auch seine Stieftochter gehörte, eben nicht. Deshalb würde er sämtliche Geschütze auffahren, um sie zur Vernunft zu bringen. Und wenn ihm die Akademie querkam, würde er alles daransetzen, sie zu schließen. Er würde auch dieses Mal nicht davor zurückschrecken, sie in diese spezielle geschlossene Psychiatrie zwangseinweisen zu lassen. Sophie fröstelte, und ihre Hände zitterten.

Die Tür zu ihrem Zimmer öffnete sich, und Charlotte steckte den Kopf herein. «Du bist da?», stellte sie perplex fest und musterte sie durchdringend.

Sophie kannte diesen Blick ihrer Mitstudentin. Den setzte Charlotte auf, wenn sie die Gefühle ihres Gegenübers ergründete. Mit ihrem Bachelor in Psychologie und ihrer besonderen Gabe, sich in Menschen hineinzudenken, erfasste Charlotte stets treffend und blitzschnell die Lage. Sophie wollte jetzt nicht von ihr seziert werden.

«Geht es dir gut?», fragte Charlotte und stand im nächsten Moment schon im Raum. «Wenn du reden willst ...»

Scheiße, nein! Sie wollte nicht reden. Niemand, besonders Charlotte, sollte sie schwach sehen. Eine Sophie Dresen fürchtete sich nicht!

«Ich verschwinde schon, Sophie. Mach keinen Blödsinn. Für alles gibt es eine Lösung.» Charlotte schloss die Tür.

Sophie musste raus, raus, bevor die anderen kamen und ihr ansahen, wie hilflos sie sich gerade fühlte. Sie zog ihre Sportklamotten an, schnappte den Schlüssel und ließ das Handy bewusst im Zimmer zurück. Sie ahnte, dass ihr Vater nicht einfach so aufgab. Das tat er nie. Marlene war ihr nicht aus eigenem Willen gefolgt. Er hatte sie geschickt, um eine letzte Warnung auszusprechen. Die hatte Sophie mit ihrer Reaktion zurückgewiesen. Im nächsten Schritt würde Wilbert sie wahrscheinlich einfangen. Nicht hier auf dem Gelände der Akademie, sondern wenn sie da draußen allein unterwegs war. Dann würde ihr Vater ihren Freunden gegenüber etwas von einer Krankheit erfinden und sie von jeglichem Außenkontakt isolieren. *Ich muss wachsam sein.* Draußen schwang sie sich aufs Fahrrad und trat kräftig in die Pedale.

Sophie raste mit dem Rad Richtung Nordosten nach Lietzow, ließ den Jasmunder Bodden links liegen und rollte durch Sagard. Der Himmel über ihr war grau mit tiefen Wolken verhangen. Eisiger Wind peitschte ihr den Nieselregen ins Gesicht, der sich wie tausend Nadelstiche anfühlte. Doch der Schmerz störte sie nicht, sie empfand ihn sogar als heilsam, weil er sie von ihrer Angst und ihrer Wut ablenkte. Am Wegweiser nach Lohme bog sie von der Bundesstraße in den Nationalpark ein und fuhr auf Waldwegen bis zur Steilküste. Sie wollte zu ihrem Lieblingsplatz, einem einsamen Aussichtspunkt auf das Meer und den Schwanenstein, einem Findling aus der Eiszeit mit tragischer Geschichte, der zwanzig Meter vom Ufer entfernt aus dem Wasser ragte. Ein Kraftort, mit dem sie sich auf geheimnisvolle Weise verbunden fühlte. Hier würde sie um diese Jahreszeit allein sein und darüber nachdenken können, wie es weiterging. Der Nieselregen hatte den Hochuferweg aufgeweicht. Das Vorderrad rutschte weg. Sie konnte es nicht ausbalancieren und sprang vom Sattel in den Matsch, der hoch aufspritzte. Egal. Dann würde sie den Rest des Weges eben schieben. Ein Schild warnte die Wanderer davor, bei Regen und Schnee weiterzugehen. Sophie ignorierte die Gefahr. Noch hatte sie ihr Ziel, den hölzernen Treppenabstieg in unmittelbarer Nähe der Ruine des ehemaligen Chemnitzer Kinderheims, nicht erreicht. Über ihr rauschten die Bäume im Wind, der stärker wurde, je näher sie dem Waldrand kam, der an der Steilküste bis hinunter an den steinigen Strand reichte. Nun konnte sie auch das Rauschen der Brandung hören. Sie blieb kurz stehen und atmete tief durch. Was war das? Polizeisirenen von mehreren Einsatzfahrzeugen, die näher kamen. Neugierig schob sie das Rad vorwärts und lugte durch die Bäume zum grauen Bau der Kinderheimruine, vor dem mehrere Fahrzeuge mit Blaulicht zum Stehen kamen. Sophie erstarrte. Hat ihr Vater jetzt etwa die Polizei auf sie gehetzt? Sie beobachtete, wie Polizisten in Uniform ringsum das Gelände mit schwarz-gelbem Flatterband absperrten. Nein, der Einsatz hatte nichts mit ihr zu tun. Erleichtert atmete sie auf. Ein Zivilfahrzeug fuhr vor, und Hauptkommissar Blume stieg aus. Trotz der Entfernung erkannte sie den Mann an seinem roten Schal über dem offenen Mantel, seinem eckigen Gang und dem grauen Haar, das wie eine Haube steif an seinem Kopf anlag, weil er es sicher wieder mit Gel zugekleistert hatte. Sie hatten in ihrem ersten Fall, den Zornik mit zum Unterricht gebracht hatte, mehrmals mit Blume zu tun gehabt. Er war ihnen seinerzeit auf die Schliche gekommen, dass sie heimlich in einem Mordfall ermittelten, den er eingestellt hatte. Bei den wenigen Begegnungen wirkte er immer wie aus dem Ei gepellt, als würde er geradewegs in die Oper wollen. Kaschmirmantel, schwarzer Anzug, weißes Hemd, Schlips und den roten Schal. Wenn Blume hier ermittelte, bedeutete das etwas Schwerwiegendes. Drogen? Die Ruine war bestimmt ein perfekter Ort, um illegales Zeug dort zwischenzulagern. Aber dann käme nicht die Mordkommission. Es konnte sich nur um einen Toten handeln. Wahrscheinlich hatte jemand in dem verfallenen Gebäudekomplex eine Leiche gefunden. Vielleicht nach einem Unfall? Die Kinderheimruine gehörte zu den gefragten Lost Places, die Abenteurer und Hobbyfotografen so gerne erkundeten und ihre Bilder oder Videos zu den schaurigen Orten im Netz teilten. «Hör auf, dich abzulenken! Das geht dich nichts an», murmelte sie vor sich hin, weil sie sich dabei ertappte, dass sie sich neugierig an das Geschehen heranpirschte. Sie musste sich auf ihre eigenen Probleme konzentrieren und eine Lösung finden, um sich aus dem Dunstkreis ihres Vaters zu befreien. Hinter ihr knackte es. Sophie erschrak. Kaum dachte sie an ihren Vater, war sie plötzlich wieder da, diese Scheißangst, ihm hilflos ausgeliefert zu sein. Sie drehte sich um und spähte in alle Richtungen. Der Wald war wieder still hier oben, die Bäume schwarz und grau, die Wurzeln am Boden von feinen Nebelschwaden verdeckt. Sie atmete einmal tief durch. Unter den modrigen Geruch nach verwesenden Blättern und nasser Erde mischte sich der Hauch eines rauchigen Männerparfüms, den der Wind in ihre

Nase trug. Hatte ihr Vater längst jemand anderen als Wilbert geschickt, der sie bereits observierte und bei der nächsten Gelegenheit einkassierte? Sie hielt die Luft an und schärfte ihre Sinne. *Nein, da ist niemand.* Sophie drehte ab und lief Richtung Abbruchkante. Da war es wieder, dieses Geräusch. Ruckartig drehte sie sich um und lauschte. Anscheinend wurde sie langsam paranoid. Sie lehnte ihr Fahrrad an einen Baum neben die Holztreppe, die nach unten zum Strand führte. Dabei ließ sie das Gefühl, beobachtet zu werden, nicht los. Sie hielt inne. Und wenn ihr Vater dieses Mal kurzen Prozess mit ihr machte? Sie traute ihm alles zu. Würde er sie auch umbringen lassen? Wenn es ihm nützte, ja. Es würde wie ein Unfall aussehen. Schließlich war sie nicht sein Fleisch und Blut, sondern der Bonus, den ihre Mutter mit in die Ehe gebracht hatte. Ein Bonus, der nun zur Belastung, ja zur Gefahr für ihn geworden war. Mit zitternden Knien stieg sie die Treppe hinunter. Nein, sie würde sich nicht kampflos ergeben. Erst einmal musste er sie kriegen.

KAPITEL 4

S ie war verdammt aufmerksam und hätte ihn beinahe bemerkt. Ein Glück, dass dieser geschlossene Hochsitz noch in der Nähe war, auf den er sich schnell wieder zurückzog. Er beobachtete, wie sie neugierig zur Kinderheimruine hinüberspähte. Dort rückte die Polizei gerade mit einem Großaufgebot an. Die junge Frau gefiel ihm, ihre schlanke Figur, die fast knabenhaft aussah. Und wie sie sich bewegte, geschmeidig wie eine Katze. Er schaute durch sein Fernglas. Die dunklen Augen ließen ihn vermuten, dass sich unter ihrer Mütze schwarzes Haar verbarg. Seine Hände kribbelten vor Aufregung, und er leckte sich die Lippen. Dass er so eine Schöne ausgerechnet hier traf, war ein Zufall, den es nur selten im Leben gab. Sie stieg die Holztreppe zum Strand hinunter. Er zückte das Prepaidhandy und tippte auf den einzigen Namen, der in der Kontaktliste stand. Es dauerte einen Moment, bis er die gewünschte Stimme hörte.

«Jemand hat unsere Leiche entdeckt. Die Polizei nimmt gerade den Fundort auseinander.»

«Was machst du dann dort? Sieh zu, dass du wegkommst, oder willst du riskieren, dass sie dich noch als Zeugen befragen?»

Er lachte in sich hinein. «Stell dir das mal vor.»

«Du siehst jetzt zu, dass du dort ungesehen verschwindest. Verstanden! Sonst ...»

«Was sonst? Wirst du mich verpfeifen?» Er machte eine Pause. «Das wagst du nicht.» Stille am anderen Ende der Leitung. Dann hörte er es knacken. Sein Gesprächspartner hatte aufgelegt. Er hasste diesen Befehlston. Nein, so ging man nicht mit ihm um. Wer war er denn? Doch keine Marionette. Es wurde Zeit, ein Exempel zu statuieren und zu demonstrieren, dass er in seinen Entscheidungen frei war. Sein Blick fiel auf das Fahrrad, das die Schöne neben der Holzstiege an eine der krummen Kiefern gelehnt hatte. Eine zweite Leiche in so kurzer Zeit und in unmittelbarer Nähe zur ersten würde nicht nur die Polizei alarmieren und für einige Verwirrung sorgen.

KAPITEL 5

D ie Blaubeermuffins waren ausverkauft. Und es hatte Henry einige Überredungskunst gekostet, dass Matti Käsekuchen als Nachmittagssnack akzeptierte. Dadurch hatten sie das Zeitkontingent, das der Junge stets für jede Aktivität im strikt getakteten Tagesablauf festlegte, mittlerweile um dreißig Minuten überschritten. Deshalb diskutierten sie auf der Fahrt zu Henrys Hof, welche der geplanten Nachmittagsaktivitäten ausfallen müssten, damit sie es bis 18.00 Uhr pünktlich schafften, im Kinderheim zu sein. Henrys Einsparungsvorschlag, alle weiteren Aktivitäten um zehn Minuten zu kürzen, fand Matti inakzeptabel, würde diese Option doch unnützen Druck oder gar Chaos erzeugen. «Für die Lösung der drei Aufgaben in Mathe, Recherche und Steckbrief des Wiesenbläulings in Sachkunde brauche ich die fünfundvierzig Minuten», rechnete Matti ihm vor. «Ebenso lässt sich das Verspeisen eines Stücks Käsekuchen, das laut Aussage der Backwarenfachverkäuferin zehn Gramm mehr wiegt als der Blaubeermuffin und damit ein Viertel mehr an Masse mitbringt, nicht in kürzerer Zeit als ein Blaubeermuffin herunterschlucken, wenn man ihn ordentlich kaut, um die Produktion der zur Verdauung nötigen Säfte im Körper anzuregen. Theoretisch müsste man dafür das Zeitfenster um drei Minuten und fünfundvierzig Sekunden erweitern.»

«Einverstanden!» Henry gab sich geschlagen. Er rollte langsam auf den ungepflasterten Hof. «Was gedenkst du also zu streichen?», fragte er und schaute zu Matti auf dem Beifahrersitz, der beim Reden geradeaus starrte. Trotz der Wärme im Auto behielt das Kind seine Bommelmütze auf. «Der Spaziergang ist notwendig, damit ich frische Luft bekomme, das Hörspiel zur Entspannung. Das Gesellschaftsspiel ist förderlich für unser Beisammensein und stabilisiert meine Psyche. Die Hausaufgaben und deren Kontrolle können wir auch nicht wegfallen lassen, weil das Ärger mit meiner Klassenleiterin nach sich zieht und einen Eintrag bedeutet, den Frau Haberland liest, sodass sie dann unsere Treffen unter der Woche nicht erlaubt. Ich denke, du solltest die Hühner heute allein füttern, während ich das Hörspiel anhöre. Dann ist das Zeitkonto wieder ausgeglichen, vorausgesetzt, du brühst sofort den Tee auf, damit er ziehen kann, während ich Schuhe und Jacke ausziehe und den Toilettengang erledige.»

Henry atmete auf. «So machen wir das.» Er hielt direkt vor der blauen Eingangstür des reetgedeckten Fachwerkhauses, das er dank seiner Ex-Kollegin Martha vor vier Wochen gemietet und bezogen hatte. Auch wenn die alte Fischerkate in Alleinlage am Rand von Bergen seine Macken hatte, war sie ein Glücksgriff gewesen. Martha hatte sie ihm vermittelt, da sie die Tochter des betagten Besitzers kannte, der bis zu einem Sturz Anfang Oktober allein in dem Haus gelebt hatte. Der Dreiundachtzigjährige war nach einem Krankenhausaufenthalt ins Pflegeheim gekommen. Seine Tochter brachte es nicht fertig, ihr Elternhaus an einen dieser Immobilienhaie auf Rügen zu verscherbeln. Da sie selbst aber in Rostock lebte, suchte sie für die nächsten fünf Jahre einen Mieter, der bereit war, Haus und Grundstück in Ordnung zu halten und sich um die Obstwiese und die Hühner zu kümmern. Der Mietpreis war entsprechend günstig. So schlug Henry zu, hatte er doch nun viel Platz und konnte vor die Tür treten, ohne gleich auf der Straße zu stehen. Im Gegensatz zu der Zweizimmerwohnung unterm Dach mitten in Bergen, die er erst vor Kurzem von seinem Ex-Kollegen Borowski übernommen hatte. Nachdem er in der Kate alle Zimmer gestrichen, den Teppichboden herausgerissen und die Holzdielen sowie Treppenstufen abgeschliffen hatte, war auch der muffige Geruch verschwunden. Henry hatte sich mit raumhohen Bücherregalen, Ledercouch, buntem Wollteppich, Bauernschrank und einem Tisch mit dicker Eichenplatte eingerichtet, um den er verschiedene Stühle gruppierte. Dann hatte er sogar noch die alten Küchenmöbel restauriert. Und als er den Kamin nach der Reparatur durch den hiesigen Ofenbauer zum ersten Mal angezündet hatte, fühlte er sich zu Hause angekommen. Matti bekam ein zwölf Quadratmeter großes Zimmer unterm Dach mit Ausblick auf die riesige Obstwiese hinterm Haus, direkt gegenüber Henrys Schlafzimmer. Hier konnte der Junge zur Ruhe kommen. Frau Jakob vom Jugendamt war begeistert gewesen und unterstützte ihn dabei, Matti adoptieren zu dürfen, und dass Henry ihm einen Hund kaufen wollte, der dann hier mit ihnen lebte, fand sie großartig. Aber noch war es nicht so weit, dass Matti und ein Vierbeiner hier für immer einzogen. Zuerst musste Henry die Tests bestehen, dass er sich angemessen um dieses besondere Kind kümmern konnte, das Matti zweifelsohne war. Und dann gab es auch noch die Auflage der Familienrichterin, die über seinen Fall entschied. Sie verlangte, dass Henry die abgebrochene Therapie zur Trauma-Bewältigung nach dem Tod seiner Kollegin Hanna wieder aufnahm und erfolgreich beendete. Wie sollte er dem allem bloß gerecht werden? Henry seufzte, stieg aus und holte Mattis Ranzen vom Rücksitz. Er half dem Jungen heraus, schloss ihm die Haustür auf und leerte den Briefkasten. Dabei erinnerte er sich an den Umschlag, den er schon den halben Tag ungeöffnet mit sich herumtrug. Später! Jetzt musste er erst einmal dafür sorgen, dass Mattis Zeitplan aufging, damit sie einen entspannten Nachmittag verbringen konnten und der Junge wieder ins Gleichgewicht kam. Außerdem musste er unbedingt noch ein paar Minuten für ein Ballspiel herausholen, bei dem sie Mattis verzögertes Reaktionsvermögen trainierten. Wenn sie das öfter übten, lachte in zwei Wochen niemand mehr über den Jungen. Er dachte an die drei frechen Burschen. Denen würden sie es zeigen! Also beeilte er sich, lief direkt in die Küche, füllte den Wasserkocher auf und deckte den Tisch für den Nachmittagstee. Er schaute um die Ecke in den Flur. Matti hängte seine Sachen auf, schlüpfte in die Hausschuhe und brachte seinen Ranzen nach oben in sein Zimmer. Wichtig war, dass man ihn in seinen Abläufen nicht durcheinanderbrachte, dass die Hausschuhe immer an derselben Stelle standen. Dass stets der gleiche Kleiderhaken für seine Jacke reserviert war und im Badezimmer sein blaues Handtuch bereithing. Sich darauf einzustellen, fand Henry nicht besonders schwer. Komplizierter war es mit den zeitlichen Vorgaben und der Reihenfolge, die Matti für jede Tätigkeit im Tagesablauf festgelegt hatte. Gab es da Überschneidungen oder Verschiebungen, mussten alle Punkte neu sortiert werden. Gelang Matti das nicht, verhielt er sich auffällig und reagierte auf die Überforderung mit einer gewissen Erstarrung, dann ging nichts mehr. Matti selbst hatte es einmal so formuliert: wie ein Computerprogramm, das sich aufhing. Entweder gewöhnte sich Henry zukünftig daran, dass jeder Tag bis ins Detail getaktet war, oder er musste einen Weg finden, dass der Junge eine gewisse Vagheit besser aushielt. Wie gerne hätte er Hanna oder ihre Mutter dazu um Rat gefragt. Doch beide waren tot.

Matti trat in die Küche. Er schaute auf die Wanduhr über dem Tisch und blieb neben dem Stuhl stehen, bis es Punkt 14.00 Uhr war. Erst dann setzte er sich. Henry stellte ihm den fertigen Tee neben den Teller, auf dem das Stück Käsekuchen lag. «Lass es dir schmecken», sagte er und setzte sich Matti gegenüber. Wie immer verzehrte der Junge den Nachmittagssnack bis auf den letzten Krümel, bevor er den Tee anrührte. Erst dann sprachen sie. Und Matti stellte stets die gleiche Frage: «Wie war es bei der Arbeit?»

«Gut», sagte Henry und las am Blick des Jungen, dass diesen eine solche Standardantwort nicht zufriedenstellte. Also sprach er weiter: «Wir haben eine neue Lektion begonnen, und die Studierenden brennen darauf, dass ich ihnen einen Fall mitbringe.» Henry zuckte mit den Schultern, um Arglosigkeit zu demonstrieren, denn er wollte dem Jungen keinesfalls erzählen, dass es in der Lektion um solche Serientäter ging, von denen einer seine Mutter umgebracht hatte. «Und bei dir? Wie lief es in der Schule?»

«Wie immer», antwortete Matti und musterte ihn abschätzend. «Du versuchst, mich abzulenken, weil du mir nicht erzählen willst, worum es in der neuen Lektion geht.»

«Richtig. Du bist erst neun, und ich finde, dass die Inhalte von Kriminologie-Vorlesungen für Jungs in deinem Alter zu gruselig sind.» Matti hielt inne und sah ihn herausfordernd an. «Du weißt, dass ich andere Interessen als meine Mitschüler habe und mir im Internet jedes Kriminologie-Buch besorgen und lesen kann.» Ja, das wusste Henry. Es war eine fadenscheinige Begründung, die Matti natürlich durchschaute. «Es geht um Mordmotive bei Serientätern», sagte er wahrheitsgemäß.

«Dann wirst du ihnen den Fall mitbringen, bei dem meine Mutter ermordet wurde», sagte das Kind, ohne dass sich in seinem Gesicht etwas regte, was ihn völlig emotionslos erscheinen ließ.

Henry erstarrte, gleichzeitig war er in diesem Moment froh, dass Matti sich nicht in Henrys Gefühlswelt hineinversetzen konnte.

«Nein, das werde ich eben nicht», entgegnete Henry bestimmt. Woher wusste Matti, dass seine Mutter von einem Serientäter umgebracht wurde? Er hatte ihm das nie so deutlich gesagt. «Hat deine Großmutter dir das erzählt?» Matti nickte.

«Aber sie wollen es, und du bist nicht bereit.» Henry war wieder einmal verblüfft von Mattis Einsicht.

«Richtig! Weil wir uns an ungelösten Fällen abarbeiten wollen. Der Rosenmörder-Fall ist aufgeklärt.»

Matti musterte ihn, ohne eine Miene zu verziehen, und schwieg, was Henry verunsicherte.

«Wir sollten jetzt schnell abräumen», mahnte Henry mit Blick auf die Uhr. «Damit wir in unserem Zeitplan bleiben.»

Matti stand auf und half ihm, das Geschirr in die Spüle zu stellen. Wortlos verließ er die Küche, um im Wohnzimmer sein Hörspiel zu hören. Henry schloss einen Moment die Augen. Dieses Kind besaß eine Klarsicht, die ihn jedes Mal sprachlos machte. Und dazu kam: Er hatte recht. Ja, Henry scheute sich davor, den Rosenmörder-Fall mit seinen Studenten auseinanderzunehmen. Die Erinnerung war zu schmerzlich. Er hatte damals keinen Ermittlungsfehler begangen! Die Beweislage war auch ohne Tom von Bredows Geständnis eindeutig gewesen. Man konnte jemandem auch Zweifel einreden. Es reichte schon, dass er sich aufgrund der Aussage eines Psychopathen, dass Matti Tom von Bredows leiblicher Sohn war, dazu hatte hinreißen lassen, illegal einen Vaterschaftstest in Auftrag zu geben. Eigentlich Schwachsinn. Dieser Irre hatte ihn doch nur emotional treffen wollen, um ihn zu verunsichern und im Kampf wieder Oberwasser zu gewinnen. Es war Zeit, diesen Spuk zu beenden.

Henry lief Matti hinterher. Der saß mit Kopfhörern auf dem Sofa vorm Kamin und hörte *Harry Potter* auf Spanisch. Eigentlich sollte er jetzt die Hühner füttern ... Entschlossen öffnete er im Flur die Ledertasche und holte den Brief des medizinischen Labors heraus. Er drehte ihn in der Hand. War es nicht manchmal besser, die Wahrheit im Verborgenen zu lassen? Wem nützte das Wissen, ob Tom von Bredow Mattis Erzeuger war? Würde diese Wahrheit den Jungen nicht belasten? Aber wie er es auch drehte und wendete, kam er immer wieder zu demselben Ergebnis: Der Junge hatte ein Recht darauf, zu erfahren, wo seine Wurzeln waren. Er dachte an die eigene Wut auf seine Mutter, die ihm seinen Vater verschwiegen hatte. Es war wichtig, das zweite Elternteil zu kennen. Auch wenn der Kerl ein Arschloch war und sich nie um ihn gekümmert hatte. Oder in Mattis Fall sogar ein Mörder.

Henry riss den Umschlag auf, entfaltete das Schreiben und las. «99,87 Prozent Übereinstimmung ... ergeben eine eindeutige verwandtschaftliche Beziehung ersten Grades zwischen den DNA-Proben der Personen A und B», murmelte er und erstarrte innerlich. Kurz fehlte ihm die Luft zum Atmen. *Tom war Mattis Vater.* In Henrys Ohren hallte die anderen Worte von Borowski wider: *Tom hätte Hanna nie etwas getan.* Stimmte das dann etwa auch? Wenn ja, rückte diese Erkenntnis den Rosenmörder-Fall doch in ein völlig neues Licht. Wer, wenn nicht Tom, hatte Hanna so grausam umgebracht? Nicht nur Hanna, sondern auch die fünf Frauen zuvor? Und weiter: Warum hat sich Tom umgebracht? Aus Verzweiflung, weil er wusste, dass er nie wieder freikam?

Und was hieß das nun für Matti? Henry musste erst noch überlegen, wie und wann er ihm davon erzählen würde. Er versteckte den Brief im oberen Küchenschrank hinter den Tassen. Dann schlüpfte er in die Hoflatschen und lief nach draußen zum Hühnergehege hinterm Haus. Ein eisiger Wind pfiff um die Ecke. Henry fror. Nicht wegen der Kälte, es war eher innerlich. Er musste sich den Rosenmörder-Fall noch einmal vornehmen. Am besten jetzt sofort. Doch das ging nicht. Jetzt war Mattizeit. Mit einem Kind im Haus änderten sich die Prioritäten. Er konnte nicht mehr einfach losrennen. Auch er musste lernen, flexibler zu werden und seine Impulse zu kontrollieren. Das fiel ihm bei allen anderen Dingen leicht, nur den Drang zu ermitteln, der ihn jetzt überfiel, konnte er schwer unterdrücken. Er zückte sein Handy und rief Martha an, um mit ihr gleich morgen früh einen Termin im Polizeiarchiv zu vereinbaren. Sie ging nicht ran. Also sprach er auf ihren Anrufbeantworter. «Hey Martha wie sieht's aus? Bist du morgen im Dienst? Ich wollte dich besuchen. Passt es gegen 7.00 Uhr? Ich bringe was zum Frühstück mit.» Das war die beste Zeit, um Francesco Blume nicht über den Weg zu laufen. Sein Erzrivale begann den Arbeitstag nie vor neun. Darin war der Kriminalhauptkommissar genauso berechenbar wie in allen anderen Dingen. Kaum hatte Henry das Telefon wieder in die Hosentasche gesteckt, klingelte es. Martha rief zurück. Ihre Stimme klang aufgeregt.

«Sie haben oben in Lohme in der alten Kinderheimruine eine Mädchenleiche gefunden, ziemlich übel zugerichtet. Blume hat bei mir gerade die Leichenfundortbilder vom Rosenmörder-Fall angefordert.» Henry brauchte keine Fotos, um die Leichen der fünf Touristinnen und die von Hanna vor sich zu sehen. Er schluckte. Das konnte nur bedeuten, dass die Anzeichen so klar waren, dass es einen Zusammenhang zu damals gab, dass selbst Francesco Parallelen sah...

«Kannst du mich zu ihm durchstellen, Martha?»

«Er ist noch oben in Lohme am Fundort. Da störe ich ihn besser nicht. Und du solltest das auch nicht tun.» Kurze Stille in der Leitung. Anscheinend wartete sie auf eine Antwort von ihm. Er hörte Marthas schweres Atmen. «Vergiss es, dich einzumischen! Du kennst ihn. Er wird sich das nicht gefallen lassen, dass du ihm immer wieder die Kompetenz absprichst. Und du wirst regelrecht manisch, wenn du einen Mörder jagst. Das kannst du dir gerade nicht leisten. Denk dran, du willst Matti adoptieren. Das Jugendamt hat dich genau im Blick. Zerstöre nicht, was du dir mit Matti schon erarbeitet hast. Der Junge hat genug gelitten.»

«Das ist mir bewusst. Deshalb will ich es dieses Mal besser machen. Aber du kennst mich. Ich kann nicht so tun, als ginge mich das alles nichts an. Wenn es Parallelen gibt, kann es sein, dass ich damals einen Fehler gemacht habe. Und das heißt auch, dass der wahre Täter noch frei herumläuft.»

«Es kann aber auch ein Nachahmer sein.»

«Genau das muss ich herausfinden. Du weißt, dass ich keine Ruhe mehr finde.»

«Henry, du kannst nicht einfach privat ermitteln.»

KAPITEL 6

Matti legte die Kopfhörer auf den Couchtisch vor dem Sofa und schaltete das iPad aus. «Fertig!» Henry bemühte sich, unbefangen zu lächeln, damit der Junge nicht merkte, wie erschüttert Henry von dem DNA-Test und der Nachricht mit der Mädchenleiche war. «Die Hühner sind gefüttert», sagte er, um Matti in Sicherheit zu wiegen, dass bis jetzt alles nach Plan lief. Matti nickte und schaute auf die Uhr. Er wirkte entspannt, denn sie hatten tatsächlich die verlorene Zeit wieder aufgeholt.

«In einer Minute beginnt meine Hausaufgabenzeit. Wir müssen nach oben gehen.» Der Junge stand auf und machte sich auf den Weg. Henry zeigte nach draußen, wo eine schwache Novembersonne die Wolkendecke durchbrach.

«Was hältst du davon, wenn wir Hausaufgabenzeit und Spaziergang heute einmal tauschen und ausnutzen, dass gerade die Sonne scheint?» Matti schaute ihn irritiert an, überlegte aber. «Außerdem trainieren wir damit deine Flexibilität.»

«Ist das wichtig?»

«Ich denke schon. Das Leben verläuft nicht immer nach Plan, und du musst lernen, damit umzugehen. Hat nicht Frau Haberland zu dir gesagt, dass du unvorhergesehene Zeitfenster mit anderen Aktivitäten füllen sollst?»

«Aber es gibt heute kein unvorhergesehenes Zeitfenster mehr.»

«Stimmt. Unser Training soll dir aber helfen, dich auf gegebene Situationen einzulassen. Die Sonne scheint jetzt. In einer Stunde könnte es regnen.»

«Mit der richtigen Kleidung kann man auch bei Regen spazieren gehen. Wir sollten also vorsorglich Gummistiefel und Regenjacke anziehen», sagte Matti und wollte die Treppe zum Dachgeschoss hochsteigen.

Henry wusste, dass man nur das richtige Argument brauchte, um Matti zu überzeugen. Deshalb sagte er beinahe beiläufig: «Das könnten wir, aber warum sollten wir nachher im Regen spazieren gehen, wenn jetzt die Sonne scheint? Zu wenig Sonnenlicht schlägt nicht nur aufs Gemüt, Studien zufolge hat das sogar Auswirkungen auf unsere Denkleistung. Wissenschaftler der University of Alabama haben nachgewiesen, natürliches Sonnenlicht beeinflusst die Denkleistung positiv, wohingegen Lichtmangel sich negativ auf die Hirnfunktion auswirkt, weil es die Hirndurchblutung und damit die Hirnleistung mindert. Gerade wenn die Tage kürzer werden, ist es daher wichtig, seinen Sonnenbedarf dennoch zu decken, beispielsweise durch einen Spaziergang von mindestens 20 Minuten.»

«Verstehe. Meine Konzentration und Denkleistung für die Hausaufgaben würden sich durch das vorherige Auftanken mit Sonnenlicht merklich verbessern.»

«Du wärst effektiver.»

«Damit könnte ich die Aufgaben schneller lösen und würde ein zusätzliches Zeitfenster für eine andere Tagesaktivität gewinnen.»

«Zum Beispiel ein Ballspiel.»

«Lass es uns probieren», willigte Matti schließlich ein. «Sollte es tatsächlich zu diesem Ergebnis führen, dann werde ich meinen Tagesablauf zukünftig danach ausrichten und ihn umstellen.»

Henry atmete auf. Matti kam die Treppe wieder herunter, schlüpfte in die Halbstiefel und zog sich die Jacke an. Jetzt musste Henry ihn nur noch dazu überreden, dass sie heute an einem anderen Ort spazieren gehen würden. Er schnappte sich die Autoschlüssel auf der Kommode, was Matti natürlich registrierte. Fragend schaute ihn der Junge an. «Wir fahren ans Meer?» Henry nickte. Während er Matti die Mütze richtig aufsetzte und darauf achtete, dass der Junge seine Handschuhe nicht vergaß, kamen ihm Zweifel, ob es richtig war, mit einem Kind zum Fundort einer Leiche zu fahren. Er wollte ja nur kurz mit Francesco reden. Mehr nicht!

Matti war ohne weiteren Protest ins Auto eingestiegen und hatte während der ersten Kilometer stumm aus dem Fenster gesehen. Erst als er in Prora nach links Richtung Sassnitz anstatt nach rechts Richtung Binz abbog, drehte er ihm das Gesicht zu. «Du bist falsch abgebogen. Nach Baabe geht es dort entlang.» Matti zeigte hinter sich.

«Wir fahren heute einmal an einen anderen schönen Ort, wo man sich auch den Wind um die Nase wehen lassen kann», sagte er nur knapp, weil er Sorge hatte, dass der Junge ihn durchschaute. Matti zog die Augenbrauen hoch, und Henry bemerkte, wie das Unbekannte dafür sorgte, dass der Junge verkrampfte. «Ich möchte dir nämlich meinen Lieblingsplatz zeigen, den Schwanenstein. Das ist ein Felsbrocken im Meer vor der Steilküste in Lohme. Da bin ich früher als

Kind immer mit dem Fahrrad hingefahren, wenn ich traurig war oder es Ärger gab, weil ich mich auf dem Schulhof geprügelt hatte.» Er verschwieg aber, dass er dort als Neunjähriger bei einer Mutprobe beinahe wie sein Bruder in der Meeresbrandung ertrunken wäre.

Henry drehte das Gesicht zur Seite. Mattis Verkrampfung löste sich. «Du hast in Sassnitz gewohnt. War das nicht zu weit weg?»

«Durch den Wald waren es etwa zehn Kilometer, die habe ich in dreißig Minuten zurückgelegt», sagte Henry und schaute wieder auf die Straße, die rechts bis Sassnitz direkt am Meer entlanglief, in einem linken Bogen um die Stadt herumführte und sich dann wieder nach rechts Richtung Ostküste fast bis zum Piratennest schlängelte. Ab dort führte sie mitten durch den Nationalpark Jasmund und war kurvig wie eine Serpentine im Hochgebirge.

In Lohme parkte er oberhalb des Yachthafens, der am Fuße der Steilküste lag. Zu dieser Jahreszeit schaukelten nur drei kleine Fischkutter auf den Wellen im Hafenbecken. Die Segelschiffeigner hatten ihre Boote längst abtransportiert und vor den schweren Herbststürmen in Sicherheit gebracht. Den Hafen begrenzte eine hohe Mole aus Findlingen, und die östliche Einfahrt war höchstens zwanzig Meter breit. Henry wusste, dass die Molenköpfe bei Dunkelheit befeuert wurden und die Ansteuerung des Hafens bei starkem Nordwind wegen der schmalen Einfahrt schwierig war. Direkt gegenüber erhob sich das Kap Arkona, Rügens nördlichster Punkt.

Sie stiegen aus. Henry sog die frische Seeluft tief in seine Lunge, schmeckte Salz und Seetang. Er rückte Mattis Mütze so zurecht, dass die Ohren vollständig geschützt waren, und zog ihm den Reißverschluss des Anoraks bis zum Kinn hoch. Dann zeigte er zum steinigen Strand, der südlich hinterm Hafen unter der Steilküste lag und nach etwa fünfzig Metern eine Rechtsbiegung machte. «Von hier aus können wir laufen. Der Schwanenstein ist keine dreihundert Meter entfernt.» Sie stiefelten los. Kurz bevor sie das Steilufer erreichten, blieb Matti stehen und wies auf das Schild am Wegesrand. «Es ist gefährlich hier unten auf dem Strand. Wenn die Küste abbricht, können wir verschüttet werden.» Genau damit hatte Henry gerechnet. Er war ein bisschen stolz, wie gut er Matti inzwischen schon einschätzen konnte.

«Stimmt. Das Risiko nach dem vielen Regen der letzten Tage ist besonders groß. Dann sollten wir oben auf dem sicheren Uferweg langlaufen. Komm!» Er nahm das Kind an die Hand und steuerte auf den ansteigenden Waldweg zu, der sie direkt an der Ruine des alten Chemnitzer Kinderheimes vorbeiführen würde. Ihr Ziel. Matti durfte jedoch auf keinen Fall den Eindruck gewinnen, dass er gezielt mit ihm an den Fundort einer Leiche gefahren war.

«Da scheint etwas passiert zu sein», sagte er in verwundertem Ton, als sie dem verwilderten Gelände näher kamen. In der Mitte stand ein dreistöckiges verfallenes Gebäude, dessen Putz überall abgeblättert war. Gelb-schwarzes Absperrband flatterte im Wind. Mehrere Einsatzfahrzeuge der Polizei und ein Rettungswagen parkten vor dem Eingang des Haupthauses, das hinter einem Heizhaus mit Schornstein stand. Henry beobachtete Matti, der neugierig stehen blieb. «Komm, lass uns schnell vorbeigehen. Wir wollen uns ja den Findling ansehen.»

«Willst du nicht wissen, was da los ist?»

«Ach, da ist bestimmt nur jemand gestürzt. Diese Ruinen sind bei manchen Leuten sehr beliebt, um sie zu erkunden und gruselige Fotos zu machen. Diese Leute übertreten dann die Verbotsschilder und bringen sich in Gefahr. Im Gegensatz dazu haben wir uns da unten am Strand der Gefahr nicht ausgesetzt.»

«Kennst du die Polizisten?»

«Die zwei dort am Eingang waren meine Kollegen.»

«Wir könnten hingehen, und du könntest sie fragen.»

«Ich weiß nicht, ob das so eine gute Idee wäre.»

Matti guckte ihn erwartungsvoll an. Henry wusste, dass er sehr neugierig sein konnte. Er nahm ihn an die Hand und lief auf die zwei Polizistinnen in Uniform zu, die das Gelände sicherten.

«Hallo Henry, was machst du denn hier?», fragte die ältere, die ihre dunkelblonden Haare hinten unter der schwarzen Schirmmütze zu einem Knoten zusammengebunden trug. «Maja, hallo, na das ist ja ein Zufall!», begrüßte er die Frau, die er etwas schlanker in Erinnerung hatte. «Wir wollten bei einem Spaziergang ein bisschen Wind und Sonne tanken, stimmt's, Matti?» Henry schaute zu dem Kind an seiner Seite herunter.

«Matti?», fragte Maja, lächelte das Kind an und schaute ihm dann wieder ins Gesicht. «Hannas Sohn, oder?» Henry nickte. «Ich habe schon von Martha gehört, dass du dich um ihn kümmerst.»

«Entschuldige, aber Matti hat euch gesehen und will nun unbedingt wissen, was euer Großaufgebot zu bedeuten hat.» Majas Gesicht wurde ernst. Sie presste die Lippen zusammen, antwortete Henry mit einem vielsagenden Blick, der ihm bedeuten sollte, dass man dem Kind die Wahrheit besser verschwieg. Dann ging sie auf die Knie und lächelte Matti breit an. Es dauerte einen Moment, bis sie die richtigen Worte fand. «Ein böser Mensch hat einem anderen Menschen wehgetan, und das hat jemand bemerkt und die Polizei gerufen. Jetzt gucken wir uns an, was hier passiert ist, und sichern alle Spuren.»

Ohne eine Miene zu verziehen, fragte Matti: «Ist der Mensch, dem wehgetan wurde, tot?»

Maja zog die Augenbrauen hoch, suchte Henrys Blick, weil sie wohl nicht wusste, wie sie reagieren sollte. Er nickte ihr aufmunternd zu. Matti konnte die Wahrheit vertragen. Sie würde ihm ohnehin keine Einzelheiten verraten.

«Ja, der Mensch, dem wehgetan wurde, ist tot.»

«So wie meine Mama», sagte Matti, ohne dass man ihm eine Gefühlsregung ansah. Maja musste genau wie Henry schlucken. Sie stand wieder auf. «Aber wir werden alles tun, damit wir den Bösewicht fassen, und dann wird er bestraft.» In dem Moment kam Francesco aus dem Gebäude. Mit dem schwarzen Anzug, dem weißen Hemd, dem Kaschmirmantel und dem roten Schal konnte man denken, er käme von einer Gala anstatt von einem Leichenfundort. Er streifte sich die Latexhandschuhe und blauen Fußüberzieher ab. Sein Gesicht war aschfahl, und Henry sah ihm die Erschütterung an. Bei Henrys Anblick weiteten sich Francescos Augen, die er dann zu Schlitzen zusammenkniff.

«Kannst du mal kurz auf Matti aufpassen, ich will nicht vor dem Jungen mit Francesco reden», sagte er zu Maja und beugte sich zu Matti. «Ich bin gleich wieder da. Ich muss nur mal kurz mit meinem Partner von früher reden. In der Zeit wird Maja dir mal erklären, wie sie Spuren sichern.» Henry lief Blume entgegen, der mit wehendem Mantel auf ihn zuschoss. «Was machst du hier? Hörst du den Polizeifunk ab?»

«Zufall. Ich war mit Matti spazieren. Da ...»

«Das glaubst du doch selbst nicht. Hör auf, mich wie einen Idioten zu behandeln.»

Henry überlegte kurz, sah dann aber ein, dass es besser war, Blume die Wahrheit zu sagen.

«Du hast recht. Meine Anwesenheit ist kein Zufall. Ich habe vorhin mit Martha telefoniert, wollte einen Termin für morgen früh machen, um mir einen Beispielfall für meine neue Lektion aus dem Archiv zu besorgen», sagte er, hob beide Hände, weil Francesco ihn empört anguckte. «Keine Angst, ich habe dieses Mal nicht vorgehabt, einen deiner eingestellten Fälle heranzuziehen.»

Blume entspannte sich etwas, blieb aber weiter misstrauisch. Henry musste noch etwas an Überzeugungskraft drauflegen.

«Martha hat mir von der Toten erzählt, dass du hier bist und dass du die Leichenbilder von den Rosenmord-Fällen angefordert hast. Lass mich dir helfen, Francesco! Da läuft ein Mörder herum, der ein Mädchen auf dem Gewissen hat. Wenn es Parallelen gibt, könnte es ein Nachahmungstäter sein. Ich kenne den Fall in- und auswendig, das kann dir nur nutzen.» Und etwas leiser fügte er hinzu: «Sofern ich damals nicht den Falschen verhaftet habe und der wahre Rosenmörder wieder aktiv ist.» Auch wenn Henry das nicht wirklich glauben konnte. Die Beweislage war doch so verflixt eindeutig gewesen!

Blume grinste nur arrogant. «Dass ich das mal aus deinem Mund höre. Henry Zornik zweifelt an sich.»

«Ich habe nie behauptet, unfehlbar zu sein.»

«Schöne Einsicht, dann war es ja richtig, dass du damals die Insel Hals über Kopf verlassen hast. Im Gegensatz zu dir bin ich immer noch im Polizeidienst und sogar befördert worden. Du bist raus, Henry. Du hast weder die Befugnis noch den Auftrag, in diesem oder in irgendeinem anderen Fall zu ermitteln. Ich denke, ich komme ohne dich zurecht. Mit deinen Zweifeln musst du allein klarkommen. Wahrscheinlich warst du doch nicht so genial, wie alle immer behaupten. Wenn du damals tatsächlich den Falschen hinter Gitter gebracht hast und das was mit Tom von Bredows Selbstmord zu tun hat, dann musst du das ganz allein mit deinem Gewissen ausmachen, genau wie Hannas Tod, für den du auch verantwortlich warst.»

«Deshalb will ich dir ja helfen. Zu wissen, dass der Mörder noch frei herumlaufen könnte, bereitet mir schlaflose Nächte ...» Henry unternahm einen letzten Überzeugungsversuch, auch wenn es sich für ihn erniedrigend anfühlte.

«Weißt du, deine Gewissensbisse interessieren mich nicht, Henry. Im Gegenteil, es kommt mir nur gerecht vor. Also mach, dass du vom Acker kommst! Das ist mein Fall, und der, mit dem ich dich endlich vom Thron stoße. Denn ich kann dieses ganze Gedöns, was sie in Stralsund immer noch um deine Person machen, nicht mehr hören.» Er zeigte mit dem Finger auf die Ruine. «Und wage es, auch nur einen Fuß da reinzusetzen und dich umzuschauen!» Mein Gott, wie er Blumes Platzhirschgehabe hasste. Henry blieb reglos stehen. Blume hatte eindeutig Angst, dass er ihn mit seiner besonderen Beobachtungsgabe blass aussehen ließ, wenn er nur einen Blick auf den Fundort der Leiche warf. Aber hier ging es um die Sache, nicht um Eitelkeiten. «Francesco, es geht nicht um mich. Ich will dir auch keine Konkurrenz machen», appellierte Henry an Blumes Vernunft. «Was, wenn der Täter in den nächsten Tagen oder Wochen wieder zuschlägt?»

«Verschwinde, Zornik. Danke für dein Angebot, aber ich kann durchaus auch ohne deine genialen Fähigkeiten eine heiße Spur entdecken.»

«Ach, du hast schon eine Spur?»

«Nicht nur du bist in der Lage, Mordfälle zu lösen.»

«Ist das Opfer von hier? Oder sieht es wieder nach einer Touristin aus?»

«Das kannst du dann in der Zeitung lesen. Auf Wiedersehen!», sagte Blume und winkte die junge Streifenpolizistin heran, die am geöffneten Einsatzfahrzeug stand und zusah, wie Maja Matti den Inhalt des Spurensicherungskoffers erklärte. «Liz, Sie sorgen dafür, dass dieser Herr sofort das Gelände verlässt und hier nicht weiter herumschnüffelt.» Dann wandte er sich ab, marschierte zu seinem Auto, stieg ein und fuhr davon. Die junge Polizistin sah ihn auffordernd an. «Sie haben gehört, was Hauptkommissar Blume gesagt hat. Bitte verlassen Sie mit dem Jungen das Gelände. Unbefugten ist das Betreten eines ...», begann sie, den Paragrafen wie ein Mantra herunterzubeten. Henry unterbrach sie: «Gut auswendig gelernt. Sie reden gerade mit einem ehemaligen Kollegen. Ich kenne den Text.» Die junge Polizistin, die er höchstens auf Mitte zwanzig schätzte, ließ sich von der Information zu seiner Person nicht beeindrucken, verzog keine Miene und trat einen Schritt auf ihn zu, als wolle sie ihn mit ihrem Körper vom

Hof drängen. Henry ließ sie stehen und wendete sich Maja zu. So einfach ließ er sich von Francesco nicht kaltstellen. Er konnte nicht anders, er musste einen Blick auf die Leiche und den Fundort werfen! Wenn er damals einen Fehler begangen hatte, würde er ihn wiedergutmachen müssen. Davon hielt ihn der Mann im Zwirn nicht ab. «Kannst du Francescos verlängertem Arm», er zeigte auf die junge Polizistin, die ihm am Absatz klebte, «... bitte erklären, warum ich daran interessiert bin, mir den Fundort eurer Leiche anzusehen? Und dass Francescos Ablehnung meiner Hilfe etwas rein Persönliches ist?» Maja lächelte wissend und seufzte. Henry wusste, was sie von seinem Ex-Kollegen hielt, der die Streifenpolizisten immer wie niederes Fußvolk behandelte. Henry hingegen war den Kollegen aller Dienstgrade auf den Revieren immer mit Respekt begegnet. Das hatte sich in seiner Arbeit oft ausgezahlt. Sie hatten ihn stets unterstützt und ohne Murren so manche Überstunde geschoben. Maja nahm ihre Kollegin beiseite. Ihre Haltung ihm gegenüber änderte sich, wurde fast unterwürfig, als Maja ihr mit einem Blick auf ihn seinen Namen genannt haben musste. Die junge Polizistin nickte nun und trat wieder auf ihn zu. «Kommen Sie mit, Herr Zornik. Aber halten Sie sich im Hintergrund. Ich möchte keinen Ärger mit dem Hauptkommissar.»

«Keine Angst, er wird nichts davon erfahren. Geben Sie mir einfach einen weißen Overall, Überzieher und Latexhandschuhe, dann falle ich da drin gar nicht auf.» Die Polizistin lief ums Auto zum Kofferraum. Henry wandte sich an Matti. «Ist es interessant?», fragte er und zeigte auf den Inhalt des geöffneten Spurensicherungskoffers.

«Sehr.» Matti nahm einen Pinsel in die Hand und bestäubte den Rand der Beifahrertür mit Grafitpulver. «Dann kann ich dich mit Maja kurz allein lassen?»

Matti war völlig versunken und nickte nur. Zu Maja sagte er: «Zehn Minuten, okay?»

«Pass auf, der Doktor ist noch drin.»

«Martin?»

«Nein, der ist jetzt immer öfter krank, so kurz vor der Rente. So ein Jungspund, frisch von der Uni.»

«Martins Nachfolger?»

«Nein, die Stelle ist noch unbesetzt.»

Henry zog sich den Overall über, setzte die Kapuze auf und streifte sich mit einem schmatzenden Geräusch die Latexhandschuhe über. Dann lief er über den Haupteingang in das zweigeschossige Gebäude, wo es von Menschen in weißen Overalls wimmelte, die alle hoch konzentriert jeden Zentimeter auf der Suche nach Spuren unter die Lupe nahmen. Vom Ölsockel der grauen Wand im Eingangsbereich grinsten ihn merkwürdige Graffitis an. Henry war sich nicht sicher, ob es sich bei den fünf runden Kopffüßlern mit großen Augen, die sich an den Händen hielten, um lustige Vögel handelte oder eine Anspielung auf die Kinder war, die hier mal gelebt hatten.

Er zog sich die Plastiksocken über die Schuhe, schaute sich um und erinnerte sich daran, wie er als Kind hier einmal ein Mädchen besucht hatte, das nur kurze Zeit in seiner Klasse war, um ihm die Hausaufgaben zu bringen. Geradeaus war der Speisesaal gewesen, wo es nach Fleisch mit Soße roch, dazwischen diese kleine Diele, in dem lauter Schuhe in Regalen durcheinanderlagen. Henry schlängelte sich an den Männern und Frauen vorbei, die ihn nicht beachteten. Er fragte nach der Leiche, und man zeigte nach oben. «Erste Etage, letzte

Tür, links», sagte einer, sprühte das Treppengeländer mit Luminol ein und suchte es mit einer UV-Lampe nach Blutspuren ab, die man mit dem bloßen Auge nicht sah.

Oben angekommen, lief Henry nach links in einen schmalen Korridor über einen kunterbunten PVC-Belag an mehreren Zimmern vorbei, deren vergilbte Türen offen standen. Henry warf einen Blick hinein. In zwei Räumen standen noch die Metallbetten. Wände waren mit Kinderzeichnungen bemalt oder mit Plakaten beklebt, je nachdem, wofür sich die Bewohner interessiert hatten. Er sah Segelschiffe, Raketen, Panzer, Tiere und Struwwelpeter. In manchen Ecken lag noch zurückgelassenes Spielzeug, alte Kinderschuhe, hier und da ein umgekippter Stuhl auf einem Haufen Schutt aus bröckelndem Putz und morschem Holz, das an manchen Stellen vor langer Zeit aus dem Fußboden gerissen worden war. Wer weiß, nach welchen heimlichen Verstecken für Tagebücher, Zigaretten oder Süßigkeiten da jemand unter den Dielen gesucht hatte? Frische Spuren konnte Henry in den Zimmern nicht erkennen. Soweit er wusste, wurde das Heim 1990 aufgelöst, und das Gebäude stand seit 1998 leer. Zu seiner Grundschulzeit in Sassnitz gab es einige Kinder in seiner Schule, die hier gelebt hatten. Er kannte nur das Mädchen, allerdings auch nur flüchtig. Er wusste nicht einmal mehr, wie sie hieß. Aber es gab da diese Gerüchte. Scheinbar hatten einige Kinder nach der Schließung wenig Interesse daran gehabt, ihre persönlichen Dinge mitzunehmen. So verhielt sich nur jemand, der unbedingt wegwollte und keinen Wert auf Erinnerungen an diese Zeit, diesen Ort legte. Ein Zeugnis dafür, dass es einigen wohl schlimm ergangen war. Alle Fenster waren verschlossen. Über diesen Weg kam also niemand raus oder rein, was ja auch recht unwahrscheinlich war, befanden sie sich doch im ersten Stock. Der Gang endete an einem Türrahmen, dessen Türblatt fehlte und scheinbar schon lange aus den Angeln gerissen worden war, so verrostet, wie die Scharniere aussahen. Er blieb an der Schwelle stehen, schaute sich um, saugte jede Einzelheit des Badezimmers vor ihm auf und ließ das Bild auf sich wirken. Der Boden aus marmorartigem PVC-Belag, die Wände waren schwarz gefliest und weiß verfugt, links ein großes Fenster, daneben das offene Toilettenbecken in Weiß, davor zwei umgekippte Klappstühle aus Plastik mit rotem Metallgestell, wie er sie von früher vom Campingplatz kannte. Geradezu in der anderen Ecke die grüne Badewanne, außen ebenfalls schwarz gefliest. Darin lag ein zierliches Mädchen mit abrasiertem Kopf, ausgestochenen Augen und zugenähtem Mund. In den gefalteten Händen über dem weißen Spitzennachthemd, direkt unterm Kinn, hielt sie eine blauschwarze Rose, deren Blütenblätter an den Rändern rot schimmerten, als wäre sie in Blut getaucht worden. Auf den ersten Blick von der Tür aus wirkte der Anblick auf Henry wie ein Gemälde, ein Stillleben, bei dem der Künstler Farbe und Komposition so aufeinander abgestimmt hatte, dass Harmonie und Spannung zugleich erzeugt wurden. Am Körper des Mädchens und ringsum kein Tropfen Blut. Das war eindeutig nur der Fundort und nicht der Tatort. Alles erinnerte Henry an damals, die Wunden, die herausgeputzte Leiche. Henry bemerkte seine Emotionslosigkeit, seinen distanzierten, analytischen Blick, der für eine professionelle Bewertung der Situation einfach notwendig war. Er wusste aber auch, dass ihn das Bild in unvorhergesehenen Momenten und schlaflosen Nächten verfolgen würde. Allein die abrasierten Haare waren neu, anders als beim alten Rosenmörder. Doch dann entdeckte er eine schwarze Langhaarperücke, die ein Kriminaltechniker gerade separat fotografierte. Er bemühte sich, in den Kopf des Mörders vorzudringen: *Du hast sie gewaschen und hierhergebracht, an diesen Ort, wo du dich auskennst. Weil sie etwas ganz Besonderes ist? Jetzt ist sie so, wie du sie ansehen kannst, kaputt, nun kann sie dir nichts mehr tun ... Du hast sie eingefangen, zerstört, um sie zu bestrafen, weil sie grausam war, dich erst verführt und dann verhöhnt hat? Du hast etwas in ihr gesehen, was dich an jemanden erinnert hat ... Es geht dir um den Akt des Tötens, weil ...? Weil du dich danach befreit fühlst?* Das Opfer schien deutlich jünger als die damaligen zu sein. Auch der Fundort war anders, nicht am Strand, sondern an diesem verlassenen Ort. Sie hatten damals ein Muster festgestellt. Der Täter hatte es darauf angelegt, dass die Leichen immer schnell gefunden wurden. Sein sorgsam geschaffenes Kunstwerk sollte bewundert werden. Henry ertappte sich dabei, dass er plötzlich bei dem Gedanken an den Täter einen Mann ohne Gesicht anstatt Tom von Bredow vor Augen hatte. Nein! Alle Indizien hatten damals dafür gesprochen, dass Bredow der Rosenmörder war. Er trat aus dem Türrahmen in den Raum, näher an die Wanne heran, während er alle Details verglich. Gut, die Morde damals waren im Frühling und Sommer begangen worden. Vielleicht hatte der Täter einkalkuliert, dass jetzt um diese Jahreszeit kaum jemand am Strand entlanglief und die rauen Wetterbedingungen seine Inszenierung zerstörten. Das alte Kinderheim, um das sich gruselige Geschichten rankten, war ein bekannter Lost Place, der wahrscheinlich gerade im grauen November von Sensationstouristen aufgesucht wurde. Also keinesfalls ein verlassener Ort. Und dann fiel ihm noch ein Unterschied an der Leiche zu den früheren Opfern auf. Rot lackierte Fingernägel.

Wer war dieses Mädchen?

Er wollte nicht darauf vertrauen, dass er über Martha an den Bericht der Rechtsmedizin herankam, die anhand der Fingerabdrücke oder der DNA die Identität feststellen konnte. So wie Blume sich vorhin aufgeführt hatte, rechnete Henry damit, dass sein Ex-Kollege den Zugang zu diesem Fall im Intranet einschränkte und auch Martha damit wahrscheinlich keinen Zugriff auf Informationen dazu hatte. Schließlich wusste Blume um ihre relativ enge Verbindung. Henry schaute prüfend zu den anderen Leuten in den weißen Overalls. Alle waren mit ihrer Arbeit beschäftigt. Niemand interessierte sich für ihn. Der junge Rechtsmediziner packte seinen Kram zusammen. Sein Telefon klingelte, er nahm das Gespräch an und ging an Henry vorbei in den Flur. Henry überlegte nicht lange, streckte die Hand aus und fuhr mit den Latexfingern über die Wange des Opfers. Dann rollte er den Handschuh ab, dass die Außenseite nach innen gekrempelt war, nahm sich eine herumliegende Plastiktüte zum Sichern von Spuren, steckte den Handschuh hinein und ließ die Tüte in seiner Jackentasche verschwinden. Mit Lucias und Nedas Hilfe würde er vielleicht ... Henry erschrak, weil ihm jemand auf die Schulter tippte. Scheiße! Hatte man ihn entlarvt? Oder war gar Blume zurückgekommen? Erst als jemand in seinen Rücken «Entschuldigung, darf ich mal durch?» sagte, bemerkte Henry, dass er den Weg versperrte. Er trat beiseite und hob vorsichtig das Gesicht, weil ihm die Stimme bekannt vorkam. Hatte er doch richtig vermutet. Sie gehörte zu Dr. Paul Bremer, einem Pathologen, der damals während Henrys Zeit als Ermittler bei der Mordinspektion hin und wieder vom leitenden Rechtsmediziner Dr. Peter Martinek dazu geholt wurde, weil Paul eine Koryphäe auf seinem Gebiet war und Peter in manchen Fällen auf eine zweite fachliche Meinung baute, um ganz sicherzugehen, dass er nichts übersehen hatte. Ihre Blicke trafen sich. Paul war in Ordnung, der würde nicht reden. «Mensch, Zornik. Du bist wieder da?» Paul klopfte ihm herzlich auf die Schulter. «Psst, nicht so laut!», sagte Henry hinter vorgehaltener Hand, weil er von den anderen nicht erkannt werden wollte. Paul machte ein erstauntes Gesicht. «Das ist ja völlig an mir vorbeigegangen, dass du wieder da bist und für die Polizei arbeitest.»

«Ich bin zwar wieder da, aber nicht mehr im Dienst. Ich unterrichte an der *Academy of Criminal Investigation* angewandte Kriminologie und hab vor zwei Stunden durch Zufall hiervon erfahren.» Er zeigte auf die Badewanne. «Hab Blume meine Hilfe angeboten, aber er will sie nicht. Eigentlich dürfte ich gar nicht hier sein. Er hat mich erst vor wenigen Minuten vom Platz gescheucht.»

«Mich hat er vor einer halben Stunde angerufen und herbeordert. Ich soll dem jungen Kollegen von der Rechtsmedizin auf die Finger schauen. Wahrscheinlich traut er ihm nicht.» Pauls Gesichtsausdruck nach mochte er Blume wohl fast so wenig wie Henry.

«Vor dreißig Minuten sagst du?» Paul nickte. Henry schaute auf sein Handy. Gott, die zehn Minuten waren längst um, er war schon über eine halbe Stunde her, dass er Matti bei Maja gelassen hatte.

«Hab jetzt eigentlich frei und wollte gerade nach Hause fahren.»

Henry wurde klar, warum Blume Paul Bremer angefordert hatte: Weil Henry hier aufgetaucht war. Die Befürchtung seines Ex-Kollegen, etwas zu übersehen, was Henry hinterher anfechten konnte, musste also ziemlich groß sein. Da ging Blume mit Bremer auf Nummer sicher. «Das heißt, du arbeitest gar nicht vollumfänglich für die Rechtsmedizin?»

«Nein, nein, ich mag meinen Posten als Pathologe in der Medicusklinik. Da bin ich mein eigener Herr. Es ist nach wie vor so, dass Martin mich gelegentlich wegen einer zweiten Meinung zurate zieht. Dass Blume mich dabeihaben will, erlebe ich heute allerdings zum ersten Mal.» Bremer lächelte vielsagend.

Gemeinsam sahen sie sich die Leiche an. «Das kommt dir bekannt vor?»

«Deshalb bin ich hergefahren.»

«Du zweifelst, dass du damals den Richtigen überführt hast?»

«Nein, ich denke bei diesem Anblick eher an einen Nachahmungstäter. Ich war vorhin nur ziemlich erschrocken, als ich durch Zufall gehört habe, dass es wohl Parallelen zu damals gibt.»

«Ich war ja seinerzeit nicht involviert. Ist die Präsentation der Leiche vergleichbar?», fragte Paul, stellte seine Doktortasche ab, holte Latexhandschuhe raus und zog sie über.» Beide traten näher heran. Auch Henry zog sich einen zweiten Handschuh an.

«Bei äußerer Betrachtung sind das weiße Spitzennachthemd, die ausgestochenen Augen, der zugenähte Mund und die Position der Hände wie auch die der Rose identisch. Damals hatten alle Opfer einen Stein im Mund. Das Fehlen von

Blut und anderen Körperausscheidungen zeugten davon, dass sie nach der Tötung durch den Stich in den Hals gründlich gesäubert wurden.»

«Wie bei ihr.» Paul führte einen Metallstab in den Nahtzwischenraum der Lippen und stieß auf einen Widerstand. «Hörst du?» Henry nickte, da war ein Stein. Der Pathologe beugte sich über die Wanne und schaute sich den Wundrand der Stichverletzung am Hals an. «Der Täter hat mindestens zweimal angesetzt, um zuzustoßen. Könnte bedeuten, dass er beim ersten Versuch gezögert hat oder die Position etwas verändert hat, weil der erste Stich nicht sofort tödlich war. Aber das lässt sich erst genau beurteilen, wenn sie auf dem Tisch liegt. Es kommt auch darauf an, was der Täter mit dem Todesstich bezweckt hat. Dass sein Opfer verblutet oder erstickt.»

«Tatwaffe?»

«Ich schätze ein spitzes langes Messer, wie man es zum Filetieren von Fisch oder Fleisch benutzt.»

«Rechts- oder Linkshänder?», fragte Henry.

Paul ging noch näher heran, um den Einstichwinkel zu begutachten. «Das muss man sich vergrößert genau ansehen ...» Er umfasste den Metallstab erst mit rechts und dann mit links wie einen Dolch und senkte ihn in Zeitlupe auf den Hals. Dann schaute er sich noch einmal den Stichkanal an. «So auf den ersten Blick, würde ich sagen, von links ausgeführt, aber nagle mich nicht fest.»

«Bei der psychologischen Begutachtung des Tom von Bredow hat sich damals herausgestellt, dass er die Opfer verbluten lassen wollte, weil er mit den Taten seinen Hass auf das Kindermädchen projizierte, das ihn gequält hat, u. a. damit, dass sie Toms geliebten Hund erstochen hat, weil der sie angeblich angegriffen hat.»

Paul nickte verstehend.

«Hier wurde die Klinge auch seitlich angesetzt, um die Halsschlagader zu treffen. Wie gesagt, genau bestimmen lässt sich das alles erst, wenn sie auf dem Tisch liegt. Noch was?»

«Sie scheint viel jünger als die anderen Opfer zu sein.»

«Ich schätze sie aufgrund des Hautbildes und der Statur höchstens auf sechzehn, siebzehn Jahre.»

Ob sie eine Touristin oder eine Einheimische war, ließ sich durch die Identitätsfeststellung schnell herausfinden. «Alle Opfer hatten schwarze Haare, die ihnen wie auslaufende Tinte über die Schultern drapiert waren.»

«Schwarz wie Ebenholz, rot wie Blut und weiß wie Schnee …», sagte Paul.

«Die Assoziation zu Schneewittchen hatten wir damals auch.»

Paul fasste dem Opfer auf den kahl geschorenen Kopf.

«Sie war blond. Wenn man sich ihre Haare dazu denkt, sieht sie nicht eher wie das schlafende Dornröschen aus?»

Henry wies auf die Perücke.

«Ah, da haben wir den Grund für die Rasur. Das Opfer hatte die falsche Haarfarbe.»

«Damals haben wir auch kurzzeitig an Märchenmorde gedacht und sogar nach Verbindungen zum Märchenhotel in Bergen gesucht, aber das hatte sich als Sackgasse entpuppt.» Henry zeigte auf die Fingernägel des Mädchens. «Damals fand Martin bei allen toten Touristinnen winzige Spuren von rotem Nagellack, der bei allen entfernt wurde.» Sie hatten sogar überprüft, ob es einen Zusammenhang zwischen Nagellackkauf und Opfern gab. Auch das hatte keine Spur ergeben. «Hanna, die sonst nie Nagellack trug, musste sich deshalb extra die Nägel lackiert haben, als sie den Täter in die Falle locken wollte.»

«Was ja gründlich schiefgegangen war.» Paul presste die Lippen aufeinander und seufzte mitfühlend. «Auf diese ganzen Einzelheiten werde ich mit achten und den jungen Kollegen darauf hinweisen.»

«Kannst du was zum Todeszeitpunkt sagen?»

Paul beugte ihr Bein. «Die Leichenstarre beginnt sich aufzulösen. Grob geschätzt, ist sie 24–26 Stunden tot, Also gestern Nachmittag zwischen 15.00 und 17.00 Uhr.»

Dann hatte der Täter genügend Zeit gehabt, sie in der Dunkelheit an diesen Ort zu schaffen. Nachts trieb sich hier bestimmt kein sensationslüsterner Tourist herum. Das war viel zu gefährlich. Man konnte stürzen und sich verletzen. Hieß, der Täter kannte sich aus oder hatte das Gelände vorher erkundet. «Kannst du mir eine Kopie des Berichts …?»

Paul zog die Augenbrauen zusammen und musterte ihn durchdringend. Henry war wohl zu weit gegangen. Doch dann grinste Paul. «Du traust Blume nicht zu, dass er den Fall löst.»

«Ich will, dass dieser Täter hier gefasst wird, bevor er noch mehr Mädchen umbringt, wer immer es ist und ob er schon früher getötet hat oder nicht. Aber ich will auch Gewissheit darüber, ob ich damals einen Fehler gemacht habe oder eben nicht. Tom von Bredow hat nie ein Geständnis abgelegt.» Dass Tom Mattis Erzeuger war, war aber noch kein Beweis dafür, dass er Hanna nichts getan hätte. Ja, er zweifelte aufgrund dieser neuen Erkenntnis der DNA-Probe und der neuen Leiche noch mehr, aber das konnte er Paul so nicht sagen.

«Aber waren die Spuren letztendlich nicht eindeutig?»

«Ja, nachdem wir ihn verdächtigt hatten und Martin ihm die gefundene unbekannte DNA zuordnen konnte, schien alles eindeutig. Er hatte für alle Tatzeiten kein Alibi und konnte mit den Orten in Verbindung gebracht werden, wo die jungen Frauen sich aufgehalten haben. Die Rosen und die Rosenschere stammten aus dem Schlossgarten des Landsitzes der von Bredows. Es gab DNA-Spuren der Opfer in Toms rotem Sportwagen. Aber wir haben die Tatorte und die Tatwaffe nie gefunden. Bredow hatte auch dazu geschwiegen. Und vor zwei Monaten hat er sich in seiner Zelle erhängt.»

«Verstehe! Und nun tötet er ... Hör zu, ich will dir helfen, aber ich bin nur als Berater dabei und muss sehen, ob ich da rankomme, ohne dass der ermittelnde Rechtsmediziner und Blume Verdacht schöpfen, dass ich die Daten an dich weiterleite.»

«Danke, ich will aber nicht, dass du Ärger bekommst.» Henry musste sich beeilen, zurück zu Matti zu kommen. Was er auf den ersten Blick gesehen und von Paul erfahren hatte, reichte fürs Erste. Wenn er den Bericht bekam, und davon ging er aus, denn Paul würde einen Weg finden, erfuhr er sicher auch, wer das Opfer war, ohne Martha zu bemühen. Der Pathologe hielt genauso wenig von Blume wie er, war Henry gegenüber immer loyal gewesen und wie er selbst in erster Linie daran interessiert, dass sie die Fälle aufklärten. Bei ihm gab es kein Gerangel mit den Kollegen. Das hatte er auch nicht nötig mit seiner fachlichen Kompetenz.

«Soll ich an höherer Stelle mal ein gutes Wort für dich einlegen? Damit Blume gar nicht anders kann, als dich beratend hinzuzuziehen?»

«Lieber nicht, du kennst ihn.» Beide wussten, dass Blume dann noch bockiger reagierte, wenn herauskam, dass Henry dahintersteckte. Wie ein Kind, dem man das Spielzeug wegnahm. Wenn Henry ermitteln wollte, musste er das unter dem Radar tun. Er hatte keine Lust, Blume herauszufordern und vielleicht noch Mattis Adoption zu gefährden. Er traute Francesco alles zu, auch dass er seine Beziehungen in den Behörden spielen ließ, um Henry zu schaden. Paul bat um Henrys Telefonnummer und E-Mail-Adresse, damit er ihn kontaktieren konnte. «Wir sollten uns bei der nächsten Gelegenheit mal auf ein Bier treffen», schlug der Pathologe vor.

«Stimmt, wir kennen uns nun schon so lange. Das machen wir. Danke!» Henry klopfte ihm auf die Schulter. «Ich muss los, mein Junge wartet draußen bei einer ehemaligen Kollegin. Ich sollte längst bei ihnen sein.» Paul nickte ihm zu.

«Auch wenn die Umstände grausig sind, schön, dass wir uns getroffen haben.»

«Dito.» Henry wendete sich ab und ging so schnell es ihm erlaubt war, ohne Aufsehen der anderen Anwesenden zu erregen, auf dem gleichen Weg aus dem Gebäude, wie er hineingelangt war. Obwohl er es eilig hatte, scannte er die Umgebung ab und versuchte, sich den Ablauf vor Augen zu führen, wie der Täter die Leiche des Mädchens bis in die Badewanne transportiert haben könnte. Es gab nur diesen einen Weg nach oben. Und es gab nur die Möglichkeit, das Haus durch den Haupteingang landeinwärts zu betreten, da es mit der Rückseite ganz nah an der Klippe stand. Bei den Einsatzfahrzeugen angekommen, zog er schnell die Schutzkleidung aus und knüllte sie zusammen. Dabei schaute er sich nach Maja und Matti um und atmete erleichtert durch. Sie experimentierten immer noch mit dem Spurensicherungskoffer. Der Junge schien vertieft und hantierte unter Majas Aufsicht mit der Pinzette. Damit entfernte er scheinbar eine Faser oder etwas Ähnliches aus dem geöffneten Kofferraum und tütete das Fundstück ein. Der Blick auf die Uhr beruhigte ihn, lagen sie doch immer noch absolut im Plan, was die freie Zeit vor den Schulaufgaben anging. Henry trat zu ihnen. «Danke, dass du ihn so lange betreut hast.»

«Ich glaube, er wird mal ein guter Polizist», sagte sie scherzhaft und wuschelte Matti dabei über den Bommel seiner Mütze. Komischerweise stresste ihn die Berührung von ihr nicht. Sonst durften ihn Fremde nicht anfassen, was Henry außerordentlich sympathisch fand.

«Und, was ist dein Eindruck?», fragte ihn Maja.

«Es sieht ähnlich aus, aber es gibt etliche Abweichungen. Ich glaube nicht, dass ein Zusammenhang zwischen den Fällen besteht. Soweit ich gehört habe, hat Francesco die Möglichkeit in Erwägung gezogen und die Bilder von damals bei Martha angefordert. Er wird es herausfinden.» Auch wenn er Maja vertraute, wollte er ihr nicht sagen, was er wirklich dachte: Nämlich, dass es sehr wohl Übereinstimmungen mit den Rosenmorden gab. Ein falsches Wort von ihr in der Polizeiinspektion, und es würde sich wie ein Lauffeuer bis zu Francesco herumsprechen, was Henry Zornik vermutete.

Maja verdrehte die Augen. «Bist du dir da sicher?»

«Ja, ich denke, er weiß, wie brisant die Lage ist, dass der Täter vielleicht erneut zuschlägt und ihr einfach schneller sein müsst.»

«Wollen wir es hoffen. Du fehlst.» Sie atmete schwer aus. Henry wich ihrem besorgten Blick aus und sah zu, wie Matti einen markierten Fleck im Kofferraum fotografierte. «Matti, gibst du Maja den Fotoapparat zurück? Wir müssen los, sonst kommen wir zu spät zur Hausaufgabenzeit.» Matti sah ihn für einen Moment regungslos an. Dann gab er Maja den Fotoapparat ohne Protest zurück. «Es hat mich gefreut, Sie kennenzulernen, Frau Maja. Bei unserer nächsten Begegnung würde ich mein Wissen über die Spurensicherung gern vertiefen und darin weitere praktische Fähigkeiten erwerben. Ihr Beruf ist sehr spannend.» Matti verbeugte sich höflich und reichte Maja die Hand.

«Das können wir gerne tun. Du kannst mich mit Henry in Stralsund in der Polizeiinspektion besuchen», sagte sie, verbeugte sich ihrerseits, und Henry merkte, dass sie den Neunjährigen regelrecht anhimmelte. Da hatten sich zwei gefunden.

Matti und er liefen zurück zum Weg. «Nun haben wir uns aber verplaudert. Matti, was? Ich denke, den Schwanenstein schauen wir uns beim nächsten Ausflug an. Uns bleiben noch fünfunddreißig Minuten bis zur Hausaufgabenzeit», sagte er zu Matti, der völlig entspannt wirkte. «Du hast dich sehr gut auf diese unerwartete Situation eingelassen. Ich bin stolz auf dich.»

KAPITEL 7

Sie liefen am Strand entlang. Die Dämmerung senkte sich über dem Meer, sodass die Laternen auf der Seebrücke von Binz und der Promenade hinter dem Dünenstreifen angingen. Wenn er sonst auch kein Wanderer war und in den Ferien lieber faul im Sand lag, mochte er diese einsamen Spaziergänge im Halbdunkel, wenn Wind und Meer um die Wette rauschten. Die raue Wildheit der Natur regte seinen Zerstörungstrieb an. Warm eingepackt, machte ihm die feuchte Kälte nichts aus. Außerdem war er wütend. «Deine Bevormundung geht mir auf die Nerven!» Er schlug die Hand weg, die versöhnlich nach seiner griff, und stapfte weiter.

«Ach, ohne mich und meine weise Vorausplanung hätten sie dich wahrscheinlich schon längst geschnappt. Du solltest dich mal weniger von deinen Gefühlen leiten lassen und deinen Verstand einsetzen. Stell dir vor, einer der Polizisten hätte dich da oben in Lohme im Wald oder bei einer Ringfahndung rund um den Fundort der Leiche entdeckt. Wie hättest du denen deine Anwesenheit erklärt?», vernahm er die Worte in seinem Rücken, bevor der Wind sie aufs Meer hinaustrug. Er blieb stehen, drehte sich um.

«Mir wäre schon was eingefallen. Manchmal denke ich, du hältst mich für verblödet.»

«Nein, aber wir müssen vorsichtig sein. Gezielte Spuren, keine Zeugen. Deine Idee, mal ganz spontan für eine zweite Leiche in unmittelbarer Nähe der Kinderheimruine zu sorgen, während die Polizei dort die Spuren sichert, war tatsächlich dumm. Der blanke Ungehorsam. Du wolltest mich provozieren, stimmt's? Aber ich habe keine Lust, wegen dir im Gefängnis zu landen. Entweder hältst du dich an unsere Regel, oder du bekommst die Konsequenzen zu spüren.»

KAPITEL 8

Henrys Hilfsangebot bei den Hausaufgaben war überflüssig gewesen. Matti hatte alle Aufgaben in kürzester Zeit gelöst, sodass ihnen zwanzig unverplante Minuten geblieben waren. Der richtige Moment, um Matti das Balltraining vorzuschlagen. Matti wollte sich erst drücken. Doch Henry ließ nicht locker und überzeugte den Jungen behutsam, dass man mit genügend Übung Defizite abbauen konnte. Pünktlich um 18.00 Uhr brachte er Matti zurück ins Kinderheim. «Wenn Frau Haberland dich fragt, was wir heute alles gemacht haben, was wirst du ihr da erzählen?», fragte Henry wie nebenbei, als sie gegenüber der Villa parkten.

«Dass ich gelernt habe, mit ungeplanten Situationen in meinem Tagesablauf zurechtzukommen. Und wir an meinen motorischen Fähigkeiten arbeiten, damit mich meine Klassenkameraden nicht mehr hänseln.»

«Das werden wir, versprochen!» Dann verabschiedete er sich, rief Lucia an, erreichte sie jedoch nicht. Wo konnte sie stecken? Sie wollte doch den Vortrag für den Kongress vorbereiten? Er fuhr bei ihr in Ralswiek vorbei, parkte vor dem Fachwerkhaus in der Sackgasse, die nur hundert Meter vom Segelhafen am Jasmunder Bodden und wenige Gehminuten von der Naturbühne der Störtebeker Festspiele entfernt lag.

Die fünf Maisonette-Wohnungen besaßen vorne einen eigenen Hauseingang, hinten eine Terrasse und einen Balkon mit einem herrlichen Ausblick über den Bodden, waren von viel Grün umgeben und aufgrund ihrer Lage sehr ruhig. Lucia wohnte im mittleren Apartment. Er klingelte. Sie öffnete nicht. Hinter ihren Fenstern war es dunkel. Dann musste sein Anliegen eben bis morgen warten, dachte er und berührte die Spurensicherungstüte in der Jackentasche. Ob sie noch im forensischen Labor der Akademie war? Er fuhr auch dort vorbei. Im Haupthaus brannte nur in den Privaträumen der Hausherrin Frau von Bredow Licht im Westflügel. Er mahnte sich zu Gelassenheit, die sich leider nicht recht einstellen wollte. Henry probierte noch einmal, Lucia telefonisch zu erreichen. Fehlanzeige. Er ertappte sich, wie er sich am Kopf kratzte. Eine Verlegenheitsgeste, die ihn immer überkam, wenn er ratlos war. Vielleicht war sie nach dem anstrengenden Tag eingeschlafen? Oder war sie mit einer Freundin unterwegs und hatte ihr Handy ausgeschaltet? Er steckte das Smartphone wieder ein und fuhr nach Hause.

Dort angekommen, stieg er noch in Parka und Straßenschuhen zum Dachboden hinauf. Ein kühler Wind pfiff durch die Ritzen. Die Balken knarrten. Es roch nach Staub und Holz. Er musste unbedingt noch vor dem Winter eine wärmedämmende Isolierung anbringen, sonst würde er sich dumm und dämlich heizen. Henry schaltete die Glühbirne ein, die nackt in einer Fassung neben der Tür steckte. Sie flackerte und gab nur spärliches Licht. Er wühlte sich durch zwei Kisten, die er vor zwei Wochen ungeöffnet unter dem Drempel abgestellt hatte, nachdem sein Hab und Gut aus Brasilien angekommen war, wo er nach dem Ausscheiden aus dem Polizeidienst fünf Jahre verbracht hatte. Henry suchte nach dem kleinen Karton mit den übrig gebliebenen Aufzeichnungen zum Rosenmörder-Fall. Vor Hannas Tod hatte er sich damals die Akte kopiert, mit nach Hause genommen und die einzelnen Blätter an die Schlafzimmerwand geklebt, weil ihn der Fall mit den fünf ermordeten Touristinnen auch nachts nicht losgelassen hatte. Wenn er nicht schlafen konnte, war er die Einzelheiten wieder und wieder durchgegangen, um den Hinweis zu finden, den er scheinbar übersehen hatte. Nach Hannas Tod hatte er die Aktenkopie in einem Wutanfall von Schmerz und Trauer zerstört, hatte die Seiten von den Wänden gerissen und verbrannt. Bis auf wenige Schriftstücke war alles futsch. Die paar Blätter hatte er beim Entschluss, vor der unerträglichen Vergangenheit nach Brasilien abzuhauen, in einen Schuhkarton gepackt. Zur Erinnerung an die schlimmste Zeit in seinem Leben. Henry fand den Karton, riss den Deckel herunter und starrte auf handschriftliche Notizen. Beim Anblick von Hannas geschwungener Schrift schluckte er schwer. Henry riss sich zusammen. Im Moment war kein Raum für Sentimentalität. Er musste sich den professionellen Blick bewahren, um klar denken zu können. Er schaute sich die Notizen an. Damit war zu wenig anzufangen. Er musste einfach an eine Kopie der Rosenmörder-Akte kommen. Er nahm den Karton mit nach unten und stellte ihn auf den Küchentisch, holte sich leere Blätter und einen Stift. Henry schrieb auf, was ihm am Fundort des neuen Opfers aufgefallen war, und sortierte damit seine Gedanken.

Er wusste, dass ihn dieser Fall heute Nacht, und die nächsten, um den Schlaf bringen würde. Deshalb setzte er einen

Cafezinho an und holte sich eine Tasse aus dem Buffet. Sein Blick klebte an dem Brief vom Labor. «Warum hast du mir nicht erzählt, dass Tom von Bredow Mattis Vater war? Es wäre doch wichtig gewesen?», sprach er mit Hanna, als stünde sie neben ihm. Hatte sie sich etwa dafür geschämt, ein Kind mit einem Mordverdächtigen zu haben? Oder wollte sie einfach nicht von dem Fall abgezogen werden? Natürlich hatte sie geahnt, dass er sie aus dem Team nahm, wenn er gewusst hätte, dass es zwischen ihr und dem Mordverdächtigen eine private Beziehung gab, auch wenn diese Jahre zurücklag und vielleicht nur von kurzer Dauer gewesen war. Hatte sie Tom einmal geliebt, oder war er nur eine oberflächliche Affäre gewesen? Die besonnene Hanna und der extrovertierte Tom von Bredow. Nachdenklich stellte er die Tasse auf den Tisch. Das Wasser kochte sprudelnd. «Hast du gedacht, du kennst Tom genug, um ihn zu ködern und ihm dann ein Geständnis zu entlocken, Hanna? Dass er aufgibt und dir nichts tut?» Scheiße! Vielleicht war er doch der Rosenmörder und hat ihr genau deshalb etwas angetan? Und Hanna hatte ihm ja vielleicht gar nicht gesagt, dass er Mattis Vater war. Henry grübelte. Denn wenn Tom es gewusst hätte, dann hätte er doch garantiert vor Gericht zu seiner Verteidigung angebracht, dass er als Vater von Matti nicht die Mutter seines Sohnes tötet? Oder war das der Punkt, bei dem er jetzt ansetzen konnte? War das die Information, die ihm damals gefehlt hatte, um andere Schlussfolgerungen zu ziehen? Er merkte, wie sich seine Gedanken im Kreis drehten und er darüber alles andere vergaß. Nein, so funktionierte das nicht. Er brauchte einen Plan, wie er alle Baustellen unter einen Hut bekam. Sein Unterricht begann morgen erst um 10 Uhr. Gleich früh würde er bei der Sprechstundenhilfe seinen Charme spielen lassen, um einen zeitnahen Termin bei Dr. Schall zu bekommen. Sie hatte damals das psychologische Gutachten zu Tom ... Vielleicht konnte er direkt zwei Fliegen mit einer Klappe ...? Henry wischte den Gedanken vom Tisch. Sollte er einen Termin bekommen, würde er sich ausschließlich um seine Angelegenheit kümmern! Dann würde er doch zu Martha fahren, irgendwie versuchen, an die alte Akte heranzukommen, und dann... Eigentlich brauchte er nur drei Dinge: Obduktionsberichte der Opfer, Fotos vom Fundort der Leichen und die Berichte der Kriminaltechniker. Alles andere wie Bredows psychologisches Gutachten, Ort, Zeiten, an denen die jungen Frauen zum letzten Mal gesehen wurden, ihre Namen, Biografien und Beziehungen lagerten abrufbereit in seinem Kopf. Er trank einen Schluck Kaffee und starrte aus dem Küchenfenster. Regen peitschte gegen die Scheiben. Draußen war es stockdunkel, dabei war es gerade kurz nach 20.00 Uhr. Morgen früh hatte er vielleicht auch schon eine Kopie des frischen Autopsieberichts von Paul ... Verfluchte! Er würde es wagen und den Rosenmörder-Fall doch als Beispiel im Unterricht verwenden. Vielleicht brachte die Diskussion mit den jungen Leuten neue Erkenntnisse, die für die Polizei bei der Aufklärung des aktuellen Falls hilfreich waren. Sofern Francesco sie erhörte. Henry konnte nicht anders, er musste die Beweislage von damals noch einmal überprüfen, um sicherzugehen, dass er wirklich nichts übersehen hatte. Seine fünf Besten verfügten über besondere Fähigkeiten und waren clever. Er wollte und brauchte ihren frischen Blick auf den alten Rosenmörder-Fall. Denn dass der in Zusammenhang mit dem neuen Fall stand, war unübersehbar, in welchem auch immer. Aber er musste auch die Verantwortung gegenüber den Studierenden bedenken. Er hatte sich im letzten Fall geschworen, dass er sie wissentlich nie wieder in Gefahr bringen wollte. War es da nicht fahrlässig von ihm, wenn sie einen Fall aufnahmen, in dem es einen aktiven Täter gab, dessen grausam zugerichtete Leiche erst gestern gefunden wurde? Henry trank den Kaffee aus. Er musste mit ihnen vorher die Gefahren bei der Ermittlung besprechen und dann entsprechende Regeln aufstellen. So konnten sie auch für ihren späteren Einsatz im Beruf trainieren, Gefahrenlagen zu erkennen und entsprechend darauf zu reagieren. Ja, das war die Lösung! Dabei dachte er ausschließlich an die fünf, mit denen er bereits den 1. Fall gelöst hatte. Sie hatten sich gegenüber den anderen, die erst nach und nach in seinen Kurs dazugestoßen waren, bewährt. Wenn er sie direkt für die besondere Ermittlungsgruppe bestimmte, die ihm vorschwebte, würden sich die anderen vielleicht benachteiligt fühlen. Henry lief ins Wohnzimmer zu seinem Schreibtisch und schaute sich die Ergebnisse der letzten Klausur an, die er bereits korrigiert hatte. Aron, Marcus, Neda, Charlotte und Sophie hatten die besten Noten erzielt. Er würde morgen diese Arbeiten zurückgeben und dann einen Test schreiben lassen, bei dem er eine aktuelle Frage stellte, aber mit einer zweiten Frage auch sah, ob die Späteinsteiger das Versäumte vom Anfang des Semesters im September nachgeholt hatten. Das konnte funktionieren, um die Spreu vom Weizen zu trennen, und war vielleicht auch Ansporn für die anderen, sich mehr ins Zeug zu legen.

Henry lief in den einstigen Hobbyraum im Keller, den der Hausbesitzer mit Billardtisch, Dartscheibe und eine Hausbar eingerichtet hatte. Er schaltete das Licht an, nahm die alten Elvis- und Beatles-Plakate von den Wänden, schleppte eine Holzplatte aus der Werkstatt heran und legte sie auf den Billardtisch: Dann holte er den Schuhkarton, einen Stapel Papier, Stifte, eine Landkarte von Rügen sowie Klebeband, setzte sich an den improvisierten Tisch, schrieb die Fakten aus dem Gedächtnis auf und sortierte sie an der Wand.

KAPITEL 9

Ich brauche irgendeinen Cold Case, am besten ungelöst, für meine neue Lektion», sagte er zu Martha und reichte ihr die Papiertüte über den Computertisch, aus der es verführerisch nach frischen Croissants duftete. Er tat so, als hätte es den Streit von gestern nicht gegeben. Mit schmerzverzerrtem Gesicht – bei dem feuchtkalten Novemberwetter machte ihr die Arthritis noch mehr zu schaffen – quälte sie ihren fülligen Körper aus dem Drehstuhl, über dessen Lehne wie immer die Strickjacke mit den bunten Bommeln hing. Überhaupt schien in Marthas Reich, dem Polizeiarchiv der Stralsunder Kriminalinspektion, die Zeit stehen geblieben. Seit er denken kann, umgaben sie dieselben Möbel und Ordner, derselbe muffige Aktengeruch.

«Ach, und wozu dann der Bestechungsversuch?» Sie musterte ihn misstrauisch. «Du hast den Mörderfängerblick.» Henry bemühte sich, arglos zu lächeln. «Mensch, du setzt die Adoption aufs Spiel.» Martha sah ihn streng an.

«Nein, das tue ich nicht. Matti steht an erster Stelle.»

«Dass du gestern am Fundort der Leiche warst, hat sich bis zu mir in den Keller herumgesprochen. Blume war außer sich. Glaubst du ernsthaft, er lässt sich gefallen, dass du dich in seine Ermittlungen einmischst?»

«Ich bin dort gewesen und habe ihm ein Friedensangebot gemacht. Ich wollte ihm helfen. Ruhm und Ehre sind mir doch völlig egal. Ob es nun derselbe von früher oder ein Nachahmungstäter ist, er könnte wieder zuschlagen, und dann habt ihr eine neue Serie. Ich wollte ihn lediglich unterstützen, das zu verhindern.» Henry ballte eine Faust.

«Und du willst deine Zweifel ausräumen, damals vielleicht einen Fehler gemacht zu haben.»

«Ja, verfluchte! Aber er hat mich davongejagt wie einen räudigen Hund.»

«Du weißt, wie er zu dir steht. Er hat dich stets um deine Aufklärungsquote beneidet, die heute in der Polizeiinspektion immer noch Thema ist. Du, die Speerspitze der Mordkommission, er der Loser, der kaum einen Fall aufklärt.»

«Ja, er hasst mich.»

«Ich verstehe dich, aber lass es gut sein. Auch wenn du herausfindest, dass du dich damals geirrt hast, werden Hanna und Tom von Bredow nicht wieder lebendig. Und du wirst dich dann nur ein Leben lang noch schuldiger fühlen als ohnehin schon.» Vielleicht hatte sie recht, und die Last der Schuld würde noch schwerer auf seinen Schultern wiegen, aber er konnte nicht aus seiner Haut.

«Henry!» Sie legte ihm mitfühlend die Hand auf den Arm.

«Na gut, dann sollte ich besser gehen.»

«Und ich soll allein frühstücken?»

«Entschuldige, aber ich habe ...»

«Wie immer wenig Zeit.» Sie stand auf, schnappte die Glaskanne der Kaffeemaschine. «Und der Cold Case?»

«Ach, ja.» Henry blieb unschlüssig stehen. Martha schüttelte den Kopf. Ihr konnte er einfach nichts vormachen. Sie hatte längst geschnallt, dass sein Anliegen nur ein Vorwand war, an die Rosenmörder-Akte heranzukommen. «In der Lektion geht es um Mordmotive bei Sexualdelikten. Haben wir da etwas Passendes aus grauer Vorzeit, von dem ich nichts weiß und das niemandem aufstößt, wenn ich meine Studenten damit füttere?»

«Ja, da gibt es einiges … Hinten im Regal sieben, Fach drei müsstest du fündig werden, da stehen die Fälle von 1980 bis 1990. Alle nicht digitalisiert.» Sie humpelte zum Flur, um drei Türen weiter im Vorraum zu den Umkleiden der Einsatzkräfte Wasser zu holen. Sollte er den Moment ausnutzen und die Rosenmörder-Akte stehlen? Nein, sie würde Ärger bekommen, aber er konnte einen Blick hineinwerfen und die für ihn wichtigen Informationen schnell mit dem Handy abfotografieren. Sie drehte sich zu ihm um. Henry lächelte. Dann lief er in das lang gestreckte Archiv, wo die Regalreihen bis unter die Decke reichten. Er bog in Reihe 2 ab und schaute zurück, weil er hinter sich leise Schritte hörte. Martha war ihm gefolgt. Sie stemmte die leere Hand in die Hüfte. Ihr Blick sagte: Hab ich's mir doch gedacht! Sie musterte ihn streng. «Die Suche nach der Rosenmörder-Akte kannst du dir sparen. Die hat sich Blume gestern nach deinem Auftritt in Lohme schon komplett geholt.»

«Ja, du hast mich erwischt. Sorry, aber bitte Martha, ich muss einen Blick auf die damaligen Obduktionsberichte werfen. Es gibt doch eine elektronische Akte.»

«Auf die sind alle Zugriffsrechte gesperrt. Das habe ich gestern schon versucht.» Henry sah sie mit großen Augen an. «Wie du vielleicht mitbekommen hast, kenne ich dich besser als jeder andere. Ich habe geahnt, dass du hier aufkreuzen wirst, und wollte dir die alten Unterlagen sichern. Ich war leider zu langsam. Die Leiche und dein Auftritt in Lohme müssen ihm einen tüchtigen Schrecken eingejagt haben.»

«Warum lässt er sich dann nicht helfen?»

«Muss ich dir diese Frage tatsächlich beantworten?» Nein, hier ging es allein um Blumes Furcht, das Gesicht zu verlieren.

«Die Unterlagen der Obduktionen werden doch auch in der Rechtsmedizin archiviert.»

«Glaubst du, daran habe ich nicht schon gedacht, um dir wenigstens einen Teil der Akte zu beschaffen. Jeglicher Zugriff verweigert.»

Mist. Er konnte schlecht in Blumes Büro einbrechen und sich die Unterlagen kopieren. Allein kam er hier nicht weiter. Henry seufzte. Dann musste er eben einen anderen Weg finden, um an die Informationen zu kommen. Und er wusste auch schon wie: mit Neda.

KAPITEL 10

Henry betrat die Psychotherapie-Praxis von Dr. Verena Schall. Wenn er sich recht erinnerte, hatte sich in den letzten fünf Jahren nur die Farbe der Stühle verändert. Ansonsten hingen noch dieselben Bilder an der Wand, große Schwarz-Weiß-Fotografien mit historischen Fischermotiven: blauer Kutter, volle Netze, alter Mann in Ölzeug auf hoher See. Der Warteraum war leer. In der Ecke stand ein Gummibaum. Der war neu! Unaufgefordert reichte Henry seine Versicherungskarte über den Tresen, hinter dem die Sprechstundenschwester saß. Ein junges Ding, das er auf Mitte zwanzig schätzte. Das dunkle Haar umrahmte ihr geschminktes Gesicht mit den falschen Wimpern. Die aufgemalten roten Wangen täuschten Frische vor, doch der müde Blick verriet, dass sie jetzt um kurz nach 8.00 Uhr alles andere als ausgeschlafen war. «Sie haben einen Termin?», fragte sie. An der piepsigen Stimme, die heute etwas belegt klang, erkannte er, dass er gestern mit ihr gesprochen hatte.

«Noch nicht, deshalb bin ich hier.» Henry bemühte sich zu lächeln. Sie nahm die Karte und tippte etwas in die Tastatur des Computers vor ihr ein. Sicher seinen Namen.

«Sie stehen nicht in unserer Datei. Tut mir leid, wir nehmen gerade keine neuen Patienten an.»

«So weit waren wir gestern schon bei unserem Telefonat. Sie erinnern sich: Brasilien, der ehemalige Polizist mit der Traumatherapie ...», sagte er freundlich, um ihr auf die Sprünge zu helfen. «Sie wollten mit Frau Dr. Schall darüber sprechen und mich zurückrufen.» Jetzt bekamen ihre Wangen natürliches Rot und der Hals hektische Flecken.

«Stimmt, Entschuldigung, aber hier ist einfach zu viel los.» Henrys Blick wanderte zum Wartebereich, wo gähnende Leere herrschte.

«Das kann ja mal passieren. Vielleicht könnten Sie jetzt ... bevor es den nächsten Ansturm gibt?»

Sie lächelte unsicher, stand auf, verschwand im Behandlungszimmer und schloss hinter sich die Tür, sodass er nichts hören konnte. Es dauerte keine dreißig Sekunden, da war die junge Frau wieder da. «Tut mir leid, aber Frau Dr. Schall empfiehlt Ihnen, sich an einen Kollegen auf dem Festland zu wenden.»

Henrys Laune änderte sich schlagartig. Er wurde wütend. «Ich würde gern selbst mit ihr sprechen.»

«Sie hat zu tun.»

«Ach, ich denke eher, sie will nicht mit mir reden.» Henry stürmte an der jungen Frau vorbei und riss nach fünf großen Schritten die Tür zum Behandlungszimmer einfach auf.

Die Psychotherapeutin saß hinter ihrem Schreibtisch über ausgebreiteten Unterlagen, einen Kugelschreiber in der Hand. Sie hob ruckartig den Kopf und starrte ihn mit großen Augen an. «Was soll das, Zornik?» Ihre grünen Augen sprühten Funken.

«Entschuldigen Sie, aber es ist verdammt wichtig. Sie müssen meine Behandlung fortsetzten. Sie kennen mich.

Ich habe keine Zeit, bei einem anderen Psychologen und dann auch noch auf dem Festland von vorne anzufangen und diesen ganzen Urschleim noch einmal hochzuwürgen. Bitte!»

Sie legte den Stift beiseite. «Verdammt wichtig, wie Sie es nennen, sind Patienten, die akut suizidgefährdet sind. Sie sehen nicht aus, als wären Sie kurz davor, vom Rügendamm zu springen. Sie selbst haben damals die Therapie abgebrochen. Was soll eine Wiederaufnahme Ihrer Behandlung bringen? Sie haben doch vor fünf Jahren überhaupt nicht mitgemacht.»

Er erzählte ihr, dass er Matti Grabner adoptieren wollte und mit welchen Auflagen ihn die Familienrichterin belegt hatte. «Wenn Sie keine Kapazitäten haben, um meine Therapie zeitnah fortzusetzen, könnten Sie mir wenigstens eine positive Bescheinigung ausstellen, dass ich das Trauma überwunden habe und stabil genug bin, mein Leben zu meistern. Das ist mir die letzten Jahre schon prima gelungen. Sie haben eben selbst gesagt, dass ich nicht aussehe, als würde ich von der Brücke springen wollen. Ich brauche keine Therapie.»

Henry schien, als machte sie seine Äußerung einen Moment sprachlos. Sie holte tief Luft. Dann lachte sie bitter auf. «So läuft das aber nicht. Sie haben nichts kapiert, oder? Es ging nie darum, dass Sie von einer Brücke springen. Das Problem ist Ihr selbstzerstörerisches Verhalten. Sie gingen jeden zu lösenden Fall obsessiv an, ohne Rücksicht auf Verluste, für Sie und andere. Solange Sie sich dieser Tatsache verweigern und die Ursachen für dieses zwanghafte Verhalten nicht aufgearbeitet haben, die höchstwahrscheinlich in Ihrer Kindheit, also im Urschleim, wie Sie es nennen, zu finden sind, solange werden

Sie weiter handeln wie bisher und andere Menschen gefährden. Wirklich keine guten Voraussetzungen, um ein Kind zu adoptieren.»

Henry musste seine Strategie ändern, wenn er hier weiterkommen wollte. Wut schien nicht zu funktionieren.

«Bitte. Ich bin bereit, mich der Vergangenheit zu stellen. Ihnen vertraue ich», sagte er nach einer kurzen Pause kleinlaut und senkte den Blick auf die Schuhspitzen.

«Hören Sie auf, den Reumütigen zu spielen. Die Nummer kaufe ich Ihnen nicht ab.»

Henry presste die Lippen zusammen. Er musste sie dazu bringen, ihn zu behandeln. Vielleicht half ein gewisses Maß von Ehrlichkeit.

«Schauen Sie. Ich habe eine lieblose Kindheit gehabt, das wissen Sie. Niemanden, auf den ich mich verlassen konnte. Matti hat seine Mutter und seine Großmutter verloren. Im Heim bemühen sie sich, dass es ihm an nichts fehlt, aber er braucht doch eine feste Bezugsperson, die ihn beschützt und der er vertrauen kann.» Henry setzte sich einfach auf den Stuhl vor ihrem Schreibtisch. Sie ließ es unkommentiert zu. «Diese Person will ich sein. Er soll es besser haben als ich. Dafür werde ich kämpfen. Und dafür brauche ich Ihre Hilfe, denn ich bin genau in diesem Zustand gefangen, den Sie gerade beschrieben haben. Doch ich will niemanden gefährden, ich will nicht dem Zwang erliegen, über einer Mörderjagd alles andere ringsum zu vergessen. Ich habe Hanna geliebt. Verstehen Sie, das Wohl ihres Jungen steht bei mir an erster Stelle. Und ich habe Angst, dass ich es nicht schaffe, über meinen Schatten zu springen.»

Verena Schall hob die Augenbrauen. «Gibt es denn einen

Anlass, in das alte Muster zu verfallen? Sie sind doch kein Polizist mehr.»

Er erzählte ihr kurz von seinem neuen Job, seinen Zweifeln, seitdem er wusste, dass Tom von Bredow Mattis Erzeuger war. «Gestern wurde in Lohme die Leiche eines jungen Mädchens gefunden. Das ganze Arrangement weist große Ähnlichkeiten mit den Fällen von damals auf.»

«Sie denken, Sie haben seinerzeit einen Fehler gemacht, den falschen Täter ermittelt, und werden nun von Schuldgefühlen geplagt.»

«Ich habe das Gefühl, innerlich aufgefressen zu werden», warf er ein.

«Und deswegen fühlen Sie sich gezwungen, auf eigene Faust neu zu ermitteln.»

«Ich habe Angst, in diesem Sumpf zu versinken und Matti dabei aus den Augen zu verlieren. Bitte! Sie müssen mir helfen, die richtige Balance zu finden. Tun Sie es für den Jungen, er hat doch nur mich und musste schon so viel durchmachen.»

Verena Schall seufzte laut. «Na gut, Zornik. Wir werden es noch einmal probieren. Aber Ihnen muss klar sein, dass wir nach fünf Jahren nicht dort weitermachen können, wo wir damals aufgehört haben. Auch bei mir müssen Sie noch einmal von vorne beginnen. Halten Sie sich nicht an die Regeln oder schwänzen Sie, breche ich umgehend die Behandlung ab.»

Henry nickte dankbar. «Ich habe genug Patienten auf der Warteliste, die genauso dringend eine Therapie benötigen. Also reißen Sie sich zusammen und nehmen Sie die Sache ernst. Noch etwas! Sollten Sie versuchen, mein Entgegenkommen auszunutzen und nur nach einem Vorwand gesucht haben, um mit mir über Ihren alten Fall und meinen ehemaligen Patienten Tom von Bredow zu reden, schmeiße ich Sie achtkantig raus», sagte sie und lächelte hintergründig. Er hatte sie unterschätzt. Offensichtlich hatte sie ihn durchschaut und redete sofort Tacheles. «Jetzt entschuldigen Sie mich, ich habe zu tun. Lassen Sie sich von Laura für diese Woche noch einen Termin geben.»

Erleichtert und stolz auf sich, was er gerade erreicht hatte, verließ Henry mit dem Termin in der Tasche die Praxis am Kurpark, überquerte die Straße zu seinem Wagen, der gegenüber dem *Haus des Gastes* parkte. Eine Sache war erledigt, und er hatte das Gefühl, diese Therapie vielleicht sogar wirklich ernst nehmen zu können. Bis zum Beginn seiner Vorlesung blieben ihm noch anderthalb Stunden Zeit. Er verspürte Kaffeedurst. Nach Hause fahren lohnte nicht, zumal er alle Unterrichtsunterlagen bei sich hatte. Lucia, mit der er unbedingt wegen der DNA-Bestimmung des aktuellen Opfers reden musste, begann gerade mit ihrem Seminar. Er wollte sie jetzt nicht stören, zückte sein Handy und schickte ihr nur eine Liebesbotschaft zum Morgen. Prompt kam ein Kuss-Emoji zurück. Sie konnten später noch über die Analyse reden, bevor sie mittags nach Greifswald fuhr. Der Gedanke an sie wärmte ihm das Herz, dass er den kalten Wind, der ihm Schneeregen ins Gesicht fegte, gar nicht spürte.

KAPITEL 11

E rst als er das Café Kakadu im Kurhaus an der Strandpromenade betrat, wurde ihm bewusst, wie ungemütlich es
draußen war. Er kaufte sich ein Franzbrötchen und Kaffee und
verzog sich mit der druckfrischen Rügener Rundschau in die
Ecke neben den Kamin, wo ein Feuer knisternd vor sich hin
loderte. Nachdem er das Tablett auf dem niedrigen Tisch abgestellt hatte, legte er die Schultertasche auf die Bank und zog
seinen Parka aus. Dabei fiel ihm der eingetütete Handschuh
aus der Jackentasche. Das fehlte ihm jetzt, dass er die Tüte mit
der DNA des Opfers verlor.

Kopfschüttelnd hob er das Beweismittel vom Fußboden
auf und verstaute es in der Ledertasche. Lucias Seminar dauerte bis zum Mittag. Danach konnte er ihr die Probe übergeben
und darauf hoffen, dass sie einen Weg fand, das DNA-Material schnell zu bestimmen. Er hob den dampfenden Kaffeepott
an den Mund und schlug die Zeitung auf, las die Schlagzeile
und verschluckte sich.

Traurige Gewissheit
Vermisste Isa Kramer tot aufgefunden.

Henry stellte den Becher ab und überflog die Zeilen.

...Es ist wohl das Schlimmste, was Eltern passieren kann, wenn sie erfahren, dass ihr Kind nicht mehr lebt und noch schlimmer: Opfer eines Gewaltverbrechens wurde. Aber gestern Abend wurde zur traurigen Gewissheit, dass es sich bei der Toten, die am frühen Nachmittag in Lohme in der Ruine des alten Chemnitzer Kinderheims gefunden wurde, um Isa Kramer, die sechzehnjährige Tochter des Selliner Bürgermeisters Richard Kramer handelt, der bereits als neuer Landrat gehandelt wird. Das sechzehnjährige Mädchen wurde bereits vor drei Tagen von den Eltern als vermisst gemeldet, nachdem es am Vorabend nicht nach Hause gekommen war ...

Die Untersuchung der DNA am Latexhandschuh konnte er sich sparen. Da hatte Blume mal richtig geschaltet und sicher in einem Schnellverfahren die DNA des Opfers mit der Vermisstendatenbank abgeglichen. Nein, so schnell ging das auch wieder nicht, dass die Zeitung heute schon darüber berichtete. Selbst in einem Hochfrequenzlabor dauerte eine DNA-Analyse mindestens 24 Stunden. Die waren noch nicht vorbei, seit man die Leiche gefunden hatte. Und dass man die Eltern gestern noch in die Rechtsmedizin bestellt hatte, um ihnen ein derart zugerichtetes Mädchen mit ausgestochenen Augen, zugenähtem Mund und dem kahl geschorenen Kopf zu zeigen, damit sie es als ihre Tochter identifizierten, bezweifelte er. Einzig und allein über die Fingerabdrücke war eine so schnelle Identitätsfeststellung möglich. Henry biss vom Franzbrötchen ab und kaute nachdenklich. *Das funktioniert aber nur, wenn ihre Fingerabdrücke in der Datenbank registriert sind.* Das bedeutete, das Mädchen musste bereits Erfahrungen mit der Polizei gemacht und mindestens einmal daktyloskopisch erfasst worden sein. Sie war demnach aktenkundig. Er kannte den Bürgermeister von Sellin und dessen Frau. Mit ihm hatte er als Polizist im Rahmen von Ermittlungen mehrmals zu tun gehabt. Sie stammte wie Henry auch aus Sassnitz. Beate war etwa fünf Jahre älter als er und hatte im gleichen Neubaublock gewohnt. Mit ihrem jüngeren Bruder Sven hatte Henry so manche Dummheit begangen, bis die Familie weggezogen war. Dann war er ihr Ende August im Rahmen eines Auftrags wiederbegegnet, als er noch für Murats Schlüsseldienst gearbeitet hatte. Im Haus der Kramers war die Alarmanlage losgegangen und ließ sich nicht mehr ausschalten, nachdem Beate einen falschen Code eingegeben hatte. Er könnte sich dumm stellen und vortäuschen, dass Murat, der gerade im Urlaub war, ihn beauftragt hat, nachzufragen, ob mit der Alarmanlage noch alles in Ordnung war. Oder noch besser: Er könnte behaupten, dass die Sicherheitsfirma wieder ein komisches Signal bekommen hat und sein Kumpel Murat ihn aus dem Urlaub gebeten hat, dies zu überprüfen. Das Anwesen der Kramers war quasi um die Ecke, na ja, knapp zwölf Kilometer entfernt. Über die B 196 bräuchte er mit dem Auto fünfzehn Minuten. Henry schaute auf die Uhr. Nein, dazu fehlte ihm jetzt die Zeit. Nun musste er erst einmal zu seiner Vorlesung, die in einer Dreiviertelstunde begann. Henry brachte das leere Geschirr weg und musste einen Moment warten, bis ihm die Verkäuferin hinterm Tresen das Tablett abnahm, weil sie gerade eine Kundin bediente. «Und, hat es geschmeckt?», fragte ihn zuckersüß die junge Frau mit den schwarzen Locken, die sicher nicht einfach zu bändigen waren. «Danke, ja», sagte er und registrierte, dass sie mit ihm flirtete.

«Wie wäre es dann noch mit einem leckeren Sandwich to go für Ihre Mittagspause?» Sie zeigte auf die Auswahl vor ihm. «Die sind heute im Angebot.» Henry überlegte. Ja, so ein Sandwich könnte er sich gönnen. Er entschied sich für Thunfisch.

«3,49 €.» Die Verkäuferin packte ihm das belegte Brot ein.

«Moment!» Henry holte seine Sachen vom Platz am Kamin, zog den Parka an, suchte seine Geldbörse heraus und griff ins Leere. Da hatte ihn eindeutig jemand beklaut, während er das Geschirr weggebracht hatte. Er schaute sich um und sah einen kleinen Mann mit schwarzer Mütze auf die Herrentoilette verschwinden. Den kannte er doch. «Moment!» Henry lief ihm hinterher, riss die Toilettentür auf und sah, wie der Mann mit dem Frettchengesicht seine Brieftasche ausräumte und sich das Bargeld einsteckte. «Sven Knutsen!» Frettchengesicht riss erschrocken die Augen auf und erstarrte.

«Äh, ich wollte nur nachsehen, wem die gehört, habe ich draußen neben dem Kamin gefunden.» Er gab Henry die Geldbörse zurück.

«Du hast wohl das Geschäftsfeld gewechselt, Boote und Autos lohnen sich nicht mehr?»

Knutsen war jetzt bestimmt im Rentenalter und hatte früher von Auto- und Bootsschieberei gelebt. Schon als junger Streifenpolizist auf der Insel hatte Henry ihn mehrfach geschnappt und ins Gefängnis gebracht.

«Mann, eigentlich arbeite ich als Skipper.»

«Verstehe, im November herrscht Flaute.»

«Ich habe fünf Kinder zu ernähren.»

«Du tust mir echt leid.» Henry hielt die Hand auf. Zähneknirschend gab Knutsen ihm aus seiner Hosentasche die drei Fünfzig-Euro-Scheine und das Kleingeld zurück.

«Erwische ich dich noch einmal beim Klauen, bringe ich dich höchstpersönlich zu deinen Freunden aufs Revier.» Er ließ Knutsen stehen, ging zurück zum Tresen, bezahlte das Sandwich und machte sich auf den Weg zum Unterricht.

KAPITEL 12

Die Zeiger der Wanduhr standen auf 9.29 Uhr. Eine Minute vor Vorlesungsbeginn. Sophie saß in der mittleren Bankreihe zwischen Marcus und Neda. Hinter ihr die frisch verliebten Turteltauben Aron und Charlotte, die ebenfalls einen der hart umkämpften Plätze im Kurs «Angewandte Kriminologie» ergattert hatten, den Zornik am dritten Tag seiner Dozententätigkeit in «Wie man einen Mörder fängt» umbenannt hatte. Seit es ein offenes Geheimnis war, dass Zornik mit den Studierenden an echten ungelösten Fällen arbeitete, war der kleine Hörsaal stets bis auf den letzten Platz gefüllt. Wer dreimal fehlte, flog. Egal ob entschuldigt oder unentschuldigt. Genauso verfuhr Zornik mit denjenigen, die ihre Hausaufgaben nicht machten und sich die theoretischen Hintergründe zum Thema nicht anlasen. Da war er knallhart. Wer mit Nichtwissen glänzte und seine Fragen wiederholt unbeantwortet ließ, durfte seinen Platz räumen. Diese Konsequenz gefiel ihr. Der Mann hatte Eier. Das wusste sie inzwischen. Anfangs hatte sie ihn noch provoziert, so wie sie es immer machte, wenn sie fremden Menschen begegnete. Eine Art Selbstschutz, besonders wenn sie sich anmaßten, sie auf ihre Herkunft zu reduzieren und ihre Kompetenz infrage stellten, nur weil sie mit dem goldenen Löffel im Mund aufgewachsen war. Jetzt respektierte, ja bewunderte sie Zornik sogar und hatte es eigentlich schon lange nicht mehr gewagt, unvorbereitet zum Unterricht zu erscheinen. Bis auf heute. Die Sache mit ihrem Vater nahm sie einfach zu sehr mit. Doch noch einen Fehltag konnte sie sich nicht erlauben, dann wäre sie mit Sicherheit raus.

Zornik kam die Treppe herunter, legte die Ledertasche auf das Pult. Den Parka behielt er wie meistens an, nahm ein Stück Kreide und schrieb «Der Rosenmörder-Fall» unter den Titel des Kurses, der oben an der Tafel stand.

«Ach?», raunte Marcus neben ihr. Sie guckte ihn fragend an. Scheinbar gefiel ihm, was er sah. Er flüsterte ihr ins Ohr: «Wir haben ihn gestern ein bisschen unter Druck gesetzt. Sein alter Fall passt doch perfekt zum Thema der Lektion.»

Sophie zuckte erstaunt mit den Schultern. «Ich denke, wir nehmen uns nur ungelöste Fälle vor?»

Zornik drehte sich zu ihnen um und sagte: «Sie wollten sich mit dem Rosenmörder-Fall befassen, bitte schön.»

Marcus grinste.

«Ich denke, wir setzen uns nur mit ungelösten Fällen auseinander? Sie haben doch den Täter damals hinter Gitter gebracht», sagte Sophie laut.

«Richtig. Tom von Bredow wurde anhand der Indizien und eines psychologischen Gutachtens zu lebenslanger Haft mit anschließender Sicherheitsverwahrung verurteilt. Aufgrund der Indizien konnten ihm sechs Morde an jungen Frauen nachgewiesen werden. Die Tatwaffe fanden wir nicht. Er hat nie ein Geständnis abgelegt, geschweige uns den Tatort verraten.» Zornik öffnete die Ledertasche und hielt die Rügener Rundschau hoch. «Gestern haben Touristen in der

Ruine des ehemaligen Kinderheims in Lohme die Leiche eines Mädchens gefunden. Der Schreiber des Artikels führt den Rosenmörder-Fall an und stellt die Frage in den Raum, ob es sich wohl um den gleichen Täter wie damals oder einen Nachahmer handelt. Das war mir Anlass genug, meine Meinung über die Behandlung des Falls hier im Kurs zu ändern.»

Sophie hatte sofort das Polizeiaufgebot vor Augen, das sie an der alten Kinderheimruine beobachtet hatte. Sie erinnerte das Geräusch von knackenden Ästen und raschelndem Laub hinter sich im Wald, die nicht vom Wind oder dem Regen herrührten. Das Gefühl, beobachtet zu werden, war plötzlich wieder präsent. Diese Unsicherheit, dass sie jemand belauerte, hatte sie bis hinunter an den Strand verfolgt, wo sie sich immer wieder umgedreht hatte. War sie dem Mörder, gar dem Rosenmörder begegnet, der wahrscheinlich die Polizei dabei ausgespäht hatte, wie sie sein Opfer fanden? Ihr lief ein eiskalter Schauer über den Rücken. «Was schlussfolgern wir aus der Behauptung des Journalisten?»

Zornik schaute in die Gesichter der Studierenden und zeigte in ihre Richtung. Sie fühlte sich im ersten Moment ertappt, weil sie keine Antwort parat hatte. Mit einem Blick über die Schulter begriff sie, dass Zornik nicht sie meinte, sondern Aron, der sich hinter ihr meldete. Neuerdings war der große dunkelhaarige Aron, der mit seinem Boxergesicht und den eng beieinanderliegenden Augen immer etwas schroff rüberkam, wenn er überhaupt etwas sagte, handzahm geworden. Was wohl an Charlottes Einfluss lag, mit der er seit einem Monat zusammen war. Seitdem sah man ihn ziemlich oft lächeln, wie jetzt, als er das Wort ergriff. «Dass der Artikel sensationsgierig Leser ködern soll, um den Verkauf der Zeitung anzukurbeln. Allerdings ist die Rügener Rundschau nicht die Bildzeitung. Deshalb ist wohl eher anzunehmen, dass der Redakteur des Artikels einen Hinweis bekommen hat, wonach die Ermittler einen ähnlichen Modus Operandi im Tathergang vermuten. Woraus man wiederum schlussfolgern kann, dass die Auffindesituation des Opfers mit denen des Rosenmörders vergleichbar ist.»

«Sehr gut», lobte Zornik und wendete sich an Marcus. «Die Situation zur letzten Stunde gestern hat sich geändert. Ich befürchte, dass hier ein Nachahmungstäter am Werk war. Allerdings könnte es auch sein, dass …» Es fiel ihm schwer weiterzusprechen, «der wahre Rosenmörder wieder aktiv war und ich mich damals womöglich, trotz eindeutiger Beweislage, geirrt habe. Auch mit einer Erfolgsquote von 98 Prozent ist Henry Zornik nicht unfehlbar. Das ist übrigens eine weitere sehr wichtige Eigenschaft eines Ermittlers. Wir haben bereits darüber gesprochen, nicht alles zu glauben, was einem erzählt wird. Dass man sich auch auf seine Beobachtungsgabe verlassen und Intuition hören soll. Genauso sollte man auch ein eigenes Ergebnis hinterfragen und nochmals prüfen, wenn sich neue Erkenntnisse ergeben, selbst wenn es alles Bisherige, was plausibel und logisch erschien, über den Haufen wirft. Dann muss man den Mut haben, noch einmal von vorne anzufangen. Die Frustration müssen Sie in Kauf nehmen. Das sind Sie in Ihrem zukünftigen Beruf den Opfern schuldig. Es geht nicht um Ruhm und Ehre, einen Fall gelöst zu haben, sondern allein darum, dass den Opfern mit der Ergreifung des Täters Gerechtigkeit widerfährt.» Zornik lehnte sich mit dem Rücken an den Lehrertisch und verschränkte die Arme vor der Brust, was Sophie wie eine Trotzhaltung vorkam. «Ich könnte jetzt so tun, als ginge mich das Ganze nichts mehr an. Schließlich bin ich seit fünf Jahren kein Polizist mehr. Aber ich unterrichte Sie im Kurs ‹Wie man einen Mörder fängt› und habe den Auftrag, Ihnen meine Herangehensweise zu vermitteln. Deshalb habe ich beschlossen, dass wir den Rosenmörder-Fall hier im Unterricht auseinandernehmen und mit dem neuen Mordfall vergleichen, um uns ein Täterprofil zu erarbeiten. Rein theoretisch, versteht sich. Vielleicht erhören uns die zuständigen Ermittler, und wir können mit unseren Schlussfolgerungen zur Lösung des aktuellen Falls beitragen. Ich hoffe, damit habe ich Ihre Frage beantwortet, Marcus.» Sophie schaute ihren Sitznachbarn von der Seite an. Marcus murmelte: «Respekt», schien aber immer noch nicht alle Antworten bekommen zu haben. Nachdenklich malte er ein Strichmännchen an den Rand seines Collegeblocks. Er blickte auf. «Heißt das, wir ermitteln parallel?»

«Dazu sind wir nicht befugt. Außerdem trage ich die Verantwortung für Sie und habe mir geschworen, Sie wissentlich keiner Gefahr auszusetzen. Diese besteht aber, weil es einen aktuellen Täter gibt.» Zornik machte eine rhetorische Pause, und Sophie vernahm Marcus leises Murren. Ihr Lehrer musste das auch gehört haben, denn er hob beschwichtigend die Hand. «Nun müssen Sie aber in Ihrer Ausbildung auch lernen, mit Gefahrensituationen umzugehen. Deshalb habe ich mir Folgendes überlegt: Wir werden eine SOKO aus 5 Personen und mir bilden. Dr. Bertolli können wir vorerst, also den Rest der Woche, nur sporadisch einbeziehen, weil sie von heute Mittag bis Samstag mit dem Erstsemester auf Exkursion in Greifswald zu tun hat. In dieser SOKO werden wir uns in den nächsten Tagen rund um die Uhr, simultan, quasi unter Ori-

ginalbedingungen, den alten Fall und die damalige Herangehensweise vornehmen. Im Vorfeld jedes Ermittlungsschrittes
werden wir die möglichen Gefahren bei unserem Vorgehen
berücksichtigen, und es gibt allgemeingültige Regeln, an die
sich alle zu halten haben. Die Arbeitsweise unserer SOKO,
die daraus gewonnenen Erkenntnisse und Schlussfolgerungen
diskutieren und bewerten wir dann hier in der Großgruppe.»
Zornik holte einen Stapel Papiere aus der Ledertasche, legte
sie auf das Pult und stützte die Hände darauf. «Die Mitwir-
kung in einer SOKO muss man sich auch im Polizeidienst
durch erbrachte Leistung und besondere Fähigkeiten verdienen. Ich habe Ihre letzte Klausur ausgewertet. Anhand dieser
und eines Tests, den wir jetzt schreiben, werde ich die SOKO
zusammenstellen. Also bemühen Sie Ihre Gehirne, Ihre
Beobachtungsgabe und Ihr kriminalistisches Gespür bei der
Beantwortung der Fragen.» Ein Raunen ging durch die Menge. Na toll, dachte Sophie und spürte, wie sich die Angst zu
versagen in ihrem Bauch ausbreitete. Wenn er jetzt ihr theoretisches Wissen zur neuen Lektion abfragte, war sie geliefert,
denn sie war null vorbereitet und hatte sich nicht einmal die
Aufzeichnungen von gestern, vorgestern und Montag besorgt,
den Tagen, an denen sie gefehlt hatte. Sie atmete tief durch
und schaute dann zur Aufgabenstellung an der Tafel. Okay,
die erste Frage zum Thema Opfertypologien war Inhalt ihrer
allerersten Vorlesung bei Zornik am Anfang des Semesters gewesen und leicht zu beantworten. Doch bei der 2. Aufgabe
kam sie ins Stocken.

Die erkenntnistheoretischen Probleme bei der Fallbearbei-
tung von Serienmorden zeigen sich darin, dass lediglich 82

Prozent aufgeklärt werden. Bei seriellen Sexualmorden betragt die Quote sogar nur 72 Prozent. Benennen und beschreiben Sie die Aufdeckungsbarrieren bei Serienmorden.

Sophie schaute links und rechts neben sich, wo Marcus und Neda, tief über ihre Blöcke gebeugt, konzentriert schrieben. Zornik trat auf sie zu. «Sophie, gibt es ein Problem?», fragte er und schien ihre Gedanken ergründen zu wollen. Ihm etwas vorzumachen, war unmöglich. Doch ihm zu sagen, warum sie unvorbereitet war, wollte sie auch nicht. «Es tut mir leid, aber ich denke, ich bin raus.» Sie legte den Stift weg. Er sah sie verwundert an. «Sie wollen nicht um Ihren Platz in der SOKO kämpfen?»

«Das ist doch Schwachsinn, anhand einer Klausur festzumachen, ob jemand für eine Ermittlungsgruppe geeignet ist», sagte sie ziemlich barsch, obwohl sie sich nur über sich selbst ärgerte. Sie stand auf, lief raus und knallte die Tür hinter sich zu. Dann war sie eben nicht dabei. Scheiße! Plötzlich fühlte sie sich allein, klein und hilflos wie ein Kind. Sie rannte auf die Toilette und schloss sich in einer Kabine ein. Tränen fluteten ihre Augen bei der Vorstellung, dass ihre Freunde Aron, Neda, Marcus und Charlotte gemeinsam und ohne sie an dem neuen Fall arbeiten würden. Sophie wischte sich das Gesicht ab. Niemand sollte sie heulen sehen.

Zwanzig Minuten später klingelte es zur Pause, für heute war der Unterricht bei Zornik vorbei. Sie lief zurück in den Hörsaal, um ihre Sachen zu holen. Die anderen brachen gerade auf. Charlotte musterte sie mit ihrem Scannerblick. Sophie ahnte, dass ihre Kommilitonin ihren Gemützustand analysierte. Sophie wich ihrem Blick aus und packte ihren Kram in den Rucksack. Zornik positionierte sich mit verschränkten Armen vor ihrem Tisch und beobachtete sie stumm. Erwartete er, dass sie sich entschuldigte? Sie hob den Kopf und schaute ihm ins Gesicht. Er verzog den Mund missbilligend, während er ihr den korrigierten Test überreichte, den sie zum Abschluss der letzten Lektion vergangenen Freitag geschrieben hatten. Sie nahm das Schriftstück wortlos entgegen und sah die volle Punktzahl plus Sternchen. Was nützte ihr das?

«Das allerbeste Ergebnis, bei dem Sie wiederholt bewiesen haben, dass Sie den Blick fürs Detail besitzen, beim Lösen von Problemen logisch denken, Ihr theoretisches Wissen mit Ihrer Kreativität verknüpfen können und verdammt hartnäckig sind.» Schön, dass er das erkannte, aber darüber konnte sie sich jetzt nicht freuen. «Sie hätten durchaus einen Platz in einer SOKO verdient.» Warum trampelte er auf ihrem wunden Punkt herum? «Deshalb verstehe ich nicht, warum Sie sich vorhin der Aufgabenstellung verweigert haben.»

Sie zuckte mit den Schultern. «Verstehe ich selbst nicht.»

«Sie haben die letzten zwei Tage gefehlt und erscheinen mir heute ziemlich durcheinander.»

«Eine Familienangelegenheit, die mich sehr belastet. Ich hatte keine Zeit und keinen Nerv, das Versäumte nachzuholen und mich vorzubereiten.»

«Das kann ich verstehen. Wir», sagte Zornik und schaute dabei ihre vier Freunde an, «würden ungern auf Ihre Kompetenzen verzichten. Deshalb bekommen Sie aufgrund der besonderen Umstände, von denen mir ihre Mitstudierenden berichtet haben, die Gelegenheit, auch ohne die Beantwortung der 2. Frage in der SOKO mitzuwirken. Fühlen Sie sich dazu in der Lage?»

«Ja», entfuhr es ihr völlig überrascht. Was hatten die anderen Zornik denn erzählt? Das konnte sie später fragen. Jetzt freute sie sich erst einmal, dass sie mit dabei sein durfte. Plötzlich durchströmte sie ein warmes Gefühl. Ihre Freunde lächelten verschmitzt. Besonders Charlotte. Sophie schämte sich, dass sie manchmal so blöd zu ihr war. «Wir treffen uns nach Ihrem Strafrechtsseminar auf dem Parkplatz. Alles Weitere erfahren Sie dann.»

«Kommen Sie!», forderte Zornik alle fünf auf und entriegelte die Türen seines Pick-ups.

«Wo fahren wir hin? Zum Fundort der neuen Leiche?», fragte Marcus, ungeduldig wie immer.

«In der Zeitung stand, dass es sich bei dem Opfer um die Tochter des Bürgermeisters von Sellin handelt. Ein sehr umstrittener Mann, der einige Feinde hat. Gerade jetzt, wo er Landrat werden will», bemerkte Neda, die auf der Rückbank von Aron und Charlotte regelrecht eingequetscht wurde.

«Wie ich sehe, haben Sie bereits recherchiert», lobte Zornik sie. «Bevor wir uns mit dem aktuellen Fall beschäftigen, werde ich Sie zuerst in alle Einzelheiten des Rosenmörder-Falls einweihen. Ich werde nichts zurückhalten und vertraue auf Ihre Verschwiegenheit. Ich war gestern an der Kinderheimruine in Lohme und habe Hauptkommissar Blume meine Hilfe angeboten. Ich sage es offen: Er hat abgelehnt. Als er weg war, habe ich mir Zugang zum Fundort der Leiche verschafft und später meine Beobachtungen notiert. Blume hat einen sehr erfahrenen Pathologen, Dr. Paul Bremer, für eine Zweitmeinung der rechtsmedizinischen Beurteilung herangezogen. Ihn habe ich gestern dort getroffen. Wir kennen und schätzen uns. Er will versuchen, mir eine Kopie des Autopsieberichts zukommen zu lassen.»

Sophie überlegte, ob sie sagen sollte, dass sie gestern ebenfalls dort war. Da Zornik so offen gesprochen hatte, entschied sie, es zu tun. Sie berichtete von ihrem Erlebnis im Wald. «Ich habe niemanden gesehen. Es war nur dieses Gefühl, dass da jemand war, der mich beobachtet hat.»

KAPITEL 13

Henry führte die fünf in seinen Keller. Er beobachtete ihre Gesichter. Mit großen Augen betrachteten sie die Wand, an der er letzte Nacht die Fakten, seine Gedankengänge im Rosenmörder-Fall rekonstruiert hatte; Bilder und Notizen, sortiert nach Opfern und Tatverdächtigen, mit stichpunktartigen Biografien, Zeugenaussagen, markierte Fundorte der Leichen auf der Rügen-Karte, Beschreibungen der Auffindesituationen, Tatzeitpunkte und Angaben darüber, wann die Opfer zuletzt gesehen wurden. Einen Moment amüsierte ihn ihr Erstaunen. «Die ersten fünf Opfer, Claudia Bach, Milana Katzschmarek, Rosana Pawlov, Janin Roth und Laura Mende, waren zwischen 23 und 25 Jahre alt. Ihre Geburtsdaten, die Daten ihres Verschwindens und ihres Todes sehen Sie unter den Fotos der Mädchen.»

«Nach der zweiten Tat haben sich die Abstände verkürzt», sagte Sophie, bevor Charlotte auch schon die theoretische psychologische Erklärung lieferte: «Dem ersten Mord folgt eine Vertiefungsphase, der Täter ist zwischen Befriedigung und Angst vor Entdeckung hin- und hergerissen. Reicht ihm das Nacherleben des Verbrechens nicht mehr aus, beginnt die Wiederholungsphase, wird er beim zweiten Mord auch nicht erwischt, steigt sein Selbstbewusstsein, die Hemmschwelle sinkt mit jeder Tat, die Zeitspannen zwischen den Gewaltakten werden kürzer, weil die Befriedigung nicht mehr so lange anhält.»

«Auffällig war, dass die jungen Frauen vom gleichen Typ waren, Größe, Statur, lange schwarze Haare, braune Augen. Bei allen fanden sich winzige Rückstände von burgunderrotem Nagellack. Wir nahmen damals an, dass der Täter ihn entfernt hatte. Alle jungen Frauen trugen beim Auffinden ihrer Leiche ein weißes Spitzennachthemd. Ihre Augen waren ausgestochen, die Lippen zugenäht. In der Mundhöhle steckte ein hühnereigroßer Stein. Ihre Hände waren über der Brust gefaltet und hielten eine blauschwarze Rose, die in das Blut des Opfers getaucht worden war. Man sah das an den Blütenblättern eingetrocknete Blut deutlich. Ansonsten fanden sich kein Blut oder Körperausscheidungen an den Opfern. Sie wurden nach der Tat mit handelsüblicher Chlorbleiche gründlich gesäubert. Selbst die Wunde des Todesstichs», Henry zeigte auf den Hals eines Opfers auf einem der Leichenfotos, «wurde ordentlich ausgewaschen. Dann hat der Täter die jungen Frauen immer an einem anderen Strand der Insel abgelegt und ihre langen Haare wie bei einem Gemälde drapiert.»

«Der gleiche Opfertyp und der gleiche Modus Operandi lassen darauf schließen, dass der Täter immer wieder einen identischen Tathergang zur Befriedigung seiner Lust benötigt hat. Dem könnte ein traumatisches Kindheitserlebnis zugrunde liegen, dass er dabei immer wieder durchlebt. Eine Projektion, um sein inneres Gleichgewicht wiederherzustellen», sagte Charlotte.

Ihr Lehrer nickte zustimmend. «Genau diese Hypothese haben wir damals aufgestellt.»

«Was symbolisierte der Täter mit den ausgestochenen Augen und dem zugenähten Mund?», fragte Aron.

Neda übernahm eine mögliche Erklärung: «Das Auge ist das Organ des Lichts, der Bewusstheit, also der Spiegel der Seele. Nach ägyptischen Schöpfungsmythen ist aus ihm die Welt entstanden. Durch das Herausreißen der Augäpfel wurden Menschen schon seit Jahrtausenden geblendet, um sie zu bestrafen. Den zugenähten Mund findet man bei La Catrina. Das symbolisiert in Mexiko ‹die Reiche› oder die ‹Wohlhabende›, allerdings nicht als Kompliment, sondern mit abwertendem Unterton. Eine magere Skelettfrau, die eigentlich vornehme Kleidung und einen großen Hut trägt und eine Parodie der sozialen Oberschicht darstellen soll.»

«Das heißt, der Täter wollte die Opfer verhöhnen, er hat sie verachtet?» Marcus runzelte die Stirn.

«Möglich, aber das ist noch nicht alles. Wie bereits erwähnt, fanden wir bei allen Opfern einen Stein im Mund. Wir haben ihn als Hinweis gedeutet, dass die Frauen vermutlich eine Bedrohung für den Täter dargestellt haben», sagte Henry.

Neda nickte. «Das könnte sein. Der Stein ist ein Symbol. Im Verlauf der Geschichte hat es weltweit viele Orte gegeben, wo Tote mit Steinen im Mund aus Angst vor Wiedergängern bestattet wurden, weil deren Aufleben als bedrohlich empfunden wurde.»

«Alle Opfer stehen für den gleichen Typ Frau. Das lässt die Schlussfolgerung zu, dass der Täter große Befriedigung dabei empfindet, immer wieder die gleiche Person zu vernichten, zu der er eine ambivalente Beziehung hatte. Eine Person, zu der er womöglich als Kind eine Hassliebe entwickelt hat.

Eine Person, die für ihn unerreichbar schien», sagte Charlotte und deutete auf die Rose hin. «Wer so vorgeht, der ist sich der Symbolik seiner Tat bewusst. Eine schwarze Rose steht für Verachtung, blaue Rosen symbolisieren Unerreichbarkeit und geheimnisvolle Romantik.» Sie deutete auf die Großaufnahme eines Rosenblütenblattes, das mit dem getrockneten Blut am Rand blauviolett schimmerte. «Und das weiße Nachthemd könnte Unschuld verkörpern.»

Henry stimmte ihr zu und zeigte auf die Fotos der Opfer. «Die jungen Frauen hatten große Ähnlichkeit mit Tom von Bredows Kindermädchen, das er mit elf zu Beginn der Pubertät zumindest anfangs sehr geliebt hat. Sie hat ihn jedoch gequält, seinen geliebten Hund erstochen, der sie angeblich angegriffen hat, und ein Verhältnis mit dem Vater angefangen, von dem Tom wusste. Der Vater hat die Familie deshalb verlassen, und Tom hat sein Kindermädchen für die Zerstörung der Familie verantwortlich gemacht. Er gab ihr die Schuld dafür, dass seine Mutter ihn ins Internat gegeben hat und sein Vater kurz nach der Hochzeit mit der jungen Frau unter mysteriösen Umständen ums Leben kam. Sie wurde dann zur Alleinerbin des väterlichen Vermögens. Frau von Bredow hat zwar selbst genug Geld, aber darum ging es Tom nicht. Er machte das Kindermädchen für seine lieblose Kindheit bei der Mutter ohne den geliebten Vater verantwortlich. Der war immer seine Bezugsperson gewesen, hatte dann aber plötzlich nichts mehr für seinen Sohn übrig.»

«Hat Tom von Bredow das alles erzählt?»

«Nein, diese Informationen haben wir damals durch Einsicht in seine Patientenakte bei der Inselpsychologin Dr. Schall bekommen, die ihn wegen depressiver Verstimmungen behandelte und später auch das psychologische Gutachten erstellt hat», beantwortete Henry Charlottes Frage.

Aron trat an die Wand. «An allen Opfern fanden sich DNA-Spuren von Tom von Bredow, der vorher noch nie straffällig bzw. noch nie kriminell auffällig war. Wie konnten Sie ihm die gefundene DNA zuordnen, die sicher zuerst unbekannt war, wenn diese noch nicht in der DNA-Dateibank gespeichert war?»

«Durch eine groß angelegte Speichelprobenaktion. Alle fünf Touristinnen kamen aus ziemlich einfachen Verhältnissen. Es gab Aussagen von Zeugen, die sie während ihres Aufenthaltes auf der Insel im Beachclub des *Ceres*-Hotels in Binz gesehen hatten. Dort verkehrte auch Tom von Bredow. Der Klub am Strand ist der Hotspot der Schönen und Reichen. Wir hatten Kenntnis davon, dass es die fünf jungen Frauen dort darauf anlegten, wohlhabende Männer kennenzulernen.»

«Sie haben sich prostituiert?», fragte Marcus.

«Sie sind mit dem ein oder anderen wohl auch schon mal aufs Zimmer verschwunden, haben aber für ihre Dienste kein Geld genommen. Sie wollten eingeladen werden, um sich so Zugang zu einer Gesellschaftsschicht zu verschaffen, die gerne in Golf-, Segel- oder Tennisklubs unter sich bleibt.»

Sophie zwirbelte eine Haarsträhne. «War der Beachclub der Ort, an dem sie verschwunden sind?»

«Nein, danach wurden sie immer noch gesehen. Wir haben aber vermutet, dass der Täter sie dort oder bei exklusiven Veranstaltungen im Schloss Wellenbrink ausgespäht und ausgewählt hat. Wir haben damals von allen Männern im Klub Speichelproben genommen, so sind wir auf Bredow gekommen.»

«Ist es nicht dumm von ihm gewesen, eine Speichelprobe abzugeben, wenn er wusste, dass er dadurch als Täter identifiziert werden kann?», gab Neda zu bedenken.

«Wir sind damals davon ausgegangen, dass er sich sicher gefühlt hat, weil die Opfer mit Chlorbleiche gut gesäubert waren.»

Kurze Stille.

«Ist er denn je mit einer der jungen Frauen gesehen worden?», fragte Sophie Henry nachdenklich.

«Nein, das war es aber, was uns auch stutzig gemacht hat, denn in seinem Wagen fanden sich DNA-Spuren aller fünf Touristinnen. Für die Zeitfenster ihres Verschwindens besaß er keine Alibis. Als wir dann in Bredows Biografie gegraben hatten und ebendiese Hassliebe zu seinem Kindermädchen entdeckten, das den Opfern sehr ähnlich sah, hatten wir ein Motiv und damit Grund zur Annahme, dass er der Rosenmörder sein konnte. Es gab den richterlichen Beschluss, der uns besagten Einblick in seine Krankenakte bei Dr. Verena Schall, der Inselpsychologin, gewährte. Dort fand sich unsere Theorie in Bredows Tötungsfantasien bestätigt. Er hat auch in der Kunsttherapie Szenen von toten Frauen mit schwarzen Haaren, ausgestochenen Augen, zugenähtem Mund und einer Rose in den Händen gezeichnet, denen ein Messer im Hals steckte. Die Erklärung der Psychologin, dass der absolute Auslöser für Toms Trauma die Tötung seines geliebten Hundes war, reichten dem Haftrichter allerdings nicht als Indiz aus.»

«Das letzte Opfer, Ihre Kollegin Hanna Grabner, was war mit ihr?», wollte Charlotte von ihm wissen.

«Uns fehlten Tatort und Tatwaffe. Frau von Bredow besorgte ihrem Sohn die besten Anwälte, und er war nach

48 Stunden Gewahrsam wieder auf freiem Fuß. Wir waren überzeugt, dass er der Täter war. Hanna passte vom Typ her in die Viktimologie. Sie hat den Köder gespielt, um Bredow zu überführen. Erst nach ihrem Tod erhielten wir einen Durchsuchungsbeschluss und fanden die Rosensorte im Schlossgarten und die Schere, mit der die Blumen geschnitten wurden, im Gewächshaus hinterm Jagdschloss.»

«Könnte Bredow erkannt haben, dass sie ihn in eine Falle locken wollte?»

«Ja. Das habe ich angenommen. Es gab einige Unterschiede im Tathergang. Sie wurde nicht neun, sondern nur zwei Tage nach ihrem Verschwinden ermordet. Außerdem wurden die Verletzungen im Gegensatz zu den anderen Opfern mit größerer Wucht ausgeführt, fast, als hätte der Täter sie ihr mit enormer Wut zugefügt.»

«Weil er sie gar nicht töten wollte, aber musste, um nicht überführt zu werden», sagte Charlotte.

Henry nickte zustimmend. «Und dann war fünf Jahre Ruhe.»

«Aber er hat nie ein Geständnis abgelegt und den Tatort preisgegeben, wo er die Frauen eingesperrt und ermordet hat», sagte Neda.

«Richtig. Da nach seiner Verhaftung die Morde aufhörten, war ich mir sicher, den Richtigen hinter Gitter gebracht zu haben.»

«Bis jetzt.»

«Bis jetzt.»

Marcus legte nachdenklich die Hand unters Kinn. «Es könnte ein Nachahmungstäter sein, jemand, der Tom von Bredows Taten verehrt und dessen Berühmtheit erlangen will.»

«Möglich. Bei einem Nachahmungstäter kann es sich aber auch um jemanden handeln, der Bredow kopiert, weil er noch auf der Suche nach seinem eigenen Stil ist. Hier müsste man genau gucken, welche Details im Tathergang und der Präsentation der Leiche übereinstimmen. Wo Unterschiede sind. Und dann müsste man überprüfen, wer Kenntnis von den kopierten Details haben konnte. Ich nehme nicht an, dass die gesamte Ermittlungsakte damals in der Zeitung stand», warf Sophie ein.

«Eine sehr gute Schlussfolgerung für einen ersten Ansatz.» Henry schrieb die Frage auf: *Wer hat Täterwissen?*

«Isa Kramer ist aber viel jünger als die anderen jungen Frauen damals», wies Neda auf den Zeitungsartikel hin, den sie alle gelesen hatten.»

«Und sie war blond.»

«Das könnte erklären, warum er ihr den Kopf rasiert und ihr eine schwarze Perücke aufgesetzt hat.»

«Eine Spekulation, die mir zum jetzigen Zeitpunkt zu weit hergeholt scheint. Wir sollten beim Opfer beginnen und dessen Umfeld ausloten, um mehr Informationen zu bekommen, wer dieses Mädchen war, wo sie verkehrte und möglicherweise auf ihren Täter traf. Dass die Zeitung heute, nach nicht einmal 24 Stunden, ihren Namen kennt, bedeutet, sie wurde daktyloskopisch identifiziert. Heißt aber auch, dass ihre Fingerabdrücke mindestens einmal im Rahmen eines Strafverfahrens erfasst wurden.»

KAPITEL 14

Henry stand vor der Villa Kramer, einem weißen kastenförmigen zweistöckigen Bau im Uhlenweg am Rande der Granitz direkt hinter der Steilküste von Sellin und klingelte. Er setzte seine Sonnenbrille ab und blinzelte, weil ihn das grelle Licht der tief stehenden Wintersonne blendete. Der Küstenwind war heute besonders eisig. Es wurde Zeit, dass er sich eine Mütze kaufte, denn die Kälte lähmte sein Gehirn. Ein unangenehmes Gefühl. Er wartete, drehte die Brille in den Händen und schaute sich um. Keiner zu Hause? Komisch, Beate Kramers BMW stand in der Auffahrt. Er klingelte ein zweites Mal und horchte, ob sich im Haus etwas rührte.

«Moment!», hörte er sie rufen. Dann dauerte es eine Weile, bis die Hausherrin die Tür öffnete. Sie trug einen olivgrünen Jogginganzug. Die Füße steckten in Fellpantoffeln. Das blonde lange Haar war zerzaust und wirkte stumpf. Ihre Gesichtshaut war blass, die Augen rot geweint. Er hatte sie als eine gepflegte Frau in Erinnerung, die mit ihrem dezent geschminkten Gesicht und der sportlichen Figur trotz ihres Alters von Anfang fünfzig eine jugendliche Frische ausgestrahlt hatte. Nun stand ihm ein Häufchen Elend gegenüber. Der Tod ihrer Tochter nahm sie sichtlich mit. Sie war ungepflegt und ungewaschen, roch nach Schweiß, Alkohol und Zigarettenqualm.

«Henry?»

«Entschuldigung, dass ich störe, aber Murat hat mich gebeten, nachzusehen, ob mit eurer Alarmanlage alles in Ordnung ist. Der Sicherheitsdienst hat ihm wohl ein komisches Signal gemeldet. Er ist auf Heimaturlaub und liegt gerade am Strand. Aber wie es aussieht, komme ich ungelegen.» Henry wartete ab, wie sie reagierte. Sie trat beiseite und ließ ihn in die weitläufige Empfangshalle. «Komm rein.»

«Das ist mir jetzt peinlich. Ist etwas passiert?»

«Unsere Tochter.» Sie schluchzte auf. «Du hast keine Zeitung gelesen, oder?»

«Nein.»

«Isa wurde ermordet. Man hat ihre Leiche gestern oben in Lohme, in dieser Ruine des ehemaligen Kinderheims, gefunden.»

«Das ist ja unfassbar. Das tut mir sehr leid, Beate.» Wieder wurde sie von einem Weinkrampf geschüttelt, und es sah fast so aus, als würde sie gleich zusammenbrechen. Henry stützte sie. «Komm.» Er geleitete sie ins Wohnzimmer und half ihr aufs Sofa.

«Kann ich etwas für dich tun?» Er schaute sich um und holte ihr ein Glas Wasser aus der offenen Küche. «Trink etwas.»

Beate nahm einen Schluck und beruhigte sich so weit, dass sie wieder normal atmen konnte.

«Wir durften sie nicht einmal mehr sehen, weil sie wohl so grausam zugerichtet ist. Ich bin doch ihre Mutter, wie soll ich mich denn verabschieden?» Wieder schluchzte sie laut auf.

«Du warst doch auch einmal Polizist, warum kann ich nicht zu ihr?»

«Ich war nicht nur Polizist, ich war Mordermittler.»

«Ich weiß.»

Er nahm ihre Hand. «Hör zu, mein ehemaliger Kollege Hauptkommissar Blume hat es nur gut gemeint, wenn er euch eure Tochter nicht noch einmal gezeigt hat. Ihr sollt sie so in Erinnerung behalten, wie sie zu Lebzeiten war. Hat er denn einen Grund genannt?»

«Es gibt wohl Ähnlichkeiten zu den Rosenmorden vor fünf Jahren.»

Henry schüttelte innerlich den Kopf. Wie konnte Blume nur so unsensibel sein und diese Details preisgeben? «Aber der Rosenmörder wurde doch damals verhaftet?»

Sie schaute ihn mit großen Augen an. Sollte er aufs Ganze gehen und sich als damaliger Ermittler zu erkennen geben? Ja, es würde Vertrauen aufbauen, und er würde, ohne Verdacht zu erregen, Fragen stellen können.

«Das stimmt. Ich habe den Rosenmörder damals gefasst.»

«Du?» Beate machte ein erstauntes Gesicht.

«Ja, und es mag Ähnlichkeiten geben, aber einen direkten Zusammenhang sicher nicht. Isa ist ja auch deutlich jünger als die Opfer damals, oder?»

«Isa ist sechzehn. Isa war sechzehn.» Henry schaute zum Kaminsims, auf dem das Foto eines jungen blonden Mädchens stand, das bereits mit einem schwarzen Trauerflor am Rahmen geschmückt war. Sie war ihrer Mutter wie aus dem Gesicht geschnitten. Er war merkwürdig berührt von dieser seltsam formellen Geste mit dem Schmuckband. «Ist sie das?» Beate nickte schniefend. Er nahm ihre Hand, weil er spürte, dass sie etwas belastete, das sie unbedingt loswerden musste.

«Wir haben Isa am Wochenende als vermisst gemeldet, aber eigentlich war sie schon seit zehn Tagen, dem 2. November verschwunden.» Wieder weinte sie und schüttelte den Kopf. «Wenn Richard mich nicht davon abgehalten hätte, schon eher zur Polizei zu gehen, würde sie vielleicht noch leben.» Henry runzelte verwundert die Stirn und ließ sie los.

«Wieso wollte dein Mann denn nicht, dass du Isa als vermisst meldest?»

«Sie war kein einfaches Mädchen. Wir hatten viel Ärger mit ihr. Es war nicht das erste Mal, dass sie ausgebüxt und über Nacht weggeblieben ist.» Ihre Mundwinkel zuckten nervös. Hilflos nach Worten suchend, huschte ihr Blick durch den Raum und blieb mit flatternden Lidern an seinem Gesicht hängen. Ihre Hände strichen zitternd den Stoff ihres Sweatshirts glatt. Henry schwieg, ließ sie weiterreden. Beate wirkte fahrig. «Er hatte Angst, dass die Presse davon Wind bekommt und seine Kandidatur gefährdet wird. Was sollen die Leute von einem zukünftigen Landrat halten, dessen Tochter zum wiederholten Mal abgehauen ist? Das würde die Wähler verunsichern, seiner Vertrauenswürdigkeit schaden und seine Kompetenz in Zweifel ziehen, zwischenmenschliche Konflikte zu schlichten, von denen es hier in Sellin zwischen Stadtrat, Verwaltung und Bürgerwillen schon genug gibt. Die Gegner des Yachthafens und der neuen Hotelanlage an der Seebrücke mit Helmut Freese an vorderster Front, die ihm Korruption und was weiß ich nicht noch alles vorwerfen, warten nur darauf, ihn mit einem weiteren Skandal in den Dreck zu ziehen. Diese Argumente haben mich überzeugt, erst einmal nichts zu unternehmen», verteidigte sie sich und ihren Mann.

Entschuldigend fügte sie hinzu: «In den letzten zwei Jahren hat Isa uns viel Ärger bereitet; die Schule geschwänzt und geklaut. Sie hat Drogen genommen und auch damit gedealt. Es gab Anzeigen wegen Sachbeschädigung von ihrer Graffiti-Sprüherei. Sie war sogar an einem Raubüberfall beteiligt, den zwei jugendliche Spätaussiedler begangen haben. Dass sie stets mit einem blauen Auge davongekommen ist, hat sie allein Richards guten Beziehungen zum Jugendrichter zu verdanken. Verstehst du? Die Polizei gibt Suchmeldungen vermisster Personen an die Presse. Du hast ja keine Ahnung, was für Aasgeier Journalisten sind. Die hätten garantiert Isas Verfehlungen aus der Vergangenheit in die Öffentlichkeit gezerrt und Richard für ihre Ausrutscher verantwortlich gemacht. Wenn Kinder verhaltensauffällig sind, wird das doch immer den Eltern angekreidet.»

«Gab es einen Grund, warum sie abgehauen ist?»

«An Halloween, dem Donnerstag, hat Richard sie mit diesem Jungen in ihrem Zimmer im Bett erwischt. Er hat den Bengel, so nackt wie er war, auf die Straße gejagt. Anschließend hat er sich mit Isa gestritten und ihr verboten, diesen *Penner*, so bezeichnete er den Knaben, jemals wieder mit in sein Haus zu bringen. Richard hat dermaßen getobt. Und Isa hat ihm gedroht, ihn fertigzumachen.» Verständnislos schüttelte sie den Kopf, schaute Henry an. «Mein Gott, sie ist sechzehn, da sind sexuelle Kontakte normal. Richard hat ihr wieder einmal mit dem Internat gedroht. Die beiden haben sich angebrüllt. Er ...» Henry hatte den Eindruck, dass sie nach einem milderen Wort suchte. «... hat sie geohrfeigt.»

Beate machte eine Pause und rutschte auf die Sofakante, bevor sie aufgeregt weiterredete: «Er hat Isa dann bis zum nächsten Morgen in ihrem Zimmer eingesperrt. Richard konnte sich kaum beruhigen. Der Druck des Wahlkampfes hat ihn so dünnhäutig werden lassen, dass er bei der geringsten Kleinigkeit in die Luft geht.»

«Am Samstag, dem 2. November, hast du sie also zum letzten Mal gesehen.»

«Nein, am Freitagmittag. Das war der 1. November. Wahrscheinlich ist sie schon am Freitagabend abgehauen. Wir waren zum Benefizkonzert im Travel Charme in Binz eingeladen und kamen erst nachts gegen eins zurück. Ich hatte nicht darauf geachtet, ob sie in ihrem Zimmer schlief.» Sie verstummte, und senkte einen Moment kraftlos den Kopf.

«Am Freitagmorgen nach der Auseinandersetzung mit deinem Mann ist sie noch zur Schule gegangen?»

«Ja, ich habe sie sogar hingebracht, weil Richard darauf bestanden hat, sie nicht aus den Augen zu lassen; bloß damit sie diesen Jungen nicht trifft.»

«Das Gymnasium in Bergen?»

Sie nickte.

«Und nach dem Unterricht?»

«Du fragst, als würdest du selbst in dem Fall ermitteln.»

«Entschuldige, aber das steckt wahrscheinlich immer noch drin. Dieser Rosenmörder-Fall hat mir damals zugesetzt.»

«Deshalb hast du bei der Polizei aufgehört?» Er senkte den Kopf und hatte tatsächlich Mühe, den nächsten Satz auszusprechen, auch wenn das gerade zu seiner Strategie gehörte, Beate unbemerkt Einzelheiten zu ihrer Tochter zu entlocken. «Meine Kollegin wurde damals ... Ich glaube, ich kann nachvollziehen, wie du dich fühlst. Man gibt sich die Schuld, und die Gedanken drehen sich im Kreis, was wäre, wenn ich ... hätte ich es verhindern können?»

Ihre Mundwinkel umspielte das traurigste Lächeln, das er seit langer Zeit gesehen hatte. Henry starrte an ihr vorbei durch die bodentiefen Fenster in den Garten. Das Grundstück maß etwa tausend Quadratmeter und grenzte hinten an den Kiefernwald, der bis zur Steilküste reichte, die noch etwa hundert Meter entfernt lag. Der Rasen war gepflegt und dicht wie ein grüner Teppich. Der eckige Pool ohne Wasser.

Henry hörte Geräusche aus dem Flur. Er vermutete den Hausherren. Im nächsten Augenblick stand Kramer in der Tür, lockerte seine Krawatte, streifte sie ab und musterte seine Frau mit einem prüfenden Blick. Er zog das Jackett aus, schmiss es zusammen mit dem Schlips auf den Küchentresen und öffnete den obersten Hemdknopf. «Grüß Sie, Zornik.» Er trat auf ihn zu und gab ihm die Hand. «Gibt es Probleme mit der Alarmanlage, oder was ist der Grund Ihres Besuches?» Er musterte Henry misstrauisch. «Mein Beileid!», sagte Henry. «Beate hat mir gerade von dem Unglück erzählt...»

Kramer ließ Henry nicht ausreden. «Ach, hat Sie Ihnen die Ohren vollgejammert?», sagte er und durchquerte das Wohnzimmer zur Bar. «Das war vielleicht ein Tag. Noch drei Wochen, dann ist dieser ganze Spuk vorbei, und ich bin Landrat. Was nehmen Sie, Zornik? Ich brauche jetzt einen guten alten Scotch», sagte er und füllte ein Glas. Henry war irritiert von Kramers Mangel an Empathie für seine Frau, aber auch von der Gefühllosigkeit angesichts des Todes seiner Tochter. Er schien nicht im Geringsten um sie zu trauern.

«Nichts, danke!», wehrte er ab.

«Kommen Sie, ich habe hier einen Ardbeg, Jahrgang fünf-undsiebzig, eine Rarität, den müssen Sie probieren.» Kramer zeigte ihm die Flasche.

«Danke, Herr Kramer, aber ich muss noch fahren. Es wird dann auch Zeit...»

Kramer sendete seiner Frau einen warnenden Blick, worauf sie ihre Hand zurückzog, die nach dem bereits gefüllten Glas greifen wollte. «Du besser nicht, Schatz. Alter Whisky und junge Frauen ... du weißt schon», sagte er zu ihr und schenkte Henry dabei ein dünnes Lächeln. «Beate verträgt keinen Alkohol. Ich muss da immer ein bisschen aufpassen, weil sie sich in dieser Beziehung etwas überschätzt.» Kramer nahm sie demonstrativ in den Arm und wollte sie küssen, sie wendete das Gesicht jedoch angewidert ab. Was für ein Schauspiel! Peinlich berührt senkte Henry den Blick. Die aggressive Spannung zwischen den Kramers knisterte in der Luft. Sein Gefühl sagte ihm, dass das Pulverfass jeden Moment explodierte. Henry machte Anstalten zu gehen. Kramer schaute ihn misstrauisch an. «Sie haben meine Frage noch nicht beantwortet. Warum tauchen Sie ausgerechnet einen Tag, nachdem Isa tot aufgefunden wurde, hier auf? Ich kann mir kaum vorstellen, dass man Sie wieder bei der Polizei eingestellt hat. Und die Alarmanlage funktioniert einwandfrei.»

Frau Kramer mischte sich ein.

«Aber der Sicherheitsdienst hat ein Störsignal gemeldet.»

«Rede besser nicht über Dinge, von denen du nichts verstehst. Der Sicherheitsdienst hätte mich informiert. Also, für wen schnüffeln Sie herum?» Kramer schien tatsächlich dünnhäutig. Seine Furcht schien groß, in irgendeinen Verdacht im

Zusammenhang mit dem Tod der Tochter zu geraten. Das machte ihn aggressiv.

«Gibt es denn etwas, was Sie für Ihre politischen Gegner angreifbar macht?», fragte Henry in verständnisvollem Ton.

Kramers Blick flackerte einen Moment irritiert durch den Raum.

«Sie glauben, ich habe etwas mit dem Tod von Isa zu tun?»

«Wir hätten es vielleicht verhindern können, wenn wir sie gleich als vermisst gemeldet und nicht erst acht Tage später», sagte Frau Kramer und warf ihrem Mann einen vorwurfsvollen Blick zu.

Kramer donnerte das Whiskyglas auf den Esstisch vorm Küchentresen. «Hast du jetzt auch noch den Rest deines Gehirns versoffen? Was habe ich dir gesagt? He!» Seine Miene versteinerte, und er kniff die Augen bedrohlich zusammen.

Beate Kramer zuckte zurück, als er sich auf sie zubewegte.

«Diese Frau ...», sagte er und fing sich wieder, fuhr mit beiden Händen durch die Haare und tigerte mit großen Schritten durch den Raum. «Gut, nun ist es raus! Die Presse wird mich in der Luft zerpflücken. Ich sehe schon die Schlagzeile: Angehender Landrat hat die Erziehung seiner pubertierenden Tochter vermasselt. Scheiße! Ich kann mir im Moment einfach keinen Skandal leisten.» Kramer blieb mit dem Rücken vor der Fensterfront stehen. «Ich hatte keine Nerven mehr für Isas Spielchen! Zu oft habe ich diese Göre vor den Konsequenzen ihres Handelns geschützt. Ich hatte die Nase gestrichen voll! Diese ewigen Provokationen. Sollte sie doch im Jugendknast enden und sich ihr ganzes Leben versauen», sagte er mit Nachdruck und drehte seiner Frau sowie Henry den Rücken zu.

Frau Kramer senkte den Kopf. «Nun ist es zu spät.»

Kramer drehte sich wieder um und zeigte mit dem Finger auf sie. «Reichlich spät, meine Liebe. Das ist aber nicht meine Schuld. Hättest du auf mich gehört, und wir hätten sie im September ins Internat gegeben, wäre es sicher nicht so weit gekommen. Aber nein, Madame und ihre Tochter haben sich ja durchgesetzt.»

«Du hast selbst gesagt, dass sie sich seitdem zu ihrem Positiven verändert hat», sagte Frau Kramer und sah ihren Mann herausfordernd an.

«Das war alles vorgespielte Harmonie, damit sie nicht nach München muss. Wahrscheinlich traf sie sich die ganze Zeit mit diesem Penner. Wer weiß, was die alles ausgeheckt haben, wo die Polizei bloß noch nicht dahintergestiegen ist. Und am Ende hat er sie dann umgebracht.» Kramer holte sich das Whiskyglas vom Tisch und trank es in einem Zug leer. Beate schwieg, biss sich auf die Lippen und verbarg ihre zitternden Hände unter den Oberschenkeln. Henry beobachtete den Mann. Kramer schwitzte. Obwohl er offensichtlich innerlich kochte, bemühte sich der Politiker äußerlich um Gelassenheit.

«Also, die Alarmanlage ...» Kramer ließ ihn nicht ausreden.

«Das Beste wird sein, wir lassen die Schlösser austauschen. Ich habe keine Lust, dass dieser Kerl eines Tages ungebeten in meinem Haus steht. Das können Sie als unser Serviceman gleich mit veranlassen.»

«Werde ich machen.» Henry kam eine Idee. «Kannte Isa den Code der Alarmanlage?»

«Ja.»

«Dann sollten wir den besser auch umprogrammieren.»

«Danke für den Hinweis, daran habe ich gar nicht gedacht. Ich möchte, dass Sie das gleich erledigen.» Kramer stand auf, schaute auf die Uhr und zu seiner Frau. «Zu dem Empfang im Kurhaus heute Abend werde ich wohl allein gehen müssen. Besser, du legst dich mit zwei Valium ins Bett.»

Er begleitete Henry zum Schaltkasten, gab ihm das alte Passwort und ein neues. Dann ließ er ihn allein und verschwand im Badezimmer. Henry programmierte den Code um und schaltete das System ab. Nachher, wenn Kramer ausging und die Hausherrin schlief, würde er zurückkommen und sich einmal gründlich in Isas Zimmer umsehen, um mehr über den Jungen, in den sie verliebt war, und die russischen Freunde herauszufinden, an deren Raubüberfall sie beteiligt war. Er hasste es, zu solchen Mitteln greifen zu müssen, wo doch ein Knopfdruck im Intranet der Polizei genügt hätte, um zu erfahren, was vor einem Jahr vorgefallen war. Wieder einmal vermisste er seinen Dienstausweis schmerzlich. Henry seufzte. Garantiert hatte Blume auch den Zugriff auf diese Akten eingeschränkt, sodass ihm selbst Martha nicht weiterhelfen konnte. Neda darauf anzusetzen, wollte er besser nicht riskieren. Wenn Blume davon Wind bekam, könnte das direkt zur Schließung der Akademie führen. Er klappte die Tür des Schaltschranks zu und signalisierte Kramer, der gerade aus dem Bad kam, dass alles in Ordnung war. Dann verabschiedete er sich, trat aus dem Haus, zog die Tür zu, blieb aber noch stehen und lauschte nach drinnen. Das Badezimmerfenster war gekippt. «Besser für dich, du gehst mir aus dem Weg! Du blöde versoffene Kuh!», hörte er Kramer drinnen schreien. Dann ging etwas zu Bruch, und Frau Kramer heulte. Scheiße!

Sollte er zurückgehen und sich einmischen? Nein, das stand ihm nicht zu. Henry klingelte noch einmal und suchte in seinen Taschen herum. Kramer öffnete und rieb sich den Handrücken. Wahrscheinlich hatte er sich beim Schlagen seiner Frau selbst verletzt. «Entschuldigung, habe ich meine Autoschlüssel liegen lassen?», fragte er, spielte den Zerstreuten und tastete sich wie zur Bekräftigung die Taschen seines Parkas ab. Frau Kramer stand hinter ihrem Mann, Tränen liefen ihr übers Gesicht. Ihre Wange war knallrot, und eine kaputte Vase lag am Boden. Kramer bemerkte seinen Blick und setzte ein eiskaltes Lächeln auf. «Sie ist manchmal so ungeschickt und stolpert über ihre eigenen Füße.» Dann wandte er sich an seine Frau: «Kannst du mal im Wohnzimmer nachsehen, ob Herrn Zorniks Autoschlüssel dort liegt. Aber pass auf, wo du hintrittst, Schatz.»

Sie beantwortete seine Bitte mit einem verachtenden Blick, der Bände sprach.

«Oh, da ist er ja», sagte Henry und zog den Autoschlüssel aus der äußeren Brusttasche seines Parkas. «Entschuldigung.» Die Tür schloss sich schwungvoll. Nachdenklich marschierte er zum Auto. Irgendetwas stimmte mit Kramer nicht, das war glasklar. Sein Blick fiel auf das Wahlplakat am Straßenrand. Kramer grinste ihn mit seinem Siegerlächeln vom Laternenmast an. Das ist alles Fassade, gut gespielte Freundlichkeit. Der ist wie jeder Politiker nur an der Macht interessiert. Dafür gehen solche Typen über Leichen. In dem Fall ist die Leiche seine Tochter; symbolisch gesehen. Das kennt man doch, Kinder von Eltern, die nur auf Karriere aus sind, werden anstatt mit Zuwendung mit Geld abgespeist. Die Familien sind hinter einer nach außen krampfhaft demonstrierten

Harmonie oft völlig zerrüttet. Ohne Grund hat die Ehefrau kein Alkoholproblem und war die Tochter den Eltern nicht entglitten. Kramer schien jedoch alles dafür zu tun, um diesen Zustand zu vertuschen. Eine kriminelle Tochter konnte seinem Image schaden. Nein, Henry traute sich noch nicht, den aufkeimenden Gedanken zuzulassen, dass Kramer ... Gleichwohl war Isa nur seine Stieftochter, die ihm und seiner Karriere, seinen Geschäften im Weg stand. Er steckte den Schlüssel ins Zündschloss. Die Uhr auf dem Armaturenbrett zeigte 17.47 Uhr. Die Lichter der Straßenlaternen gingen an. Er drehte den Schlüssel nur um, bis sich die Heizung einschaltete, und rief Marcus an.

KAPITEL 15

Gegen 18.12 Uhr fuhr ein schwarzer Wagen mit Rügener Kennzeichen der Landkreisverwaltung Nordvorpommern vor und holte Kramer ab.

Die Fenster im Haus blieben dunkel. Ein Zeichen, dass Beate ins Bett gegangen war. Ihr Mann hatte ihr bestimmt noch die Tabletten verabreicht. Er war ein Kontrollfreak und wollte sichergehen, dass sie keinen Blödsinn verzapfte, wenn er nicht zu Hause war. In ihrem angetrunkenen Zustand würde das Valium dafür sorgen, dass sie bis zum nächsten Morgen wie ein Stein schlief. Der Empfang im Kurhaus begann um 18.30 Uhr, und Henry vermutete, dass Kramer nicht vor 21.00 Uhr nach Hause käme. So kurz vor der Wahl musste er das Bad in der Menge nutzen, um sich so gut wie möglich zu präsentieren. Er und Marcus hatten also genügend Zeit, sich Isas Zimmer vorzunehmen.

Zehn Minuten später öffnete sich die Beifahrertür, und Marcus stieg ein. Seine blonden Locken hatte er unter einer Wollmütze versteckt, wie Surfer sie trugen. Die blauen Augen leuchteten vor Begeisterung. Im Namen des Gesetzes einzubrechen, um der Gerechtigkeit zu dienen, hätte allen von Henrys Studierenden gefallen. Marcus war der Geschickteste, stammte er doch aus einer Familie von Kleinkriminellen und

war von klein auf darin geschult, Türen und Schlösser zu knacken, ohne Spuren zu hinterlassen. «Wir gehen von hinten rein. Hier vorne stehen zu viele Laternen. Ich habe die Alarmanlage und die Bewegungsmelder im Garten ausgeschaltet.»
Sie liefen am Ende des Uhlenwegs, einer Sackgasse, auf den Waldweg, der sie im Bogen bis zur Rückseite von Kramers Grundstück brachte. Die Kiefern wiegten sich im Wind und rauschten in ihrem eigenen Rhythmus, untermalt vom stetigen Gesang brandender Wellen, die unten am Strand ans Ufer rollten und sich dort brachen. Während sie nebeneinander herliefen, erzählte Henry seinem Studenten, was Frau Kramer ausgeplaudert hatte. «Isa hat ihren Stiefvater gehasst, und er hatte Angst, dass sie ihm das Image versaut und damit die Kandidatur gefährdet.»

Marcus blieb stehen. «Wann ist die Wahl?»

«In drei Wochen», sagte Henry und hielt ebenfalls an.

Marcus hob die Augenbrauen. «Vielleicht ist da was aus dem Ruder gelaufen?»

«Sie meinen, Kramer steckt selbst hinter Isas Verschwinden am 1. oder 2. November.» Ja, das konnte gut sein.

«Die Inszenierung des Leichenfundortes ist vielleicht ein Ablenkungsmanöver, damit die Polizei ein anderes Täterprofil ins Visier nimmt.»

«Er hätte sie einfach verschwinden lassen können», wandte Henry ein. Der Junge war gut darin, Informationen und Beobachtungen zu Hypothesen zu verknüpfen. Er zensierte sich nicht selbst, auch wenn der Gedanke noch so abwegig erschien. Das war eben der Unterschied zu so manchen Ermittlern der Polizei, die es nicht wagten, über den Tellerrand zu schauen.

«Ja, aber dann würde er vielleicht ziemlich schnell wegen seiner Beziehung zu Isa in den Fokus geraten. Isa wird sich doch mindestens einer Freundin gegenüber anvertraut haben, wie ätzend das Verhältnis zu ihrem Stiefvater war. Und wenn Hauptkommissar Blume Isas Schulfreunde befragt, kommt der Konflikt auf den Tisch. Da müsste doch jeder Idiot hellhörig werden. Wobei ich denke, dass Kramer Isa nicht selbst entführt, sondern jemanden damit beauftragt hat.» Seine Augen blitzten auf.

«Es gibt sicher einen Grund, dass Sie das annehmen.»

«Wir haben in der Zwischenzeit auch nicht tatenlos in Ihrem Keller herumgesessen, sondern mit Nedas Hilfe weiter recherchiert. Kramer will den Tourismus voranbringen und plädiert für den Ausbau der Hotellandschaft auf der ganzen Insel. Allein in Binz will er ungeachtet des Naturschutzes in der Granitz und am Schmachter See weitere Gebiete errichten lassen, obwohl Binz mit seinen Gästezahlen von 1,5 Millionen Besuchern im Jahr jetzt schon an seine Grenzen gerät. Das geben der Strand und die Infrastruktur einfach nicht mehr her. Ohne Touristen hat der Ort gerade einmal 5000 Einwohner. Doch die Lobby der Hotelbesitzer und Investoren ist beeindruckend und hat großes Interesse daran, dass Kramer Landrat wird und seine Selliner Linie in Binz und auf der ganzen Insel durchsetzt. Darunter sind auch ein paar illustre Geschäftsleute, die es verstehen, die Umsetzung ihrer Ideen zu erzwingen. Unter anderem Sophies Vater. Er und einige andere Investoren wollen auf der Halbinsel Bug ein riesiges Luxusferienresort mit Golfplatz, Yachthafen und einem Casino bauen.»

«Aha.» Das wusste Henry nicht. Sie liefen weiter, bis sie

an der Rückseite von Kramers Grundstück ankamen. Der Himmel war bedeckt, kein Stern war zu sehen.

«Sie wissen ja, was Sophie von ihrem Dad hält.»

«Nein, ich habe nur gehört, dass er unfassbar reich ist. Darüber könnt ihr mir später berichten.» Henry schaute sich um. Dann kletterten sie im Schutz der Dunkelheit über den Zaun und pirschten sich von Busch zu Busch über den Rasen. «Pass auf, der Pool», warnte Henry und hielt Marcus am Ärmel fest, weil der mit einem Fuß ins Leere trat und ins Wanken kam. Als er wieder sicheren Stand hatte, sagte Henry: «Dann sollten wir uns neben Isas Zimmer vielleicht auch Kramers Arbeitszimmer ansehen.»

Zuerst orientierten sie sich im Haus, wobei Henry das Erdgeschoss ja schon kannte. Die untere Etage mit Wohnhalle und offener Küche, Arbeits– und Gästezimmer sowie zwei Bädern waren dunkel. Sie suchten nach Beate in der oberen Etage, um sicherzugehen, dass sie ihnen nicht in die Quere kommen würde. Wie vermutet, schlief sie tief und fest, lag zwischen den Kissen in ihrem Himmelbett und schnarchte gotterbärmlich. Auf dem Nachttisch lag die angebrochene Schachtel Valium. Zwei Tabletten fehlten. Die musste sie mit Champagner heruntergespült haben, dachte Henry, als er an dem Glas daneben roch. Keine zehn Bulldozer würden sie in den nächsten Stunden wecken. Daneben befand sich ein weiteres Schlafzimmer, weniger romantisch. Auf dem Bett lag Kramers Jackett. Es gab eine Verbindungstür zu Beates Schlafgemach, die sich jedoch nur von der Seite des Hausherrn öffnen ließ, was Henry an frühere Herrscher erinnerte. Bezeichnend für Kramers Charakter. Wenn es den Herren gelüstete, hatte die Frau bereit zu sein. Sie liefen zum anderen Ende des weitläufigen Flures und schauten in alle Räume. Hinter der letzten Tür befand sich Isas Reich, das sich auf etwa vierzig Quadratmeter erstreckte. «So ein Zimmer hätte ich auch gern für mich allein gehabt.» Marcus seufzte. Henry musterte ihn von der Seite. «Ich musste mir acht Quadratmeter mit fünf Geschwistern teilen.»

Da war es Henry in einem sechs mal zwei Meter Schlauch mit Etagenbett, das er mit seinen zwei Brüdern bewohnte, ja noch gut ergangen.

Vor ihnen tat sich kein typisch verspieltes Mädchenzimmer in Rosa auf, wie Henry es sich für eine Sechzehnjährige vorstellte. Das Studio mit den bodentiefen Fenstern war mit geradlinigen grauen Möbeln ohne jeden Schnörkel sowie mit modernsten technischen Geräten ausgerüstet. Es wirkte düster. Die schwarzen Wände mit Postern von Kurt Cobain und blutrünstigen Graffitis verstümmelter Köpfe und Körper wirkten aggressiv. «Ziemlich eigenwilliger Geschmack.» Marcus verzog das Gesicht.

Henry zeigte auf die Wände. «Selbst damit wollte sie ihren Stiefvater provozieren.» Henry betrachtete eine Reihe Fotos, die an einer Leine über dem Schreibtisch baumelte. Sie zeigten Isa mit einem blassen Mädchen, das eine Zahnspange trug, sowie vor einem Jugendklub mit zwei Jungs in Bomberjacken und Bierflaschen in der Hand. Der große schlaksige hatte ein von Akne vernarbtes Gesicht und einen rasierten Schädel. Der andere war kleiner als Isa, hatte Sommersprossen, einen Haufen Metall im Gesicht und eine grüne Punkerfrisur. Klassischer Old-School-Punk. Henry schaute genau hin. Nein, der Sommersprossige war ein Mädchen. Beide hatten die gleichen blauen Augen.

Marcus schaute sich die Bücher im Regal an, blätterte einige durch und stellte sie zurück. «Typisch Jugendthriller und Fantasy.» Er zeigte auf die Titel, die er gerade in der Hand hielt.

Beide stöberten weiter und fanden in einer Mappe mehrere Graffiti-Entwürfe.

«Nicht schlecht», sagte Marcus.

Henry nahm eines der Fotos in die Hand, das Isa mit ihren Graffiti-Freunden, dem burschikosen Mädchen und dem Akne-vernarbten Jungen zeigte.

«Die zwei sollten wir überprüfen.» Sein Blick wanderte weiter durch den Raum und blieb an einem weißen Ladekabel für ein iPhone oder iPad hängen, das neben dem Nachtschrank in der Steckdose steckte. Er wies Marcus auf seine Entdeckung hin. «Wenn ich verschwinde und nicht wiederkommen will, nehme ich das doch mit.»

«Das wäre angebracht. Da sie ihr Elternhaus nach dem Streit mit dem Stiefvater nicht fluchtartig verlassen hat, sondern am nächsten Tag sogar noch in der Schule war, ist es höchst ungewöhnlich, dass sie das Ladekabel zurückgelassen hat. Mädchen in ihrem Alter sind doch ihre Smartphones wichtig.»

«Vielleicht hat sie ein Ersatzkabel.»

Er versuchte, das Kabel an den Laptop zu stecken, der von der gleichen Marke war. Doch der Anschluss passte nicht. Es musste also von ihrem Handy sein. «Lass uns erst einmal weiter machen.» Henry starrte gedankenverloren auf das ungemachte Bett. Beim Anblick des abgegriffenen Plüschhasen musste er schlucken, denn das Mädchen tauchte vor seinen Augen auf, und er konnte sie regelrecht spüren. *Du wolltest cool sein, steckst voll in der Pubertät. Doch nachts weinst du mit dem Hasen im Arm in die Kissen. Er hat aus deiner Mutter ein Wrack gemacht und hält euch in seinem goldenen Käfig gefangen. Du hasst sie für ihre Unterwürfigkeit und lehnst dich auf, willst ihn mit deinen Taten schaden, um dich an ihm zu rächen. Doch er ist mächtiger als du. Er boxt dich nicht raus, weil er dir helfen, sondern weil er sein Image retten will. Er nutzt seine Beziehungen zum Richter, sorgt dafür, dass du im Gegensatz zu deinen Kumpeln nicht auf der Anklagebank landest. Das hat er aber nicht für dich getan, sondern weil er als Erziehungsberechtigter nicht in die Kritik kommen möchte. Das hat dich noch wütender gemacht.* Henry fotografierte die Bilder an der Leine einzeln ab, zeigte auf den Hintergrund des Schuppens, in dem wahrscheinlich ein Jugendklub untergebracht war. «Guck mal auf das Schild im Hintergrund.» Marcus ging nah heran. «Prora Ost.»

«Dort sollten wir uns nach ihr umhören.»

«Ohne Sie! Wenn wir verdeckt ermitteln wollen, fallen Sie mit Ihrem Alter auf.» Marcus schaute ihn fast entschuldigend an. «Das übernehme ich mit Aron und Sophie. Wollen doch mal sehen, inwieweit die Küstenkids käuflich sind und sich für kleinkriminelle Aktivitäten rekrutieren lassen», sagte Marcus mit einem Augenzwinkern. «Vielleicht erfahren wir dann ja sogar, wann und wo Isa zum letzten Mal gesehen wurde.» Henry schätzte Marcus' Fähigkeit, sich in verschiedene Milieus hineinzudenken, und war nicht beleidigt, aber das letzte Wort über den Ausflug in den Jugendklub war noch nicht gesprochen.

Marcus hielt inne. «Der Junge, mit dem sie am Vorabend ihres Verschwindens hier im Bett lag, sollte sich dort vielleicht auch aufspüren lassen.»

Sie betrachteten nochmals die Fotos an der Leine.

«Also, mit denen tauscht sie keinen verliebten Blick», stellte Henry fest. «Und haben Mädchen in dem Alter nicht immer ein Tagebuch?»

Sie durchsuchten das Bücherregal, den Wäscheschrank und die Schreibtischschubladen. Nichts. Marcus schnappte sich den Plüschhasen. Darin entdeckten sie ein Tütchen Marihuana und ein schwarzes Notizheft mit aufgemaltem Totenkopf in Weiß. Sie schlugen es auf und lasen es von hinten nach vorne. Es war eine einzige Hasstirade auf ihren Stiefvater, in dem sie ihre ganze Wut auf ihre Machtlosigkeit zum Ausdruck brachte. Und den Wunsch, ihn fertigzumachen. Angeblich war es nur noch eine Frage der Zeit. Namen von ihren Freunden standen nicht darin, auch nicht, dass sie verliebt war.

«Komm!», forderte er Marcus auf. «Das meiste haben wir gesehen, ohne dass es auffallen wird. Wir werfen noch einen Blick in Kramers Arbeitszimmer, und dann verschwinden wir.»

Sie wagten es, das Licht einzuschalten, weil die Fenster des Arbeitszimmers zum Garten lagen. Ein beeindruckend eleganter Schreibtisch aus dunklem Holz vor einem wuchtigen Wandspiegel dominierte den Raum im Altherrenstil mit raumhohen Bücherregalen, dickem Teppich und Brokatvorhängen, die bis zum Boden reichten. Es roch nach Holz und Leder. Henry musterte die Einrichtung. Alles stand an seinem vorgesehenen Platz, Schreibtischlampe, mehrere Montblanc-Kugelschreiber lagen in einer Marmorschale, die Maus auf dem Mousepad neben dem zugeklappten Mac Book Pro der neuesten Generation. Der opulente Chefsessel aus schwarzem Leder strahlte selbst verlassen noch Macht und Überlegenheit aus. Ein Mann, der sich als einen Gewinner sah und das gerne demonstrierte. Ein Mann, der alles kontrollierte, planvoll vorging und Störfaktoren zu beseitigen wusste. Doch davon ließ Henry sich genauso wenig einschüchtern wie Marcus, der sich in den Sessel schwang und sogleich an den Schreibtischschubladen ruckelte. Sie waren verschlossen, was für Marcus' geschickte Finger jedoch kein Hindernis war. Jeder nahm sich eine Seite des Schreibtisches vor. Sie blätterten die Unterlagen durch. «Das sind nur Entwürfe von Wahlkampfreden.» Dass Kramer die im eigenen Haus einschloss, grenzte für Henry schon an Paranoia. Das waren ja nun keine Geheimnisse, die da drinstanden.

Was hatte seine Frau gesagt? Er wäre dünnhäutig. Dünnhäutig ist derjenige, der Angst hat, abzustürzen, weil er sich auf einem schmalen Grat bewegt. Das konnte Henry nachvollziehen. Er hatte sich bei so manchen Ermittlungen bei der Mordkommission mit seinen Verdächtigungen weit aus dem Fenster gelehnt und hatte den Druck, den so etwas mit sich brachte, deutlich gespürt. Einen Kalender gab es nicht. Den führte Kramer sicher im Smartphone mit. Die Digitalisierung, bei der Telefon, Tablet und Computer miteinander vernetzt waren, ein ganzes Büro ersetzten und Papier überflüssig machten, erschwerte der Polizei zunehmend, an Daten wie einfache Kalendereinträge zu kommen, die Einblicke in die Termine eines Verdächtigen gaben. Nach dem jetzigen Informationsstand und seinem Eindruck würde er Kramers Foto an der Ermittlerwand in seinem Keller unter dem Begriff «verdächtig» platzieren.

«Meinen Sie, es gibt hier einen Tresor?», fragte Henry Marcus.

«Sicher irgendwo hinter einem dieser Regale, den Gemälden oder ganz klassisch hinter dem Spiegel.» Marcus tastete den Rahmen ab.

Seine Miene hellte sich auf, als er innehielt. Mit einem Plopp schwang der Spiegel auf. «Was ist denn das? Den kriegt jeder Anfänger auf. Da schließt der Mann wertlose Papiere ein, und seine Geheimnisse lässt er offen liegen?»

«Vielleicht fühlt er sich wegen der guten Alarmanlage sicher vor Einbrechern und will nur nicht, dass jemand aus der Familie sieht, was er da für Texte verfasst.»

Mit drei Handgriffen hatte Marcus den Tresor geöffnet. Darin lagen nur tausend Euro in bar.

Henry musste schmunzeln. «Das war eindeutig ein Fake-Tresor. Wir sind in seine Falle getappt.»

Marcus biss sich auf die Lippen, drehte sich langsam um seine eigene Achse und bückte sich zu einer Doppelsteckdose, die mit einer Kindersicherung verschlossen war.

«Wozu die Kindersicherung, hier gibt es doch keine kleinen Kinder.» Er entfernte die Plastikabdeckung mit dem Lockpicking-Set und grinste Henry an, weil dahinter ein Schloss für einen Doppelbartschlüssel zum Vorschein kam. «Zumindest haben wir den echten Tresor gefunden.»

«Jetzt fehlt uns nur noch der Schlüssel.»

Marcus stand auf und fasste sich nachdenklich ans Kinn. «Wo versteckt man einen Lkw?»

«Am besten zwischen Lkws», antwortete Henry und sah dabei zu, wie Marcus gezielt die oberste Schreibtischschublade öffnete, ein geschnitztes Kästchen herausnahm und dessen

Deckel öffnete. Es war mit silbernen Büroklammern gefüllt. Der Junge wühlte darin herum und brachte einen drei Zentimeter großen Schlüssel zum Vorschein, der auch wie eine Büroklammer aussah. Darauf musste man erst einmal kommen. «Respekt!» Henry erwiderte Marcus' stolzen Blick. Sie öffneten den versteckten Wandtresor und holten den Inhalt, drei Metallschalen, heraus. In einer befand sich eine Heckler & Koch samt Magazin. Dass Kramer eine Waffe besaß, erstaunte Henry nicht sonderlich. In der zweiten Schale lagen Kreditkarten und Kontozugangsdaten sowie ein Schlüssel, der sicherlich zu einem Bankschließfach gehörte.

Im dritten Kasten lagen nur ein zusammengefaltetes Blatt Papier und darunter ein iPhone, das mit seiner offensichtlich selbst gestalteten Hülle, auf der ein Graffiti-Schriftzug zu sehen war, nicht ganz zu Kramers Stil passte.

Marcus stieß vor Verblüffung einen Pfiff aus. «Der hat Isa das Handy abgenommen, oder?»

«Möglich, vielleicht nach dem Streit. Er hat sie eingesperrt und wollte ihre Kontakte nach draußen kappen.»

Marcus unterbrach ihn. «Aber dann hätte er ihr auch den Laptop wegnehmen müssen.»

«Stimmt. Vielleicht wollte er nur verhindern, dass sie den *Penner* anrief. Wenn es wirklich ein obdachloser Jugendlicher ist, dann besitzt der bestimmt keinen Computer.»

«Oder er hat es in seinem Tresor verschwinden lassen, damit die Polizei die Daten nicht auswerten kann.»

«Auch möglich», sagte Henry und staunte wieder, in welche Richtungen Marcus dachte. Sie untersuchten das Telefon. Es war ausgeschaltet, und der Akku schien leer zu sein. Schade, dass sie es nicht mitnehmen konnten. Neda hätte es sicher genauso entsperren und auswerten können wie Isas Laptop. Henry klappte das Blatt Papier auseinander. Und blickte auf einen Erpresserbrief.

Ich weiß, was du getan hast.

Die einzelnen Buchstaben waren sorgsam aus verschiedenen Zeitungen ausgeschnitten und aufgeklebt. Henry stutzte. Hatte Kramer einen Feind, der ihn erpresst, Isa entführt und ein Lösegeld verlangt hatte? War das der Grund, warum er seiner Frau verboten hatte, nach dem Verschwinden der Tochter die Polizei einzuschalten? Sie hatte davon nichts gewusst, das hätte sie Henry in ihrer Verzweiflung gesagt, wo sie doch jetzt nichts mehr zu verlieren hatte. Da war er sich sicher. Oder hatte gar Isa ihn geschrieben? Sie wollte ihren Stiefvater fertigmachen, stand im Tagebuch. Es ist nur eine Frage der Zeit ...

«Schade, dass wir nicht wissen, wann Kramer den Brief bekommen hat», sagte Marcus.

«Eins steht fest, Kramer hat etwas zu verheimlichen. Würde er den Absender des Briefes verdächtigen, etwas mit Isas Verschwinden und ihrem Tod zu tun zu haben, hätte er ihn sicher spätestens gestern nach dem Fund ihrer Leiche den Mordermittlern übergeben. Genau wie ihr Handy.»

«Doch das hat er nicht getan. Er hat ihn auch nicht zerrissen und vernichtet.» Marcus schaute sich noch einmal das Telefon an. «Er hätte auch die SIM-Karte zerstören und das Handy vernichten können. Warum hat er das nicht getan?»

«Vielleicht hat er das alles im Zuge der sich überschlagenden Ereignisse vergessen», warf Henry ein.

Marcus schüttelte den Kopf. «Das glaube ich nicht. Ich denke eher, dass er mit den Telefondaten noch etwas vorhat. Wahrscheinlich kennt er auch den Absender des Briefes ...»

«Denken Sie an Isa und ihren Freund?» Das hielt Henry auch in Anbetracht ihrer Tagebucheinträge für möglich. Was hatte Kramer getan, das ihm womöglich das Genick brechen konnte? War das vielleicht der Grund, warum er sie entführt haben könnte?

«Warten Sie hier, ich bin gleich zurück.» Marcus lief aus dem Raum. Henry ahnte, was er vorhatte. Sicher wollte er nachsehen, ob es in Isas Zimmer ein Indiz gab, das darauf hindeutete, dass sie diesen Brief verfasst hatte. Sie hatten vorhin alles durchsucht, außer dem Papierkorb. Henry hörte einen vorfahrenden Wagen. Verfluchte! Schnell faltete er das Papier zusammen, legte es mit dem Handy zurück in die Schale und schob alle drei Boxen wieder in ihr Versteck, das er sorgsam verschloss, packte den Schlüssel zu den Büroklammern und löschte das Licht. Dann schlich er sich in die Eingangshalle. Draußen ging der Bewegungsmelder an. Er rannte schnell die Treppe hoch, versteckte sich in dem Flur, der zu Isas Zimmer führte, und hörte, wie jemand die Haustür aufschloss. Er lugte um die Ecke. Kramer kam herein. Viel zu früh. Henry warf einen schnellen Blick auf die Uhr. Es war erst kurz vor 19.30 Uhr. Der Hausherr schaltete das Licht an, zog den Mantel aus, lockerte die Krawatte und streifte die Schuhe ab. Dann schloss er die Eingangstür von innen ab, öffnete den Schaltkasten und schaute sich misstrauisch um. Er bemerkt, dass jemand die Stromzufuhr zur Alarmanlage manipuliert hat, schoss es Henry durch den Kopf. Kramer schaltete die Alarmanlage ein. Sie saßen in der Falle. Henry kratzte sich nachdenklich am Kopf. Dann verschwand Kramer in seinem Arbeitszimmer. Marcus steckte den Kopf aus Isas Zimmer und erfasste sofort die Lage. Er winkte Henry zu sich und zeigte auf seine Schuhe. Henry zog sie aus, wartete aber noch, bis Kramer in die Eingangshalle zurückkam, um zu sehen, was er vorhatte. Wie vermutet, tauchte der Hausherr im nächsten Moment mit der Pistole in der Hand wieder auf. Er wähnt einen Einbrecher im Haus. Henry schlich zu Marcus. «Kramer ist zurück. Er hat die Haustür abgeschlossen, die Alarmanlage eingeschaltet und bemerkt, dass jemand im Haus ist. Vorsicht! Er ist bewaffnet.» Marcus nickte verstehend. «Wir müssen warten, bis er schlafen geht», flüsterte Henry ihm ins Ohr. «Dann kann ich die Alarmanlage entsichern, damit wir hier rauskommen.» Sie schlichen sich leise in Isas Zimmer, versteckten sich im angrenzenden Bad, das eine zweite Tür zum Flur hatte, die von innen abgeschlossen war. Kramer würde sicher das ganze Haus durchsuchen. Ihnen musste etwas einfallen, er durfte sie nicht finden. «Hast du noch etwas Entscheidendes entdeckt?» Marcus schüttelte den Kopf. «Keine ausgeschnittenen Zeitungen oder Papierschnipsel, nicht mal eine Schere oder Kleber. Entweder hat sie alle Spuren ordentlich beseitigt, oder der Brief stammt wirklich nicht von ihr», sagte Marcus und lauschte an der Tür. Dann war der Brief vielleicht von ihrem Freund? *Ich weiß, was du getan hast.* Marcus gab ihm ein Zeichen und holte Henry aus den Gedanken. Kramer kam die Treppe hoch. An der abgeschlossenen Badezimmertür bewegte sich die Klinke nach unten. Sie hielten die Luft an. Kramer ging weiter. Sie sahen unter dem Türschlitz, dass in Isas Zimmer das Licht anging. Wenn er Henry und Marcus hier im Haus erwischte, würde er sie wegen Einbruchs anzeigen. Dann konnte Henry die Adoption vergessen. Verfluchte! Oder schlimmer: Kramer schoss. Das wollte er sich gar nicht ausmalen. Sie lauschten auf Kramers Schritte, die näher kamen. Henry erstarrte. Kramer blieb stehen. Stand er bereits vor der Badezimmertür? Riss er diese im nächsten Moment auf? Oder würde er gleich schießen, weil er Isas Freund witterte, der ihn womöglich erpresste? Henry lauschte. Kramer hantierte herum, als suchte er etwas im Zimmer seiner Tochter. Leise drehten sie den Schlüssel an der Tür zum Flur um und schlüpften auf Socken hindurch. Henry winkte Marcus hinter sich her. Würden sie jetzt über die Terrasse und den Garten verschwinden, ginge der Alarm an, und in einer Minute wäre der private Sicherheitsdienst hier. Es gab nur einen Ort, an dem sie sich unbemerkt verstecken konnten, bis Kramer ins Bett gegangen war, denn erst dann konnte Henry die Alarmanlage entschärfen. Sie huschten in das Schlafgemach von Beate und rollten sich unter ihr Bett.

KAPITEL 16

Mittlerweile war es 21.30 Uhr. Erleichtert begrüßten Sophie und die anderen drei in Zorniks Keller ihren Lehrer und Marcus. Es hatte eine gefühlte Ewigkeit gedauert, bis sie endlich wieder zurück waren. Aber für die Informationen, die sie mitbrachten, hatte sich das Warten gelohnt.

Sie verknüpften die neuen Indizien über das Opfer mit den Kenntnissen über die Rosenmorde und ihr allgemeines theoretisches Wissen über Serientäter und stellten für einen ersten Ansatz mehrere Arbeitshypothesen auf. «Es könnte also gut sein, dass der aktuelle Fall gar nichts mit den Rosenmorden zu tun hat und der Täter oder die Täter die Ermittlungen in eine falsche Richtung lenken wollen. Beispiele für solche inszenierten Taten gibt es genug», sagte ihr Dozent. «Wir hatten Beziehungstaten, da war der Ehemann der Mörder, der einen Einbruch anzeigte und sich selbst verletzt hatte. Eine Mutter hatte die Entführung ihres Kindes vorgetäuscht, um von sich abzulenken, weil sie ihren dreijährigen Sohn im Affekt erschlagen hatte. Motiv für derartige Inszenierungen ist Angst vor Entdeckung. Bedenken Sie, das Opfer hatte ein Problem mit dem Stiefvater, der sehr viel zu verlieren hat.»

Sophie dachte sofort an ihren Vater, der es auch verstand,

seine kriminellen Machenschaften hinter einer blütenweißen Fassade zu verstecken.

Sie hörte wieder aufmerksam zu und schaute in die Runde. Charlotte trommelte nachdenklich mit den Fingern auf dem Tisch herum. Zorniks Annahme schien sie nicht zu überzeugen. «Ich bleibe noch bei meiner Serientätertheorie, weil jemand, der nur etwas vertuschen will, eine Leiche nicht so detailgetreu mit dieser Symbolik herrichtet», sagte ihre Mitstudentin, holte tief Luft und redete weiter. «Auch wenn es zum aktuellen Opfer Abweichungen wie den rasierten Schädel gibt.» Charlotte stand vom Tisch auf, um den alle im Halbkreis saßen, und trat an die Pinnwand heran. Scheinbar hatte sie aus dieser Position einen besseren Überblick. «Ich sehe darin einen Täter mit einer Idee im Kopf, einer Szene, die er immer wieder durchleben muss, um sich Erleichterung zu verschaffen.» Nun zeigte ihre Kommilitonin nacheinander auf die fünf Opfer von 2014. «Der Schlüssel zu dieser Fantasie findet sich in der Kindheit, einem oder mehreren traumatischen Erlebnissen mit Todesangst. Diesen Emotionen begegnet der Täter immer wieder neu. Mit den Morden hat er einen Mechanismus entdeckt, der ihm ermöglicht, die Kontrolle über sein Gefühl zu erlangen, dem er nun nicht mehr machtlos ausgeliefert ist. Damals fand man alle Opfer an verschiedenen Stränden. Gab es dafür eine Erklärung in der Biografie des Tom von Bredow?»

«Das Kindermädchen ist mit Bredow an diesen Stränden schwimmen gegangen, obwohl ihm das Meer Angst gemacht hat. Laut Aussage von Toms Mutter hat die junge Frau die Ostsee geliebt», sagte Zornik, während Charlotte sich wieder auf ihren Platz setzte.

Sophie sah ihr an, dass sie grübelte. «Der Strand war also ein Ort, mit dem Bredow negative Gedanken verband und sich wahrscheinlich machtlos ausgeliefert gefühlt hat.»

«Also denken Sie beim jetzigen Mord an einen Nachahmungstäter?»

«Ich bin mir nicht sicher», antwortete Charlotte. «Ich denke nur, dass der aktuelle Ablageort eine Bedeutung für den Mörder haben könnte. Vielleicht ein ehemaliges Kind aus dem Heim?»

Zornik kratzte sich daraufhin mal wieder am Kopf. Eine Geste, über die Sophie eigentlich immer schmunzeln musste, weil der Mann damit, sicher ungewollt, seine momentane Ratlosigkeit zeigte. Das machte ihn für sie nahbar und sympathisch.

«Angenommen, ich habe damals tatsächlich etwas übersehen, der Täter läuft noch frei herum und hat jetzt Isa ermordet, dann stellt sich die Frage, warum hat er den Ablageort und das Tötungsritual verändert?»

«Sexuell motivierte Serientäter lassen aber nichts weg. Eher kommt etwas dazu, denn sie entwickeln sich weiter, brauchen einen immer größeren Kick», erinnerte Marcus.

«Tom von Bredow und die Rosenmorde haben damals eine sehr hohe Medienaufmerksamkeit erhalten. Es wurde aber nicht das gesamte Täterwissen veröffentlicht. Das könnte beim Ansatz, dass wir es mit einem Nachahmungstäter zu tun haben, die Erklärung für die veränderten Details sein», sagte Zornik.

Neda nickte zustimmend. «Dazu müssten wir jedes Detail des aktuellen Obduktionsberichtes mit denen von damals und dem veröffentlichten Täterwissen vergleichen.»

«Sehr gut! Wenn wir Glück haben, halten wir Dr. Bremers Kopie schon morgen in der Hand.»

«Soll ich es beschleunigen?», fragte Neda mit gespielt unschuldigem Blick.

«Nein, das ist mir im Moment zu riskant, auch wenn ich denke, dass Sie Ihr Handwerk beherrschen.»

Aron trat an die Pinnwand. Er schüttelte nachdenklich den Kopf und wandte sich dann den anderen zu. «Ich kapier das noch nicht. Bei Serientätern verkürzen sich doch die Abstände zwischen den Taten, weil das Glücksgefühl schneller nachlässt. 2014 passte das zusammen. Aber warum war dann fünf Jahre Ruhe?»

«Weil es eben doch nicht zusammenhängt», erwiderte Sophie. Sie hatte bei diesem aktuellen Fall ein komisches Bauchgefühl. Bei allem, was sie in den letzten Stunden über Kramers politische Ambitionen recherchiert hatten, den Informationen, die Marcus und Zornik mitbrachten, und der Tatsache, dass ihr Vater und seine dubiosen Geschäftspartner bei den großen Plänen auf der Insel ihre Finger im Spiel hatten, schwelte in ihr ein Verdacht, den sie aber noch nicht benennen wollte. Warum? Weil sie sich dafür schämte, die Tochter eines Verbrechers zu sein, der nach außen als Saubermann dastand? Oder weil die anderen ihr unterstellen könnten, dass sie aufgrund ihres Hasses den rationalen Blick verlor und ihren persönlichen Feldzug gegen ihren Vater plante? Ja, sie befürchtete, dass man sie belächelte und ihr sogar Doppelmoral vorwarf. Da begehrt sie gegen den Großkriminellen auf, indem sie Kriminologin werden will. Pah! Und doch lebte sie von seinem Geld. Dabei hatten sie keine Ahnung, welche Hebel Alexander Dresen in Bewegung setzen konnte, um seine

Ziele zu erreichen. Wenn Isa Kramer ihren Vater fertigmachen wollte, war das Mädchen ein Störfaktor. Dabei kam Sophie plötzlich ein Gedanke. Wenn Isa noch andere Feinde hatte, die schon kriminell waren, bedienten sich solche Leute wie Kramer und Alexander Dresen meistens dieser Typen, die sich bestimmt auch gegen Geld für einen Mord rekrutieren ließen. So lief das doch in den Kreisen der Organisierten Kriminalität. «Die zwei Russen, an deren Raubüberfall Isa beteiligt war, was ist mit denen? Sie könnten sich an ihr gerächt haben, weil sie allein angeklagt wurden. Darüber müssen wir unbedingt mehr erfahren. Ich bin dafür, dass wir heute noch den Jugendklub in Prora Ost aufsuchen, wo sie scheinbar verkehrt hat. Und ich denke, dass wir ihren Lover, den *Penner*, auch dort finden werden.»

«Ja, deshalb müssen wir rekonstruieren, was nach Isas Verschwinden am 1. November passiert ist. Der Jugendclub scheint mir für den Anfang am vielversprechendsten», pflichtete Marcus ihr bei.

Die anderen stimmten ebenfalls zu. Sie waren sich einig, dass sie beim aktuellen Opfer ansetzen mussten, um der Wahrheit näher zu kommen. Nur Zornik runzelte die Stirn. Er schien Bedenken zu haben.

«Das ist grundsätzlich der richtige Ansatz. Aber auch riskant, weil wir damit automatisch im aktuellen Fall ermitteln, wozu wir ja eigentlich nicht befugt sind», sagte er und murmelte eher zu sich selbst: «Aber damit haben wir ja schon längst begonnen.»

Sophie schmunzelte. «Ich denke, wir sind clever genug, um unbemerkt und verdeckt vorzugehen.»

«Und die Schulfreundin? Ich nehme an, das ist die hier.»

Zornik zeigte auf das Bild der Blassen mit der Zahnspange. «Der könnte sie sich anvertraut haben. Vielleicht war sie die Letzte gewesen, die Isa lebend gesehen hat.»

Sophie schüttelte den Kopf. «Ich weiß nicht, Isa kommt mir eher vor, als mache sie alles mit sich selbst aus.» So wie sie. Alle starrten sie an, und Sophie war klar, dass Charlotte und Zornik genau wussten, warum sie das gerade sagte. Sie gab zu viel von sich preis. Doch sie sollten die wahre Sophie hinter der coolen Fassade nicht erkennen. Vermutlich war das die Parallele zu dieser Isa, was sie mit diesem Mädchen verband. Genau deshalb konnte sie sich so gut in sie hineinversetzen, ohne ihr jemals begegnet zu sein. Sophie verschränkte die Arme vor der Brust. «Die können wir sowieso erst morgen auf dem Schulhof des Gymnasiums ermitteln, wenn wir im Jugendklub nicht weiterkommen.»

Zornik fand es überstürzt, dass sie mit Marcus und Aron heute noch in den Klub marschierten. Er wollte den Ort und ihre Besucher erst einmal beobachten, um die Aktion besser vorzubereiten. Sophie widersprach. «Nach einem Jahr Studium im Fach Tarnen und Täuschen sind wir in der verdeckten Informationsbeschaffung geübt. Wir haben zum Klub recherchiert und uns virtuell umgesehen. Das muss reichen. Wir halten uns an die Regel, dass wir zu dritt gemeinsam rein- und wieder gemeinsam rausgehen. Mein Gott, das sind noch halbe Kinder, die dort abhängen. Was soll bitte schön bei deren Befragung gefährlich werden? Außerdem gibt es zwei Sozialarbeiter vor Ort. Und wenn es brenzlig werden sollte, ziehen wir uns zurück.» Langsam ging ihr seine Fürsorge auf die Nerven. Sie waren schließlich erwachsen und mussten nun wirklich nicht mehr gepudert werden. Charlotte blieb mit Neda in Zorniks Haus. Beide sollten weiter zu Kramer recherchieren und Informationen aufarbeiten. Letztendlich stimmte ihr Lehrer unter der Bedingung zu, dass er mitkam.

«Mit Ihnen fallen wir auf. Sie sind viel zu alt», sagte Sophie. Zornik rollte mit den Augen. «Bei Marcus hatte das etwas netter geklungen. Dann warte ich draußen im Auto», bot er an. Sophie seufzte. Okay, Zornik wollte, wenn nötig, eingreifen. Er war eben ein gebranntes Kind, weil sie bei dem letzten Fall in Lebensgefahr geraten waren.

Im Fundus der Akademie verkleideten sich die Jungs entsprechend den Typen, die in dem Jugendklub abhingen. Mit Basecap, Bomberjacke, Kapuzenshirt, fetter Kette, weißen Markenturnschuhen und weiter Jeans sahen sie aus wie echte Gangster-Rapper. Vielleicht etwas übertrieben, fand Sophie und nahm ihnen die Ketten ab. Sie selbst blieb, wie sie war, in Schwarz. In Springerstiefeln, Lederjacke und Metall im Gesicht sah sie aus wie Lisbeth Salander, cool und geheimnisvoll. Genau wie die Figur aus Stieg Larssons Trilogie fühlte sie sich auch: kämpferisch. Denn auch sie hatte nach der Zwangseinweisung in die Psychiatrie durch ihren Vater beschlossen, nie mehr die Kontrolle über ihr Leben abzugeben und kein Opfer zu sein. Da war sie siebzehn Jahre alt gewesen und hatte schlimme Dinge erlebt, die sie krampfhaft unter Verschluss hielt. Wer sie respektierte, dem gegenüber war sie loyal, aber wer ihr etwas antat, dem vergab sie nie. Schon damals hatte sie begonnen, ihre weiche Seite loszuwerden, sich piercen lassen, die Haare abgeschnitten und schwarz gefärbt, genauso schwarz, wie sie die Augen schminkte. Ein Schutzschild, damit ihr niemand in die verletzte Seele blicken konnte. Wie sie wirklich fühlte und was sie mit dieser Ausbildung letztendlich vorhatte, ging niemanden etwas an. Auch nicht ihre Freunde.

«Ich bin der Boss, okay», sagte Marcus im Befehlston.

Sophie verschränkte die Arme vor der Brust. «Ich lass mich aber nicht von dir rumschubsen.»

«Mein Gott, du wirst dich doch einmal für ein paar Minuten unterordnen können.»

«Das liegt nicht in meiner Natur.»

Nun mischte sich Zornik ein, der die Situation aus dem Augenwinkel beobachtete. «Sophie hat recht, sie wirkt in der Rolle der Anführerin souveräner. Dir kaufe ich den Boss neben ihr nicht ab.»

«Na, herzlichen Dank!» Marcus schmollte. Sophie boxte ihn versöhnlich in die Seite.

Aron, der stets pragmatisch dachte, war schon weiter und wollte noch einmal die Strategie ihres Vorgehens besprechen. «Wir gehen rein und erkundigen uns nach Isa Kramer, weil sie was mit uns zu tun hat?»

Seine Langsamkeit nervte Sophie. «Noch mal zum Mitschreiben für dich: Wir sind aus Stralsund, dort haben wir sie kennengelernt, und sie hat gegen eine Anzahlung bei uns Shit auf Kredit gekauft. Wir wissen, dass sie den Stoff hier vertickt hat. Jetzt suchen wir sie, weil die Restzahlung aussteht. Die werden sicher wissen, was mit ihr passiert ist. Das stand ja in der Zeitung und hat sich bestimmt bis zu ihnen rumgesprochen. Dann spielen wir Erstaunen und wollen wissen, wer ihre Freunde sind, denn wir wollen nicht unverrichteter Dinge abfahren.»

«Aber was, wenn euer Bluff nach hinten losgeht, und Isa

gar nichts mehr mit Drogen zu tun hatte?», gab Zornik zu bedenken.

«Ihnen hat die Mutter doch erzählt, dass Isa auch gedealt hat», erinnerte Marcus an Zorniks Worte.

«Dann müssen wir halt improvisieren», sagte Sophie aufgebracht. Ihr dauerte das alles zu lange. Wenn sie noch jemanden dort antreffen wollten, mussten sie echt los. «Wir können jetzt noch Stunden über Wenn und Aber diskutieren ...» Sophie verschränkte die Arme vor der Brust. «Ich sag euch was. Diese Isa war eine Anführerin, bestimmt keine Pussy, die sich von den anderen Jugendlichen hat rumschubsen lassen.»

Zornik nickte zustimmend. «Ich denke auch, dass sie die Unterdrückung durch ihren Vater, dieses Gefühl der Machtlosigkeit, in ihrem Verhalten gegenüber ihren Freunden durch Machtausübung kompensiert hat.» Er instruierte die drei. «Beachtet jede körpersprachliche Reaktion auf eure Fragen nach Isa Kramer. Denkt daran, dass wirklich jede menschliche Empfindung sich im Gesicht zeigt, weil die mimische Muskulatur direkt mit dem limbischen System verknüpft ist, das Informationen filtert und mit Gefühlen belegt. Diese Mikroexpressionen dauern aber nur 0,4 Sekunden an. Ihr müsst also genau hinschauen, um Mitgefühl, Genugtuung, Wut, Trauer oder auch Angst zu erkennen, die Isas Freunde oder Bekannte in Verbindung mit ihrem Namen empfinden. Am besten, ihr schafft erst einmal eine neutrale entspannte Situation, um die Mimik eurer Zielpersonen lesen zu lernen. So könnt ihr die Veränderungen als Reaktion auf die entscheidenden Fragen besser entschlüsseln.»

KAPITEL 17

Sie fuhren mit Marcus' altem VW Golf, der passte am besten zu ihren Rollen. Zornik folgte ihnen mit dem Pick-up, parkte in einer dunklen Nebenstraße, von der er das Jugendhaus in Prora Ost, einen Flachbau hinter dem Neubaugebiet, wohin sich selten ein Tourist verirrte, gut im Blick hatte. Marcus hielt auf dem Parkplatz vor dem Klub. Interessiert beobachteten die drei die Szene. Direkt vor dem Eingang lungerten trotz der Kälte fünf Kids herum, die jetzt um 21.45 Uhr längst zu Hause sein sollten. Alle rauchten und wirkten mit ihren abgestumpften Blicken schon resigniert. Mit den Zigaretten im Mundwinkel und Cola-Flaschen in den Händen machten drei junge Leute, die mit dem Rücken an der Backsteinwand lehnten, den Eindruck, dass sie einen nur durchließen, wenn ihnen die Nasen der Fremden gefielen. Zwei hatten fette Headphones über ihren Strickmützen und Caps, waren total versunken in die Musik, die sie offenbar hörten.

Die Akademieschüler stiegen aus, und Marcus knallte die Autotür zu, damit auch alle wussten, dass sie keine Schisser waren. Sophie ging voraus, flankiert von den beiden Jungs, die einen halben Schritt hinter ihr blieben. Sie setzte ihren fiesesten Blick auf und stolzierte hocherhobenen Hauptes an den Jugendlichen vorbei, die sie misstrauisch beäugten. Ein

Mädchen zückte ihr Telefon. Wahrscheinlich informierte sie jemanden drinnen über die Ankunft von drei Fremden. Man ließ sie aber passieren.

Im Klub herrschte angenehme Wärme. Es gab keinen Flur oder Vorraum. Sie standen gleich in einem Saal, dem Zentrum des Jugendhauses. Sophie schaute sich nach den Sozialarbeitern um. Keiner da. Sehr gut. Der Raum war leer. Waren sie doch schon zu spät so kurz vor Feierabend? Der Klub hatte donnerstags bis samstags längere Öffnungszeiten und schloss erst 23.00 Uhr. Das war in fünfzehn Minuten. Die Wände waren unverputzt und wie das Äußere des Gebäudes mit bunten Graffitis verziert. Rechts neben der Eingangstür befand sich eine große Bühne, die mit schwarzem Stoff abgehangen war. Von der Decke rankten, ähnlich dem Blätterdach im Dschungel, Tarnnetze unter den Oberlichtern. Alte zerschlissene Sofas luden zum Chillen ein. Eine Bar mit gemauertem Tresen, über dem tief Aluminiumhalbkugeln als Beleuchtung hingen, war in die gegenüberliegende Ecke eingebaut. Daneben flimmerten hinter einer fast zugezogenen Tür Computerbildschirme, vor denen niemand mehr saß. Aus den Tiefen des Kellers, in denen sie Probenräume vermutete, drangen laute Schlagzeug- und Bassgitarrenklänge an ihr Ohr. Sie blieben mitten im Raum stehen. Eine große halb offene Schiebetür trennte den Saal von einem kleineren Raum, in dessen Mitte Sophie einen Billardtisch sah, um den fünf junge Männer mit rasierten Schädeln standen und zusahen, wie sich der sechste mit tätowiertem Gesicht über den Tisch beugte und den Queue an einer blauen Kugel ansetzte. Sie waren deutlich älter als die Kids vor der Tür. Anfang zwanzig, schätzte sie und beobachtete ihr Spiel. Sie sprachen deutsch mit russischem Akzent.

Sophie deutete Aron und Marcus mit einer Kopfbewegung an, dass sie bei denen wahrscheinlich richtig waren. Sie durchquerte den Saal und steuerte auf die Billardspieler zu.

Die Kerle würdigten sie keines Blickes und feuerten den Spieler mit dem Queue in der Hand auf Russisch an.

Sophie trat direkt auf sie zu. «Ich suche Isa Kramer. Wisst ihr, wo ich sie finde?» Niemand reagierte. Ein Dünner mit wässrigen Augen und dunkler Nase, der sie an eine Hyäne erinnerte, nahm den Queue, tänzelte herum und erzählte anscheinend einen russischen Witz. Alle lachten.

Sophie blickte in grinsende Gesichter. «He! Ich rede mit euch!»

«Du störst! Verpiss dich!», sagte Hyänengesicht mit Akzent und berührte sie mit der Spitze des Queues, beugte sich über den grünen Tisch und konzentrierte sich auf seinen nächsten Stoß. Er zielte auf die blaue Kugel.

«Okay!» Ärgerlich trat sie einen Schritt nach vorn. Unverrichteter Dinge abzuziehen, kam nicht infrage. Blitzschnell schnappte sie sich die Kugel vom Tisch, die der Typ anpeilte. Die Hyäne erhob ihren Oberkörper in Zeitlupe, baute sich gefährlich vor ihr auf. Sicher war der Junge wütend darüber, dass er seinen Queue ins Leere gestoßen hatte.

«Was soll der Scheiß?» Er wandte sich den anderen zu. «Die blöde Fotze macht mir mein Spiel kaputt! Ich war kurz davor zu gewinnen.»

Sophie verschränkte die Arme vor der Brust und drehte die Kugel provokativ vor ihrem Gesicht. Bereit zum Schlag, falls der Typ angriff. «Ich habe dir eine einfache Frage gestellt.» Marcus und Aron bauten sich links und rechts breitbeinig neben ihr auf.

Hyäne verdrehte unbeeindruckt die Augen. «Huuu, jetzt hab ich aber Angst.» Er stellte den Queue ab. «Pass mal auf, du kleine Schlampe, scheinbar weißt du nicht, wen du hier gerade ankackst.» Der Kerl kam dicht an sie heran, doch Sophie hielt seinem Blick stand. Sie musterten sich wie zwei Raubtiere, die gleich aufeinander losgehen würden. Im Raum herrschte gespannte Stille. Sophie erhob ihre Stimme: «Noch mal langsam zum Mitschreiben. Wo finde ich Isa Kramer?»

«Such mal im Leichenschauhaus», mischte sich der Tätowierte ein. «Wir können dir gerne behilflich sein, dass du den Weg dorthin findest.» Seine Hand verschwand in der Hosentasche. «Und tschüs!»

«Wann ich gehe, bestimme ich, okay! Eure kleine Freundin hat von mir gegen eine Anzahlung eine Probelieferung gekauft und wollte sehen, wie meine Snacks bei euch ankommen. Ich habe ihr die Restzahlung gestundet, bis alles verkauft ist. Man hat mir erzählt, dass sie die Ware am Freitag vor zwei Wochen hier unter euch vertickt hat. Doch seitdem habe ich nichts mehr von ihr gehört. Also, wo finde ich sie?», fragte Sophie und funkelte ihr Gegenüber böse an, der der Anführer zu sein schien. «Ich bin extra aus Stralsund angereist. Sehe ich so aus, dass ich ohne mein Geld wieder abfahre?»

«Dann wurdest du verarscht.»

«Stopp!» Sophie hob die Hand. «Entweder sagst du mir jetzt, wo ich Isa finde, oder du bezahlst. Klar?» Sophie setzte ihr fiesestes Grinsen auf.

«Spinnst du?»

«Ey, ihr habt mein Zeug vernascht.»

«Wer behauptet das, hä?» Jetzt trat der Kerl einen weiteren Schritt auf sie zu. «Die Schlampe war schon seit einem

Monat nicht mehr hier, hatte viel zu viel Schiss, seit ihre zwei Freunde aus dem Knast zurück waren.» Die anderen bildeten langsam einen Kreis um sie drei herum. «Also, zisch ab!» Hyänes Augen verengten sich zu Schlitzen. Im Bruchteil einer Sekunde schlug er ihr die Kugel aus der Hand und stieß sie gegen die Brust. Marcus fing Sophie auf. Der Tätowierte zog ein Messer. Aron streckte blitzschnell den Arm aus und packte ihn am Handgelenk. Mit der anderen verpasste er dem Kerl einen Kinnhaken. Der Tätowierte ließ das Messer los, kippte nach hinten um, schlug sich den Kopf am Billardtisch an und ging zu Boden. Nun zückten die anderen auch ihre Messer. Scheiße! Die Situation eskalierte.

«Los, wir verschwinden, die sind eindeutig in der Überzahl», rief Marcus ihr zu. Doch so schnell gab Sophie nicht auf. Aus dem Augenwinkel sah sie, wie einer der Jungs, ein schmächtiger Rothaariger, sich verdrückte. Vermutlich war er die Ratte in der Gang, vielleicht sogar ein Informant, der den Sozialarbeitern oder gar der Polizei berichtete, was abging, so einen gab es doch immer. Den würde sie sich schnappen. Sie rannten los. Doch Sophie schlug einen Haken, wechselte die Richtung, jagte dem Rothaarigen hinterher, der in den Flur abbog, über dem der Wegweiser zu Toiletten und Notausgang hing. Sie erwischte ihn kurz vor der Tür nach draußen und stellte ihm ein Bein. Der Jugendliche stürzte und schrie auf. Sophie schnappte ihn am T-Shirt, kniete sich auf seinen Rücken, verdrehte ihm den Arm nach hinten, zog ihn in den Stand und schubste ihn vor sich her aufs Mädchenklo. Dort zwang sie ihn mit festem Griff vor der offenen Kloschüssel in die Knie. «Du weißt, wo Isa ist», sagte sie mit harter Stimme.

«Eh, die ist echt tot, liest du keine Zeitung?» Der Junge winselte.

«Verarsch mich nicht.» Sie hielt ihm die Fotokopie von Isa und ihren zwei Freunden hin. «Wenn sie meine Ware nicht hier vertickt hat, hat sie sie vielleicht an die beiden weitergegeben? Wer sind die?»

Der Junge antwortete nicht, sie packte ihn mit einer Hand am Hinterkopf und drückte sein Gesicht in die Kloschüssel. «Entweder du redest, oder du kannst dich mal so richtig satt saufen.»

«Vitaly und Mascha Bergmann!», presste er hervor.

Sie riss seinen Kopf nach oben. «Du verarschst mich doch!»

«Nein, das sind Geschwister.»

«Und wo finde ich die?»

«Was willst du denn von denen?»

«Geht dich das was an?» Sie packte wieder fester zu. Er zuckte zusammen. «Was meinte dein Kumpel vorhin damit, dass Isa Schiss vor denen hatte?»

«Sie wollten sie kaltmachen. Isa hatte sie zu einem Ding angestiftet, Raub, sie selbst hat noch nicht mal 'ne Anklage bekommen, während die zwei für sie eingefahren sind.»

«Sind die wieder hier?»

«Bestimmt. Irgendwo im Viertel unterwegs. Die wohnen bei ihrer Großmutter.»

«Und dann brauch ich noch den Namen von Isas Typen, vielleicht weiß der ja, wo ich Isa finde.»

«Meine Fresse, kapier es, das ist kein Scherz. Die ist echt tot. Die Bullen haben ihre Leiche oben in Lohme in so einer alten Ruine gefunden.» Sie ließ ihn los und spielte die Erstaunte. «Und wer bezahlt mir jetzt den Stoff?» Sie zeigte auf ihn. «Du!»

Er machte ein ängstliches Gesicht «Ey, ich habe nix mit der ganzen Scheiße zu tun. Vielleicht hat sie ihren Typen mit dem Zeug versorgt.»

«Du willst dich rausreden, hmm.» Mein Gott, war der Kerl ein erbärmlicher Feigling. «Den Namen.»

«Den kenn ich nich.» Sie drückte sein Gesicht kurz unter Wasser.

«Na, funktionieren deine Gehirnzellen jetzt besser?», fragte sie und hielt ihn an den Haaren fest.

«Danilo Flemming.»

«Und wo finde ich den?»

«In irgendeinem Scheiß-Abrisshaus im Gewerbegebiet.» Sie hörte das Martinshorn eines Polizeiwagens. Scheiße! Hoffentlich hatten Aron und Marcus tatsächlich den Rückzug angetreten. Dass sie die Polizei erwischte, war nicht vorgesehen. Schiet! Sie ließ den Rothaarigen los und wollte über den Notausgang verschwinden, da traten ihr zwei Typen in den Weg, die vorhin nicht bei den Angreifern dabei waren. Sie sahen aus wie die zwei auf Isas Foto. Vitaly und Mascha. Sie nahmen auch den Rothaarigen in Empfang. Offenbar hatten sie vor der Tür gelauscht und mitbekommen, dass der Junge ihre Namen und ihre Beziehung zu Isa ausplauderte. Das fanden sie keinesfalls witzig und verpassten der Ratte mehrere Schläge. Mit einem Tritt beförderten sie ihn zum Notausgang hinaus. Sophie drängten sie in eine Art Abstellkammer und drückten hinter sich die Tür zu. Der Schlaksige mit Akne-vernarbtem Gesicht musste Vitaly sein. Er hielt ihr den Mund zu, während Mascha ihr eine Kalaschnikow-Pistole an die Schläfe hielt.

«Einen Mucks, und wir spielen russisch Roulette», sagte das burschikose Mädchen im karierten Hemd mit der grünen Punkerfrisur und grinste fies.

«Weißt du überhaupt, wie das geschrieben wird?», zischte Sophie und hoffte, dass sie nur bluffte.

«Halt die Fresse, sonst ...» Sophie schluckte den Kloß herunter, der ihr gerade im Hals saß, weil sie sah, wie sich Maschas Zeigefinger um den Abzug krümmte. Ihre Augen funkelten skrupellos. Darin spiegelte sich eine Kindheit, die von viel Leid und Elend geprägt war. Wer weiß, welche Gewalt dieses Mädchen in ihrem kurzen Leben schon erfahren musste? Sie nahmen Sophie in die Mangel und verpassten ihr Schläge in Magengrube und Nieren, dass sie husten musste.

«Was willst du von uns, hä?»

«Eure Freunde haben gesagt, Isa Kramer sei tot», presste sie stöhnend hervor. «Irgendjemand muss schließlich ihre Schulden bezahlen? Ihr habt doch mit ihr abgehangen.»

«Bist du ein Bulle?», fragte Vitaly misstrauisch.

«Sehe ich so aus?» Sophie fing sich wieder und hielt seinem Blick stand.

«Du stellst die gleichen Fragen.» Sie durchsuchten sie und fanden in ihrer Jackentasche die Fotokopie von dem Bild, das Isa mit ihnen zeigte. «Woher hast du das?» Beide tauschten einen Blick. Sie hatten eindeutig etwas zu verbergen.

«Das hat sie mir gegeben. Ich soll mich an euch wenden, wenn es um die Bezahlung geht.» Wieder warfen sich die zwei einen Blick zu. Dieses Mal eher irritiert.

«Wann war das?»

«Vor drei Wochen, da war sie bei uns in Stralsund und hat bei meinem Boss verkostet und eine Probelieferung mitgenommen. Wir haben ihr einen Kredit gewährt, bis sie verkauft hat.» Jetzt lachten beide abschätzig. «Eh, mein Boss killt mich, wenn ich ohne die Kohle zurückkomme.» Die zwei ließen sie los und tuschelten. Würde sie jetzt versuchen abzuhauen, würde sie sich verraten. Ihr Herz pochte bis zum Hals, doch sie musste die innere Panik unterdrücken und cool bleiben. Sie verschränkte die Arme vor der Brust und wartete. Vitaly telefonierte.

«Was nun?», fragte Sophie in ungeduldigem Ton. Mascha hob mahnend die Hand. Sie sollte sich gedulden. Sophie verdrehte genervt die Augen. «Müsst ihr erst Mutti um Erlaubnis fragen?»

«Wie viel schuldet sie dir noch?»

«Tausend.»

Vitaly nickte seiner Schwester zu, die dieselben Augen hatte wie er. «Isa hat ihr Okay gegeben, gib ihr die Kohle.» Sophie musste sich echt zusammenreißen, dass ihr nicht die Kinnlade herunterklappte. Hatten die zwei sie gerade verarscht und so getan, als würden sie mit Isa telefonieren, einer Toten? Was hatte das zu bedeuten?

Vitaly zog ein Geldbündel aus der Hosentasche und zählte Scheine ab. Die drückte er ihr in die Hand. «Damit sind die Schulden beglichen. Verschwinde jetzt. Wir haben hier kein Interesse an weiteren Lieferungen.» Sophie öffnete den Mund. Sie kam aber nicht mehr dazu, etwas zu erwidern, weil im nächsten Moment die Tür eingetreten wurde. Wilbert, der Fahrer ihres Vaters? Was ...?

«Raus mit euch!», forderte er das Geschwisterpaar auf, das keinen Widerstand leistete. Sein Blick fiel auf die Waffe. «Seid ihr bescheuert, oder was?» Er hielt die Hand auf, und Mascha übergab ihm die Pistole widerstands- und kommentarlos, bevor sie abzogen. Warum sollten die beiden Geschwister das tun, wenn sie nicht wüssten, wer Wilbert ist? Die mussten sich kennen, dachte Sophie. Hatte sie mit ihrem unausgesprochenen Verdacht, dass Isas kleinkriminelle Freunde für den Mord an Isa rekrutiert worden waren, etwa ins Schwarze getroffen? Hatte Wilbert *sie* verfolgt oder war das Zufall, dass er zur gleichen Zeit hier auftauchte, weil er die Geschwister vielleicht gerade ausbezahlt hatte und noch beschattete, was sie nun machten? Wieso hatten die zwei eine Waffe? Etwa auch von Wilbert? Vielleicht gab es noch einen Auftrag, jemanden zu töten? Sie dachte an das Geldbündel, von dem sie gerade locker tausend Euro abgezählt und ihr einfach so gegeben hatten. Vielleicht Isas Freund? Vielleicht war dieser Danilo Flemming ein Zeuge und musste nun beseitigt werden. Sophie schwirrten tausend Fragen durch den Kopf, während Wilbert sie kalt anlächelte. «Los, mitkommen!», sagte er nur knapp und wies ihr den Weg über den Notausgang. Sophie gehorchte, war sie doch viel zu verblüfft, was hier ablief. Draußen packte Wilbert sie am Arm und drängte sie gewaltsam zu seinem SUV, der etwas abseits hinter dem Gebäude parkte. Scheiße! Er wollte sie zu ihrem Vater bringen. Sophie riss sich los und sprintete davon. Sie nutzte Wilberts Schwäche. Er hatte Asthma und kam schnell außer Puste. Hinter ihr her zu schießen, würde er genauso wenig wagen, wie sie gewaltsam vor den Augen ihrer Freunde einzukassieren. Das erregte zu viel Aufmerksamkeit. Alexander Dresen und seine Vertrauten agierten im Verborgenen. Also musste sie schnell zu Marcus und Aron ins Auto zurück. Hoffentlich warteten sie an der verabredeten Stelle in der Nebenstraße. Sophie drehte sich um. Wilbert sprang in seinen Wagen. Mit aufheulendem Motor jagte er hinter ihr her. Sie rannte im Zickzack durch das Wohngebiet, schlug Haken wie ein Hase, dem der Fuchs auf der Fährte war, bis sie am verabredeten Punkt ankam.

Gott sei Dank stand der VW da, und die Jungs saßen drin. Völlig außer Puste riss sie die Beifahrertür auf, sprang hinein und rief im Befehlston: «Fahr los!» Marcus brüllte sie an. «Sag mal, spinnst du? Es hieß, wir verschwinden. Wir gehen in solche Situationen gemeinsam rein und wieder raus. Du kannst doch nicht einfach unsere Abmachung brechen und ohne ein Wort dein eigenes Ding machen.»

Jetzt mischte sich Aron von hinten ein. «Marcus hat recht, du hast dich und uns damit in Gefahr gebracht.» Er war auch sauer. «Wir hatten echt Glück, dass die sich beim ersten Sirenengeheul der Polizei aus dem Staub gemacht haben.» Sophie bemerkte im Rückspiegel, dass der SUV abbog. Wie erwartet, hatte Wilbert vorerst aufgegeben. Erleichtert schnallte sie sich an. «Wollt ihr jetzt Volksreden halten, oder fahren wir endlich los.»

«Ach, das fällt Madame ganz schön spät ein. Das hättest du vielleicht schon mal da drinnen in Betracht ziehen können», motzte Marcus und haute kopfschüttelnd aufs Lenkrad. «Null teamfähig, wie immer!», regte er sich auf.

«He, jetzt mach mal halblang. Wenn ihr richtig beobachtet hättet, wäre euch aufgefallen, dass ich dem Rothaarigen hinterher bin, denn ich dachte, aus dem kriege ich eine Information heraus, die uns weiterbringt. Zum Beispiel, wer Isas Lover und wer ihre zwei Freunde auf dem Foto sind.»

Aron suchte ihren Blick. «Das Risiko, das du eingegangen bist, war aber viel zu groß.»

Trotzig verschränkte sie die Arme vor der Brust.

«Die kapiert es einfach nicht!» Marcus startete den Motor und trat wütend aufs Gas. «Die Kerle waren nicht nur in der Überzahl, die hatten Messer und waren zu allem bereit, ihr Revier zu verteidigen, in das wir eingedrungen sind. Mit unserem Auftreten waren wir für die die Konkurrenz. Wahrscheinlich dachten die, wir wollen den Laden übernehmen.»

«Nun krieg dich wieder ein, ist doch alles gut gegangen», sagte sie lapidar, um ihr schlechtes Gewissen zu überspielen. Marcus kochte immer noch, ersparte sich aber weitere Kommentare und starrte geradeaus auf die Fahrbahn. Sophie lehnte sich zurück und ließ die Situation in der Abstellkammer noch einmal Revue passieren. Wilbert würde ihrem Vater berichten, dass sie etwas mitbekommen hatte, was sicher im Verborgenen bleiben sollte: Es gab eine Verbindung zwischen Alexander Dresen zu Isa Kramers russischen Freunden, die dank der Bürgermeistertochter im Gefängnis gesessen hatten. Dieses Wissen konnte ihren Vater in Bedrängnis bringen. Das würde Alexander Dresen nicht zulassen. Sophie ballte die Fäuste, denn ihre Hände zitterten. Nun war sie in noch größerer Gefahr. Sie schaute in den Rückspiegel. Da war nur Zornik, der ihnen im Pick-up folgte. Er überholte sie kurz vor der Kreuzung, an der sie links nach Bergen abbogen, und fuhr sofort auf den Parkplatz am orangefarben Galileo Museum daneben. Sophie machte sich auf die nächste Standpauke gefasst.

Sie stiegen aus. «Was war da los?», wollte Zornik wissen.

Marcus übernahm die Antwort und erzählte, was im Billardzimmer vorgefallen war. «Aufgrund der bedrohlichen Lage wollten wir raus, doch Sophie ist ohne ein Wort in die andere Richtung gerannt. Dann haben Polizeisirenen geheult, und die Kerle sind stiften gegangen. Wir zum Auto. Doch Sophie war weg. Madame musste ja wieder ihr eigenes Ding durchziehen.» Sie hatte bis jetzt geschwiegen, sollte Marcus ruhig erst einmal seinen Dampf ablassen. «Okay, das war vielleicht falsch, euch nicht in meine neue Strategie einzuweihen. Aber dazu war keine Zeit.» Sie berichtete, was sie in der Körpersprache des Rothaarigen gelesen hatte. «Da bin ich ihm gefolgt, um ihn auszuquetschen.»

«Hat es sich wenigstens gelohnt, uns in Lebensgefahr zu bringen?», fragte Marcus in sarkastischem Ton. Offensichtlich war er sauer, dass Zornik ihm nicht zustimmte und ihr eine klare Ansage machte. Ihr Lehrer erhob die Hand, um Marcus' Rede zu stoppen. Der drehte sich beleidigt weg und musterte seine Schuhspitzen.

«Ich habe die Namen der zwei, die mit Isa auf dem Foto zu sehen sind.» Marcus hob den Kopf und funkelte sie böse an. «Mascha und Vitaly Bergmann. Das sind Geschwister. Isa war nicht nur am Raubüberfall beteiligt, sie hat die zwei dazu angestiftet und kam dank ihres Vaters um eine Strafe herum, während die zwei für sie im Jugendknast landeten.» Die Begegnung mit ihnen und Wilbert verschwieg sie besser. Zumindest vorerst. Sophie warf Marcus einen triumphierenden Blick zu, um von ihrem wahren Gefühl abzulenken. Ihr tiefstes Innerstes zu verbergen, hatte sie von klein auf von ihrer Mutter gelernt, die selbst eine Ohrfeige ihres Mannes stets weggelächelt hatte. Dabei sah sie aus dem Augenwinkel einen schwarzen SUV in einer Seitenstraße, der nur darauf wartete, dass sie losfuhren. Sie fragte Zornik: «Kann ich bei Ihnen mit zurückfahren?»

KAPITEL 18

Kurz nach Mitternacht standen sie wieder alle vor der Pinnwand in Henrys Keller. «Das Opfer hatte also nicht nur ein Problem mit seinem Vater, sondern auch mit Mascha und Vitaly Bergmann, die Isa laut der Aussage eines rothaarigen Jugendlichen, von dem wir leider keinen Namen haben, zu einem Raubüberfall angestiftet hat. Das riecht nach Wut und Rache», sagte er und pinnte das Bild der zwei an, das nun mit ihren Namen beschriftet war. Er drehte sich zu seiner Truppe um, die mit dem Rücken an der Tischplatte lehnte und seiner Zusammenfassung der neuen Informationen lauschte. «Man müsste diese Behauptung des Rothaarigen, dass Isa Angst vor den beiden hatte, auf deren Wahrheitsgehalt abklopfen. Wie könnten wir die Plausibilität überprüfen?»

«Über die Ermittlungsakten der Geschwister», sagte Neda.

«Richtig, aber an die werden wir ohne Martha nicht so ohne Weiteres herankommen. Und das Hacken des Intranets der Polizei wollten wir vorerst nicht riskieren. Wir forschen in einem laufenden Verfahren. In der derzeitigen Situation möchte ich unter allen Umständen vermeiden, dass der ermittelnde Hauptkommissar davon Wind bekommt. Es könnte gut sein, dass er diese zwei Namen auch schon im Umfeld von Isa ermittelt hat. Ein Fehler von Martha, ein Fehler Ihrerseits …», sagte er und zeigte auf Neda. «… und wir bekommen mehr als Ärger.» Henry machte eine Pause. «Wenn Kramer dafür sorgen konnte, dass seine Tochter immer straffrei davongekommen ist, werden wir ihren Namen in den Vernehmungsprotokollen der beiden vielleicht gar nicht finden. Also, welche Möglichkeiten haben wir noch?»

«Ihren Lover zu befragen», antwortete Sophie und rückte auch dessen Namen heraus, nicht ohne Marcus dabei anzugrinsen. Der gab sich geschlagen und resignierte wie ein Läufer, der einfach stehen blieb, während die Konkurrenz mit großen Schritten davonpreschte. Obwohl sie aus ihrem ersten Fall eigentlich gelernt haben mussten, dass eine Mordermittlung kein Wettbewerb war, waren Marcus und auch Sophie manchmal neidisch aufeinander, wenn einer von ihnen besser war. Interessant war nur, dass Marcus sein sonst übliches eigenes Verhalten an ihr kritisierte. Auch wenn Sophie gegen ihre Regel verstoßen hatte, konnte er sie für ihr eigensinniges Vorpreschen im Jugendklub nicht mit einer Rüge abstrafen. An ihrer Stelle hätte er genauso reagiert. Manchmal musste man die Gelegenheit beim Schopfe packen, wenn man zum Ziel kommen wollte. Und ja, die anderen beiden haben einfach schlecht beobachtet. Doch wenn er Marcus das jetzt sagte, machte der Junge dicht. Diesen Zoff konnte Henry gerade nicht gebrauchen, also hielt er lieber den Mund. Der Junge kriegte sich schon wieder ein. Am besten, er reagierte nicht weiter darauf. Henry schrieb Danilo Flemming neben die Namen der Geschwister und verband auch ihn mit einem Strich zum Opfer. In welcher Beziehung dieser Danilo zu den Geschwistern stand, ob sie sich überhaupt kannten, wussten sie nicht. Als offizieller Ermittler hätte er vorhin alle im Jugend-klub befragt und wäre jetzt längst zu dem Ort unterwegs, an dem sich dieser Danilo aufhalten soll.

«Sophie, Aron und Marcus, Sie kommen mit. Wir müssen uns beeilen und diesen Danilo finden, bevor ihn der Rothaarige warnen kann. Sie haben diesen Rothaarigen als Ratte wahrgenommen. Der wird sicher versuchen, aus seinem Wissen Profit zu schlagen, dass eine Dealerin aus Stralsund hier herumschnüffelt, die mit Isa noch eine Rechnung offen hat. So ticken diese Typen. Wir wissen auch nicht, in welcher Beziehung der Rothaarige zu Danilo Flemming steht. Sind sie befreundet, kennen sie sich nur so, oder sind sie gar verwandt? Oder Feinde? Wenn Danilo Flemming misstrauisch wird, könnte es sein, dass er verschwindet. Dann sehen wir alt aus. Ich pflichte Sophie nämlich bei, dass Isa sich wahrscheinlich zu ihrem Freund abgesetzt hat, wenn sie nicht am Nachmittag des 1. Novembers im Auftrag ihres Vaters entführt wurde. Dieser Junge könnte der Schlüssel in unserer Ermittlung sein und uns auf die richtige Spur führen. Und zwar sofort!»

Sie fuhren ins alte Gewerbegebiet am Binzer Ortsrand und hielten vor einem Abrisshaus.

Das Gebäude war dunkel, heruntergekommen und mit Graffiti beschmiert, die Tür bis auf einen schmalen Spalt ver-barrikadiert. Die Fenster der Obergeschosse gähnten ihnen als schwarze Löcher entgegen. Im Untergeschoss waren sie mit Brettern vernagelt.

Sie stiegen aus, und er holte noch eine große Stabtaschen-lampe aus dem Kofferraum. Die konnte man zur Not auch als Waffe einsetzen. Dann zwängten sie sich durch das Loch im

Zaun und liefen über das vermüllte Grundstück. «Wir bleiben zusammen!», mahnte er leise und erntete ein belustigtes «Ja, Vati» von Sophie. Okay, er hatte verstanden. Nach einem Jahr Ausbildung waren sie in der Lage, Gefahrensituationen einzuschätzen und entsprechend zu reagieren. Genau das wollte er mit ihnen trainieren. Dazu musste er ihnen aber auch die Gelegenheit geben und darauf vertrauen, dass sie überlegt handelten. Seufzend ließ er sie vorangehen.

Nach fünfzehn Minuten standen sie wieder vor der Tür. Hier waren nur ein paar Ratten zu Hause. «Scheinbar hat dich der Rothaarige belogen», sagte Marcus und klopfte Sophie auf die Schulter, verkniff sich aber die Schadenfreude, weil sie so enttäuscht guckte. Aron schaute sich um, zückte sein Smartphone, rief Google Maps auf und checkte mit der 3-D-Ansicht die Umgebung. «Es ist arschkalt. Da drinnen zieht es dank der kaputten Fenster wie Hechtsuppe. Da holt man sich ja den Tod. Also, ich würde mir ohne eigenes Dach über dem Kopf bei dem Wetter ein gemütlicheres Plätzchen suchen.»

«Das kann überall sein», entgegnete Sophie resigniert.

Marcus rieb sich die Hände warm. «Zum Beispiel in einem leeren Ferienhaus. Davon gibt es hier um diese Jahreszeit eine Menge. Wusstet ihr, dass Binz nur 5000 Einwohner hat und jedes Jahr 1,5 Millionen Gäste. Krass, oder?»

«Das ist ja nun allgemein bekannt, dass die Bevölkerung und die Besucher auf der Insel in keinem Verhältnis stehen.» Schulterzuckend hob sie die Arme. «Deine bahnbrechende Erkenntnis nützt uns gerade so viel wie ein Regenschirm in der Wüste.»

«Nicht alle sind so talentierte Einbrecher wie Marcus»,

sagte Aron in Richtung seines Mitstudenten, der sich für das Kompliment mit einer Verbeugung bedankte. «Die feinen Ferienobjekte sind gesichert. Das Risiko ist außerdem viel zu groß, doch von einem Gast oder dem Servicepersonal erwischt zu werden. Wenn du nur irgendwo im Warmen übernachten willst, suchst du dir was Kleines, Kuscheliges, wo im Winter garantiert niemand hinguckt und du immer wieder zurückkommen kannst.»

«Gartenlauben in so einer Anlage.»

«Oder einen alten Wohnwagen auf dem Campingplatz.»

Henry widersprach. «Die Campingplätze werden auch im Winter von den Betreibern kontrolliert. Gerade weil sie Einbrüche vermuten.»

«Ich denke, wir sollten uns leer stehende Hotels ansehen, die jetzt in dieser tourismusarmen Jahreszeit renoviert oder umgebaut werden», schlug Aron vor und googelte sogleich.

Beim ersten Renovierungsobjekt, einem Hotel an der Strandpromenade in Binz, waren sie erfolglos. Das zweite, eine Villa an der Steilküste, die laut dem Schild davor zu Ferienwohnungen umgebaut wurde, war so gesichert, dass niemand hineingelangt sein konnte. Erst das dritte Objekt bot ein Schlupfloch. Das ehemalige Blindenkurheim in der zweiten Reihe hinter der Promenade am Südstrand wurde demnächst zu Eigentumswohnungen umgebaut. Sie krochen vorsichtig durch die beiseitegeschobenen Bretter einer vernagelten Seitentür. Im Haus war es stockfinster, weil es keinen Strom gab. Sie horchten. Es raschelte. Schritte entfernten sich. Henry machte den Jungs deutlich, dass sich einer vorne und der andere hinterm Haus positionieren sollte. Sophie nahm er mit. Er machte ihr ein Zeichen, dass sie hinter ihm bleiben solle, und umklammerte die Taschenlampe in seiner Hand. Leise tasteten sie sich an der Wand entlang. Die abgestandene Luft schmeckte modrig nach Schimmel. Fäkaliengeruch stach ihnen in die Nase. Es knackte, als liefe jemand vorsichtig über einen Holzboden. Zornik hielt Sophie am Arm fest. Sie schlichen zu einer der offenen Türen im Erdgeschoss, aus deren Richtung das Geräusch kam. Mit einem Kopfnicken stürmten sie den Flur und die angrenzenden Räume. Nichts. Scheiße! Der Saal, früher wahrscheinlich der Speiseraum, hatte einen zweiten Ausgang zum Treppenhaus. Als sie dort wieder ankamen, horchten sie. Das Geräusch kam jetzt von oben. Sie rannten dem Flüchtenden hinterher die Treppe hinauf bis zum ersten Stock, hielten inne und lauschten. Es polterte. Eilig stürmten sie bis auf den Dachboden.

Alles ging blitzschnell. Der Schlag aus dem Dunkeln traf Sophie neben ihm mit voller Wucht am Kopf. Sie taumelte zu Boden.

Henry drehte sich um und warf die schwere Taschenlampe nach dem Angreifer. Der jaulte auf, stürzte hervor und wollte abhauen. Henry hielt ihn an der übergroßen Jacke fest, warf ihn zu Boden und drehte ihm die Arme auf den Rücken, während er sich auf dessen Flanke kniete. Er zog ihm die Kapuze vom Kopf und starrte in das fremde verängstigte Gesicht eines höchstens vierzehnjährigen Mädchens, das hässliche Hämatome und Platzwunden an der Augenbraue zierten. «Sag mal, spinnst du?», schnauzte er sie an und fragte in Sophies Richtung: «Bist du okay?»

Sophie rappelte sich hoch und fasste sich an den Hinterkopf. «Geht schon.»

Noch bevor sie etwas sagte, rechtfertigte sich das Mädel: «Hey, ich wollte mich nur verteidigen. Ich dachte, dieser Kerl ist mit Verstärkung zurückgekommen.»

«Welcher Kerl?», fragte Henry hart.

«Keine Ahnung, hab ihn nur gehört.»

«Was hast du gehört?»

«Seid ihr Bullen?»

«Sehen wir so aus?», fragte Sophie.

Das Mädchen wischte sich die laufende Nase am Ärmel ab. «Der schon», sagte sie und zeigte auf Henry. Na großartig, anscheinend hatten seine Studierenden recht, und er musste tatsächlich an seiner Tarnung bei der verdeckten Informationsbeschaffung arbeiten, wenn ihn sogar diese Göre auf drei Kilometer Entfernung als Polizisten entlarvte. Henry hievte das Mädchen unsanft auf die Füße, hielt sie aber fest im Griff.

Sie protestierte und spuckte vor ihm aus. «Scheiße! Du tust mir weh! Ey! Ich hab nichts verbrochen.» Er hörte Geräusche aus dem Treppenhaus.

«Ihr müsst mir glauben. Das mit der Latte tut mir leid.»

«Halt einfach mal kurz die Klappe!» Sophie schaute zur Tür hinaus, um zu lauschen. Sie kam zurück und schüttelte den Kopf.

«Mann, also, im zweiten Stock gab es einen Streit, und dann haben sie sich gekloppt. Ich glaube, dieser Kerl kam her und hat den Typen, der dort wohl immer pennt, überfallen.»

«Welchen Typen?»

«Na, ein Jugendlicher halt. Der schläft eben hier.»

«Weißt du, wie er heißt?»

«Daniel oder so?»

«Danilo?»

Die Kleine mit den drahtigen Locken zuckte mit den Schultern. «Glaub schon.»

«Weißt du, wo er hin ist?»

«Aus dem Fenster gesprungen. Mann, dieser andere Kerl hatte eine Knarre. Da wäre ich auch gesprungen.»

«Hat er geschossen?»

«Gehört habe ich nichts, aber ich habe die Pistole aus meinem Versteck heraus gesehen.»

«Und den Typen nicht?», fragte Sophie stirnrunzelnd.

«Nein, ich hab nur seine Hand gesehen, der trug einen goldenen Ring, und er klang alt, hatte so eine heisere Stimme.»

Henry sah, wie Sophies ungläubig die Augenbrauen hochzog. «Ah, Al Capone höchstpersönlich», schlug sie wieder ihren sarkastischen Ton an, den er schon von ihr kannte, wenn sie sich verarscht fühlte.

«Hat er dich bemerkt?», fragte Henry.

«Dumme Frage. Dann hätte der mich kaltgemacht, und ihr hättet mich als Leiche gefunden.»

«Also war er das nicht?» Henry zeigte auf ihr Gesicht. Die Kleine schüttelte beschämt den Kopf und sah plötzlich sehr verletzlich aus.

«Wer hat dich dann so zugerichtet?»

«Bin die Treppe runtergefallen, kann mal passieren, oder?»

«Ach, und dabei hast du dir auch dieses Zweifingerwürgemal zugezogen», sagte Henry und zeigte auf den Hals des Mädchens. Die zog schnell den Pulloverkragen hoch. «War das der Jugendliche, dieser Danilo?»

«Der doch nicht.»

Henry ahnte, was sie zu vertuschen versuchte.

«Wie alt bist du?»

«Alt genug, um allein zurechtzukommen.» Sie verschränkte die Arme vor der Brust und blickte trotzig zu Boden.

«Deine Eltern haben dich misshandelt, stimmt's? Deshalb bist du abgehauen und treibst dich nachts hier herum.»

Ihr Gesicht versteinerte.

«Wie du ja selbst erlebt hast, ist das gefährlich.»

«Ungefährlicher als dort, wo ich herkomme», sagte sie, in einem Ton, bei dem Henry schlucken musste. Sophie sammelte einen herumliegenden Rucksack ein. «Ist das deiner?»

«Ja ... nee.»

«Was nun?» Sophie reichte ihn an Henry weiter.

«Finde ich da drinnen einen Ausweis, oder besitzt du noch keinen? Name! Adresse!»

«Lilly», sagte sie leise.

«Wie alt bist du? Vierzehn?»

«Dreizehn.»

«Na prima! Und da treibst du dich nachts in Abrisshäusern rum.» Er hielt ihr den Rucksack hin. «Ist das nun deiner oder nicht?»

«Nee!»

Henry öffnete ihn, zog mehrere gemalte Graffitiskizzen heraus und zeigte sie Sophie. Sie hatten große Ähnlichkeit mit den Bildern, die er in Isas Zimmer gefunden und fotografiert hatte und die nun an der Pinnwand in seinem Keller hingen. Bei einer schaute Sophie länger hin, nickte aber zustimmend. Die waren eindeutig von Isa. Dann zog er noch ein Handy und eine Geldbörse heraus, in dem der Ausweis von Danilo Flemming steckte.

«Was haben wir denn da?», fragte er mit strengem Blick.

Das Mädchen schluckte.

«Wo hast du den her?»

«Na, aus der zweiten Etage.»

«Geklaut?»

«Eher gefunden. Als es vorhin wieder ruhig war, bin ich in den Raum, und da lag der Rucksack», stotterte sie. «Und dann seid ihr ja schon fast gekommen.»

Henry wühlte tiefer und langte bis auf den Boden, wo er Zeitungspapier fühlte. Er holte die Zeitung hervor und staunte. Die Rügener Rundschau von heute. Auf dem Titelblatt der Artikel über den Fund von Isas Leiche. Die andere Ausgabe darunter war älter, vom 2. November. Sie hatte Löcher, weil jemand Buchstaben und Wörter herausgeschnitten hatte. Ebenso kamen eine Schere und Kleber zum Vorschein.

«Warst du das?», fragte er die Kleine streng.

«Hä? Ich hab da noch nicht mal reingeguckt», protestierte sie.

Wenn es stimmte, was sie sagte, dann muss der Kerl, der diesen Danilo überfallen hat, kurz vor ihnen weg sein. Sie liefen zu dem Zimmer, wo die Matratze lag. Sophie leuchtete hinein direkt auf eine Lache aus Blut.

Er folgte der Blutspur mit dem Lichtstrahl der Taschenlampe, beugte sich aus dem Fenster und beleuchtete den Hinterhof des Hauses. Alles war still.

Sophie bückte sich. «Das ist ziemlich frisch.»

«Was ist hier passiert?», fragte er das Mädchen.

«Ey, ich hab mit der ganzen Sache nichts zu tun. Ehrlich!»

Henry sah der Kleinen ins Gesicht. «Wenn schon jemand ehrlich sagt.»

«Hast du ihn abgezogen?»

«Mann, jetzt glaubt mir doch! Ich bin gestern von zu Hause abgehauen und heute in Binz angekommen, wollte hier die Nacht rumkriegen.» Damit erübrigte sich seine Frage, ob sie Isa kannte.

«Hat dir dieser Danilo etwas über das tote Mädchen erzählt?», fragte Henry und zeigte auf das Titelbild der Rügener Rundschau.

«Echt, ich habe mir von dem nur 'ne Zigarette am Bahnhof geschnorrt und mich dann heimlich an ihn drangehängt. Dass ich ihm bis hierher gefolgt bin, hat der doch gar nicht bemerkt.» Sie schaute auf das Titelblatt und riss die Augen auf. «Hat der etwa was damit zu tun?»

Henry ging nicht darauf ein. «Woher kommst du?»

«Scheiße! Stralsund.»

«Wann bist du in Binz angekommen?»

«Gegen sieben. Ey, der saß allein auf einer Bank vorm Bahnhof und hat geraucht. Er kam mir auch wie jemand vor, der nicht wusste, wohin. Deshalb hab ich ihn angequatscht.»

«Warum kam er dir so vor?», fragte Sophie.

«Keine Ahnung. Sein Gesicht sah so traurig aus. Wenn du selbst nur Scheiße erlebst, erkennst du dieses Gefühl bei anderen eben auch.»

«Dann bist du ihm gefolgt.» Henry übernahm wieder die Gesprächsführung.

Die Kleine nickte. «Ich hab mir oben unterm Dach einen Platz gesucht und kurz gepennt. Durch den Krach bin ich aufgewacht und hab mich erst in der hintersten Ecke versteckt und bin dann runter, um zu sehen, was da los ist. Den Rest habe ich euch erzählt. Ich hab mir den Rucksack geschnappt und wollte gerade abhauen, da hab ich ein Auto vorfahren hören und bin wieder hoch unters Dach, um mich zu verstecken.» Sophie warf Henry einen Blick zu, der ihm signalisierte, dass sie dem Mädchen glaubte. Alles sah danach aus, dass dieser Danilo wahrscheinlich der Verfasser des Erpresserbriefes war, den sie in Kramers Safe gefunden hatten.

Ich weiß, was du getan hast.

Wenn Kramer herausgefunden hatte, wer ihn da erpresste, hatte er wahrscheinlich jemanden auf den Jungen angesetzt, der das Problem lösen sollte. Isas Ermordung schien tatsächlich etwas mit ihrem Vater und der Landratswahl zu tun zu haben. Im Moment wusste er nicht, ob er sich darüber freuen sollte, dass es womöglich keinen Serientäter gab. Er machte sich Sorgen. Sorgen um einen Jugendlichen, der in Lebensgefahr schwebte. Sie riefen Aron und Marcus herauf, machten Fotos und sammelten Blutproben. Die könnte er gleich früh Lucia übergeben, damit sie diese mit dem DNA-Material an der Zahnbürste im Rucksack vergleichen konnte. Vielleicht ergab sich daraus eine weitere Spur. Mist! Sie fuhr ja wieder mit ihrem Erstsemesterkurs nach Greifswald auf Exkursion, und sie jetzt mitten in der Nacht zu behelligen, wäre ganz schön rücksichtslos von ihm. Als offizieller Ermittler hätte er jetzt diesen Tatort, an dem offensichtlich ein Kampf stattgefunden hatte, von seinem kriminaltechnischen Team auseinandernehmen lassen. Diese Möglichkeiten hatte er so leider nicht. Sollte er Francesco einen Tipp geben? In dem Wissen, dass hier eine Straftat begangen wurde, war er eigentlich dazu verpflichtet. Er wog die Konsequenzen ab. Erstens würde Francesco im Dreieck springen, weil er sich mit seinen Studierenden in eine laufende Ermittlung einmischte. Zweitens war fraglich, wie weit er käme, wenn der Bürgermeister von Binz und zukünftige Landrat tatsächlich in die Sache verwickelt war und bereits mehrfach für die Einstellung von Verfahren seiner Stieftochter sorgen konnte, da er besondere Beziehungen zur Staatsanwaltschaft pflegte ... Nein, er gab Francesco keinen Tipp!

«Wir bringen dich jetzt in die Notaufnahme der Medicusklinik in Bergen. Dort werden sie deine Verletzungen behandeln und dokumentieren. Und du erzählst dem diensthabenden Arzt, wie es dazu gekommen ist. Der Arzt ist verpflichtet, Anzeige wegen Körperverletzung zu erstatten. Glaub mir, derjenige, der dir das angetan hat, wird zur Rechenschaft gezogen. Das Jugendamt wird dich noch heute in Obhut nehmen.»

Ihre Augen weiteten sich ängstlich. Sie schluckte. «Komme ich dann ins Heim?»

«Vorübergehend vielleicht, aber sie werden dir eine Pflegefamilie organisieren, bei der du es besser hast.»

«Besser als hier allemal», sagte Sophie.

«Kommen Sie mit ins Krankenhaus?», fragte sie mit der zerbrechlichen Stimme eines kleinen Mädchens, und es schnürte ihm die Kehle zu, als sich ihre braunen Augen mit Tränen füllten.

KAPITEL 19

E r war zurückgerannt. Vor der dunklen Baustelle des Blin-
denkurheims stand ein Pick-up. Er versteckte sich hinter
einer Baumgruppe und beobachtete das abgesperrte Gelände
von Weitem. Sein Handy vibrierte in der Jackentasche. Bloß
gut, dass er es auf lautlos gestellt hatte. Diese Nummer kannte
nur einer. *Wenn es was zu berichten gäbe, würde er sich schon
melden!* Genervt holte er es heraus, fluchte innerlich und ging
ran. Da sah er, dass zwei junge Leute ein Kind rausbrachten
und sich mit ihm in den Pick-up setzten.

«Und, hast du es erledigt?», fragte die Stimme am anderen Ende.

Er zögerte mit der Antwort. «Er ist mir entwischt, keine
Sorge ich kriege ihn schon zu fassen.»

«Alles klar? Du klingst angespannt?»

«Ich bin gerannt.» Hatte er doch vorhin richtig vermutet,
dass er beobachtet worden war. Sicher von dem Kind. Hatten die anderen da nach dem Mädchen oder dem Jungen gesucht?

«Was wirst du jetzt tun?»

Er verdrehte die Augen. «Na, nach ihm suchen!» Kurze Stille in der Leitung. Scheinbar beunruhigte seinen Gesprächspartner, wie sich die Dinge entwickelten. Plötzlich

verspürte er große Lust, diese Angst bei der Person am anderen Ende der Leitung noch ein wenig zu schüren.

«Da war noch jemand im Haus», sagte er auch auf die Gefahr hin, dass er Kritik erntete.

«Du wurdest gesehen?»

«Keine Ahnung, ich glaub nicht.» Er hörte es am anderen Ende der Leitung fluchen.

«Reg dich ab. Ich bringe das in Ordnung.»

KAPITEL 20

Während seine Studenten im Auto auf dem Parkplatz warteten, begleitete er Lilly in die Notaufnahme der Medicusklinik in Bergen. Dort erzählte er der Notärztin, dass das Mädchen allein auf der Straße herumgeirrt war und er sie mitgenommen hatte, weil sie ihm hilfebedürftig erschien. Das Abrisshaus verschwieg er. Der Kleinen hatten sie geraten, auch nichts davon zu erwähnen.

Er setzte sich ins Wartezimmer gegenüber dem Flachbildschirm, in dem Nachrichten ohne Ton liefen, und wartete ihre Untersuchung ab. Er wollte unbedingt wissen, was mit dem Mädchen geschah. Die Ärztin kam aus dem Behandlungszimmer. Er las das Namensschild an ihrem Kittel und bemerkte Frau Dr. Kranichs erschütterten Blick hinter den Brillengläsern. «Was ist mit ihr?»

«Sind Sie mit ihr verwandt?»

«Nein.»

«Dann kann ich Ihnen leider nichts zum Zustand des Mädchens sagen.» Die dunkelhaarige Ärztin zuckte mit den Schultern, was wohl hieß: Ich habe die Vorschriften nicht gemacht.

«Hören Sie, ich bin ein ehemaliger Ermittler der Mordinspektion Stralsund.»

«Dann kennen sie ja das Prozedere. Ich werde jetzt die Polizei einschalten. Sie warten bitte. Denn Ihre Aussage wird sicher benötigt.»

«Kein Problem.» Er hörte, dass sie mit dem Bergener Revier telefonierte und dann ihren Kollegen Paul anrief. Das konnte ja fast nur Dr. Paul Bremer sein. Wenn er sich nicht täuschte, zog sie den Pathologen der Klinik hinzu. Was nur bedeuten konnte, dass Lilly mehr als die sichtbaren Verletzungen an Gesicht und Hals aufwies und sie ein rechtsmedizinisches Gutachten für die Strafanzeige brauchte.

Dann ging sie wieder ins Behandlungszimmer. Nach fünfzehn Minuten streckte sie erneut ihren Kopf durch die Tür und bat die Schwester in der Anmeldung, auf dem Bergener Polizeirevier nachzufragen, wo die Kollegen denn blieben, die sich gleich auf den Weg hatten machen wollen.

Weitere zehn Minuten später schlenderten zwei uniformierte Beamte heran, umweht von einer Duftwolke nach Pommes, Currywurst und Kaffee. Besonders eilig hatten es die jungen Kollegen nicht, die Henry nicht kannte. Einem klebte noch Ketchup am herunterhängenden Mundwinkel, der andere schien genervt, trank seinen Kaffee aus und warf den Pappbecher in den Mülleimer neben der Tür zum Wartezimmer. Alles klar, Pause vor Notsituation. Henry schüttelte verständnislos den Kopf.

Die Schwester in der Anmeldung sprang auf. «Na endlich! Ich dachte schon, Sie haben sich verfahren», sagte sie in ironischem Ton, geleitete die Herren ins Behandlungszimmer und zwinkerte Henry zu, weil er über ihre spitze Bemerkung schmunzelte. Damals hätte man ihn hinzugezogen und nicht vor der Tür stehen lassen. Okay, die Zeiten waren vorbei. Er drehte sich um, weil jemand mit großen Schritten in die Notaufnahme eilte. Dr. Paul Bremer. Er sah abgehetzt aus. Hatte er doch recht mit seiner Vermutung gehabt.

«Henry? Was machst du denn hier? Du bist doch nicht etwa krank?» Henry schüttelte den Kopf. «Nein, ich habe euch einen Notfall gebracht.»

«Du hast das Mädchen gefunden?»

«Ja, sie ist ja noch ein Kind. Ich war was essen in Binz, und auf der Rückfahrt habe ich sie allein an der Hauptstraße zwischen Binz und Prora gesehen. Das hat mich stutzig gemacht, ein Kind allein unterwegs um diese Uhrzeit? Ich habe angehalten, und dann habe ich ihre Verletzungen im Gesicht gesehen. Da war mir klar, mit der Kleinen stimmt was nicht.»

«Verstehe! Komm!» Er lud Henry ein, ihm zu folgen.

«Nein, nein. Ich bin nicht mehr befugt und will keinen Ärger mit den Kollegen.»

«Die sind also schon da?» Bremer verzog das Gesicht abschätzig. «Na, mal sehen, wen sie uns geschickt haben.»

Fünf Minuten später kam Bremer wieder heraus. Auch er war blass und wirkte erschüttert. «Ich habe ja schon viel gesehen, aber ...» Er schien sprachlos. «Sie muss jahrelang schwer misshandelt worden sein», sagte er zu Henry. «Schief verheilte Brüche, ihr Körper ist mit Narben von ausgedrückten Zigarettenkippen und anderen Verbrennungen übersät. Sie konnte von Glück reden, dass sie dir begegnet ist.» Henry presste die Lippen zusammen. «Ich hoffe, sie werden sich die Eltern greifen und dafür zur Rechenschaft ziehen. Kannst du zufällig schon etwas zum Autopsiebericht sagen?»

«Der steht noch aus. Morgen soll ich ihn im Auftrag von Blume gegenlesen.»

«Das heißt, du warst bei der Obduktion nicht dabei, Paul?»

«Ohne offizielle Anfrage der Rechtsmedizin an die Klinik und an mich bin ich von der Ermittlung genauso ausgeschlossen wie du.»

«Und die kam nicht?»

«Ich nehme an, der Staatsanwalt traut den Rechtsmedizinern des Greifswalder Instituts an der Uni zu, das allein hinzubekommen.»

Nun traten die zwei Polizisten auf den Gang. Bremer klopfte ihm auf die Schulter. «Ich denke an dich mit dem Bericht!», sagte der Mediziner und machte sich auf den Rückweg ins Behandlungszimmer. Die uniformierten Kollegen nahmen Henrys Personalien und die Aussage auf, wie es dazu gekommen war, dass er das Mädchen in die Notaufnahme gebracht hatte. Er antwortete genauso, wie er es mit Lilly abgesprochen hatte.

«Wir werden uns darum kümmern.» Mit dieser lapidaren Antwort gab er sich nicht zufrieden. Zu oft hatte er erlebt, wie man Ausreißern nicht glaubte und sie wieder zu ihren Peinigern zurückbrachte, die dann mit den Misshandlungen munter weitermachten.

«Was heißt das?»

«Wir bringen sie erst einmal zu den Sorgeberechtigten zurück und werden die mit den Beschuldigungen ihrer Tochter konfrontieren.»

Henry platzte der Kragen. «Haben Sie überhaupt eine Ahnung, wie sich solche Leute rausreden? Das Mädchen gehört sofort in die Obhut des Jugendamtes. Die Kleine beschuldigt ihre Eltern als Täter. Sind Sie sich Ihrer Verantwortung bewusst? Leiten Sie ein Ermittlungsverfahren gegen die Eltern wegen schwerer Körperverletzung eines Schutzbefohlenen ein. Erst wenn im Zuge dessen bewiesen ist, dass das Mädchen gelogen hat, entscheidet das Jugendamt über den Verbleib des Kindes. Sollten Sie das anders sehen, müsste ich erwägen, Sie wegen Strafvereitlung im Amt und Beihilfe zur schweren Körperverletzung anzeigen.» Die jungen Polizisten schluckten.

«Worauf warten Sie noch? Rufen Sie den Notdienst des Jugendamtes an. Sonst kümmere ich mich darum», brüllte er und dachte dabei an seinen heißen Draht zu Frau Jakob. Auch wenn sie vielleicht nicht direkt für die Inobhutnahme zuständig war, war er sich doch sicher, dass sie in so einem Fall sofort helfen würde. Der Kaffeetrinker zückte sein Handy, und Henry hörte, wie er die diensthabende Jugendamtsmitarbeiterin verständigte. Na also, geht doch, dachte er und wendete sich an Dr. Kranich, die jetzt dazukam. «Ich vertraue Ihnen. Bitte passen Sie auf, dass die Kleine auch wirklich in die Obhut des Jugendamtes kommt und nicht zu ihren Eltern zurückgeschickt wird.» Die Ärztin nickte. «Zuerst behalten wir Lilly sowieso hier. Ich habe sie gerade stationär aufgenommen.»

«Sehr gut.»

«Allerdings müssen wir die Eltern informieren.»

«Dann achten Sie aber bitte darauf, dass diese keinen Kontakt zu ihrem Kind bekommen. Ich nehme an, sie werden aus Angst vor den Konsequenzen das Mädchen einzuschüchtern versuchen, damit es seine Anschuldigungen zurücknimmt.»

«Sie scheinen darin Erfahrung zu haben?», sagte die junge Frau, die ihm sehr kompetent vorkam.

«Ich war zwanzig Jahre lang Mordermittler, da habe ich so einiges erlebt.»

«Sie können sich auf mich verlassen.»

«Und?», fragten Sophie und Marcus, als er eine Dreiviertelstunde später zu ihnen in sein Auto stieg, in dem die Standheizung auf Hochtouren lief.

«Sie wurde stationär aufgenommen, weil sie noch mehr Verletzungen infolge brutaler Misshandlungen entdeckt haben. Das Jugendamt ist eingeschaltet und eine Strafanzeige wegen schwerer Körperverletzung gegen die Eltern gestellt», sagte er und startete den Motor. «Die Notärztin hat den Hauspathologen Dr. Bremer zurate gezogen, den konnte ich bei der Gelegenheit sprechen», berichtete er ihnen von dem Fakt, dass der zuständige Staatsanwalt es nicht für nötig gehalten hat, Bremer als erfahrenen Pathologen und Rechtsmediziner bei der Obduktion von Isas Leiche hinzuzuziehen.

«Sie denken dabei an Kramers Einfluss, weil er Isas Straftaten auch dank seiner Beziehungen zur Staatsanwaltschaft unter den Teppich kehren konnte?»

«Es hat zumindest ein Geschmäckle, weil bei solch brisanten Fällen immer mehrere Fachleute involviert sind. Und Blume hatte Bremer ja auch extra angefordert», sagte Henry und bog rechts auf die Ringstraße ab, wo er ordentlich Gas gab. «Habt ihr noch etwas in dem Rucksack entdeckt.»

«Nein, nichts, was wir nicht schon vor Ort entdeckt haben», sagte Sophie schulterzuckend. «Wir haben ...», wollte sie weiterreden, doch Marcus unterbrach sie.

«Warte! Die Skizzen sind eindeutig von Isa. Ich habe sie mit denen auf ihrem Schreibtisch verglichen.» Er reichte Henry die Mappe.

«Das ist doch jetzt unwichtig», motzte Sophie und griff danach.

«Nein ist es nicht!» Marcus bestand darauf, dass Henry einen Blick auf die Skizzen warf. Henry blätterte sie durch und blieb an einem Bild mit einem Logo hängen, das er schon einmal gesehen hatte. Es gehörte zum Schloss Wellenbrink, wo damals vor 5 Jahren exklusive Soirees veranstaltet wurden, an denen man nur mit Einladung teilnehmen durfte. Eine Spur hatte darauf hingewiesen, dass mindesten zwei der fünf toten Touristinnen Zugang zu diesen Festen hatten. Allerdings hatten sie keinen Durchsuchungsbeschluss bekommen, weil die Hinweise, dass der Täter seine Opfer dort auswählte, angeblich unzureichend gewesen waren. Henry hatte damals vermutet, dass es hochrangige Teilnehmer an diesen Veranstaltungen gab, die die Macht besaßen, eine polizeiliche Ermittlung in diese Richtung zu verhindern. Hier trieb sich seinerzeit auch Tom von Bredow herum. Das Schloss wurde danach verkauft. Verfluchte! Sollte es doch eine Verbindung mit dem alten Fall, diesem Ort und den fragwürdigen Soirees geben? Aber das Bild, was er von Isa Kramer hatte, passte überhaupt nicht zu denen der fünf toten Touristinnen. Sie waren allesamt aus einfachen, fast ärmlichen Verhältnissen gekommen und hofften auf ein besseres Leben mit einem reichen Mann, indem sie versuchten, sich über ihre Körper, ihre Schönheit Einlass in die gehobene Gesellschaft zu verschaffen. Das hatte Isa nicht nötig. Sie war bereits privilegiert. Sie trieb sich in einem Jugendklub herum, in dem man eher den Nachwuchs aus den sozialen Brennpunkten vermutete. Also konnte man annehmen, dass sie die Zugehörigkeit zur Oberschicht ablehnte. Oder verkehrte sie nur im Jugendklub, weil die Jungs sie mit Drogen versorgten? Das mussten sie irgendwie herausbekommen. Sophie schien ungeduldig und unterbrach seine Gedanken. «Dieser Danilo wurde im Abrisshaus ja verletzt, wahrscheinlich angeschossen, und hat ziemlich viel Blut verloren. Deshalb haben wir die Zeit genutzt und uns unter falschen Namen in der Bernsteinklinik in Binz nach ihm erkundigt. Sie haben in der Notaufnahme keine verletzten Jugendlichen behandelt. Arztpraxen haben jetzt weit nach Mitternacht zu.»

«Dann hat der Kerl, wie Lilly den Angreifer bezeichnet hat, Danilo entweder erwischt, und der Junge ist tot, oder er hält sich irgendwo versteckt.»

«Das kann überall sein.»

«Ich denke, er wird mit der Verletzung nicht allzu weit kommen.»

«Wir sollten zurückfahren und weiter im Umkreis des Blindenkurheimes nach ihm suchen.»

KAPITEL 21

Um vier Uhr morgens suchten sie immer noch nach Danilo Flemming, fuhren in und um Binz herum. Sophie wollte partout nicht aufgeben. Wenn er noch lebte, hatte er seinen Angreifer gesehen. Sie vermutete, dass Wilbert der Kerl mit der Waffe war. Die Zuspitzung der Ereignisse in den letzten Stunden, das Auftauchen von Wilbert in diesem Klub und Lillys Aussage zu dem Mann, der Danilo bedroht hat, waren nicht genug, dass es sich zwingend um Wilbert handeln musste, aber ausreichend, dass man es in Betracht ziehen konnte. Diesen Verdacht wollte sie noch nicht mit den anderen teilen. War er es, konnte sie allein damit ihren Vater drankriegen, denn Wilbert handelte nur in dessen Auftrag. Das bedeutete, ihr Vater wäre in den Mord von Isa Kramer verwickelt und versuchte nun, alle Spuren zu verwischen, die irgendwie zu ihm führten.

Der Badeort wirkte wie ausgestorben, allein der eisige Nordostwind fegte durch die Straßen. Ihre Spekulationen, dass er in einer Gartenlaube der Kleingartenanlage oder auf dem geschlossenen Campingplatz am Südstrand untergeschlüpft war, bestätigte sich nicht. Sie sahen auch in Tiefgaragen von Hotels nach und in der Kirche an der Granitz. Nichts. Als ihnen die Ideen ausgingen und sie froren, brachte Zornik die drei nach Hause. Marcus in die Wasserstraße, Aron und sie in die Mädchen-WG. Zornik und die Jungs waren müde. Neda und Charlotte waren auch zurück. Sie hatten sich ein Taxi genommen. Völlig matt saßen sie auf den Stühlen am Küchentisch. Im Gegensatz zu den beiden und Aron fühlte Sophie sich hellwach. Sie war innerlich völlig aufgekratzt. «Ich gehe ins Bett, wir reden morgen», sagte sie und verzog sich in ihr Zimmer. Sie war enttäuscht und musste nachdenken. Alles sah danach aus, dass der Angreifer den Jungen erwischt, getötet und beseitigt hatte. Wer weiß, wovon dieser Danilo Zeuge geworden war. Vielleicht hatte Wilbert auch zu Ende gebracht, was die Geschwister vermasselt hatten. Sie zog sich aus, legte sich ins Bett und starrte in die Dunkelheit. Sie brauchte eine Strategie. Wilbert hatte auf jeden Fall mitbekommen, dass sie diesen Zusammenhang ahnte. Er und ihr Vater waren ja nicht blöd. Sollte sie Zornik und die anderen jetzt schon in ihre Überlegungen einbeziehen? Nein, sie musste erst weitere Beweise sammeln. Und einfach zur Polizei zu gehen und ihren Vater des Auftragsmordes zu bezichtigen, würde auch nach hinten losgehen. Er hatte genügend Anwälte an der Hand, die dafür sorgen würden, dass er nicht eine Nacht in Haft verbringen musste. Das Logo, das Isa gemalt und Zornik erkannt hatte, hatte sie auch schon einmal bei ihrem Vater gesehen. Sophie wälzte sich von einer Seite auf die andere und fand keinen Schlaf, obwohl sie nach dem langen anstrengenden Tag todmüde sein müsste. Ihre Füße waren eiskalt, und die Gedanken schwirrten ihr wie Schneegestöber durch den Kopf. Sie wusste, wie gefährlich Alexander Dresen war. Ein geschickter Intrigant, der für seine geschäftlichen Interessen über Leichen ging. Dass er ihre Loyalität anzweifelte, hatte er ihr unmissverständlich klargemacht. Die Angst, die vorhin in Gesellschaft der anderen gedämpft gewesen war, kroch ihr wieder am Rücken hoch und umklammerte sie. Ihre Hände schwitzten. Es war zwecklos, vor ihm zu fliehen. Mit seinem Einfluss, seinem Netzwerk und seiner Macht würde er sie überall finden. So viele Sicherheitsmaßnahmen konnte sie gar nicht treffen. Sie wollte weder sterben, noch hielt sie einen weiteren Aufenthalt in der geschlossenen Psychiatrie aus. Gegen 6.00 Uhr traf sie eine Entscheidung. Die Zeit war reif, um sich endgültig zu befreien. Dafür musste sie ihn mit seinen eigenen Waffen schlagen.

Sophie stand auf, packte ihre Sachen und schlich sich aus der Wohnung. Sie lief quer über den Rasen zum Parkplatz vor dem Haupteingang zum Herrenhaus, in dem sie seit zwei Jahren an der Akademie des Verbrechens studierte. Entschlossen betrachtete sie das imposante Gebäude mit den zwei Türmen, hinter dessen Fenstern um diese Uhrzeit noch alles dunkel war, verstaute das Gepäck im Kofferraum, setzte sich hinters Steuer und raste vom Hof.

KAPITEL 22

Sein geliebter Cafezinho schaffte es heute nicht, dass Henry sich frisch fühlte. Noch schlaftrunken, telefonierte er mit Lucia, die gerade zum Bahnhof nach Bergen fuhr. Dort traf sie ihren Erstsemesterkurs, mit dem sie dann zur Exkursion nach Greifswald weiterreiste. Im Gegensatz zu ihm war sie schon hellwach. Er wünschte ihr viel Erfolg und erzählte von den Ereignissen der Nacht. Ihr mitfühlendes «Poverino!» zauberte ihm ein Lächeln ins Gesicht und sorgte dafür, dass es ihm gleich besser ging. Kurz vor 8.00 Uhr verließ er das Haus. Das Kratzen im Hals hustete er einfach weg. Wahrscheinlich hatte er sich letzte Nacht bei der stundenlangen Suche nach Danilo Flemming den Rest geholt und brütete jetzt eine Erkältung aus. Nach fünf Jahren Brasilien, wo die Temperaturen nie unter 21 Grad fielen, war er dieses nasskalte Novemberwetter einfach nicht mehr gewohnt. Dann musste er sich eben besser abhärten. Noch heute würde er auf der Obstwiese hinterm Haus eine Einheit Capoeira einschieben, wie immer mit nacktem Oberkörper, und ein Bad im eiskalten Bodden nehmen. Wenn er das mehrmals die Woche durchzog, machte ihm der norddeutsche Winter garantiert nichts mehr aus. Henry stieg in den Wagen und warf die Ledertasche auf den Beifahrersitz. «Auf geht's!», sagte er zu sich selbst und seufzte bei dem Gedanken, dass er jetzt eine Stunde lang die Fragen von Dr. Schall über sich ergehen lassen musste. Er hatte keine Lust, seine Seele sezieren zu lassen, damit er sein inneres Kind fand. Was sollte das bringen? *Komm, du willst Matti adoptieren! Augen zu und durch.* «Es ist nur eine Psychotherapie, keine Operation am offenen Herzen», murmelte er vor sich hin. Er dachte an Lucia, freute sich auf den Abend mit ihr und unterdrückte den Unmut über die bevorstehende Therapiesitzung. Henry schaltete das Radio ein, sang bei Ed Sheerans *Perfect* lauthals mit, weil das ihr gemeinsames Lied war, bei dem sie am 16. Oktober im Kerzenschein im Zweistein in Sellin ihr erstes Date hatten. Lächelnd reihte er sich an der E96 in den Morgenverkehr ein, der sich im Schneckentempo Richtung Binz bewegte.

Dr. Verena Schall empfing ihn zu seiner ersten Sitzung mit einer hochgezogenen Augenbraue und einem Blick auf ihre Armbanduhr, die genauso in Pastellgrün gehalten war wie die Ohrringe und ihre Kleidung aus edlem Stoff. Die weite Hose und der Rollkragenpullover umspielten ihren schlanken Körper. In seiner Erinnerung hatte er die blonde Frau mit der sonnengebräunten Haut, die genauso groß war wie er, noch nie in Schwarz oder leuchtenden Farben gesehen. Er kannte sie nur in monochrom und zurückhaltenden Tönen. Vielleicht eine Art Berufskleidung, die den Gemütszustand ihrer Patienten regulieren sollte. Bei dem Wort Patient regte sich Widerstand in ihm. Er fühlte sich keineswegs kopfkrank.

«Sie sind fünf Minuten zu spät», sagte sie in tadelndem Ton einer Grundschullehrerin. «Wir hatten eine Abmachung, ich *muss* Ihre Therapie nicht wieder aufnehmen. *Sie* haben mich darum gebeten. Noch mal zur Erinnerung: Kommen Sie zu spät oder gar nicht zu den Sitzungen, blockieren Sie einen Therapieplatz, den jemand anders nötiger hat.»

«Entschuldigung, kommt nicht wieder vor», lenkte er ein, setzte sich in den modernen Ohrenbackensessel ihr gegenüber und faltete die Hände überm Bauch. Um zu signalisieren, dass er bereit und offen war, lächelte er ihr ins Gesicht und erwartete ihre erste Frage.

Sie musterte ihn aufmerksam. «Was erwarten Sie von der Therapie?»

«Dass Sie mir beibringen, wie ich meine Impulse besser steuern kann», sagte er und hoffte, ihr damit die richtige Antwort gegeben zu haben.

«Welche Impulse können Sie denn nicht steuern?»

Henry zuckte mit den Schultern. «Ich glaube nicht, dass ich aggressiv oder cholerisch bin. Außer, ich fühle mich ungerecht behandelt oder wenn ich es mit der Dummheit und Faulheit anderer zu tun habe», sagte er wahrheitsgemäß und dachte dabei an Blume, dem er manchmal gerne ins Gesicht gesprungen wäre. «Schauen Sie, gestern im Krankenhaus ... », erzählte er die Begebenheit mit den zwei Streifenpolizisten, die das Mädchen, ohne zu überlegen, was es für Konsequenzen haben könnte, den Eltern wieder übergeben wollten, nur weil es Vorschrift war. «Unverantwortlich! In solchen Situationen platzt mir der Kragen.»

Dr. Schall schmunzelte, wohl über ihn. «Was in dem Fall verständlich ist, Herr Zornik. Sie fühlen sich für das Wohlergehen von Schutzbedürftigen verantwortlich. Was erst einmal eine gute Voraussetzung ist, um ein Kind zu adoptieren. Aber wenn dieser Drang, für Gerechtigkeit zu sorgen, zum Zwang wird, dann kann es unter Umständen für Sie und die Menschen in Ihrem Umfeld problematisch werden.» Genau das hatten sie in der damaligen Psychotherapie bereits herausgearbeitet, die ihm sein Vorgesetzter nach Hannas Tod auferlegt hatte, um wieder dienstfähig zu werden.

«Nun sind Sie kein Polizist mehr, sondern ...» Sie blätterte in ihren Notizen.

«Dozent für angewandte Kriminologie an der *Academy of Criminal Investigation* drüben in Bergen», sagte er, damit sie nicht weitersuchen musste.

«Ah, die Privathochschule. Ich habe davon gehört.»

Bei ihrem Röntgenblick biss er sich auf die Lippe. Er musste aufpassen, was er sagte, sonst würde sie ihm unterstellen, dass er sein *zwanghaftes Verhalten*, Fälle zu lösen, immer noch in sich trug.

«Heißt, Sie beschäftigen sich wieder mit Kriminalfällen.»

«Irgendwie schon, also rein theoretisch.»

«Aha!», sagte sie mit festem Blick in seine Augen, dem Henry nur mit Mühe standhalten konnte, weil er sich ertappt fühlte. Verfluchte! Die Frau beherrschte ihren Job. Ohne Grund setzte man sie nicht als Gutachterin bei der Beurteilung von Kriminellen ein. Kaum hatte sie ihren *Griff* gelockert, atmete Henry tief durch. «Wie lautet denn Ihr konkreter Auftrag?», fragte sie und schlug die Beine übereinander.

«Ich soll meinen Studierenden beibringen, wie man Mörder fasst.»

«Und das lernen Ihre Studierenden in Vorlesungen und aus Büchern, oder wie muss ich das verstehen?» Er kapitulierte. Es ergab keinen Sinn, ihr weiter etwas vorzumachen. Sie hatte ihn längst durchschaut. «Nein, wir arbeiten an Cold Cases und versuchen, diese durch frische Denkansätze zu lösen.»

«Also haben Sie einen neuen Weg gefunden, Ihren Zwang auszuleben.»

«Nein, ich ...», setzte er zu einer Erklärung an, die sie scheinbar nicht hören wollte, denn sie unterbrach ihn mit erhobener Hand.

«Danke, wir haben jetzt eine Ausgangssituation. Auch wenn es Sie sehr aufwühlen wird, wir werden uns mit dem sogenannten Urschleim, wie Sie ihn damals bezeichnet haben, auseinandersetzen und die Traumata und Verlustängste Ihrer Kindheit leider hochwürgen müssen. Dort steckt der Schlüssel zu Ihrem selbstzerstörerischen Verhalten in Form obsessiver Arbeitswut oder Arbeitssucht ohne Rücksicht auf Verluste, Beziehungen, aber auch Ihre eigene Gesundheit.» Dabei zeigte sie auf sein Gesicht, in dem sie sicher an den tiefen Augenringen erkannte, dass er letzte Nacht kaum geschlafen hatte. «Sie wirken ruhelos, angespannt, als würden Sie unter enormem Druck stehen. Können Sie schlafen?»

«Schlecht.» Mit diesen Augenringen würde sie ihm das Gegenteil sowieso nicht abkaufen.

«Wenn Sie ehrlich zu sich selbst sind, wissen Sie genau, wovon ich rede. Es liegt allein an Ihnen, sich der Vergangenheit zu stellen, um aus diesem Teufelskreis herauszufinden.»

Henry holte tief Luft. Dr. Schall hatte leider recht, und das war ihm nicht neu. Wenn er Matti zu sich nehmen wollte, musste er eine Balance zwischen der Leidenschaft in seinem Job und seinem Privatleben finden, um niemanden in seiner Umgebung mehr in den Abgrund zu reißen. In Gedanken versunken, hörte er der referierenden Psychiaterin nur mit halbem Ohr zu und nickte. «Solange Sie sich nicht der Ursache stellen, die höchstwahrscheinlich in Ihrer frühen Kindheit zu finden ist, so lange werden Sie weiter so handeln und andere Menschen gefährden. Keine guten Voraussetzungen, um einen neunjährigen Jungen großzuziehen.»

Henry presste die Lippen zusammen und widersprach besser nicht. Es entstand eine kurze Pause. «Zwanghaftes Verhalten haben Sie damals auch Tom von Bredow bescheinigt ...», sagte er, um das Gespräch in die Richtung zu lenken, die er anstrebte, obwohl sie ihm ja im Erstgespräch mehr als deutlich genug zu verstehen gegeben hatte, dass dieses Thema tabu war. Sie verschränkte die Arme vor der Brust und stützte ihr Kinn ab. Abwartend.

Henry wagte es. «Es gibt einen neuen Mord, könnte es sein, dass wir uns damals geirrt haben?»

«Versuchen Sie gerade, von sich abzulenken und mich zu manipulieren?» Dr. Schall legte den Stift weg.

«Verstehen Sie doch: Dieser neue Mord treibt mich um. Seitdem kann ich nicht mehr ruhig schlafen.»

«Sie sind seit fünf Jahren nicht mehr bei der Mordinspektion, Sie sind überhaupt kein Polizist mehr. Es ist nicht Ihr Auftrag, den Täter zu fassen.»

«Aber ich habe doch ein Gewissen! Sie und ich, wir waren damals involviert und überzeugt, dass wir mit Tom von Bredow den richtigen Täter für alle Zeiten hinter Gitter gebracht haben. Alle Indizien sprachen für ihn, und Ihr psychologisches Gutachten hat unsere Schlussfolgerungen untermauert. Er hat aber nie ein Geständnis abgelegt und den Tatort bis zu seinem Tod verschwiegen.»

«Er ist tot? Das wusste ich nicht», sagte Dr. Schall erstaunt.

Interessant. Scheinbar hatte er sie so neugierig gemacht, dass sie ihre selbst aufgestellte Regel übertrat und, anstatt ihn bei diesem Thema abzuwürgen, Näheres wissen wollte.

«Hat sich vor zwei Monaten erhängt. Und jetzt dieses tote Mädchen in Lohme. Wo selbst Hauptkommissar Blume an einen Zusammenhang denkt und sich die Rosenmörder-Akte ansieht, weil es Ähnlichkeiten im Modus Operandi gibt.»

«Woher wissen Sie das?»

«Ist doch egal», wehrte er ab. «Aber nach Bredows Verhaftung war Ruhe. Wenn er es nicht war: Ein zwanghafter Mörder hätte doch die Abstände verkürzt?»

Auf Ihrer Stirn grub sich eine Falte ein. «Was erwarten Sie jetzt von mir?»

«Eine Einschätzung. Sie sind Psychiaterin und Psychologin. Könnte es ein Nachahmer sein?»

«Schauen Sie auf sich selbst, dann schauen Sie sich die vielen Menschen an, die auch traumatische Kindheitserlebnisse mit sich herumschleppen.»

Ihr interessierter Gesichtsausdruck gab Henry weiter das Gefühl, dass sie sich ernsthafte Gedanken machte. Wahrscheinlich hatte sie auch Gewissensbisse. Um sie zu einer Einschätzung zu bewegen, erzählte Henry, welche Veränderungen es an der Art der Präsentation der Leiche im Vergleich zu den damaligen Opfern gab.

«Das stand so aber nicht in der Zeitung. Woher wissen Sie das?», fragte sie erneut. Ihr Blick wurde streng.

«Ich war am Fundort. Nachdem ich von einer ehemaligen Kollegin davon gehört hatte, dass Blume von Ähnlichkeiten sprach, konnte ich nicht anders. Ich musste mich davon überzeugen, dass er falschlag. Ich habe ihm meine Hilfe angeboten, aber er hat abgelehnt. Ich kann doch nicht tatenlos zu Hause rumsitzen und abwarten, was passiert. Stellen Sie sich vor, es gibt noch einen Mord.» Sie verdrehte die Augen und schwieg. «Angenommen, es ist ein Nachahmungstäter, hätte der dann das gleiche Trauma wie Tom erlebt?»

Dr. Schall schwieg einen Moment. «Genau dieses Verhalten spiegelt mir Ihren Zwang wider. Zornik, Sie sind begabt und scharfsinnig, Sie haben Ihren Beruf mit mehr als nur Hingabe ausgeführt. Und obwohl Sie jetzt schon so lange außer Dienst sind, schaffen Sie es nicht, loszulassen. Begreifen Sie, das ist Sucht. Selbst jetzt in dieser Sitzung, in der es um Ihr Innerstes gehen soll, beschäftigen Sie sich mit dem Leid anderer. Das sind Ablenkungsmanöver, weil Sie sich weigern, in Ihre eigene Seele zu blicken.»

«Ich denke, dass ich gerade das tue. Verstehen Sie? Wenn ich damals versagt und einen Fehler gemacht habe und es sich um denselben Mörder handelt, bin ich schuld, dass dieses sechzehnjährige Mädchen sterben musste.» Leider ließ sie sich nicht weiter darauf ein und nahm wieder ihre distanzierte Haltung ein, die es ihm unmöglich machte, ihre Gedanken und Gefühle zu bewerten.

«Also gut. Jetzt frage ich Sie noch einmal: Was wollen Sie? Ihre Therapie neu aufnehmen, um Matti Grabner zu adoptieren, oder in Ihrem alten Muster verharren und wie bisher weitermachen?» Sie setzte sich aufrecht hin. «Beides geht nicht zusammen. Ihre Entscheidung.» Sie schaute auf die Uhr und stand auf. Die Sitzung war vorbei. «Wenn Sie das nächste Mal kommen und wieder über einen Fall reden wollen, können Sie sich die Zeit sparen.»

KAPITEL 23

Ist er da?», fragte Sophie und schob Edyta, die langjährige Haushälterin ihrer Eltern, an der Eingangstür zur herrschaftlichen Villa in Hamburg Blankenese beiseite.

«Vielleicht fangen wir erst mal so an: ‹Guten Tag, Sophie, guten Tag, Edyta›», sagte die kleine rundliche Frau in bestimmendem Ton, der Sophie an ihre Kinderstube erinnern sollte.

«Entschuldige!» Sophie drückte sie und gab ihr einen Kuss auf die Wange. «Ich bin wütend.»

«Die Fliegen an deiner Nase sind kaum zu übersehen. Beruhige dich erst einmal.» Edyta strich ihr über den Arm. «Dreimal tief durchatmen! Dann wird das Gehirn mit Sauerstoff versorgt, und du erkennst besser, wenn du nur Erbsen gegen eine Wand wirfst. Glaub einer Frau, die alt ist wie die Welt.»

«Du bist das einzig Gute in diesem Haus.»

«Er trainiert in seinem Gym.»

Sophie atmete nicht, sondern stürmte quer über den Marmorboden der Empfangshalle mit der geschwungenen Treppe, dessen Geländer sie früher gerne als Rutschbahn benutzt hatte. Damals mit fünf hatte sie ihren Vater noch bewundert, war seine Prinzessin gewesen, der er jeden Wunsch erfüllte.

Doch je älter sie wurde, desto mehr merkte sie, dass der Mann zwei Gesichter besaß. Das hässliche zeigte er all jenen, die nicht so wollten wie er. Er forderte hundert Prozent Gehorsam und Loyalität, wer ihm das nicht zusicherte und zeigte, den zählte er zu seinen Gegnern, die er mit allen Mitteln bekämpfte.

Sie hatte ihre Strategie, wie sie ihm entgegentreten wollte, auf der Fahrt genau durchdacht. Jetzt atmete sie dreimal tief durch und schob dann, ohne anzuklopfen, die Tür zu Alexander Dresens Fitnessstudio im Keller auf. In der Mitte des hundert Quadratmeter großen Raumes, der in Schwarz-Weiß gehalten und mit einem himmelblauen Gummiboden ausgelegt war, hing ein Boxsack. Ringsum standen Geräte für Kraftsporttraining. Der grauhaarige Mann mit der sportlichen Figur und dem Siegerlächeln schwitzte auf einem exklusiven Fitnessrad, über dessen Lenker ein weißes Handtuch hing. Ein virtueller Trainer feuerte ihn an. Er erhob sich aus dem Sattel und trat kräftig in die Pedale. «Ah, meine Tochter ist vernünftig geworden. Braves Mädchen, ganz die Mutter», presste er außer Puste hervor, setzte sich wieder, schaltete den Monitor aus und trocknete sich mit dem Handtuch das Gesicht ab. «Oder liegt es daran, dass du meine Androhung einer Zwangseinweisung in die Psychiatrie ernst genommen und eingesehen hast, dass du Wilbert nicht entkommen kannst? Und es nur eine Frage der Zeit ist, dass er dich zu fassen kriegt?»

Sophie senkte demütig den Kopf, genau so, wie er es von ihr erwartete.

Er stieg vom Rad. «Warum glaube ich dir nicht?»

Weil du spürst, dass ich dich hasse und du mich nur mit Ge-

walt gefügig gemacht hast. Sie durfte sich nichts anmerken lassen und musste die Rolle der reumütigen Tochter wohl überzeugender spielen. «Es tut mir leid, dass ich so uneinsichtig war», stieß sie zwischen zusammengebissenen Zähnen hervor. Er hob ihr Kinn an und lächelte ihr kalt ins Gesicht. «Ich habe eben nachgedacht und abgewogen. Besser eine Stunde zu früh als eine Minute zu spät, würde Edyta sagen. Meine Freiheit ist mir mehr wert.» Ihr Vater wendete sich ab und widmete sich wieder seinem Training. Er stellte die Gewichte an der Hantelbank ein.

«Du willst, dass ich mein Studium an der Akademie aufgebe. Bis vor zwei Monaten hat dich mein Studium nicht interessiert», sagte sie in seinen Rücken.

Er drehte sich langsam um. «Du bist meine Tochter. Du unterschätzt meine Beobachtungsgabe. Ich habe dich und dein Wohlergehen immer im Blick.»

Beim Wort Wohlergehen lachte sie innerlich bitter auf.

«Es würde kein gutes Licht auf unsere Familie werfen, wenn meine Tochter in der Öffentlichkeit mit dieser zweifelhaften Institution in Verbindung steht. Meine Geschäftspartner sind jetzt schon wenig amüsiert, dass du dich an der Schnüffelei dieses Ex-Bullen beteiligst. Ich will lediglich verhindern, dass sie nervös werden. Auch wenn sich deine Liebe zu mir in Grenzen hält: Du bist meine Tochter. Anscheinend hast du keine Ahnung, wozu diese Männer fähig sind.» Doch, das wusste sie.

«Du hast Angst, sie denken, du spielst falsch?»

«Ich habe keine Lust, für deine Fehler zu bezahlen.»

Interessant, wenn sich sogar ihr mächtiger Vater um seine Gesundheit sorgte, musste wirklich etwas ganz Großes dahinterstecken, worin sich seine noch mächtigeren Partner durch ihre Ermittlungen gestört fühlten.

«Woher dieser Sinneswandel?», fragte er misstrauisch.

«Hast du nicht gerade selbst gesagt, dass ich deine Tochter bin? Ich bin nicht blöd. Ich erkenne schon, wann es sinnvoll ist, sich für eine Sache einzusetzen, oder dass man nur Erbsen gegen die Wand wirft, um es mit Edytas Worten zu sagen. Außerdem gibt es da noch was Persönliches.» Sie dachte an Marcus' Kritik, damit es authentisch klang. «Ich lasse mich nicht gerne bevormunden und kann mit Tadel genauso gut umgehen wie du.»

Ihr Vater zog eine Augenbraue hoch. «Du lügst schon wieder, du bist ohne Gepäck angereist.»

«Es ist im Kofferraum. Wenn du mir nicht glaubst, schreib meine Kündigung, ich unterzeichne. Drei Millionen auf ein Schweizer Konto, das du nicht kontrollierst, und ich verschwinde nach Portugal und werde die Tage brav beim Surfen am Strand verbringen.» Sophie lächelte unschuldig. Seine Augen verengten sich zu Schlitzen. Er kaufte ihr diese Lüge scheinbar nicht ab. Deshalb ergänzte sie: «Vielleicht reise ich auch mit dem Rucksack um die Welt.» Das war überhaupt die beste Idee, um ihre Spur zu verwischen und nach ein paar Tagen heimlich nach Rügen zurückzukehren und aus dem Verborgenen zu agieren. Genau das wollte sie nämlich tun, unterhalb des Radars ermitteln, stichhaltige Beweise gegen ihn sammeln und dann im richtigen Moment zuschlagen, sodass ihn kein Anwalt mehr vor dem Gefängnis bewahren konnte. «Ich werde dir jedenfalls bei deinen Geschäften nicht mehr im Weg stehen.»

«So einfach kommst du mir nicht davon.» Er sah sie herausfordernd an. «Erst wirst du mir helfen, Zornik zu stoppen.»

Stoppen bedeutete, die aktuelle Ermittlung aufzuhalten. Er hatte also tatsächlich seine Finger bei der Landratswahl im Spiel und Angst, dass sie Staub aufwirbelten. Ihr Instinkt meldete, dass es diesen Zusammenhang mit dem Mord an Isa gab.

«Ich? Wie hast du dir denn das vorgestellt?», sagte sie und spielte die Naive.

«Nichts Großes. Du wirst mich über eure Ermittlungen auf dem Laufenden halten und mir im Vorfeld über Zorniks weitere Schritte Bericht erstatten.» Das kam ihr doch entgegen. So konnte sie direkt zurück zur Akademie, musste sich nicht verstecken und gewann Zeit. Sie würde ihm einfach nutzlose und falsche Informationen liefern.

«Nein, noch besser, du wirst mir diesen Zornik in eine Falle locken.»

Einen Teufel würde sie tun. «Ich?», fragte sie und machte ein ungläubiges Gesicht. «Wie soll ich das anstellen? Du unterschätzt ihn.»

«Du wirst ihn auf eine Spur locken. Der Rosenmörder hat damals zwei seiner Opfer auf einer geschlossenen Veranstaltung im Schloss Wellenbrink ausgespäht. Ich habe das Anwesen vor drei Jahren günstig gekauft.» Also lag sie mit ihrer Erinnerung bezüglich des Logos, das Isa gemalt hatte, richtig.

«Und was hast du dort mit ihm vor?»

«Das lass mal meine Sorge sein.»

«Drei Millionen für meine Weltreise», sagte sie in forderndem Ton, denn er kaufte ihr die Unterstützung seiner Interessen nur ab, wenn sie damit ein egoistisches Ziel verfolgte.

«Das besprechen wir später.» Ihr Stiefvater grinste breit.

Er hatte die Lüge bezüglich ihres Sinneswandels geschluckt. Im nächsten Moment erstarrte sein Gesicht zur eisernen Miene. «Versuchst du, mich auszutricksen, bist du schneller bei Prof. Stock in der Klinik, als du das Wort Freiheit aussprechen kannst.»

KAPITEL 24

Zerknirscht verließ Henry die Psychotherapiepraxis mit einem neuen Sitzungstermin am nächsten Mittwoch. Das Gespräch mit Verena Schall hatte ihm bewusst gemacht, dass er die Serientätertheorie und die Möglichkeit, dass es sich um einen Nachahmungstäter handelte, parallel verfolgen musste, obwohl momentan einiges dafürsprach, dass Isa Kramer den Machenschaften ihres Stiefvaters zum Opfer gefallen sein könnte. Er brauchte dringend diesen Autopsiebericht, um alle Details miteinander vergleichen zu können.

Henry schaute in seine E-Mails. Keine Post von Bremer. Sollte er ihn erinnern? Nein, Paul war zuverlässig. *Hab Geduld!*

Er seufzte. Tatenlos abwarten war nicht seine Stärke.

Bis zum Unterrichtsbeginn blieb ihm noch Zeit. Deshalb kaufte er auf der Rückfahrt nach Bergen eine Schachtel Pfefferminzpralinen und steuerte den Westflügel des Jagdschlosses an. Dort lebte die alte Frau von Bredow, Tom von Bredows Mutter und Gründerin der Akademie. Sie war dement und gehörte eigentlich in ein Pflegeheim. Ein Sozialdienst betreute sie rund um die Uhr, weil sie es noch bei klarem Verstand so verfügt hatte. Sie war damals fest davon überzeugt, dass Tom hereingelegt und für Morde verantwortlich gemacht wurde, die er nicht begangen hatte. Dort wollte er noch einmal versuchen anzusetzen. Vielleicht gab es auch nach Toms Verhaftung oder seinem Tod einen alten Freund, der sich bei Frau von Bredow gemeldet und seine Anteilnahme bekundet hatte. Es war vage, ob dabei etwas rauskam, aber einen Versuch wert.

Eine Krankenschwester im rosa Kittel öffnete ihm die Tür. «Zornik, ich bin Dozent an der Akademie und kenne Frau von Bredow schon lange. Da ich noch Zeit bis zu meinem Unterricht habe, dachte ich, ich statte der alten Dame mal einen Besuch ab.» Er reichte der jungen Frau mit den unzähligen Sommersprossen und den braunen Locken, die ihr teilweise aus dem Zopf gerutscht waren, die Pralinenschachtel. «Soweit ich mich erinnere, mochte sie die.»

Die junge Frau ließ ihn ein. «Stimmt! In ihren wenigen klaren Momenten fragt sie danach. Ich mache Ihnen aber heute wenig Hoffnung. Ihr geht es nicht besonders gut. Erschrecken Sie nicht. Sie ist seit Wochen sehr apathisch. Ein Zeichen, dass sie das nächste Stadium dieser heimtückischen Krankheit erreicht. Ich denke, es wird nicht mehr sehr lange dauern. Der Tod Ihres Sohnes hat einen Schub ausgelöst.»

«Darf ich trotzdem reinkommen?»

«Bitte! Aber erwarten Sie nichts.»

«Ich will ihr nur kurz Hallo sagen. Ich nehme an, Sie bekommt sonst keinen Besuch, oder?»

«Nach dem Tod ihres Sohnes hat sich niemand nach ihr erkundigt. Ich glaube, er war ihr einziger Verwandter.»

«Aber davor?»

«Da war zwei-, dreimal dieser eine junge Mann da, auch ein Kollege von Ihnen, glaub ich, aber den habe ich schon länger nicht mehr gesehen.» Offensichtlich meinte sie damit Borowski.

«Der arbeitet nicht mehr an der Akademie», sagte Henry.

«Schade», sagte sie und wurde rot. Scheinbar hatte sein junger Kollege nicht nur bei Lucia und den Studentinnen seinen Charme versprüht. Henry schmunzelte. «Ja, er war ziemlich beliebt.»

Sie führte ihn ins Wohnzimmer. Frau von Bredow saß auf dem Sofa und starrte auf den Flachbildschirm eines riesigen Fernsehers, in dem eine Tiersendung lief. Die Krankenschwester tätschelte der alten Dame mit dem weißen langen Haar, das zu einem Knoten am Hinterkopf zusammengebunden war, die Hand. Frau von Bredow reagierte bei seinem Hereinkommen nicht einmal mit einem Seitenblick. «Sie haben Besuch. Und der hat ihnen etwas Leckeres mitgebracht.» Keine Reaktion. Die kristallfarbigen Augen im faltigen Gesicht der Frau, die einen bunt bestickten Brokatmantel trug, blieben ausdruckslos. Die Krankenschwester öffnete die Pralinenschachtel und hielt sie Frau von Bredow unter die Nase. «Pfefferminzpralinen, die mögen Sie doch so sehr.» Sie drückte der alten Dame eine Praline in die Hand und sagte: «In den Mund stecken und essen.» Dann half sie ihr dabei, die Hand zu führen, weil Frau von Bredow offensichtlich vergessen hatte, was die Worte Mund oder essen bedeuteten. Wenn Demenzkranke nicht einmal mehr das wussten, war es wirklich das Endstadium, hatte Henry einmal gelesen. Die alte Dame kaute. Plötzlich änderte sich ihr Blick, als würde sie aus einem tiefen Schlaf erwachen. Der Geschmack der Praline musste etwas in ihrem Gehirn bewirkt haben. «Du elender Nichtsnutz, was hast du dieses Mal wieder angestellt. Die Polizei war da und hat nach dir gesucht», keifte sie Henry an. Er wusste noch, wie sie damals nicht akzeptieren wollte, dass ihr geliebter Sohn Tom fünf Touristinnen und Hanna auf bestialische Weise getötet haben sollte. Sie hatte die besten Anwälte aktiviert. Doch bei der erdrückenden Indizienlage hatte sich der Richter dem vorgeschlagenen Strafmaß der Staatsanwaltschaft angeschlossen. Er verurteilte Tom von Bredow zu lebenslanger Haft mit anschließender Sicherheitsverwahrung. Sie hielt Henry nun für Tom, der ihr wahrscheinlich diese Pralinen immer geschenkt hatte. Henry spürte ihre aufkeimende Wut. Es tat ihm leid, wie diese Frau geistig und körperlich abgebaut hatte. Sie hatte die Verbrechen ihres einzigen Sohnes damals nicht verkraftet. Ob die Gründung der Akademie eine Art Wiedergutmachung an der Gesellschaft war oder der verzweifelte Versuch, irgendwann mit einer neuen Generation von Ermittlern gegen das damalige Urteil anzukämpfen, konnte er nicht beurteilen.

«Ich bin nicht Tom, ich bin Henry Zornik, erinnern Sie sich an mich?» Er lächelte ihr offen zu und sprach in beruhigendem Ton. «Ich wollte mich nur erkundigen, wie es Ihnen geht.» Er beobachtete, wie sich ihr Blick verklärte.

Sie senkte den Kopf und schloss die Augen, als müsse sie angestrengt darüber nachdenken, was er gesagt hatte. Dann hob sie den Blick und schaute ihn aus zusammengekniffenen Augen hasserfüllt an. «Und da wagen Sie es, in mein Haus zu kommen. Nach allem, was Sie mir angetan haben? Sie haben meinen Tom zum Mörder gemacht!» Henry schnürte es die Kehle zu. Frau von Bredow glaubte immer noch an die Unschuld ihres Sohnes.

«Ja, ich habe Ihren Sohn damals verhaftet, weil alle Indizien dafürsprachen und die Spuren eindeutig waren. Es tut mir leid.» Er nahm ihre Hand, drehte sich zu der Schwester um. «Können Sie uns bitte einen Moment allein lassen?»

Die Schwester zeigte Verständnis, ging hinaus und schloss die Tür hinter sich.

«Frau von Bredow, es könnte tatsächlich sein, dass ich mich geirrt habe. Hat Tom Ihnen gegenüber einmal einen Namen erwähnt, wer ihn betrogen hat und wer ihm diese Morde anhängen wollte?» Er sah ihr tief in die Augen und hoffte, dass der wache Moment noch eine Weile anhielt und sie sich erinnerte.

«Er war immer in diesem Klub. Ich habe ihm gleich gesagt, was das für Leute sind, aber er hat nicht auf mich gehört. Nie hat er auf mich gehört, war hinter jedem Rock her, wie sein Vater!» Sie verdrehte die Augen.

Henry musste es wissen. «Hat er Hanna geliebt?»

«Er hat sie mit den Mädchen betrogen, kein Wunder, dass sie ihn sitzen lassen hat. Das war nur konsequent. Genauso konsequent hätte ich bei dir sein müssen, als du Toms Kindermädchen gevögelt hast ... Ich hätte dich sofort rausschmeißen sollen.» Jetzt hielt sie ihn für ihren Ehemann. Dann fasste sie sich an die Stirn, starrte ihn irritiert an und fragte: «Wer sind Sie? Kennen wir uns?»

«Nein, sagte er und entschuldigte sich für die Störung, weil er merkte, dass sie wieder in ihre eigene Welt abtauchte. Henry verließ den Westflügel und lief nachdenklich über den Parkplatz zum Hauptportal. Mit dem Klub meinte sie entweder den Beachclub in Binz oder die geschlossenen Gesellschaften im Schloss Wellenbrink, dessen Logo im aktuellen Fall wieder auftauchte. Dort mussten sie weiter nach Hinweisen suchen. Das Problem war nur: Dort kam man ohne Einladung nicht rein.

KAPITEL 25

Im Treppenhaus des Gutshauses roch es nach Holz und Bohnerwachs. Henry reihte sich in den Strom der Studierenden ein. Eine bunte Schar junger Leute, die ihm stets wie ein frischer Wind vorkamen, der den Staub aus den jahrhundertealten Mauern fegte. Sie eilten mit lässig über die Schultern geworfenen Rucksäcken, Kopfhörern im Ohr, bunten Mützen auf dem Kopf, dicken Schals um den Hals und Smartphones in der Hand zu den Hörsälen und Seminarräumen im ersten und zweiten Stock. Alle begegneten ihm mit Respekt und grüßten freundlich. Sein praxisorientierter Kurs und seine Art, die Studierenden zum Lernen zu motivieren, stellte die Chefin zufrieden. Sie vertraute seiner Kompetenz und ließ ihn machen. Das gefiel ihm, und er fühlte sich sauwohl an der Schule.

Gerade als er die Tür zum Hörsaal 4 öffnete, eilte Frau Meyer über den Flur und winkte ihn zu sich heran. «Frau Krohn braucht Sie im Büro.» Henry ließ die Klinke los und bat Neda, die gerade zu seiner Vorlesung kam, den anderen Bescheid zu geben, dass sie ein paar Minuten später beginnen würden. Wenn Frau Krohn ihn aus dem Unterricht holte, gab es einen wichtigen Grund. Ging es etwa wieder um den verschollenen Borowski?

Er folgte der Schulsekretärin, die mit so energischem Schritt vorauslief, dass ihre Frisur im Takt wippte. Dabei zog sie eine Geruchsspur hinter sich her, als hätte sie im Haarspray gebadet. Im Vorzimmer des Rektorats mischte sich der Geruch mit dem eines herben Männerparfüms, das er leider nur zu gut kannte. Francesco! Wenn sein Ex-Kollege bei der Rektorin vorsprach, bedeutete das Ärger. *Hat er doch mitgekriegt, dass sie den Rosenmörder-Fall behandeln?* Henry hatte sich aber keine Akte aus Marthas Archiv gezogen. Dass jemand von seinen fünf Besten gequatscht hat, konnte er sich kaum vorstellen. Hoffentlich hatte Neda gestern Nacht nicht unvorsichtigerweise Blumes Dienstnummer benutzt, um im Intranet der Polizei herauszubekommen, ob es dort etwas über Danilo Flemming gab. Verfluchte! Solche Abfragen wurden dokumentiert. Henry wappnete sich innerlich und trat ein.

Blume saß im offenen Kaschmirmantel mit überkreuzten Beinen, lässig nach hinten gelehnt gegenüber von Beatrice Krohn vor dem Schreibtisch. Eine Haltung, die Henry als Arroganz auslegte. Er drehte sich zu Henry um und zeigte seine blendend weißen Zähne. Er musterte Francesco mit festem Blick und erwiderte dessen falsches Lächeln nicht. Blume faltete die Hände wie beim Gebet. Eine Geste, die seine Überheblichkeit unterstrich, denn er war ein Mensch, der wegen seiner Herkunft – sein Vater war bis vor fünfzehn Jahren der Polizeichef des Landeskriminalamtes Mecklenburg-Vorpommern gewesen – die Nase stets hoch trug und allwissend auf die Welt hinabblickte. Dabei war er ein mieser Ermittler, der wenig Leidenschaft für den Beruf mitbrachte. In der Zusammenarbeit mit ihm hatte sich Henry oft gefragt, ob es daran oder schlicht an Dummheit lag, dass Blume stets voreilige

Schlüsse zog. Er konnte sich nicht vorstellen, dass Blume den Beruf des Polizisten freiwillig ergriffen hatte. Wahrscheinlich hatte sein Vater ihn hineingedrängt. Und dass er hohe Erwartungen an seinen Sohn hatte, stand außer Zweifel. Doch die konnte Francesco bisher eben kaum erfüllen. Das machte ihm Druck. Genau den sah Henry hinter Blumes Fassade. Dieser Mann würde alles tun, um nicht wie ein Versager dazustehen. Und weil Francesco wusste, dass Henry einfach besser war, hatte er sein Angebot, ihm zu helfen, abgelehnt. Henry hallten Marthas Worte im Ohr: *Wenn Blume spitzkriegt, dass du ihm als privater Ermittler ins Handwerk pfuschst, wird er dich drankriegen.*

«Worum geht's?», fragte Henry, holte sein Handy aus der Jackentasche und prüfte die Uhrzeit. «Meine Vorlesung hat bereits begonnen.» Henry sah, dass sich Francescos Ohren rot färbten und die Nasenflügel bebten.

«Du warst gestern bei den Eltern des toten Mädchens.»

«Ja, ist das verboten? Deshalb musst du hier aufkreuzen und mich aus dem Unterricht holen?» Daher wehte also der Wind. Scheinbar wurde Kramer nervös. Interessant. Henry wurde hellhörig. In ihm keimte ein Verdacht: Zählte Francesco etwa auch zu denjenigen Beamten, die Kramer beeinflussen konnte? Eigentlich hatte Henry seinen Ex-Kollegen eher nicht für korrupt gehalten.

«Komisch? Wo du am Tag davor auch schon am Fundort der Leiche aufgekreuzt bist. Ich nehme an, du kannst es wieder nicht lassen, dich mit deinen Grünschnäbeln in meine polizeiliche Ermittlung einzumischen.»

«Entschuldige mal! Ich habe mich lediglich im Auftrag meines Freundes und früheren Arbeitgebers Murat, der gerade im Ausland weilt, erkundigt, ob mit der Alarmanlage alles in Ordnung sei, weil beim Sicherheitsdienst ein Fehler im System angezeigt wurde.»

«Was für ein Zufall.» Blume kaufte ihm kein Wort ab. So ganz dumm war er also nicht. «Und dann hast du Frau Kramer ganz geschickt ausgefragt und die Alarmanlage deaktiviert, sodass du dir mit einem deiner Studenten später unbemerkt Einlass in das Haus verschaffen konntest. Aber Herr Kramer hat zwei Gestalten bemerkt, die kurz nach 21.00 Uhr das Haus verlassen haben. Er hat in seinem Schlafzimmer am Fenster gestanden und gesehen, wie diese zwei über den Garten in den Wald dahinter gerannt sind. Er hatte das Gefühl, dass du das in Begleitung eines jungen blonden Mannes warst. Ich nehme an, den finden wir in deinem Kurs.»

Scheiße! Das war unvorsichtig, zu glauben, dass Kramer ins Bett gegangen war, nur weil sich in seinem Schlafzimmer nichts mehr bewegte, nachdem sie ihn dort gehört hatten.

«Das ist Hausfriedensbruch! Du, dein Student, diese Akademie, ihr habt verdammtes Glück, dass Richard Kramer sich nicht ganz sicher war und deshalb keine Anzeige erstattet. Und da nichts gestohlen wurde, sieht auch die Polizei von einer Ermittlung ab.» Blume machte eine rhetorische Pause. «Mir ist natürlich klar, warum du dort warst. Du bist raus, kein Polizist mehr, begreif das!» Francesco sah die Rektorin an. «Und Ihre Studenten haben erst recht nichts zu ermitteln. Wo kommen wir denn hin, wenn sich jeder einen goldenen Stern an die Brust heften und Sheriff spielen kann?»

Sie mussten verdammt aufpassen. Jetzt waren nicht nur Blumes Augen auf sie gerichtet, sondern auch Kramer würde beobachten, was sie taten.

KAPITEL 26

Sophie schlich sich in den Hörsaal und hoffte auf Zorniks Verständnis für ihr Zuspätkommen. Es waren nur zehn Minuten. Immerhin waren sie auf der Suche nach Danilo Flemming bis in die frühen Morgenstunden unterwegs gewesen. Für den Fall, dass er mehr als eine Entschuldigung verlangte, hatte sie sich schon eine Ausrede zurechtgelegt. Erstaunt stellte sie fest, dass der Hörsaal voll war, aber Zornik fehlte. Sie huschte auf ihren Platz neben Neda und packte ihr Zeug aus.

«Wo warst du denn heute früh?»

«Ich konnte nicht schlafen, da bin ich ans Meer gefahren und habe beim Laufen meine Gedanken sortiert», sagte sie und rang sich ein Lächeln ab, weil Neda ungläubig guckte. «Wo ist Zornik?»

Neda zuckte mit den Schultern. «Zur Audienz im Rektorat.»

«Da habe ich ja noch mal Glück gehabt», sagte Sophie erleichtert, zwinkerte Neda zu und täuschte Geschäftigkeit vor, damit ihre Mitstudentin keine weiteren Fragen stellte.

Keine drei Minuten später legte Zornik seine Ledertasche auf das Pult. Er schrieb das Wort Nachahmungstäter an die Tafel und wischte sich die Kreide von den Händen. «Was wissen Sie über diesen Tätertypus?», fragte er und schaute erwartungsvoll in die Runde. Nach und nach gingen Arme in die Höhe, und ihr Dozent erteilte einem nach dem anderen das Wort. Sushi meldete sich. «Laut Definition ist ein Nachahmungstäter jemand, der eine von einer anderen Person begangene strafbare Handlung nachahmt.»

«Sie werden in der Kriminologie aber auch als Trittbrettfahrer bezeichnet, weil sie sich irreführend zu nicht begangenen Anschlägen oder spektakulären Straftaten bekennen, um Aufmerksamkeit zu bekommen», sagte Ludwig in besserwisserischem Ton. Was für ein Klugscheißer. Dabei zupfte er am Kragen seines karierten Hemdes, das er heute bis unters Kinn zugeknöpft hatte und unter einem handgestrickten Pullover trug, den der Junge wahrscheinlich von Oma bekommen hatte, damit er hier oben im Norden nicht fror. Bloß gut, dass es der bayrische Bauernsohn nicht in Zorniks SOKO geschafft hatte.

Sie hörte bei den Ausführungen der anderen nur mit halbem Ohr hin. Sie hatte alles darüber gelesen. Uninteressant, was Ludwig & Co da von sich gaben. Es hatte eh nur rein theoretisch mit dem Kern ihrer Ermittlung in der SOKO zu tun, über die sie hier noch nichts ausplauderten. Ihre Gedanken kreisten um das Gespräch mit ihrem Vater und zwei Fragen: Wo konnte sie ansetzen, um stichhaltige Beweise gegen ihn zu sammeln? Sollte sie jetzt schon Zornik und ihre Freunde involvieren? Dafür musste sie ihnen beichten, dass sie ihnen nur die halbe Wahrheit nach dem Jugendklubbesuch erzählt hatte. Ihr Blick wanderte zu Marcus, der ihr seit letzter Nacht voller Argwohn begegnete. Er schien immer noch sauer zu sein. Nein, vorerst würde sie ihr Wissen und ihren Verdacht für sich behalten.

Erst als Zornik ihre Truppe nach der Vorlesung zusammen-
rief, um sie über seinen Besuch bei Frau von Bredow, Blumes
Besuch im Rektorat und Kramers indirekte Warnung, sich
nicht einzumischen, informierte, horchte Sophie auf.

Er erwähnte Isas gemaltes Logo und erzählte, dass auch
Frau von Bredow nicht erfreut war, dass ihr Sohn an den Partys dieser geschlossenen Gesellschaft teilgenommen hatte.
«Wir müssten also nicht nur weiter nach Danilo Flemming
suchen, sondern uns auch dort in dem Klub bei einer dieser
Veranstaltungen umsehen, um eine verdächtige Person, die
entweder mit Kramer oder Tom von Bredow in Verbindung
gebracht werden kann, zu identifizieren. Irgendeinen Zusammenhang muss es geben, denn Isa Kramer hat einen Grund
gehabt, dieses Logo zu zeichnen.»

«Was vermuten Sie?», fragte Neda.

«Noch nichts. Schloss Wellenbrink war neben dem Beachclub in Binz lediglich der Ort, von dem wir damals annahmen,
dass Tom von Bredow seine Opfer dort ausgewählt hatte, was
aber nie bewiesen werden konnte.»

«Manchmal muss man zum Ursprung zurück, um zu finden, was man sucht», warf Sophie ein.

Zornik faltete die Hände. «Im Moment gibt es zu viele In-
formationslücken. Die wir wahrscheinlich auch nicht schnell
schließen können, weil man zu den Partys in dieses Schloss
nur mit einer Einladung reinkommt. Die werden wir nicht
einfach so bekommen. Das heißt, wir brauchen erst einmal
eine Idee, wie wir das Problem lösen.»

«Ich könnte uns Einladungen fälschen», schlug Marcus
vor. «Dafür müssten wir auf der Gästeliste stehen, an die
komme ich tatsächlich nicht ran», sagte Neda und schaute

über den Rand ihres Laptops. «Schloss Wellenbrink ist datentechnisch so gesichert, dass ich keine Möglichkeit sehe ...»

«Es gehört ja auch dem größten Medien- und Software-Unternehmer Europas», sagte Sophie und blickte erwartungsvoll in die Runde. «Meinem Vater.»

«Und das sagst du erst jetzt?» Marcus winkte empört ab. Damit wollte er wieder ausdrücken, was er von ihrer Teamfähigkeit hielt. Nämlich nichts. Sophie schluckte schuldbewusst. Den Rest ihrer Beobachtungen im Jugendklub behielt sie lieber für sich, aus Angst, dass sich ihre Freunde gänzlich von ihr abwendeten.

«Nun halt mal den Ball flach, mir ist es selbst erst bewusst geworden, als ich letzte Nacht das gemalte Logo in der Mappe in Danilo Flemmings Rucksack gesehen habe. Deshalb konnte ich nicht schlafen», sagte sie zu Neda. «Ich hatte es irgendwo schon einmal gesehen. Erst als ich heute Morgen am Strand laufen war, ist es mir wieder eingefallen. Ich habe aber keine Ahnung, ob er der Veranstalter ist oder nur der Immobilienbesitzer, der die Hütte dafür vermietet.»

«So oder so, kannst du uns keine Einladung besorgen?», fragte Marcus in angriffslustigem Ton.

Sophie lächelte ihn breit an. «Dass ich daran bereits arbeite, wollte ich euch gerade sagen.»

«Wir müssen vorsichtig sein», mahnte Henry. «Damals waren es Maskenbälle mit erlesenen Teilnehmern. Die jungen Mädchen wurden dafür vermutlich in den Hotelanlagen oder dem Beachclub von Binz rekrutiert. Die freuten sich über die Aussicht, gut betuchte Männer auf sich aufmerksam zu machen. Wie wir schon wissen, hatten zwei der toten Touristinnen an so einer Veranstaltung im Schloss Wellenbrink teilgenommen, waren hinterher aber wieder unbeschadet aufgetaucht und erst ein paar Tage bzw. eine Woche danach verschwunden.»

«Und da sind Sie nicht einmal als Hauptkommissar der Mordkommission an die Gästelisten gekommen?»

Ihr Dozent lächelte sarkastisch. «Das wurde erfolgreich verhindert. Ich habe keine Ahnung, wer dort alles verkehrt hat. Fakt ist, dass es nicht ungefährlich ist, wenn es immer noch so läuft wie seinerzeit.»

«Dann gehen wir alle hin und passen aufeinander auf. Bei so einer Party wird schließlich auch unterschiedliches Personal benötigt», sagte Charlotte und zwinkerte Zornik zu.

KAPITEL 27

12.45 Uhr, gleich nach der Vorlesung, eilte er aus dem Haus, schaute nicht nach links oder rechts, damit ihn niemand aufhielt, denn er hatte Mattinachmittag. Er musste ihn von der Schule abholen und wollte keinesfalls noch einmal wie am Montag zu spät kommen. Auf der Fahrt über die Pappelallee zwischen Landgut und Hauptstraße gingen ihm Ludwigs Worte über Trittbrettfahrer durch den Kopf. Was, wenn es genau umgekehrt war und der oder die Täter wollten, dass der Mord an Isa Kramer auf das Konto des Rosenmörders ging? Doch Tom von Bredow war tot, hatte vorher seit fünf Jahren im Gefängnis gesessen. Es war fast so, als beschworen sie ein Phantom herauf, dass der Rosenmörder von damals noch frei herumlief oder es jemanden gab, der ihn nachahmte. Das hieß, jemand wollte, dass genau dieser Eindruck entsteht. Warum? Um einen Fehler zu vertuschen? Nein, das war irgendwie zu weit um die Ecke gedacht. Wem nützte der Eindruck, dass Isa von einem Serientäter so bestialisch ermordet wurde? Dem Image des trauernden Vaters, der unbedingt Landrat werden muss, damit er die Pläne einiger Großinvestoren auf der Insel durchboxt. Zu gerne hätte er gewusst, wie weit Francesco mit seiner Ermittlung war, und vor allem, in welche Richtung sie ging. Kramer hatte Blume vorgeschickt, weil er wahrscheinlich eine ganz unrühmliche Rolle beim Verschwinden seiner Tochter Anfang November spielte. Auch wenn er nichts mit dem Mord an Isa zu tun hatte und sie vielleicht einfach zur falschen Zeit am falschen Ort war und dort ihrem Mörder begegnet ist oder seine Unterstützer dahintersteckten, war Kramer darauf erpicht, die Vorgeschichte, so gut es ging, zu vertuschen. Henry reihte sich in den Verkehr auf der Ringstraße ein. So oder so sollte er dieser Fährte eines Nachahmungstäters nachgehen, auch wenn sie sich vielleicht nur als Ablenkungsmanöver erweisen könnte, wäre es doch interessant zu sehen, wo sie endete. Wen die wahren Täter womöglich zum Sündenbock machen wollen. Nun brauchte er nur noch einen Punkt, wo er auf der Suche nach Tom von Bredows Trittbrettfahrer ansetzen konnte. Fand er ihn vielleicht im Zusammenhang mit dem Ablageort der Leiche? An der Ecke zur Breitsprecherstraße, wo er, von der Ringstraße kommend, nach links abbog, ließ er eine Gruppe schwarz gekleideter Trauergäste, die mit einem Kranz zu einer Beerdigung unterwegs waren, vor ihm die Straße überqueren. Plötzlich fiel es ihm wie Schuppen von den Augen. Wenn Tom von Bredow einen Verehrer hatte, der ihn und seine Taten bewunderte, fand er vielleicht auf dessen Grab einen Hinweis. Eine Möglichkeit! Doch dafür war jetzt keine Zeit. Er trat aufs Gas, parkte gegenüber Mattis Schule und schaute auf die Uhr. Drei Minuten vor Schulschluss, dachte er erleichtert. Henry stieg aus und wartete wie verabredet am Tor. Mit dem Pausenklingeln rannten die ersten Kinder über den Schulhof.

Matti lief in gemächlichem Schritt auf ihn zu.

«Du warst pünktlich, sogar drei Minuten vor der Zeit», sagte er und übergab Henry den Ranzen.

«Woher weißt du das?» Matti zeigte am Gebäude nach oben. «Ich sitze am Fenster und habe dich kommen sehen.» Das winzige Aufblitzen in Mattis Augen signalisierte Henry, dass der Junge sich freute. Das wiederum sorgte dafür, dass Henry ein warmes Gefühl durchströmte. «Und wie war dein Tag?», fragte er entspannt und verschwendete keinen weiteren Gedanken an seine Arbeit.

«Nein, nicht jetzt!» Matti hob mahnend die Hand. «Diese Frage ist Teil unserer Unterhaltung nach dem Nachmittagsimbiss. Würde ich dir jetzt von meinen Erlebnissen im Unterricht erzählen, müssten wir entweder hier stehen bleiben, das würde unseren Zeitablauf durcheinanderbringen, oder du würdest dich beim Autofahren nicht konzentrieren können, sodass das Unfallrisiko genauso hoch wäre wie bei nasser Straße.»

«Stimmt.»

«Hast du Blaubeermuffins für unseren Imbiss besorgt.»

Mist, die hatte er vergessen. «Das habe ich noch nicht geschafft.»

«Dir war es wichtiger, pünktlich zu sein.»

Henry ärgerte sich über seine Nachlässigkeit. Dabei wollte er doch alles richtig machen, damit Matti sich wohlfühlte.

«Die kaufen wir jetzt. Das dauert keine zwei Minuten und bringt unseren Nachmittagsplan nicht weiter durcheinander.»

Matti guckte skeptisch, widersprach aber nicht.

Sie liefen quer über die Straße zum Auto, verstauten den Ranzen auf dem Rücksitz und gingen zum Bäcker. Alle Muffins waren ausverkauft. Er sah, dass Matti erstarrte.

«Jetzt haben wir eine unvorhergesehene Situation», sagte Henry und wartete einen Moment, damit Matti die Veränderung für sich einordnen konnte. «Wollen Sie nun was anderes kaufen?», fragte die Verkäuferin ungeduldig. Henry hob mahnend die Hand. «Moment! Sehen Sie nicht, dass der Junge noch überlegt.» Henry wandte sich betont langsam an Matti, der regungslos die Kuchenauslage betrachtete, in der nur noch einige Plunderteile lagen. Irgendwie musste er Matti dabei helfen, die Situation ins Positive umzukehren. «In Anbetracht der Tatsache, dass wir bei einem anderen Bäcker vielleicht auch keine Muffins bekommen und noch mehr Zeit verschwenden, schlage ich vor, dass wir unseren Nachmittagsimbiss im Eispalast einnehmen und ich dich zu einem Schokoeisbecher einlade.» Es dauerte einen weiteren Moment, bis Matti reagierte. «Es ist schon das zweite Mal in einer Woche, dass Ihre wirklich sehr schmackhaften Blaubeermuffins bereits mittags ausverkauft sind», sagte Matti zu der Verkäuferin. «Sie sollten überdenken, die Produktion zu steigern, um den Bedarf Ihrer Kunden zu decken. Auf Wiedersehen!» Das Kind machte auf dem Absatz kehrt und marschierte aus dem Laden. Henry schmunzelte. «Da hören Sie es», sagte er freudig, folgte dem Jungen und lobte ihn für seine Flexibilität.

Nachdem sie ihre Eisbecher aufgegessen hatten, hörte Henry Matti geduldig zu, der für seine Verhältnisse richtig lebhaft von seinem Erfolg beim Ballspielen im Sportunterricht erzählte. Es machte ihn glücklich, dass der Kleine durch das gemeinsame Üben am Mittwoch Fortschritte beim Koordinieren seiner Bewegung erzielte und diese auch selbst bemerkte. Während Matti zur Toilette ging, schweiften Henrys Gedanken ab zu Hanna, die sich auch darüber gefreut hätte, dass ihr Kleiner seine Schwächen überwand. Und Tom? Henry war sich sicher, der hatte nichts von diesem wunderbaren Kind gewusst. Wenn ja, hätte er sich vermutlich nicht umgebracht. So ein Kind gibt einem doch Hoffnung. Henry erinnerte sich an sein Vorhaben, Toms Grab anzusehen. Das konnten sie eigentlich mit dem obligatorischen Spaziergang im Tagesplan verbinden. Es bot sich an, wo sie schon einmal in der Nähe des Friedhofs waren. Außerdem trainierten sie damit gleichzeitig Mattis Flexibilität. Er rief den Kellner heran und verlangte die Rechnung. Der junge Mann mit dem müden Gesicht räumte das Geschirr ab. Matti kam zurück und blieb neben dem Stuhl stehen. «Weißt du, ich bin vorhin einer Trauergesellschaft begegnet», sagte Henry und stand auf. «Da musste ich an deine Mama und deine Oma denken. Sie waren so wunderbare Menschen. Heute ist zwar nicht Sonntag, aber wollen wir sie nicht einfach mal außer der Reihe besuchen, die Gräber vor dem Frost schützen, abdecken und ihnen ein Licht hinstellen, anstatt auf dem matschigen Feldweg spazieren zu gehen?»

Genau wie an den Sonntagen, stand er stumm neben Matti an Hannas Grab unter einer stattlichen Buche. Auf Henry wirkte der *Alte Friedhof* mit seinem Baumbestand wie ein englischer Park, wären da nicht die ständigen Autogeräusche von der Billrothstraße, die ihm heute an einem Wochentag besonders auffielen. Henry mahnte sich zur Geduld, wäre er doch am liebsten direkt zu Tom von Bredows Grab gegangen. Doch dann hätte Matti mit seinen feinen Antennen durchschaut, dass er aus einem anderen Grund auf den Friedhof wollte. Den wollte er dem Jungen nicht erklären. Also verteilten sie Tannenzweige auf den zwei nebeneinanderliegenden Urnengräbern mit den weißen Grabsteinen, Henry stellte Lichter auf und zündete sie an. Bei den sonntäglichen Besuchen hielt auch er immer ein stummes Zwiegespräch mit Hanna. Jetzt gewann allerdings der Gedanke an den Fall die Oberhand, und er konnte den Drang, sich Bredows Grab anzusehen, schwer unterdrücken. Er wartete, bis Matti bereit war zu gehen. Auf dem Rückweg lenkte er das Kind unter dem Vorwand, dass er ihm einen Engel zeigen wollte, zur pompösen Familiengruft der von Bredows, die von einem schmiedeeisernen Zaun begrenzt war. «Der Engel ist wunderschön, oder?» Matti nickte stumm und zog nach wenigen Sekunden an Henrys Arm, wollte gehen. Ihn schien die Skulptur nicht zu interessieren. Schnell ließ Henry den Blick über Toms frisches Grab schweifen, das im Gegensatz zu den anderen verstorbenen Familienmitgliedern schlicht wirkte und ihm fast wie versteckt vorkam. Frau von Bredow hatte nicht beabsichtigt, ihren Schmerz mit jemandem zu teilen. Zu groß waren damals nach der Verurteilung die Anfeindungen der Inselbewohner gegen sie gewesen. Soweit Henry wusste, hatte es auch keine Traueranzeige in der Zeitung gegeben. Ihm fiel auf, dass auf allen Spruchbändern der wenigen Kränze mit weißen Lilien ausgeschriebene Namen standen. Nur ein Gesteck stach heraus. Es bestand aus schwarzen Rosen und trug lediglich zwei Buchstaben als Initialen. P. K. Matti drängelte. So blieb ihm keine Zeit, es sich genauer anzusehen, ohne eine Erklärung abzugeben. Das wollte Henry auf jeden Fall vermeiden. Deshalb fotografierte er es noch heimlich im Gehen. *Schwarze Rosen, wie bei den Opfern.* Ob ihm Frau von Bredow etwas dazu sagen konnte?

Sie fuhren nach Hause und verbrachten einen harmonischen Nachmittag, bei dem sich Henry voll auf das Kind konzentrierte. Der Junge erledigte seine Hausaufgaben, sie fütterten die Hühner, spielten Scrabble und aßen gemeinsam zu Abend. Nach 18.00 Uhr lieferte er Matti im Heim ab. «Ich bin sehr stolz auf dich!», flüsterte er dem Kind ins Ohr und las Matti an den Augen ab, dass der genau wusste, was Henry damit meinte. Melanie, die stets lachende Erzieherin mit dem Pferdeschwanz, nahm den Ranzen entgegen. Henry bemerkte, dass es Matti heute schwerfiel, sich von ihm zu trennen. Diese Erkenntnis versetzte Henry einen Stich. Auch wenn er wusste, dass der Junge hier gut aufgehoben war und man sich liebevoll um ihn kümmerte. Frau Haberland guckte aus ihrem Büro und winkte ihn nach Mattis freudiger Begrüßung zu sich.

«Das hat ja wieder gut geklappt. Der Junge ist schon von ihrem letzten gemeinsamen Nachmittag ganz begeistert zurückgekehrt. Jedes dritte Wort ist Henry. Er baut eine intensive Bindung zu Ihnen auf und hat mir berichtet, dass Sie mit ihm üben, den Tagesablauf etwas zu ändern, damit ihn Abweichungen in seiner Routine weniger stressen. Das finde ich sehr vernünftig. Ich denke, wir können jetzt den nächsten Schritt wagen. Sie dürfen Matti morgen früh abholen und mit ihm das ganze Wochenende verbringen. So glücklich, wie er gerade aussah, wird er sich riesig darüber freuen.»

«Ja natürlich, aber so spontan, überfordern wir ihn da nicht?», sagte Henry und war hin- und hergerissen. Einerseits freute er sich, wollte er doch Matti vollkommen in sein Leben integrieren, andererseits fühlte er sich gerade überrumpelt, weil er unbedingt weiter ermitteln musste.

Frau Haberland runzelte die Stirn und sah ihn eindringlich an. «Sind *Sie* damit überfordert?»

«Nein, auf keinen Fall», antwortete er schnell. «Ich habe nur überlegt, dass ich dann noch einkaufen muss, weil ich nicht darauf eingerichtet war, morgen etwas Vernünftiges zu kochen. Was raten Sie mir: Fischstäbchen mit Kartoffelpüree oder Spaghetti mit Tomatensoße?»

Frau Haberland schmunzelte zufrieden. «Das fragen wir ihn doch am besten selbst.»

KAPITEL 28

Matti wünschte sich Spinat mit Ei und hatte gleich einen Plan gemacht, was sie morgen bei dem vorausgesagten Regenwetter alles unternehmen konnten und welchen Film sie am Abend schauen wollten. Das war eben seine Art zu zeigen, wie glücklich er darüber war, auch wenn sich im Gesicht keine Regung zeigte.

Draußen peitschte ihm der eiskalte Wind Schneeregen ins Gesicht. Er nahm langsam Fahrt auf. Der Wetterbericht stimmte. Ihnen stand ein stürmisches Wochenende bevor. Henry entsperrte den Pick-up von Weitem, verließ das Gelände des Kinderheims und eilte schräg über die Straße zu seinem Wagen. Gut, dann musste er umplanen. Er wischte sich das Wasser aus dem Gesicht, stieg ein und wollte Lucia anrufen, um zu hören, ob sie schon aus Greifswald zurück war. Sie hatten sich zwar heute Morgen für abends verabredet, aber noch keine Uhrzeit ausgemacht. Beim Blick aufs Handy sah er einen Anruf von Sophie. Sie hatte versucht, ihn vor zehn Minuten zu erreichen. Zuerst wählte er Lucias Nummer. Besetzt. Also schickte er ihr eine SMS. Dann rief er Sophie zurück.

«Die nächste Soiree findet morgen Abend statt. Ich habe für mich und eine Begleitperson eine Einladung bekommen», sagte sie. Verfluchte! Henry kratzte sich am Kopf. «Ich kann morgen Abend nicht. Matti übernachtet bei mir.»

«An Sie habe ich als Begleitperson auch nicht gedacht. Überlegen Sie doch mal. Sie haben damals ermittelt. Sollte der Täter wirklich unter den Gästen sein, dann erkennt er Sie und kommt ins Grübeln. Ich gehe mit Aron hin.»

«Sie gehen nirgendwo allein hin! Wir haben eine Regel! Keine Alleingänge! Außerdem muss so eine Aktion gründlich vorbereitet sein. Dafür fehlt uns die Zeit. Es ist einfach zu kurzfristig. Sagen Sie den anderen Bescheid, wir treffen uns 20.00 Uhr in unserer Einsatzzentrale.» Das warf zwar seine ganze Abendplanung um, aber er musste sie wieder auf Linie bringen, bevor sie etwas Unüberlegtes taten. Auf dem Display erschien eine Nachrichtblase. Lucia hatte geantwortet. Sie saß noch in einem Gespräch mit der Forschungsgruppe der Greifswalder Uni und hatte beschlossen, sich ein Hotelzimmer zu nehmen. Schade, es gab so viel zu erzählen, aber er konnte sie verstehen. Er schrieb: *Dann sehen wir uns morgen nach deinem Vortrag. Toi! Toi! Toi! Ich habe Matti. Sollen wir dich vom Bahnhof abholen?* Die Antwort kam prompt mit einem Kuss-Emoji: *Freue mich, 16.00 Uhr.* Lächelnd warf er den Motor an. Dann ergab sich jetzt ein unerwartetes Zeitfenster, das er sinnvoll nutzen konnte. Henry ertappte sich dabei, dass er gerade wie Matti dachte, und schmunzelte vor sich hin. Er fuhr zur Akademie zurück, denn er wollte Frau von Bredow das Foto von dem Kranz mit den schwarzen Rosen zeigen, vielleicht konnte sie ihm sagen, wer P. K. war. Vielleicht gab es eine einfache Erklärung, die eine weitere Recherche in diese Richtung erübrigte.

Hinter den Fenstern im Westflügel war es dunkel. Trotzdem klingelte er. Ihm öffnete ein korpulenter Pfleger, der sich Krümel vom Mund abwischte. «Sie wünschen?», fragte er und musterte Henry abschätzend.

«Ich würde Frau von Bredow gerne einen kurzen Besuch abstatten.»

«Tut mir leid, aber sie schläft schon. Sind Sie ein Verwandter?», fragte der junge Mann misstrauisch.

«Nein, ich bin ein Dozent der Akademie.» Henry zeigte zum Ostflügel des Schlosses. «Ich besuche sie ab und zu, um mit ihr zu plaudern.»

«Am besten, Sie kommen morgen früh. Nach dem Aufwachen hat sie eher lichte Momente.» Henry verabschiedete sich und lief zurück auf den Parkplatz. «Spinat, Kartoffeln, Pudding und Blaubeermuffin darf ich nicht vergessen ...», murmelte er vor sich hin, stieg ins Auto, startete den Motor und schaltete ihn wieder aus. Er wollte nicht bis morgen auf die Auflösung des Rätsels warten, wer hinter den Buchstaben P. K. steckte. Außerdem hatte er morgen keine Zeit, musste er sich doch voll auf Matti konzentrieren. Henry sah sich das Foto des Kranzes noch einmal genauer an. Irgendwo stand bestimmt, welcher Blumenladen das Gesteck angefertigt hat. Er brauchte nur den Auftraggeber. Das war die Lösung. Doch auf dem Foto erkannte er nichts. Das Etikett klebte bestimmt auf der Unterseite.

Er raste zum Friedhof, wo er sich den Kranz noch einmal genauer ansehen wollte. Als er dort ankam, war es stockdunkel, das Tor längst verschlossen. Er schaute sich um. Niemand war auf der Straße, bei dem Wetter jagte man ja auch keinen Hund vor die Tür. Er nahm Anlauf, hievte sich auf die Mauer und sprang auf der anderen Seite herunter, landete auf dem glitschigen Laub und rutschte aus. Fluchend rappelte er sich wieder hoch und lief im Schein der Taschenlampe seines Handys durch die Gräberreihen. Der Wind hatte weiter aufgefrischt. Das Rauschen der Baumkronen über ihm klang gefährlich. Eigentlich war das kein Wetter, um sich unter alten ausgetrockneten Bäumen aufzuhalten, wo ihm jeden Moment ein Ast auf den Kopf fallen konnte. Wachsam schaute er bei jedem Knacken und Ächzen des Holzes über ihm nach oben und beeilte sich, den Kranz zu untersuchen. Wie vermutet, fand er das Etikett des Blumenladens auf der Unterseite. *Monis Floristenstube* in der Selliner Wilhelm-Straße. Das war die Hauptgeschäftsstraße, die bis zur Seebrücke führte. Er schaute auf die Uhr. 18.34 Uhr. Wenn er sich sputete, könnte er in zwanzig Minuten dort sein. Er googelte das Geschäft. Es hatte noch bis 19.00 Uhr geöffnet. Das konnte er gerade so schaffen.

18.57 Uhr, drei Minuten vor Ladenschluss, stürmte er in das leere Geschäft. «Guten Tag», sagte er laut, damit ihn das Verkaufspersonal hörte, das sich den Geräuschen nach hinter dem Vorhang aus Plastikstreifen mit Palmenmotiv aufhielt. Henry vermutete in dem angrenzenden Raum die Floristen-Werkstatt und das Kühlhaus für die Schnittblumen. Im nächsten Moment schob sich ein hübsches, von blonden Locken umrahmtes Gesicht durch die Plastikstreifen. Henry erschrak. Ach du Scheiße! Jolien. Was machte die denn hier?

«Henry?» Sie machte große Augen, strahlte über das ganze Gesicht, eilte auf ihn zu und grinste hintergründig, weil sie seinen Blick auf die Schere in ihrer Hand bemerkte. «Vor fünf Jahren hätte ich sie dir am liebsten in den Bauch gerammt.

Keine Angst, heute ist meine Wut verraucht», sagte sie, legte die Schere weg und umarmte ihn stürmisch. Henry ließ die Umklammerung zu, blies die Backen hinter ihrem Rücken auf und atmete tief durch. Dass er ausgerechnet seine Ex-Freundin hier traf, damit hatte er nicht gerechnet. Eigentlich war sie nur so etwas wie eine Affäre gewesen, keine zwei Monate waren sie zusammen, das hatte ihm gereicht. Er hatte sich von ihrem Aussehen blenden lassen, sie war sein Typ und dazu noch intelligent. Sie hatten inspirierende Gespräche geführt, viel über seinen Beruf geredet, der sie angeblich faszinierte. Dass sie ihn geschickt manipulierte und emotional erpresste, war ihm erst nach ein paar Wochen bewusst geworden. Er wurde zu ihrem Lebensinhalt. Sie klammerte. Je näher er sie an sich herangelassen hatte, je mehr hatte sie versucht, sein Leben zu kontrollieren. Sie hatte sogar eine Schwangerschaft vorgetäuscht, ihm ein fremdes Ultraschallbild untergejubelt, damit er sie heiratet. Das war zu viel gewesen! Er hatte sich per SMS getrennt, weil kein normales Gespräch mehr mit ihr möglich war. Daraufhin hatte sie einen Selbstmordversuch begangen und ihn vorher benachrichtigt. Als er sie mit aufgeschnittenen Pulsadern gefunden hatte, veranlasste er zu ihrem eigenen Schutz eine Zwangseinweisung in die Psychiatrie. Doch sie fand sich mit der Trennung nicht ab. Sie hatte ihn gestalkt und tyrannisiert, wo sie nur konnte. Jolien war damals der Grund gewesen, dass er seine Gefühle für Hanna so lange zurückhielt. Die Angst war zu groß gewesen, dass diese Frau es mitbekam und durchdrehte. «Du warst Krankenschwester auf der Intensivstation, wieso arbeitest du jetzt im Blumenladen?», fragte er und rang sich ein Lächeln ab.

«Ich arbeite nicht nur hier, er gehört mir. Moni war eine

Patientin von mir. Sie hat ihn mir günstig vermacht.» Sie trat einen Schritt zurück und musterte ihn. «Gut siehst du aus und so muskulös.» Sie fühlte seinen Bizeps. «Du bist also zurück! Und ich dachte schon, ich werde dich nie wiedersehen.»

«Nur für kurze Zeit!», log er, um ihr gleich den Wind aus den Segeln zu nehmen, falls sie auf dumme Gedanken kam. Ihre Miene verfinsterte sich. Henry schluckte. «Und wie geht es dir? Verheiratet, Kinder?»

«Kinder? Gott bewahre! Ich bin genauso verwitwet wie du.» Henry stutzte.

«Oh, das tut mir leid.»

Sie winkte ab. «Muss es nicht. Kein Verlust, er war ein Arschloch. Die Heirat eine Verzweiflungstat, nachdem *du* mich verlassen hast.» Henry fragte nach ihren Eltern. «Auch tot», sagte sie gleichgültig, was ihm bewusst machte, wie ichbezogen Jolien eigentlich war. Daran hatte sich offenbar nichts geändert. «Was treibt dich in meinen Laden?» Sie wischte sich eine Haarsträhne aus dem Gesicht und sah ihn erwartungsvoll an. «Lass mich raten, Blumen für ein Date. Nein, du bist kein Romantiker. Es muss etwas sein, das dir so wichtig ist, dass du über deinen Schatten gesprungen und nicht gleich umgedreht bist, nachdem du mich gesehen hast.»

«Es sind mehr als fünf Jahre vergangen. Da ist längst Gras über unsere Differenzen gewachsen, oder?»

Sie kniff die Augen zusammen.

«Du ermittelst in einem Mordfall, hast eine Spur und brauchst eine Information.» Er wollte sie unterbrechen. Doch sie hob die Hand. «Warte, ich bin noch nicht fertig.»

Henry fügte sich. Wenn er sie herausforderte, würde sie ihm auch nicht helfen.

«Es hat etwas mit der Leiche im Kinderheim zu tun. Haben Sie dich wieder eingestellt?» Jolien hielt den Kopf schief und musterte ihn von der Seite. «Das tun sie nie», beantwortete sie die Frage selbst. «Du hast den Polizeidienst damals gekündigt. Du ermittelst privat.» Er wollte widersprechen, doch sie ließ ihn nicht zu Wort kommen. «Das Opfer ist die unerzogene Tochter unseres Bürgermeisters, der Landrat werden will, übrigens ein zwielichtiges Arschloch. Der hat dich nicht engagiert.» Sie beobachtete ihn genau. Henry fühlte sich unwohl.

«Jolien, bitte hör auf!», sagte er und wollte gehen, weil ihm diese Frau jetzt schon wieder zu viel wurde und er sie nicht einmal drei Minuten in seiner Nähe ertrug. Sie hielt ihn am Arm zurück. «Der Rosenmörder-Fall, es gibt Parallelen, und du fühlst dich schuldig, weil du damals den falschen eingebuchtet hast», ergänzte sie hastig. Henry wehrte ihre Hand ab und lief zur Tür. «Na los, frag mich schon, was du wissen willst.»

Reflexartig blieb er stehen. Ihm war klar, dass er sie wieder an der Backe hatte, wenn er sie nach dem fragen würde, was er vor fünf Minuten noch unbedingt wissen wollte. Er zögerte, dann ging er das Risiko ein und zeigte ihr den Kranz.

«Was kriege ich dafür?» Sie lächelte ihn herausfordernd an.

«Nichts, entweder sagst du es mir, oder ich finde es auf anderem Weg heraus.» Henry steckte das Handy ein und drehte sich um. «Peter Kant hat den Kranz bestellt. Auch ich bin erwachsen geworden.»

«Kennst du ihn?»

«Vielleicht?»

«Jolien, es wird kein zweites *Wir* mit uns geben. Wir tun uns nicht gut, das haben wir doch damals herausgefunden.»

«Ich weiß nur, dass er für die Rügener Rundschau fotografiert und auch Artikel schreibt», sagte sie und ging nicht auf seine Bemerkung ein. «Die meisten Postkartenmotive der Insel sind von ihm. Der hat ein Fotostudio drüben in Binz.»

«Danke! Mach's gut.» Sie sah ihn mit ihren Rehaugen an. «Okay, wenn ich die Wahrheit herausgefunden habe, lasse ich es dich wissen und lade dich zum Essen ein. Versprochen! Aber nicht mehr.»

KAPITEL 29

D as Zusammentreffen mit seiner Ex in ihrem Blumenladen hatte Henry so aufgewühlt, dass er auf dem Rückweg den Einkauf vergaß. Erst als er auf dem Hof zu Hause ankam, fiel es ihm wieder ein. Zu spät, denn dort stand schon Sophies Mini vor seiner Haustür, in dem seine SOKO saß und auf ihn wartete. Erster Schnee fiel und wehte in eisigen Flocken um das Haus. Schnell liefen sie hinein, zogen Jacken und Schuhe aus. Alle froren. Also schickte er Aron in den Schuppen zum Holzholen, damit sie den Kamin anheizen konnten. Er kochte für alle Tee, und sie setzten sich erst einmal ins Wohnzimmer, um sich aufzuwärmen. Seine Truppe machte es sich vor dem Kamin gemütlich. Sie lümmelten auf Sofa und Sesseln. Dabei diskutierten sie über die bevorstehende Party im Schloss Wellenbrink, für die Sophie die Einladung besorgt hatte. Die fünf waren sich einig, es durchziehen zu wollen, und erläuterten ihren Plan.

«Das können Sie vergessen, dass ich Sie allein dorthin gehen lasse. Wir müssen die Aktion verschieben. Ich kann und will Matti nicht enttäuschen.»

«Aber diese Partys finden nur alle zwei Monate statt», meuterte Sophie.

«Sie bleiben bei Matti, und wir schleusen uns dort ein. Wir

sind erwachsen und haben auch schon bewiesen, dass wir gut aufeinander aufpassen können.»

«Auch wenn ich Ihnen vertraue. Das kommt nicht infrage!»

«Und ein Babysitter?», schlug Charlotte vor.

Nedas Augen blitzten bei dem Vorschlag auf. «Vielleicht könnte Professorin Bertolli …?» Alle grinsten ihn an. Henry knetete seine Hände.

«Sie sind doch mit ihr zusammen», behauptete Marcus.

«Das geht Sie gar nichts an, okay.» Henry war unschlüssig. Wenn Lucia sowieso bei ihm schlief, war das eine Möglichkeit. Aber nein! Er konnte und wollte sein Privatleben, Matti nicht immer hintanstellen und Lucia einfach die Verantwortung übertragen. Es musste einen anderen Weg geben. Er schüttelte den Kopf. «Nein, und ich verbiete Ihnen jeden Alleingang.» Er presste die Lippen aufeinander. Ganz wohl fühlte er sich bei der Entscheidung nicht. Würden sie auf ihn hören? Oder würden sie es heimlich durchziehen? Henry erinnerte sie an ihre Abmachung. Die fünf schmollten, besonders Sophie, aber sie schienen sich zu fügen. «Die momentane Informationslage, warum Isa dieses Logo gemalt haben könnte, ist so dünn, dass ich bezweifle, dass uns die Teilnahme an dieser Party irgendwie weiterbringt. Fahren Sie nach Hause und ruhen Sie sich aus. Sobald ich den Autopsiebericht in den Händen halte, machen wir weiter. Ich verstehe Ihre Ungeduld, aber manchmal ist es besser, einmal innezuhalten, damit man sich nicht verrennt.»

Wieder allein, überlegte er. Vielleicht erübrigte sich die Teilnahme an so einer Party, wenn er vorher herausfand, dass dieser Fotograf ...? Peter Kant hatte Jolien gesagt. War das eine Spur? Henry kratzte sich am Kopf. Noch regte sich sein Bauchgefühl nicht. Warum hatte der Mann mit dem Gesteck aus schwarzen Rosen Tom von Bredow die letzte Ehre erwiesen? Wieso schwarze Rosen? Zur Beerdigung wählte man doch weiße Blumen. Ihm fiel ein, dass schwarze Rosen ein Drohsymbol darstellten, das unliebsamen Mitmenschen geschenkt wurde, von denen man enttäuscht war. Hätte er seiner Truppe schon von ihm erzählen sollen, anstatt sie mit der fadenscheinigen Erklärung abzuspeisen, dass die Teilnahme an der Soiree Zeitverschwendung war? Nein, bevor er nicht wusste, in welcher Beziehung Peter Kant und Tom von Bredow gestanden hatten, verschwieg Henry seinen Studierenden den Mann als Verdächtigen. Ein Bewunderer hätte doch eher weiße Rosen als Zeichen des Abschieds, der Treue, Reinheit und Unschuld auf dem Grab abgelegt.

Henry schnappte seinen Laptop und recherchierte die halbe Nacht im Internet auf den Webseiten der Rügener Rundschau und des Postkartenfotografen Peter Kant. Eins stand fest, der Mann machte gute Fotos, soweit Henry das als Laie beurteilen konnte. Er betrieb ein Atelier in der Binzer Margaretenstraße, nahe der Strandpromenade, die in diesem Abschnitt auch Kunstmeile hieß. Im Portfolio seines Schaffens fand Henry keinen versteckten Hinweis, der ihn alarmierte. Er entdeckte in den ästhetischen Bildern auch kein Faible für Rosen. Peter Kant fotografierte Familien, Babys und fing zu jeder Jahres- und Tageszeit Rügens herrliche Landschaft ein; Kreideküste, Sonnenblumenfelder auf der Halbinsel Mönchgut, das Meer, Strand und Dünen, dunkelgrüne Buchenwälder, bunte Fischerboote im Hafen, die Dampflokomotive des

Rasenden Roland, weiße Villen mit holzverzierten Balkonen in Sellin und schilfgedeckte Häuser mit himmelblauen Türen und Fenstern. Insgesamt eine heile Welt in Pastell, die beim Betrachter die Sehnsucht nach Meer, Harmonie und Entspannung weckte. Es gab einen internen Bereich für Kunden, die seine Dienstleistung in Anspruch genommen hatten und darüber eine Auswahl ihrer Bilder treffen konnten. Da kam er ohne Passwörter nicht heran. Um sie zu knacken, bräuchte er Neda. Aber dafür war es ihm zu früh. In den sozialen Netzwerken präsentierte der Fotograf auch nur die Schönheit und Urlaubsstimmung auf der Insel und äußerte sich wohlwollend über den Ausbau des Tourismus. Er fotografierte und schrieb Texte für Hotelbroschüren. Bei der Rundschau hatte Kant zu allen möglichen Themen fotografiert und auch etliche Presseartikel verfasst. Henry fiel auf, dass der Journalist auch hier ausnehmend positiv über die Entwicklung der Hotel- und Freizeitbranche schrieb. Dabei lasen sich seine Artikel wie Werbebotschaften. Solche Befürworter brauchten Kramer & Co. So jemanden machte man nicht zum Sündenbock. Im Archiv fand Henry Pressefotos, die damals im Zusammenhang der Rosenmorde entstanden waren; Fundorte der Leichen, ohne dass diese darauf abgebildet waren. Bilder vom Polizeiaufgebot vor dem Landgut von Bredow und dem Beachclub. Bilder von ihm als leitenden Mordermittler beim Interview vor dem Landgerichtsgebäude nach der Verurteilung des Rosenmörders. Henry grübelte. Hatte Tom von Bredow mit seinen verabscheuungswürdigen Taten den Fotografen verärgert? Anhand der Bilder und Texte nahm Henry an, dass der Mann seine Insel liebte und auch vom Ausbau des Tourismus profitierte. Wollte er mit dem Gesteck aus schwarzen Rosen seine Verachtung gegenüber Bredow ausdrücken, der die Urlaubsinsel und seine Einwohner damit in Verruf gebracht hatte? Immerhin gab es während der damaligen Morde Schlagzeilen, ob die Insel für Touristinnen überhaupt noch sicher war.

KAPITEL 30

Nach der unbefriedigenden Zusammenkunft in Zorniks Haus saßen sie alle fünf stumm mit einem Bier in der Hand um den Tisch in der WG-Küche. In ihrem Groll, dass Zornik sie erst einmal in ihrem Tatendrang ausgebremst hatte, waren sie sich zwar einig, aber nicht darin, auf ihn zu hören. Während die anderen sich dem Willen ihres Lehrers beugen wollten, war Sophie keinesfalls dazu bereit. Sie hatte keine acht Wochen Zeit abzuwarten. Bis dahin könnte ihr Vater längst kurzen Prozess mit ihr gemacht haben. Sie musste jetzt Beweise gegen ihn sammeln. Was sie im Internet an Vermutungen einiger Investigativjournalisten fand, kratzte nur an der Oberfläche und reichte höchstens für eine Unterstellung, die jeder clevere Anwalt abschmettern würde. Ihr Instinkt sagte ihr, dass der Stolperstein, der ihrem Vater das Genick brechen konnte, diese Events waren. Diese Partys waren so geheim, dass nicht einmal Neda mit ihren Hackerfähigkeiten auf die Gästeliste zugreifen konnte. Hinzu kam, dass ihr Vater gewollt hatte, dass sie mit Zornik ausgerechnet dort hinging, um ihn in eine Falle zu locken. Wahrscheinlich brachten die Organisatoren dort ausgewählte Gäste in pikante Situationen, um sie später damit zu konfrontieren, falls sie nicht so mitmachten oder sich verhielten, wie ihr Vater und seine Geschäftspartner es sich vorstellten. Zornik kam nun von sich aus nicht mit. Aber was konnte die Falle für ihren Lehrer sein, wenn sich dort alle Gäste quasi anonym vergnügten? «Wir müssen morgen dahin!», sagte sie und bestand darauf, dass sie es allein durchzogen. Ausgerechnet Charlotte, die in ihrem ersten Fall gegen alle Sicherheitsregeln verstoßen hatte, widersprach. Marcus und Aron mussten ihr natürlich beipflichten. «Hey, sind wir Weicheier? Haben wir nicht bewiesen, dass wir sehr gut allein auf uns aufpassen können?» Nach kurzem Schweigen redete sie ihnen noch mal ins Gewissen. «Zornik hat gesagt, dass zwei Touristinnen damals an so einer Veranstaltung teilgenommen haben, weil sie reiche Männer kennenlernen wollten. Wir müssen herausfinden, was dort abläuft. Ich denke, dass es sich um Partys handelt, die gesittet beginnen und unappetitlich enden. Damit will sicher niemand aus der feinen Gesellschaft in der Öffentlichkeit in Verbindung gebracht werden.» Sophie konnte sich vorstellen, dass die Organisatoren die heimlichen Vorlieben und Schwächen einiger Teilnehmer nutzten, um sie damit erpressbar zu machen. So funktionierte Korruption. So kaufte sich die Mafia doch Richter, Staatsanwälte, Polizisten, Politiker oder Entscheidungsträger in der Verwaltung. Erst sind es die kleinen Geschenke, dann folgt der Zugang zu solchen exklusiven Events, wo den ausgewählten Herren zu später Stunde junge Frauen auf den Schoß sprangen. Im Moment war noch nicht klar, ob ihr Vater nur der Immobilienbesitzer war, der das Schloss lediglich zur Verfügung stellte. Sollte Alexander Dresen aber selbst der Veranstalter sein, dann konnte sie ihn damit drankriegen. Nach längerem Hin und Her wägten sie die Gefahrenmöglichkeiten ab. Marcus musterte sie skeptisch. Er schien zu spüren, dass sie ihnen nicht die volle Wahrheit sagte, warum sie unbedingt schon morgen auf die Soiree wollte. Während sie die anderen so weit hatte, dass sie ihr zustimmten, erinnerte er sie an ihr Verhalten im Jugendklub und wie sie ihn und Aron in Gefahr gebracht hatte. Erst als er ihr das Versprechen abnahm, dass sie auch in brenzligen Situationen keinen Alleingang mehr wagte, war er bereit mitzukommen. Zufrieden lehnte sie sich auf dem Stuhl zurück. Nun musste sie nur noch überlegen, wie sie mögliche Beweise sicherte, denn Handys waren auf der Veranstaltung verboten.

KAPITEL 31

Nach kurzem unruhigem Schlaf wachte er auf. Nein, Peter Kant schien keine Spur zu sein. Doch bevor er ihn aus seinem Gedächtnis strich, wollte er Frau von Bredow mit dem Namen konfrontieren. Was hatte der Pfleger gestern Abend gesagt? Am frühen Morgen war sie eher bei Sinnen als am Nachmittag. Er schaute auf die Uhr. 7.04 Uhr. Um neun musste er Matti abholen, und eingekauft hatte er auch noch nicht. Henry sprang aus dem Bett und beeilte sich beim Zähneputzen, Waschen und Anziehen. Für einen Cafezinho blieb keine Zeit. Er trank nur einen Schluck Wasser, dann verließ er das Haus, fuhr noch schnell beim Bäcker vorbei, weil ihm eingefallen war, dass sie Frau von Bredow mehrmals beim Teekränzchen mit ihren Freundinnen gestört hatten. Dort standen immer Franzbrötchen auf dem Tisch. Vielleicht versetzte ihr Geruch sie in eine entspannte und gesprächsbereite Stimmung.

Im Wohnzimmer des Westflügels bot sich ihm dasselbe Bild wie gestern. Die alte Dame saß im bunten Morgenmantel auf dem Sofa und starrte in den Fernseher, wo jetzt ein Trickfilm für die Kleinsten lief. Die Schwester, eine robuste Frau mit gesunder Gesichtsfarbe und praktischem Kurzhaarschnitt, die er auf Ende vierzig schätzte, hatte ihn hereingelassen und platzierte nun seine mitgebrachten Franzbrötchen, die sie auf einem Teller angerichtet hatte, auf dem gedeckten Frühstückstisch. «Sie leisten Frau von Bredow doch bestimmt mehr als fünf Minuten Gesellschaft?», fragte sie und schaltete den Fernseher aus. «Allzu lange kann ich nicht bleiben.» Er schaute auf die Uhr. In einer Stunde musste er im Kinderheim sein.

«Kann ich mal eine Zigarette rauchen gehen?»

Henry nickte zustimmend, passte es ihm doch gut, dass die Krankenschwester nicht mithörte.

Sie führte die Hausherrin an den Tisch: «Frühstück, Frau von Bredow, kommen Sie!», und ließ ihn mit ihr allein.

«Kaffee?», fragte Henry. Er goss der alten Dame die Tasse halb voll. Er hielt ihr den Teller mit den Franzbrötchen hin. «Erinnern Sie sich. Das sind Franzbrötchen.» Frau von Bredow blickte teilnahmslos auf den Teller. «Die kann man essen.» Er nahm eins herunter und biss davon ab, um ihr zu zeigen, was essen bedeutete. Sie schaute ihn skeptisch an, machte es ihm aber nach, biss ab, kaute, schluckte und leckte sich die Lippen. Er legte ihr seine Hand auf den Arm.

«Frau von Bredow, erinnern Sie sich? Ich bin Henry Zornik, der Mann, auf den Sie wütend sind, weil ich Ihren Tom damals verhaftet habe.» Wie erwartet, verfinsterte sich ihr Gesichtsausdruck schlagartig. Noch bevor sie etwas sagen konnte, redete er schnell weiter. «Vielleicht ist er doch unschuldig.» Henry sah, dass ihre Augen hoffnungsvoll aufblitzten. Plötzlich war sie hellwach. «Um die Wahrheit herauszufinden, brauche ich Ihre Hilfe. Kennen Sie einen Peter Kant?» Er zeigte ihr ein Foto des Mannes in seinem Handy, das er sich von dessen Website kopiert hatte. Von dem Kranz auf Toms Grab sagte er nichts, weil er nicht wollte, dass sie sich an den Tod ihres Sohnes erinnerte. «Das ist doch der Peter, der in der Schule neben Tom gesessen hat. Ein stiller Junge und so schlau.»

«Dann waren Tom und Peter befreundet?»

Sie schüttelte den Kopf. «Nein, die zwei waren zu unterschiedlich. Im Gegensatz zu meinem Tom war der Peter brav. Hach, den Ärger hat eigentlich immer mein Sohn gemacht. Es verging kein Monat, wo mich Hans Georg nicht zum Elterngespräch in die Schule bestellt hatte. Bloß gut, dass der mich mochte, sonst wäre Tom hart bestraft worden.»

«Der Hans Georg?»

«Na, der Berkel, sein Klassenlehrer, ein stattlicher Mann. Davon hast du auch nichts mitbekommen, warst nur mit deinen Weibergeschichten beschäftigt», sagte sie und strich sich verträumt eine Haarsträhne aus dem Gesicht. «Ich hätte dich damals schon verlassen sollen, dann wäre ich bestimmt glücklicher geworden.» Jetzt hielt sie ihn für ihren Ehemann.

«Ach, du hattest einen heimlichen Verehrer. Das wusste ich gar nicht», sagte Henry in herausforderndem Ton, um ihr noch mehr zu entlocken. Sie wurde verlegen, ihre Wangen färbten sich rot. «Ja, ich hatte einen Verehrer, der mich wirklich geliebt hat.»

«Weißt du, ob er noch lebt?»

«Du willst ihm doch nicht etwa etwas antun?» Ihre Augen weiteten sich ängstlich.

«Quatsch, nach so vielen Jahren, bin ich damit versöhnt. Schließlich habe ich dir mit meinen Weibergeschichten auch wehgetan. Eigentlich müsste ich mich bei ihm bedanken, dass er die Qualitäten meiner Frau besser zu schätzen wusste als ich.»

«Das würdest du tun?»

Henry nickte.

«Ich glaube, er wohnt im Seniorenheim am Wald.»

Er nahm ihre Hand und sagte in der Rolle ihres Ehemannes: «Es tut mir leid, dass ich dich so unglücklich gemacht habe.» Ihre Augen füllten sich mit Tränen. Henry sah darin, dass sie ihrem verstorbenen Ex-Mann verzieh und in diesem Moment mit sich im Reinen war, bevor ihr Blick sich wieder verklärte und jegliche Erinnerung verlosch.

Das Seniorenheim am Wald. Da gab es nur das eine am Rugard in Bergen. Wieder im Auto, suchte er die Website heraus und rief dort an, erkundigte sich nach einem Hans Georg Berkel und gab sich als ehemaliger Schüler aus, der seinen Lieblingslehrer gerne besuchen wollte. Und tatsächlich hatte er Glück, der alte Mann lebte dort und war noch recht gut beieinander. Am liebsten wäre er gleich hingefahren, doch ein Blick auf die Uhr verriet ihm, dass es schon Viertel vor neun war und er jetzt Matti beim Kinderheim abholen musste.

Noch in Gedanken an das, was er Frau von Bredow entlockt hatte, aber voller Vorfreude auf das gemeinsame Wochenende mit Matti und Lucia betrat er das Heim. Der Neunjährige wartete schon angezogen mit seinem Gepäck im Foyer. «Du bist eine Minute und dreiunddreißig Sekunden zu früh», begrüßte er Henry und stand erst vom Sessel auf, als der Zeiger auf Punkt 9.00 Uhr stand. «Wir können fahren.» Henry rückte ihm die Mütze zurecht und schnappte den Kinderkoffer. Im Auto faltete Matti ein Blatt Papier auseinander. «Ich habe uns einen Plan gemacht. Damit wir die gemeinsame Zeit sinnvoll nutzen», sagte er. «Dazu rief schon der römische

Dichter Horaz vor 2000 Jahren auf. Ein Einsatz kommt uns sinnvoll vor, wenn wir damit etwas erreichen. Ob wir unsere Lebenszeit also sinnvoll empfinden, hängt von dem Nutzen ab, den wir mit der eingesetzten Zeit erzielen.» Henry musste schmunzeln. Matti war voll in seinem Element. «Schopenhauer hat gesagt: Gewöhnliche Menschen überlegen nur, wie sie ihre Zeit verbringen. Ein intelligenter Mensch versucht, sie auszunutzen.»

«Okay, dann zeig mal her, was du für uns geplant hast.» Henry schaute sich Mattis Plan an.

«Die beste Investition in Lebenszeit sind Aktivitäten, in denen man sich weiterentwickelt.»

«Du möchtest also ins Galileo Museum, um dein Wissen über Physik zu erweitern», stellte Henry fest. Dabei fiel ihm ein, wie er den Besuch bei Hans Georg Berkel in Mattis Planung einschmuggeln konnte. Frau von Bredow hat doch gesagt, dass er Physiklehrer gewesen war. Dabei kam sich Henry ziemlich berechnend vor. Doch dann rief er sich in Erinnerung, dass Matti bisher Gefallen am Aufbrechen seiner Routine fand, ja, dass es ihn sogar selbstbewusster machte, weil er seine Zwänge überwand und auch immer etwas dazulernte. Wäre dem nicht so, hätte er Frau Haberland gegenüber wohl kaum so positiv darüber berichtet, dass er an Mattis Flexibilität arbeitete. «Du interessierst dich für Zeit. Soweit ich mich erinnere, ist es eine physikalische Größe.»

«Das Formelzeichen ist t und ihre SI-Einheit ist die Sekunde.» Henry nickte zustimmend. «Ja, das habe ich damals auch in Physik gelernt.» Er tippte auf den Punkt Nachmittagsimbiss. «Damit wir unsere Vesper nicht nur zur Nahrungsaufnahme nutzen, sondern auch dafür, unser Wissen zu vertiefen, werden wir ihn mit einem alten Physiklehrer einnehmen, der dir noch viel mehr über das Phänomen Zeit erzählen kann.»

Hans Georg Berkel war selbst im hohen Alter von 82 Jahren noch ein «stattlicher Mann», wie ihn Frau von Bredow beschrieben hatte, der zwar gebeugt lief, aber mit den weißen Haaren und den wachen Augen Würde und Weisheit ausstrahlte, die man bei betagten Menschen fand, die mit ihrem Leben zufrieden waren und sich nicht von ihren Gebrechen beherrschen ließen. Obwohl er Henry nicht kannte, freute er sich über den Besuch, brachte er doch Abwechslung in den sonst vorbestimmten Tagesablauf.

«Die Zeit beschreibt die Abfolge von Ereignissen, hat also eine eindeutige, nicht umkehrbare Richtung», hielt er Matti beim Essen einen Vortrag. «Wir verwenden zum Beispiel eine bestimmte Menge Geld, um uns einen bestimmten Gegenstand zu kaufen, der uns einen bestimmten Nutzen bringt. Eine solche Investition ist für uns sinnvoll. Genauso verfahren wir mit der Zeit. Bringt die investierte Zeit uns einen Nutzen, haben wir ein gutes Gefühl. Andersherum fühlt sie sich verschwendet an, wenn wir auf jemanden warten müssen.» Matti hörte aufmerksam zu. Der alte Physiklehrer holte ein kleines Puzzle aus dem Schrank. «Wie wir Menschen unser Zeitempfinden entwickeln, war Forschern lange ein Rätsel. Den Unterschied zwischen genutzter und verschwendeter Zeit kann man aber fühlbar machen.» Er forderte Matti auf, das Puzzle zu lösen, und stoppte die Zeit.

Während Matti hoch konzentriert am Tisch saß, nutzte Henry den Moment und sprach den Mann auf Tom von

Bredow und Peter Kant an. «Ich dachte mir schon, dass es einen anderen Grund gibt, warum Sie mich besuchen. Denn wenn Sie mein Schüler gewesen wären, hätte ich mich an Sie erinnert.» Henry erzählte ihm, wer er eigentlich war und was ihn umtrieb. Komischerweise vertraute er dem Mann, der ihm bereitwillig zuhörte. «Tom und Peter waren keine Freunde. Im Gegenteil. Peter war ein sehr intelligenter Junge, mathematisch und naturwissenschaftlich begabt. Ich glaube, heute würde man ihn als einen Nerd bezeichnen.» Berkel lachte auf. «Körperlich hatte der gegen Tom keine Chance, der war hart und auch ziemlich gewalttätig, wenn es darum ging, seinen Willen durchzusetzen. Vielleicht lag es an dem seelischen Schmerz, dass sein Vater ihn im Stich gelassen hatte. Oder es war eben seine Art, ein Anführer sein zu wollen. Ich hatte oft das Gefühl, es bereitete ihm nicht nur Freude, seine Klassenkameraden zu drangsalieren und regelrecht zu manipulieren, sondern mehr noch, sie sogar richtig zu quälen und ihnen physische und psychische Schmerzen zuzufügen. Und Peter war ein beliebtes Opfer für ihn.»

«Könnte er Tom trotzdem bewundert haben, vielleicht wegen seiner Stärke, die er selbst nicht besaß?»

«Nein, das war nicht Peters Natur. Er hat sehr unter Tom gelitten und ihn gehasst. Mir tat er oft leid, zumal der Junge auch kein einfaches Schicksal hatte», sagte der alte Mann, drückte auf die Stoppuhr in seiner Hand, weil Matti das Puzzle gelöst hatte. «Vier Minuten und achtzehn Sekunden. Das ist rekordverdächtig.» Er stand auf und forderte Matti auf, sich auf einen Stuhl zu setzen und nichts zu tun. «Bist du bereit, junger Mann?» Matti nickte. Der Lehrer legte ihm eine Augenbinde um und setzte ihm sogar Kopfhörer auf, damit seine

Wahrnehmung eingeschränkt war. Dann stellte er den Timer auf vier Minuten und startete Teil 2 des Zeitexperiments.

«Was meinen Sie mit schwerem Schicksal?»

«Peter war der Sohn vom Förster. Der Vater, alkoholabhängig, fuhr damals im Suff und hat einen Autounfall verursacht, den nur Peter überlebte. Da war er acht Jahre alt. Dann kam er als Vollwaise ins Kinderheim nach Lohme und schaffte es als eines der wenigen Kinder von dort aufs Gymnasium.» Henry bemühte sich, seine Verblüffung zu verbergen. Die Information, dass es zwischen Peter Kant und dem Fundort der aktuellen Mädchenleiche, dem Kinderheim von Lohme, eine Verbindung gab, musste er erst einmal verdauen.

Der Timer klingelte, und Berkel befreite Matti von Kopfhörern und Augenbinde. «Und?» Matti setzte eine nachdenkliche Miene auf. Henry wusste, dass der Junge seine Empfindungen sortierte. «Es hat sich unendlich lang angefühlt.»

«Eine Sinnestäuschung. Aufmerksamkeit und Gefühle steuern, wie lang einem die Zeit wird. Unser Gehirn braucht neue Reize und will ständig dazulernen. Deshalb kommen dir ungenutzte Momente ewig und verschwendet vor.»

Nachdem sie mit Georg Berkel den mitgebrachten Kuchen verzehrt und noch ein wenig geplaudert hatten, verabschiedeten sie sich, denn es wurde Zeit, zum Bahnhof zu fahren, wo in zehn Minuten Lucias Zug aus Greifswald ankam.

Kaum saßen sie wieder im Auto, sah Matti ihn mit ernstem Gesicht an. «Ich weiß, dass das Jugendamt gerade testet, ob das mit uns klappt, weil ich ja für immer bei dir wohnen möchte. Du aber noch damit zurechtkommen musst, dich neben deiner Arbeit um ein Kind zu kümmern. Deshalb üben wir das jetzt.»

Henry nickte.

«Ich weiß auch, dass es für dich schwer ist, weil ich mit Abweichungen in meiner Routine Probleme habe, dein Beruf aber erfordert, dass du flexibel bist und deshalb manchmal zu spät kommst oder versuchst, mir Veränderungen schmackhaft zu machen.

Wir waren nicht in Lohme, weil du mir den Schwanenstein zeigen wolltest, und gestern nicht auf dem Friedhof, weil du Mamas und Omas Grab abdecken wolltest, und jetzt nicht bei Herrn Berkel, weil er mir etwas über die physikalische Bedeutung der Zeit erzählen sollte. Du hast einen neuen Fall, den du schnell lösen willst. Du bist in der Zwickmühle. Du möchtest deine Zeit mit mir verbringen, aber gleichzeitig weiter ermitteln. Ich bin neun, du kannst mit mir darüber reden.»

Verfluchte! Hatte er Matti für so naiv gehalten und geglaubt, er würde nicht mitbekommen, wie er sich wand, um ihn von Veränderungen in ihren Tagesplänen zu überzeugen. «Du hast recht, du bist nicht nur alt genug, sondern hast schon Riesenschritte darin gemacht, dass dich Abweichungen von deiner Routine nicht mehr aus der Bahn werfen. Aber jetzt genießen wir unser erstes gemeinsames Wochenende und holen Lucia vom Bahnhof ab.»

KAPITEL 32

Sie rollten im Schneckentempo in der Reihe schwarzer Limousinen über die breite Kiesauffahrt zum ausladenden Portal von Schloss Wellenbrink. Mietwagen, die der Veranstalter den Gästen der Soiree geschickt hatte. Aron saß als Begleiter neben ihr und hatte damit die Rolle angenommen, die ihr Vater Zornik zugedacht hatte. Sie hatten ihm eine künstliche Glatze verpasst, weil Sophie damit rechnete, dass ihr Vater sie sicher irgendwie überwachen würde, ob sie sich an die Abmachung hielt. Da er eine Maske sowie einen Hut trug und fast Zorniks Statur hatte, fiel der Unterschied gar nicht auf. Eigentlich wollte sie mit ihm allein gehen, doch Neda, Charlotte und Marcus bestanden darauf mitzukommen. Also hatte Neda gestern Abend nach mühevoller Recherche, die ihre gesamten Fähigkeiten beanspruchte, zumindest herausgefunden, welche Firmen das Catering und die Security absicherten. Dann hatte sie sich in die E-Mails eingehackt und ihre Namen im Austausch gegen andere auf die Personallisten für die heutige Party gesetzt. Den wahren Jobinhabern hatte sie kurzerhand abgesagt. Sophie musterte die Leute, die ausstiegen. Alle sahen gleich aus, die Männer komplett in Schwarz mit Hut, die Frauen komplett in Rot mit Perücke. Das war neben Smoking und langem Abendkleid Bestandteil des in der Einladung vorgeschriebenen Dresscodes. Und sie trugen venezianische Masken. Es war kaum möglich, die Personen hinter den Masken zu identifizieren. Zumal die Gäste ein Pseudonym benutzten. Der Veranstalter hatte an alles gedacht, um die Anonymität der Teilnehmer zu wahren. Mist! Der Sicherheitsdienst am Einlass kontrollierte die Handtaschen der Frauen und scannte die Besucher. «Moment», sagte sie zu Aron, griff sich in den Ausschnitt, riss sich die Körperkamera vom Leib und verstaute sie samt Kabel im Handschuhfach. Aron sah sie ungläubig an. «Ich wollte, dass wir etwas in der Hand haben. Falls wir was Verdächtiges beobachten, müssen wir das irgendwie dokumentieren. Unsere Aussagen werden nicht reichen.»

«Hast du noch was am Körper versteckt, was uns in Schwierigkeiten bringen könnte?», fragte er vorwurfsvoll.

«Nein.» Sophie wich seinem durchdringenden Blick aus. Scheinbar glaubte er ihr nicht. Sie stieg aus dem Wagen und hielt dabei den Saum ihres Paillettenkleides fest, damit sie sich nicht mit den Absätzen ihrer High Heels verhedderte, Aron schloss den Knopf seines Smokings, warf die Autotür hinter ihr zu, drückte dem Bediensteten den Schlüssel in die Hand, damit er den Wagen wegfuhr, und reichte ihr den Arm. Sie hakte sich ein und schritt an seiner Seite über den roten Teppich, an dessen Rändern Fackeln brannten. Charlotte stand in der Uniform eines privaten Sicherheitsdienstes am Eingang, scannte den QR-Code der Einladungen und verglich sie mit der Gästeliste, während ein Kollege die Eingeladenen mit einem anderen Scanner auf elektrische Geräte abtastete. «Herzlich willkommen, Kleopatra und Julius Cäsar!», sagte Charlotte und lächelte verschwörerisch. Trotzdem war ihr die Anspannung ins Gesicht geschrieben. Der junge Mann überreichte ihnen einen Lageplan des Hauses, auf dem die verschiedenen Räume Schatzkammer, Underground, Auktion und Separee hießen. Sie liefen weiter, legten bei Neda an der Garderobe ihre Mäntel ab und ließen sich im roten gedämpften Licht des Saals von Marcus ein Glas Champagner reichen. Im Hintergrund lief leise Musik aus Lautsprechern. Die Gäste saßen auf barocken Sofas, die zwischen den Säulen um die freie Fläche vor einer Bühne herumstanden, auf der die Instrumente einer Liveband einsatzbereit waren. Sie schwatzten rauchend und Champagner schlürfend. Eine Dame trat auf der Bühne an das Mikrofon und hieß sie herzlich willkommen. «Viel Vergnügen. Amüsieren Sie sich!» Sie wies nach links auf die seitliche Flügeltür, die sich öffnete und den Blick auf ein kunstvoll verziertes Buffet freigab, das zwei Champagnerbrunnen flankierten. Die Band betrat die Bühne, erntete den ersten Applaus und spielte *Zu Asche, zu Staub*, den Titelsong aus dem Film Babylon Berlin. Die Gäste standen auf, füllten die Tanzfläche, bewegten sich im Rhythmus des Charleston und gerieten fast in eine Art Trance. «Wir fangen im Untergrund an», schlug Sophie Aron vor, der sie auf die Tanzfläche ziehen wollte. «Okay», nickte er und folgte ihr. Der Untergrund entpuppte sich als illegales Casino, in dem die Gäste an Tischen beim Pokern und Roulette um ziemlich viel Geld zockten. Dann standen da noch die halb nackten römischen Skulpturen herum, die Schalen trugen, in denen man sich bedienen konnte. Sophie nahm ein Tütchen mit Kokain heraus und hielt es Aron hin. «Traubenzucker ist nicht mein Ding», sagte er in ironischem Ton. Ein Blick in den Gang mit den Separees bestätigte ihre Vermutung, dass sich hier bereits einige Gäste mit ihren Gespielinnen vergnügten. Doch alles sah nach gegenseitigem Einvernehmen aus. Sophie hatte nicht das Gefühl, dass die jungen Damen und einige Jünglinge dazu gezwungen wurden. Dass auf diesen Partys Glücksspiel, Drogen und Sex angeboten wurden, damit hatten sie gerechnet. Wozu sonst wäre diese Geheimniskrämerei notwendig? Lauter Verlockungen, mit denen die Veranstalter einflussreiche Leute ködern und Begehrlichkeiten wecken konnten. Spätestens dann wurden sie bestechlich und taten den gewünschten Gefallen. Wenn nicht, wurden sie bestimmt an ihre «ausstehende Gegenleistung» erinnert. Und eins war natürlich sicher: Keiner dieser Leute hier würde mit einem Dritten darüber reden, falls er erpresst würde. Sie schaute sich genau um und suchte nach Kameras, entdeckte aber keine.

Wenn Kramer von ihrem Vater und seinen dubiosen Geschäftspartnern unbedingt auf den Thron des Landrats gehoben werden sollte, dann kennen sie Kramers Achillesferse, mit der sie ihn in der Hand haben. Isa hat das Logo des Schlosses gemalt, wollte ihren Vater fertigmachen. Was laut dem Tagebucheintrag des Mädchens nur noch eine Frage der Zeit war. Und dann war da noch dieser Erpresserbrief: *Ich weiß, was du getan hast.* Sophie überlegte. Dieser Brief passte nicht zum Stil ihres Vaters. Er muss von Isa oder ihrem Freund stammen und könnte sich darauf beziehen, dass Kramer Kokain nimmt, seine Frau betrügt oder vielleicht spielsüchtig ist und hier verbotenerweise zockt. Plötzlich kam ihr ein absurder Gedanke: Hat die Bürgermeistertochter gar herausgefunden, dass ihr Vater schon vor fünf Jahren auf diesen Partys war und nicht Bredow, sondern er diese Touristinnen getötet hat? Da war er kurz davor, Bürgermeister von Sellin zu werden ... Wenn er damals schon korrupt und der richtige Mann für die Durchsetzung der Ziele im Immobilien- und Tourismusgewerbe in Sellin zum Zwecke der Geldwäsche war, dann ... Jetzt ging ihre Fantasie mit ihr durch! Hat sie deshalb dieses Logo gemalt? Aber woher sollte sie das gewusst haben? Diese Veranstaltungen sind so geheim organisiert ... Nachdenklich lief sie an Arons Seite zurück in den Saal. Dort kochte der Vergnügungstempel. Die Leute tanzten sich in Ekstase. Sie bemerkte, dass ein Gast sie beobachtete. Arbeitete der für ihren Vater, um zu kontrollieren, dass sie ihren Auftrag erfüllte? Logisch, er vertraute ihr nicht, aber Wilbert auf sie anzusetzen, wäre zu offensichtlich. Der Mann wirkte breitschultrig, was natürlich auch am Schnitt und den Schulterpolstern des Smokings liegen konnte. Dunkles Haar ohne graue Schläfen lugte unterm Hut hervor, vielleicht sogar gefärbt, damit er jünger aussah. Er war eher in Zorniks Alter, oder? Genau konnte sie das wegen seiner Maske nicht sagen. Sie zog Aron auf die Tanzfläche, drängelte sich in die Menge und bewegte sich im Takt der Musik. Dabei ließ sie ihren Blick hin und wieder zu dem Mann schweifen. Er redete kurz mit einer Frau, die ihm ein gefülltes Glas brachte und mit ihm anstieß. Sophie drehte sich, und als sie in seine Richtung schaute, war er allein und scannte mit seinem Blick die Leute auf der Tanzfläche ab. «Wir werden beobachtet, verhalte dich unauffällig.»

KAPITEL 33

Er stand am Rand der Tanzfläche und beobachtete, wie sich die Frauen in ihren roten Roben ausgelassen im Takt der Musik wiegten, Arme und Beine im Charleston-Rhythmus der Zwanzigerjahre schwangen. Dicke, dünne, kleine, große, doch keine erregte seine Aufmerksamkeit, bis auf die eine im Paillettenkleid. Es war die Art, wie sie sich bewegte. Geschmeidig wie eine Katze. Er konnte sich gut vorstellen, dass sie ihre Krallen ausfuhr, wenn ihr jemand in die Quere kam. Ihre Stärke und ihr Selbstbewusstsein waren unübersehbar. Die Vorstellung, ihren Willen zu brechen, erregte ihn. Ihm kam es so vor, dass er sie schon einmal gesehen hatte. Er ertappte sich dabei, dass er die Lippen leckte, erschrak darüber und beruhigte sich im nächsten Moment, weil ihm bewusst wurde, dass das niemand hinter seiner Maske sah. Dann blieb ihr Blick eine Sekunde zu lang an ihm hängen. Sie spürte seine Aufmerksamkeit, und jetzt tanzte die kleine Schlampe nur für ihn, küsste den Kerl an ihrer Seite und wollte *ihn* damit geil machen. So waren sie alle, diese Huren. Jetzt wusste er, an wen sie ihn erinnerte. An das Mädchen, das er vor ein paar Tagen oben im Wald gesehen hatte. Statur und Größe passten. Schade, dass er ihr Gesicht nicht sah?

«Kommst du?», fragte sie ihn in barschem Ton und reichte ihm ein volles Champagnerglas. «Ich möchte dir jemanden vorstellen.» Das passte ihm jetzt gar nicht. Viel lieber hätte er die Wildkatze noch weiter beobachtet.

Aber er fügte sich, sonst würde sie ihn wieder tyrannisieren, und er müsste tagelang zu Kreuzen kriechen. Manchmal kam er sich bei ihr vor wie ein gefangenes Tier, das sie sofort an der kurzen Leine hielt, wenn sie Angst hatte, dass er sein eigenes Ding machen könnte.

KAPITEL 34

S ie zog Aron mit sich fort. Er schob sie durch die Menge
zum Buffet. Sie bedienten sich, blieben mit den Lachs-
Canapés am Rande stehen, unterhielten sich wie ein ganz
normales Pärchen und lachten, während sie wachsam ihre
Umgebung im Auge behielten. Marcus näherte sich ihnen
und bot Champagner an. Dabei sagte er: «Achtung, Richard
Kramer auf neun Uhr.» Marcus wies auf einen Mann, der
höchstens eins siebzig groß war und mit einer Frau redete, die
eine schwarze Perücke trug. «Wieso bist du so sicher, er trägt
Maske und Hut?», fragte Sophie.

Richard Kramer schlenderte mit der Frau aus dem Raum
in einen Gang.

«Ich war gerade auf Toilette und habe gesehen, wie er sich
kurz das Gesicht gewaschen hat. Da habe ich ihn erkannt»,
flüsterte Marcus und lief mit dem Tablett voll Gläser zum
nächsten Gast.

Innerlich aufgewühlt, zog Sophie Aron mit sich. Hatte sie
doch richtig kombiniert? Sie folgten Kramer um die Ecke
und gelangten in einen leeren Flur, der in etwa zwanzig Meter Entfernung vor einem Fahrstuhl endete. In den mussten
Kramer und die Frau gestiegen sein. Eine Mitarbeiterin der
Sicherheitsfirma bewachte den Zugang. Sie wollte Sophies

und Arons Einladung sehen und scannte den QR-Code. Sophies Anspannung wuchs. Mit einem geschäftsmäßigen Lächeln bekamen sie die Einladung zurück und erhielten Zutritt.

Der Raum maß etwa fünfzig Quadratmeter. Es war fast dunkel. Sie schätzte zwanzig Personen, die im Kreis um einen Käfig standen, der mit einem Scheinwerfer beleuchtet war. Das orange Licht fiel auf ein halb nacktes Mädchen, höchstens vierzehn, das mit gesenktem Kopf auf dem Boden hinter den Gitterstäben hockte. Eine maskierte Frau mit schwarzer Perücke nahm Gebote entgegen. Ach du Scheiße! Das ging ja zu wie auf dem Sklavenmarkt. Die Minderjährige ging an den Höchstbietenden, einen korpulenten Mann mit schütterem Haar, der ihr Großvater sein könnte. Angeekelt und entsetzt suchte Sophie Arons Blick, der sie mit einem Mal an der Hand festhielt. Er musste an ihrer Körperspannung bemerkt haben, dass sie kurz davor war dazwischenzugehen. Das hätte sie aber verraten. Sophie verkrampfte bewusst, um diesen Impuls zu unterdrücken. Ihr fiel es schwer, dieser abartigen Szene kühlen Gemüts beizuwohnen. Wer hier mitbot, war im höchsten Maße erpressbar. Wahrscheinlich gab es hier irgendwo versteckte Kameras, die diese Szenen aufnahmen. Oder war das zu weit um die Ecke gedacht? Sie schaute sich gezielt danach um, konnte aber wieder keine entdecken. Dass ihr Vater in diese Abscheulichkeiten verwickelt war, verstärkte ihre Verachtung gegenüber diesem Mann noch mehr. Wer so etwas organisierte oder auch nur zuließ, handelte vollkommen skrupellos. Demjenigen war alles zuzutrauen. Aber wie konnte sie das beweisen? Sie musterte die anderen Gäste. Wer weiß, wer sich hinter den Masken alles verbarg und hier vergnügte? Und die Gäste wiegten sich wegen ihrer Maskerade in Sicherheit. Ihr Vater dachte, sie war mit Zornik hier. Natürlich! Der gescannte Code auf den Einladungen war die Verbindung zu den echten Personen, die sich hinter den Pseudonymen und den Masken verbargen. Wer diese Liste besaß, war der Drahtzieher hinter den Kulissen – und wusste über sämtliche Fehltritte jedes Gastes Bescheid. Es brauchte im Grunde gar keine Kameras. War das allein Beweis genug? Vielleicht für sie, aber für die Behörden bestimmt nicht stichhaltig genug, um ihren Vater ins Gefängnis zu bringen. Sie musste anders dokumentieren, was hier vorging. Bloß wie? Weder sie noch Aron hatten ein Smartphone dabei, mit dem sie Fotos oder eine Audioaufnahme von der Auktion machen konnte, bei der Minderjährige an den Meistbietenden verkauft wurden. Und dass irgendeiner dieser Leute, die hier anwesend waren, als Zeugen aussagen würden, bezweifelte sie.

Dann wurde der nächste *Sklave* unter Peitschenhieben von einem Aufseher vorwärtsgetrieben, ein Jugendlicher, dunkelblond, barfuß und nur mit einem Lendenschurz bekleidet. Am linken Oberarm trug er einen Verband. Er hielt den Kopf gesenkt wie ein gefangenes Tier, das resignierte und sich seinem Schicksal ergab. Er trug ein Halsband, wurde an einer Leine hereingeführt und in den Käfig gesperrt. Langsam hob er den Kopf, und Sophie war sich sicher, dass sie das Gesicht kannte. Es war dasselbe wie auf dem Ausweis, den sie vorletzte Nacht in den Händen gehalten hatte. Danilo Flemming. Mein Gott! Dann war es Wilbert gewesen, der auf Danilo geschossen hatte. Vielleicht sogar mit der Waffe, die er dem Geschwisterpaar im Jugendklub abgenommen hatte. Aber Wilbert war ein Superschütze. Er hätte getroffen, wenn er es gewollt hätte.

Sophie bemerkte Danilos hasserfüllten Blick, den er auf den Mann richtete, den Marcus als Richard Kramer erkannt hatte. Der hob die Hand und bot dreitausend für den Jungen. Was hatte Kramer vor? Jemand anderes bot mehr, es ging hin und her, bis Kramer letztendlich siegte und ihm der Junge gehörte. Danilo machte ein verächtliches Gesicht, und Sophie las die lautlos geäußerten Worte «Zufrieden, Richard?» von seinen Lippen ab. Die beiden kannten sich auf keinen Fall nur davon, dass Kramer ihn zusammen mit Isa gesehen hatte. Fast kam es ihr so vor …? Konnte das sein? War Kramer schwul und dieser Junge sein heimliches Spielzeug? Und dann erwischt er seinen Loverboy im Bett seiner Stieftochter. Hatte er ihn am 31. Oktober aus dem Haus geworfen, weil er eifersüchtig war? Scheiße!

Kramer führte seinen Kauf an der Leine durch eine Tür am anderen Ende des Raumes. Dann wurde ein neues Opfer hereingebracht. Ein dunkelhäutiges Mädchen mit knabenhaftem Körper, höchstens 12 Jahre alt. Alle Augen waren auf sie gerichtet. Kaum war sie im Käfig, gingen die Gebote los. Sophie tippte Aron an. Sie entfernten sich rückwärts und schlichen sich zu der Tür, durch die Kramer gerade mit seiner Beute verschwand. Sie kamen zu einem zweiten Fahrstuhl ohne Bewachung. Damit ging es nur nach unten. Sie fuhren die eine Etage tiefer und landeten im Keller. Zumindest roch es so; feucht und muffig. Sie traten in einen langen Gang mit rauen Steinwänden, der in orangerotes Licht getaucht war und am anderen Ende einen Notausgang hatte. An den Seiten zählte Sophie jeweils fünf gegenüberliegende Türen aus massivem Holz mit Eisenbeschlägen, wie man sie aus Kerkern im Mittelalter kannte. Bis auf die letzte waren alle geschlossen. Man hörte nicht, was dahinter vorging. Vorsichtig liefen sie den Flur entlang und lugten in das letzte Verlies. Kramer wälzte sich auf dem Boden in einer Blutlache hin und her. Er stöhnte und hielt sich mit beiden Händen den Hals, in dem eine Glasscherbe steckte. Blut suppte aus der Wunde. Das konnte nur Danilo gewesen sein. Sophie reagierte sofort, kniete sich über ihn, während Aron nach draußen rannte, um den Jugendlichen zu fassen. «Bleiben Sie ruhig. Ich rufe einen Krankenwagen! Sie werden das überleben.»

«Nein», presste Kramer hervor, und sie verstand. Aron kam zurück, hob die Hände: «Er ist weg.»

«Wir müssen ihn ins Krankenhaus bringen, los, hol den Wagen, aber sieh zu, dass niemand vom Sicherheitspersonal was bemerkt!», rief sie und hoffte, dass Aron das hinbekam.

Kramer röchelte. «Am Parkende führt ein Versorgungsweg direkt zum Ausgang hierher, der ist extra dafür angelegt, um ungesehen von hier verschwinden zu können», presste Kramer kaum hörbar hervor. Aron nickte und rannte wieder zum Hintereingang hinaus. Sophie hielt den zitternden Mann fest und versuchte, den Blutfluss zu stoppen. Keine fünf Minuten später bugsierten sie ihn auf die Rückbank des Mietwagens, rollten über den dunklen Weg bis zum Ende des Parks, der völlig im Nebel lag, und rasten in die Bernsteinklinik.

KAPITEL 35

E r hatte die Schöne verloren. Wie schade. Er lief nach draußen. War sie dort? Nein, hier auf der dunklen Terrasse war niemand. Vielleicht war sie mit ihrem Typen schon gegangen. Er spürte seinen aufkommenden Unmut gegen diesen Mann und bekam schlechte Laune, die seiner Begleiterin nicht verborgen blieb. Sie lief ihm hinterher und reichte ihm ein volles Glas. «Champagner?», fragte sie. Er nahm es ohne ein Wort. «Du bist verärgert, weil du nicht bekommst, was du begehrst?» Er grunzte nur einsilbig. «Böser Friederich!», sagte sie scherzhaft. «Komm, wir suchen dir ein anderes Spielzeug aus.» Er wollte nicht, wendete sich ab und stieg die Steintreppe zum dunklen Garten hinunter. Auf der untersten Stufe blieb er stehen und starrte in den herrschaftlichen Park mit dem Seerosenteich, der fast vollkommen im Novembernebel versank. Sie ließ nicht locker und folgte ihm. «Es ist kalt», sagte sie und berührte ihn am Arm. Da rannte ein halb nackter Jüngling mit blutbeschmierten Händen und Oberkörper um die Hausecke und ihnen regelrecht in die Arme. Er schaute seine Begleiterin fragend an. «Das ist doch ...?» Sie nickte zustimmend. Blitzschnell hielten sie ihn beide fest, nahmen ihn in ihre Mitte. Er zerschlug sein Glas an der steinernen Balustrade und rammte dem Jungen den Stil wie ein Messer in den Bauch. Der stöhnte auf. Er stieß noch einmal kräftig nach. Die Augen des Jungen weiteten sich angstvoll. Sie fingen ihn auf, sahen sich um, vergewisserten sich, dass sie niemand sah, und schleiften ihn über die Wiese zum Teich, drückten ihn gemeinsam unter Wasser, bis sein Körper erschlaffte. Dabei waren sie sicher, dass der Besitzer dieses Anwesens dafür sorgen würde, dass diese Leiche für immer verschwand.

KAPITEL 36

Gegen 4.00 Uhr morgens vibrierte das Handy neben seinem Kopf. Henry stöhnte. Schlaftrunken tastete er auf dem Nachtschrank herum und schaute auf das aufleuchtende Display. Die Bernsteinklinik in Binz? Die hatten sich doch bestimmt verwählt. Im ersten Moment wollte er den Anrufer wegdrücken, doch dann kam ihm Lilly in den Sinn, die sie ja dorthin verlegt hatten. Lucia neben ihm schnarchte leise wie ein Igel und drehte sich auf die andere Seite. Henry schlich sich aus dem Schlafzimmer. Er warf einen Blick in Mattis Zimmer. Der Junge lag quer im Bett und schlief fest. Leise schloss er die Kinderzimmertür und nahm den Anruf an. «Bitte?», fragte er, hörte Sophies aufgeregte Stimme und war im nächsten Moment hellwach. «Ihr habt was?», brüllte er wütend ins Telefon, hielt sich im nächsten Augenblick den Mund zu, weil er Matti und Lucia nicht aufwecken wollte, und sagte leise. «Ich bin in zwanzig Minuten da. Sie rühren sich nicht von der Stelle.» Henry eilte ins Bad. Verfluchte! Er hätte es ahnen müssen, dass sie eigenmächtig handeln. Wenn der Notarzt den Vorfall der Polizei meldete und Sophie sowie Aron als Zeugen befragte und ihre Personalien aufnahm, würden sie Ärger mit Francesco bekommen. Der würde sofort wissen, dass sie dort ermittelt hatten und Henry verantwortlich machen. Mit welcher Konsequenz, darüber wollte er gar nicht nachdenken. In Windeseile zog er sich an, gab Lucia einen sanften Kuss. Sie öffnete die Augen. «Ich muss kurz weg. Unsere SOKO hat sich in Schwierigkeiten gebracht.»

«Was ist denn passiert?», wollte sie wissen.

«Das erzähle ich dir, wenn ich zurück bin. Schlaf weiter.»

Während Aron und Sophie ihm kleinlaut Bericht erstatteten und er ihnen stellvertretend für die gesamte Truppe eine Standpauke hielt, wurde Kramer notoperiert. «Das war unverantwortlich, was Sie da auf eigene Faust unternommen haben.» Als sie wussten, dass Kramer durchkam, schickte er die beiden nach Hause und regelte, dass das Krankenhaus vorerst keine Meldung an die Polizei herausgab, weil das der Patient selbst entscheiden sollte. Entsprechend den Umständen, unter denen Kramer die Verletzung erlitten hatte, war Henry klar, dass der Mann keine Anzeige erstatten würde. Er setzte sich neben Kramers Bett und wartete, bis der Bürgermeister aus der Narkose aufwachte.

Kramer öffnete die Augen und guckte ihn verwundert an. «Zornik, was machen Sie hier?» Das Sprechen fiel ihm schwer.

«An Ihrer Stelle wäre ich etwas dankbarer. Seien Sie froh, dass Sie noch am Leben sind und dass wir weder Polizei noch Presse eingeschaltet haben, nachdem wir beobachten durften, was in Schloss Wellenbrink hinter den Kulissen so vor sich geht. Wenn das durchsickert, sind Sie nicht nur als Landratskandidat erledigt.»

Kramer hustete. «Sie waren dort?»

Henry antwortete nicht, sondern fragte: «Ist es das

wert?», obwohl er die Antwort eigentlich kannte. Doch er wollte sie aus Kramers Mund hören.

«Mein Leben ist eine Lüge. Was verlangen Sie?»

Henry vermutete, dass der Mann resignierte, nachdem Sophie und Aron ihn dabei ertappt hatten, dass er eine Vorliebe für minderjährige Jungs hat. Mit dieser Nacht hatten sie Kramer vollends im Schwitzkasten. Der würde ihn jetzt nicht mehr behindern. Vielleicht wendete sich ja das Blatt, und Kramer half ihm ab jetzt, den Tod von Isa aufzuklären. Henry überlegte, was er selbst offenbaren konnte, und entschied zuzugeben, was er im Tresor gefunden hatte.

«Die Beantwortung meiner Fragen. Von wem stammt der Erpresserbrief in Ihrem als Steckdose getarnten Safe, in dem auch das Handy Ihrer Tochter liegt?» Kramer resignierte.

«Ich nehme an von Isa», sagte Kramer resigniert. Henry zählte eins und eins zusammen.

«Hat das was mit Danilo Flemming zu tun?»

«Ich habe keine Ahnung, wo sie ihn kennengelernt hat. Sie müssen mir glauben, ich habe den Jungen geliebt, mich um ihn gekümmert.»

«Gegen Sex!»

«Ich habe ihn nie zu etwas gezwungen, er hat es freiwillig getan.» Das konnte sich Henry kaum vorstellen. Wahrscheinlich hat er Kramers Unterstützung in einer Notsituation als das geringere Übel angenommen und sich mit einvernehmlichem Sex bedankt.

«Und dann lag er plötzlich in Isas Bett.»

«Ich war erschrocken, habe ihn rausgeschmissen, sie geschlagen, eingesperrt und ihr Handy weggenommen, damit sie Danilo nicht mehr kontaktieren konnte.»

«Weil Sie eifersüchtig waren?»

Kramers Augen füllten sich mit Tränen. Schwer zu sagen, ob er sich wegen Isas Tod schuldig fühlte oder dem Jungen hinterhertrauerte.

«Am Samstag war sie dann weg. Montag kam dieser Erpresserbrief. Sie müssen mir glauben. Ich habe sie danach nicht mehr gesehen.»

«Haben Sie jemanden auf Ihre Stieftochter angesetzt?»

«Nein. Sie mögen mich für ein Arschloch halten. Das bin ich vielleicht auch, aber ich bringe doch niemanden um.»

«Wie sieht es mit den Leuten aus, die Sie unbedingt auf dem Stuhl des Landrates sehen wollen?»

Kramer starrte schweigend an die Zimmerdecke. «Ich weiß es nicht.»

«Vorletzte Nacht hat jemand auf Danilo geschossen.»

«Deshalb war er am Arm verletzt.» Kramer machte große Augen. «Und er denkt, ich habe versucht, ihn umbringen zu lassen, weil er vermutet, dass ich Isa ... Oh Gott!»

Während sich Kramers Mitgefühl gegenüber seiner Frau und Isas Tod in Grenzen hielt, schien ihm das Schicksal des Jungen tatsächlich nah zu gehen. «Könnte er Isa getötet haben?»

«Aber nein, dafür ist der Junge viel zu sanftmütig», sagte er entschieden und erstarrte, weil er plötzlich einen Verdacht hatte. «Dann hat Danilo diesen Brief geschrieben? Bitte, Sie müssen ihn finden und ihm sagen, dass ich Isa nichts getan habe.» Kramer schloss erschöpft die Augen. Mehr war im Moment nicht aus ihm herauszuholen. Doch Henry würde wiederkommen.

Gegen sieben legte er den Autoschlüssel und eine Tüte

frischer Brötchen auf die Kommode im Flur. Daneben lag Lucias Mütze. Ihr Mantel an der Garderobe verströmte den Pampelmusenduft ihres Parfüms. Henry zog die Schuhe aus und stellte sie in die Reihe neben Lucias und Mattis. Es fühlte sich gut an. Er hätte nichts dagegen, wenn das für immer so wäre. Er stellte schon Teller und Tassen auf den Tisch, schlich auf Socken nach oben und schaute erst in Mattis Zimmer. Der schlief noch tief und fest. Henry deckte ihn zu, schloss die Tür und trat ins Schlafzimmer. Lucias schwarze Mähne war das Einzige, was in seinem Bett zwischen Kissen und Laken von ihr zu sehen war. Er schlüpfte unter die Decke, roch an ihrem Haar, das auch nach Pampelmuse duftete, und legte den Arm um sie, während ihn ein Gefühl von Geborgenheit durchströmte. Die beiden musste er festhalten, denn sie waren sein Zuhause.

Sie hatten zu dritt einen wunderbaren Sonntag verlebt. Matti mochte Lucia von Anfang an sehr. Sie war sofort mit ihm zurechtgekommen, und bei ihr bedurfte es viel weniger Diskussion, wenn Matti etwas machen sollte, was ihm missfiel. Nach dem Abendessen brachte er ihn ins Heim zurück. «Wir sehen uns Dienstag. Ich hole dich von der Schule ab», verabschiedete er sich und winkte Matti hinterher, den die Rückkehr traurig stimmte, was er allein daran merkte, dass der Junge beim Hineingehen zögerte. Aber sie mussten sich an die Auflagen und Regeln halten. Desto eher würde das Jugendamt einem ständigen Aufenthalt bei Henry zustimmen. Als er wieder nach Hause kam, waren seine fünf Studierenden da. Sie hockten reumütig mit gesenkten Köpfen neben Lucia im Ermittlungsraum vor der Pinnwand. Ihre Gesichter verrieten, dass Lucia ihnen bereits die Gefahr vor Augen gehalten hatte, in die sie sich unerlaubt begeben hatten. Eigentlich schien es nicht nötig, weiter darauf herumzuhacken. Doch Henry konnte sich einen Abschlusssatz nicht verkneifen. «Auch wenn Sie für neue Informationen gesorgt haben, erwarten Sie kein Lob von mir. Sie haben sich alle unserer Absprache widersetzt. Das geht so nicht! Noch ein Alleingang, und ich löse unsere SOKO auf.» Niemand sagte etwas, aber die Blicke wanderten zu Sophie. Sie schien es also gewesen zu sein, die die anderen zu der Aktion angestiftet hatte. Er beließ es dabei und erzählte ihnen stattdessen, was Kramer ihm am Krankenbett gestanden hatte. «Kramer ist schwul, sein Leben Fassade. Er hat Danilo Flemming als seinen Gespielen heimlich ausgehalten und muss von dessen Wut völlig überrascht worden sein. Er hat mir unter Tränen geschworen, dass er nichts mit Isas Tod und dem Überfall auf Flemming in dem Abrisshaus zu tun hat. Zuerst glaubte er, dass der Erpresserbrief in seinem Safe von Isa stammte. Er erhielt ihn zwei Tage nach ihrem Verschwinden, persönlich per Übergabeeinschreiben zugestellt. Das kann man überprüfen. Er hätte es also nicht gesagt, wenn es nicht stimmen würde.»

«Sie glauben ihm, obwohl er gerade wegen des Erpresserbriefes ein Motiv hat.»

«Den Text: *Ich weiß, was du getan hast*, bezog er zuerst darauf, dass er Danilo für Sex bezahlt hat. Als ich ihm davon erzählt habe, was Freitagabend im Abrisshaus vorgefallen war, fiel es Kramer wie Schuppen von den Augen. Er war überzeugt, dass Danilo den Brief verfasst hat, weil der Junge denkt, dass Kramer etwas mit Isas Verschwinden zu tun hat. Zum Zeitpunkt, als Kramer den Brief erhalten hatte, lebte Isa ja noch. Ich denke, dass Isa und Danilo den Brief am Freitag, dem 1. November, gemeinsam verfasst haben. Sie wollte ihren Stiefvater fertigmachen. Vielleicht hat sie Danilo auch nur benutzt, so wie das Geschwisterpaar für den Raubüberfall. Wir wissen weder, wie die beiden sich kennengelernt haben, noch kennen wir die Hintergründe der Auktionen, beispielsweise, woher die Veranstalter ihre *Ware* beziehen. Ob Danilo dazu gezwungen wurde oder freiwillig sexuelle Handlungen angeboten hat. Das konnte ich Kramer so kurz nach der OP nicht mehr fragen, weil er zu erschöpft war. Ja, ich glaube ihm. In diesem körperlichen Zustand war er nicht in der Lage, sich derart zu kontrollieren, wie es für Lügen notwendig gewesen wäre. Das hätte ich bemerkt. Mir kam es eher vor, als wäre ihm sein Ziel, Landrat zu werden, schlagartig weniger wichtig geworden. Er hat mir aufgetragen, Danilo zu finden und ihm auszurichten, dass er nichts mit Isas Tod zu tun hat.»

«Das klingt, als würde er dem Jungen verzeihen, dass er ihn so schwer verletzt hat», sagte Charlotte.

Neda spitzte die Lippen. «Sophie und ich haben heute noch weiter recherchiert und alles zusammengetragen, was wir über Kramer und sein mögliches Alibi gefunden haben. Zum Zeitpunkt des Verschwindens von Isa war er mit seiner Frau bei einer Benefizgala.» Sie zeigte allen die Kopie eines Pressefotos. Henry schaute auf den Namen des Fotografen. Es war nicht Peter Kant.

«Er kann jemanden beauftragt haben, sie zu entführen», merkte Aron an, dessen Miene zu entnehmen war, dass ihn Kramers Unschuld und Sinneswandel keineswegs überzeugten. «Vielleicht ist er einfach nur ein guter Schauspieler – wie alle Politiker. Der Mann lügt, wenn er den Mund aufmacht.

Offensichtlich konnte er ja sogar Sie täuschen», richtete er das Wort an Henry.

Sophie widersprach. «Nein, ich gebe Herrn Zornik recht.» Sie nickte in Henrys Richtung. «Dass Kramer seine Tochter nicht im Griff hatte, könnte seine Unterstützer verärgert haben. Ich wette, diese Leute wussten genau, dass Isa ihren Stiefvater fertigmachen wollte. Sie war eine tickende Zeitbombe. Überlegt doch mal, der Mann steht mit seiner Kandidatur in der Öffentlichkeit. Die Presse beobachtet ihn auf Schritt und Tritt. Wir haben bei unserer Recherche festgestellt, dass seine Umfragewerte in den letzten Wochen gesunken sind, auch weil es da einige negative Artikel mit Korruptionsvorwürfen in der Presse gab. Das erzeugt Misstrauen und macht die Leute wütend. Hingegen bewirkt eine Schlagzeile über einen trauernden Vater, dessen Tochter von einem Serientäter ermordet wurde, Mitleid. Diese Inszenierung seiner Person, wie er seine Frau tröstet, die Polizei anfleht, den Täter schnell zu fassen, um weiteres Grauen auf der Insel zu verhindern, ist nichts weiter als geschickte PR für seinen Wahlkampf.»

Marcus faltete die Hände vorm Bauch. «Seine Unterstützer sind also unter Druck geraten und mussten sich was einfallen lassen, um Kramers sinkende Beliebtheit aufzuhalten, ja gar umzukehren. Mit Isas Ermordung und der Inszenierung im Stil des Rosenmörders Tom von Bredow haben diese Leute einerseits den Störfaktor Stieftochter beseitigt und Kramers Image in der Öffentlichkeit aufpoliert.»

«Diese *Investoren* wollen, dass er ihre Interessen durchboxt. Sie haben ihn aufgebaut und kannten seine Schwachstellen», warf Lucia ein. «Wen die Mafia für ihre Geldwäschegeschäfte aussucht und unterstützt, steht auch unter ihrer Kontrolle. Ihre Rekruten haben zu funktionieren. Alles andere wäre ein zu großes Sicherheitsrisiko. Ich könnte mir tatsächlich vorstellen, dass sie hinter Isas Tod stecken. Sie mussten Kramer wieder auf Linie bringen. Und Danilo hat etwas gesehen, was er Kramer zurechnet. Ich glaube, er hat sich gestern unter die Käfig-Sklaven geschmuggelt, um genau das zu tun, was er gemacht hat. Er wollte sich an Kramer rächen.»

«Das heißt, Kramer ist in Gefahr, weil Danilo im Krankenhaus zu Ende bringen will, was wir vereitelt haben?»

«Nein, dafür müsste er wissen, dass Kramer seinen Angriff überlebt hat. Ich denke eher, er ist auf der Flucht und selbst erschrocken darüber, was er getan hat, so wie ihn das Ausreißermädchen Lilly und auch Kramer selbst charakterisiert haben. Kramers *Unterstützer* werden ihn suchen und, wenn sie ihn finden, auslöschen und spurlos verschwinden lassen. Das haben sie ja schon im Abrisshaus versucht. Ihr habt gesagt, Lilly hat keinen Schuss gehört. Das bedeutet, der Angreifer mit der Waffe hat einen Schalldämpfer benutzt. Das war also ein Profi.»

«Wenn Kramer seine Unterstützer uns gegenüber benennt und mit uns einen ‹Deal› eingeht, wären wir klüger. Sie müssen ihn noch einmal befragen!», forderte Sophie.

«Das werde ich in den nächsten Tagen versuchen.» Henry kratzte sich am Kinn. «Trotzdem habe ich das Gefühl, wir beißen uns zu sehr in diese Richtung fest. Wir haben noch mehr Verdächtige in Isas Umfeld, die ein Motiv hätten. Vielleicht kommen wir weiter, wenn wir sie erst einmal überprüfen und von der Liste streichen können.»

«Sie meinen die Geschwister Vitaly und Mascha Bergmann? Rache ist ein starkes Motiv», gab Charlotte zu bedenken.

«Sie waren kurz vor ihrem Verschwinden entlassen worden und hatten bestimmt noch diese Rechnung mit ihr offen.»

«Aber hatten sie auch Mittel und Gelegenheit dazu?», fragte Neda und zeigte auf den Laptop, der wie immer aufgeklappt in Reichweite lag. «Irgendwie musste die Leiche in die Kinderheimruine nach Lohme gekommen sein. Weder Mascha noch ihr Bruder besitzen ein Auto, geschweige denn einen Führerschein.» Henry musterte Neda streng. Ihn ärgerte, dass sie sich die behördliche Information mal wieder auf illegale Art und Weise beschafft hatte. Obwohl sie auch darüber gesprochen hatten.

Sophie wischte sich über die Nase. «Sie können sich ein Auto geliehen haben.»

«Die beiden haben es grad mal bis in die siebte Klasse geschafft und sind ausgeprägte Legastheniker», sagte Neda keck. Auch das kam sicher aus einer Behörde. Hoffentlich war sie so schlau gewesen und hat sich nicht erwischen lassen. «Ich schätze bei allem, was wir über Isa Kramer wissen, dass sie den beiden sicher geistig überlegen und bestimmt viel zu clever war, sich von denen schnappen und ermorden zu lassen.»

«Die verübte Tat und die Präsentation der Leiche setzt ein gewisses Maß an Intelligenz voraus. Unter diesen Voraussetzungen, die Sie gerade im Zusammenhang mit den russlanddeutschen Geschwistern geschildert haben, waren die zwei vermutlich nicht in der Lage, eine so komplexe Tat zu verüben. Warum auch? Sie hätten sie umbringen und ihre Leiche spurlos verschwinden lassen können», pflichtete er Neda bei.

«Dass sie die Leiche ähnlich den Opfern des Rosenmörders hergerichtet haben, setzt Täterwissen voraus, das sie sich unmöglich aneignen konnten. Tom von Bredow saß in Bützow. Die jugendlichen Straftäter kommen nach Neustrelitz.»

«Halt! Straftäterinnen werden auch nach Bützow verbracht», widersprach Henry.

«Stimmt, Vitaly und Mascha haben ihre Strafen getrennt verbüßt.»

«Ich bezweifle aber, dass sie in Bützow Kontakt mit Tom von Bredow im Sicherheitstrakt hatte.»

«Was ist mit Danilo Flemming, wie ordnen wir den ein?»

Henry schüttelte den Kopf. «Keinesfalls als Isas Mörder. So wie es aussah, gibt er Isas Vater die Schuld. Aber wofür?»

«Ich bin sicher, er hat etwas gesehen ... Wir sollten unbedingt weiter nach ihm suchen», forderte Sophie.»

«Nein, das werden wir nicht. Wir halten jetzt die Füße still und warten ab, bis wir den Obduktionsbericht in den Händen halten. Paul Bremer hat ihn mir versprochen. Dann befrage ich Kramer. Und danach bewerten wir die Fakten neu.» Von Peter Kant erzählte er ihnen immer noch nichts. Bei ihrem Enthusiasmus befürchtete er, dass sie gleich wieder vorpreschten. Doch den Mann wollte er sich erst einmal allein vornehmen.

KAPITEL 37

Sophie saß grübelnd auf ihrem Bett. Ihr lief die Zeit davon. Wenn ihr Vater tatsächlich Aufnahmen der Soiree machen ließ und diese zugespielt bekam, würde er wahrscheinlich sehen, dass sie Kramer in den Keller gefolgt waren, ihn gefunden und weggebracht hatten. Vielleicht hatte der Landratskandidat seinen Unterstützern längst gebeichtet, dass Zornik ihn im Rahmen ihrer Ermittlung im Krankenhaus besucht hatte. Das würde ihren Vater und seine Geschäftspartner noch nervöser machen. Spätestens dann würde Alexander Dresen begreifen, dass sie ihn gelinkt hatte. Sie erinnerte sich an seine letzten Worte im Gym: *Versuchst du, mich auszutricksen, bist du schneller bei Prof. Stock in der Klinik, als du das Wort Freiheit aussprechen kannst.* Sophies Herz raste, ihre Hände wurden feucht. Bemüht, ruhig zu bleiben, atmete sie tief durch. Sie brauchte einen Ausweg. Es half nichts. Sie musste ihm zuvorkommen, ihn mit seinen eigenen Waffen schlagen und zum Angriff übergehen. Doch dafür brauchte sie etwas Handfestes, mit dem sie ihn in Schach halten konnte. Eine Audioaufnahme von Kramer, die ihren Vater belastete? Ja, das war die Lösung. Wenn sie ihrem Vater dann glaubhaft vermittelte, dass es von dieser Aufnahme Kopien gab, könnte sie ihn zumindest vorerst zum Rückzug zwingen.

KAPITEL 38

Noch vor dem Unterricht am Montagmorgen, der heute für ihn erst um 11.00 Uhr begann, fuhr er nach Binz und wollte Kramer im Krankenhaus besuchen. Der lag vollgepumpt mit Beruhigungsmitteln im Bett, um sich von einem Kreislaufkollaps zu erholen. Die Schwester verweigerte Henry den Zutritt. Wie er von ihr erfuhr, wollte Kramer sich letzte Nacht völlig unvernünftig selbst entlassen und war auf dem Flur zusammengebrochen. Am Abend hatte er wohl noch Besuch von einer jungen Frau mit schwarzen kurzen Haaren. Sophie! Henry war stinksauer. Hatte er nicht ausdrücklich verlangt, dass sie die Füße stillhielten? So ging das auf keinen Fall weiter. Er rief sie an. Doch sie ging nicht ans Telefon. Hier kam er heute nicht weiter. Wenn er einmal vor Ort war, konnte er auch Lilly auf der Station für Kinder- und Jugendpsychiatrie besuchen. Es stellte sich jedoch heraus, dass vormittags eine ungünstige Zeit war, weil sie in der Therapie steckte. Unschlüssig entriegelte er den Pick-up. Wo er nun einmal schon in Binz war, konnte er dem Fotografen Peter Kant einen Besuch abstatten. Henry parkte in der Margaretenstraße und lief die letzten hundert Meter Richtung Strandpromenade zu Fuß bis zu Kants Galerie, die sich «Inselansichten» nannte. Dabei hoffte er, den Meister selbst anzutreffen. Noch war sich Henry nicht sicher, was er sich davon versprach, hoffte aber, dass sich sein Instinkt bei einem unverfänglichen Gespräch meldete. Er blieb vor dem Laden stehen und betrachtete das Schaufenster, in dem Panoramabilder von Insellandschaften auf Staffeleien aus Holz standen. Daran klebten Zettel mit stattlichen Preisen. Henry konnte sich kaum vorstellen, dass sich jemand eine Leinwandfotografie der Meeresbrandung für 595 Euro übers Sofa hing. Durch die Scheibe sah er, wie Peter Kant im Geschäft auf einer Leiter stand und einen Kunstdruck an der Wand ausrichtete. Er erkannte ihn von dem Foto auf dessen Internetseite. Ein gut rasierter Mann mit weichen Gesichtszügen und gescheiteltem Haar, das gefärbt wirkte. Er war nicht dick, aber um die Hüften herum etwas schwammig. Mit seinen gemächlichen Bewegungen besaß er die Ausstrahlung eines gutmütigen Teddybären, der aber sicher auch zulangen konnte, wenn er gereizt wurde. Henry drückte die Klinke der Glastür herunter und trat ein. Kant nahm die schief hängende Leinwand mit dem Fotodruck ab, stieg von der Leiter, lehnte das Bild an die Wand und drehte sich zu ihm. «Wie kann ich Ihnen helfen?», fragte der Fotograf mit einer Stimme, die nasal klang, was aber auch an der Erkältung liegen konnte, die Henry ihm jetzt an den rötlichen Augen und der entzündeten Haut unter der Nase ansah. Das kurze Aufblitzen in Kants Augen und die plötzliche angespannte Körperhaltung signalisierten Henry, dass er den Mann verunsicherte. Der schien plötzlich auf der Hut.

«Ich bräuchte ordentliche Passbilder.»

«Oh, die können Sie vorne in der Drogerie an der Seebrücke machen lassen. Ich fotografiere ausschließlich Landschaften und Porträts.»

«Ich dachte, Passfotos wären Porträts», stellte sich Henry dumm. «Schöne Bilder!» Er zeigte auf die Kunstwerke an den Wänden.

«Danke», antwortete Kant und vermied es, Henry in die Augen zu schauen.

Henry nahm es zum Anlass, Kant etwas mehr auf den Zahn zu fühlen. Er musste herausfinden, wie Kant zu Bredow stand.

«Sagen Sie mal. Wir kennen uns irgendwoher? Sie waren doch der Pressefotograf der Rügener Rundschau, der mich damals vor dem Landgericht bei dem Interview fotografiert hat, nach Tom von Bredows Verurteilung, oder?»

Plötzlich kam Leben in den Mann. «Jetzt erkenne ich Sie auch», sagte Kant. Henry kaufte ihm die Verblüffung nicht ab, denn er hatte nach dem Eintreten an Kants Körperhaltung und dem kurzen Zucken um dessen Mundwinkel abgelesen, dass der von Anfang an genau wusste, wer Henry war.

«Eine schreckliche Sache damals, hat die ganze Insel erschüttert.»

«Ja», bestätigte Kant einsilbig. Es war offensichtlich, dass der Mann nicht darüber reden wollte.

«Bredow ist ja vor zwei Monaten gestorben», setzte Henry nach.

Kant tat überrascht. «Ach, das wusste ich nicht.»

Warum diese Lüge, wenn der Kranz auf Bredows Grab doch von ihm war? Henry war noch nicht fertig.

«Der Tod der *Bestie*, wie ihn damals die Zeitungen bezeichneten, ist vielleicht besser für alle. Man stelle sich vor, so ein Ungeheuer kommt doch irgendwann wieder frei.» Er spürte Kants Anspannung wachsen. Der Fotograf fühlte sich bei dem Thema unwohl. Der Mann hatte mit dem Kranz seine Verachtung gegenüber Bredow zum Ausdruck gebracht. Warum stand er nicht dazu? Irgendetwas schien er krampfhaft unter dem Deckel zu halten. Eine interessante Information. Mehr brauchte er zu diesem Zeitpunkt nicht zu wissen. Also beendete Henry das Gespräch und bedankte sich für den Tipp mit der Drogerie. Den Typen würde er sich später noch einmal genauer ansehen. Für Henry war die große Frage: Was steckte hinter Kants Lüge, dass er nichts von Bredows Tod wusste?

Eine Mutter mit Kind betrat den Laden. Der Fotograf begrüßte die Frau. «Gehen Sie bitte nach hinten. Dort können Sie Ihre Jacken ablegen, und der Kleine kann sich ein Spielzeug aussuchen, mit dem er fotografiert werden möchte», sagte der Ladenbesitzer und wies der Kundin mit einer Handbewegung den Weg durch die Tür neben dem Tresen ins Atelier. Rechtshänder, dachte Henry enttäuscht, denn der Täter damals und heute war ein Linkshänder gewesen. Henry blieb noch stehen und betrachtete die großformatigen Landschaften an der Wand. Vielleicht sollte er einen Termin für ein Fotoshooting mit Matti vereinbaren? Dabei könnte er Kant beobachten und noch ein bisschen mehr aus ihm herauskitzeln. Nein! Er würde Matti nicht benutzen, dachte er im nächsten Moment an Dr. Schalls Mahnung und bekam ein schlechtes Gewissen. «Wirklich schöne Bilder, leider etwas zu groß und na ja ...», sagte er und rieb Daumen und Zeigefinger aneinander, bevor er sich verabschiedete. Draußen drehte er sich noch einmal um und sah, wie Kant ihm hinterherstarrte. *Du hast irgendetwas zu verbergen und hast Angst vor mir. Was würde ich wohl hinter deiner krampfhaft zur Schau getragenen Teilnahmslosigkeit entdecken?*

Henry wollte gerade zu seinem Auto zurück, da sah er eine junge Frau mit blonden Locken in einem kompakten blauen Lieferwagen nach einem Parkplatz suchen. Jolien! Was machte die denn hier in Binz? *Will Sie etwa zu Peter Kant?* Er stellte sich in den nächsten Hauseingang, sodass sie ihn nicht sah. Tatsächlich, sie steuerte direkt auf Kants Laden zu. Kannten sich die beiden näher? Oder hatte er wieder Joliens zweifelhaften Spürsinn ausgelöst? Damals, als sie kurzzeitig zusammen waren, hatte sie sich auch in seine Ermittlungen eingemischt. Angeblich wollte sie ihm helfen. Hoffentlich fing das jetzt nicht wieder an. Henry seufzte.

Jolien betrat das Geschäft. Der Fotograf streckte seinen Kopf aus dem Atelier heraus, weil die Türklingel Kundschaft ankündigte. Sie begrüßten sich wie zwei Menschen, die einander gut kannten. Dann wirkte es, als stritten sie. Henry staunte. Es sah fast so aus, als würde Peter Kant vor Jolien kuschen. Ihre energischen Gesten interpretierte Henry als Zurechtweisungen. Sie machte kehrt und verließ aufgebracht den Laden. Während ihr Gesicht nun Genugtuung ausdrückte, starrte Peter Kant ihr entgeistert hinterher.

Diese Frau machte Henry wahnsinnig. Er wartete, bis sie aus Kants Sichtfeld war, folgte ihr und rief: «He, Jolien!» Sie drehte sich um und zuckte wie ertappt zusammen. «Was für eine Überraschung», sagte er. Sie lächelte verkniffen und versuchte damit, ihr scheinbar schlechtes Gewissen zu verbergen.

«Entschuldige, ich habe es eilig», sagte sie und wich seinem Blick aus. Er kannte sie und wusste, dass sie sich anstrengte, ihren Unmut zu unterdrücken, denn sie hasste es, wenn sie durchschaut wurde.

«Was wolltest du denn von Peter Kant?», fragte er und hielt sie am Arm fest.

«Nur ein paar Aktfotos machen lassen», antwortete sie mit einem Schulterzucken. Was er ihr nicht glaubte. Eine Sekunde später aber zeichnete sich Erstaunen auf ihrem Gesicht ab. «Du verdächtigst ihn also und hast Angst, dass er mir etwas tun könnte. Wie lieb von dir, Schatz», sagte sie zuckersüß. Spielte sie ihm gerade etwas vor oder glaubte sie wirklich, dass er sich ihretwegen sorgte?

«Ich verdächtige niemanden, und hör auf, mich Schatz zu nennen», sagte er einen Ton schärfer. «Wir sind seit fünf Jahren kein Paar mehr. Fang bitte nicht wieder damit an, dich in meine Angelegenheiten zu mischen. Sonst …!» Jetzt musste er sich beherrschen.

«Was sonst? Schlägst du mich auf offener Straße?», fragte sie in provozierendem Ton und schaute dabei auf seine Hand, die immer noch ihren Ärmel festhielt. Er ließ sie los.

«Hör auf mit dem Quatsch! Ich habe noch nie eine Frau geschlagen.»

«Du hast mich damals einfach verlassen, mich in die Psychiatrie zwangseingewiesen.»

«Zu deinem Schutz. Du hattest einen Suizidversuch unternommen.»

«Ein Wunder? Du wolltest mich verlassen, weil ich schwanger war.»

«Jolien, du warst nicht schwanger. Das haben die Ärzte damals in der Klinik festgestellt», sagte er und hoffte auf ihre Einsicht. Oh, Mann, er hätte sich in den Hintern treten können, dass er am Freitag in diesen Blumenladen marschiert und sich auf ein Gespräch mit ihr eingelassen hatte.

«Aber es hat sich so angefühlt», sagte sie leise in resigniertem Ton. Dabei spiegelte sich in ihren Augen tief empfundene Einsamkeit. Es war ihre Verzweiflung, einfach vergessen zu werden, weswegen er sie sich schon damals nicht mit aller Macht vom Hals gehalten oder hart gegen sie vorgegangen war, als sie ihn nach der Trennung gestalkt hatte.

«Es tut mir leid, dass ich nicht der Mann bin, der dich glücklich machen kann.» Er sah, dass ihr eine Träne die Wange herunterlief. Sie wischte sich übers Gesicht.

«Freunde?»

«Abgemacht.» Henry rang sich ein Lächeln ab und hoffte, dass sie sich fortan daran hielt und nicht wieder querschoss.

KAPITEL 39

Gleich nach dem Unterricht traf sich Henry mit seiner SOKO in seinem Haus. Endlich war die E-Mail von Paul Bremer mit dem angehängten Autopsiebericht zu Isa Kramers Leiche eingegangen. Während Henry das Schriftstück ausdruckte, kochte Neda Kaffee. Charlotte verteilte den mitgebrachten Kuchen auf einem Teller und deckte mit Aron den Tisch. Die Stimmung war gedrückt. Sie wirkten alle kleinlaut. Die Warnung heute Vormittag, die SOKO wegen Sophies erneutem Alleingang aufzulösen, wirkte noch nach. Sie schienen wieder auf Linie zu laufen, aber er spürte den schwelenden Konflikt in seiner Truppe, weil Sophie mit ihrem Verhalten die Ermittlung gefährdet hatte. Sie motzten sich wegen jeder Kleinigkeit an. So stritten Marcus und Sophie darum, wie das Holz im Kamin geschichtet wurde, weil die Flamme immer wieder ausging.

«Haben Sie vielleicht noch irgendwo Grillanzünder», fragte Sophie genervt und zeigte mit rollenden Augen auf Marcus, der aus ihrer Sicht alles besser wusste, aber das Feuer auch nicht anbekam. Anstatt ihren Fehler einzugestehen und sich bei den anderen zu entschuldigen, schaltete sie auf stur. Wahrscheinlich ärgerte sie sich über sich selbst.

«Muss ich erst noch besorgen. Sieh im Schuppen nach,

da hab ich letztens Brennspiritus von meinem Vermieter gesehen», gab er ihr einen Tipp. Sophie stöhnte. Er schaute ihr hinterher. Sophie marschierte zur Haustür. «Es gibt eine Abkürzung durch den Hintereingang im Waschkeller. Der Schlüssel hängt über dem Trockner am Brett.» Er nahm die Ausdrucke, las den Obduktionsbericht und starrte nachdenklich aus dem Fenster. Regen prasselte gegen die Scheiben. Die Ursache für das Verbluten des Opfers war wieder ein Stich in die rechte Halsschlagader. Entsprechend der Seite und dem Einstichwinkel konnte dieser nur von einem Linkshänder ausgeführt worden sein. Alle Spuren wiesen darauf hin, dass Isa vorher mehrere Tage gefangen gehalten und gefesselt worden war. Ihr leerer Magen zeugte davon, dass sie mindestens 24 Stunden vor dem Tod nichts mehr gegessen hatte. Sie war dehydriert, hatte also von ihrem Peiniger auch kaum oder gar nichts zu trinken bekommen. Es gab keine Vergewaltigungsspuren im Genitalbereich. Wie bei allen anderen Opfern. Sie wurde postmortal gründlich mit Chlorbleiche von äußerem Blut und allen anderen Ausscheidungen gereinigt. Da sich das ganze Blut im Körper an der Rückseite gesammelt hatte, musste der Täter sie auf dem Rücken liegend und mit ausgestreckten Gliedmaßen transportiert und so in die Badewanne gelegt haben. Bekam das eine Person allein hin? Henry kratzte sich am Kopf. Charlotte unterbrach seine Gedanken, indem sie ihn an den Tisch rief. Er legte den Bericht beiseite, nahm Sophie den Spiritus ab und kümmerte sich selbst darum, das Kaminfeuer in Gang zu bringen. Nach dem Essen gingen sie gemeinsam den Obduktionsbericht durch und verglichen die Details mit denen der früheren Morde. Sie waren sich einig. Nach Art der Verletzungen und des Tatherganges ergab sich das gleiche Muster wie damals. «Das kann kein Zufall sein», sagte Henry. «Isa ist entweder ein Opfer des tatsächlichen Rosenmörders geworden, der fünf Jahre pausiert hat, oder das Opfer eines Nachahmungstäters, der den Rosenmörder kopiert. Für eine Nachahmungstat könnte es aber verschiedene Motive geben. Möglich ist, dass der Täter die Polizei mit dieser Inszenierung nur auf eine falsche Fährte locken wollte, um den Eindruck zu vermitteln, dass wieder ein Serientäter am Werk war ...» Er machte eine rhetorische Pause. «... oder wir haben es mit einem Nachahmungstäter zu tun, der rein aus Mordlust gehandelt hat und in irgendeiner Beziehung zu Tom von Bredow steht. Beide Gründe für das Kopieren der ursprünglichen Morde setzten eindeutig Täterwissen voraus, das nicht in der Zeitung stand.» Henry fand, dass es an der Zeit war, mit ihnen über Peter Kant zu reden. Obwohl er beobachtet hatte, dass der Mann Rechtshänder war, schloss ihn diese Tatsache als möglichen Täter nicht aus. Der Mörder konnte bewusst mit links agiert haben, um die Ermittler in die Irre zu führen. Immerhin konnte er das nötige Täterwissen durch seinen Job für die Rügener Rundschau erlangt haben. Und dann war da noch dieser mysteriöse Kranz auf Bredows Grab, der ihm keine Ruhe ließ.

«Ich schließe Kramers Unterstützer als Drahtzieher für den aktuellen Mord noch nicht aus, aber mein Instinkt hat mich am Freitag zu Tom von Bredows Grab geführt. Dort habe ich nach einem Hinweis auf einen Bewunderer gesucht und bin quasi über den Kranz mit schwarzen Rosen und den Initialen P. K. gestolpert. Über *Monis Floristenstube,* die das Gesteck angefertigt haben, habe ich den Auftraggeber Peter Kant ermittelt und Frau von Bredow in einem ihrer lichten

Momente mit dem Namen konfrontiert. Er war Toms Sitznachbar im Gymnasium. Sie hat mich dann zu Toms altem Physiklehrer geschickt. Von ihm habe ich erfahren, dass Peter Kant sehr unter Tom gelitten hat und im Kinderheim Lohme aufwuchs.»

«Warum haben Sie uns das verschwiegen?», wollte Marcus wissen und war sichtlich verärgert.

«Ich wollte erst sichergehen, dass mein erstes Bauchgefühl bei dieser Spur mich nicht trügt.» Seinen Studierenden war anzusehen, dass sie angesäuert waren, weil er sie nicht von Anfang an in seine Gedankengänge einbezogen hatte.

«Der Mann hat also eine Beziehung zum Ablageort des aktuellen Opfers und zum damaligen Rosenmörder», ergriff Charlotte das Wort. Während Sophie ungläubig guckte, schien Charlotte ihren Ansatz der Serientätertheorie bestätigt.

«Er hat wohl sehr unter Bredow gelitten.» Henry gab wieder, was der alte Physiklehrer ihm erzählt hatte. «Ich könnte mir vorstellen, dass Peter Kant persönliches Interesse daran hatte, mehr über die Einzelheiten zu erfahren, was sein ehemaliger Sitznachbar verbrochen hat. Im Zuge seines Jobs für die Rügener Rundschau konnte es gut sein, dass er nach Toms Verurteilung über Bredows Anwälte oder das Gericht an entsprechende Unterlagen gekommen ist, in denen alle Einzelheiten der Morde dokumentiert waren.

Sie verlegten ihre Zusammenkunft in den Keller und pinnten ein Bild des Fotografen neben das von Tom und verbanden beide mit einem Strich. Außerdem zogen sie noch eine Linie zum Foto des Fundortes der Leiche von Isa Kramer.

«Auch wenn diese Verbindungen und Möglichkeiten bestehen, spricht gegen ihn, dass er Rechtshänder ist.» Henry erinnerte daran, dass alle Stiche in den Hals, die bei den damaligen Opfern und Isa zum Tode geführt hatten, mit links verübt worden waren.

«Woher wissen Sie, dass der Mann Rechtshänder ist?», fragte Marcus.

«Ich war heute früh in seinem Laden auf der Kunstmeile in Binz. Ich bin mir eben unsicher. Einerseits denke ich, wir können ihn als Nachahmungstäter ausschließen. Ein Rechtshänder, der Tom von Bredow verachtet hat, was auch dieses Blumengesteck mit den schwarzen Rosen zum Ausdruck bringt. Andererseits frage ich mich, warum er behauptet, nichts davon gewusst zu haben, dass Bredow tot ist.» Seine Studierenden schwiegen nachdenklich.

Charlotte hob die Hand. «Aus der Theorie wissen wir, dass einerseits Faszination und andererseits Ekel zur Nachahmung führen können. Deshalb werden oft frühere Opfer von Missbrauch später selbst zu genau solchen Tätern, obwohl sie ihre früheren Peiniger verachten.»

«Sie meinen, dass Peter Kant ein traumatisches Ereignis wiederholt haben könnte, um das Ohnmachtsgefühl gegenüber seinem damaligen Peiniger Tom von Bredow umzudrehen?»

«Zumindest denkbar. Indem er selbst zum Täter wird, übernimmt er sozusagen die Kontrolle. Wir sollten ihn als Verdächtigen nicht ganz ausschließen. Vielleicht ist er ja Linkshänder und wurde früher zur Rechtshändigkeit gezwungen. So was kommt doch vor.»

«Wir leben in einer rechtshändigen Welt, in der es vieler Pseudorechtshänder gibt», gab nun auch Marcus zu bedenken.

Charlotte nickte. «Und es gibt Menschen, die beidhändig sind.»

«Möglich», sagte Henry. «Immerhin hat die Rechtsmedizin nur mit an Sicherheit grenzender Wahrscheinlichkeit eine Linkshändigkeit des Täters angenommen, was einen Rechtshänder nicht vollkommen ausschließt. Aber warum tötet er dann erst jetzt? Fünf Jahre nach Bredows Morden», fragte Henry, den Charlottes psychologische Herleitung überzeugte.

«Weil Bredow sich mit seinem selbst gewählten Tod wieder aus der Verantwortung geschlichen hat und quasi seiner Strafe entgeht. Wahrscheinlich so wie früher im Gymnasium. Vielleicht wurde Tom wegen seiner privilegierten Herkunft nie zur Rechenschaft gezogen, wenn er Peter Kant misshandelt hat.» Die anderen hörten ihrem Dialog auch fasziniert zu. Nur Sophie runzelte die Stirn.

«Moment mal!», sagte er. «Sie meinen, so ähnlich wie Isa Kramer der Strafe entging?»

Charlotte nickte. «Ja, da gibt es Parallelen. Für Außenstehende sah es sicher so aus, dass Isa auch immer mit einem blauen Auge davonkam, weil ihr mächtiger Vater sie mit seinen Beziehungen stets rausgeboxt hat.»

«Peter Kant arbeitet für die Rundschau, der könnte mitgekriegt haben, dass sie für ihre Straftaten nie belangt wurde», sagte Henry, weil ihm die mögliche Tragweite dieser Erkenntnis plötzlich bewusst wurde. «Heißt das, er hat sie ausgesucht?»

«Ich denke eher, dass er Isa bei dem miesen Wetter irgendwo am Straßenrand aufgegabelt und mitgenommen hat. Dass ein falsches Wort, irgendwas an ihrem Verhalten ihn getriggert hat. Dann hat sich da etwas entwickelt, was anfangs bestimmt nicht sein Plan war.»

Henry stutzte.

«Das ist ein sehr interessanter Ansatz für ein Motiv. Wir sollten uns Peter Kant tatsächlich näher ansehen», sagte er und war stolz auf seine Truppe.

Neda schnappte sich ihren Laptop und rückte ihre Brille zurecht. «Wonach suchen wir?»

Henry übernahm die Antwort. «Irgendwie muss die Leiche nach Lohme gekommen sein, irgendwo muss Isa Kramer gefangen gehalten, getötet und gewaschen worden sein.» Es entstand eine kurze Pause. Seine Studierenden hörten ihm aufmerksam zu. «Wir müssen sein Fahrzeug überprüfen, herausfinden, ob er Immobilien besitzt. Er fotografiert überall auf der Insel. Ich denke, er kennt sich auch gut mit alten verlassenen Gebäuden aus, in denen man jemanden unbemerkt einsperren kann. Geldbewegungen könnten uns weiterbringen. Vielleicht hat er zwischen dem 1. und 13. November getankt und mit EC- oder Kreditkarte an einem Ort bezahlt, der uns zum Tatort führt. Vielleicht finden wir GPS-Daten seines Autos oder des Handys. Man müsste seine Wohnung und sein Atelier durchsuchen, nach Isas Sachen, ihren Haaren einer Trophäe, die ihn an die Tat erinnert. Besitzt er eine Sammlung über die Rosenmorde usw.»

Neda nickte. «Fangen wir mit seiner Adresse an.» Ihre Finger rasten über die Tastatur. «Er wohnt direkt über dem Laden», sagte sie und tippte weiter auf dem Computer herum. «Angemeldetes Fahrzeug ist ein VW Transporter.» Sie nannte ihnen das Kennzeichen. «Keine GPS-Daten eines Navis.» Es dauerte eine Weile, dann klärte sie ihn und die Gruppe auf, dass er seit November zwei Mal mit seiner EC-Karte an der Tankstelle in Binz bezahlt hatte. Das half ihnen nicht weiter. «Beim zweiten Mal, am 13. November, hat er den Wagen dabei auch gewaschen.»

«Wann?», fragte Henry.

«Gleich früh um 7.03 Uhr.»

«Das allein sind noch keine verdächtigen Indizien.» Henry verschränkte die Arme und stützte das Kinn ab.

«Aber mal sehen, wen und was er da alles so fotografiert hat», sagte Neda und hackte sich in die Kundenbilder der Fotoshootings ein, an die der jeweilige Kunde nur mit einem Passwort herankam. Neda stieß einen Pfiff aus, drehte ihnen den Bildschirm zu. Sie blickten auf Porträtfotografien von jungen Frauen in knappen weißen Spitzenkleidern, die in den Dünen, im Wald des Nationalparks Jasmund, am Schwanenstein, vor der Kreideküste, in einem blauen Ruderboot auf dem Bodden und auch vor dem verschwommenen Hintergrund verlassener Gebäude aufgenommen worden waren. Alle jungen Frauen trugen eine rote Rose in den Händen oder im Haar.

Aron lehnte sich auf dem Stuhl zurück. «Warum immer eine rote Rose? Ist das tatsächlich ein Hinweis auf den Rosenmörder oder nur ein Zeichen für die Einfallslosigkeit der porträtierten Frauen, die ihren Boyfriends mit den Bildern ihre Liebe erklären wollen?»

«Kommen Sie an die Kundendaten?», fragte Henry.

«Klar, das ist was für Anfänger. Er hat ihnen zur Auswahl der Bilder das Passwort per E-Mail geschickt.» Sie warteten gespannt. «Scheinbar bietet er Porträtshootings für die Bewerbung bei Modelwettbewerben und Agenturen an. Jedenfalls sind diese jungen Mädchen extra dafür angereist. Das zeigt die E-Mail-Korrespondenz.»

«Okay, das ist noch nicht verwerflich. Viele Fotografen bieten jungen Leuten Shootings an, für die Partnerinnen oder Partner oder damit sie sich eine Mappe zusammenstellen können, um sich bei Scouts für Modeljobs zu bewerben.»

«Ich habe nie verstanden, wie man so einen Job als Traumberuf ansehen kann. Du darfst kein Gramm zunehmen, musst den ganzen Tag nur herumposen, wirst ständig begafft und auf dein Äußeres reduziert. Nee, das wäre nix für mich», sagte Sophie und schob sich ein weiteres Stück Kuchen in den Mund.

Neda schien erstaunt. Ich habe hier mehrere Verbindungen zum Tor-Browser. Es könnte sein, dass er im Darknet unterwegs war.»

Henry stand auf und stellte sich hinter sie. «Vielleicht zur Recherche, immerhin arbeitet er auch für die Presse.»

«Ich denke eher, er hat diese Bilder auf einer illegalen Plattform hochgeladen.» Neda tippte einen Code ein.

«Kommst du da ran?», wollte Marcus wissen.

«Ich versuch's.» Sie lehnte sich kurz zurück. «Voilà!»

Weil Marcus sie fragend anschaute, erklärte Neda: «Mit Wörterbuchattacken ist es kein Hexenwerk, die Passwörter fremder Dateien zu knacken, auch wenn sie extra gesichert sind.»

Während die Dateien noch luden, drehte Neda ihnen den Bildschirm zu, sodass alle ihn sehen konnten. Die Bilder, die sich vor ihren Augen aufbauten, ließen ihn erstarren. Der Unterschied zu den harmlosen Model-Fotos hätte nicht größer sein können. Hier posierten junge Mädchen, leichenblass, in blutbesudelten Fetzen zwischen schwarzen Rosenblütenblättern in einer von Schutt übersäten Ruine mit einem Skelett. Ihre Münder waren so geschminkt, dass sie wie zugenäht aussahen. Sie hielten Totenschädel in den Händen und küssten sie. Ließ man solche Bilder freiwillig von sich machen? Alle hatten lange schwarze Haare. Was natürlich auch Perücken sein konnten. Sie saßen breitbeinig mit ausgestreckten Beinen und seitlich hängendem Kopf vor einer Wand, an der die Farbe abblätterte. Kaputte Puppen. Das war die Assoziation, die Henry sofort kam.

«Die sind hergerichtet wie unsere Opfer», sagte Sophie entsetzt. War das ein weiteres Indiz?

Marcus runzelte die Stirn. «Wollen wir uns nicht einfach mal in seiner Wohnung und seinem Atelier umsehen?»

«Wartet! Ich habe seine gelöschten Daten wiederhergestellt. Hier!» Neda zeigte aufgeregt auf ein Foto. «Ist das nicht Isa Kramer vor ihrem eigenen Graffiti?»

Charlotte und Marcus gingen nah an den Bildschirm heran. «Ja.»

«Das heißt, er kannte sie von einem Fotoshooting», sagte Henry und massierte sich die Stirn. Sie brauchten eine Strategie. «Damals und heute hat der Mörder mit symbolischen Handlungen seine Visitenkarte hinterlassen. Solche Symbole sind bei Serienmorden fast die einzige Spur.» Er wies auf Charlotte. «Wobei sich aber die Frage stellt, sind das Botschaften, verschlüsselte Hinweise, die er den Ermittlern geschickt hat, weil er sich überlegen fühlt?»

Charlotte knetete ihre Finger, während sie nachdachte. «Ich glaube weniger an Geltungssucht. Keins der Opfer weist Vergewaltigungsspuren im Genitalbereich auf. Die Symbole sind Teil des Tötungsrituals, denn *das* ist es, was ihn sexuell befriedigt, nicht der Geschlechtsakt selbst. Der Täter hat sie vorher entsprechend verkleidet.» Charlotte wählte ihre Worte mit Bedacht. «In Tom von Bredows psychologischem Gutachten stand, dass er die Frauen stellvertretend für das Kindermädchen, das ihn gequält und ihm den Vater geraubt hat, ermordete. Die Opfer waren ebenfalls hergerichtet wie La Catrina und hatten einen Stein im Mund. Über die Bedeutung haben wir bereits gesprochen. Hat Kant in Isa Kramers Person tatsächlich eine Parallele zu seinem damaligen Peiniger Tom von Bredow gesehen, dann muss ihn ein entsetzliches traumatisches Erlebnis mit Tom verbinden, das in Kant Todesangst erzeugt hat. Hat er sich von dieser Vergangenheit noch nicht klar distanziert, kann dieses Trauma durch irgendein Verhalten von Isa Kramer ohne Vorwarnungen hervorgebrochen sein. Er hat da eine alte Bedrohung auf sie projiziert. Mit dem Mord und der Herrichtung der Leiche hat er wieder die Kontrolle über sein Leben, seine Seele zurückgewonnen. Das könnte auch die Erklärung dafür sein, warum es erst jetzt aus ihm herausgebrochen ist.»

Henry schien das plausibel. Mit diesen neuen Erkenntnissen nahm der Fall nun doch eine andere Richtung. Oder war das zu weit um die Ecke gedacht? Nein, die Verdachtsmomente verdichteten sich aufgrund der Fakten: Kant hatte eine Beziehung zu Bredow, zum Fundort der Leiche. Er kannte das Opfer, konnte über seinen Job bei der Zeitung an das Täterwissen des Rosenmörders gelangt sein, und er hatte Henry belogen, als er ihm weismachen wollte, dass er nichts von Bredows Tod wusste. «Und Sie meinen, der Mord an Isa könnte sein erster Mord gewesen sein?», fragte Henry nach.

«Mir erscheint die Tat dafür zu komplex und zu fehlerfrei in der Beseitigung der Spuren. Die Skrupellosigkeit der Tat setzt auch eine gewisse Routine im Umgang mit dem Tod voraus.»

«Dem ersten Mord kann eine Erprobungsphase vorausgehen. Er mag das Töten an Tieren geübt haben. Zum Beispiel beim Schlachten.» Das wäre typisch. Bei Mördern fand sich häufig im Lebenslauf, dass sie in der Kindheit beim Schlachten von Tieren Erfahrung im Töten erlangt hatten. «Wie sieht denn seine Biografie aus?»

«Er ist ausgebildeter Rettungssanitäter und hat mehrere Jahre in diesem Beruf gearbeitet, bevor er sein Hobby, das Fotografieren, zum Beruf machen und davon leben konnte», platzte Neda mit einer neuen Information heraus.

Henry trat an die Pinnwand und ergänzte die Fakten zu Peter Kant unter der Rubrik Tatverdächtige. «Er besitzt also nicht nur Routine und eine gewisse Abgeklärtheit im Umgang mit dem Tod, sondern auch medizinische Kenntnisse, die er vermutlich auch zur Überrumpelung des Opfers genutzt hat. Ich glaube nicht, dass Isa Kramer sich kampflos ergeben hat. Er könnte sie mit einem Betäubungsmittel außer Gefecht gesetzt haben.»

«Wie gehen wir weiter vor?», fragte Marcus ungeduldig.

Seine Truppe scharrte schon wieder mit den Hufen. «Wir observieren ihn erst einmal», sagte Henry in beruhigendem Ton.

«Und wenn er das Haus verlässt, sehen wir uns in seinem Atelier und in seiner Wohnung um», schlug Aron vor und schaute dabei Marcus an. «Das dürfte kein Problem für uns sein, oder?» Marcus grinste.

Henry hob mahnend die Hände. «Wir sollten nichts überstürzen.» Wenn Kant tatsächlich zum ersten Mal gemordet hat, bestand die Gefahr, dass diese Begebenheit eine Serie in Gang setzte. Eine Zwanghaftigkeit, bei der die Abstände immer kürzer werden würden.

«Wir gehen zusammen. Wir observieren, und erst nach Einschätzung der Lage entscheiden wir gemeinsam, ob wir reingehen oder nicht. Haben Sie das verstanden?» Alle nickten.

KAPITEL 40

Noch am gleichen Nachmittag observierten sie Peter Kant in der Margaretenstraße. Er hielt sich im Fotogeschäft auf und empfing mehrere Kunden. Das würde sicher noch bis zum Ladenschluss um 17.00 Uhr so bleiben. Kants Transporter mit dem Logo des Ateliers parkte an der Hauptstraße im Blickfeld seines Besitzers. Kurz nach 17.00 Uhr holte der Fotograf den Werbeaufsteller rein und schloss das Geschäft ab. Unten gingen die Lichter aus und oben in der Wohnung hinter den gardinenlosen Fenstern an. Dann zog Kant die Vorhänge zu. Wenn sie Pech hatten, bewegte sich heute nichts mehr. Dann mussten sie bis zur Nacht warten, um wenigstens ins Atelier einsteigen zu können und den Fahrzeuginnenraum des Transporters auf Spuren zu untersuchen. Während seine Studierenden sich vor und hinter dem Haus abwechselten, blieb Henry auf seinem Beobachtungsposten im Auto sitzen. Ohne Heizung wurde ihm kalt. Er rieb sich die Handflächen und hauchte seinen heißen Atem hinein, während er auf die Straße starrte. Langsam schluckte der Nebel die Kunstmeile, die im schwachen Licht der Straßenlaternen gruselig wie aus einem Horrorfilm aussah. Bars und Restaurants an der Promenade hatten im November aus Mangel an Gästen wegen Betriebsferien geschlossen. Es war so ungemütlich, dass jeder,

der draußen etwas zu erledigen hatte, zusah, nach Hause zu kommen. Nachdem eine halbe Stunde nichts passiert war, kam plötzlich Bewegung in das Bild. In Kants Wohnung ging das Licht aus. Kurz darauf kam er mit einer schwarzen Umhängetasche, in der Henry eine Fotoausrüstung vermutete, aus der Seitentür des Wohn- und Geschäftshauses, schwenkte nach rechts und lief Richtung Strandpromenade. Dort bog er wieder nach rechts ab. Henry stieg aus und folgte ihm. Bevor sie sich Zugang zu seiner Wohnung verschafften, wollte er sichergehen, dass der Mann nicht in zehn Minuten wieder zurück war und sie überraschte. Kant lief bis zum Kurhaus und ging hinein. Henry sah, wie er seinen Presseausweis vorzeigte und sich drinnen unter die Menschenmenge einer Podiumsdiskussion zum Thema «Rügentourismus im Einklang mit der Natur» von Kramers Gegnern, den Naturschützern, mischte. Kant gab seine Jacke an der Garderobe ab und holte seine Kamera aus der Tasche. Dann begann er mit der Arbeit, machte Fotos und befragte Leute. Das hieß, er würde auch den dazugehörigen Artikel schreiben. Dann würde er die Veranstaltung sicher bis zum Schluss verfolgen. Ein Zeitfenster, das ihnen sehr gelegen kam. Henry rief Neda an. Mindestens einer von ihnen musste herkommen und den Mann auf der Veranstaltung im Auge behalten, um sie zu warnen, falls er doch eher wieder rauskam. Darum wollten sich Charlotte und Aron kümmern, denn so konnte Charlotte mit ihrem besonderen Einfühlungsvermögen direkt ein Persönlichkeitsprofil des Mannes erstellen. Henry wartete auf sie, bevor er zurück zur Wohnung lief.

Er klopfte an Kants Tür. Die anderen drei hatten keine Zeit verstreichen lassen und waren bereits in die Wohnung eingedrungen. Dort wollten sie sich zuerst umzusehen. Falls der Fotograf doch schneller zurückkäme als gedacht, konnten sie sich das Atelier nachts vornehmen, wenn Kant schlief. Sophie ließ Henry rein und reichte ihm ein Paar Latexhandschuhe. Dann forderte sie ihn auf, ihr ins Badezimmer zu folgen. Sie öffnete den Spiegelschrank, der über einem Waschtisch mit einem Becken hing, das wie ein großer Flussstein aussah. Die einzelne Zahnbürste im Becher bestärkte seine Annahme, dass Kant allein lebte. «Er nimmt verschiedene Psychopharmaka, Cipralex, ein Antidepressivum zur Stimmungsaufhellung, und dazu ein Neuroleptikum gegen Wahnvorstellungen und Panikattacken.» Sophie zeigte ihm zwei Medikamentenschachteln, wovon das Neuroleptikum gegen Wahnvorstellungen nicht angebrochen war.

«Die muss ihm ja jemand verschrieben haben.» Das hieß, er war in psychiatrischer Behandlung. Da kam eigentlich nur eine Psychiaterin infrage, die für die gesamte Insel zuständig war. Dr. Verena Schall. Natürlich konnte er sich auch aus Gründen der Anonymität in Stralsund behandeln lassen. Das mussten sie überprüfen.

Marcus winkte beide zu sich. Er folgte ihm ins Wohnzimmer. Unter einem großen Flachbildschirm stand die Schublade eines modernen Sideboards offen. Sein Student kniete sich vor den flachen Couchtisch aus schwarzem Metall, auf dem ein aufgeklappter Ordner lag. Marcus blätterte in den abgehefteten Papieren, zeigte Henry einen Jagdschein und den Pachtvertrag über ein 150 Hektar großes Jagdrevier im Nationalpark Jasmund. «Das liegt zwischen Königsstuhl und Sassnitz», sagte Henry beim Blick auf die topografische Karte, in der das Gelände eingezeichnet war. Sie fotografierten alles ab. Dort wollten sie sich dann morgen im Hellen umsehen, wenn Kant in seinem Laden stand. Vielleicht gab es auf dem Gelände ein altes militärisches Gebäude, ein Überbleibsel aus der DDR, als weite Teile der Insel NVA-Sperrgebiet waren. Soweit er wusste, war damals in Lohme, das nördlich am Nationalpark Jasmund lag, die 3. Grenzkompanie des Küstenschutzes stationiert gewesen.

Henry schaute sich um. Peter Kants Wohnung war sparsam möbliert, alles sehr sauber und ordentlich. Auf dem Schreibtisch lagen die Stifte farblich sortiert alle im gleichen Abstand. Im Kühlschrank waren die Joghurtbecher wie kleine Soldaten aufgereiht. Indizien dafür, dass der Mann ein Kontrollfreak war und vielleicht sogar unter einer zwanghaften Persönlichkeitsstörung litt? Sie stießen auf eine akribisch abgeheftete Buchhaltung. Offene Rechnungen hatte Kant auf den ersten Blick keine, nur den Kredit für die Eigentumswohnung. Die Raten dafür und die Ladenmiete flossen pünktlich. Nichts deutete auf eine Lebenspartnerin oder einen Lebenspartner hin. Er schlief sogar nur in einem Einzelbett. Und er bekam regelmäßig enorme Geldsummen für Werbefotos von Hotelunternehmen und Holdings, die Ferienanlagen besaßen. Wie Henry schon vermutet hatte, befürwortete der Mann also auch aus eigenem Interesse den expandierenden Tourismus auf der Insel, der immer rücksichtsloser gegen die Interessen der Naturschützer und die meisten Einheimischen durchgesetzt wurde. Er las Biografien und Bücher mit geschichtlichen Themen. Er hatte sein Abitur mit einem Durchschnitt von 1,3 bestanden und nach dem Wehrdienst zwei Semester Medizin studiert und dann abgebrochen und sich zum Rettungssanitäter ausbilden lassen. In dem Beruf hatte er bis vor sechs Jahren beim Rettungsdienst des DRK in Stralsund gearbeitet. Dann klaffte eine Lücke von einem Jahr in seinem Lebenslauf, die sich ihnen durch Papiere eines Psychiatrieaufenthaltes erklärte. Henry stutzte. Kant war zur gleichen Zeit wie Jolien in der psychiatrischen Klinik der Universität Greifswald. Kannten sich die beiden womöglich daher? «Er hat alles aufgehoben», sagte Henry beiläufig, denn er wollte Jolien nicht ins Spiel bringen. Eine verblichene Todesanzeige von 1991 belegte, dass seine Eltern und seine Schwester bei einem Autounfall gestorben waren. Das Polizeiprotokoll bestätigte, dass der Fahrer des Ford Mondeo 2,3 Promille Alkohol im Blut hatte. Insassen des Fahrzeugs waren vier Personen. Zwei Erwachsene und zwei Kinder. Die Aussage des alten Physiklehrers Berkel stimmte also. Peter Kant hatte als Einziger seiner Familie den Autounfall überlebt, den sein Vater verursacht hatte. Henry bemerkte, dass sich nicht eine Flasche Alkohol im Haus befand, weder Sekt, Wein, Schnaps noch Bier. Sicher verabscheute der Fotograf Alkohol, weil er als Kind miterleben musste, was die Droge anrichten konnte. Sie fanden ein vergilbtes Dokument des Familiengerichtes, das den Eltern einen Tag vor dem Unfall das Sorgerecht wegen Kindesvernachlässigung entzogen hatte. Wo wollten die Kants mit ihren Kindern hin? Sich etwa dem Vollzug der Gerichtsentscheidung entziehen? Schon in jungen Jahren hatte sich Peter für Fotografie interessiert, wie sie in einem Album feststellten. Beliebtes Motiv war seine Schwester, ein zierliches Mädchen mit pechschwarzen langen Haaren. Lange schwarze Haare! Henry hob den Kopf und starrte ein Loch in die Wand. *Du hast sie neben dir sterben sehen.* Konnte dieses traumatische Erlebnis der Auslöser für eine psychische Störung sein, die er mit den Tabletten unterdrückte? Und dann noch die Misshandlungen durch Tom von Bredow. Puh! Dieser Mann schleppte tatsächlich einen zentnerschweren Rucksack an Traumata mit sich herum.

Die Tiefkühltruhe enthielt beschriftetes Fleisch, portionierte Wildbraten, ordentlich datiert, wann er die Tiere geschossen und zerlegt hatte. Henry nahm an, dass Kant das Schlachten von Tieren bereits in jungen Jahren bei seinem Vater, dem Förster, miterlebt, gelernt und ausgiebig selbst erprobt hatte. Ein wichtiger Baustein bei Mördern, die zum Lustgewinn töteten. In einem vorschriftsmäßig abgeschlossenen Schrank fanden sie mehrere Jagdmesser und Jagdgewehre, für die er alle den Waffenschein besaß. Im Kleiderschrank hingen neben einer orangen Rettungsassistentenjacke zwei Jägeruniformen und Tarnanzüge, die er sicherlich bei seinen Streifzügen durch den Wald trug. Keine Trophäen von getöteten Mädchen. Als Aron anrief, um ihnen zu sagen, dass Kant gerade die Veranstaltung verließ, blätterte er noch schnell durch den Kalender des Fotografen, der auf dem Schreibtisch lag. Darin war jeden Dienstag 15.00 Uhr ein T eingetragen, auch am Dienstag, dem 12. November, dem errechneten Tatzeitpunkt. Lagen sie mit ihrer Verdächtigung doch falsch und Kant hatte ein Alibi? Henry kratzte sich am Kopf. Morgen war Dienstag, und das T war eingetragen.

KAPITEL 41

Matti lobte ihn, weil er wieder Punkt 13.00 Uhr am Schultor stand. Henry nahm ihm den Ranzen ab und trug ihn zum Auto, das wie üblich schräg gegenüber der Schule parkte. «Du hast an die Muffins gedacht», sagte das Kind mit Blick auf die Papiertüte vom Bäcker, die auf dem Rücksitz lag.

«Alles an Bord. Wir können nach Hause fahren.» Sie stiegen ein. Matti musterte ihn von der Seite. «Hast du heute keine Änderung im Ablauf unseres Nachmittags geplant?» Das klang fast ein bisschen enttäuscht.

«Du weißt, dass ich diesen Fall lösen möchte, und hast gemeint, ich soll dir die Wahrheit sagen, wenn ich während unserer gemeinsamen Zeit noch etwas erledigen muss. Heute ist so ein Tag.» Mattis Augen blitzten auf. «Macht es dir etwas aus, wenn Lucia nachher zu uns kommt und dir bei den Hausaufgaben hilft, während ich etwas herausfinden muss?»

Beim Namen Lucia zuckten Mattis Mundwinkel nach oben. Hatte er gerade gelächelt?

«Meinst du, ich kann mit Lucia auch meine Fossiliensammlung auf forensische Spuren untersuchen?»

«Davon wird sie begeistert sein.»

«Dann werde ich den Nachmittagsplan gleich umstellen»,

sagte Matti entspannt, sodass Henry kein schlechtes Gewissen bekam, wenn er die beiden für kurze Zeit allein lassen würde. Sie war heute Vormittag noch einmal zur Nachbesprechung des Kongresses mit dem Auto nach Greifswald gefahren und konnte kurz nach 14.00 Uhr bei ihnen sein. Henry startete den Motor.

In der nächsten Stunde lief alles nach Plan; Nachmittagsimbiss, Hühner füttern. Matti kümmerte sich rührend um die Tiere, die sich sogar von ihm streicheln ließen. Henry beobachtete ihn dabei und spürte, dass er im Beisein des Kindes vollkommen abschalten konnte und den Dreck und das Elend, in dem er wühlte, für Momente vergaß. Und dann spielten sie sogar noch eine Runde Ball auf dem Hof. Henry freute sich mit dem Kind über jeden gefangenen Ball, was schon wesentlich besser als vor einer Woche klappte. Mitten im Spiel klingelte sein Telefon. Lucia.

«Es gab einen schweren Lkw-Unfall auf dem alten Rügendamm. Ich ...»

«Ist dir etwas passiert?», unterbrach Henry sie besorgt.

«Nein, ich hatte keinen Unfall, aber ich schaffe es nicht, pünktlich bei dir zu sein. Die neue Brücke ist bereits wegen des angesagten Sturmtiefs gesperrt. Die Zufahrt zur Insel vollkommen abgeschnitten. Keine Ahnung, wie lange das hier dauert.»

«Dann bleib besser in Stralsund. Soll ich Martha fragen, ob du bei ihr übernachten kannst?»

«Eine gute Idee. Ich ruf sie selbst an. Was wirst du nun machen?»

«Ich finde schon eine Lösung. Pass auf dich auf!»

Matti starrte ihn an. «Kommt Lucia nicht?»

Henry berichtete ihm, was los war, und überlegte. Seine Truppe ohne ihn loszuschicken, wollte er nicht riskieren. Aber er musste wissen, was dieses wöchentliche *T* bedeutete, das auch letzten Dienstag zum Todeszeitpunkt von Isa Kramer im Kalender des Fotografen stand. Der Mann hatte die Mittel, um Isa zu töten, und passte mit seiner Persönlichkeit zu ihrer Theorie des Nachahmungstäters. Bei ihrem erarbeiteten Wissensstand jetzt abzuwarten, bis sich eine nächste Gelegenheit bot, Kant zu überprüfen, wäre fahrlässig. Er könnte sich derweil ein neues Opfer schnappen. Vielleicht besuchte Kant Dienstagnachmittag jemanden. Den würde Henry sowieso erst später im zweiten Schritt fragen, ob Kant am 12. 11. auch da war. Bestätigte sich das, gäbe es keinen Verdachtsmoment mehr.

Mattis Satz «Du musst deinen Fall lösen, damit der Mörder aufgehalten wird und seine Strafe bekommt» holte Henry aus den Gedanken.

«Stimmt, jetzt bin ich ganz schön in der Zwickmühle.»

«Du könntest mich mitnehmen. Oder ist das zu gefährlich?»

Henry kratzte sich am Kopf. «Ich muss jemanden observieren. Weißt du, was das bedeutet?» Matti nickte, dass die Bommel seiner Mütze wackelte. «Du musst eine verdächtige Person verfolgen und heimlich beobachten.»

«Richtig. Diese Person hat um 15.00 Uhr den Buchstaben *T* als Termin in seinen Kalender eingetragen. Ich will wissen, was dieser Buchstabe bedeutet.»

«Ist diese Person der Mörder?», fragte Matti in rationalem Ton.

«Bei einer Ermittlung gibt es am Anfang oft viele Verdächtige. Wenn ich die Person fragen würde, was der Buchstabe in seinem Kalender bedeutet, belügt er mich vielleicht. Deshalb muss ich es anders herausfinden. Vielleicht erklärt der Buchstabe sogar, dass er für die Tatzeit, wo genau dieser Buchstabe auch in seinem Kalender stand, ein Alibi hat. Dann brauche ich diese Spur nicht weiterzuverfolgen, und die Person ist nicht mehr verdächtig.»

«Aha, die Observation scheint mir ungefährlich, und ich könnte mein Wissen über Polizeiarbeit erweitern. Meine Mama war auch Polizistin. Euer Beruf interessiert mich sehr.» Er schaute Henry erwartungsvoll an.

«Na, gut. Ich denke, du bist alt genug, um mich zu begleiten. Wir werden ja auch nur von Weitem beobachten, wohin die Person geht.»

Sein Telefon klingelte abermals. Dieses Mal war es Frau Haberland. «Hallo Frau Haberland, was gibt es? Ich bin gerade mit Matti auf dem Hof. Wir spielen Ball.»

«Ich habe fast jeden Ball gefangen», rief Matti stolz von der Seite.

«Großartig! Die Hundetherapeutin hat mich angerufen. Sie will mit Matti den ausgefallenen Termin nachholen. Das kriegen Sie doch noch in seinen Tagesablauf integriert, oder? Es ist wieder eine gute Übung, seine Routinen für unvorhergesehene Ereignisse zu unterbrechen. 16.15 Uhr auf dem Trainingsplatz. Viel Spaß Ihnen beiden!», sagte die Heimleiterin noch und drückte ihn weg.

«Du hast es gehört, wir müssen heute noch zu deinem Hundetraining. Das sind ganz schön viele spontane Planänderungen. Kommst du damit zurecht?»

Mattis Gesicht wirkte angespannt. Er schien zu rechnen.

«Es ist schwer für mich, diese Frage zu beantworten, da ich beide Aktivitäten gerne machen würde. Eine Observation ist spannend und würde mein Wissen über detektivische Ermittlungen erweitern. Die Hundetherapie hilft mir, meine Emotionen zu verstehen und mein inneres Chaos zu sortieren. Du sagtest, der Termin dieser Person wäre 15.00 Uhr. Ab da bleiben uns inklusive Fahrzeit etwa 75 Minuten, um herauszufinden, was der geheimnisvolle Buchstabe bedeutet. Wo müssen wir denn hin?»

«Zuerst einmal nach Binz.»

Gegen 14.20 Uhr schlenderte er mit Matti die Kunstmeile entlang, und sie guckten sich die Auslagen in den Schaufenstern an. Noch hatte er dem Jungen nicht gesagt, wer die Zielperson ihrer Observation war. Aus gutem Grund. Er wollte, dass Matti sich so natürlich wie immer verhielt. Kant stand in seinem Laden hinterm Tresen und redete mit einem älteren Ehepaar, das sich scheinbar für ein großes Panoramafoto interessierte und bei der üppigen Motivauswahl nicht entscheiden konnte. Der Ladeninhaber wirkte angespannt und schaute mehrmals auf seine Armbanduhr. Henry vermutete, dass dem Mann der Termin um 15.00 Uhr Druck machte. Kant zog seine Jacke an. Wahrscheinlich musste er los, um pünktlich zu sein. An Mimik und Gestik las Henry ab, dass der Fotograf den beiden riet, ihre Entscheidung zu überschlafen. Der Termin musste ihm sehr viel bedeuten, um auf Umsatz zu verzichten. Als sie endlich gingen, verließ auch Kant direkt das Geschäft, schloss ab und eilte mit dem Autoschlüssel in der Hand zu seinem Transporter, der wieder in fünfzig Meter Entfernung vom Laden am Ende der Fußgängerzone stand, wo auch Henry geparkt hatte. «Es geht los!», sagte Henry. Matti guckte erwartungsvoll. Sie folgten Peter Kant, stiegen ins Auto und fuhren unauffällig hinterher. Vorm Ortsausgang Richtung Prora beschleunigte der Transporter, fuhr an der Kreuzung am Galileo Museum geradeaus in Richtung Sassnitz weiter. Henry war darauf bedacht, immer ein zwei Autos zwischen ihnen zu lassen, damit Kant sie nicht bemerkte. Die Fahrt ging vorbei am steinernen Meer, dem Containerhafen von Mukran, einem Gebiet, das ziemlich industriell aussah und wenig mit Tourismus und Erholung zu tun hatte. Dann fuhren sie nach Sassnitz rein, durchquerten die Stadt und bogen links Richtung Nationalparkzentrum Königsstuhl ab. Wollte er in sein Jagdrevier? Dafür sah er nicht ausgerüstet aus. Außerdem war der Nachmittag eher nicht die optimale Zeit zum Jagen. Nachdem sie etwa vier Kilometer die serpentinenartige Straße durch den hügeligen Wald gefahren waren, bog der Transporter auf halber Strecke zwischen den Aussichtspunkten Piratenschlucht und Ernst-Moritz-Arndt-Turm nach rechts auf einen etwas matschigen Waldweg ein. Also wollte er doch in sein Jagdrevier. Henry fuhr an der Ausfahrt vorbei. Matti rief ganz aufgeregt: «Er ist abgebogen.»

«Das habe ich gesehen, wenn ich mich an ihn drangehängt hätte, hätte er uns bemerkt. Deshalb wenden wir erst jetzt und lassen ihm einen kleinen Vorsprung. Anhand der frischen Reifenspuren auf dem Waldweg sehen wir, wo er hingefahren ist.»

Sie fuhren im Schritttempo. Die Spuren führten zu einem kleinen Forsthaus aus rotem Backstein mit verrotteten Fenstern und moosigem Dach, das nach einer Wegbiegung zum Vorschein kam. Henry hielt an. Der Transporter kam neben einem zweiten Wagen, einem schwarzen Jeep, zum Stehen. Kant stieg aus und verschwand hinter dem Haus. Hatte der Mann ein heimliches Date? Traf er sich in seiner Funktion als Reporter mit einem Informanten, oder hatte das was mit den Bildern in dem passwortgesicherten Ordner zu tun? Kants Konto war gut gefüllt, die Ladenmiete teuer und die monatlichen Raten für die Eigentumswohnung hoch. Henry stellte sich plötzlich die Frage, woher ein ehemaliger Rettungssanitäter so viel Geld hatte, um das alles zu finanzieren? Im Lotto gewonnen, geerbt? Dazu hatten sie in Kants akribischer Dokumentenablage nichts gefunden. Gab es etwa Auftraggeber, für die er nicht ganz so idyllische Bilder schoss und ein kleines Nebeneinkommen kassierte? Henry wollte es genau wissen. Er setzte mit dem Wagen zurück und parkte ihn im Schutz eines Stapels Holzstämme. Sie könnten warten, bis Kant und der Fahrer des schwarzen Jeeps zurückkamen. Henry schaute auf die Uhr. Er musste Matti in einer Dreiviertelstunde bei der Hundetherapie abliefern. Nach drei Minuten wollte er abbrechen. «Wir müssen zu deiner Hundetrainerin.»

«Dann war alles umsonst?», sagte Matti enttäuscht. «Officer, denken Sie, dass Sie einen Moment allein im Auto warten können?» Matti nickte und schien begeistert.

«Sie bewegen sich nicht von der Stelle und halten die Augen offen. Er zeigte auf die Umgebung. Ich muss mich kurz zu Fuß ranpirschen und ausspähen, mit wem sich unsere Zielperson trifft, um das Geheimnis des Buchstaben *T* zu lüften. Ich bin gleich wieder da. Wenn Sie etwas Verdächtiges bemerken, gehen Sie in Deckung. Sie steigen auf keinen Fall aus! Ich gehe nur dahinten um die Ecke.» Er zeigte auf das Forsthaus. «Kann ich mich auf Sie verlassen, Officer?»

«Aye, aye, Sir!», sagte Matti. «Sie haben zehn Minuten. Sonst schaffen wir es nicht rechtzeitig bis zur Hundetherapie.»

«Ich bin in spätestens fünf Minuten zurück», versprach Henry und sah, dass der Junge seine Aufgabe ernst nahm.

Er stieg aus, verriegelte die Autotür, dass sie niemand von außen öffnen konnte, und pirschte sich im Schutz des Unterholzes erst einmal an die Wagen heran. Er fotografierte das Kennzeichen des Jeeps ab, den zumindest zeitweise eine Frau fahren musste, denn in der Ablage neben dem Steuer lag eine Damensonnenbrille. Geduckt lief er weiter, überquerte den Weg und schlich an der Hausmauer um das Gebäude mit den geschlossenen Fensterläden. Durch die Ritzen sah er, dass es drinnen dunkel war. Scheinbar waren sie nicht hineingegangen. Er vermutete sie auf der Rückseite des Hauses und lugte um die Ecke. Peter Kant lief neben einer Frau auf einem schmalen Pfad, der zur Steilküste führte. Henry sah sie leider nur von hinten. Sie trug einen weiten Daunenmantel, der ihr fast bis zu den Knöcheln reichte. Die Kapuze hatte sie über den Kopf gezogen und einen dicken Schal um den Hals geschlungen. Ihre Hände steckten in Fäustlingen. Der Abstand zwischen den beiden ließ Henry vermuten, dass sie kein Liebespaar waren. Peter Kants Gesten nach zu urteilen, redeten sie über ein Thema, das den Mann unter Druck setzte. Immer wieder blieb er ruckartig stehen und gestikulierte mit den Händen. Die Frau hingegen wirkte überlegen. Sie schien etwas von ihm zu verlangen, das er ihr nicht geben wollte, denn er schüttelte mehrmals den Kopf. Sie steuerten auf eine Bank zu und setzten sich. Henry versuchte, näher an sie heranzukommen, versteckte sich im Schutz dicker Baumstämme und eines Erdhügels. Aus der Entfernung von etwa fünfzig Metern hörte er nicht, was die beiden sprachen. Aber das Gesicht der Frau müsste er erkennen können. Es war eisig kalt. Verfluchte! Henry warf einen Ast gegen einen anderen Baum, in der Hoffnung, dass sich die Frau daraufhin umdrehte. Fehlanzeige. Beide schienen es nicht gehört zu haben. Ein Blick auf sein Handy verriet, dass die fünf Minuten, die sie abgemacht hatten, um drei Minuten überschritten waren. Es nützte nichts, er musste zurück. Er hatte das Autokennzeichen, dann musste eben noch mal Neda ran und es aufklären, auch wenn ihm das widerstrebte. Henry drehte um und nahm den gleichen Weg zum Auto.

Matti war auf dem Beifahrersitz nicht zu sehen. Er schien sich geduckt zu haben. Hatte der Junge doch Angst bekommen? Mist. In Henry meldete sich das schlechte Gewissen. Erst jetzt sah er, dass die Beifahrertür offen stand. Henry erschrak. Vielleicht war er pinkeln gegangen, versuchte er sich zu beruhigen. Er guckte um die Ecke des Holzstapels. Dort stand kein Junge, auch nicht hinter den nächsten Bäumen. Henry spürte, dass ihn die Angst packte und am ausgestreckten Arm über einen Abgrund hielt. Die Knie wurden ihm weich. Seine gesamten Rezeptoren sprangen an. Wieso war Matti ausgestiegen? Er schaute sich um. Nichts, kein Kind, das allein durch den Wald stolperte. War Matti ihm in Richtung Forsthaus gefolgt? Dann hätte er ihn aber doch auf dem Rückweg gesehen? Nein, Matti wäre nie allein gegen ihre Abmachung in den Wald hineingelaufen. Irgendetwas musste vorgefallen sein, sonst hätte er das Auto nicht eigenmächtig verlassen. Aber vielleicht gab es doch eine harmlose Erklärung, überlegte Henry hektisch. Henry hatte Matti gesagt, dass er nach spätestens fünf Minuten zurück sein würde, hatte sich aber nicht an die Abmachung gehalten. Konnte es nicht doch sein, dass der Junge ihn nur einfach suchte? Oder war er gar zur Straße vorgelaufen, weil es dort eine Bushaltestelle gab? Henry rannte los. In zwei Minuten erreichte er den leeren Parkplatz, den sie auf dem Hinweg passiert hatten. Weit und breit war kein Mensch zu sehen. Er hetzte zu dem Bushäuschen. Auch hier wartete kein Kind. Ein Blick auf den Fahrplan verriet ihm, dass der letzte Bus heute um 10.00 Uhr gehalten hatte.

Die Furcht legte sich wie ein Panzer um seine Brust und drückte langsam zu. Er schwitzte, rannte auf die Hauptstraße Richtung Sassnitz und hoffte, das Kind mit dem blauen Anorak und der geringelten Bommelmütze hinter der nächsten Biegung zu sehen. Plötzlich raste hinter ihm ein Van um die Kurve. Der Fahrer hupte. Henry hechtete zur Seite und landete unsanft im Straßengraben. Sein Kopf schlug an einem Stein auf. Einen Moment lang wurde ihm schwarz vor Augen. Henry stöhnte auf.

Vorsichtig setzte er sich auf. Blut lief ihm an der Stirn herunter. Er wischte es weg. Dann rappelte er sich hoch und rannte zurück zum Parkplatz. Er musste Matti finden.

KAPITEL 42

Als Henry seinen Wagen erreichte, sah er, dass Kant gerade den Transporter wendete. Er versteckte sich hinter dem Holzstapel, bis der Fotograf vorbeifuhr, lief auf den Waldweg und guckte sich nach Matti um, rief wieder und wieder nach ihm. Keine Antwort. Er lief Richtung Forsthaus. War das Kind vielleicht in das Haus gelangt und versteckte sich dort, weil sie Detektiv spielten und Matti ganz besonders clever sein wollte? Der schwarze Jeep rollte im Schritttempo auf ihn zu. Hinterm Steuer saß Dr. Schall. Dann hatten Kant also nur ein therapeutisches Gespräch gehabt? Dazu passte der Wochenrhythmus. Aber darüber konnte sich Henry nun keine Gedanken machen. Seine Psychologin hielt neben ihm an und ließ die Scheibe herunter.

«Herr Zornik, was machen Sie hier im Wald? Sie sehen ja völlig fertig aus.»

«Ich suche Matti», sagte er und hörte selbst, wie zittrig seine Stimme klang.

Sie stellte den Motor aus. «Was ist denn passiert?»

Henry zögerte, fuhr sich durchs Haar. Er hatte jetzt keine Zeit für großartige Erklärungen. Es wurde schon dunkel. Sie stieg aus, berührte ihn am Arm.

«Beruhigen Sie sich erst einmal.»

Wie sollte er sich denn beruhigen, wenn Matti hier mitten in einem riesigen Naturschutzgebiet verschwunden war?

«Atmen Sie ein, aus!», befahl sie mit besorgtem Blick. «Eine Panikattacke hilft Ihnen jetzt auch nicht. Bewahren Sie einen klaren Kopf!» Dann fragte sie abermals: «Was ist passiert?» Er beichtete ihr von Kants Observation.

«Ich habe daraus ein Spiel gemacht. Matti sollte nur kurz im Auto sitzen bleiben, weil ich wissen wollte, mit wem Kant sich da trifft, um herauszufinden, was der Buchstabe *T* in seinem Kalender bedeutet.»

«Nun wissen Sie es», sagte sie in vorwurfsvollem Ton. «T wie Therapie.» Sie schüttelte den Kopf. «Herr Zornik, wissen Sie, was Sie getan haben? Sie haben auf äußerst fahrlässige Weise Ihre Aufsichtspflicht verletzt.»

«Ich weiß selbst, dass ich ein Arschloch bin.»

Dr. Schall lächelte ihn milde an. «Vorwürfe helfen auch nichts, darüber werden wir später reden. Kommen Sie, wir müssen nun das Kind finden», sagte sie in fürsorglichem Ton. «Kann er Ihnen gefolgt sein? Wo sind Sie denn langgelaufen?» Er zeigte ihr den Weg. Beide riefen nach dem Jungen, klinkten am Forsthaus an allen Türen. Zu. Sie liefen zu der Bank, teilten sich in zwei Richtungen auf und riefen immer wieder Mattis Namen. Henry blieb mehrmals stehen und lauschte auf jedes Rascheln und Knacken und ob er einen Hilfeschrei oder ein Weinen hörte. Wenn dem Kind durch seine Schuld etwas passiert war, würde er sich das nie verzeihen. «Verdammte Scheiße!» Er haute mit der Faust gegen einen Baum. Dann hörte er Verena Schall. «Zornik!», hallte ihre Stimme durch den Wald. Hatte sie Matti gefunden? Er hetzte zu ihr zurück. Nein, sie stand allein an der Bank und schüttelte den Kopf. «Wir müssen die Polizei rufen. In wenigen Minuten ist es finster. Die müssen mit Spürhunden ran.» Ihm wurden die Knie weich. Er wusste, auch wenn sie Matti lebend fanden, und das *mussten* sie einfach, hätte er damit verwirkt, dass man seinem Adoptionswunsch zustimmte. Er hatte es versaut. Aber das war erst einmal zweitrangig. Wichtig war nur, dass sie Matti unverletzt fanden. Er holte sein Handy aus der Tasche und sah drei eingegangene Anrufe von der Hundetherapeutin und eine SMS-Nachricht vor fünf Minuten.

Matti wartet, dass Sie ihn abholen.

Waaas? Henry stand vor einem Rätsel. Wie ist der Junge denn die 30 Kilometer bis Bergen gekommen? Hier stimmte etwas nicht! Er rief sie zurück und erfuhr, dass Matti seit fünf Minuten mit der Therapie fertig war und abgeholt werden konnte. Henry atmete erst einmal erleichtert auf und zeigte Verena Schall die Nachricht. «Da haben Sie ja noch einmal Glück gehabt», sagte sie streng. «Nun fahren Sie schon! Wir sehen uns morgen früh um 9.00 Uhr zur Therapiesitzung und werden diese Geschichte hier auswerten. Und wagen Sie es, zu schwänzen», drohte sie mit erhobenem Zeigefinger, «dann melde ich den Vorfall dem Jugendamt.»

Er raste nach Bergen, stürmte die Treppe zur Praxis der Hundetherapeutin hoch und klingelte. Die stets freundliche junge Frau mit dem burschikosen Kurzhaarschnitt öffnete ihm mit säuerlicher Miene. «Sie sind vierzig Minuten zu spät.»

«Entschuldigung ich wurde aufgehalten. Danke, dass Sie

solange auf Matti aufgepasst haben. Ich bezahle Ihnen das.»
Ihr Blick wanderte zu dem Pflaster auf seiner Stirn. «Darum
geht es nicht. Ich hatte einen Termin im Nagelstudio, den
musste ich absagen.»

«Das tut mir wirklich leid, wird nicht wieder vorkommen.» Sie ließ Matti an sich vorbei, der sich noch von Gio,
seinem Therapiehund, einem schwarzen Labrador, verabschiedete.

Henry war heilfroh, ihn gesund und munter zu sehen. Im
Nachgang des Schocks wurden ihm kurz mulmig zumute. So
etwas durfte ihm nie wieder passieren. Das Schicksal hatte
ihm einen Schuss vor den Bug verpasst, den er ernst nehmen
musste. «Wie bist du denn nach Bergen gekommen?», fragte er Matti in beiläufigem Ton vor der Haustür, um das Kind
nicht zu verstören.

«Eine Kollegin von Mama hat mich im Auto entdeckt. Sie
hat an die Scheibe geklopft, da habe ich das Fenster herun-
tergelassen, und sie hat gefragt, was ich hier allein im Wald
mache und warum ich rückwärts zähle.» Eine Polizistin?
Henry ließ ihn erst einmal berichten. «Dann hat sie gemeint,
du hast noch zu tun und sie gebeten, mich zur Hundetherapie
zu bringen. Du würdest mich dann abholen.»

«Hatte sie eine Uniform an?»

«Nein.»

«Wie kommst du darauf, dass es eine Kollegin von Mama
war? Hat sie das gesagt?»

«Nein, aber ich habe sie schon mal mit Mama streiten gesehen, und als ich Mama damals gefragt habe, wer das ist, hat
sie gesagt, ach, nur eine Kollegin, ich solle mir keine Sorgen
machen.»

«Welche Kollegin soll denn das gewesen sein? Kannst du sie beschreiben?»

«Blonde Locken, sie war geschminkt und sehr hübsch.»

Henry kratzte sich am Ohr. *Jolien? Hatte sie ihn heute Nachmittag gestalkt und war ihnen bis in den Wald gefolgt, ohne dass er es bemerkt hatte? Es konnte sein, vielleicht hatte sie ihr Auto auf dem Parkplatz an der Hauptstraße abgestellt und war ihnen zu Fuß gefolgt.* Eine irre Wut erfüllte ihn, die er Matti jedoch auf keinen Fall zeigen durfte.

«Das war wirklich sehr nett von der Kollegin», sagte er und trat aufs Gas. Er lieferte Matti im Kinderheim ab. Frau Haberland war beglückt, dass Matti so entspannt war. «Wo sind Sie denn dagegengelaufen?», fragte sie in scherzhaftem Ton.

«Ein Balken im Hühnerstall», antwortete er, weil ihm keine bessere Ausrede einfiel.

«Ich denke, wir können das morgen wiederholen. Stimmt's Matti? Der Henry holt dich dann wieder von der Schule ab. Das passt Ihnen doch, oder?», fragte sie keck, und er wusste, dass sie vom Jugendamt angehalten war zu testen, ob auch er als zukünftiger Sorgeberechtigter mit spontanen Situationen zurechtkam.

«Kein Problem», sagte er und lächelte.

Dann raste er nach Sellin und platzte kurz vor Ladenschluss in Joliens Blumengeschäft, wo eine ältere Frau mit faltigem Gesicht einen Strauß band. «Ich möchte Jolien sprechen.»

«Ist nicht da, hat schon lange Feierabend», sagte die Angestellte mit ihrer Raucherstimme. «Morgen wieder ab 9.00 Uhr.»

«Ach, und wer raschelt da in der Werkstatt?»

Er sprang hinter den Tresen. «Na hören Sie mal!», rief die Verkäuferin empört und ließ den Blumenstrauß fallen. Er schob den Vorhang beiseite. Jolien stand dahinter und lachte sich kaputt. Als sie sich wieder beruhigte, schickte sie ihre Mitarbeiterin nach Hause.

Henry wartete nicht, bis die fremde Frau gegangen war. «Kannst du mir mal verraten, was das sollte?»

«Entspann dich!» Da sie ihn nicht fragte, was er meinte, war ihm klar, dass sie genau wusste, worum es ging.

«Bist du wahnsinnig? Ich habe Blut und Wasser geschwitzt. Was hast du dir dabei gedacht, den Jungen zu entführen?»

«Entführt? Du kannst froh sein, dass ich da war und beobachtet habe, wie der Junge ausgestiegen ist.»

«Das stimmt nicht. Er saß im Auto, und du hast an die Scheibe geklopft.» Jolien verdrehte die Augen. «Wie auch immer. Stell dir vor, er wäre tatsächlich in den Wald gelaufen, um dich zu suchen. Er hatte Angst, dass du nicht wiederkommst. Die fünf Minuten, die ihr abgemacht hattet, waren bereits um. Da habe ich ihn gefragt, wo du bist, und als ich bemerkte, wie besorgt er war, habe ich die Geschichte erfunden, dass du mich geschickt hast. Das hat ihn beruhigt. Dann habe ich ihn lediglich zu seinem Hundetraining gebracht.»

«Du hättest mir Bescheid geben und mich anrufen können.»

«Dafür müsste ich deine Nummer haben, Schatz. Die hast du damals geändert, damit ich dich nicht mehr anrufen kann.»

Henry räusperte sich. «So dankbar wie ich dir bin, dass du im richtigen Moment da warst, um Matti aufzulesen, frage ich mich doch, woher du wusstest, wo ich mit ihm hingefahren bin? Fängt das doch wieder so an, wie es damals geendet hat?»

Ihr Lächeln wirkte schuldbewusst.

«Muss ich Maßnahmen ergreifen, um mich und mein Umfeld vor dir zu schützen? Jolien, mit uns ist es aus, ich weiß, dass du darüber immer noch wütend bist. Liebe kann man nicht erzwingen. Und wenn du mir zehnmal nachstellst, wir werden nie wieder ein Paar. Das habe ich dir schon vor fünf Jahren gesagt.»

«Weil du auf deine Kollegin scharf warst, und jetzt ist es diese Italienerin, stimmt's?» Ihr Blick bekam einen feindseligen Ausdruck. Er musste aufpassen. «Was redest du da für einen Quatsch? Wir sind Kollegen, nicht mehr.»

«Denkst du, ich bin blöd? Ich habe euer vertrautes Geturtel bemerkt.»

«Natürlich sind wir vertraut, weil wir zusammenarbeiten. Das hat aber nichts mit Geturtel zu tun. Das hast du völlig falsch interpretiert», sagte er, um Lucia aus Joliens Schusslinie zu nehmen. «Ich möchte, dass das mit dem Hinterherspionieren aufhört, okay?»

Ihr Gesicht entspannte sich. Sie schien einzulenken. Aber so richtig traute er dem Frieden nicht.

Es dauerte die ganze Nacht, bis er den Schock des Erlebten verdaute. Er durfte Matti auf keinen Fall mehr in seine Ermittlungen hineinziehen. Im Morgengrauen entfernte er das Fragezeichen hinter dem rot umrandeten *T* unter Kants Namen an der Ermittlerwand im Keller und ersetzte es durch das Wort Therapie bei Dr. Schall. Henry betrachtete die Fotokopie von Kants Kalenderblatt am 12. November. Wenn er zum Tatzeitpunkt bei Dr. Schall war, hatte er ein stichhaltiges Alibi, und sie konnten ihn von der Liste der Verdächtigen streichen. Und hatten sie sich bei seinem Motiv nicht ohnehin etwas verrannt? Nein! Es war plausibel. Kant passte in das Täterprofil. Außerdem konnte es möglich sein, dass der Mann die Therapiestunde am letzten Dienstag zum Todeszeitpunkt von Isa Kramer gar nicht wahrgenommen hatte. Das musste Henry bei seiner nächsten Sitzung morgen früh unbedingt in Erfahrung bringen. Oder das Mädchen wurde doch eine halbe Stunde früher oder später umgebracht. Auf die Minute genau konnte das selbst der beste Rechtsmediziner nicht bestimmen.

KAPITEL 43

Nachdenklich verkroch sie sich ins Bett. Auch wenn dieser Peter Kant aus rein psychologischer Sicht ein Motiv hatte, wollte sie sich mit der neuen Richtung, die ihre Ermittlungen nahmen, noch nicht zufriedengeben. Dieser Fotograf war verdächtig, aber da waren die regelmäßigen Überweisungen für Werbefotos von dieser Holding an ihn, die sie stutzig machten. Die Beträge schienen ihr ziemlich überhöht.

Sie legte sich den Laptop auf den Schoß und begann, zu dem Firmengeflecht zu recherchieren. Es dauerte mehrere Stunden, dieses Konstrukt der Holding auseinanderzudröseln. Eins stand danach aber fest: Der Name ihres Vaters tauchte mehrmals als Inhaber auf. Hatten ihr Vater und die anderen Investoren Kant vielleicht für eine positive Berichterstattung in der Presse gekauft? Angenommen, ihr Vater hatte diesen Mann ausspionieren lassen und dabei entdeckt, was er für abartige Fotos macht. Die waren bestimmt nicht für die Öffentlichkeit gedacht. Mit diesem Wissen könnte er Kant mindestens dazu bringen, die touristischen Ziele der Großinvestoren in den Medien schönzureden. Brisanter: Vielleicht umgarnte Kant ja auch junge Mädchen, die ihm, dem Fotografen, vertrauten, und lockte sie im Auftrag ihres Vaters und dessen Geschäftspartner mit falschen Versprechen zu den Soireen. War das nicht so bei diesem Milliardär Epstein und seiner Freundin Maxwell gewesen? Diese möglichen Zusammenhänge musste sie erst einmal allein recherchieren. Oder sollte sie doch nur mit Zornik darüber reden und ihn einweihen? Dass ihr Vater sich bis jetzt noch nicht zum Ausgang der Soiree bei ihr gemeldet bzw. beschwert hat, weil sie Zornik eben nicht, wie von ihm verlangt, in die Falle gelockt hatte, beunruhigte sie zutiefst. Eigentlich hatte sie schon am Sonntag einen Wutausbruch erwartet. Es fühlte sich an wie die bedrohliche Ruhe vor dem Sturm und machte ihr zunehmend Angst.

KAPITEL 44

Zum Sonnenaufgang vollführte Henry bei eisigen Temperaturen auf der Obstwiese eine Trainingseinheit Capoeira, trank frisch geduscht einen Cafezinho und fuhr mit einem Plan im Kopf zur Praxis der Psychotherapeutin. Reumütig nahm er im Sessel ihr gegenüber Platz und ließ den tadelnden Blick über sich ergehen.

«Ist Ihnen überhaupt bewusst, was Sie getan haben? Sie haben sich über alle Regeln der Vernunft hinweggesetzt. Sie sollten sich um das Kind kümmern und sind Ihrem Impuls gefolgt. Um Ihren Zwang auszuleben, haben Sie dem Kind ein Spiel vorgegaukelt und es in Ihre Obsession hineingezogen», sagte sie in ruhigem Ton.

«Es tut mir aufrichtig leid, und ich gelobe Besserung. Glauben Sie mir, den Warnschuss habe ich gehört.»

Verena Schall schüttelte den Kopf. Sie glaubte ihm nicht. «Es wird keine Besserung eintreten. Solange wir nicht an die Wurzel gehen und das Muster durchbrechen, sind Sie für das Kind und Ihr Umfeld eine tickende Zeitbombe.»

«Verstehe. Deshalb bin ich jetzt bereit, mit Ihnen über meine beschissene Kindheit zu reden. Doch vorher müssen Sie noch eins wissen ...» Er erzählte ihr von Isa Kramers Obduktionsbericht und den Ähnlichkeiten im Tathergang zu den Rosenmorden, um an ihr Gewissen zu appellieren.

Ihr blieb einen Moment die Sprache weg. «Woher haben Sie den Bericht? Sie sind doch nicht mehr bei der Polizei.»

«Sagen wir so, ein guter Bekannter, der den ermittelnden Beamten kennt, hat mir den Bericht zugespielt. Peter Kant und Tom von Bredow saßen im Gymnasium nebeneinander. Kant hat unter Tom gelitten, aber das wissen Sie als seine Psychiaterin sicher alles. Er hat Bilder von jungen Mädchen geschossen, die wie die Opfer des Rosenmörders hergerichtet waren. Solche Fotos hat er auch von Isa Kramer gemacht. Er kannte die Bürgermeistertochter also. Ich möchte nur eins von Ihnen wissen ...» Henry holte sein Handy heraus und zeigte ihr das Bild des Kalenderblattes vom 12. November. «War Peter Kant an diesem Tag bei Ihnen in der Therapie?»

Sie schwieg und verzog keine Miene. Dann atmete sie geräuschvoll aus. «Unsere heutige Sitzung ist beendet. Ich habe Sie gewarnt. Für mich sieht es so aus, dass Sie selbst Ihre Behandlung missbrauchen, um das Notwendige Ihrem Zwang zu unterwerfen. Im Moment halte ich Sie für untherapierbar, weil Sie gar nicht bereit sind, sich mit sich selbst auseinanderzusetzen, und es für legitim halten, dass sich Ihre Gedanken und Ihr Handeln allein um diese Mordermittlung drehen, zu der Sie niemand beauftragt hat. Ich vergleiche das mal mit einem Alkoholiker. Solange der Patient keine Krankheitseinsicht zeigt und sich zu seiner Sucht bekennt, sind von außen veranlasste Therapieauflagen wirkungslos. Es tut mir leid, aber unter den Umständen sollten wir hier abbrechen.»

«Nein, das möchte ich nicht.»

«Sie möchten Matti adoptieren. Um eine Zustimmung des

Jugendamtes zu erreichen, müssen Sie nachweisen, dass Sie die damals abgebrochene Therapie erfolgreich beendet haben. Wären Sie aus eigenem Antrieb zu mir gekommen, um die Ursache für Ihren Zwang herauszuarbeiten?», stellte sie Henry die Gewissensfrage. Er kratzte sich an der Stirn und wich ihrem Blick aus. Das war Antwort genug.

«Sie müssen sich entscheiden, sonst werden Sie immer wieder verantwortungslos handeln und sind untragbar als Erziehungsberechtigter für ein Kind. Melden Sie sich, wenn Sie so weit sind.»

KAPITEL 45

Henry lenkte den Pick-up in eine Lücke zwischen zwei Kleinwagen auf dem Akademieparkplatz, schaltete den Motor aus und blieb einen Moment sitzen. Nein, er war keine tickende Zeitbombe und verantwortungslos. Er bemühte sich doch nach Kräften, Mattis Bedürfnissen gerecht zu werden. Ja, dabei machte er noch Fehler. Sicher, an der Balance, dem richtigen Maß musste er noch arbeiten. Und dann waren da auch noch seine Studenten. Einerseits hatte er den Auftrag, ihnen seine Fähigkeiten beizubringen. Doch das funktionierte nicht allein im Hörsaal. Sie mussten ihre Erfahrungen praktisch sammeln. Dabei die Kontrolle zu behalten, weil sie manchmal zu wagemutig handelten und sich in Gefahr brachten, war ein Drahtseilakt. Und sein Drang, diesen und die anderen Mordfälle zu lösen, war auch kein Selbstzweck. Er wollte weitere Morde verhindern. Handelte es sich um einen triebgesteuerten Täter, war es nur eine Frage der Zeit, dass er wieder zuschlug. Oh, Mann! Wie sollte er das nur alles unter einen Hut bekommen? Hanna war auch berufstätig gewesen und genauso engagiert wie er. Wenn es notwendig war, hatte sie auch Überstunden geschrubbt. Trotzdem hatte sie es geschafft, eine gute Mutter zu sein, bei der es Matti an nichts fehlte. Allerdings lebte da noch seine Großmutter, die im Notfall eingesprungen war und Matti betreut hatte. Um allem gerecht zu werden, brauchte er eine verlässliche Person in seinem Umfeld, die sich um Matti kümmerte, wenn er arbeitete. Das musste doch hinzukriegen sein! Und dabei fiel ihm jetzt auch ein, wie er herausbekam, ob Kant nun tatsächlich am 12. November bei Verena Schall war. Darum würde er sich heute Abend kümmern. Seine Truppe würde sich noch einen Tag gedulden müssen. Voller Zuversicht öffnete er die Fahrertür und schloss sie gleich wieder, weil er im Rückspiegel sah, dass Blumes Wagen auf den Parkplatz rollte. Hatte er das Jolien zu verdanken? Er dachte an ihre versteckte Drohung, Blume zu informieren, dass er heimlich in dessen Fall ermittelte. Mensch! Eigentlich hätte ihm klar sein müssen, dass sie sein *NEIN* nicht hinnahm und sich dafür rächen würde. Er wartete, bis sein Ex-Kollege mit wehendem Mantel über die Haupttreppe lief und im Gebäude verschwand. Dann stieg er aus und machte sich auf den Weg zu seinem Unterricht. Wie erwartet, fing ihn Frau Meyer vor dem Hörsaal ab, wo Charlotte und Neda zeitgleich mit ihm eintrafen. Er gab den beiden die Aufgabe für alle Kursteilnehmer mit. Henry folgte der Sekretärin ins Rektorat. Auf seine Frage, worum es ging, zuckte Frau Meyer nur mit den Schultern. Sie war eine schlechte Lügnerin, aber diskret.

Die Tür zu Professorin Krohns Büro stand offen. So sah er bereits im Vorzimmer, dass neben Francesco eine blonde Frau mit halblangem Bob vor dem Rektoratsschreibtisch saß. Sie unterhielten sich angeregt mit der Chefin. Small Talk. Wahrscheinlich wollte Francesco bei den zwei Frauen Eindruck schinden. Henry runzelte die Stirn und trat hinzu. Die Blonde drehte sich zu ihm um. Eine herbe Schönheit mit ernstem Gesicht, wachsamen Augen, unter denen dunkle Schatten lagen. Sie war ungeschminkt, trug Sneaker, ihre Kleidung aus Jeans, Langarmshirt war praktisch und bequem, kein Schmuck. Das verwaschene Hellblau ihres Oberteils machte sie blass. Ein Ausweis war nicht nötig, er wusste auch so, dass sie Kriminalbeamtin war. Sie sah übernächtigt aus. Er schätzte, dass sie ihrem Job vor den Äußerlichkeiten Priorität einräumte. Ihre muskulösen Oberarme verrieten, dass sie auch regelmäßig trainierte. Entweder hatte Blume eine neue Partnerin in der Mordinspektion bekommen, oder sie war diese Kommissarin aus Hamburg, von der die Chefin vor ein paar Tagen gesprochen hatte. «Zornik, guten Tag!», sagte er. Sie begrüßte ihn mit einem festen Händedruck.

«Susanne Hader, Kriminalhauptkommissarin beim LKA Hamburg», stellte sie sich vor. «Ich hatte vor ein paar Tagen bereits mit Professorin Krohn telefoniert. Es geht um Ihren ehemaligen Kollegen Hugo Borowski. Eigentlich würde ich mit Zeugen nicht über die Hintergründe sprechen, aber da Sie selbst ein erfahrener Mordermittler waren und sich die Akademie der Ausbildung von Verbrechensbekämpfern widmet, möchte ich Ihnen gegenüber offen reden.» Komischerweise widersprach Francesco ihr nicht. «Wir hatten in den Jahren 2012, 13 und 2014 sechs ungeklärte Morde in Hamburg, in deren Zusammenhang immer wieder ein Robert Hase auftauchte, dessen Spur sich 2015 Richtung Rügen verliert. Bei der Überprüfung der Zuzüge auf die Insel im Jahr 2015 findet sich dieser Name aber nicht. Der einzige neu gemeldete Einwohner 2015, der zu diesem Zeitpunkt in Robert Hases Alter war, ist ein Hugo Borowski.» Henry zog erstaunt die Augenbrauen hoch. «Ja, es ist kompliziert. Und ich dachte, Sie können mir vielleicht helfen.» Sollte ihn beunruhigen, dass immer noch kein Einwand von Francesco kam? Vielleicht bauten sie ihm gerade eine Falle.

«Ich habe knapp zwei Wochen mit Hugo Borowski zusammengearbeitet.» Er blies die Backen auf. «Was soll ich dazu sagen? Das war meine Anfangszeit an der Akademie. Da hatte ich erst einmal damit zu tun, mich in meine neue Rolle als Dozent für Kriminologie einzufinden.» Er zuckte mit den Schultern.

«Es gibt nur dieses eine Bild von Robert Hase.» Sie zeigte ihm eine Fotokopie eines Jugendlichen, der höchstens zwanzig Jahre alt war. «Von wann ist das?»

«1998.»

«Ich kann jetzt keine große Ähnlichkeit zwischen diesem Jungen und Hugo Borowski erkennen.»

«Frau Krohn hatte mir bereits in unserem Telefonat bestätigt, dass Herr Borowski von 2015 bis 2018 seine Ausbildung zum Kriminologen an der Akademie absolviert und gleich danach 2018 als Dozent für Tarnen und Täuschen zu unterrichten begonnen hat.»

«Er war ein Musterstudent und hatte es wirklich drauf, alle zu begeistern», sagte Frau Krohn.

Woraufhin die Kommissarin höflich lächelte. «Wir müssen diesen Herrn Borowski unbedingt ausfindig machen.»

«Ist dieser Robert Hase tatverdächtig?», fragte Henry.

«Sieht man sich die sechs Morde in Hamburg genauer an, entdeckt man eine gewisse Handschrift im Tathergang. Sagen wir so, Robert Hase ist eine von mehreren Spuren.»

Henry verschränkte die Arme vor der Brust. «Seine DNA war an den Tatorten?»

Die Kommissarin schüttelte den Kopf. «Es gibt nur Beschreibungen von Zeugen, die Robert Hase mit den Opfern in Verbindung gebracht haben. Da der Name und die Beschreibungen in allen Fällen auftauchen, wurde ich stutzig. Deshalb habe ich mich auf die Suche nach dem Mann gemacht.»

Henry lächelte. «Mit anderen Worten, Sie jagen ein Phantom.»

«So könnte man es sehen. Deshalb habe ich Kollegen Blume um Amtshilfe gebeten und von ihm und Ihrer Chefin erfahren, dass Herr Borowski von einem Tag auf den anderen seine Wohnung und seinen Job gekündigt und sich beim Einwohnermeldeamt ohne Folgeadresse abgemeldet hat.»

«Wir haben hier auf der Insel auch einen neuen Mord, der mir ziemlich rätselhaft erscheint, weil er große Ähnlichkeit mit den Rosenmorden aufweist und Täterwissen voraussetzt», warf Francesco völlig aus dem Zusammenhang gerissen ein.

Henry nickte, legte der LKA-Ermittlerin aber auch die Unterschiede dar. Selbst wenn Francesco damit klar wurde, dass Henry sich die Leiche am Fundort angesehen haben musste. Henry hoffte, mit diesem Winkelzug das Vertrauen der Kommissarin in seine Erfahrung und Kompetenz zu gewinnen, damit sie schnell wieder von der Insel verschwand. Dass sie hier herumschnüffelte, war schlimmer als Francescos Wut. Blume guckte eindeutig pikiert, verkniff sich aber jeglichen Kommentar in Gegenwart der Hamburger Kollegin. Er würde das sicher später nachholen.

«Du hast damals Tom von Bredow als Täter ermittelt.»

«Ja, alle Indizien sprachen eindeutig für ihn. Worauf willst du denn hinaus?», wendete Henry sich an Francesco.

«Hugo Borowski war als Student über einen Monat Praktikant bei Martha im Archiv. Dort hatte er die Gelegenheit, sich ausgiebig mit den Rosenmorden zu befassen und kam an Täterwissen heran.» Jetzt verstand er Francescos Gedankengang. «Er hat Tom von Bredow mehrmals im Gefängnis besucht – sogar bis kurz vor dessen Selbstmord. Warum wohl?», fragte Blume und lieferte die Antwort selbst. «Wahrscheinlich fand er den Mann, der sechs junge Frauen auf bestialische Weise ermordet hatte, faszinierend und hat ihn studiert, um dessen Taten nachzuahmen.»

«Es ist doch gar nicht sicher, dass Hugo Borowski und dieser Robert Hase ein und dieselbe Person sind. Wenn der Student und spätere Dozent Hugo Borowski einen Mörder im Gefängnis besucht hat, kann das doch einfach zu beruflichen Recherchezwecken erfolgt sein. Ich kann mir nicht vorstellen, dass Borowski hinter dem Mord an Isa Kramer steckt.»

«Das ist es ja gerade. Dieser Mann scheint ein Meister im Tarnen und Täuschen zu sein, wechselt die Identität und jetzt kopiert er einen anderen Serientäter, um uns auf eine falsche Spur zu locken», sagte Blume mit voller Überzeugung.

«Tom von Bredow ist aber seit September tot. Deine Logik verstehe ich jetzt nicht.»

«Jetzt geht es erst einmal darum, zu rekonstruieren, wo Hugo Borowski abgeblieben ist, denn wir haben keinen Flug ausfindig machen können, auf dessen Passagierliste er stand», mischte sich Kommissarin Hader ein. Sie befragte Henry nach dem letzten Tag, an dem er Kontakt mit Borowski hatte, und konfrontierte ihn mit der E-Mail, die sein Kollege an die Hausverwaltung geschrieben hatte. «Er hat Ihnen seine voll möblierte Wohnung als Nachmieter überlassen. Haben Sie sich darüber nicht gewundert?»

«Mich hat er am Abend davor nur kurz angerufen. Er wusste ja von einigen Gesprächen im Lehrerzimmer, wie dringend ich eine Wohnung gesucht habe. Wir haben uns als Kollegen gut verstanden, da wollte er mir wahrscheinlich etwas Gutes tun.» Henry setzte eine ratlose Miene auf.

Francesco schüttelte nachdenklich den Kopf und suchte die Blicke der beiden Frauen. «Oder er hat damit elegant verhindert, dass die Wohnungseigentümer nach ihm suchen lassen, weil er die Miete nicht weiterbezahlt. Es muss sich um einen spontanen Entschluss gehandelt haben, der ihm keine Zeit ließ, die Wohnung ordentlich zu kündigen und dann einfach wegzuziehen.»

«Deshalb müssen wir genau rekonstruieren, was ihn dazu bewogen hat», sagte Kommissarin Hader.

Verfluchte! Jetzt musste er aufpassen, was er sagte.

«Er war, wie mir Frau Meyer und die Rektorin bereits sagten, mit vier Ihrer Studierenden am Vortag seines Verschwindens auf Exkursionstour mit dem Firmenwagen der Akademieleitung. Wissen Sie was darüber?»

«Nein, keine Ahnung.» Henry fühlte sich unwohl bei der Lüge.

«Danke, vielleicht können uns ja die vier Studierenden weiterhelfen; mit Glück hat er einem gegenüber etwas erwähnt oder eine Andeutung gemacht.» Na großartig, das hatte ihm gerade noch gefehlt. Er musste sie vorwarnen. Er schaute auf die Uhr, fragte, ob er noch behilflich sein könnte. Auf das Kopfschütteln der Kommissarin hin verabschiedete er sich mit Verweis auf seine beginnende Vorlesung.

In der Tür drehte er sich noch einmal fast beiläufig um. «Was mir gerade noch einfiel: Ein Ferienhaus in Südschweden bei Ystad hat er mal erwähnt.» Hoffentlich sprang sie darauf an.

Aufgewühlt eilte er auf den Flur.

«Zornik, warte!», rief Blume hinter ihm her. Henry ignorierte Francesco und lief weiter Richtung Hörsaal. Er musste sich mit seinen Leuten abstimmen, das war jetzt wichtiger als Francescos Befindlichkeit. Da tippte ihm jemand auf die Schulter, sein Ex-Kollege war ihm hinterhergerannt. Henry drehte sich um. Blumes eisiges Lächeln verhieß nichts Gutes. Nun betraten Frau Krohn und die Kommissarin den Flur. Francesco tätschelte ihm den Oberarm. So ein Blödmann! Er wollte also seine Feindseligkeit vor der Kommissarin verbergen. Kaum waren die beiden Frauen außer Hörweite, klang sein Ton rau. «Mitkommen, oder willst du, dass ich dich gleich verhafte?», zischte Blume. Henry sah, dass die zwei Frauen in den Hörsaal zu seinem Kurs abbogen. Mist!

Blume zerrte ihn auf die Herrentoilette und vergewisserte sich, dass sie allein waren. «Habe ich dir nicht unmissverständlich klargemacht, dass du dich nicht in meine Ermittlungen einmischen sollst? Du hast meine Warnung in den Wind geschlagen und unerlaubt den Fundort der Leiche angesehen. Und ich könnte mir vorstellen, dass du dir, wie auch immer, Akteneinsicht verschafft hast.» Blumes Ohren färbten sich rot. «Ich nehme an, Martha hat dir wieder dabei geholfen. Auch wenn es mir ein Rätsel ist, wie sie das angestellt hat. Das wird nicht nur für dich ein Nachspiel haben!»

«Lass Martha raus», sagte er betont ruhig. «Sie hat damit nichts zu tun. Du hast recht, es ist falsch, dass ich mich in deine Ermittlung einmische. Aber wir hätten zusammenarbeiten sollen, so, wie ich es vorgeschlagen habe. Anscheinend hast du nicht begriffen, dass es nur eine Frage der Zeit ist, bis die nächste Mädchenleiche gefunden wird.»

«Dir geht es nur darum, dein Gewissen reinzuwaschen. Aber die Schuld an Hannas Tod wird ewig an dir kleben.»

Jetzt platzte Henry der Kragen, und er haute Blume eine rein. «Wie weit bist du in dem Fall? Was hast du bis jetzt herausgefunden?» Er packte Francesco an den Schultern und drückte ihn gegen den Handtuchspender. «Ich habe dich und deine Leute, seitdem ihr die Leiche geborgen habt, nicht ein einziges Mal auf der Insel ermitteln gesehen. Ich wette, du weißt nicht einmal, dass Isa Kramer schon seit dem 1. November verschwunden war, einen Tag nach dem Streit mit ihrem verhassten Stiefvater! Und der hat seiner Frau aus Imagegründen erst zehn Tage später erlaubt, das Mädchen als vermisst zu melden. Dass sie einen obdachlosen Freund hatte, mit dem sie wahrscheinlich untergetaucht war. Dass dieser Danilo Flemming erst am Freitag überfallen und beinahe erschossen wurde, weil er wahrscheinlich etwas im Zusammenhang mit Isas Tod gesehen hat, was er nicht sehen sollte. Na?»

Blume lief Blut aus der Nase. Er wischte es mit einem Papiertaschentuch ab. Sein erstauntes Gesicht bestätigte Henrys Vermutung, dass er von all diesen Hintergründen nichts wusste oder schlimmer: dass er dazu aufgefordert worden war, die Füße in dieser Richtung stillzuhalten, weil der Arm von Kramers Unterstützern bis in die staatliche Behörde reichte.

«Nach dem Jungen solltet ihr ganz schnell fahnden. Er hat sich nämlich irgendwo versteckt und schwebt in Lebensgefahr.»

Blume guckte sich seine blutende Nase im Spiegel an und verzog das Gesicht schmerzhaft. «Das lasse ich mir nicht bieten. Das hier hat Konsequenzen. Ich werde dich anzeigen. Denn es ist unverantwortlich, dass man einem Gewalttäter wie dir Hannas Sohn anvertraut.» Was für ein ignoranter Arsch, dachte Henry, winkte ab und wollte gehen, da sagte Blume. «Nur zu deiner Info: Kramer ist tot.»

«Waaas?»

«Der hat sich letzte Nacht umgebracht.» Henry hob die Augenbrauen.

«Wie?»

«Er hat sich in der Bernsteinklinik aus dem Fenster gestürzt. Seine Sprachnachricht auf dem Handy an seine Frau war eindeutig. Das sage ich dir nur, damit du nicht auch hier noch eine Verschwörung witterst. Anscheinend war der Mann schwul und sein Leben wohl eine Lüge. Der Tod seiner Tochter hat ihn so mitgenommen, dass er dieses Versteckspiel nicht mehr verkraftet hat. Den Rest wirst du in der Zeitung lesen. Und nun zu deinem Vorwurf, dass ich die Ermittlung schleifen lasse. Es gibt da ein Geschwisterpaar, zwei Russlanddeutsche, mit denen das Mädchen in der Vergangenheit ziemlich viel Scheiße gebaut hat. Die hatten wohl noch eine Rechnung mit ihr offen. Die haben sich in ihren Aussagen mächtig widersprochen. Du siehst also, ich bin dran. Und dieser Borowski scheint mir auch verdächtig zu sein.» *Oh, Mann!* Kopfschüttelnd rauschte Henry aus dem Waschraum, direkt in Lucias Arme. «Was ist passiert?» Sie schaute Blume an, der hinter Henry aus der Toilette kam und sich immer noch die blutende Nase hielt.

«Komm!» Henry schnappte sie am Arm. «Hast du eine Zigarette für mich?» Sie liefen auf die Terrasse. Lucia sah ihn nur fragend an und reichte ihm die Zigarettenschachtel.

«Ich habe ihm eine reingehauen, nun will er mich anzeigen. Ich habe Mattis Adoption aufs Spiel gesetzt. Schon wieder!» Henry fuhr sich nervös über den Kopf. Sie berührte seinen Arm.

«Entschuldige dich bei ihm!» Henry stand wie entgeistert da. «Na mach schon!» Sogleich drückte er ihr die Zigarettenschachtel in die Hand und rannte los.

KAPITEL 46

Sie saßen im Seminarraum, warteten auf Zornik. Die Aufgabe, die er ihnen gegeben hatte, war nach zehn Minuten gelöst. Alle unterhielten sich mit ihren Sitznachbarn. Nur Sophie hatte keine Lust, über belangloses Zeug zu quatschen. Was ihr bezüglich der Verwicklung ihres Vaters im aktuellen Fall durch den Kopf ging, wollte sie mit niemandem teilen. Zumal sich Marcus, aber auch die anderen drei, seit Montag ihr gegenüber distanziert verhielten. Vielleicht war sie gerade auch überempfindlich. Hieß es nicht: Wer was zu verbergen hat, ist wachsamer als der Durchschnitt? Anstatt Zornik, kam Frau Krohn herein. Ihr folgte eine blonde Frau, die sie ihnen als Kommissarin Hader aus Hamburg vorstellte. Sie stimmte Zorniks Kurs darauf ein, dass die Kommissarin nur ein paar Fragen bezüglich ihres ehemaligen Dozenten Borowski hat. Sophie tauschte einen kurzen Blick mit ihren vier Freunden. Darin bedeutete sie ihnen, dass sie alle fünf wussten, was sie zu sagen hatten. Und dann nahmen die zwei Frauen auch schon Neda mit nach draußen. Es dauerte nicht lange, dann riefen sie Aron, etwas später auch Marcus heraus.

Zornik steckte den Kopf zur Tür herein, winkte sie und Charlotte zu sich. Sie standen auf und folgten ihm vor die Tür. Er sah angespannt aus. Anscheinend hatte er Ärger.

«Kramer ist tot, hat sich letzte Nacht aus dem Fenster der Bernsteinklinik gestürzt. Eindeutig Selbstmord.» Dabei schaute er Sophie scharf an. Gab er ihr etwa die Schuld, weil sie noch einmal bei ihm war? Scheiße! Kramer hatte ihr zugesichert, gegen ihren Vater und dessen Hintermänner auszusagen. Und er wollte seine Kandidatur zurückziehen. War ihm das zum Verhängnis geworden?

«Und Sie glauben tatsächlich an Selbstmord?»

«Wir lösen die SOKO mit sofortiger Wirkung auf und werden uns nicht mehr weiter mit dem Fall beschäftigen. Es war ein Fehler. Mehr will ich dazu im Moment nicht sagen. Ihre drei Mitstreiter habe ich schon informiert», sagte Zornik und ließ ihre Frage unbeantwortet. Er öffnete die Tür zum Seminarraum, stellte sich vor die Tafel und fragte nach den Ergebnissen der Aufgabe, die er ihnen gestellt hatte. Unfassbar, dachte Sophie, konnte sich aber nicht weiter darüber aufregen, dass ihr Dozent sie derart abspeiste, weil Marcus zurückkam und sich auf seinen Platz neben ihr setzte.

«Er hat unsere SOKO aufgelöst und die Ermittlung für beendet erklärt», sagte sie immer noch fassungslos.

«Ich weiß, das haben wir dann wohl dir zu verdanken. Mit deinem unberechenbaren Vorpreschen hat er wahrscheinlich abgewogen, dass das Risiko mit dieser Kommissarin im Haus zu groß ist, so weiterzumachen wie bisher.» Marcus warf ihr ein kaltes Lächeln zu, mit dem er seine Wut auf sie offen zeigte. Sie schluckte.

«Was hat die Kommissarin gefragt?»

«Das, was wir erwartet haben. Also verquatsch dich nicht.»

KAPITEL 47

Sophie war völlig aufgewühlt von Kramers Tod und Zorniks plötzlicher Entscheidung, die SOKO aufzulösen und die Ermittlungen einzustellen. Scheiße! Sie war so nah dran, ihren Vater zu überführen. Natürlichen gaben ihr die anderen, allen voran Marcus, die Schuld. Aber wie sollte es denn nun weitergehen? Gedanklich abwesend, nahm sie im Lehrerzimmer gegenüber der Kommissarin Platz, die ihnen Frau Krohn vor einer halben Stunde vorgestellt hatte. Sie versuchte, sich auf das Gespräch zu konzentrieren. Bis auf Charlotte und sie hatten die anderen bereits ihre Aussagen zum 17. September gemacht, so wie sie sich danach vor zwei Monaten abgesprochen hatten, falls jemand kommen und nachfragen würde. Nun war es so weit. Die Kommissarin lächelte freundlich. Die Ungewissheit, was die Ermittlerin von ihr wissen wollte, verunsicherte sie zusätzlich. Sophie demonstrierte Gelassenheit, dabei schwitzte sie innerlich. «Worum geht's? Habe ich was verbrochen?», fragte sie scherzhaft.

«Das glaube ich nicht, wir stehen doch alle auf derselben Seite. Es geht um Ihren Lehrer, Herrn Borowski.»

«Ehemaligen Lehrer. Der hat seinen Job vor zwei Monaten geschmissen.» Sophie verschränkte die Arme vor der Brust und legte sich die Worte zurecht, weil sie die gleiche Frage zum Nachmittag des 17. September erwartete, die diese Frau schon Neda, Aron und Marcus gestellt hatte.

«Das macht Sie wütend.» *Was ging sie das an?*

«Ja, ich habe mich darüber geärgert, dass er uns von einem auf den anderen Tag hat hängen lassen.» *Komm, stell deine Frage, damit ich gehen kann.*

«Herr Borowski hat am 18. September seinen Dozentenjob gekündigt.»

«Darüber wurden wir erst ein paar Tage später von Frau Krohn informiert. Ob das also der 18. September war, weiß ich jetzt nicht genau», antwortete sie genervt.

«Sie waren am Vortag mit ihm auf Exkursion.»

Sophie spielte an ihrem Lederarmband herum. «Wir waren fast jeden Tag mit ihm auf einer Exkursion. Er hat den Unterricht sehr praxisbezogen gestaltet, was bei dem Fach Sinn ergibt. Eigentlich haben wir ständig im Außeneinsatz verdeckte Informationsbeschaffung geübt. Deshalb ...» Sie zuckte mit den Schultern. «Kann sein.»

«Mir geht es darum, ob er Ihnen gegenüber irgendetwas angedeutet hat, dass er sich beruflich verändern will?»

«Herr Borowski war zwar ein junger Lehrer und, soweit ich weiß, vorher Student an der Akademie. Trotzdem hat er Distanz gewahrt und mit uns, also jedenfalls mit mir, nicht über seine Pläne oder sein Privatleben gesprochen. Ich wusste nicht einmal, ob er Single war oder in einer Beziehung gelebt hat. Wenn ich ehrlich bin, hat mich das auch nicht interessiert, denn ich habe nicht zu den Studentinnen gehört, die ihn angehimmelt haben.»

«Ach, gab es welche?»

Die Frage überraschte Sophie jetzt. «Einige, er war ziemlich gut aussehend und charmant», sagte sie lapidar und hoffte, dass die Kommissarin sich zufriedengab. Doch dem war nicht so.

«Ich möchte noch einmal auf den 17. September zurückkommen.»

«Wie gesagt, das Datum sagt mir nichts. Was war das denn für ein Wochentag?»

«Ein Dienstag. Und zwar der Dienstag, an dem Herr Borowski für Herrn Zornik, der wegen Handwerkerproblemen seinen Kurs nicht durchführen konnte, eingesprungen war und mit Ihnen und drei weiteren Studierenden aus Ihrem Kurs ...» Sie nannte die Namen von Neda, Aron und Marcus. «... mit dem Volvo Ihrer Rektorin zu einer Exkursion gefahren war.» Die Kommissarin schaute Sophie erwartungsvoll an.

Sophie schloss einen Moment die Augen, tat, als müsse sie überlegen. Natürlich war ihr der Ausflug in Erinnerung geblieben, aber darüber würde sie mit der Kommissarin und auch sonst niemandem reden. «Tut mir leid», sagte Sophie, genau wie es abgesprochen war. Dabei merkte sie, dass die Kommissarin ihr nicht glaubte. Entweder hatte sie mit ihrer Antwort einen Moment zu lange gezögert, oder sie hatte es am Klang ihrer Stimme herausgehört. «Doch, warten Sie, wir waren drüben in Binz und haben auf der Strandpromenade unsere Beobachtungsgabe geschult.» Auch diese Antwort war abgesprochen.

«Wieso hat Herr Borowski eigentlich nur Sie und die drei anderen aus Ihrem Kurs mitgenommen? Sie hätten doch mit der Bahn oder in Fahrgemeinschaften alle nach Binz kommen können?» Oh, Mann, Scheiße, was antwortete sie denn jetzt? Die Frage ging in die falsche Richtung.

«Wir sind essen gegangen und haben in einem Restaurant geübt, wie man von einer verdächtigen, aber unbekannten Zielperson die Identität herausfindet. Das geht logischerweise nur unauffällig in der Kleingruppe. Ja, jetzt erinnere ich mich, wir waren im *Weltenbummler*, großartiges Restaurant, nur zu empfehlen, wenn Sie mal in Binz sind», sagte Sophie und bemühte sich, souverän zu klingen.

Die Kommissarin machte sich eine Notiz, dann holte sie ihr Handy aus der Tasche und gab bei Google etwas ein. «Der *Weltenbummler* hat dienstags Ruhetag», sagte sie und belegte Sophie mit einem skeptischen Blick. Scheiße! Wie kam sie aus der Nummer jetzt bloß wieder raus?

KAPITEL 48

Dreimal musste Henry ansetzen, um den Pick-up in die Parklücke vor Mattis Grundschule zu manövrieren. Dann würgte er auch noch den Motor beim Rückwärtsfahren ab. Er war immer noch aufgewühlt. Eine Mischung aus Erschütterung über Kramers Tod, Angst und Wut auf sich selbst, weil er das Gefühl hatte, dass ihm die ganze Ermittlung aus dem Ruder gelaufen war. Zumindest war er pünktlich. Zehn Minuten zu früh sogar. Henry stieg aus, lehnte sich mit dem Rücken an den Wagen und wartete. Er hätte Francesco nicht schlagen dürfen. Damit war er eindeutig zu weit gegangen und konnte nur hoffen, dass Francesco seine Drohung nicht wahr machte und ihn anzeigte. Der hatte es genossen, dass er zu Kreuze gekrochen kam, und seine Entschuldigung arrogant abgewiesen. Henry trat mit dem Fuß gegen den Reifen. Es sollte richtig wehtun. Von seinen Studenten verlangte er, dass sie die Konsequenzen ihres Handelns vorher bedachten, und selbst ließ er sich von seinen Emotionen leiten, schaffte sich ein Problem nach dem anderen und setzte damit Mattis Adoption aufs Spiel. Schall gab ihm keine Bescheinigung, das hatte sie ihm nach der Aktion mit Matti im Wald klar zu verstehen gegeben. Und jetzt das. Was war er nur für ein verantwortungsloser Idiot! Scheinbar hatte er nichts dazugelernt. Als er Lucia in der Nacht am Telefon gebeichtet hatte, was ihm gestern mit Matti passiert war, hatte auch sie ihm vor Augen gehalten, dass ihm das Ermitteln so wichtig war, dass er dem alles unterordnete und dabei manchmal auch rücksichtslos handelte, weil er wegen seiner Ungeduld oft das Maß verlor. Das war deutlich gewesen. Sie hatte ja recht, der Preis für die Wahrheit war hoch, zu hoch. Er wollte die Adoption nicht riskieren. Henry lachte bitter auf. Doch das hatte er schon längst. Konnte er das überhaupt noch umkehren? Er musste es zumindest versuchen. Irgendwie musste er das alles wieder in Ordnung bringen. Hinzu kam noch, dass ihn die Anwesenheit der Kommissarin aus Hamburg nervös machte. Hoffentlich hielten seine fünf ihrer Befragung stand. Sie schien clever und würde sich nicht mit einfachen Antworten abspeisen lassen. Seine kurzfristige Entscheidung, die SOKO aufzulösen und die Ermittlung zu stoppen, war die notwendige Konsequenz, auch wenn seine fünf Spezialisten nun total sauer waren.

Die Pausenklingel riss ihn aus den Gedanken. Doch die Sorge, dass sein Adoptionsplan gescheitert war und er seine Fehler nicht wieder ausmerzen konnte, ließen sich nicht einfach wegwischen. Henry stieß sich vom Wagen ab und lief über die Straße zum Schultor und stellte sich zu anderen Eltern, die auch auf ihre Kinder warteten. Unter ihnen ein verwahrlost aussehender Mann mit ungepflegtem Bart, den einige Frauen missbilligend ansahen, weil er vor den Kindern ungeniert rauchte. Henry roch, dass er nach Alkohol stank. Der Kerl nahm ein kleines Mädchen in Empfang, das bei den Temperaturen abgewetzte Sommerschühchen, Strumpfhosen mit Loch und eine viel zu dünne Jacke trug. Ihre langen Haare waren zerzaust, als hätten sie noch nie einen Kamm gesehen. Kaum sah sie den Mann, der wegen der Ähnlichkeit im Gesicht unbestritten ihr Vater war, zuckte sie zusammen und nahm eine unterwürfige Haltung an. Der Kerl schob sie vor sich her zu seinem Auto und warf ihren Ranzen in den Kofferraum. Verfluchte! Wer weiß, was das Kind zu Hause durchmachte. Wo war da das Jugendamt? Das erinnerte ihn an die Begegnung mit Lilly. Kein Wunder, wenn Kinder aus solchen Verhältnissen abhauten. Sein schlechtes Gewissen meldete sich, hatte er Lilly in der Notaufnahme doch versprochen, sie im Krankenhaus zu besuchen. Er atmete tief durch. Matti schlenderte neben einem Mädchen mit schwarzen Flechtzöpfen über den Schulhof zum Tor. Sie plauderten. Henry freute sich darüber und gab ihm die Zeit. Derweil rief er in der Bernsteinklinik in Binz an und erkundigte sich nach Lilly. Sie war nicht mehr da. «Ist sie ausgebüxt?»

«Nein, sie wurde gestern wegen einer Operation zurück in die Klinik nach Bergen verlegt.» Henry beobachtete Matti, der sich Zeit ließ, und rief Frau Doktor Kranich an, um zu erfahren, wie es Lilly ging, ob er das Mädchen in den nächsten Tagen besuchen konnte.

«Lilly liegt nicht bei uns. Das irritiert mich jetzt.»

«Mir wurde aber von der Binzer Kinder- und Jugendpsychiatrie gesagt, dass sie gestern wegen einer Operation in die Medicusklinik verlegt wurde.»

«Zu uns? Moment, ich rufe Sie gleich zurück.» Matti beendete sein Gespräch mit dem Mädchen und gab ihr förmlich die Hand, während die Kleine ihn anhimmelte. Henry schmunzelte über Matti, der sichtlich eine kleine Verehrerin gefunden hatte, während er innerlich die Befürchtung unterdrückte, dass Lilly nicht genügend vor ihren gewalttätigen Eltern geschützt worden war. Hatten sie einen Weg gefunden, das Mädchen aus der Klinik zu holen? Oder handelte es sich nur um ein Missverständnis?

Sein Telefon klingelte. Dr. Kranich rief ihn zurück. «Ich habe drüben in Binz mit der zuständigen Ärztin und einer Krankenschwester gesprochen. Sie hat in den Unterlagen nachgesehen und mir den Namen des Arztes genannt, dessen Unterschrift auf dem Dokument stand. Den gibt es jedoch weder bei uns noch dort.»

«Vielleicht haben die Eltern das Mädchen entführt?»

«Die Formulare sahen wohl echt aus. Die Frau, die das Mädchen in Empfang genommen hat, trug auch die Jacke des Rettungsdienstes.» Vor Henrys geistigem Auge tauchte der Kleiderschrank von Peter Kant auf, in dem so eine Jacke hing. Im nächsten Moment fand er diesen Geistesblitz absurd. Wieso sollte Peter Kant dieses Mädchen entführen lassen? Woher sollte er sie denn kennen? Nein, das war idiotisch. Henry kratzte sich am Kopf. Was, wenn Kant der Mann mit der Waffe war, der Danilo überfallen hatte? Er konnte Lilly in dem Abrisshaus bemerkt haben. Eine Zeugin des Überfalls ... Henry und Sophie hatten ihm mit ihrem Auftauchen vielleicht dazwischengefunkt, als er sich das Mädchen schnappen wollte. Und wenn er beobachtet hat, wie sie Lilly in die Notaufnahme brachten, wusste er Bescheid. Es konnte gut sein, dass er Angst hatte, dass dieses Mädchen ihn wiedererkennen würde. Also musste er sie beseitigen. Verfluchte! So abwegig war der Gedanke gar nicht. Aber wer war dann seine Komplizin?

«Sie sollten auf jeden Fall die Polizei rufen, Frau Kranich, und das Mädchen als vermisst melden. Wer weiß, wozu die

Eltern fähig sind. Manche verkaufen ihre Kinder an Pädophilenringe, die Profis einsetzen und dafür sorgen, dass Kinder verschwinden, damit die Wahrheit nicht ans Licht kommt.» Während er sich die eine Spur vornahm, konnte die Polizei sich um das andere Motiv der Entführung kümmern.

«Danke, dass du so lange gewartet hast», sagte Matti, gab ihm den Ranzen und seinen Turnbeutel. «Das war Sybill, sie ist aus Syrien und lernt noch unsere Sprache. Ich habe ihr den Stundenplan für morgen erklärt. Damit sie besser versteht, welche Bücher sie mitbringen muss.»

«Das war sehr hilfsbereit von dir. Sie mag dich», sagte Henry und demonstrierte äußere Gelassenheit, obwohl ihm innerlich bange war. Er wollte Matti nicht mit seinen Sorgen belasten.

«Ich mag sie auch, besonders ihre schwarzen Haare und ihre Fröhlichkeit.» Damit war das Thema für Matti beendet. «Gehen wir?», fragte er und marschierte vor ihm über die Straße zum Auto. Henry legte Ranzen und Turnbeutel auf den Rücksitz. «Du hattest heute Sport?»

«Nein, das sind meine Wechselsachen. Ich bleibe doch über Nacht bei dir.» Henry kratzte sich am Kopf. Davon wusste er nichts. War ihm das weggerutscht?

«Du hast keine Zeit?», fragte das Kind, und Henry hörte die Enttäuschung in Mattis Stimme.

«Doch, ich kann mich bloß nicht erinnern, dass Frau Haberland das mit mir besprochen hat», sagte er schnell.

«Hat sie auch nicht, das habe ich mir heute früh spontan überlegt.»

«Aber sie weiß Bescheid? Ansonsten bekommen wir Ärger.»

«Ich habe ihr einen Zettel hingelegt. Sie war heute früh noch nicht da.»

«Dann sollten wir sie gleich anrufen und um ihre Erlaubnis bitten.» Henry zückte sein Telefon und informierte die Heimleiterin. Matti starrte ihn regungslos an. Henry schmunzelte «Sie hat begrüßt, dass du an *meiner* Flexibilität arbeitest, und ihre Zustimmung gegeben.» Ein Aufblitzen in Mattis Augen zeigte ihm, dass er sich freute. Sie stiegen ein.

«Hast du viele Hausaufgaben auf?»

«Keine. Unsere Lehrerin meint, wir sollen einmal entspannen.»

«Dann haben wir ein unerwartetes Zeitfenster.»

«Spielen wir wieder Detektiv?»

«Nein, das Detektivspielen lassen wir besser sein.»

Dass Lilly verschwunden war, änderte alles. Er konnte die Ermittlung nicht stoppen, denn jetzt war Gefahr im Verzug. Aber er würde allein weitermachen und nur Lucia einweihen. Einen anderen Weg gab es nicht. Er musste wissen, ob Kant zur Tatzeit von Isas Mord die Therapiestunde bei Verena Schall wahrgenommen hatte.

Wenn Matti nachher seine Serie guckte, würde er Lucia anrufen und bitten, dass sie heute Abend auf Matti aufpasst.

KAPITEL 49

Gegen 21.00 Uhr parkte Henry am *Haus des Gastes* gegenüber dem Kurpark in Binz. Er hasste es, derartige Methoden einzusetzen, und hätte gerne auf Marcus, den Experten für solche Aktionen, zurückgegriffen, aber er musste die Truppe vorerst raushalten. Es reichte, dass er sich selbst schon wieder in Teufels Küche brachte.

Ohne Dienstausweis gab es aber nur diesen Weg für die Antwort auf die eine der zwei entscheidenden Fragen: Besitzt Peter Kant ein stichhaltiges Alibi für den Mord an Isa Kramer? Er musste in Verena Schalls Praxis überprüfen, ob Kant diesen Termin letzten Dienstag wahrgenommen hatte. Das war sicher irgendwo dokumentiert. Vielleicht reichte schon ein Blick in Schalls Kalender. Bloß gut, dass die Tür zu ihrer Praxis kein Problem darstellte. Henry ließ sie leise hinter sich ins Schloss fallen. Er wartete, bis sich seine Augen an die Dunkelheit gewöhnt hatten, dann schlich er sich im Licht der Außenlaterne vor dem Haus zum Behandlungszimmerer, umrundete den Schreibtisch und richtete die Taschenlampe seines Handys auf den Tischkalender der Psychotherapeutin. Er blätterte eine Woche zurück. Enttäuscht stellte er fest, dass sie nur ihre privaten Termine darin festhielt; Tennisdoppel mit Rolf, Kosmetik, Friseur, Massage, Pilates und Yoga, Einladungen zu Geburtstagen, Theaterbesuche und heute Abend 19.00 Uhr *Schostakowitsch*, ein Klassikkonzert der Norddeutschen Philharmonie Rostock im Kurhaus Binz.

Aufklärung brachte also nur ein Blick in Kants Patientenakte. Henry lief in die Anmeldung, umrundete den Empfangstresen und betrachtete den weißen Metallschrank dahinter. Die Schubladen mit den Patientenkarteien waren natürlich verschlossen. Den Metallkasten aufzubrechen, wäre die letzte Option, die er eigentlich vermeiden wollte. Er beugte sich hinter dem Empfangstresen über die Ablageschale neben dem Computer der Sprechstundenhilfe und suchte darin nach einem passenden Schlüssel. Plötzlich ging die Praxistür auf. Henry erschrak. Zu spät, sich zu ducken. Das Licht wurde eingeschaltet.

«Ich fasse es nicht! Was machen Sie hier?» Dr. Schall stand in der Tür. Sie trug ein langes Abendkleid, darüber eine Pelzjacke. Dahinter trat ein groß gewachsener Mann aus dem Dunkeln. Paul Bremer. Auch er in feinstem Zwirn. «Mensch, Henry, hast du uns erschreckt», sagte er und atmete auf, schien froh, dass es kein Einbrecher war, gegen den er kämpfen musste.

Henry war verblüfft, auch wegen Bremer an Dr. Schalls Seite. «Das Konzert ist wohl schon vorbei», sagte er, weil ihm nichts Besseres einfiel. Die beiden warfen sich einen fragenden Blick zu. Die Psychologin kochte sichtlich vor Wut.

«Was machst du hier in der Praxis meiner Frau?» Paul zeigte auf Henrys Hand, die immer noch in der Ablageschale lag.

«Ihr seid verheiratet? Das wusste ich nicht.» Jetzt war er vollends sprachlos.

«Das tut auch nichts zur Sache!», entrüstete sich Schall.
«Ich kann dir sagen, was er sucht, Paul. Er verdächtigt einen
meiner Patienten des Mordes an Isa Kramer. Und weil ich
mich an meine Schweigepflicht gehalten und ihm die Frage
nicht beantwortet habe, ob besagter Patient am 12. November
seinen Termin bei mir wahrgenommen hat, versucht er
das jetzt über meine Aufzeichnungen in der Patientenakte herauszufinden. Eine Frechheit!»

«Verena, beruhige dich!»

«Ach, jetzt nimmst du ihn auch noch in Schutz. Das wird
ja immer schöner. Reicht es nicht, dass du ihm schon den
Obduktionsbericht zugespielt hast, obwohl dich das in größ-
te Schwierigkeiten bringen könnte. Dieser Mann», sagte sie
und zeigte dabei auf Henry. «... ist zwanghaft auf die Lösung
seiner Fälle fixiert, dass er jegliche Grenzen aus den Augen verloren hat und nicht davor zurückschreckt, andere mit in den
Abgrund zu ziehen. Ich bin nicht bereit, mich seinen manipu-
lativen Spielchen unterwerfen.»

«Verena, es reicht! Ganz ehrlich, scheiß auf die Schweige-
pflicht. Ich kann Henry verstehen. Gib ihm, was er braucht.
Schließlich geht es um Leben und Tod. Stell dir vor, diese
Bestie hat noch nicht genug. Du willst doch am Ende nicht
Mitschuld tragen, wenn du es mit einer Antwort hättest ver-
hindern können.»

Verena Schall wurde blass. Sie schluckte, widersprach
aber nicht, holte die Patientenakte von Peter Kant aus dem
Schrank und zögerte.

«War Peter Kant am 12. November um 15.00 Uhr bei Ihnen zur Therapie?»

«Nein, er hat sich mit einer Grippe entschuldigt.»

«Darf ich?», fragte Henry und griff nach der Mappe in Schalls Hand. Wieder sah sie Paul von der Seite an, als fragte sie nach seiner Erlaubnis, der nickte ihr zu. Henry blätterte durch die Papiere, überflog die Seiten und schaute dabei in eine kranke Seele. Das Motiv, dass sie Kant anhand der Biografie unterstellt hatten, bestätigte sich. Die Kindheit des Inselfotografen war von traumatischen Erlebnissen, Gewalt, Vernachlässigung, sexuellem Missbrauch in seiner Familie und im Kinderheim geprägt. Hinzu kamen die Misshandlungen seines Klassenkameraden Tom von Bredow, die bei Kant Todesangst ausgelöst hatten. Der Mann hatte eine ähnlich kranke Fantasie wie der Rosenmörder. Die Summe der Traumata seiner Kindheit hatten aus ihm einen zwanghaften Neurotiker gemacht, der die negativen Emotionen mit Psychopharmaka dämpfte. Ein Linkshänder, der mit Gewalt zum Rechtshänder umerzogen worden war. Also war er durchaus in der Lage, einen Messerstich mit links zu setzen.

Und er war dreimal bei Tom von Bredow im Gefängnis.

«Warum hat er Tom besucht, der ihm doch so viel Leid zugefügt hat?», richtete Henry seine Frage an Schall, die sich neben Paul auf einen der Wartezimmerstühle gesetzt hatte.

«Es war eine Aufgabe im Rahmen der Konfrontationstherapie gegen die multiple Angststörung. Bredow saß für immer im Gefängnis, Peter Kant sollte damit begreifen, dass Tom ihm nichts mehr anhaben kann.»

«Hatte das Treffen im Wald gestern auch etwas damit zu tun?» Schall suchte den Blick von Paul und schien sich überwinden zu müssen, darüber zu reden.

«Wie würden Sie sich fühlen, wenn ich mich bei Ihrer Krankengeschichte über meine Schweigepflicht hinwegsetze und einem Dritten gegenüber dem Inhalt unserer Therapiesitzung ausplaudere.»

«Verletzt, verraten, aber ich bin auch kein Mörder.»

«Kant ist bisher auch des Mordes nicht angeklagt, also warte ich auf die offizielle Einladung der Polizei, zu der Sie, Herr Zornik, nicht mehr gehören», konterte die Psychologin.

Paul nickte ihr aufmunternd zu. «Henry hat recht! Wir müssen weitere Morde verhindern.» Sie tat sich schwer, antwortete aber. «Das Forsthaus im Wald ist sein Elternhaus. Er traut sich seit dem Tod der Eltern und seiner Schwester nicht, es zu betreten, weil er denkt, dass dort ein Dämon versteckt ist.»

«Könnte es sein, dass er Ihnen etwas vorspielt und das Haus womöglich der Tatort ist? Kant pachtet das gesamte Gelände ringsherum als Jagdrevier.»

«Nein, die Wahnvorstellungen sind echt, glauben Sie mir, alles andere würde ich erkennen. Wir haben uns in mühevollen Schritten bis an das Haus herangearbeitet. Er schafft es jetzt, die Außenwände zu berühren, ohne dass ihn eine Panikattacke übermannt.»

«Aber wenn jemand so viel Schmerz und Qualen erlebt hat, ist es da aus psychologischer Sicht überhaupt realistisch, dass er anderen Leid zufügt?»

«Reproduktion basiert auf Faszination *oder* Ekel.» Henry schaute sie nachdenklich an. Das hatte Charlotte auch angeführt.

KAPITEL 50

Henry fuhr im Schritttempo den löchrigen Feldweg zu seinem Haus. Ihn plagten Gewissensbisse. Eigentlich musste er seine Informationen an Francesco weitergeben. Wenn er im Beisein der Kommissarin mit ihm sprach, dann hörte er ihm vielleicht zu. Er bog auf den Hof ein und parkte neben Lucias Auto. Er stieg aus, schloss das Haus auf und hörte, dass der Fernseher im Wohnzimmer lief. Es roch anders, nicht nach Lucias Pampelmusenparfüm. Ihr Mantel, die blaue Mütze und ihre Stiefel fehlten im Flur. Dafür hing eine schwarze Daunenjacke an der Garderobe, die er nicht kannte. Oranges Licht fiel flackernd durch die offen stehende Tür. Also brannte das Kaminfeuer. Er schaute um die Ecke ins Wohnzimmer und erstarrte. Dort saß Jolien. «Was machst du denn hier? Wo ist Lucia?», fragte er erstaunt und merkte, wie Angst und Wut in ihm um die Vorherrschaft rangen.

Jolien sprang auf und trat auf ihn zu. «Sollte deine erste Frage nicht dem Jungen gelten, den du adoptieren willst?», fragte sie mit Unschuldsmiene und faltete die Hände.

«Wo ist er?»

«Nicht so laut! Er schläft. Und danke Jolien, dass du auf ihn aufgepasst hast.»

Henry musste sich echt bemühen, ruhig zu bleiben. «Wie kommst du hier rein?»

«Durch die Tür. Deine nette Kollegin hat mir aufgemacht, dann haben wir bei einem Glas Wein ein wenig geplaudert, und sie hat mich gebeten, ihren Babysitterjob zu übernehmen, weil es ihr nicht so gut ging.»

Das konnte er nicht glauben. Sprachlos zückte er sein Handy und rief Lucia an. Sie ging nicht ran. Das würde sie niemals bringen, Matti einer Fremden zu überlassen. Er schaute in seine WhatsApp-Nachrichten. Sie hatte vor einer halben Stunde geschrieben. *Entschuldige, mir geht es wirklich schlecht. Matti schläft. Ich muss zum Arzt. Jolien hat sich bereit erklärt, auf Matti aufzupassen.* Henry runzelte die Stirn, weil er nicht wusste, was er davon halten sollte.

«Na, glaubst du mir jetzt. Ich habe ihr ein Taxi gerufen, weil sie nicht mehr selbst fahren konnte. Ich hätte sie auch in die Notaufnahme gebracht, aber einer musste ja bei dem Kind bleiben. Komm, setz dich. Ich hole dir ein Glas.»

«Vergiss es!» Er eilte in die Küche, nahm die Wasserflasche aus dem Kühlschrank und trank. Ihm war schlecht. Er rannte damit nach oben, um nach Matti zu sehen. Der schlief friedlich in seinem Bett. Henrys Herz raste. Wieso ging es Lucia auf einmal so schlecht? Gut, sie war erkältet, aber das war doch kein Grund … oder hatte sie sich gar eine Influenza eingefangen? Warum hatte sie sich dann nicht oben ins Bett gelegt und ihn angerufen. Dann wäre er doch sofort zurückgekommen. Henry traute Jolien nicht über den Weg. Erst verfolgte sie ihn gestern bis in den Wald, dann tauchte sie heute Abend hier auf. Dass sie wusste, wo er wohnte, bedeutete, dass sie ihn die ganze Zeit heimlich beobachtete. Er nahm noch einen Schluck, weil er zu schwitzen begann und seine Hände zitterten. Ihm wurde schwindlig. Er lief ins Bad. Was war das? Die Knie wurden ihm weich. Er hielt sich am Waschbecken fest und das Gesicht unters kalte Wasser. Ringsum verschwamm alles im Nebel. Er merkte noch, dass ihn eine Hand griff und er aufgefangen wurde, dann wurde es schwarz.

KAPITEL 51

Henry erwachte mit Kopfschmerzen. Er lag nackt im Bett, und die Kissen neben ihm waren zerwühlt. Er konnte sich nicht erinnern, wie er hierhergekommen, geschweige denn, was letzte Nacht passiert war. Stöhnend stand er auf, lief nach unten und wollte in die Küche. Da sah er Mattis Ranzen im Flur neben der Kommode stehen, auf der die geringelte Bommelmütze lag. Sein Anorak hing auch an der Garderobe. Verfluchte! Henry rannte wieder nach oben, schaute ins Kinderzimmer. Die Bettdecke war zurückgeschlagen, und Mattis Schlafanzug lag darauf. Er stürmte nach unten und riss die Küchentür auf. Dort saß Matti neben Jolien am gedeckten Frühstückstisch, löffelte Cornflakes, während Jolien ihm ein Pausenbrot einwickelte. Ihr zuckersüßes Lächeln jagte ihm einen Schauer über den Rücken, denn neben ihrer Hand lag ein großes Messer griffbereit. Henrys Augen und ihre trafen sich, dann wanderte ihr Blick zum Messer. Sie nahm es in die Hand und fragte überfreundlich, ob sie ihm auch eine Scheibe Brot abschneiden soll.

«Kein Appetit», antwortete er knapp.

«Du bist dem Kind ein schlechtes Vorbild.»

Henry wähnte sich im falschen Film. Was sollte diese Schmierenkomödie? Er lächelte gequält, um Matti nicht zu verunsichern.

Der mischte sich in ihre Unterhaltung. «Wer das Frühstück auslässt, hat laut der amerikanischen Heart Association einen höheren Blutdruck und Cholesterinspiegel und ist damit anfälliger für Herzkrankheiten.»

«Du solltest auf Matti hören», sagte Jolien, schnitt ihm ein Brot ab, schmierte Butter darauf, reichte es ihm und legte das Messer weg. Diese Frau widerte ihn an. Er setzte sich an den Tisch und würgte jeden Bissen herunter. Es herrschte eine bedrückende Stille. Allein die Wanduhr tickte. Matti schien nicht zu bemerken, dass etwas zwischen Henry und Jolien nicht stimmte. Wer weiß, was sie dem Jungen erzählt hatte, dass er sich jetzt nicht wunderte, wo Lucia hin war. Jolien hingegen schien mit sich und der Welt zufrieden. «Kaffee oder Tee?»

«Keine Zeit, wir müssen los. Viertel vor acht beginnt seine Schule.» Henry stand auf und ermahnte Matti zur Eile.

«Ich bringe ihn», bot sich Jolien an.

«Du musst nach Sellin in deinen Blumenladen.»

«Meine Schule liegt auf Henrys Weg. Im Zuge des Klimawandels ist es wichtig, unnütze Fahrten zu vermeiden, um unseren CO_2-Abdruck so gering wie möglich zu halten», sagte Matti und legte den Löffel beiseite, weil er fertig gegessen hatte.

«Da hörst du es. Mattis Schule ist ein unnützer Umweg für dich. Du versaust deine Klimabilanz und gefährdest unseren Planeten.» Das schien sie nicht zu interessieren.

«Du musst doch erst um 9.00 Uhr zur Akademie.» Sie kannte sogar seinen Stundenplan. Wer weiß, wo sie letzte Nacht noch herumgeschnüffelt hatte, als er im Koma lag. Er konnte sich nicht erinnern, was passiert war. Ein deutliches Anzeichen, dass sie ihm K.-o.-Tropfen verabreicht haben könnte. Er hatte kein Getränk von ihr angenommen. Aber er hatte etwas getrunken ... das Wasser aus dem Kühlschrank.

«Vor dem Kurs korrigiere ich noch die letzte Klausur.» Henry schickte Matti in den Flur zum Anziehen. «Wir haben etwas zu besprechen», sagte er. «Was ist letzte Nacht passiert?»

«Du warst wunderbar. Obwohl du rabiat sein kannst. Na ja, die Spuren, die du hinterlassen hast, sieht ja keiner.» Bluffte sie? «Das sollten wir bald wiederholen, mein Schatz.» Er musste schlucken. «Nichts werden wir wiederholen. Ich will, dass du aus meinem Leben verschwindest.»

«Du bist undankbar. Außerdem wird es den Adoptionsprozess vereinfachen, wenn du dem Jugendamt gegenüber eine Frau an deiner Seite vorweisen kannst.» Sie lächelte erwartungsvoll. Was dachte sie sich? Hatte sie es immer noch nicht kapiert, oder lebte sie in einer Traumwelt? «Es würde das Verfahren sicher beschleunigen, wenn ich bei Frau Jakob ein gutes Wort für dich einlege.»

«Danke, aber das ist nicht nötig.»

«Ich könnte ihr natürlich auch erzählen, dass du Matti vorgestern im Wald und gestern Abend allein gelassen hast, weil du dich unerlaubt in ein laufendes Ermittlungsverfahren einmischst und dafür sogar in eine Psychiatriepraxis einbrichst. Und dann wäre da noch deine mangelnde Impulskontrolle, die manchmal in Gewalttätigkeit mündet.» Sie seufzte und zeigte ihm Hämatome an der Innenseite ihrer Oberschenkel. Henry erschrak, waren es doch Spuren wie nach einer Vergewaltigung. «Du willst doch bestimmt nicht, dass Frau Jakob davon erfährt.» Nein, das glaubte er nicht. Das musste sie sich selbst zugefügt haben. Verfluchter Filmriss!

«Fertig!», sagte Matti und schaute mit Mütze auf dem Kopf und Ranzen auf dem Rücken zur Küche herein.

«Geh schon mal ins Auto!» Henry gab ihm den Schlüssel. «Los, raus mit dir! Sonst vergesse ich mich», zischte er Jolien ins Ohr und konnte nur mit Mühe seine Wut im Zaum halten. Es war die Wut der Verzweiflung, denn er vermutete, dass sie nicht zögern würde, sein Leben zu ruinieren, wenn sie nicht bekam, was sie wollte. Sie nahm ihre Jacke und ging. Der Blick, den sie ihm in der Tür noch zuwarf, verriet ihm, dass es noch lange nicht vorbei war. Ihm kam ein schrecklicher Gedanke. Hatte sie damals Hanna beseitigt oder beseitigen lassen, um ihn zurückzugewinnen? Sie war zur gleichen Zeit wie Peter Kant in der Psychiatrie. Er hatte vorher in Stralsund als Rettungssanitäter gearbeitet und sie auf der Intensivstation der Hanseklinik, vielleicht kannten sie sich schon daher. Er musste unbedingt recherchieren, ob es diesen Schnittpunkt gab. Und sie kannte jedes Detail der Rosenmorde, denn schon damals war sie unerlaubt in seine Wohnung eingedrungen und hatte dabei die Notizen an seiner Ermittlerwand im Schlafzimmer studiert. Verfluchte! Er erinnerte sich, wie sie ihm nach Hannas Beerdigung ihr Beileid ausgesprochen hatte. Da war kein echtes Mitgefühl, eher Genugtuung. An dem Morgen, an dem Hanna verschwand, war er genauso erwacht wie heute. K.-o.-Tropfen? Henry suchte die Wasserflasche, aus der er gestern getrunken hatte. Er wollte sie in der Akademie im Forensiklabor untersuchen lassen. Aber sie war weg.

Er lieferte Matti in der Schule ab, dann rauschte er zur Akademie, rannte die Haupttreppe hoch zum Lehrerzimmer und suchte nach Lucia, die heute eine Frühvorlesung in Forensik hatte. Vorher sollte sie ihm noch schnell Blut abnehmen, um es dann später in ihrem Labor auf K.-o.-Tropfen zu untersuchen, obwohl er wusste, dass die Substanz schnell aus dem Blut verschwand. Völlig durch den Wind, hetzte Henry über die Flure zu ihrem Hörsaal. Leer. Er drückte die Klinke zum Labor herunter. Abgeschlossen. Jetzt fiel ihm wieder ein, dass es ihr ja gestern Abend so schlecht ging. Sein Gehirn schien löchrig wie ein Schweizer Käse. Henry zückte sein Handy und wählte ihre Nummer. Besetzt. War sie krank? Er machte kehrt und eilte ins Vorzimmer des Rektorats. Wenn einer wusste, wo Lucia steckte, dann Frau Meyer. Doch die Schulsekretärin zuckte mit den Schultern. «Professorin Bertolli hat mir gestern Abend eine Nachricht geschickt, dass sie krank ist.» Dann stimmte es doch, was Jolien gesagt hatte. Um Lucia würde er sich gleich kümmern, wenn ihm jemand Blut abgezapft und es analysiert hatte. Dr. Kranich fiel ihm ein. Er rannte aus der Akademie, raste in die Medicusklinik und eilte in die Notaufnahme. Dort war es knackevoll. Beim Versuch, sich vorzudrängeln, pfiff ihn die korpulente Krankenschwester im rosa Kittel zurück und hielt ihm eine Moralpredigt. Er winkte ab und lief zurück zum Empfang am Krankenhauseingang, fragte nach Dr. Kranich und erfuhr, dass sie gerade nach ihrem 24-Stunden-Dienst nach Hause gefahren war. Zurück in die Notaufnahme? Bis er drankam, verflüchtigten sich alle Spuren in seinem Blut. Dann musste ihm eben Bremer helfen. Hoffentlich war er da. Henry fuhr mit dem Fahrstuhl ins Untergeschoss und klingelte an der Tür, über der das Schild Pathologie hing.

Paul öffnete selbst und guckte ihn verwundert an. Er trug blaue OP-Kleidung und hatte den Mundschutz unters Kinn geschoben. Die durchsichtige Sicherheitsbrille saß ihm auf dem Kopf über der OP-Haube. Bevor Paul fragen konnte, brachte Henry sein Anliegen vor und erzählte, was ihm letzte Nacht noch widerfahren war. «Ich muss wissen, was dieses Weib mir verabreicht hat.»

Paul bat ihn herein, drückte ihm einen Plastikbecher in die Hand und schickte ihn auf die Toilette. «Der Nachweis im Blut hat die kritische Grenze von acht Stunden erreicht. Im Urin lässt sich das Zeug bis zu zwölf Stunden finden. Zur Not muss ich dir ein paar Haare auszupfen.» Paul legte die Hand auf seinen Kopf. «Leider ist da nicht viel zu holen», stellt er schmunzelnd fest. Henry war nicht zum Scherzen zumute.

«Sag mal, damals bei den Rosenmorden gab es doch in der Ausführung einen feinen Unterschied im Ansatz des Schnittes bei den Touristinnen gegenüber dem bei Hanna. Bei den Touristinnen waren sie souverän und bei Hanna etwas wackelig.»

«Du hast den Verdacht, dass zwei unterschiedliche Täter am Werk waren? Aber Tom von Bredows DNA-Spuren fanden sich doch eindeutig, soweit ich noch weiß, an allen Opfern. Wer hat die Fälle denn damals obduziert? Kaiser?» Henry nickte. «Frag ihn doch?»

«Den kann ich nicht fragen, der ist dicke mit Francesco. Ich habe unserem Hauptkommissar gestern eine reingehauen.» Paul verzog schmerzhaft das Gesicht. «Ich habe mich entschuldigt und bin froh, dass er mich nicht anzeigt.»

«Dann solltest du dich tatsächlich nicht dabei erwischen lassen, dass du seine Arbeit machst.»

«Deine Frau mag recht haben, dass ich zwanghaft handle, aber soll ich zugucken, wie ein Mörder junge Mädchen grausam zurichtet? Du erinnerst dich an die misshandelte Jugendliche, die ich in die Notaufnahme gebracht habe?» Paul nickte, während er Henrys Urin untersuchte. «Sie ist gestern verschwunden.»

«Abgehauen?»

«Nein.» Henry erzählte, was ihm Dr. Kranich berichtet hatte.

«Krass! Wer gibt sich solche Mühe?»

Nun erzählte er Paul die Wahrheit darüber, wo er das Mädchen mit seinen Studierenden wirklich gefunden hatte. «Die Kleine muss etwas gesehen haben, dass dem Täter Angst macht.» Der Pathologe starrte ihn nur sprachlos an.

«Sie passt aber auch rein äußerlich mit ihren schwarzen Haaren in das Beuteschema.»

«Scheiße, ja! Er hat seine Opfer nicht gleich getötet, sondern immer mehrere Tage irgendwo eingesperrt. Deshalb muss ich mich beeilen, um sie noch lebend zu finden.»

«Rede mit Blume.»

«Nein, der hat schon seine Verdächtigen und hört mir nicht zu. Du kennst den Sturkopp, den kannst du nur mit stichhaltigen Beweisen vom falschen Weg abbringen.»

«Positiv», sagte Paul. «Du hast tatsächlich Spuren von K.-o.-Tropfen im Urin.»

«War ich unter der Droge zu sexuellen Handlungen fähig?»

«Schwer zu sagen, kommt auf die Dosierung an. In geringer Dosis wirkt GBL enthemmend.»

Ihm blieb noch eine Stunde bis zum Unterrichtsbeginn. Zuerst fuhr er nach Ralswiek, um nach Lucia zu sehen. Sie schien nicht da zu sein. War sie etwa im Krankenhaus? Er wählte die Nummer der Medicusklinik, erkundigte sich nach ihr und erfuhr nur, dass sie nicht stationär aufgenommen worden war. Er wählte ihre Nummer. Wieder besetzt. Henry warf das Telefon auf den Beifahrersitz, stieg in den Wagen und raste nach Sellin. Dort stürmte er mit dem Analyseergebnis, das Paul ihm schriftlich bescheinigt hatte, in Joliens Blumenladen und platzte mitten in ein Kundengespräch. Jolien nahm gerade die Wünsche einer jungen Frau für einen Brautstrauß entgegen. Henry entschuldigte sich bei der Frau, schnappte Jolien am Ärmel und zog sie unsanft nach hinten in ihre Werkstatt. Dort rieb er ihr Pauls Bescheinigung unter die Nase. «Du hast mir nachweislich K.-o.-Tropfen verabreicht. Dafür kann ich dich anzeigen.» Plötzlich hatte sie eine Floristen-Schere in der Hand und machte ein Gesicht, als müsste sie sich vor ihm verteidigen.

«Ach, wer hat das denn ausgestellt.» Sie schaute auf die Unterschrift. «Interessant. Das ist doch der, der dir per E-Mail den Obduktionsbericht von Isa Kramer zugespielt hat.»

«Wie bist du in meinen Computer gekommen?»

«Gar nicht. Die ausgedruckte E-Mail und der Bericht lagen neben deinem Bett. Wer sagt denn, dass er dir mit diesem Wisch keinen Freundschaftsdienst erwiesen hat, damit du dich aus den Vergewaltigungsvorwürfen herausreden kannst. Ich denke, es ist Zeit für eine Entschuldigung. Gehen wir heute Abend essen, oder bist du da wieder auf Mörderjagd?» Dabei richtete sie die Spitze der Schere auf seinen Bauch. Henry nahm sie ihr blitzschnell ab und drehte ihr das Handgelenk um. «Ich schreie!», formten ihre Lippen tonlos. Er ließ sie los, schloss die Augen und holte tief Luft, um einen Wutausbruch zu verhindern.

«Wenn ich rausfinde, dass du etwas mit Hannas Tod zu tun hattest, bringe ich dich um!», sagte er und stürmte aus dem Laden. Verfluchte! Henry wusste, dass er mit der Drohung gerade einen riesigen Fehler begangen hatte, denn ihr Laden samt Werkstatt waren kameraüberwacht. Das könnte sie wunderbar ausnutzen.

KAPITEL 52

Henry stieg ins Auto. Angesichts der sich überschlagenden Ereignisse konnte Henry jetzt nicht unterrichten. Er rief im Sekretariat an und meldete sich krank, denn er musste Zeit gewinnen, um allein weiter zu ermitteln. «Oh, da haben Sie sich bestimmt bei Professorin Bertolli angesteckt», sagte Frau Meyer. «Ich sage Ihren Studierenden ab, und Sie fahren zum Arzt. Bevor sie sich nicht auskuriert haben, will ich Sie diese Woche hier nicht sehen», befahl sie scherzhaft.

Er startete den Motor und fuhr noch einmal bei Lucia in Ralswiek vorbei. Sie öffnete nicht. Ihr Telefon war aus. Musste er sich Sorgen machen? Wahrscheinlich schlief sie. Henry wollte sie nicht stören. Er sprach ihr auf den Anrufbeantworter und bat um Rückruf.

Die Ereignisse mit Jolien, sein Verdacht, ließen ihn nicht los. Zu Hause suchte er in den alten Unterlagen, woher die Rosen stammten, die die Opfer vor fünf Jahren in den Händen hielten. *Das hatten wir doch damals untersucht und waren zu welchem Schluss gekommen?* Henry fräste sich durch die vielen Notizzettel, die noch in dem Schuhkarton lagen. *Hier!* Er fand ein kariertes Blatt mit Hannas Handschrift. *Rosensorte: Blueblack Baccara, eine Rarität, gezüchtet von der Gärtnerei*

Ahrend; Sorte befindet sich auch im Garten des Wohnsitzes der von Bredows.

Und bei Hanna war er dem nicht nachgegangen. Verfluchter Mist! War das der Fehler gewesen? Nein! Henry fand einen Auszug aus dem Bericht der Kriminaltechnik. Das Labor hatte auch die Rose in Hannas Händen überprüft. Es handelte sich um die gleiche Sorte. Anhand der Schnittfläche am Stiel wurden die Rosen bei allen Opfern mit einer handelsüblichen Gartenschere vom Strauch abgeschnitten. Diese fand sich im Gewächshaus der Frau von Bredow. Es wurden eindeutige Spuren gefunden. Er atmete auf. *Konnte Jolien den Tatbestand der Rosensorte und dass diese im Schlossgarten der von Bredows wuchs, damals gewusst haben? Ja, das stand an seiner Ermittlerwand im Schlafzimmer. Wann hatten sie eigentlich die Schere im Gewächshaus der Frau von Bredow gefunden?* Henry überflog die Notizen. *Nach Hannas Tod! Eine Schere ohne Fingerabdrücke.* Vielleicht hatte Jolien damals die Schere dort platziert. Bei dem Gedanken, dass sie an Hannas Ermordung beteiligt gewesen sein könnte, wurde ihm tatsächlich schlecht. Sie war gut darin, Leute zu manipulieren. Er dachte daran, wie sie Peter Kant in seinem Atelier zurechtgewiesen hatte. Trotzdem, im Moment war das alles reine Spekulation. Er sollte sich auf die Fakten konzentrieren. Er schaute sich den forensischen Bericht im Fall Isa Kramer an und verglich, was dort über die Rose stand. Es handelte sich um die gleiche Sorte, mit einem glatten Schnitt am Stielende, wie von einer Gartenschere. Jetzt war November, draußen blühten keine Rosen mehr. Sie musste also aus einem Blumenladen stammen. War das die gleiche Sorte wie in dem Gesteck auf Tom von Bredows Grab, dann vertrieb Jolien sie in ihrem Geschäft. Das hatte sie damals noch nicht. Was hatte sie gesagt? Sie hatte *Monis Floris-tenstube* von einer alten Dame übernommen. Henry schnappte sich den Laptop und recherchierte. Moni Ahrend hatte eine Gärtnerei betrieben und mehrere kleine Blumenläden auf der Insel. Er verglich den Namen mit den alten Notizzetteln. Das war die Gärtnerei, die die Rarität gezüchtet hatte. Die Gärtnerei existierte noch unter dem gleichen Familiennamen. Er telefonierte und erfuhr, dass der Enkel die Gärtnerei übernommen, die Läden dazu allerdings verkauft hatte, weil er sich auf die Züchtung konzentrieren und den Vertrieb seiner Produkte anderen überlassen wollte. Er hatte eine Art Franchise-Unternehmen daraus gemacht. Alle Läden trugen den Vornamen seiner Großmutter, aus dem er eine Marke gemacht hatte. Sie waren zu knapp 90 Prozent an seine Pflanzen gebunden. Den Rest konnten sie bei anderen Produzenten frei erwerben.

Henry bedankte sich und fragte: «Wissen Sie, ob die Inhaberin der Floristenstube in Sellin auch die *Blueblack Baccara* führt?»

«Oh, die Züchtung kam damals wegen der Rosenmorde in Verruf und wird kaum nachgefragt. Wir haben die Züchtung deshalb fast eingestellt. Warten Sie kurz, ich schaue im Bestellbuch nach. Ja, Sie könnten Glück haben. *Monis Floris-tenstube* in Sellin ist der einzige Laden, der diese Sorte führt.» Wie interessant!

Jolien jetzt schon damit zu konfrontieren, würde ihn nicht weiterbringen. Sie war schlau genug, sich eine Ausrede auszudenken. Henry beschloss, erst einmal genügend Beweise zu sammeln. Er befestigte Joliens Bild an der Pinnwand neben Peter Kants Foto. Konnte es sein, dass sie Komplizen waren? Es brauchte zwei Personen, um den Leichnam von Isa Kramer in diese Badewanne zu befördern. Und dann schoss ihm plötzlich ein Gedanke durch den Kopf. Eine Frau in der Jacke vom Rettungsdienst hat Lilly mit echten Papieren aus der Kinder- und Jugendpsychiatrie abgeholt. Wenn diese Entführung tatsächlich etwas mit dem Fall zu tun hat, und davon war Henry fast überzeugt, dann konnte das Jolien gewesen sein. Für dieses Vorgehen, wie es Dr. Kranich geschildert hatte, brauchte man Insider-Kenntnisse. Sie war als ehemalige Krankenschwester auf der Intensivstation mit dem Prozedere von Patientenüberführungen genauso vertraut wie Peter Kant, der als Rettungssanitäter gearbeitet hatte. Also musste er herausfinden, ob Jolien zu den entsprechenden Tatzeiträumen, wo Hanna, Isa Kramer und Lilly verschwanden, Alibis hatte. Zehn Minuten später hatte sich Lucia immer noch nicht zurückgemeldet. Er probierte es erneut, ohne Erfolg. Langsam wurde er unruhig. Besser, er fuhr noch einmal zu ihr, vielleicht brauchte sie Hilfe? Er schnappte sich den Autoschlüssel von der Kommode im Flur. Dieses Mal ließ er sich von keiner verschlossenen Tür aufhalten.

KAPITEL 53

Henry startete den Motor und rollte langsam vom Hof, als ihm mit Blaulicht zwei Streifenwagen entgegenkamen. Sie blockierten die Zufahrt zu seinem Grundstück und keilten ihn auf beiden Seiten regelrecht ein, gefolgt von einem Zivilfahrzeug, das Francesco steuerte. Henry hielt an. Die Streifenpolizisten sprangen aus ihren Wagen und richtete ihre Waffen auf ihn. Henry kam sich vor wie im falschen Film. Sie forderten ihn auf, mit erhobenen Händen auszusteigen. Henry gehorchte, stieg aus und musste sich breitbeinig an das Auto lehnen und die Hände hinter den Kopf nehmen. Sie untersuchten ihn nach Waffen. Nun war auch Blume da. Er klärte ihn über seine Rechte auf und legte ihm Handschellen an. «Kannst du mir verraten, was das schon wieder soll? Wieso du mich wie einen Schwerverbrecher behandelst?» Blume antwortete nicht und überließ ihn den Kollegen, die ihn in den Streifenwagen schoben. Sie fuhren los. Die Streifenpolizisten vorn schwiegen. Diese Erfahrung, mit Handschellen gefesselt hinten zu sitzen, dem Willen eines anderen, einer höheren Macht ausgeliefert zu sein, rief seinen Widerstand hervor. Doch sich jetzt gegen die zwei Uniformierten aufzulehnen, wäre zwecklos. Sie waren nur die Befehlsempfänger, die ihren Job machten. Henry starrte aus dem Fenster. Umgepflügte Äcker und kahle Bäume zogen vorbei, aber er sah sie nicht wirklich, versuchte er doch krampfhaft herauszufinden, wie Jolien in das Gesamtgefüge hineinpasste. Steckte sie etwa hinter der Verhaftung? Hat sie ihn wegen einer angeblichen Vergewaltigung angezeigt oder weil er ihr gedroht hat, sie umzubringen? Er dachte an die Kameraaufnahmen im Blumenladen. Dabei fiel ihm ein, dass es dort auch Aufnahmen von Kant geben konnte. Die ganzen Puzzleteile passten noch nicht zusammen. Und er bekam einfach kein Gefühl für Isa Kramers Mörder. Warum? Weil er bis jetzt auf dem Holzweg war? Ernüchtert schüttelte er den Kopf. Anstatt sich um seine eigene vertrackte Situation Gedanken zu machen, war er schon wieder nur auf die Lösung des Falls fixiert. Verena Schall hatte völlig recht, sein Verhalten besaß zwanghafte Züge. Doch er konnte nicht aus seiner Haut, zumindest nicht, solange dieser Fall nicht aufgeklärt war und er wusste, wer hinter all dem Schrecklichen steckte. Jolien? *Du besitzt einen genialen Verstand. Wenn du etwas mit diesen Morden an Hanna und Isa Kramer zu tun hast, wirst du nichts dem Zufall überlassen haben. Du hast mitbekommen, dass ich wieder da bin, und das alles von vornherein inszeniert, um mich zu treffen?* Ihm fiel ein, dass er am 16. Oktober mit Lucia in Sellin im Einstein essen war, direkt neben *Monis Floristenstube*. Oh Gott! Zwei Wochen, bevor die Bürgermeistertochter verschwand. Zwei Wochen Zeit, um einen perfiden Plan zu schmieden. Mit Peter Kant? *Der Kranz P. K. von deinem Blumenladen könnte deine Idee gewesen sein. Der logischste Weg bei einem Kranz mit Initialen ist, vom Blumenverkäufer zu erfahren, wer hinter den Initialen steckt. Das hast du einkalkuliert. Und deine Rechnung ist aufgegangen.* Konnte es so gewesen sein? Weiter kam er nicht mit seiner Grübelei, denn der Wagen hielt hinter dem Eisentor auf dem Hinterhof der Stralsunder Kriminalinspektion, wo schon die Bagger für den Abriss des alten Plattenbaus bereitstanden.

Martin, ein älterer Streifenpolizist, dessen Bauch in den letzten fünf Jahren dicker und das Haar dünner geworden war, musterte Henry irritiert, während er ihm im Vernehmungsraum die Handschellen abnahm. Sie kannten sich gut und hatten immer prima zusammengearbeitet. Martin war einer von den Polizisten, der zuhörte und mitdachte. Vielleicht sogar mehr als Francesco. Auf ihn hatte sich Henry immer verlassen können. «Soll ich dir ein Wasser bringen, oder möchtest du einen Kaffee?», fragte er und erntete einen missbilligenden Blick von Blume.

«Lass mal, danke!», sagte Henry, um ihn nicht in Schwierigkeiten zu bringen. Henry setzte sich auf den einzelnen Platz, auf den das Mikrofon gerichtet war. Blume ließ sich ihm gegenüber auf einem der zwei Stühle nieder. «Du fragst gar nicht, warum ich dich verhaftet habe?», stellte sein Ex-Kollege verwundert fest, schlug die Beine übereinander und faltete die Hände vorm Bauch.

«Das wirst du mir gleich erzählen.»

«Leider bin ich nicht befugt, in diesem Fall die Vernehmung durchzuführen, auch wenn ich das zu gerne übernehmen würde.» Henry schaute in Blumes arrogantes Gesicht, an dessen Nase er Puder entdeckte. Arschloch, dachte er und war sich sicher, dass Francesco das Hämatom von Henrys Faustschlag überschminkte. Die Tür ging auf und Kommissarin Hader betrat den Raum. Sie telefonierte. «Danke für

die spontane Analyse!», sagte sie und drückte den Gesprächspartner weg. Henry wusste, dass er mit seiner Vermutung im
Auto völlig falschlag. Hier ging es nicht um Jolien, sondern
um Borowski.

KAPITEL 54

Sophie war extra spät aufgestanden und erst aus ihrem Zimmer gekommen, als Neda und Charlotte schon zur Akademie unterwegs waren. Sie wollte einfach niemanden von ihren vier Freunden vor dem Unterricht treffen. Von klein auf hatte sie gelernt, ihre Gefühle zu verbergen. Es verletzte sie, dass sie sauer auf sie waren. Erstens weil sie dachten, dass Zornik die SOKO wegen ihrer Alleingänge aufgelöst und die Ermittlung gestoppt hatte. Angeblich war sie mit ihrem unberechenbaren Verhalten der Risikokandidat. Und dann hatte sie sich auch noch in dieser Befragung aufs Glatteis führen lassen. Was hatte sie erwartet? Dass sie ihr um den Hals fielen? *Das hast du gut gemacht, Sophie, dass du dich in deinen Aussagen gegenüber der Kommissarin verzettelt hast. Wo war denn deine Coolness, die du sonst immer zur Schau trägst? Wo war deine große Klappe, mit der du dich überall herausredest?* Dabei war das wirklich unbeabsichtigt gewesen. Sie bemerkten sicher ihre Geheimniskrämerei, was sie natürlich misstrauisch machte. Nachdem sie bei der Soiree gesehen hatte, zu welchen abscheulichen Mitteln ihr Vater und seine Geschäftspartner griffen, um Leute, die sie zur Durchsetzung ihrer Interessen brauchten, erpressbar und gefügig zu machen, musste sie ihre Freunde raushalten. Vielleicht war es sogar gut, dass Zornik die Ermittlung gestoppt hatte. Sophie gab sich einen Ruck. Sie musste mit ihrem Lehrer darüber reden, was sie herausgefunden hatte. Als Sophie um die Ecke auf den Flur zum Hörsaal kam, standen alle Kursteilnehmer von Zornik vor der Tür.

«Wieso geht ihr nicht rein?»

«Zornik ist krank.»

«Da hat er sich wohl bei unserem Forensik-Prof angesteckt», versuchte sie die Stimmung in der Gruppe mit einem Scherz zu heben. Doch sie gingen nicht darauf ein und schnitten sie. Sollte sie die Gelegenheit nutzen und ihren Lehrer zu Hause aufsuchen? Zornik würde sie verstehen. Entschlossen ließ sie ihre Freunde stehen. Als sie die Treppe herunterkam, sah sie Martha zur Tür hereinhumpeln. Ungewöhnlich. Sie wirkte kurzatmig, war puterrot im Gesicht und schwitzte. Martha blieb stehen und wischte sich die Stirn mit einem Taschentuch ab. «Hallo Martha!», rief Sophie und steuerte auf sie zu.

«Kannst du mich zu Lucia, also Professorin Bertolli bringen?»

«Die ist seit gestern krank.»

«Ich habe sie telefonisch nicht erreicht.» Martha fuhr sich nervös durchs Haar. «Zornik sitzt in Untersuchungshaft.»

«Wieso das denn?», fragte Sophie und starrte Martha an.

«Ich habe keine Ahnung. Nur so viel: Es hat etwas mit dieser Hamburger Kommissarin zu tun, die nach einem Robert Hase sucht.» Sophie zuckte zusammen. War das ihre Schuld? Nun kamen auch die anderen vier heran. Sie mussten Martha von oben gesehen haben. Sie erzählte ihnen, was passiert war. Ihre Freunde warfen ihr einen bösen Blick zu, der eindeutig war. Sie gaben ihr auch dafür die Schuld. Charlotte schüttelte den Kopf. «Zornik hat nichts verbrochen. Im Gegenteil. Ich komme mit nach Stralsund und werde mit der Kommissarin reden.»

Martha guckte verwundert. Sophie hielt Charlotte zurück.

«Zornik wird sich zu helfen wissen. Wir dürfen jetzt nicht die Nerven verlieren.»

«Das sagt die Richtige!» Marcus warf ihr einen hasserfüllten Blick zu. Sophie schluckte ihren Schmerz herunter. Vielleicht nicht jetzt, aber bald würden sie sie verstehen.

KAPITEL 55

Alle Achtung! Dachte Henry voller Respekt bei der Vernehmung mit Kommissarin Hader. Besser hätte er es nicht gekonnt. Die Fragen, die sie stellte, waren geschickt gewählt, um einen Verdächtigen aufs Glatteis zu führen, dass er sich in seinen Aussagen verheddere, damit man herausfand, ob derjenige log. Selbst ihn, den erfahrenen Vernehmer, hatte sie überlistet, sodass Henry sich widersprach. Sie war eindeutig eine leidenschaftliche Ermittlerin, die den Details genauso viel Aufmerksamkeit schenkte wie er. Kein Vergleich zu Blume. So hatte sie bei ihren Nachforschungen bereits herausgefunden, dass Borowski ein Faible für den Gentleman-Gauner Arsen Lupin hatte, und kombiniert, dass der gepachtete Bunker eines Herrn Maurice Leblanc eine Spur zu dem Gesuchten sein konnte. Da von dem Bunker nur noch Trümmer übrig waren und ihre Leute nichts weiter fanden, als dass es dort eine Explosion gegeben haben musste, war sie auf die Idee gekommen, die GPS-Daten des weißen Volvos und des Akademietransporters auszuwerten. Genau das brach Henry das Genick, denn er erwähnte die Fahrt auf die Halbinsel Bug am 17. September nicht. Sie erwirkte einen Haftbefehl, weil aus ihrer Sicht Verdunklungs- und Fluchtgefahr bestand, besaß er doch immer noch seinen zweiten Wohnsitz in Brasilien. Dass er schwieg, legte sie ihm sogar als Komplizenschaft aus. Sie beschuldigte Henry, dass er Borowski, den sie für Robert Hase hielt, geholfen hatte unterzutauchen. Obwohl es keine Spuren, sondern nur diesen einen Widerspruch in Henrys Aussage gab, überzeugte sie den zuständigen Richter im Ermittlungsverfahren der Hamburger Morde, in denen Robert Hase als Verdächtiger geführt wurde, dass Henry in Untersuchungshaft gehörte. Ein unverhältnismäßiges Vorgehen. Bei der hauchdünnen Beweislage des Anfangsverdachtes einer Komplizenschaft hätte Henry damals als Kriminalkommissar niemals eine U-Haft durchbekommen. Einziger Anhaltspunkt ihrer Vermutung, dass der gesuchte Robert Hase überhaupt mit Hugo Borowski identisch sein könnte, basierte auf einem unscharfen Foto, das die Kommissarin mit dem Abschlussfoto des ersten Jahrganges an der *Akademie des Verbrechens* verglichen hatte. Das Vorgehen gegen ihn machte Henry schon stutzig. Entweder wollte sie ihn mit der Verhaftung nur weichklopfen, um ihm die Wahrheit zu entlocken, oder es waren höhere Mächte am Werk, die ihn aus dem Verkehr ziehen wollten, damit er nicht weiter in dem Mordfall Isa Kramer herumstocherte. Dann waren Susanne Hader und der Hamburger Richter der verlängerte Arm von Kramers Unterstützern. War sein Tod vielleicht doch kein Selbstmord? Sophie zweifelte das an. Henry dachte an ihre einflussreiche Familie, die in Hamburg lebte. Standen der Richter und die Kommissarin etwa auf Dresens Gehaltsliste? Henry konnte nicht einschätzen, ob diese fähige Ermittlerin korrupt war. Dafür kannte er ihre Lebensumstände nicht, und ihren wahren Charakter in der kurzen Zeit einzuschätzen, traute er sich nicht zu. Er sollte die Möglichkeit, dass Kramers Unterstützer dahintersteckten, auf jeden Fall im Auge behalten. Vielleicht gerade wegen Kramers Tod, denn Francescos Aussage, dass den Politiker der Mord an seiner Tochter so mitgenommen hatte, stimmte nicht. Hader war jedenfalls ein Fuchs, vor dem er auf der Hut sein sollte. Weil er ihr misstraute, bat er sie auch nicht, dass jemand von den Kollegen nach Lucia sah, um die sich Henry immer noch Sorgen machte. Und Francesco? Dem kam es doch auch gelegen, dass er in U-Haft kam. Sollte er trotzdem mit den beiden über seine Erkenntnisse im Mord an Isa Kramer und der verschwundenen Lilly reden? Besser nicht. So wie Blume guckte, würde er ihm daraus einen weiteren Strick für ein Verfahren gegen ihn drehen. Er musste einen anderen Weg finden, den Fall aufzuklären.

In der JVA Stralsund nahmen sie ihm seine gesamten Sachen ab und verlangten, dass er die Anstaltskluft anzog. Ein Vollzugsbeamter führte ihn über den langen Gefängnisflur mit sandgelbem Boden und Wänden sowie Türen und Gittern in freundlichem Grau. Die Schließgeräusche waren Henry wohlvertraut. War er doch in seiner Polizistenzeit öfter einem Vollzugsbeamten gefolgt, um einen Untersuchungshäftling in einer der Zellen zu befragen. Allerdings trug er da keine Decke, Handtücher und Bettwäsche vor sich her. Sie liefen über die Metalltreppe, und er war darauf gefasst, dass man ihm einen ganz besonderen Zellennachbarn ausgesucht hatte. Auch wenn die Unterbringung laut Gesetz einzeln erfolgen sollte, gab es einen Ermessensspielraum der Anstalt, das Gesetz zu umgehen. Henrys Verwunderung war groß, als sie ihn doch zu einer Einzelzelle brachten. Scheinbar wollten sie verhindern, dass er sich wegen formaler Fehler beschwerte und ein Anwalt seine kurzfristige Freilassung erwirkte. Denn in Untersuchungshaft konnten sie ihn bis zu drei Monaten einbuchten.

Henry trat ein. Hinter ihm schloss sich die Tür. Nachdenklich legte er das Wäschepaket auf den Tisch, der mit Fußboden und Wand verschraubt war. Verfluchte! Die Landratswahl fand in drei Wochen statt, der Kandidat verstorben. Wer weiß, wen die Lobbyisten nun auf den Thron heben würden. Sollte seine unverhältnismäßige Verhaftung tatsächlich damit zusammenhängen, würden die Strippenzieher ihn mindestens bis dahin hier festhalten, damit er ihnen nicht dazwischenfunkte und vielleicht noch in den Umständen zu Kramers Selbstmord herumstocherte. Er warf sich auf die Pritsche und legte die Hände unter den Kopf. Und die Bergmann-Geschwister, die Blume des Mordes an Isa beschuldigte, würden höchstwahrscheinlich für eine Tat im Knast landen, die sie nicht begangen hatten. Wenn Blume sie in U-Haft genommen hatte, waren sie auch hier in der JVA. Wenn sie denn schon unter Erwachsenenstrafrecht fielen. Er dachte an Lucia. Hoffentlich schlief sie bloß. Hoffentlich ging es ihr nicht so schlecht, dass sie Hilfe benötigte. Er musste sich schnell einen Anwalt nehmen, einen, dem er vertraute, einen fähigen, der sich kümmerte, dass er schnell wieder auf freien Fuß kam, einen, der jemanden zu Lucia schickte, der das Heim informierte, weil Matti morgen auf ihn warten würde. In der Akademie dachten sie, er wäre krank. Er hatte keine Wahl, er musste ausharren und die Abweichung zu seinem Plan sinnvoll nutzen, wie Matti es tun würde.

KAPITEL 56

Martha musste zurück nach Stralsund. Sie hatten ihr versprochen, sich darum zu kümmern, dass Prof. Bertolli informiert wurde. Doch sie ging auch bei ihnen nicht ans Telefon. Sophie bot sich an, mit Marcus zu Bertolli nach Ralswiek zu fahren. Er lehnte ihre Begleitung ab und nahm Neda mit. Derweil besuchten sie, Charlotte und Aron das Strafrechtsseminar bei Tatter.

Zehn Minuten vor Seminarschluss waren die beiden anderen zurück, setzten sich und zuckten mit den Schultern, als sie die fragenden Blicke von Charlotte und Aron sahen. Sophie senkte den Kopf. Niemand sollte sehen, dass es sie traurig machte, weil die anderen sie ausgrenzten. Dabei hatten sie keine Ahnung, dass Sophie sie raushielt, um sie zu schützen. Sie atmete tief durch und kämpfte mit den Tränen. Wenn sie ihren Vater zur Strecke gebracht hatte, würden ihre Freunde sie verstehen.

In der Pause blieb sie allein am Seminartisch zurück, während die anderen am Fenster in der Gruppe zusammenstanden. Sie hörte nur, dass sie Lucia Bertolli nicht angetroffen hatten und vermuteten, dass sie verreist war.

Neda nahm eine Trotzhaltung ein. «Dann müssen wir Frau Krohn informieren. Zornik braucht einen guten Anwalt.»

«Gute Anwälte sind teuer», sagte Aron, während Charlotte in einer Art Schockstarre zu stecken schien. Als Sophie auf sie zuging, schauten sich die vier wütend an und drehten sich demonstrativ weg. Sie gaben ihr eindeutig zu verstehen, dass sie mit ihrer Aussage schuld an dieser Situation war. Dabei war es doch nur eine Notlüge mit dem *Weltenbummler* gewesen, weil sie in die Fragenfalle der Kommissarin getappt war. Da vibrierte ihr Handy in der Jackentasche. Sie schaute auf das Display. Ihr Vater. Sophie erstarrte. Sollte sie rangehen? Sie schnappte ihre Sachen und verließ den Raum. Mit zitternden Fingern drückte sie die grüne Taste. «Warte!», forderte sie und hörte selbst, wie brüchig ihre Stimme klang. Sie schlüpfte in die Damentoilette. Dort war sie allein und schloss sich in einer Kabine ein. «Du hast mich reingelegt!», sagte er in bedrohlichem Ton. «Glaubst du wirklich, meine Leute kriegen nicht mit, was du recherchierst? Ich habe dich gewarnt.»

Besser, sie hätte doch Neda damit beauftragt. «Okay, das mit der Falle für Zornik ist schiefgelaufen, aber sie haben ihn heute verhaftet», sagte sie schnell, um sich zu rechtfertigen. «Damit habe ich meinen Teil der Abmachung erfüllt.»

«Das war ja nun nicht dein Verdienst», sagte ihr Vater abfällig. «Entweder kommst du nach Hause, oder ich lasse dich holen.» Dieses skrupellose Arschloch würde seine Strafe bekommen! Hasserfüllt drückte sie ihn weg und riss die Tür auf. Dort stand Neda mit verschränkten Armen und spuckte vor ihr aus.

KAPITEL 57

Henry bezog sein Bett, denn dass er bis zum Ende des Tages freikam, konnte er vergessen. Selbst die beantragte Telefonkarte mit fünf Freiminuten verweigerte ihm der Haftrichter vorerst auf Anraten der Ermittlungsbehörde. So konnte er nicht einmal Lucia, Martha oder einen von seiner Truppe vom Telefonapparat im Flur anrufen. Klar, Kommissarin Hader befürchtete, dass er als erfahrener Ermittler einen Vertrauten beauftragte, irgendwelche Spuren zu beseitigen. Zumindest gab sie ihm die Gelegenheit, in ihrem Beisein einen Anwalt anzurufen. Doch der einzige Anwalt, dem er vertraute, tauchte gerade auf den Malediven. Sie stellten ihm einen Pflichtverteidiger. Henry wartete gespannt, wen sie ihm da schickten. Oh Mann! Niemand wusste, dass er hier war. Niemand würde die Hühner füttern und heute Abend in ihren Stall sperren. Sie waren so gut wie tot. Der Fuchs würde die Gelegenheit nutzen. Hauptsache, seine Haft wirkte sich nicht negativ auf das Adoptionsverfahren aus. Auch wenn die Unschuldsvermutung bis zur Verurteilung galt, war unklar, wie das Familiengericht darauf reagierte. Garantiert durchsuchte die Polizei sein Haus, fanden die Ermittlerwand im Keller und das Ergebnis des Vaterschaftstests, den er illegal in Auftrag gegeben hatte. Wer weiß, welchen Strick sie ihm daraus drehten? Er durfte diese Kommissarin Hader nicht unterschätzen. Sie würden in seinen Sachen herumwühlen und herausfinden, dass er wegen einer angeblichen Zwangsstörung in psychologischer Behandlung war. Henry haute mit der Faust gegen die Wand. War die Sache mit Borowski ein Fehler gewesen? Henry hörte, dass die Zellentür aufgeschlossen wurde. Es gab zwei Gründe: Anwalt oder Hofgang. Er setzte sich auf. Der Vollzugsbeamte brachte ihn in den Innenhof. Dort durfte er sich für die nächste Stunde mit den anderen Untersuchungshäftlingen aufhalten. Er schaute sich um, zählte dreizehn Personen unterschiedlichen Alters und Herkunft. Drei junge Männer spielten Basketball, fünf Tätowierte kickten, drei Ältere spazierten einzeln an der Hofmauer entlang, ein Dünner mit Wollmütze stemmte Gewichte. Zwei junge Leute hockten nebeneinander auf der Rückenlehne einer Bank, die Füße auf der Sitzfläche und rauchten. Der Große hatte blondes kurz geschorenes Haar und ein eher rundes Gesicht mit breiten Wangenknochen und tief liegenden Augen. Der andere war kleiner, hatte die Ärmel und Hosenbeine des Haftoveralls dreimal umgekrempelt, weil er ihm viel zu groß war. Das war kein Junge. Das war Mascha und der Große daneben Vitaly. Die Bergmanngeschwister. Also lag er mit seiner Vermutung richtig, dass er zumindest den Bruder hier antreffen würde. Schließlich wurden alle Untersuchungshäftlinge der Stralsunder Polizeiinspektion in diese Anstalt verbracht. Wieso das Mädchen hier war, wunderte ihn. Dass er den zweien hier automatisch begegnete, hatte Francesco scheinbar nicht bedacht. Henry lief auf sie zu und bat um eine Zigarette, für die er ihnen einen Fünf-Euro-Schein anbot. Sie tauschten einen Blick, grinsten fies und schüttelten den Kopf. «Der Preis

ist gestiegen», sagte die Kleine, deren helle Haut am Mundwinkel vernarbt war. Sie hatte die gleichen Augen wie der
Große, dessen breite Nase bestimmt mehr als einmal gebro-
chen gewesen war. Er verlangte das Doppelte. Henry tat ihnen
den Gefallen und legte noch einen Fünfer obendrauf. Vitaly
nahm das Geld, während Mascha ihm die Zigarette reichte.
«Feuer?», fragte Henry.

«Das kostet extra», sagte ihr Bruder und fuchtelte provo-
zierend mit dem Feuerzeug vor Henrys Nase herum.

Henry seufzte. «Das habe ich mir fast gedacht.» Blitzschnell griff er zu und stieß dem jungen Mann gegen die Brust,
dass er nach hinten von der Bank kippte. Seine Schwester
sprang auf und wollte sich auf Henry stürzen, doch der trat
einen Schritt zur Seite, dass die Angreiferin auf dem Boden
landete. Die Kicker hielten inne und klatschten Beifall. Henry
half der Gestürzten hoch. «Ich denke, das hätten wir geklärt.
Mascha?»

«Sascha!», verbesserte ihn die junge Frau mit bösen fun-
kelnden Augen. Aha, ein Transgender, sie beziehungsweise er
wollte als Mann wahrgenommen werden. Das erklärte auch,
warum er in der U-Haft mit Männern untergebracht war.
Sicher hatte der Anwalt der Geschwister dafür gesorgt. «Und
du musst Vitaly sein.» Henry zündete sich die Zigarette an.
«Los, setzen!», forderte er die zwei auf, die ihm zwar gehorchten, aber eine Abwehrhaltung einnahmen. «Was willst
du?», fragte Vitaly.

«Zuerst meine zehn Euro zurück.» Anstandslos gaben sie
ihm das Geld. «Ihr habt Isa Kramer ermordet.» Henry beobachtete genau, wie sich ihre Mimik veränderte. Ihre Gesichter
verfinsterten sich, Sascha kniff die Augen zusammen, und Vi-

taly ballte seine Hände zur Faust. So reagierte niemand, der etwas zu verbergen hatte. Hätten sie Isa tatsächlich aus Rache umgebracht, wäre in ihren Gesichtern Genugtuung zu lesen. Henry sah nur blanke Wut. Wut, dass man sie ungerechterweise verdächtigte.

«Was ist am 1. November passiert?»

«Bist du ein Spitzel, oder was?», fragte Sascha.

«Vielleicht bin ich der, der euch zur Freiheit verhelfen kann.»

KAPITEL 58

Sophie schwänzte die letzte Stunde und fuhr allein zu Zorniks Haus. Hoffentlich hatte die Polizei es noch nicht durchsucht und war auf die Ermittlerwand im Keller gestoßen. Daran dachten ihre sogenannten Freunde nämlich nicht. Sie fuhr langsam an das allein stehende Gehöft heran. Keine Streifen- oder Zivilfahrzeuge standen auf dem gepflasterten Hof. Nur Prof. Bertollis Auto und Zorniks Pick-up. Die Eisschicht auf den Pfützen glänzte in der tief hängenden Mittagssonne. Sophie fuhr an dem Grundstück vorbei und parkte ihren Mini in hundert Meter Entfernung hinter einer Grillhütte an einem Teich, den verschnittene Weiden säumten. Sie zog die Mütze ins Gesicht und marschierte zurück auf den Hof. Bei jedem Schritt knirschte das gefrorene Laub auf dem Boden unter ihren Stiefeln. Die Haustür war unversiegelt. Das hieß, die Polizei war tatsächlich noch nicht da gewesen, obwohl Zorniks Verhaftung mindestens sechs Stunden her war. Ja, gut, ein Durchsuchungsbeschluss musste ein Richter genehmigen. Das konnte dauern. Trotzdem! Sie musste sich beeilen. Mit den steif gefrorenen Fingern brauchte sie etwas länger als sonst beim Öffnen des Schlosses mit dem Lockpicking-Set. Oder lag es an ihrer Aufregung? Kommissarin Hader hatte sie beim Lügen ertappt. Was würde passieren, wenn die Kommissarin sie hier in Zorniks Haus erwischte? Wahrscheinlich käme sie auch in Gewahrsam und müsste sich rechtfertigen. Wichtiger war ihr, was ihre Freunde dächten. Sie hielten sie jetzt schon für eine Verräterin und nahmen sicher an, dass sie Zornik noch weiter reinreiten wollte. Sophie trat in den schmalen Flur. Es roch nach Kaffee und verbranntem Holz. Sie schaute ins Wohnzimmer. Auf dem Tisch fand sie neben einer Tasse mit einem Rest kalten Kaffee den Schuhkarton mit den handschriftlichen Notizen zu den Rosenmörderfällen. Daneben lag ein Zettel, auf dem Zornik als Überschrift den Namen einer Rosensorte vermerkt hatte. Darunter standen Adresse und Telefonnummer einer Gärtnerei, die er eingekreist und mit einem Pfeil versehen hatte, der auf die unterstrichenen Worte *Monis Floristenstube Sellin* gerichtet war. *Er hat also weiter recherchiert.* Sophie überlegte. Das war doch der Blumenladen, bei dem Peter Kant das Trauergesteck in Auftrag gegeben hatte. Davon hatte er ihnen noch nichts erzählt. Wenn Zornik in diese Richtung allein weiter ermittelte, stand der Fotograf immer noch in seinem Fokus. Das hieß, Zornik musste bereits herausgefunden haben, dass Kant die Therapiestunde zum Tatzeitpunkt nicht wahrgenommen hatte. Darüber konnte sie später nachdenken, jetzt blieb keine Zeit, denn jeden Moment konnte die Polizei hier auftauchen. Schnell sammelte sie alle herumliegenden Zettel ein, steckte sie in den Karton und eilte die Treppe zum Keller hinunter. Dort riss sie in ihrer SOKO-Einsatzzentrale alle Bilder, Dokumente, Presseartikel und Fäden von der Wand, packte sie ein, lief ins Dachgeschoss und schaute noch, ob er neben seinem Bett weitere Aufzeichnungen zu dem Fall aufbewahrte. Sophie öffnete die Nachttischschublade. Darin lagen ein

Terminkärtchen der Psychotherapiepraxis Dr. Schall und ein Brief des Jugendamtes. Schau an! Die Behörde verdonnerte Zornik dazu, eine 2014 abgebrochene Therapie wegen mangelnder Impulskontrolle und zwanghaftem Verhalten wieder aufzunehmen und abzuschließen. Erstaunt zog sie die Augenbrauen hoch. Interessant! Er war also in Behandlung bei der Psychologin, die auch Peter Kants Therapeutin war. Jetzt wurde ihr klar, wie er das Alibi von Kant überprüft hatte. Zornik hatte heute Morgen selbst einen Termin bei Verena Schall gehabt. Sie war auch Tom von Bredows Gutachterin gewesen. Das hieß, Zornik und Schall kennen sich gut. Sie nahm beides heraus und blickte auf einen offenen Briefumschlag, auf dem das Logo eines medizinischen Labors abgedruckt war. Neugierig holte sie das Schreiben heraus. Es war vom 11. November. Sie las. Dabei wurden ihre Augen immer größer. Sie hielt das Ergebnis eines Vaterschaftstestes in der Hand, der Tom von Bredow als biologischen Vater von Matti Grabner bestätigte. Ach du Scheiße! Das hatte er ihnen verheimlicht. Jetzt wurde ihr klar, warum Zornik seit letzter Woche zweifelte, dass Tom von Bredow Hannas Mörder war. Verwirrt presste sie die Lippen zusammen. Sollte der Junge das erfahren? Das musste Zornik selbst entscheiden, nicht Blume und diese Kommissarin, die ihr genauso unsympathisch war, auch wenn sie ihr im Gegensatz zu dem hiesigen Hauptkommissar ziemlich kompetent vorkam. Sie steckte den Brief zurück in den Umschlag und warf ihn in den Karton. Sie hörte näher kommende Motorengeräusche. Sophie schaute aus dem Fenster. Shit! Drei schwarze Zivilfahrzeuge und der Transporter eines Schlüsseldienstes fuhren vor. Blume, Kommissarin Hader und zwei andere Zivilbeamte stiegen aus. Sophie rannte die halbe Treppe hinunter. Durch die Tür hörte sie das Geräusch eines Akkubohrers. Im nächsten Moment würde die Tür aufspringen. Wohin? Wieder hoch? Sie erinnerte sich an den Hinterausgang in der Waschküche. Der Schlüssel hing am Brett über dem Trockner. Sophie sprang die Treppe zum Kellergeschoss hinunter, jagte in die Waschküche. Kein Schlüssel am Brett. Sie klinkte an der Tür. Verschlossen. Sie suchte in ihrer Jackentasche nach dem Lockpicking-Set. Mist! Das hatte sie gegenüber in der Einsatzzentrale auf dem Tisch abgelegt und vergessen, wieder einzustecken. Sollte sie es wagen? Sophie lugte aus der Waschküche in den Treppenaufgang. Keine Chance! Sie hörte herunterkommende Schritte. Scheiße! Scheiße! Scheiße! Vielleicht im Klammerkorb? Sophie rannte zur Waschmaschine. Obenauf eine Schüssel, gefüllt mit Wäschestücken. Darin stand der Klammerkorb, und hier lag auch ein Schlüssel. Jetzt waren sie unten. Sophie hörte, dass Kommissarin Hader den Kriminaltechnikern die Anweisung gab, jeden Zentimeter des Hauses nach Fingerabdrücken von Robert Hase zu durchsuchen. Sophie steckte den Schlüssel ins Schloss, drehte ihn um und schlüpfte durch die Tür ins Freie, zog sie leise zu und spähte über den Treppenaufgang. Sie konnte auf keinen Fall über den Hof rennen. Das Risiko, dass einer der Polizisten in dem Moment aus dem Fenster sah, war zu groß. Sie schlich die Betonstufen der Außentreppe hoch und drückte sich an der Wand entlang bis zur Hausecke. Die Tür zum Hühnerstall war drei Meter entfernt. Sophie rannte, schlüpfte in den Stall und hielt erst einmal die Luft an. Sie spürte ihren Puls. Es stank nach Hühnerkot. Tageslicht sickerte durch die Ritzen der Bretter einer niedrigen Tür, die kaum größer als eine Hundeklappe war und zum hinteren Garten führte. Zwei Tiere hockten im Nest, fühlten sich scheinbar gestört und gackerten. «Psst!» Sophie öffnete das Türchen, legte sich auf den Boden, schob den Karton nach draußen, zwängte sich hindurch, wischte sich den Dreck von den Klamotten und rannte im Schutz der Büsche querfeldein zu ihrem Mini am Teich hinter der Grillhütte, sprang ins Auto und fuhr den Feldweg hinter dem Teich weiter, der bis in den Wald hineinführte. Das war gerade noch einmal gut gegangen.

Zurück in der WG, war sie allein. Sie schloss sich in ihrem Zimmer ein und breitete das gesamte Material auf dem Fußboden aus, sortierte es wie an der Ermittlerwand, bis sie Zorniks letzte Gedankengänge logisch nachvollziehen konnte. Als Hauptverdächtige blieben immer noch Kant und Kramers Unterstützer übrig, also auch ihr Vater. Verzerrte der Wunschgedanke nach Rache ihren realistischen Blick? Wenn Zornik jetzt im Knast saß und ihr Vater behauptete, dass das nicht ihr *Verdienst* gewesen war, dann hatte er seine Finger im Spiel gehabt. Wie scheinbar bei allem. Okay, Zornik konnte ihr im Moment nicht weiterhelfen, die Geschwister, die sie noch als Auftragnehmer ihres Vaters verdächtigte, waren verhaftet. Ob dieser Fotograf ihrem Vater mehr Gefallen tat, als positiv über die Investoren und deren Zukunftspläne in der Presse zu berichten, konnte sie nur verdeckt ermitteln.

Kurz nach 17.00 Uhr fuhr sie nach Binz und parkte in einer Nebenstraße zur Künstlermeile. Sie setzte sich den Rucksack auf. Damit sie authentisch wirkte und richtig durchgefroren aussah, lief sie zum Bahnhof und dann den halben Kilometer zu Kants Fotogeschäft zurück. Als sie eintrat, kündigte eine

Klingel dem Inhaber Kundschaft an. Kant kam von hinten aus dem Atelier. «Wie kann ich dir helfen?», fragte er und zeigte seine weißen Zähne. Dass er sie gleich duzte, empfand Sophie als respektlos. Dabei musterte er sie mit einer hochgezogenen Augenbraue. War das der Mann, der sie auf der Soiree beobachtet hatte? Größe und das dunkle Haar kamen hin. Der hier war pummeliger, oder? Ihm schien zu gefallen, was er sah. «Bin ich hier richtig? Ich suche den Fotografen, der dieses Bild von meiner Freundin gemacht hat.» Sie zeigte ihm das ausgedruckte Foto eines schwarzhaarigen Mädchens in einer Ruine, die ein weißes Kleid trug und eine schwarze Rose in der Hand hielt. Er lächelte etwas verkniffen. «Warum?»

«Ich möchte auch solche Bilder.» Kant rieb sich die Hände. «Für meine Mappe. Sie hat gesagt, Sie sind der Beste.»

«Wo kommst du denn her?»

«Neustrelitz.»

«Allein?»

«Falls Sie wissen wollen, ob ich schon über achtzehn bin, ja. Und falls Sie mir nicht glauben, kann ich Ihnen auch meinen Ausweis zeigen.»

«Lass mal stecken. Das Shooting kostet aber 400 Euro. Hast du so viel Geld?»

Sophie holte das Geldbündel aus der Tasche. Sie hatte sich vorher über den Preis des Shootings im Internet informiert und aus taktischen Gründen exakt nur diese Geldsumme bei sich.

«Gut, aber heute wird das nichts mehr.» Er blätterte in einem Tischkalender. «Es braucht ein gewisses Licht. Ich arbeite nicht mit künstlichen Filtern. Entweder im Morgengrauen oder wenn es langsam dunkel wird, also beispielsweise morgen

Nachmittag gegen vier?» Sie zuckte mit den Schultern und schob die Unterlippe vor. «Besser morgen früh. Haben Sie einen Tipp, wo ich übernachten kann?» Sie holte noch mal das Geld aus der Tasche «Mehr habe ich nämlich nicht.» Er murmelte etwas Unverständliches.

«Könnte ich vielleicht hier oder bei Ihnen auf dem Sofa ...?» «Nein, das geht nicht», sagte er entschieden, wobei sie registrierte, dass er zu schwitzen begann und sich fahrig das Haar richtete. «Warte!» Er lief nach hinten und redete mit jemandem, vermutlich am Telefon. Sophie lauschte, doch er sprach zu leise. Dann kam er mit der Jacke überm Arm und einem silbernen Koffer in der Hand nach vorne, stellte den Koffer ab und zog sich an. Dabei musterte er sie auf eine verzweifelte Art und Weise, die ihr einen Schauer über den Rücken jagte. Sophie nahm ihren ganzen Mut zusammen. So unsportlich, wie er sich bewegte, konnte sie ihn ohne Weiteres überwältigen, sollte er auf die Idee kommen, sie anzugreifen. Immerhin besaß sie einen schwarzen Gürtel und war bestens trainiert.

«Komm mit!», forderte er sie auf, lief auf die Straße und schloss den Laden hinter ihr ab. Sie folgte ihm und stieg in den Kleintransporter.

Sie fuhren Richtung Sassnitz aus Binz heraus. «Wo fahren wir hin?»

«Zu meinen Eltern.» Sophie schluckte, wusste sie doch, dass sie tot waren. Er bemerkte ihre Unsicherheit und schmunzelte. «Keine Angst. Sie sind schon lange verstorben. Ihr Haus steht leer. Dort kannst du bis morgen übernachten und dich für das Shooting zurechtmachen. In dem silbernen Koffer findest du alles, was du dafür brauchst. Schaffst du es, dich selbst zu schminken?» Sie nickte. «Gut, wir starten im Morgengrauen. Bis 7.00 Uhr musst du fertig sein, da hole ich dich ab, damit wir den Sonnenaufgang 7.41 Uhr erwischen.» Während der weiteren Fahrt redete er kaum. Sie schaltete das Radio ein und suchte einen Musiksender, der dem Geschmack einer Achtzehnjährigen entsprach.

Das Haus lag mitten im Nationalpark Jasmund, in dem Gebiet, das er als Jagdrevier gepachtet hatte. Die Scheinwerfer erfassten einen roten Klinkerbau mit moosigem Dach und schief hängenden Fensterläden in Grau. Es sah eher unheimlich als einladend aus.

Er hielt an, und sie stiegen aus. «Hier sind Sie aufgewachsen? Ganz schön gruselig.»

Er winkte ab. «Das ist das alte Forsthaus. Mein Vater war zeitlebens der Revierförster gewesen. Ich fand es recht schön, so abseits der Zivilisation zu wohnen», sagte er mit entrücktem Blick, als würde er Szenen aus seiner Vergangenheit sehen. «Ich durfte etliche Tiere aufpäppeln, die mein Vater krank oder verletzt gefunden hat. Das war ein bisschen absurd, denn wenn er sie wieder freiließ, konnte es gut sein, dass sie ihm oder einem anderen Jäger dann vor die Flinte liefen.»

«Und Sie sind ein Jäger mit der Kamera geworden», sagte sie und achtete darauf, dass ihre Stimme naiv klang. Er öffnete einen Schaltkasten an der Hauswand und legte einen kleinen Hebel um, der den Strom einschaltete.

«So könnte man es sagen.» Sophie bemerkte seinen lüsternen Blick. «... aber ich jage auch Tiere. Das ist mein Revier.»

«Ich könnte das nicht, so ein armes Reh, einfach so abknallen.»

«Wir knallen die Tiere nicht einfach ab. Ein Jäger ist für

den gesunden Wildtierbestand in seinem Revier zuständig. Nur mit dem Erhalt einer ausgewogenen Balance ist ein artenreicher Tier- und Pflanzenbestand zu erhalten.» Ja, ja, dahinter versteckten sich alle Jäger, aber dass es ihnen dabei ums Beutemachen ging und sie auch die Lust am Töten verspürten, gab keiner zu. Sophie lächelte verständnisvoll. Kant schloss auf, und sie merkte, wie er dabei zögerte. Sie gingen hinein, durchschritten einen kleinen Flur. Er trat durch eine Tür, und sie standen in einem Wohnzimmer mit bunten Tapeten und Möbeln, die an die fünfziger Jahre erinnerten. «Da kannst du pennen.» Er zeigte auf ein Klappsofa, vor dem ein flacher Tisch und zwei Klubsessel standen, gegenüber einem dunkelbraunen Buffet.

«Okay!» Sie verzog das Gesicht. «Für eine Nacht wird es gehen.» Er feuerte einen Ofen mit Holz an, warf ihr eine Decke und ein Kissen aus einer Truhe hin, zeigte ihr, wo sie die Toilette fand, und verschloss die Tür unter der Treppe, die nach oben in die erste Etage führte. Sophie vermutete eine Abstellkammer.

«Gibt es hier was zu essen?»

Er suchte im Küchenschrank und fand eine Dose Ravioli. «Die sind noch gut», sagte er mit Blick auf das Verfallsdatum und gab sie ihr. «Öffner und Besteck findest du in der Schublade. Wasser im Kühlschrank.» Kant holte den Koffer herein. «Gute Nacht!», wünschte er. «Schließ das Haus von innen ab. Wir sehen uns morgen früh. Verschlaf es nicht!» Er ließ sie allein. Sophie sah, dass er davonfuhr. Kaum war er weg, streifte sie durch das Haus. Alle Räume waren abgewohnt, marode und duster. An der dicken Staubschicht erkannte sie, dass die obere Etage schon lange niemand mehr betreten hatte. Dort fand sie vergilbte, von Motten zerfressene Klamotten im Schrank, hinter denen leere Flaschen versteckt waren, die sicher noch von seinem Vater stammten. In Zorniks Aufzeichnungen stand, dass er Kant mit seiner Psychologin Dr. Schall hier vor dem Haus angetroffen hatte, weil Kant es kaum schaffte, sein Elternhaus zu betreten und sie in der Konfrontationstherapie diese Angst mit ihm überwinden wollte. Sie überlegte. Er hat vorhin ziemlich gezögert. Es hat ihn tatsächlich Überwindung gekostet. Und oben war schon seit Jahren niemand mehr gewesen. Gut, er hat sie so komisch angesehen, aber wenn er ihr etwas antun wollte, hätte er sie da nicht mit zu sich genommen, anstatt sie an einen Ort zu bringen, an dem er es kaum aushielt? Er hätte ihr sicher das Handy abgenommen, mit dem man sie jederzeit orten konnte. So dämlich würde er sich nicht verhalten. Und er hat sie aufgefordert, von innen abzuschließen. War das schon Beweis genug, dass dieser Mann unschuldig war? Klar, er war ein komischer Kauz, aber deshalb musste er noch lange kein Mörder sein. Er konnte natürlich einen Nachschlüssel besitzen. Sophie seufzte. Sie öffnete den silbernen Koffer und schaute sich die Requisiten an, die er ihr mitgegeben hatte. Ein weißes Kleid, eine schwarze Langhaarperücke, Schminke, ein Handspiegel, eine goldfarbene Bürste, künstliche Rosen in Rot und Schwarz sowie eine Schachtel getrocknete Rosenblätter, die blauschwarz schimmerten. Sophie fotografierte den Inhalt mit dem Handy und schaute sich die Tür an, die er vor ihr verschlossen hatte. Jetzt hätte sie das Lockpicking-Set gebraucht. Sie holte ein Messer aus der Küchenschublade. Es dauerte keine drei Minuten, bis das Schloss aufsprang. Sophie zögerte und öffnete die Tür. Verwundert stellte sie fest, dass er den Zugang zum Keller versperrt hatte. Sie schaltete das Licht an. Es flackerte wie bei einem Wackelkontakt. Sie atmete tief durch und horchte nach unten. Bis auf ein dämonisches Rauschen war es still. Es roch steril, überhaupt nicht muffig wie im Rest des Hauses. Oder hatte ihre Nase sich schon daran gewöhnt? *Du bist allein in diesem Haus!* Sie überwand sich, hinabzusteigen. Unten angekommen, riss sie erschrocken die Augen auf: Sie war in einem Schlachtraum gelandet, weiß gekachelt und fensterlos mit einer kompletten Metzgerausstattung – Hackebeile, Messer mit breiten, schmalen oder geschwungenen Klingen –, die ziemlich modern aussah und blitzblank sauber war. Die war keinesfalls von Kants Vater. Die hatte der Mann selbst zusammengestellt und nutzte sie auch, dachte Sophie beim Anblick der staubfreien Edelstahlflächen. Fragte sich nur, wofür? Der Raum besaß eine zweite Tür mit einem kleinen Fenster und einem Hebel zum Herunterdrücken. Eine Kühlkammer, die jetzt auch offen stand. Mitten im Raum hing ein Kettenzug mit Haken, der über eine Winde an der Decke entlanglief und an der Wand in einem elektrischen Schaltkasten endete. Ein Edelstahlbeil, mehrere Zerlegemesser und Knochensägen lagen wie das frisch sterilisierte Besteck im Operationssaal auf einem Hackklotz bereit, der zwischen einer Wanne und einem riesigen Fleischwolf stand. In der Ecke gab es einen Kessel mit Deckel. Hier zerlegte und verarbeitete Kant wahrscheinlich das Wild, das er erlegt hatte. Das passte dann nicht so ganz mit der Aussage seiner Psychiaterin zusammen, dass Kant eine Phobie hatte, dieses Haus zu betreten. Hatte er seine Therapeutin verarscht? Sie erinnerte sich, dass die Packung mit den Tabletten gegen Wahnvorstellungen und Panikattacken nicht angebrochen war. Gut, das konnte eine Momentaufnahme ge-

wesen sein. Ihr Blick fiel auf einen Metallkäfig, in den ein aus-
gewachsenes Schwein passte. Wozu brauchte man den, wenn
der Jäger Hirsch und Wildsau doch schon mit dem Gewehr
im Wald erlegt hat? Schlachtete er hier auch lebende Tiere?
Sie fand ein Bolzenschussgerät, mit dem man Tiere mit dicker
Schädeldecke und Kopfhaut betäubte, indem man ihnen den
Bolzen ins Gehirn schoss, bevor man sie mit einem Stich in die
Halsschlagader tötete und ausbluten ließ. Sie hatte genug gesehen, fotografierte alles und lief wieder nach oben, verschloss
die Tür sorgfältig und setzte sich auf das Klappsofa, das ihr als
Nachtlager dienen sollte. Auf jeden Fall würde sie wachsam
bleiben. Sie lief durch alle Zimmer der unteren Etage, kontrollierte die Fenster und traf Sicherheitsvorkehrungen, wie
sie es im Unterricht gelernt hatte. Dafür stellte sie Porzellan-
tassen auf die Fensterbretter. Käme jemand, würden sie her-
unterfallen, Krach machen und sie warnen. Zusätzlich lehnte
sie eine Pfanne gegen die Haustür, falls jemand die Tür von
außen öffnete. So fühlte sie sich sicher und konnte wenigstens
ein bisschen schlafen. Sie verspürte Durst, durchsuchte ihren
Rucksack und leerte die Trinkflasche, legte sich aufs Bett und
stellte den Wecker im Handy auf 5.30 Uhr. Dann versuchte
sie, ein bisschen zu ruhen, lauschte aber angestrengt. Bei jedem Geräusch öffnete sie die Augen, stand mehrmals auf und
schaute durch die Ritzen der Vorhänge nach draußen in den
Wald, wo es ziemlich stürmisch geworden war und Schneeregen fiel. Sie hörte weder ein herannahendes Auto, noch dass
sich jemand an der Tür oder den Fenstern zu schaffen machte.
Gegen zwei Uhr morgens musste sie pinkeln, tappte aufs Klo,
lief in die Küche und guckte in den Kühlschrank, wo mehrere Wasserflaschen lagen. Medium. Eigentlich trank sie nur

stilles Wasser. Sie öffnete den altertümlichen Hahn über der Spüle. Das Wasser, was dort rauskam, roch abgestanden und war braun. «Bäh!» Sie nahm sich eine Plasteflasche heraus und knackte den Deckel. Okay, die war noch nicht offen gewesen. Das Wasser sprudelte. Sie trank in großen Schlucken und rülpste laut. Dann verzog sie sich wieder auf ihr Nachtlager. Noch knapp vier Stunden, bevor sie sich für das Shooting zurechtmachen musste. Was würde dann passieren? Sollte sie den anderen nicht vielleicht doch eine Nachricht hinterlassen? Sophie wurde schläfrig, dachte noch, sollte sie den anderen nicht vielleicht doch eine Nachricht hinterlassen? Dann nickte sie weg.

KAPITEL 59

Punkt 6.00 Uhr wurde Henry geweckt, erwachte aus bleiernem Schlaf und war wie gerädert. Sein erster Gedanke galt Lucia. Ging es ihr gut? Matti würde heute vergeblich auf ihn warten. Verfluchte! Und er hatte immer noch keinen Anwalt gesprochen. Was für eine fatale Situation, in die er da geraten war. Eher, in die er sich selbst hineinmanövriert hatte. Fast die ganze Nacht hatte er gegrübelt. Er glaubte dem Geschwisterpaar, dass sie Isa am 1. November gar nicht gesehen hatten, weil sie ihren Rausch ausschliefen, was nur niemand bezeugen konnte. Als er sie nach Tom von Bredow gefragt hatte, wussten sie nicht, von wem er sprach. Woher auch? Zu dem Zeitpunkt, wo damals die Morde passierten, waren sie sechzehn, gerade erst mit ihrer Großmutter in Deutschland angekommen und lebten noch in einem Ausländerheim bei Magdeburg, ohne jeden Bezug zu Rügen.

Völlig benommen quälte er sich von der Pritsche. Wie ferngesteuert wusch er sich und putzte die Zähne. Henry schaute in den Spiegel. Er sah müde aus. Die Bartstoppeln interessierten ihn nicht. Jolien und Kant! Oder steckten doch die einflussreichen und zwielichtigen Investoren, die Kramer unbedingt auf den Thron des Landrates heben wollten, dahinter? Henry seufzte.

Der Wärter brachte das Frühstück. Henry verspürte keinen Appetit. Nicht einmal auf Kaffee. Dann musste er in die Wäscherei, wo die Untersuchungshäftlinge zur Arbeit eingeteilt waren. Bei der dritten Ladung Bettwäsche, die er aus dem Trockner holte und in einen Rollcontainer warf, forderte ihn der Vollzugsbeamte auf, die Arbeit zu unterbrechen, weil ihn sein Anwalt sprechen wollte.

Die Pflichtverteidigerin, eine Frau mit strähnigem Haar, roter Brille und müdem Gesicht, verstrahlte den Enthusiasmus eines Frotteewaschlappens. Sie machte ihm in erster Linie klar, dass es aufgrund der Flucht- und Verdunkelungsgefahr wegen seines Wohnsitzes in Brasilien und seiner Erfahrung als Ermittler chancenlos war, seine Freilassung zu beantragen, wenn er sich der Kommissarin gegenüber weiter verweigerte zu reden. Henry wiederholte, was er bereits ausgesagt hatte, und erntete einen gelangweilten Blick. «Damit wird sich der Haftrichter nicht zufriedengeben.» Doch mehr konnte und wollte er dieser Frau, der er nicht vertraute, nicht sagen.

Zumindest sorgte sie dafür, dass er eine Telefonkarte bekam. Ihr Gespräch verlief so belanglos, dass er auf dem Rückweg in die Wäscherei ihren Namen vergaß. Der Vormittag rauschte wie ein schlechter Film an ihm vorbei. Nach dem Mittagessen, wo er irgendeine Suppe löffelte, durfte er vom Flur aus telefonieren. Lucias Nummer war besetzt. Er probierte es bei Martha. Sie ging nicht ran. Ein Wärter kam auf ihn zu. «Los, Beeilung, du hast noch drei Minuten, dann geht's zurück an die Arbeit.» Henry wählte die Nummer der Akademie. Das Freizeichen erklang, niemand nahm ab. Der Vollzugsbeamte machte Druck und wollte ihm den Hörer aus der Hand nehmen. «Scheinbar will niemand mit dir reden. Komm!»

«Bitte! Noch einen Versuch», sagte Henry und wählte Nedas Nummer.

Neda war völlig aufgeregt. «Ja, wir wissen, dass Sie im Gefängnis sind, Martha hat es uns erzählt. Das ist alles Sophies Schuld. Sie hat sich gegenüber der Kommissarin in Ungereimtheiten verstrickt.»

«Woher weißt du das?»

«Die Kommissarin hat uns Sophies Version erzählt und unsere Aussagen, die wir zuerst gemacht hatten, zerlegt. Die haben die Akademie geschlossen und nehmen gerade alles auseinander.»

«Ist Sophie bei dir? Gib sie mir mal.»

«Wir haben uns gestritten. Sie ist abgehauen.»

«So, die Zeit ist um», sagte der Wärter und drückte die Gabel des Festnetzapparates herunter, die Verbindung unterbrach. «Hey, ich habe das Recht auf einen privaten Anruf.»

«Ja, ja, komm, die Arbeit wartet nicht.»

Widerwillig fügte er sich. Einen Aufstand zu machen, wäre kontraproduktiv. In seiner Aufregung darüber, was Neda berichtete, hatte er vergessen, nach Lucia zu fragen. Wenn sie von Martha wussten, dass er im Gefängnis war, hatte sie garantiert auch Lucia informiert. Beide suchten bestimmt nach einem Weg, ihn rauszuholen, und hatten im Kinderheim Bescheid gegeben. Lucia wusste, dass er Matti immer freitags besuchte. In ihm keimte ein Funken Hoffnung auf, der dafür sorgte, dass er im Akkord arbeitete und bis zum Feierabend die Wäsche aus zehn Rollcontainern zusammenlegte.

Punkt 15.00 Uhr wurden die Untersuchungshäftlinge auf ihre Zellen zurückgebracht. Kurz nach dem Einschluss ging die Tür wieder auf. «Du hast Damenbesuch.» Lucia? Vielleicht hatte sie mit Martha beim Haftrichter eine Besuchserlaubnis erwirkt. Voller Vorfreude marschierte Henry dem Wärter hinterher zum Besuchsraum. Als die Tür aufging und er sah, wer dort am Tisch saß, verschwand seine gute Laune schlagartig. Jolien! Was zum Teufel machte die denn hier? Und sie hatte Matti dabei. Das gab es ja wohl nicht!

«Ich dachte schon, du hast dich wieder aus dem Staub gemacht», sagte sie leise, damit der Junge es nicht hörte. Der schaute sich neugierig um. Henry konnte nur oberflächlich lächeln, weil ihm innerlich übel war. Was spielte diese Frau für ein Spiel? Er gab Matti eine Broschüre von der Anstalt und zwinkerte ihm zu. «Magst du dir das kurz ansehen. Jolien und ich müssen mal miteinander reden.» Matti setzte sich an den Kindertisch, an dem es auch Spielzeug gab.

«Woher weißt du, dass ich im Gefängnis bin?»,

«Ich kam zufällig vorbei und habe gesehen, dass die Polizei dein Haus durchsucht. Dann bin ich in die Akademie und habe mich bei deinen Studierenden erkundigt.»

«Wo ist Lucia?»

«Woher soll ich das wissen?»

«Warum geht sie nicht ans Telefon?»

«Bin ich Moses?»

«Was hast du vorgestern Abend mit ihr gemacht?»

«Ich? Na, hör mal! Wie ich dir bereits gesagt habe: Ich habe ihr ein Taxi gerufen, weil sie zu einem Arzt musste.» Jolien stemmte vor Empörung die Hände in die Hüften. Henry hielt sich den Finger auf den Mund. «Psst!»

Jolien senkte die Stimme. «Vielleicht ist sie enttäuscht und will nicht mehr mit dir reden.»

Sinnlos. Henry gab auf. «Wie hast du es geschafft, dass man dir den Jungen mitgibt?»

«Frau Haberland ist ja so nett. Ich soll dich schön grüßen.»

«Hast du ihr etwa gesagt, dass ich in Untersuchungshaft bin?»

«Aber nein doch, sie denkt, du liegst im Krankenhaus, kleiner Eingriff. Und Matti wird es ihr nicht erzählen, denn ich habe ihm glaubhaft gemacht, dass du in geheimer Mission in deinem neuen Fall hinter der Gefängnismauer ermitteln musst. Ein so lieber Junge.»

Nun wollte er noch eins wissen: «Wie hast du so schnell eine Besuchserlaubnis beim Haftrichter bekommen?»

«Als deine Verlobte habe ich darauf bestanden, und ich habe ihm plausibel erklärt, dass es für Mattis Psyche wichtig ist. Solange du in U-Haft sitzt, gilt die Unschuldsvermutung. Sie können dir den Umgang mit Matti nicht verweigern, und es darf auch keine Auswirkungen auf die Adoption haben», sagte sie freudestrahlend.

Diese Frau war ihm unheimlich. «Seit wann weißt du, dass ich wieder auf der Insel bin?»

«Ist das wichtig?» Jolien lächelte mehrdeutig und ließ die Frage unbeantwortet. Fünf Jahre passierte nichts, und ausgerechnet jetzt, wo er wieder da war, wird ein Mädchen mit dem gleichen Modus Operandi ermordet wie Hanna und die Touristinnen.

«Kanntest du einen Hugo Borowski?»

«Wer soll das sein?»

«Hat sich im letzten Jahr mal ein Mann nach mir erkundigt oder versucht, dich anzubaggern?»

«Ja, da gab es einige, die mich ins Bett kriegen wollten, aber du musst dir keine Sorgen machen, Schatz, mein Herz gehört nur dir.» Was führte sie im Schilde? Das konnte sie doch nicht ernsthaft glauben, dass sie eine gemeinsame Zukunft hatten. «Keine Angst, ich decke auf, wer dich ins Gefängnis gebracht hat. Derjenige wird seine Strafe bekommen.» Henry dachte an Sophie. Jolien war unberechenbar, wenn man sie reizte. Und er saß hier fest. Auch wegen ihr musste er unbedingt raus. «Übrigens hat dich deine Therapeutin angerufen, weil du heute nicht zum Termin erschienen bist und nicht abgesagt hast. Sie hat auf deinen Anrufbeantworter gesprochen und war sauer».

«Wie kommst du an meinen Anrufbeantworter?»

«Vergessen? Du hast mir deinen Schlüssel gegeben.»

Henry schüttelte den Kopf. Er musste sie dringend wieder loswerden. Andererseits: Vielleicht konnte er sie ja auch zu seinem Vorteil nutzen? «Ich verstehe nicht, dass du meiner Pflichtverteidigerin verschwiegen hast, dass ich am 17. September den ganzen Nachmittag bei dir war», sagte er und wusste, dass er sich auf ganz dünnes Eis begab, sich erpressbar machte, wenn er sie darum bat, ihm ein falsches Alibi zu geben. Aber im Moment sah er keinen anderen Ausweg. Ihre Augen blitzten auf. «Wir sind verlobt, ich dachte, da zählt meine Aussage nicht.»

«Schatz, das solltest du schnellstens nachholen.» Joliens Blick sagte ihm, dass sie ihn durchschaute. «Du kannst den Schlüssel behalten.» Vielleicht war es gar nicht so verkehrt, sie in seiner Nähe zu haben. Dann hatte er sie wenigstens unter Kontrolle.

KAPITEL 60

D er Friederich, der Friederich, das ist ein böser Wüte-rich», murmelte er vor sich hin und schleifte den leblos wirkenden Körper seiner Beute in den Lastenaufzug zum Kellergeschoss. Er betrachtete ihr Gesicht. Wie schön sie doch war. Das hatte er schon bei ihrer ersten Begegnung oben im Wald bei Lohme gesehen. Diese ebenmäßige weiße Haut mit den zart geröteten Wangen. Ja, sie war es. Die auferstandene Seele seiner Anna. Da gab es keinen Zweifel. Auch wie sie sich an dem Abend auf der Tanzfläche im Schloss Wellenbrink bewegt hatte. Dann war sie kurz nach Mitternacht plötzlich weg gewesen. Er hatte sie überall gesucht und damit die Königin verärgert, weil die ihm eine andere Braut ausgesucht hatte. Dabei war ihr Urteilsvermögen offensichtlich immer noch getrübt, denn die Mädchen, die sie ihm vorschlug, entsprachen überhaupt nicht seinem Geschmack. Das machte sie zornig, das hatte er gespürt. Er kicherte, erinnerte ihn doch die Szene an das Märchen *Drei Haselnüsse für Aschenbrödel*, den er als kleiner Junge Weihnachten immer mit seiner Schwester gucken musste, während auf den anderen Kanälen spannende Western liefen, die er immer verpasste, weil sie nur einen Fernseher besaßen. Und dann hatte sie jedes Mal geheult, als der Prinz mit seiner Braut im weißen Kleid davongeritten war. Er hatte ihr Taschentücher gebracht. Nachdem sie sich beruhigt hatte, musste er im Spiel der Prinz sein, den sie als Königin zurechtwies und sogar im Schuppen mit den toten Enten und Kaninchen einsperrte, wenn er sich weigerte, die Braut zu heiraten, die sie ihm als das Aschenputtel unter ihren Puppen ausgesucht hatte. Bis er sie eines Tages erwischte. Ihre ängstlichen Augen sah er heute noch vor sich, als er sie auf dem Gartenstuhl im Schuppen fesselte und mit dem Schlachtmesser ihres Vaters vor ihrem Gesicht herumfuchtelte, bis ihr angetrunkener Vater die Schuppentür aufriss. Den Rest der Szene blendete er wie immer besser aus, denn die Erinnerung daran war zu schmerzhaft. Seine jetzige Königin schien genauso Angst zu haben, die Kontrolle über ihn zu verlieren. Er wusste, dass sie sein Verlangen für ihren kleinen privaten Feldzug benutzte, aber sie genoss es auch, dabei zu sein, wenn das Leben aus einem Körper wich. Sie war eben skrupellos, eine Psychopathin, die im Gegensatz zu ihm stets rational handelte. Er schloss den Lift, bediente die Seilwinde und kurbelte, bis er unten im Keller ankam. Dann eilte er die Treppe hinunter und schleifte seine Beute in den Metallkäfig, den er sorgfältig verschloss. Sollte er es dieses Mal allein tun, oder sollte er ihren Zorn riskieren, weil sie mit seiner Wahl nicht einverstanden war?

KAPITEL 61

Gleich nach dem Hofgang führten sie Henry dem Haftrichter vor. Jolien hatte ihm das Alibi für den Nachmittag am 17. September verschafft und die Pflichtverteidigerin aufgrund der neuen Erkenntnisse seine Freilassung beantragt. Ohne Haftgrund blieb dem Richter nur übrig, dem Antrag zuzustimmen. Henry atmete auf. Ein Vollzugsbeamter brachte ihn in den Block A zurück, damit er seine persönlichen Sachen holen konnte. Alle Zellentüren standen offen. Am späten Nachmittag durften sich die Untersuchungshäftlinge innerhalb des Traktes frei bewegen. Einige standen oben in Gruppen am Fenster und quatschten, die Tätowierten saßen zusammen und spielten Karten. Das Geschwisterpaar stand am Geländer und schaute ihm hinterher. Sie tauschten einen Blick und steckten die Köpfe zusammen, bevor sie sich in ihre Zelle verpissten. Während Henry vor dem Wärter die Treppe hochlief, sah er, dass zwei andere Vollzugsbeamte seine Zelle durchsuchten. Henry zeigte nach oben. «Was soll das?» Er blieb stehen und drehte sich um. «Die wöchentliche Routineinspektion war gestern Abend.» Ihn beschlich ein ungutes Gefühl.

«Vielleicht haben sie einen Tipp bekommen, oder du hast dich in irgendeiner Weise verdächtig gemacht», sagte sein

Hintermann und schob ihn weiter die Treppe hoch. Dabei legte er die Hand an den Gummiknüppel, der in der Halterung an seinem Gürtel steckte. Oben angekommen, forderte er Henry auf, in gebührendem Abstand zu warten, bis die Kollegen mit ihrer Arbeit fertig waren. Der eine kam mit einem Tütchen in der Hand heraus und zeigte es Henry. «Was haben wir denn da in der Matratze versteckt?» Jemand hatte ihm eine größere Menge Kokain untergejubelt. «Dann wird das wohl doch noch nichts mit dem Heimaturlaub», sagte der Beamte und nahm eine Abwehrhaltung ein, weil er sicher sah, wie sich in Henry die Wut aufbaute. Henry musste sich mächtig zusammenreißen, dass er nicht lostobte. Ein Blick über die Schulter des Mannes genügte, um zu wissen, wer ihm das eingebrockt hatte. Sascha und Vitaly. Hasserfüllt schaute er zu ihnen hinüber. Beide erwiderten seinen Blick von der Zelle aus und grinsten zufrieden. Von selbst konnten sie nicht daran interessiert sein, ihm eins auszuwischen. Wer weiß, was ihnen versprochen worden war. Verfluchte, er musste hier raus! Den Fall lösen und mit Lucia reden. Die Verzweiflung rumorte in ihm wie ein wildes Tier. Es blieb nur eine Möglichkeit, der Willkür zu entgehen. «Ist ja gut», sagte Henry in besänftigendem Ton zu den drei Wärtern, die ihn umringten. Henry hob die Hände, zog sich auf sein Bett zurück und täuschte Gelassenheit vor. Sie gingen. Erst als sie nicht mehr zu sehen waren, verließ er seine Zelle und stattete Sascha und Vitaly auf der anderen Seite einen Besuch ab. Er drängte beide in ihre Gemeinschaftszelle. Sie waren ihm körperlich völlig unterlegen, reagierten viel zu langsam, das hatte er bereits gestern draußen im Hof auf der Bank gemerkt. Henry verpasste Vitaly einen Kinnhaken, dass er taumelnd in die Ecke flog, während Sascha mit aufgerissenen Augen das Gesicht schützte, rückwärts auswich und auf der Pritsche landete. «Du hast Angst», sagte Henry und rieb sich die schmerzenden Handknochen. «Das ist gut.» Er packte Sascha am Schlafittchen und drehte den Kragen der Anstaltskluft, bis der Stoff dem Transgender die Luft abdrückte. «Was haben sie euch versprochen, wenn ihr mir das Päckchen unterjubelt?»

«Dass die Anklage fallen gelassen wird.»

«Und das habt ihr geglaubt? Idioten. Wer hat euch den Auftrag gegeben?»

«Unsere Anwältin.»

«Name!»

«Keine Ahnung», presste Sascha hervor und musste husten.

«Habt ihr die selbst ausgesucht?»

«Nein, das ist irgend so eine Pflichtverteidigerin.»

«Wie sieht die aus?»

«Fett und alt, so strähnige blonde Haare und rote Brille.» Die hatten sie ihm auch geschickt. Er ließ Sascha los. «Ihr seid so blöd und habt nichts kapiert.» Sascha rappelte sich hoch. Henry drehte sich um und marschierte raus auf den Flur, der videoüberwacht war. Er überlegte. Ein Blick auf die Uhr reichte, um zu wissen, dass ihm nur ein kleines Zeitfenster von fünf Minuten blieb, bis der Schichtwechsel des Wachpersonals vollzogen war und die Häftlinge zum Abendessen wieder eingeschlossen wurden. Henry lief zu den drei tätowierten Kartenspielern, schnappte sich den Stapel Karten vom Tisch, warf sie über die Brüstung und beschimpfte den bulligsten von ihnen als Schwuchtel. Sie glotzten ihn drei Sekunden sprachlos an, sprangen auf und gingen auf ihn los. Zwei hielten ihn fest, während der Bullige auf ihn einprügelte, dass Henry die Luft wegblieb. Henry ließ es wehrlos über sich ergehen und sackte zusammen. Er schmeckte Blut und stöhnte, als sie ihn mit den Füßen an Kopf, in Magen und Nieren traten. Dann ertönte Sirenengeheul. Henry hörte noch die schweren, schnellen Schritte der Wärter, die laut rufend angerannt kamen und die Schläger auseinandertrieben. Er blieb einfach liegen. «Scheiße!», hörte er sie sagen «Los, Krankentransport organisieren!»

Zufrieden schloss er die Augen, hatte er doch erreicht, was er wollte.

KAPITEL 62

Sophies Mund war trocken. Sie schaffte es vor Erschöpfung kaum, die Augen zu öffnen, schloss sie gleich wieder, weil sich ringsum alles drehte. Ihr wurde übel. Scheiße. Ihr Kopf fühlte sich wie nach einem Alkoholrausch an. Was war denn passiert? Sie erinnerte sich an nichts. Wo war sie? Der Untergrund, auf dem sie lag, war knochenhart und ... Sie wollte den Arm ausstrecken, doch das ging nicht, weil da ein Gitter war. Sie erschrak und riss die Augen auf. Sie lag in einem Käfig. Der Gestank nach Chlorbleiche sorgte dafür, dass sich die Übelkeit verstärkte. Sophie hielt sich den Mund zu und schluckte den Brechreiz herunter. Sollte das ein schlechter Scherz ihrer Freunde sein? Hatten sie gestern eine Party gefeiert? Nein, so langsam kamen Bruchstücke der Erinnerung zurück. Sie war zu Zornik ins Haus gefahren, hatte alle Aufzeichnungen ihrer Ermittlungen eingesammelt und wollte ...? Hatte etwa Wilbert sie im Auftrag ihres Vaters doch erwischt und sie hier an diesem fremden Ort eingesperrt? Nein, sie war doch bei diesem Kant gewesen, wollte Beweise sammeln, ob er im Auftrag ihres Vaters und seiner Geschäftspartner Mädchen für Sex-Partys rekrutiert, die sich von ihm fotografieren lassen. Sie kaute grübelnd auf ihrer Unterlippe. Kant hatte sie in sein Elternhaus gebracht. Sophie schaute sich um. Das ist der

Keller mit der Schlachterei. Erst jetzt sah sie, dass sie ein weißes Kleid trug, aber ...? Sophie runzelte die Stirn. Kant war doch weggefahren, und sie hatte die Tür abgeschlossen und alle Zugänge zum Inneren des Hauses überprüft. Sie erinnerte sich daran, dass sie eine Pfanne hochkant an die Tür und Tassen auf alle Fensterbretter gestellt hatte, damit sie es hörte, sollte jemand versuchen, ins Haus einzudringen. Wieso hatte sie denn dann kein Scheppern vernommen?

Weil sie außer Gefecht gesetzt worden war. So, wie sie sich fühlte, konnten das nur K.-o.-Tropfen gewesen sein. Die Wasserflasche im Kühlschrank. Sie hatte sich für so clever gehalten und war doch in Kants Falle getappt.

KAPITEL 63

Sie lieferten ihn in Handschellen mit dem Krankenwagen unter strenger Bewachung in die Notaufnahme ins Hanseklinikum am Sund ein. Selbst im Behandlungsraum blieb Henrys Bewacher an seiner Seite.

«Nehmen Sie ihm doch mal die Handschellen ab, wie soll ich den Patienten denn richtig untersuchen. Er muss sich ausziehen», sagte die ältere Ärztin mit dem freundlichen Gesicht, dem Schmiss auf der rechten Wange und der sportlichen Figur. Die Hobbyfechterin, erinnerte sich Henry an die Frau, mit der er in seiner Zeit bei der Mordinspektion schon zu tun hatte. Sie war die Notärztin, die vor acht Jahren versucht hatte, einer fast verblutenden jungen Frau das Leben zu retten, die auf das Vordach geklettert war, um sich vor ihrem durchgedrehten Ehemann, der mit dem Küchenmesser auf sie eingestochen hatte, in Sicherheit zu bringen. In einem spektakulären SEK-Einsatz konnte der Mann überwältigt werden. Aber das Opfer verstarb. Er schien ihr auch bekannt vorzukommen, aber sie wusste noch nicht, wo sie ihn hinstecken sollte. Henry stöhnte vor Schmerzen extra laut. Sein Bewacher, ein Hüne mit breiten Koteletten und finsterem Blick, knurrte widerwillig, gehorchte der Ärztin aber. Sie half Henry aus dem Hemd und schickte den Wachhund ins Wartezimmer. Der Vollzugsbeamte protestierte und blieb störrisch neben der Krankenliege stehen.

«Sind Sie ein verurteilter Serienmörder?», fragte die Ärztin Henry in trockenem Ton. Er lachte gequält auf und schüttelte den Kopf. «Untersuchungshaft.»

«Wie ist das passiert?» Sie zeigte auf Henrys Platzwunde am Kopf und die Blessuren an seinem Körper.

«Ich wurde als Neuankömmling von den anderen Häftlingen gebührend begrüßt.»

Die Ärztin schaute den Wachmann mit hochgezogenen Augenbrauen an. «Anstatt hier die Persönlichkeitsrechte von Herrn Zornik zu verletzen, hätten Sie mal lieber in Ihrem Verantwortungsbereich besser aufgepasst», sagte sie und stand regungslos da, bis der Uniformierte den Raum verließ. Erst dann untersuchte sie ihn und versorgte seine Wunden. «Woher kennen wir uns?» Er erinnerte sie an den Einsatz im Eigenheimviertel. «Stimmt. Sie waren der Mordermittler. Was haben Sie denn angestellt?»

«Nichts, außer dass ich höchstwahrscheinlich ein paar einflussreichen Männern bei ihren Geschäften in die Quere gekommen bin.»

«Wie das?»

«Haben Sie von dem Mord auf der Insel gehört?»

«Ja, man hat die Leiche der Tochter des Landratskandidaten oben in Lohme gefunden.»

«Der Fall weist große Ähnlichkeiten mit den Rosenmorden vor fünf Jahren auf. Die habe ich damals aufgeklärt. Ich bin aber kein Polizist mehr. Der Rosenmörder hat meine Kollegin Hanna umgebracht. Danach habe ich es nicht mehr geschafft, mit der Angst umzugehen, dass ich erneut zu spät kommen könnte.» Sie sah ihn fragend an. «Der Täter von damals kam ins Gefängnis und ist mittlerweile tot. Der neue Fall hat mich so beschäftigt, dass ich dem ermittelnden Hauptkommissar, meinem Ex-Partner, Hilfe angeboten habe. Die hat er abgelehnt. Also habe ich auf eigene Faust ermittelt, weil ich befürchte, dass es weitere Opfer gibt, wenn der Täter nicht schnell genug gefasst wird. Das scheint jemand verhindern zu wollen. Deshalb wurde ich gestern unter fadenscheinigen Gründen verhaftet.»

«Verstehe. Sie haben sich zusammenschlagen lassen, um ins Krankenhaus zu kommen. Die einzige Fluchtmöglichkeit.»

«Hören Sie, da ist vorgestern ein weiteres Mädchen aus dem Krankenhaus in Binz verschwunden. Sie könnte eine Zeugin gewesen sein. Wenn Sie mir nicht glauben, dann reden Sie mit Ihrer Kollegin Frau Dr. Kranich in der Medicusklinik.»

«Sie haben eine Spur?»

Henry zog sich wieder an. «Ja, aber ich muss mich beeilen, denn wenn der Täter sie hat, bleiben ihr nur noch wenige Tage zu leben.» Sie gab ihm ein flüssiges Schmerzmittel. Während Henry den Becher austrank, drehte sie ihm den Rücken zu, griff zum Telefon. Er hörte, dass sie Dr. Kranich verlangte. Er wartete ab, bis sie auflegte. Sie trat an den Medikamentenschrank und entnahm zwei Schachteln Tabletten. «Nehmen Sie alle sechs Stunden eine», sagte sie und drückte ihm die Schachteln in die Hand. «Ich kann Ihnen maximal zwanzig Minuten Vorsprung verschaffen. Na, los! Verschwinden Sie schon.» Mit ihrer Schlüsselkarte öffnete sie die Tür zum hinteren Flur der Behandlungsräume, über die man zum Hinterausgang der Notaufnahme kam. «Sie bekommen Ärger», sagte Henry und zögerte.

«Mir fällt schon eine Ausrede ein, wie Sie mir entwischen konnten. Viel Erfolg! Kaufen Sie sich das Schwein.» Henry humpelte los.

Es regnete in Strömen, und der Wind pfiff zwischen den Häusern, fegte durch die Baumkronen und holte die letzten Blätter herunter, die er zusammen mit dem Wasser vor sich her peitschte. Henry rannte durch die leeren Straßen. Er war klitschnass, und ihm war kalt, aber das war jetzt egal. Sie durften ihn auf keinen Fall wieder einkassieren. Wachsam hörte er auf jedes Geräusch und versteckte sich in dunklen Hauseingängen, sobald er ein sich näherndes Fahrzeug vernahm. Er musste sich beeilen, denn ihm stand nur ein geringes Zeitfenster zur Verfügung. Sobald sie seine Flucht entdeckten, leitete die Polizei eine Ringfahndung ein und überwachte jeden, bei dem er Zuflucht suchen könnte. Martha, Lucia, seine Studenten, die Rektorin, die anderen Dozenten und Frau Meyer. Selbst Jolien würde auf dieser Liste stehen, weil sie sich als seine Verlobte ausgegeben hatte.

Nach längerem Fußmarsch erreichte er die Frankenstraße, in der Martha eine Zweizimmerwohnung mit Terrasse besaß. Mittlerweile musste es bestimmt nach 22.00 Uhr sein. Hoffentlich war sie noch wach. Henry schlich um das Haus und zwängte sich durch den Spalt zwischen Hauswand und Hecke, die ihr winziges Grundstück begrenzte. Durch die halb geschlossenen Jalousieritzen flackerte das Licht des Fernsehers. Er klopfte dagegen und wartete einen Moment. Keine Reaktion.

Er schaute sich um, entdeckte die leere Mülltonne und schob sie mit Wucht gegen das Fenster. Wie erwartet, zog sie den Rollladen hoch, um zu sehen, was da so rumste. Sie öffnete die Terrassentür. Henry trat aus dem Dunkeln. «Nicht erschrecken!», sagt er zu ihr. Martha riss die Augen auf. «Du bist getürmt?»

«Je weniger du weißt, umso besser. Ich muss sofort auf die Insel.» Martha nahm ihn mit rein. «Du bist ja völlig nass. Los, ab mit dir unter die heiße Dusche.» Sie ließ den Rollladen wieder herunter.

«Ich will dich nicht in Erklärungsnot bringen. Sowie sie meine Flucht entdecken, werden sie dich als Erste überwachen und hier aufkreuzen.»

«Na hör mal! Glaubst du, ich bin so blöd und mache auf. Es ist später Abend, da schlafe ich bereits. Und ohne Durchsuchungsbeschluss setzt keiner von meinen Kollegen einen Fuß über die Schwelle zu meiner Wohnung.» Er gehorchte und war froh, als er unter dem heißen Wasserstrahl stand. Sein Körper schmerzte bei jeder Berührung. Vorsichtig trocknete er sich ab, wickelte sich das Handtuch um den Bauch und trat aus dem Badezimmer. Martha kochte ihm einen heißen Tee und schmierte zwei Brote. Auf dem Sessel lag ein kariertes Hemd, eine Jeans, neue Socken und ungetragene Unterwäsche. Sicher Sachen, die sie noch von ihrem erwachsenen Sohn besaß, der vor sieben Jahren nach kurzem Krebsleiden verstorben war. «Nun guck mich nicht so mitleidig an. Es war doch sinnvoll, dass ich die Sachen von Ron aufbewahrt habe. Er wird sich da oben kaputtlachen, dass du jetzt sein Lieblingshemd trägst, weswegen du ihn immer aufgezogen hast.»

«Danke!», sagte er und gab ihr einen Kuss auf die Wange.

«Was hast du dir dabei gedacht, aus der Untersuchungshaft

abzuhauen? Gab es keinen legalen Weg? Du kennst doch diesen Anwalt?»

«Der war nicht erreichbar, und die Pflichtverteidigerin, die sie mir geschickt haben ...» Henry winkte ab.

«Zieh dich an, sonst verblitze ich mir an deinem durchtrainierten Oberkörper noch die Augen.» Henry schlüpfte in die Sachen. Hemd und Hose passten. «Ich weiß, das ist nicht besonders modisch, aber trocken und allemal besser als die Anstaltskleidung.» Sie zwinkerte ihm zu.

«Ich brauche dein Auto.» Martha musterte ihn von der Seite.

«Du wirkst manisch. Es geht gar nicht darum, deinen Kopf aus der Schlinge zu ziehen, die dir diese Hamburger Kommissarin umgelegt hat. Stimmt's? Liege ich richtig in der Annahme, dass du dich weiter in Blumes Ermittlung einmischst und Isa Kramers Mörder jagst?», fragte sie in vorwurfsvollem Ton. Henry presste beschämt die Lippen zusammen. Sie hatte ihn mal wieder durchschaut. «Was soll das? Warum setzt du Mattis Adoption aufs Spiel?»

«Weil ich wissen muss, wer seine Mutter umgebracht hat.»

«Henry, das hast du doch aufgeklärt.»

«Anscheinend nicht. Matti ist Tom von Bredows leiblicher Sohn. Ich habe Zweifel, ob er Hanna wirklich etwas hatte antun können.»

Martha schien einen Moment sprachlos. «Bist du sicher?»

«Ich habe vor zwei Wochen illegal einen Vaterschaftstest veranlasst. Das Ergebnis kam letzten Mittwoch. Gibst du mir nun grünes Licht, dass ich dein Auto kurzschließen darf?»

«Erst will ich wissen, was in deinem Kopf vor sich geht, bevor du dich noch weiter in Schwierigkeiten bringst.»

Er berichtete ihr von den Ermittlungen mit den Studierenden, was sie zuerst zu Kramer und seinen Unterstützern, dann zu Peter Kant herausgefunden hatten. «Fakt ist, dass Isas Leiche nur zu zweit an diesen Ablageort in der Kinderheimruine transportiert werden konnte. Diese Erkenntnis und die Ereignisse der letzten Tage haben mich eben auf eine weitere Spur gebracht. Du kennst doch noch diese Frau, die mich damals gestalkt hat.» Martha nickte. Henry erzählte ihr von seiner damaligen Affäre mit Jolien, wie und warum er diese Beziehung beendet hatte. «Ich dachte, sie war einfach nur wütend und das würde sich legen. Kurz vor Hannas Tod habe ich auch nichts mehr von Jolien gehört. Aber so, wie sie sich jetzt verhalten hat, macht mich das irgendwie stutzig.» Henry erzählte Martha, wie Jolien ihm seit Freitag hinterherspioniert hat, von ihrem abendlichen Auftauchen bei ihm zu Hause, den K.-o.-Tropfen und dass sie sich beim Haftrichter als seine Verlobte ausgegeben und sogar Matti zum Gefängnisbesuch mitgebracht hat. «Sie muss Lucia irgendeine Lüge aufgetischt haben, denn sie nimmt seit zwei Tagen meine Anrufe nicht an und hat sich auch nicht zurückgemeldet.»

«Sie ist doch krank, hat deine Truppe gesagt, denn wir haben sie auch nicht erreicht.»

«Sollte ich mir Sorgen machen?»

«Wäre etwas ungewöhnlich, hätten mich deine Studierenden informiert.» Martha runzelte die Stirn. «Zurück zu dieser Frau. Die spielt also Familie mit dir und scheint den Bezug zur Realität verloren zu haben.»

«Wenn sie damals mitbekommen hat, dass ich mit Hanna zusammen war, hat sie das vielleicht nicht ertragen. Auf die

Art, wie sie jetzt versucht, sich mit aller Macht in mein Leben zu drängen, kommt sie mir langsam unheimlich vor.»

Henry erzählte ihr von dem Kranz auf Toms Grab, und dass die Rose, die die tote Isa Kramer in den Händen hielt, aus Joliens Blumenladen stammen musste, weil es der einzige Laden war, der diese Sorte überhaupt bestellte.

«Aber die kann jeder dort gekauft haben», gab Martha zu bedenken.

«Ich weiß, trotzdem werde ich seit vorgestern diesen Gedanken nicht los, dass sie etwas mit Hannas und Isa Kramers Mord zu tun hat. Der Tathergang, die Ablage und Präsentation von Hannas Leiche damals am Strand waren eindeutig identisch mit den vorhergehenden Opfern, dass mir überhaupt nicht in den Sinn gekommen war, dass ein anderer Täter als der Rosenmörder infrage kommen könnte.»

«Du denkst also, diese Frau hat Hanna umgebracht und wie die Opfer des Rosenmörders zugerichtet, damit der Verdacht auf Tom von Bredow fällt?»

«Nicht sie selbst, aber sie könnte einen Komplizen gehabt haben, der die Tat ausgeführt hat. Peter Kant. Tom von Bredows Sitznachbar in der Schule. Kant hat Bredow nicht nur im Gefängnis besucht, sondern eine albtraumhafte Beziehung zu ihm gehabt. Und der Mann hat eine ähnlich kranke sadistische Fantasie, wie Tom von Bredow sie gehabt hat.»

«Woher weißt du das?»

«Aus der Patientenakte seiner Psychologin, Verena Schall.»

Martha nickte wissend. «Sie hat Bredows Gutachten damals erstellt.»

«Er war zur gleichen Zeit in der psychiatrischen Klinik,

in die ich Jolien damals wegen ihres Selbstmordversuchs gebracht habe. Ich weiß, dass sie sich kennen. Wahrscheinlich
von dort. Verstehst du?»

«Nein ich verstehe noch nicht.»

«Jolien ist damals in meine Wohnung eingebrochen und
kannte alle Einzelheiten der Mordserie von den Ermittlungs-
ergebnissen, die ich in einer Übersicht an der Wand im Schlafzimmer aufgeklebt hatte.»

«Ach du Schreck.» Martha hielt sich die Hand vor den
Mund.

«Sie besaß Täterwissen und wollte mir bestimmt wehtun,
sich an mir rächen, weil sie sich abserviert gefühlt hat. Ja, ich
habe vielleicht nicht auf die netteste Art mit ihr Schluss gemacht. Sie hat mich damals nur noch genervt. Und dieser Peter Kant passt in das Täterprofil, hat ein Motiv, Mittel und
Gelegenheit. Ich könnte mir vorstellen, dass sie den Mann
damals angestiftet hat, Hanna zu töten. Sie ist sehr gut darin,
Menschen zu manipulieren.»

Martha machte ein skeptisches Gesicht. «Und du denkst,
dass dieser Peter Kant jetzt Isa Kramer getötet hat? Warum?
Ich verstehe den Zusammenhang zu dem aktuellen Fall noch
nicht.»

«Wenn Jolien nicht erst am Freitag mitgekriegt hat, dass
ich wieder auf der Insel bin, hat sie ihn vielleicht auch dazu
angestiftet, um sich bei mir wieder ins Spiel zu bringen. Es
könnte gut möglich gewesen sein, dass Jolien mich mit Lucia
an dem Abend gesehen hat, wo wir in Sellin in der Wilhelm-
straße im *Zweistein* neben ihrem Blumenladen essen waren.
Das war zwei Wochen, bevor Isa Kramer verschwand.» Er
hatte an dem Abend ein ungutes Gefühl im Nacken gehabt.

Und dass ihnen jemand gefolgt war. «Sie ist hochintelligent, sie kennt mich, sie hat damit gerechnet, dass ich eine Leiche, die wie die Opfer des Rosenmörders zugerichtet ist, nicht ignoriere und privat ermitteln werde. Dass diese Ermittlung mich zwangsläufig auf den Friedhof zu Toms Grab führen wird, wo ich den Kranz mit den schwarzen Rosen finde, der mich in ihren Blumenladen führt, könnte sie einkalkuliert haben. Ich weiß, das klingt irre, aber ich frage mich: Wieso gerade jetzt? Wieso ist in den fünf Jahren meiner Abwesenheit keine derart zugerichtete Leiche auf der Insel oder anderswo in Deutschland aufgetaucht. Ich denke nicht, dass ich mich bei Tom von Bredow als Mörder der fünf Touristinnen geirrt habe. Ein unbekannter triebgesteuerter Serientäter hätte nach Toms Verhaftung weiter gemordet, auf Rügen oder an anderen Orten auf dem Festland. Davon hättet ihr dann längst gehört. Meiner Ansicht nach gibt es nur diese zwei Erklärungen. Entweder hat Isas Tod etwas mit der Landratswahl zu tun, und Profis haben eine falsche Fährte gelegt, um Isa als Störfaktor zu beseitigen und gleichzeitig Kramers sinkende Umfragewerte zu verbessern. Ein trauernder Vater ist schließlich mitleiderregend. Oder Isas Mord sollte mich in Joliens Arme zurückbringen.»

«Ganz schön krank. Pass auf dich auf.»

«Und kompliziert.»

«Was wirst du jetzt tun?»

«Ich werde mir erst einmal Jolien vorknöpfen.» Er musste sich beeilen. «Ich nehme dein Auto und schließe es kurz. Falls die Polizei nicht schon eher bei dir aufkreuzt, meldest du es morgen früh als gestohlen», sagte er und schlüpfte in die Daunenjacke, die auch noch von ihrem Sohn stammte.

«Gib die Klamotten her, die schmeiße ich unterwegs in eine Mülltonne. Nicht dass Francesco doch noch einen Durchsuchungsbeschluss erwirkt und du Schwierigkeiten bekommst, weil er meine Anstaltskleidung bei dir findet.» Martha griff im Flur nach ihrer Jacke, die an der Garderobe hing. «Wo willst du hin? Ich nehme dich auf keinen Fall mit.»

«Ich muss um die Ecke zum Geldautomaten. Du brauchst ein paar Euro. Der Tank ist fast leer. Ich habe kein Bargeld im Haus.»

«Bleib hier. Ich muss mir sowieso das Prepaidhandy aus meinem Geheimversteck holen. Dort habe ich auch Bargeld gebunkert.»

Sie schaute ihn fragend an. «Eine Vorsichtsmaßnahme, die ich mir in der Favela in São Paulo zu eigen gemacht habe. Dort musste man im Notfall schnell verschwinden können.»

«Pass auf dich auf!»

«Kannst du bitte morgen früh gleich nach Lucia sehen?»

KAPITEL 64

Sie lag auf dem Boden des Käfigs und fror. Zitternd zog sie Arme und Beine an ihren Körper heran und rollte sich zusammen. Die Neonröhre an der Zimmerdecke flackerte knisternd. Im Hintergrund lief ein Klassikkonzert. Es roch nach Chlor. Zwischen den breiten Gitterstäben sah sie nur Ausschnitte ihrer Umgebung. Da war jemand. Ein Mann im weißen Ganzkörperschutzanzug und blauen Füßlingen über den Schuhen. Er drehte ihr den Rücken zu und zog mit erhobenen Händen, die in Latexhandschuhen steckten, eine Spritze auf. Als er zur Seite trat und sich zur Kühlkammer bewegte, sah sie, dass auf dem Edelstahltisch vor ihm ein spitzes langes Messer und chirurgisches Besteck bereitlagen. Daneben die schwarze Langhaarperücke. Er beugte sich zu ihr herunter, sein Gesicht konnte sie nicht erkennen, weil es von einer Schutzmaske verdeckt wurde. Oh nein, er trug die Schutzkleidung, um keine DNA-Spuren an ihr zu hinterlassen. Und den Rest erledigte die Chlorbleiche. Ihr Herz raste. Ihr Brustkorb verengte sich, und sie hatte das Gefühl, gleich keine Luft mehr zu bekommen. Todesangst überkam sie. Sophie krallte sich am Gitter fest. Sie stieß einen Schrei aus, atmete hektisch. Ihre Hände und Füße kribbelten wie verrückt. Ihr wurde schwindlig, und sie glaubte, gleich das Bewusstsein zu verlieren. Er musterte sie unbeweglich, steckte eine Hand durch die Gitterstäbe, hielt ihren Arm fest und verabreichte ihr die Spritze. Im nächsten Moment spürte sie, dass ihre Muskeln erschlafften und sie sich nicht mehr bewegen konnte. Er hatte ihr ein Nervengift injiziert, sicher Curare, das sie bei vollem Bewusstsein hielt, aber ihren Körper lähmte und jede Gegenwehr unmöglich machte. Niemand konnte sie retten, denn niemand wusste, wo sie sich befand. Ob es Hanna Grabner auch so ergangen war? Manche Fehler waren eben nicht zu korrigieren. Tränenflüssigkeit sammelte sich in ihren Augen, denn Sophie wusste, dass es dieses Mal keinen Ausweg gab und sie sterben würde. «Oh, du musst nicht weinen!», hörte sie seine Stimme, die durch die Schutzmaske verzerrt und dumpf klang. Er öffnete den Käfig und zog sie heraus, legte sie vor dem Käfig ab, stand auf und holte ein Maniküre-Set, kniete sich neben sie hin und bearbeitete ihre Hände, die völlig gefühllos waren. Verzweifelt versuchte sie, ihnen den Befehl zu geben, den Kerl zu packen. Doch sie gehorchten ihr nicht.

«Keine Angst, du wirst hübsch aussehen, wenn sie dich auf der Schwelle zur anderen Seite abholen», sagte er und lackierte ihre Nägel in Burgunderrot. Dann rasierte er ihren Kopf, saugte die Haare weg und setzte ihr die Langhaarperücke auf. Plötzlich ließ er sie los, sprang auf und rannte die Treppe hoch. Nach wenigen Augenblicken kam er zurück, packte sie unter den Armen, schleifte sie in den Kühlraum und verschloss die Tür.

«Hilfe!», stöhnte sie leise. Als im nächsten Moment die Kühlung brummte, verlor sie jede Hoffnung.

KAPITEL 65

Henry wagte es und fuhr nach Hause. Wie erwartet, stand ein Zivilfahrzeug etwas abseits vom Hof, in dem zwei Fahnder saßen. Also pirschte er sich zu Fuß über den Wald heran und gelangte im Schutz der Dunkelheit bis in den Hühnerstall, wo er den Ersatzschlüssel zum Haus, das Prepaidhandy und 300 Euro Bargeld in einem Geheimversteck aufbewahrte, das er gleich nach dem Einzug angelegt hatte, eine kleine Schachtel in der gefüllten Getreidebox. Von dort aus schlich er sich zum Hintereingang der Waschküche im Keller seines Wohnhauses, denn er wollte unbedingt wissen, ob und wo seine ehemaligen Kollegen herumgeschnüffelt hatten. Die Tür war mit einem Polizeiaufkleber versiegelt. Also waren sie schon da gewesen und hatten sein Haus durchsucht. Er dachte an den Brief vom Labor mit dem Ergebnis des Vaterschaftstestes, an das Terminkärtchen der Psychologin in seinem Nachtschrank und an die Aufzeichnungen in ihrem Ermittlungsraum und im Wohnzimmer. Das hatte die Hamburger Kommissarin bestimmt alles sichergestellt, zumal Blume eine mögliche Verbindung des neuen Falls mit Borowski in Erwägung gezogen hatte. Dabei waren sie auf dem Holzweg. Er zerschnitt das Siegel mit dem Schlüssel und schlich sich im Dunkeln durchs Haus. Durchs Fenster sah er, dass

Lucias Auto immer noch auf dem Hof stand. Martha würde sich kümmern, darauf konnte er sich verlassen.

Tatsächlich fehlten genau die Sachen, die er vermutet hatte. Oder waren etwa seine Studierenden so geistesgegenwärtig gewesen und hatten die Aufzeichnungen aus dem Ermittlerraum entfernt? Henry rief sich Nedas Nummer ins Gedächtnis und klingelte sie mitten in der Nacht an. Sie ging sofort ran und klang hellwach. «Nein, dazu hatten wir gar keine Gelegenheit. Die Hamburger Kommissarin hat uns alle vier nach Ihrer Verhaftung in Gewahrsam genommen und ewig lange einzeln verhört. Außer Sophie, die das Ganze ja verschuldet hat und abgehauen ist», sagte Neda in verächtlichem Ton.

«Was macht Sie eigentlich so sicher, dass Sophie abgehauen ist?» Er bezweifelte, dass sie ihn und die Truppe verraten und im Stich gelassen hatte. Auch wenn sie manchmal schnoddrig reagierte, hatte er sie doch bisher immer als loyal kennengelernt.

«Sie hat der Kommissarin bei der Vernehmung eine Lüge aufgetischt, sich verstrickt und uns da alle mit reingerissen. Deshalb haben wir uns danach gestritten. Ich habe sie dann gestern bei einem Telefonat mit ihrem Vater erwischt. Sie hat ihm Ihre Verhaftung mitgeteilt und gesagt, dass sie damit ihren Teil der Abmachung erfüllt hat. Ich habe vor ihr ausgespuckt. Sie war entsetzt, dass ich sie belauscht habe, und ist abgehauen, hat die letzten Stunden geschwänzt. Als wir in die WG kamen, hatte sie sich in ihrem Zimmer eingeschlossen. Später ist sie mit dem vollen Rucksack auf dem Rücken aus dem Haus gegangen und weggefahren. Kurz bevor uns die Polizei abgeholt hat. Die haben auch nicht nach ihr gefragt, wer weiß, was sie für einen Deal mit denen ausgehandelt hat.»

Henry beschlich eine Ahnung. Sophie gab nicht so einfach auf, mag sein, dass sie einen Fehler begangen hat, weil ihr Vater sie unter Druck setzte. Sie wollte ihn drankriegen. Das hieß, sie ermittelte auf eigene Faust weiter. «Haben Sie mal in ihr Zimmer geschaut?»

«Nein, warum?», fragte Neda, und er bat sie, es jetzt zu tun. Henry blieb in der Leitung. «Hier liegen alle Aufzeichnungen aus Ihrem Keller auf dem Fußboden. Sie hat sie wie an unserer Ermittlerwand ausgebreitet», sagte Neda erschrocken. Er verlangte, dass sie das Zimmer wieder verschloss und den anderen vorerst noch nichts erzählte. «Verhalten Sie sich ruhig, denn die Polizei observiert Sie, weil ich aus der JVA ausgebrochen bin.» Er wusste, dass er sich auf Neda verlassen konnte.

Henry vermutete, dass Sophie sich seine letzten, bislang noch unausgesprochenen Thesen zusammengereimt hatte. Sie war ein Mensch, der alles mit sich allein ausmachte. Die anderen hatten sie wegen ihres Verhaltens ausgegrenzt, weil sie ihr misstrauten. Deshalb war sie nun allein losgezogen. Sie setzte bestimmt dort an, wo er aufgehört hatte. Das hieß, sie verfolgte die Spur Peter Kant. Was hatte Neda gesagt? Sophie ist mit einem Rucksack losgezogen. Konnte es sein, dass sie sich als Mädchen mit Modelwunsch ausgab und wollte, dass Kant Fotos von ihr machte? Oh Mann, hoffentlich irrte er sich!

Er raste mit Marthas Auto nach Binz, suchte rings um das Fotogeschäft die Straßen nach Sophies Mini ab und fand ihn zwei Straßen weiter. Also hatte er recht. Kants Transporter war weg. Immer wenn sie ihn observiert hatten und er zu Hause oder im Laden war, stand sein Fahrzeug auf dem Stellplatz schräg gegenüber dem Geschäft. Kant war unterwegs. Mitten in der Nacht? Henrys ungutes Gefühl wuchs rasant. War Sophie in Lebensgefahr?

Wo konnten sie sein? Henry kratzte sich am Kopf. Laut Verena Schall traute Kant sich nicht in sein Elternhaus. Vielleicht besaß er woanders einen Unterschlupf, an dem er sich sicher fühlte. Irgendwo musste er seine Jagdbeute zerlegen und verarbeiten oder einfrieren. Das würde er kaum in seiner Wohnung oder dem Atelier tun. Ob Dr. Schall diesen Ort kannte? Sollte er sie anrufen? Nein! Sie wurde bestimmt informiert, dass er auf der Flucht war, und würde ihm höchstens vor Augen halten, in welche Situation er sich gebracht hatte, oder gleich die Polizei auf ihn hetzen. Sie würde ihm nicht helfen. Jolien könnte es wissen. Er raste weiter nach Sellin. Ihm blieb nicht viel Zeit, denn in zwei Stunden meldete Martha ihr Auto als gestohlen.

Da er nicht wusste, wo Jolien jetzt wohnte, fuhr er zum Blumenladen auf der Wilhelmstraße, parkte in einer Nebenstraße und näherte sich vorsichtig zu Fuß. Die Fahnder standen mit einem silbernen Ford vor Joliens Ladentür. Ein junger Mann in Zivil saß im Wagen und schien hellwach, während er die Umgebung des Geschäftes beobachtete. Henry lief die Herrmannstraße zurück und schlich sich hinter den Gebäuden der ersten Reihe an der Einkaufs- und Flaniermeile mit der einzigartigen Bäderarchitektur entlang, die bis zum Hochufer mit der Seebrücke reichte und selbst jetzt im tristen November und trotz der Dunkelheit noch eine erhabene Schönheit ausstrahlte.

Mist! Auch im Hof hinter Joliens Laden bewachte ein

Fahnder das Haus. Sie vermuteten also, dass sie seine erste Anlaufstelle war. Natürlich, sie hatte sich als seine Verlobte ausgegeben und ihm ein Alibi verschafft. Auch hier gab es keine Chance, unentdeckt in den Laden zu kommen. Da er ihre Telefonnummer nicht kannte, konnte er sie auch nicht anrufen. Außerdem war das zu gefährlich, wenn sie so ein Aufgebot wie für einen verdächtigen Schwerverbrecher bereitstellten, um ihn zu schnappen, überwachten sie auch ihr Telefon.

Der Kleintransporter mit dem Logo von *Monis Floristenstube* stand neben dem Eingang. Die Hecktüren zeigten zu ihm. Henry schaute auf die Uhr. 3.46 Uhr. Wenn er Glück hatte, dauerte es nicht mehr lange, bis sie zum Blumengroßmarkt fuhr, um frische Waren einzukaufen.

Kurz nach 4.00 Uhr war es so weit. Jolien trat aus dem Haus, redete mit dem Polizeibeamten und ließ den Mann hinein, damit er sich aufwärmen konnte, denn er fror genau wie Henry. Sie öffnete die Hintertüren des Transporters, lud zwei leere Kisten aus und brachte sie in den Laden. Das war sein Moment. Er sprang aus dem Gebüsch und schlüpfte geduckt in den fensterlosen Kofferraum ihres Lieferwagens, versteckte sich hinter einem Stapel Kartons und griff sich das Blumenmesser, das er auf dem Boden fand. Jolien kam zurück, knallte die Hecktüren zu, stieg ein, startete den Motor und schaltete das Radio an. Mitsingend fuhr sie los. Er wartete, bis sie auf der B 196 Sellin hinter sich ließen. «Fahr rechts ran!», sagte er und kam aus seinem Versteck hervor. Sie drehte sich um und grinste. «Schatz!», sagte sie, und er sah ihr an, dass sie keinesfalls erstaunt oder erschrocken war. Sie hatte mit ihm gerechnet. «Du hattest Glück, dass ich dich von

oben vor dem Polizeibeamten auf dem Hof entdeckt habe.»
Sie wohnte über dem Blumenladen? Verfluchte, sein Überraschungsmoment war geplatzt. Sie hatte das Auto geöffnet und den Fahnder hereingebeten, um Henry ein Zeitfenster zu verschaffen. Immer wieder unterschätzte er sie. «Wo ist Lucia? Was hast du mit ihr gemacht?»

«Lucia, Lucia! Du solltest langsam begreifen, wer dir zur Seite steht. Woher soll ich wissen, wohin sich deine kleine Affäre abgesetzt hat, nachdem sie von uns erfahren hat. Frauen teilen nun mal nicht gerne.»

«Fahr rechts ran!», forderte er erneut, kletterte durch die Lücke nach vorne auf den Beifahrersitz, holte das Blumenmesser aus der Jackentasche und hielt ihr die Spitze an den Hals. «Das ist nicht dein Ernst, oder?», sagte sie empört und lenkte das Auto auf den Seitenstreifen.

«Es ist deine Art, ans Ziel zu kommen.»

«Ich habe für dich gelogen.»

«Da musstest du dich ja nicht besonders anstrengen.»

«Ich habe dich gerade vor den Polizisten versteckt, da habe ich wohl ein bisschen Dankbarkeit verdient.»

«Was läuft zwischen dir und Peter Kant?»

«Du bist eifersüchtig.»

«Hör auf mit dem Blödsinn, du weißt genau, was ich meine. Wie lange kennst du ihn schon?»

«Keine Ahnung.»

«Jolien!»

«Wir waren zusammen in der Schule.»

Verblüfft nahm er das Messer herunter. «Und dann seid ihr euch in der Psychiatrie wieder begegnet, oder hattest du schon vorher mit dem Rettungssanitäter Peter Kant in der Hanseklinik zu tun?» Ihr Mund verzog sich zu einem unschönen Lächeln, mit dem sie ihre Verblüffung verbergen wollte, dass er von Kants früherem Beruf wusste.

«Ja und?», sagte sie patzig.

«Kanntest du auch Tom von Bredow?»

Sie verdrehte genervt die Augen. «Er war dein Hauptverdächtiger während unserer Beziehung.»

«Jolien!»

«Kant und Bredow waren in meinem Jahrgang am Ernst-Moritz-Arndt-Gymnasium.»

«Dann hast du damals mitbekommen, dass Kant von Bredow gequält und drangsaliert wurde. Warum hast du mir das nie erzählt?»

«Weil du mich nicht danach gefragt hast. Peter war der Klugscheißer aus dem Kinderheim, ein absoluter Nerd ... ein Opfer, auf das es Tom besonders abgesehen hatte.» So wie sie das sagte, wusste er, dass Jolien auch auf Kant herabschaute und seine Schwäche verabscheute.

«Kant fotografiert junge Mädchen mit Rosen in der Hand. Es handelt sich um die Sorte Blueblack Baccara, die du ihm geliefert hast. Denn seit den Rosenmorden will diese Sorte außer dir niemand verkaufen. Das weiß ich von Ahrend junior. Es hat also keinen Zweck, dass du leugnest. Du hast im November einen Posten dieser Sorte bestellt. Für wen? Für Kant? Noch mal, was verbindet dich mit ihm?»

«Nichts, außer dass er bei mir immer diese Rosen kauft. Das ist ja wohl nicht verboten.» Sie atmete geräuschvoll aus. Mittlerweile hielt er sie für hochgradig abgebrüht, aber war sie auch so kaltblütig, einen Mord zu beauftragen oder zu begehen?

«Alle Touristinnen, Hanna und jetzt Isa Kramer waren Tage vor ihrer Ermordung verschwunden.»

«Damit habe ich nichts zu tun!»

«Sagst du.»

«Du verdächtigst mich, etwas mit dem Tod dieser Touristinnen, Hanna und Isa Kramer zu tun zu haben.» Sie verschränkte die Arme vor der Brust. «Harter Tobak!»

«Nein, nicht mit den Touristinnen, aber bei Hanna und Isa Kramer bin ich mir da nicht so sicher. Du hast mich damals gestalkt, weil du nicht akzeptieren konntest, dass ich dich nicht liebe. Eine Jolien Keller verlässt man nicht, hast du gesagt.» Sie fixierte ihn hasserfüllt. «Du spinnst ja wohl!»

Damit sie kooperativ war, musste er ihr ein paar Streicheleinheiten geben, auch wenn ihm das widerstrebte und er die Wahrheit am liebsten aus ihr rausschütteln wollte.

«Dann hilf mir», bat er in versöhnlichem Ton und legte das Blumenmesser so ab, dass sie es jeden Moment greifen konnte. Ein Vertrauensbeweis, von dem er sicher war, dass sie ihn verstand. Griff sie zu, käme das einem Schuldeingeständnis gleich. So unüberlegt würde sie nicht handeln. «Ich muss ihn finden, eine meiner Studentinnen muss sich ihm für ein Fotoshooting angeboten haben. Ich habe Angst, dass er sie tötet.» Jolien schluckte. Fast kam sie ihm verunsichert vor. Lag er vielleicht doch falsch mit seinem Verdacht, dass sie ...? «Hat er mal irgendeinen Ort erwähnt. Er ist Jäger, vielleicht eine Hütte.»

«Er war der Sohn des Försters im Jasmunder Nationalpark. Dort, wo du Matti allein im Auto gelassen hast, steht sein Elternhaus. Das musst du doch gesehen haben.»

«Mir wurde gesagt, er habe eine Phobie und es seit damals nie wieder betreten.»

Sie starrte geradeaus und schien zu überlegen. «Was, wenn er die Phobie nur vorgab oder sie längst überwunden hat? Es gibt da noch eine alte Jagdhütte nah an der Piratenschlucht. Dort hat er sich früher tagelang vor der Gewalt seines Vaters versteckt, wenn der im Rausch um sich geschlagen hatte, hat er mal erzählt.»

«Dann sollten wir jetzt ganz schnell dorthin fahren.»

«Wir? Ich muss zum Großmarkt.»

«Der hat bis 8.00 Uhr geöffnet.»

KAPITEL 66

Von Sellin bis Sassnitz waren es knapp dreißig Kilometer. Um diese Jahreszeit besetzten keine Touristen die Insel und verstopften mit ihren Autos die einzige Straße im Osten, die die Badeorte Göhren, Baabe, Sellin und Binz miteinander verband. Jetzt am Samstag um halb fünf morgens schliefen die wenigen Einheimischen noch in ihren Betten. Also hatten sie die Straße fast für sich allein und erreichten den Jasmunder Nationalpark in weniger als dreißig Minuten. Jolien fuhr rasant und bog gezielt in den richtigen Waldweg ab.

«Du warst noch nicht hier?», fragte er skeptisch, als der Lichtkegel zwischen den Bäumen ein Holzblockhaus erfasste, neben dem ein Schuppen stand.

«So viele Möglichkeiten gibt es ja hier nicht.»

«Schalte das Licht aus!», forderte er.

«Und wer bezahlt mir den Schaden, wenn ich gegen einen Baum fahre?»

«Dann fahr langsamer.»

«Ja, ja, schon gut.» Sie gehorchte. «Es steht kein Auto davor», sagte sie.

«Halt an und schalte den Motor aus. Du bleibst hier und wartest.»

«Hast du keine Angst, dass ich verschwinde?», fragte sie

und schaute ihn herausfordernd an. Henry hielt die Hand auf und verlangte den Autoschlüssel. Sie zog eine Schnute und gab ihn ihm. «Nach allem, was ich für dich getan habe, hätte ich schon etwas mehr Vertrauen verdient.»

«Ich glaube kaum, dass ich dir etwas schulde. Ehrlich, ich wünschte, ich hätte dich nie kennengelernt.»

Ihre Augen blitzten hasserfüllt auf. Ihr Stimmungswechsel war wieder einmal bemerkenswert. Er stieg aus und verriegelte die Türen. Dann pirschte er sich die letzten fünfzig Meter zu Fuß heran und umrundete das Holzhaus, in dem es dunkel und still war. Er schaute durch die Ritzen zwischen den Brettern in den Schuppen. Dort stand ein Fahrzeug in der Größe eines Transporters, das mit einer Plane abgedeckt war. Plötzlich hörte er einen aufheulenden Motor. Jolien hatte ihn ausgetrickst. Sie musste noch einen Ersatzschlüssel bei sich gehabt haben. Er hetzte zurück und sah, wie sie wendete, rannte dem fahrenden Auto hinterher, aber sie war zu schnell. Verfluchtes Weib! Er blieb stehen und japste. Sein Herz pochte. Sie hatte ihn mit Absicht zum falschen Ort geführt. Warum? Wollte sie Kant warnen? Er hätte damit rechnen und sie nie allein im Auto zurücklassen dürfen! Viel zu fügsam hatte sie ihm den Autoschlüssel übergeben. Wieder einmal entsetzte ihn ihre Durchtriebenheit. Er lief zurück und öffnete den Schuppen. Bei dem Fahrzeug unter der Plane handelte es sich um einen alten Bulli, der aufgebockt war. Sie hatte ihn überlistet. Von Kants Transporter war ringsum nichts zu sehen. Natürlich konnte er seine Opfer an diesen einsamen Ort nur hergebracht haben, um sie erst einmal einzusperren, und war dann wieder weggefahren. Genau das hatten sie ja herausgefunden, dass zwischen dem Verschwinden und der Ermordung mehrere Tage lagen. Henry untersuchte das Türschloss an der Jagdhütte. Ein modernes Sicherheitsschloss. Er suchte im Schuppen nach Werkzeug. Ein Brecheisen schien ihm geeignet.

Er setzte es zwischen Rahmen und Türblatt in Höhe des Schlosses an und stemmte sich mit aller Kraft dagegen. Henry schwitzte, denn das Holz war stabil. Erst beim dritten Versuch knackte es, und die Tür sprang auf. Ein muffiger Geruch schlug ihm entgegen. Der Lichtschalter funktionierte nicht. Er leuchtete mit der Taschenlampe seines Handys hinein und war enttäuscht. Das Blockhaus war leer. Es gab einen einzigen Raum mit Tisch, Bank und einem eingebauten Holzbett. In der Ecke stand ein kleiner Ofen, der mit Holzscheiten befeuert wurde, die daneben in einem Korb lagerten. Auf der gusseisernen Platte stand ein Flötenkessel. Henry betrat den Raum und zog einen Vorhang beiseite. Dahinter hing neben einem Waschbecken mit Spiegel ein Handtuch an der Wand in der Nische. Henry suchte nach einer Falltür, die zu einem verborgenen Raum führte. Dafür klappte er sogar den Teppich zurück. Hier war er eindeutig falsch.

Entmutigt lief er nach draußen. Wo? Doch das Forsthaus seiner Eltern? Er rief sich Joliens Reaktion ins Gedächtnis zurück. Sie selbst hatte diese Möglichkeit erwähnt und ihm dann ziemlich schnell diese Hütte vorgeschlagen. War das Taktik? Wusste sie, dass Kant allen nur etwas vormachte mit seiner Phobie? Da war so ein Aufblitzen in ihren Augen, das ihm im Nachhinein gar nicht gefiel. Was hatte sie vor? Wollte sie sich nur an ihm rächen, weil sie ihn nicht bekam, oder wollte sie Peter Kant warnen? Sie besaß einen genialen Verstand, mit dem sie Situationen blitzschnell erfasste und sie sich zunutze machte. Diese Frau machte ihn wahnsinnig. Er schaute sich um und versuchte, sich zu orientieren. Sein Handy hatte keinen Empfang. Zur Straße zurückzugehen und auf ein Auto zu warten, war keine Option. Wer weiß, wann hier überhaupt jemand vorbeikam. Bis zum Försterhaus waren es von hier vielleicht fünf bis sechs Kilometer. Wenn er den Küstenwanderweg Richtung Norden im Laufschritt nahm, müsste er es in einer Stunde bis zum Forsthaus schaffen. Auch wenn Jolien Kant warnte, könnte es dort vielleicht eine Spur geben, die ihn weiterführte.

Nach einer knappen Stunde Fußmarsch sah er die Umrisse des Forsthauses im Morgengrauen. Er verließ den Weg und pirschte sich querfeldein im Schutz des Nebels zwischen den Bäumen durch das Unterholz heran. Es war immer noch dunkel, aber seine Augen hatten sich längst daran gewöhnt. Der Wald war völlig still. Allein das Rauschen des nahen Meeres war zu hören. Die feuchte Kälte spürte er kaum. Dafür war er viel zu aufgeregt. Henry näherte sich dem Haus, hinter dem er jetzt Peter Kants Transporter erkannte, der am Wegesrand parkte.

Er bewaffnete sich mit einem herumliegenden Ast. Vorsichtig schlich er sich an das Haus. Durch die Ritzen der zugezogenen Vorhänge fiel Licht durch die Fenster. Von wegen, er hatte eine Phobie, sein Elternhaus zu betreten. Henry presste sich mit dem Körper an die Hauswand und lugte durch den Vorhangschlitz hinein. Das trübe gelbe Licht erhellte ein Wohnzimmer mit gemusterten Tapeten, die vergilbt aussahen, und abgewohnten Möbeln, die noch aus den Fünfzigern stammen mussten. Inmitten dieses Stilllebens baumelte ein

Mann im weißen Schutzanzug von der Zimmerdecke. Sein Kopf steckte in einer Seilschlinge. Unter seinen Füßen lag ein umgekippter Hocker. Peter Kant hatte sich am Dachbalken erhängt. Ach du Scheiße! Entsetzt ließ Henry den Knüppel fallen und rannte zum Eingang um das Haus herum. Die Tür stand offen. Er stürmte hinein und sah, dass der Mann bereits tot war. Auf dem Tisch lag ein Zettel, daneben ein Stift, eine Schutzbrille und eine FFP2-Maske. Henry las die Worte in krakeliger Schrift. *Ich wollte das nicht.*

Henry überlegte, ob das so was wie ein Geständnis war. Normalerweise würde er den Mann jetzt herunterholen und untersuchen. Das durfte er nicht, aber er schaute sich Kants Hände nach Abwehrspuren an. Sie wiesen rote Striemen auf. Also hat er versucht, sich das Seil vom Hals zu reißen. Entweder in letzter Todesangst oder weil ihn jemand dazu gezwungen hat, auf diesen Hocker zu steigen und sich die Schlinge um den Hals zu legen. Jolien? Dann hatte sie Kant nicht warnen wollen, sondern verhindern, dass der Mann redete und ihre Beziehung ausplauderte, weil sie *doch* etwas mit dem Mord an Hanna und Isa Kramer zu tun hatte? Sein Blick fiel auf den Stuhl, auf dem ein kakifarbener Parka, ein bunter Wollschal und eine Wollmütze lagen, wie sie die jungen Mädchen heute trugen. Auf dem Boden daneben stand ein geöffneter Rucksack. Er kannte diesen Rucksack, der ihm wegen des silbernen Eulenanhängers mit der brasilianischen Flagge an Sophie aufgefallen war. Sophie war hier gewesen oder war noch hier. Er schaute sich hektisch um. Das provisorische Nachtlager schien benutzt. Darauf lagen Sophies Autoschlüssel und ihre herausgewühlten Papiere, ihr Studentenausweis der Akademie. Hatte sich Kant deshalb umgebracht, weil er herausgefunden hat, wen er da mitgenommen hatte? Das ergab nur Sinn, wenn er ihr etwas angetan hatte. Oder war sie ihm gar entwischt? Bevor Henry im Wald nach ihr suchen würde, musste er erst sichergehen, dass sie nicht mehr hier im Haus war. Er schaute in alle Räume im Erdgeschoss und sah, dass in den Fensterbrettern Tassen standen. Neben der Eingangstür lag eine Pfanne. *Sie hat sich dir als Mädchen ausgegeben, das extra für ein Fotoshooting angereist ist. Du hast ihr einen Schlafplatz angeboten, weil du sie nicht mit in deine Wohnung nehmen wolltest. Du bist weggefahren, und sie hat mit den Tassen und der Pfanne alle Zugänge zum Haus gesichert, wie wir es schon mal im Unterricht durchgesprochen haben. Du bist in der Nacht zurückgekommen. Hat sie dich bemerkt?* Er schaute sich um. Es sah nicht nach einem Kampf aus. Vielleicht hat er Sophie mit einer Droge willenlos gemacht. Henry fand die Wasserflaschen im Kühlschrank und die angebrochene unter dem Bett. Er hielt sie ins Licht seiner Taschenlampe und drehte sie. Da sah er den winzigen Einstich hinter dem Etikett, der wieder verschmolzen worden war, damit kein Wasser herauslaufen konnte. Er vermutete K.-o.-Tropfen. Kant kam zurück, als sie bewusstlos war. Doch wo hat er sie hingebracht? Henry rannte nach oben ins Dachgeschoss. Die dicke Staubschicht verriet ihm, dass die Etage seit Ewigkeiten niemand betreten hatte. Bis auf die frischen zierlichen Fußabdrücke von Sneakern. Das muss Sophie gewesen sein. Sie hat sich im Haus umgesehen, als sie allein war. Er lief wieder ins Erdgeschoss und öffnete die Tür unter der Treppe, die vermutlich zu einer Abstellkammer gehörte. Erstaunt stellte er fest, dass es dahinter in den Keller ging. Henry schaltete das Licht ein. Es flackerte. Er hörte ein dämonisches Grollen.

Dann stieg er die Treppe aus Beton hinab und erschrak, weil er sich in einem modern ausgestatteten Schlachtraum befand, sogar mit einer Kühlkammer, die, dem Brummen nach zu urteilen, in Benutzung war. An der Wand gab es einen Lastenaufzug, dessen anderes Ende wahrscheinlich oben versteckt in einem Schrank endete. In der Mitte stand ein Metallkäfig. Er war leer. Daneben lagen ein Maniküre-Set, ausgekippter roter Nagellack und ein elektrischer Rasierapparat auf dem Boden. Auf den Edelstahlflächen sah er chirurgisches Besteck und ein langes Filetiermesser. Die Waffe, mit der bei den Opfern der Todesstich ausgeführt wurde? Fast schien es, dass Kant bei der Ausführung der Tat gestört wurde. Von Jolien? Hat sie Sophie mitgenommen? Henry kratzte sich am Kopf. Vielleicht hat Jolien Kant dazu gezwungen, dass er sich erhängt. Wenn sie ihn in die totale Angst getrieben hat, bestand diese Möglichkeit. Ich habe Jolien erzählt, dass sich meine Studentin Kant als Mädchen mit Modelwunsch ausgegeben haben könnte. Henry dachte an den herausgewühlten Ausweis aus Sophies Rucksack. Wahrscheinlich war das Jolien gewesen. Sie hat versucht, Kant zu warnen. Er hat ihr nicht geglaubt. Deshalb hat sie in Sophies Rucksack nach einem Beweis gesucht. So könnte es gewesen sein. Sie hat ihm klargemacht, dass er in der Falle saß und welche Konsequenzen auf ihn in lebenslanger Haft warten. Wenn Jolien wollte, konnte sie sehr überzeugend sein. «Sie kennt mich und weiß, wenn ich einmal zubeiße, lasse ich nicht los», murmelte er vor sich hin. «Du musstest mit allen Mitteln verhindern, dass Kant redet und dich belastet.» Doch wo war Sophie? Hat Jolien sie weggebracht, weil sie verletzt war? Oder war sie doch schon tot?

Er horchte. Außer dem Brummen der Kühlkammer vernahm er nichts. In Henry blitzte ein schockartiger Gedanke auf. Er riss die Tür des Kühlhauses auf. Dort lag Sophie. Ihm wurde übel, doch er unterdrückte die aufsteigende Panik. Schnell überprüfte er ihre Vitalfunktionen. Sie lebte! Aber sie war kaum bei Bewusstsein, ihr Herz schlug langsam, sie atmete flach. «Alles wird gut.» Henry hob sie hoch, trug sie nach oben und wickelte sie in eine Decke. Er musste sie sofort ins Krankenhaus bringen. Henry schnappte sich den Autoschlüssel von Kants Transporter, der im kleinen Flur an einem Haken hing. Er rannte raus und hörte, dass über dem Wald ein Hubschrauber kreiste. Suchte ihn die Polizei? Wieder dachte er an Jolien. Hatte sie den Fahndern gar einen Tipp gegeben? Egal, jetzt ging es erst einmal darum, Sophies Leben zu retten. Er rannte nach draußen, öffnete das Fahrzeug und trug seine Studentin hinein, suchte im Sanikasten eine Rettungsdecke und wickelte Sophie auf der Rückbank darin ein. Dann raste er los – auf dem kürzesten Weg Richtung Bergen ins Krankenhaus.

KAPITEL 67

Am Ortseingang der Inselhauptstadt raste er ungebremst in eine Radarfalle und wurde geblitzt. «Verfluchte!», schimpfte er und trat auf die Bremse. Doch zu spät. Hinter der nächsten Ecke stand die Polizei und machte eine Verkehrskontrolle. Ihre zwei Streifenwagen standen etwas versteckt hinter einer Hecke auf einem Parkplatz. Ein Beamter in Uniform winkte ihn mit der roten Kelle auf den Seitenstreifen, auf dem ein zweiter Polizist bereits einen anderen Verkehrssünder abfertigte. Henry rollte im Schritttempo heran und ließ die Seitenscheibe herunter. Der ältere Beamte forderte ihn auf, den Motor abzustellen, und Henrys Papiere. «Sie waren 20 km/h zu schnell!»

«Ich weiß, aber das ist ein Notfall. Es geht um Leben und Tod.» Er zeigte auf die Rückbank. «Ich habe dieses Mädchen halb erfroren am Straßenrand gefunden. Sie muss sofort in die Medicusklinik.»

Der Polizist leuchtete auf den Rücksitz und riss die Augen auf, als er Sophie sah.

«Fahren Sie!», sagte er. «Mein Kollege wird für eine freie Straße sorgen.» Dann sprach er in das Mikrofon, das ihm am Kragen hing. Im nächsten Moment setzte sich ein Streifenwagen auf dem Parkplatz mit Blaulicht in Bewegung und rollte aus der Ausfahrt heraus. Das Martinshorn erklang, und Henry bekam eine Blaulichtbegleitung zur Medicusklinik, wo er dem Streifenwagen bis zur Auffahrt an den Eingang der Notaufnahme folgte. Dort wurden sie schon von einem Arzt und Krankenpfleger erwartet, die mit einer Rollliege vor der Tür bereitstanden. Wahrscheinlich hatten die Polizisten die Klinik über ihre Ankunft informiert. Es ging alles blitzschnell. Kaum hielt er an, holten Krankenpfleger und Arzt Sophie vom Rücksitz und rollten sie auf der Liege ins Haus. Henry sprang aus dem Wagen und rannte hinterher.

Er durfte nicht mit ins Behandlungszimmer. *Hoffentlich überlebt sie,* bangte er mit flauem Gefühl im Bauch und konnte sich im Wartezimmer einfach nicht setzen. Aufgeregt lief er hin und her. Der Polizist kam hinzu. «Und?»

Henry zuckte ratlos mit den Schultern. Nach etwa zehn Minuten trat der Arzt aus dem Behandlungszimmer.

«Sie hatte Glück, dass Sie sie gefunden haben, ihre Körpertemperatur war schon auf 29 Grad gesunken. Bei den Temperaturen hätte es sicher keine Stunde mehr gedauert, bis ihr Kreislauf zusammengebrochen wäre und die Organe ihre Arbeit eingestellt hätten.» Henrys Knie wurden weich, und seine Hände zitterten. Der Arzt musterte ihn besorgt. «Keine Angst, sie ist wieder stabil. Ihr Herz ist stark. Sie schafft das. Wir nehmen sie erst mal auf Station, und dann sehen wir weiter. Drei Tage, dann ist sie wieder fit.» Er klopfte Henry auf die Schulter, schaute ihn noch einmal an und runzelte die Stirn. «Ich habe Ihren Daumen operiert? Wir kennen uns doch. Henry Zornik, stimmt's?» Henry nickte und schloss einen Moment lang die Augen, weil er mitbekam, dass der Polizist neben ihm zuhörte und plötzlich darüber nachdachte, dass da irgendetwas war, was er mit dem Namen Zornik in Verbindung bringen sollte.

«Wie geht es denn Ihrem Finger», fragte der Arzt.

«Besser als meinem Magen.» Henry hielt sich die Hand vor den Mund. «Entschuldigung», sagte er und rannte zu der Tür mit dem WC-Zeichen. Er hörte noch, wie der Arzt zu dem Polizisten sagte. «Das ist der Schock.» Henry schloss sich ein und bediente die Spülung. Er musste hier weg, bevor der Polizist schnallte, dass er der Mann war, nach dem sie fahndeten. Er öffnete das Fenster, guckte hinaus. Darunter standen zwei Mülltonnen. Er kletterte auf das Toilettenbecken, schwang sich nach oben auf das Fensterbrett, sprang auf die Tonnen und lief über den Hinterhof des Krankenhauses um das Gebäude zur Auffahrt, wo der Transporter hinter dem Streifenwagen stand. Noch war von dem Polizisten nichts zu sehen. Henry beeilte sich, sprang in den Transporter, legte den Rückwärtsgang ein und raste zurück auf die Straße. Jetzt musste er schnell sein.

Schneller als die Polizei feststellte, dass der flüchtige Untersuchungshäftling Zornik mit dem Transporter von Peter Kant unterwegs war. Dann würden sie rund um Bergen und vermutlich auf der ganzen Insel eine Ringfahndung nach dem Wagen einleiten und auch die einzige Zufahrt zur Insel über die Brücke kontrollieren. Aber dort wollte er sowieso nicht hin, sondern noch einmal in das Forsthaus. Er musste nach einer Spur suchen, wo Kant und Jolien womöglich Lilly versteckten. Hoffentlich lebte sie noch.

Im Forsthaus war alles unverändert, so wie er es verlassen hatte. Mit den Latexhandschuhen über den Fingern, die er im Schlachtraum des Kellers gefunden hatte, untersuchte er den Toten, ohne dessen Position zu verändern, noch einmal genauer. Die Abwehrspuren an den Händen zeugten davon, dass Kant nicht freiwillig in den Tod gesprungen war. Vielleicht hatte Jolien dem Mann gar den Hocker unter den Füßen weggestoßen.

Sie hatte Henry bewusst in die falsche Richtung gelotst und dann die Gelegenheit genutzt. Ein Schachzug, um nicht erwischt zu werden. Sie muss ernsthaft Angst gehabt haben, dass Kant sie verrät. Henry überlegte. Er unterwürfig und sie dominant. Das ergab die perfekte Symbiose. Mit ihrem brillanten Verstand hatte sie wahrscheinlich einen teuflischen Plan ausgeheckt, wie sie sich den unterwürfigen Kant mit den morbiden Fantasien zunutze machen könnte: Kant half ihr damals, die Rivalin Hanna zu beseitigen, er befriedigte so seinen Trieb, und sie lenkte alle Spuren auf Tom von Bredow, der dadurch für alle Zeit hinter Gitter kam. Doch dann war Henry ohne ein Wort über Nacht nach Brasilien abgehauen. Damit hatte sie nicht gerechnet. Sie sah ihn erst vor vier Wochen mit Lucia wieder, als sie in Sellin im *Zweistein* neben ihrem Blumenladen essen waren. Da hat sie Kant manipuliert, um sich bei Henry wieder ins Spiel zu bringen. *Du hast mir ab dem Tag hinterherspioniert.* Die Erkenntnis, dass sein Handeln für Jolien so berechenbar war, ärgerte ihn. Dabei sollte es umgekehrt sein und er als Ermittler ihr Handeln vorausschauend kalkulieren können. *Wer einen Mörder fassen will, muss wie ein Mörder denken.* War sie ihm mit ihrer Intelligenz haushoch überlegen, sodass er mit seinem Verstand an eine Grenze stieß? Wo könnte Lilly sein? Er durchsuchte das ganze Haus nach einem versteckten Raum, rückte Schränke ab, um zu sehen, ob sich dahinter ein Zugang befand. Nichts. Er lief aus dem Haus, untersuchte den Stall, schaute in den Brunnen und fand keine Spur. Dann fiel ihm etwa zehn Meter neben dem Haus ein künstlich angelegter Hügel auf. Er rannte hin und schob das Laub auseinander. Darunter befand sich ein Eisendeckel. Er klappte ihn hoch und schaute in einen dunklen Hohlraum, in dem es unangenehm roch. Ein Erdkeller, wie ihn früher die Schweden oder die Wikinger zur Vorratshaltung nutzten, als es noch keine Kühlschränke gab. Er stieg auf den Eisenstiegen etwa zwei Meter hinab, machte die Taschenlampe im Handy an und fand zu Stein verschrumpelte Kartoffeln. Hier war schon jahrzehntelang kein Mensch mehr gewesen. Oder? Henry leuchtete Boden und Wände ab, sah Kratzspuren, an denen verkrustetes Blut klebte, das aber alt schien. Hier war auf jeden Fall jemand gefangen gehalten worden, aber schon vor längerer Zeit. In einer Ecke neben einem Fäkalieneimer, dessen Inhalt ausgetrocknet war, lag ein Stück Holz, das wahrscheinlich ein Pferd darstellen sollte und von Kinderhand geschnitzt schien. Henry vermutete, dass Kants Vater seinen Jungen früher zur Strafe hier unten eingesperrt hatte. Er kletterte zurück und hörte, dass mehrere Autos heranfuhren. Vorsichtig lugte er über den Rand des Erdloches und sah zwei Streifenwagen, aus denen vier Polizisten in Uniform stiegen und ihre Waffen zogen. Dahinter bremste ein schwarzes Zivilfahrzeug. Blume stieg aus und folgte seinen Kollegen. Sie gaben sich mit Handzeichen zu verstehen, dass sie das Forsthaus ringsum absichern wollten, bevor sie es stürmten. «Verfluchte!» Mit dem Auto kam er nicht mehr weg. In wenigen Minuten würden sie die ganze Umgebung durchkämmen und auf der Suche nach ihm im Wald jeden

Stein umdrehen. Sie waren ihm fast zu schnell gewesen. Jemand hatte der Polizei einen Tipp gegeben. Jolien? Sie hat seine Verhaftung einkalkuliert, um ihren Kopf zu retten, und ließ ihn jetzt eiskalt krepieren. Langsam schien sie kapiert zu haben, dass sie ihn nie zurückbekommen würde. Oder spielte sie nur mit ihm? Vielleicht hatte sie, seit sie von seiner Rückkehr auf die Insel erfuhr, einfach nur vor, sich auf ganz perfide Art an ihm zu rächen. Er erinnerte sich an ihr Kennenlernen damals, die ersten Gespräche. Da hatte er ihr erzählt, wie nah ihm die Schicksale der Mordopfer gingen, wie ihn die grausamen Bilder nachts im Schlaf verfolgten. Es war einfach nicht greifbar für ihn, was in dieser Frau vor sich ging. Ergötzte sie sich an seinem Leid? War das ihr Motiv? Henry wartete, bis alle Polizisten im Haus verschwunden waren, stieg aus dem Erdkeller, schloss leise den Deckel und rannte durch den Wald in Richtung Küste, die nur zweihundert Meter entfernt war. Henry rief Neda an, obwohl es ihm widerstrebte, seine Studierenden um Hilfe zu bitten. Ihm blieb keine Wahl, einer von seiner Truppe musste ihn abholen.

KAPITEL 68

Gegen 7.30 Uhr lief Henry im Morgengrauen auf dem Küstenwanderweg durch den Wald, in dem sich der Nebel langsam verzog. Möwen kreischten. Ein Käuzchen rief. Von fern hörte er die Wellen, getrieben von einem steifen Nordostwind, ans Ufer branden. Der Himmel war klar. Es würde ein knackig kalter Herbsttag mit strahlendem Sonnenschein werden. Bei jedem Rascheln von Laub horchte er auf. Er schlug sich bis zum Parkplatz am Erlebniszentrum Nationalpark Königsstuhl durch. Dort wollten sie sich treffen. Versteckt hinter einem Baum, wartete er. Sobald er still stand, kroch die Kälte durch den Stoff seiner Hose. Wenigstens wärmte ihn die Daunenjacke von Marthas Sohn am Rumpf. Eine Mütze besaß er immer noch nicht. Seine Ohren fühlten sich an, als wuchsen ihm daran Eiszapfen. Er trat auf der Stelle, hauchte in die Hände und lauschte in die Ferne. Ein Auto näherte sich. Hoffentlich das, auf das er wartete. Zwei Minuten später rollte ein dunkelblauer VW Golf mit Schrammen und Beulen auf den Parkplatz. Erleichtert kam er hinter dem Baum hervor. Marcus saß am Steuer und hatte die schwarze Mütze tief ins Gesicht gezogen. Henry stieg ein. «Danke!», sagte er und war froh, dass er ins Warme kam. «Stand die Polizei vor Ihrer Wohnung und hat Sie observiert?»

«Jepp, keine Sorge, die stehen immer noch dort und warten auf Sie.» Etwas anderes hatte Henry auch nicht erwartet. Marcus war clever genug, sich so aus dem Haus zu schleichen, dass die Fahnder ihn nicht bemerkten. «Hat Neda euch über alles informiert?»

«Ehrlich, ich weiß nicht, was ich davon halten soll. Erst hält Sophie sich nicht an unsere Absprache und bringt uns alle in Erklärungsnot und Sie deshalb in Untersuchungshaft. Und dann dieser Alleingang ... Die ganze Situation regte Marcus so auf, dass er den Motor abwürgte.

«Wir kennen den Grund nicht. Es wäre falsch, sie unwissend zu verurteilen. Vielleicht ist Sophie einfach in die Fragenfalle der Hamburger Kommissarin getappt und hat sich hinterher dafür geschämt.» Er dachte an sein Verhör. «Die Kommissarin ist verdammt clever.»

«Ich weiß, aber ...» Marcus winkte ab. «Das hier wäre alles nicht passiert, wenn sie uns wenigstens in ihren Plan eingeweiht hätte, anstatt allein weiter zu ermitteln.»

«Du bist sauer.»

«Sie etwa nicht?»

«Sophie ist hinter ihrer rauen Fassade sehr sensibel. Sie ist nicht link.» Marcus schien seine Haltung zu überdenken. «Mir ist erst einmal wichtig, dass wir Lilly finden und Jolien Keller als Mittäterin überführen. Ich habe das Gefühl, dass es mit Kants Tod noch nicht beendet ist.»

«Genau deshalb haben wir uns bereits aufgeteilt. Charlotte und Aron sind ins Krankenhaus gefahren, um nach Sophie zu sehen. Sie wollen sie befragen, wenn das schon möglich ist. Vielleicht hat sie irgendetwas gesehen oder gehört, was uns weiterhilft.»

«Sehr gut.»

«Neda recherchiert und trägt gerade alles über Jolien Keller und Peter Kant zusammen, um Hinweise zu finden, wo wir noch nach Lilly suchen können. Außerdem hat sie online unter einem Fake-Namen eine Ferienwohnung für Sie in Binz gebucht, wo Sie sich verstecken und wir uns treffen können.» Henry zog erstaunt die Augenbrauen hoch. «Keine Angst, wir sind gut im Fach *Abschütteln von Verfolgern*.» Henry schmunzelte. Sie waren ein ausgebufftes Team, das er wirklich nicht unterschätzen durfte. «Außerdem haben wir Ihnen aus dem Fundus ein paar Sachen besorgt, damit Sie sich frei bewegen können.» Marcus zeigte auf die Rückbank, wo eine schwarze Reisetasche lag. «Perücke, Bart, Brille und die Daunenjacke sollten Sie am besten gleich anziehen: Überall sind Polizeikontrollen.» Die Ringfahndung nach ihm lief also in vollem Gange. Henry stieg aus und wechselte die Jacke, holte Perücke, Wollmütze, Brille und Oberlippenbart aus der Reisetasche.

«Das ist nicht Ihr Ernst?»

Marcus grinste. «Der Zweck heiligt die Mittel.»

Henry setzte sich die dunkelbraune Kurzhaarperücke auf und stülpte die Mütze darüber, stieg ins Auto zurück, klebte vor dem Rückspiegel den Bart an und schob sich die Pilotenbrille auf die Nase. Er gab ihnen recht, so erkannte er sich ja selbst kaum. «Wo fahren wir hin?», fragte er in dem Moment, als Marcus' Handy klingelte. «Charlotte», sagte der, ging ran und stellte auf laut. Die Studentin heulte. «Sophie ist verstorben.»

«Waas?», rief Marcus entsetzt. Henry starrte ihn erschüttert an. Wie konnte das sein? Der Notarzt hatte doch gesagt, dass sich ihr Kreislauf wieder stabilisiert hatte. Ihn beschlich ein ungutes Gefühl. Da stimmte etwas nicht.

«Fahr zur Medicusklinik», sagte Henry und hatte ein Bild von Jolien vor Augen, die sich in das Krankenzimmer seiner Studentin schlich und auch sie zum Schweigen brachte, weil Sophie sie wahrscheinlich gesehen hatte und als Kants Komplizin wiedererkennen würde. Dieses Mal kam sie ihm nicht davon! Paul Bremer musste ihm helfen, sie zu überführen.

KAPITEL 69

E r klingelte an der verschlossenen Tür der Pathologie im Kellergeschoss der Medicusklinik. Paul Bremer öffnete ihm in blauer OP-Kleidung samt Haube auf dem Kopf. «Sie wünschen?», fragte der Pathologe mit gerunzelter Stirn. Henry nahm die Pilotenbrille ab. «Henry?», fragte Paul und sah ihn verwundert an, weil er ihn in der Verkleidung wohl nicht gleich erkannte. Der Pathologe schien einen Moment sprachlos. «Bist du einem Karnevalsklub beigetreten, was soll diese Verkleidung?»

«Das erkläre ich dir später. Du musst mir helfen.»

Der Arzt taxierte ihn aufmerksam. «Du bist ja ganz aufgeregt, komm erst einmal rein.»

«Sophie Dresen ist heute Morgen hier in der Klinik verstorben. Ich habe sie hergebracht. Sie war stark unterkühlt, aber der Notarzt hat mir versichert, ihr Kreislauf wäre wieder stabil und dass sie es bei ihrer körperlichen Allgemeinverfassung schaffen würde. Ich glaube, sie wurde ermordet. Du musst ihre Leiche untersuchen und die tatsächliche Todesursache herausfinden.»

«Wenn sie hier im Haus verstorben ist, dann bekomme ich sie sowieso auf den Tisch.»

«Jetzt! Es drängt», sagte Henry mit Nachdruck.

«Was ist los mit dir? Du stehst völlig neben dir.»

«Sophie Dresen ist meine Studentin. Wir haben eine Spur im Fall der ermordeten Isa Kramer verfolgt. Sie hat auf eigene Faust ermittelt und den Köder gespielt ...» Henry erklärte ihm, was vorgefallen war.

«Ach du Scheiße!», sagte der Arzt.

«Bitte beeil dich, ich weiß nicht, wann die Polizei hier aufkreuzt und nach mir sucht.»

«Wieso sucht die Polizei nach dir?»

«Ich bin aus der Untersuchungshaft getürmt.»

«Wie bist du denn da hineingeraten?»

«Unwichtig. Bitte!», wehrte Henry ab, denn er wollte die Zeit nicht mit langen Erklärungen vergeuden. Paul ging in seinem Computer die Neuzugänge der letzten Stunden durch. «Also bei mir ist noch keine Sophie Dresen angekommen. Mit Unterkühlung sagst du?»

«Ich habe sie ja als namenloses Mädchen eingeliefert, das ich auf der Straße aufgelesen habe. Ich musste dann weg, weil Dr. Kröger mich im Beisein eines Polizisten erkannt hat. Es könnte gut sein, dass sie auf Station unter namenlos registriert wurde.»

«Keine namenlose Leiche.» Paul führte ihn in den Vorraum des Pathologiesaales zu drei Rollliegen, die hintereinander an der Wand standen, und schlug die Tücher über den Verstorbenen zurück. «Das sind die Neuzugänge der letzten Nacht.» Henry schaute auf zwei alte Männer und eine junge Frau. «Ist sie das?»

«Nein.»

«Ich frag mal oben nach.» Paul ging in sein Büro, Henry folgte ihm und hörte zu, wie er telefonierte. «Was ist das für eine Schlamperei. Bei mir ist keine Leiche von euch angekommen. Wahrscheinlich im Fahrstuhl stecken geblieben, oder was? Ihr müsst doch wissen, wer sie runtergebracht hat?» Paul Bremer knallte das Telefon in die Ladestation. «Das namenlose Mädchen mit der Unterkühlung kam aus der Notaufnahme auf die Vier, das ist die Internistische. Dort ist sie heute früh 5.46 Uhr verstorben.» Er tätschelte Henry die Schulter. «Tut mir leid.» Henry schluckte den dicken Kloß im Hals herunter. War das schon wieder seine Schuld? Seine Studierenden hatten ihn dazu gedrängt, den Rosenmörder-Fall im Kurs zu behandeln. Er hätte auf sein Bauchgefühl hören und sich nicht darauf einlassen dürfen. Verfluchte!

«Dann ist ihre Leiche noch oben auf Station?», fragte Henry und merkte, wie schwer ihm das Sprechen fiel.

«Eben nicht. Das ist ja das Kuriose. Angeblich wurde sie bereits heruntergebracht.» Paul rief seinen Assistenten heran, einen untersetzten jungen Mann mit Nerdbrille in Gummischürze, der auf dem Tisch neben einer abgedeckten Leiche sorgsam die Instrumente für die Obduktion bereitlegte. «Gregor, hast du heute früh eine Leiche entgegengenommen und eventuell in einem Kühlfach zwischengelagert?» Der junge Mann schaute hoch und schob sich die Brille mit dem Handrücken zurecht. «Nein», sagte er und konzentrierte sich wieder auf seine Tätigkeit.

Paul schaute mit Henry in alle Kühlboxen. Von Sophie keine Spur. «Das verstehe ich nicht.» Der Pathologe kratzte sich am Kopf. Eine Geste, die Henry nur zu gut von sich kannte, wenn er ratlos war. «5.46 Uhr», sagte Paul. «Das war zum Schichtwechsel.» Er rief noch einmal auf der Station an und verlangte den diensthabenden Arzt. «Habt ihr denn keine Übergabe von der Nacht gemacht? Euer Personalmangel interessiert mich nicht. Es kann doch nicht sein, dass ein verstorbener Mensch hier im Krankenhaus einfach verloren geht», sagte Paul erbost. Henry sah ihm an, dass er sich schwer zurückhalten musste, um nicht ausfällig zu reagieren. «Welcher von euren Spezialisten hat denn den Totenschein ausgefüllt. Oder ist der auch mit verloren gegangen?»

Paul riss die Augen auf. «Eine Frau Doktor Arnold. Die kennen Sie nicht? Mensch, ihr müsst doch wissen, wer bei euch auf Station Dienst hat.» Er drückte den Arzt in der Leitung weg und schüttelte den Kopf. «Die blicken überhaupt nicht mehr durch. Ich habe schon die tollsten Sachen erlebt, aber dazu fällt mir nichts mehr ein», schimpfte er. «Es wird immer schlimmer. Seit der Krankenhausreform spart die Verwaltung, wo sie kann. Kommt es dann zeitgleich zu Notsituationen, bricht hier wegen der Unterbesetzung gleich das Chaos aus. Aber das ist denen in den Chefetagen egal. Hauptsache, am Ende stimmt die Bilanz. Er wählte eine neue Nummer. «Martina, mein Täubchen, ich suche nach einer Frau Dr. Arnold. Du kannst mir doch bestimmt sagen, auf welcher Station ich sie finde.» Paul runzelte die Stirn. «Was sagst du da?»

Henry ahnte, dass er keine guten Nachrichten hatte. Paul legte auf und schaute ihn ernst an.

«Es gibt bei uns keine Frau Dr. Arnold, Henry.»

Jolien? Henry wurde schlecht, weil seine Befürchtung immer realere Züge annahm. Dass sie damals die Gartenschere mit Bredows Fingerabdrücken im Gewächshaus seiner Mutter nach Hannas Tod platziert hatte, konnte er sich vorstellen.

Doch wie Jolien Bredows DNA-Spuren an Hanna manipulieren konnte, war ihm bei allem Verdacht ein Rätsel.

Halt! Wenn sie sich jetzt als falsche Ärztin ausgegeben hat, hat sie sich damals vielleicht auch als falsche Rechtsmedizinerin in der Gerichtsmedizin Greifswald ... Immerhin war sie Krankenschwester auf der Intensivstation gewesen und verfügt über medizinische Kenntnisse.

«Kannst du noch einmal auf der Station anrufen und fragen, ob jemand Frau Doktor Arnold beschreiben kann?» Paul tat ihm den Gefallen. Er verlangte den Namen der Nachtschwester, rief sie an und stellte auf laut.

«Ich bin zwischen zwei Notfällen hin- und hergerannt. Die Ärztin von der anderen Station habe ich nur flüchtig gesehen. Das muss eine von den Chirurgen gewesen sein. Sie war mittelgroß und schlank, trug OP-Kleidung, eine schwarze Brille, und unter der Haube sah man blonde Haare. Außerdem trug sie diese coolen Ohrstecker mit grünem Stein, die sind mir aufgefallen, weil ich mir die auch kaufen will. Es muss schnell gegangen sein, denn als ich zurückkam, war das Zimmer schon leer und die Namenlose auf dem Weg nach unten in die Pathologie. Dann habe ich den ausgefüllten Totenschein, der auf ihrer Kurve in der Stationszentrale lag, gesehen und bin schon wieder zum nächsten Patienten gerannt. Den Schein habe ich dann dem Frühdienst übergeben.»

Jolien hatte blonde Haare, war mittelgroß, schlank und trug Ohrringe. Waren die heute Morgen grün? Daran konnte er sich nicht erinnern.

«Du bist ja völlig blass, Henry. Was willst du denn jetzt machen?»

«Ich muss diesen Fall aufklären und diese Psychopathin zu fassen kriegen, bevor sie …»

Paul schüttelte den Kopf. «Du hast einen Schock, das kann lebensbedrohlich werden.»

«Ich muss …» Paul unterbrach ihn, schnappte Henrys Handgelenk. «Du musst erst einmal deinen Puls runterfahren und einen klaren Kopf bekommen», sagte der Arzt im Befehlston. «Du kommst jetzt mit, und wir beraten uns mit Verena. Wir müssen Blume einbeziehen. Verena kann gut mit ihm. Wir regeln das.»

«Aber meine Studierenden warten draußen in der Lobby auf mich.»

«Schick sie nach Hause und sag ihnen, sie sollen die Füße stillhalten, nicht dass *noch* jemand zu Schaden kommt.»

«Wahrscheinlich hast du recht», lenkte Henry ein. Das Wichtigste war, dass sie so schnell wie möglich Lilly fanden. Auch wenn es hieß, erst mal auf Stopp zu drücken.

KAPITEL 70

Henry folgte Paul in den großzügigen Flur der zweistöckigen weißen Stadtvilla mit Blick auf den Schmachter See in Binz. Verena Schall hantierte angezogen in Mantel am Reißverschluss ihrer Stiefel herum. Sie sah abgehetzt aus und schien es eilig zu haben. Bei Henrys Anblick zog sie die Augenbrauen hoch, schien erschrocken. Scheinbar hatte Paul ihn doch nicht angekündigt. Offensichtlich wollte sie gerade aus dem Haus gehen. Zur Praxis? Heute war Samstag. Ihre Handtasche, Autoschlüssel und Handy lagen griffbereit auf der Kommode, neben der sie stand.

«Bist du wahnsinnig, ihn mit nach Hause zu bringen? Die Polizei fahndet nach ihm», sagte sie wenig amüsiert zu Paul. Sie wusste also Bescheid. Natürlich, die Kommissare hatten sein Haus gründlich durchkämmt und ihre Terminkarte in seinem Nachtschrank gefunden. Damit war sie eine potenzielle Person, mit der er eventuell Kontakt nach seiner Flucht aufnahm. Garantiert hatte Blume sie gebeten, die Polizei zu informieren, falls Henry sich bei ihr meldete.

Paul lächelte schuldbewusst. «Wir müssen ihm helfen.» Er erzählte seiner Frau, was vorgefallen war und was Henry vermutete.

«Das ist alles nicht mein Problem, sondern Sache der Polizei. Die werde ich jetzt informieren. So geht das nämlich nicht. Ich will keinesfalls in seine Angelegenheiten hineingezogen werden.» Sie griff nach dem Handy. Paul nahm es ihr sanft, aber entschieden aus der Hand. Er lächelte überlegen und warf ihr einen scharfen Blick zu, der sie ziemlich nervös machte.

«Du kommst jetzt mal runter, einverstanden?», sagte er eine Spur zu aufbrausend, wie Henry fand. Die Psychologin zuckte regelrecht zusammen. Als sie Henrys Blick bemerkte, klemmte sie sich schnell die Haare hinters Ohr. Henry sah, dass sie Ohrstecker mit grünem Stein trug. Die schienen in Mode zu sein. Nochmals fragte er sich: Hatte Jolien heute früh auch solche Ohrringe getragen? Verfluchte! Wo war seine Beobachtungsgabe abgeblieben?

«Und dann wäre es wirklich lieb von dir, wenn du uns einen ordentlichen Kaffee kochst. Am besten einen Cafezinho, oder?», fragte er Henry und führte ihn ins weitläufige Wohnzimmer in L-Form.

«Sie hat recht, ich will nicht, dass ihr euch meinetwegen streitet und mit in die Sache hineingezogen werdet. Ihr könntet ein Verfahren an den Hals bekommen, weil ihr einen flüchtigen Untersuchungshäftling versteckt.»

«Mach dir mal keine Sorgen!», sagte Paul und klopfte Henry auf die Schulter. «Meine Königin übertreibt es manchmal mit ihrer Vorsicht. Stimmt's Verena?», rief er in die offene Küche hinüber, wo die Hausherrin an der Kaffeemaschine herumhantierte. Er bot Henry einen Platz auf dem Sofa an. In der Küche zerschellte Porzellan. Henrys Anwesenheit schien die Psychologin aus der Fassung zu bringen. Paul eilte zu ihr.

«Jetzt reiß dich mal zusammen!», fuhr er sie an. Henry fühlte sich peinlich berührt. Dass Paul so leicht reizbar war, hätte er nicht gedacht. Verena hatte ja regelrecht Panik vor ihm. Dabei wirkte sie doch nach außen hin taff und war Henry in ihrer Praxis so selbstbewusst entgegengetreten. Das irritierte ihn. Oder hatte sie so große Angst, weil sie nicht in Schwierigkeiten geraten wollte? Völlig nervös stellte sie unter Pauls triumphierendem Blick zwei Keramikbecher auf den Küchentresen. Sie ist Linkshänderin, wurde Henry bewusst, was er schon zigmal beobachtet hatte. Er betrachtete das riesige Wandbild neben dem Kamin, das Paul und Verena im Dschungel unter Eingeborenen zeigte.

«Ihr wart im Amazonasgebiet?», fragte er, um von dem Streit abzulenken.

«Ja, diese Dschungeltouren haben wir in den letzten fünf Jahren für uns entdeckt, stimmt's Verena?», sagte Paul und lächelte seine Frau an. «Leider konnten wir dieses Jahr wegen ihrer pflegebedürftigen Mutter, die Verena so ungern allein lassen wollte, nicht reisen.»

Ihr Blick schrie: Hör auf! Doch Paul redete weiter über seine Faszination der Heilmittel, die die Indianer seit Jahrtausenden verwenden. Fast als wolle er sie provozieren.

«Wie habt ihr euch eigentlich kennengelernt?», fragte Henry, um diese Dynamik zu unterbrechen.

Paul berichtete freimütig, dass er ihr Patient war. Verena schien entsetzt darüber zu sein. Es war wohl keine Information, die er sonst so offen teilte – und von der sie wollte, dass er sie verbreitete. Henry bemerkte körperliche Symptome von akutem Stress bei ihr. Niemand sollte wissen, dass ihre Beziehung in einem verbotenen Abhängigkeitsverhältnis zwischen Therapeutin und Patient begonnen hatte. Warum trieb Paul seine Frau dann so in die Enge? Fast kam es ihm so vor, dass es ihm gefiel, sie bloßzustellen. Sie goss den dampfenden Kaffee ein, verbrühte sich, ließ die Kanne in die Spüle fallen und rannte raus. «Schatz!», rief Paul ihr hinterher und wendete sich an Henry. «Sie ist manchmal zu ungeschickt.» Er lief ihr hinterher. «Du musst das kühlen. Warte!», hörte Henry ihn rufen, und es kam ihm irgendwie scheinheilig vor. Sie stritten im Bad hinter verschlossener Tür. Mein Gott, diese Ehe war auch alles andere als gesund. Sein Blick blieb an dem Wandbild hängen. Etwas an Pauls Körpersprache störte ihn. Es war dieser lüsterne Blick, den er auf die schwarzen Haare des Indianermädchens richtete, während Verena ihn dabei beobachtete, wie er die Schale des Mädchens nahm, das sie ihm zuführte. Schlagartig wurde Henry bewusst, dass das Ehepaar bei allen Fällen im Zentrum der Verbindungen stand. Ihm stockte der Atem. Verena ist Linkshänderin. Scheiße! Seine Gedanken trieben voran in die Richtung, die sich ihm quasi aufgedrängt hatte, aber noch wollte und konnte er nicht verstehen, warum. Warum er so etwas auch nur denken konnte. Aber sie ergaben einen grausamen, einen qualvollen, einen tödlichen Sinn. Die Taten hatten nicht fünf Jahre pausiert, sie wurden am anderen Ende der Welt verübt. Er fand seine Erkenntnis fast verrückt, aber sie erklärte auch, wie Bredows Spuren an die Opfer der Touristinnen und an Hanna gekommen waren. Paul. Paul hatte damals während seiner Tätigkeit in der Rechtsmedizin Zugang zu den Leichen. Die DNA der toten Touristinnen in Bredows Wagen zu platzieren, war mithilfe von Verena möglich, wenn sie zum Beispiel aus Anlass einer Therapiestunde im Wald oder am anderen Ende der Insel mit Bredow mitfuhr. Oder Paul hatte der Kriminaltechnik, die Bredows Auto auf Spuren untersuchte, einen Besuch abgestattet. Verena wusste, dass Kant und Bredow sich aus der Schule kannten und in welcher Beziehung sie standen. Die Gartenschere mit Bredows Fingerabdrücken, mit der die Rose, die sie in Hannas Händen fanden, geschnitten wurde, im Gewächshaus seiner Mutter zu platzieren, war ja nun kein Hexenwerk. Sie hatte Kant sogar dazu veranlasst, Bredow im Gefängnis zu besuchen. Das Ehepaar war stets in den jeweiligen Ermittlungsstand eingeweiht. Es musste so sein. Und er durfte sich nicht anmerken lassen, was sich ihm gerade eröffnet hatte.

Verena kam ins Wohnzimmer zurück. Sie hatte sich gefangen. Sein nachdenklicher Blick schien sie zu irritieren. «Ich möchte, dass Sie gehen!», sagte sie in altbekannter Manier. «Ansonsten sehe ich mich gezwungen, die Polizei zu informieren, dass Sie in mein Haus eingedrungen sind.» Hinter ihr erschien Paul, der in einer ratlosen Geste die Schultern hob. Sie hatte wieder Oberwasser und ihren Mann mit irgendetwas unter Druck gesetzt. Könnte es sogar sein, dass sie die Todesstiche zum Lustgewinn ihres Mannes ausgeführt hatte? Er versuchte sich zu erinnern, ob Paul auch Linkshänder war. Darauf hatte er bei ihm nie geachtet. Wozu auch? Er musste diesem irren Verdacht nachgehen und durfte sich jetzt nichts anmerken lassen. Doch Verena war Psychologin. Sie beobachtete ihn genau und merkte sicher längst, dass er ihnen plötzlich misstraute. Henry stand auf. «Ja, Sie haben recht, es war ein Fehler, Paul und Sie mit hineinzuziehen», pflichtete er ihr bei.

«Sie sollten sich stellen und in Ordnung bringen, was Ihnen angelastet wird. Sonst können Sie die Adoption vergessen. Das wäre doch tragisch», sagte sie, und er hörte einen drohenden Unterton heraus. Ihr wachsamer Blick versuchte, in seinen Kopf vorzudringen, um seine Gedanken zu ergründen. Dabei strahlte sie eine Dominanz aus, die ihn vermuten ließ, dass sie alles dafür tun würde, um ihren Mann und dessen Geheimnis zu schützen. So eingeschüchtert sie eben war und so stark sie wirkte und wie bedingungslos sie nun die Fassade wahrte, das ließ für Henry keinen anderen Schluss zu: Ihr Verhalten war Co-Abhängigkeit, wie man sie bei Partnern von Suchtkranken beobachten konnte.

Was genau nur trieb Paul an, wer war er wirklich? Henry musste noch einmal in die Praxis. Dort gab es sicher eine Akte über Paul. Er musste wissen, was darin stand. Wenn Henrys Theorie stimmte, war Verena die falsche Ärztin, und die beiden hatten Sophie aus dem Krankenhaus geschafft. Warum? Henry beschlich eine Ahnung. Es war nicht vorgesehen, dass Sophie das Kühlhaus in Kants Elternhaus überlebte. Kants inszenierter Selbstmord und der Brief sollten beweisen, dass er der kranke Triebtäter war. Nun hatte Henry sie gerettet und ins Krankenhaus gebracht. Wahrscheinlich hatten sie ihn dabei beobachtet. Doch Sophie durfte nicht überleben, weil sie etwas gesehen hatte. Ihre Leiche wäre doch automatisch auf Pauls Tisch gelandet. Um ihre tatsächliche Todesursache zu vertuschen, bräuchte Paul nur seine Untersuchungsergebnisse fälschen.

Hieß das etwa, sie lebte noch? Wenn ja, dann waren sie noch nicht fertig mit ihr.

Doch wo hatten sie sie hingebracht? Sie war hier im Haus. Verena sah bei seiner Ankunft ziemlich abgehetzt aus. Sie war nicht auf dem Weg, das Haus zu verlassen, sondern kurz vor ihnen angekommen. Ihr schwarzer Jeep stand nicht vor der Tür, also musste sie in die Garage gefahren sein und war von dort ins Haus gelangt.

«Entschuldigt, ich bin gleich weg.»

«Was hast du vor?»

«Erst einmal untertauchen. Meine Truppe hat mir hier im Binzer Aparthotel eine Ferienwohnung unter falschem Namen gemietet. Ich weiß, ich soll nicht ermitteln», wendete er sich an Pauls Frau. «Aber ich kann nicht anders, ich muss alles noch einmal durchdenken und herausfinden, ob Jolien tatsächlich dahintersteckt und Kants Komplizin ist.»

«Auch wenn Paul vielleicht anderer Meinung ist, ich rate Ihnen, überlassen Sie die Ermittlung der Polizei.» Sie durchbohrte ihn mit einem stechenden Blick, der ihre ganze Ablehnung zum Ausdruck brachte. Dahinter glaubte Henry ihre Angst zu erkennen, entlarvt worden zu sein.

Henry versuchte fieberhaft, seine wirklichen Gedanken zu verbergen. Er vermutete, dass sie ihn nicht einfach ziehen lassen würden, und er hatte seinen Köder ausgelegt. Verena wusste, dass sie ihn nur stoppen konnte, wenn er wieder hinter Gitter saß. Also würde sie die Polizei informieren, dass er unter falschem Namen im Aparthotel untertauchte. Er hatte sie bewusst auf diese Fährte geführt, um Zeit zu gewinnen.

«Darf ich vorher noch eure Toilette benutzen?»

«Dritte Tür links am Ende des Flurs.» Er stand auf. «Danke», sagte er und verließ das Wohnzimmer. Dabei spürte er den Blick des Ehepaares im Nacken. Ihm wurde bewusst, dass Verena es war, die den Laden zusammenhielt. Auch wenn Paul seine Frau gerade vorgeführt hatte, war sie diejenige, die ihn kontrollierte. Er hatte Henry mit nach Hause genommen, um

Verena zu provozieren. Ein Drahtseilakt. Dabei erregte ihn ihre Angst, dass er zu viel preisgab, was sie verraten könnte.

Sie folgten ihm nicht auf den Flur. Henry wartete einen Moment, dann schlich er sich durch die letzte Tür, hinter der er die Garage vermutete. Dort stand der schwarze Jeep. Die Motorhaube war noch warm und der Kofferraum verschlossen. Er lauschte, ob er irgendetwas Verdächtiges hörte. Er vernahm ein sehr leises rhythmisches Klopfen «Sophie, bist du da drin?», flüsterte er und bekam keine Antwort. Henry suchte nach einem Werkzeug. Irgendwie musste er den Kofferraum aufbrechen. An der Lochwand über einer Werkbank fand er einen Schraubenzieher. «Was suchst du denn da?», fragte Paul, der plötzlich in der Garage stand, in arglosem Ton. Er trat auf Henry zu und hielt ihn am Arm fest. Henry drehte sich um. Pauls andere Hand schnellte hervor, und Henry spürte den Einstich der Spritze. Ihm wurde schwindlig und ganz flau. Linkshänder, dachte er noch verblüfft und sackte zusammen. Vor seinen Augen verschwamm alles. Er sah noch, dass Verena mit dem Handy am Ohr hinter Paul auftauchte, dann wurde alles schwarz.

KAPITEL 71

Henry war müde, und sein Gehirn funktionierte nur in Zeitlupe, sodass es einen Moment dauerte, bis er seine Lage erfasste. Er war in der geschlossenen Psychiatrie, denn das Zimmer, in dem er lag, war fensterlos, weiß, kahl und hatte gepolsterte Wände. Eine Kamera in der oberen Zimmerecke war auf die Matratze gerichtet, auf der er lag. Er stand unter Medikamenten, die ihn ruhigstellten und sein Empfinden dämpften. Er schaute an sich herunter. Entkleidet hatten sie ihn auch, denn er trug nur ein Nachthemd. Das musste sie veranlasst haben. Verena Schall. Er setzte sich auf. Der Raum drehte sich, seine Knie waren weich wie Schaumstoff, und der Boden unter seinen nackten Füßen schwankte wie auf einem Schiff. Henry kroch auf allen vieren zur Wand gegenüber und zog sich daran hoch, drehte sich um und rutschte mit der Wand im Rücken in den Sitz. Die Tür ging auf, und Schall trat ein, flankiert von zwei Pflegern. Sie trug einen weißen Kittel und lächelte kalt. Wut und Hass übermannten ihn. Henry drückte sich ab und wollte ihr an die Gurgel springen. Die Pfleger hinderten ihn daran. Jeder schnappte einen Arm und legte ihm Manschetten an, dann fixierten sie ihn an Beinen und Bauch. Sie brachten ihn unter ihrer Aufsicht aus der Isolationszelle in ein anderes Zimmer mit vergitter-

tem Fenster, wo sie ihn an fünf Punkten am Bett festschnall-
ten.

Schall stellte sich daneben. «Haben Sie Durst?», fragte sie
und forderte den Pfleger auf, einen Becher Tee zu holen.

«Wo ist Sophie?», fragte Henry und merkte, wie schlep-
pend seine Stimme klang.

«Welche Sophie? Herr Zornik, Sie fantasieren.»

«Ich weiß, dass Sie sie aus dem Krankenhaus entführt haben und in Ihrem Haus verstecken. Ich habe sie im Kofferraum Ihres Autos klopfen gehört.»

«Das sind Ihre Wahnvorstellungen. Anzeichen Ihrer star-
ken Psychose. Ich denke, es wird eine sehr lange Zeit dauern,
bis Sie uns hier wieder verlassen können, wenn überhaupt.
Anscheinend haben Sie vergessen, was passiert ist. Sie sind gewaltsam in unser Haus eingedrungen und haben wirres Zeug
geredet. Paul musste Sie sedieren, weil Sie mich, wie gerade
eben, angreifen wollten. Es tut mir leid, aber wir mussten die
Polizei rufen und Sie zwangseinweisen, weil Sie ohne Behandlung eine Gefahr für sich und andere darstellen. Sie sind hier
auf der Akutstation der forensischen Psychiatrie.»

«Damit kommen Sie nicht durch.»

Sie sah ihn mitleidig an. «Wie ich gehört habe, hat man
Ihre DNA-Spuren im Elternhaus von Peter Kant gefunden,
der laut Aussage des Hauptkommissars Blume wohl doch
nicht ganz freiwillig aus dem Leben getreten ist. Ich nehme
an, Sie haben Selbstjustiz verübt, weil Ihnen klar geworden
ist, dass er der Mörder von Hanna Grabner und Isa Kramer
war, und wer weiß, welche Mädchen die Polizei noch findet.
Seine Komplizin Jolien Keller wurde bereits verhaftet.» Ihr
Lächeln gefror. «Ich habe Sie gewarnt. Sie haben mit Ihrem

Zwang, für Gerechtigkeit zu sorgen, endgültig eine rote Linie überschritten. Sie sind eine Gefahr für die Gesellschaft und gehören für immer weggesperrt. Aber das haben Sie sich selbst zuzuschreiben», sagte sie und genoss ihren Triumph. Sie war eine falsche Schlange, die ihre Macht über wehrlose Menschen auskostete. Am liebsten würde er … Henry ballte die Fäuste, bemerkte ihren Blick und das überlegene Lächeln, das ihren Mund umspielte. Sofort riss er sich zusammen. Er hatte nur eine Chance, ihr beizukommen. Henry schloss die Augen und atmete tief durch, bemüht, sich zu entspannen. «Sie haben gewonnen. Ich stelle mich der Polizei.»

«Ach, Sie geben zu, Peter Kant in den Selbstmord getrieben zu haben?»

«So weit bin ich noch nicht. Zuerst will ich bei der Hamburger Kommissarin Susanne Hader eine Aussage zu Borowski machen.» Die Psychiaterin verzog das Gesicht zum Fragezeichen und verabreichte ihm eine Injektion.

KAPITEL 72

E r hatte jegliches Zeitgefühl verloren. Stimmen und Schritte vom Flur vor seiner Zelle drangen nur gedämpft an seine Ohren und verschwammen zu einem Hintergrundrauschen wie die Meeresbrandung. In seinem Kopf hämmerte es *Sophie, Lilly, Lilly, Sophie* ..., lebten sie noch? Oder hatten diese Sadisten sie längst für ihr perfides Spiel zur Befriedigung ihrer Lust benutzt? Henry hatte keine Ahnung, wie lange es dauerte, bis sich die Tür zu seiner Zelle wieder öffnete und Schall in Begleitung von Kommissarin Hader hereinkam.

Die Kommissarin betrachtete ihn stirnrunzelnd. «Haben Sie das angeordnet? Ist das notwendig?», fragte sie, an Schall gewandt.

«Wir mussten zu dieser drastischen Maßnahme greifen, da er kaum, dass die Sedierung nachlässt, überaus aggressiv reagiert. Aufgrund seiner Vorgeschichte, ich kenne den Patienten seit 2014, habe ich schon damals eine paranoide Persönlichkeitsstörung diagnostiziert. Bereits als Kriminalbeamter bei der Mordinspektion war er auf die zwanghafte Lösung seiner Fälle fixiert, dass er die Grenze zwischen Gut und Böse aus den Augen verloren hatte. Unter diesem Zwang war ihm jedes Mittel recht, um die Täter zu schnappen. Diese Verhaltensweise hat sich in ihm manifestiert. Er hegt ein tief greifendes Muster von ungerechtfertigtem Misstrauen und Verdacht gegenüber anderen, wobei er deren Motive als feindlich oder schädlich erklärt. So hat er auch uns angegriffen, aber das habe ich Ihrem Kollegen Hauptkommissar Blume bereits zu Protokoll gegeben.» Von wegen! Die einzig gefährliche Person im Raum bist du! Aber das konnte er in ihrem Beisein nicht äußern, sonst würde sie ihn hier drin verrecken lassen. Kommissarin Hader nickte. «Ich habe Ihr Gutachten zu seinem psychischen Zustand gelesen und kenne den Rest der Akte.»

«Die verübte Selbstjustiz an Peter Kant ist die logische Folge seiner wahnhaften Störung. Er nimmt an, niemand außer ihm kann den Opfern zu Gerechtigkeit verhelfen.»

«Danke für Ihre Einschätzung», sagte die Kommissarin und wendete sich an ihn. «Herr Zornik, können Sie mich verstehen?»

Henry spürte, dass sich seine Lippen bewegten, und vernahm ein «Ja», das sich irgendwie fremd anhörte.

«Sie wollten mit mir über Hugo Borowski reden.»

Er nickte ihr zu und schwieg.

Die Kommissarin musterte ihn. «Da es sich um ein vertrauliches Gespräch in einem anderen Fall handelt, möchte ich Sie bitten, uns allein zu lassen», sagte sie bestimmend zu der Psychiaterin. Zum Glück, Hader verstand, dass er in Anwesenheit von Schall keine Aussage treffen würde.

Henry wartete, bis Schall aus dem Zimmer ging und die Tür hinter sich schloss. «Ich bin nicht verrückt und habe auch keine Wahnvorstellungen.»

Ein winziges Lächeln huschte über ihre Lippen.

«Was wollten Sie mir zu Hugo Borowski erzählen?»

«Wir machen einen Deal. Sie hören mir zuerst zu, was ich

mit meinen Studierenden im Mordfall Isa Kramer herausgefunden habe. Dann erzähle ich Ihnen, was im Bunker auf der Halbinsel Bug vorgefallen ist, was Sie wegen Borowski interessiert.»

«In Ordnung.»

Während Henry aus den gesammelten Fakten, Wahrnehmungen und Erlebnissen bei der Ermittlung von Isa Kramers Mörder der Kommissarin ein Gesamtbild ihrer Erkenntnisse gab, wurde ihr Erstaunen immer größer. «Das können Sie gerne überprüfen und meine Studenten dazu befragen. Am besten ohne Hauptkommissar Blume.» Er nannte ihr den Grund seines Konfliktes mit ihm. Und dann erzählte er ihr seine Version des Nachmittags am 17. September. «Ich hatte an diesem Tag kein Handwerkerproblem, wie ich es allen erzählt habe. Ich besaß zu dem Zeitpunkt kein Auto und habe mir den Akademiebus geliehen, weil ich einer Spur im Fall der Toten beim Brand der Stadtbibliothek gefolgt bin. Der Tipp eines Junkies. Angeblich trieb sich dort in dem Bunker auf der Halbinsel Bug eine Zeugin des Brands herum. Doch da war niemand. Ich weiß nur, dass ich auf dem abgesperrten Gelände auf etwas getreten bin und es danach im Bunker diese Explosion gab. Ich habe wirklich keine Ahnung, wo Borowski hin ist. Dass er diesen Bunker gemietet haben soll, habe ich nicht gewusst», sagte Henry und hoffte, dass sie ihm diese Geschichte abkaufte.

«Und warum haben Sie mir das nicht gleich erzählt?»

«Ich war erst kurz aus Brasilien zurück und hatte den Job an der Akademie erst neu. Blume war wenig amüsiert darüber, dass ich einen seiner alten ungelösten Fälle mit meinen Studierenden auseinandergenommen habe. Er hat gedroht, die Schule deshalb schließen zu lassen. Ich konnte mir diesen Ärger nicht leisten. Ich bin nach Rügen zurückgekommen, um den Sohn meiner verstorbenen Kollegin Hanna Grabner zu adoptieren.»

«Ich glaube Ihnen.» Hader presste die Lippen zusammen. Es entstand eine Pause. «Außerdem bin ich Ihrem Tipp mit dem Ferienhaus in Südschweden nachgegangen. Die Hamburger Staatsanwaltschaft hat bei den schwedischen Behörden um internationale Amtshilfe gebeten. Die Antwort kam heute Morgen. Tatsächlich besitzt Hugo Borowski ein Ferienhaus bei Ystad. Sie haben ihn dort nicht angetroffen. Wir haben eine Durchsuchung beantragt und warten nun auf die Genehmigung. Vielleicht findet sich im Haus ein Hinweis, ein Fingerabdruck oder DNA, die wir mit den Morden in Hamburg in Verbindung bringen können, um dann eventuell herauszufinden, dass es sich bei Hugo Borowski und Robert Hase um ein und dieselbe Person handelt.»

«Dann war meine Verhaftung also völlig voreilig?»

«Es tut mir leid, dass ich Sie der Komplizenschaft verdächtigt habe. Ich war frustriert und sah keine andere Möglichkeit, Sie zum Reden zu bringen.» Henry schwieg dazu, auch wenn er darüber froh war, dass sich dieses Problem quasi von selbst aufgelöst hatte und hoffentlich nie wieder auftauchte. Er hatte im Moment andere Sorgen, nämlich dass sie Sophie und Lilly retteten, wenn es nicht schon zu spät war.

«Bitte, Sie müssen sich beeilen. Ich habe noch keinen Beweis für meinen Verdacht, aber warum sonst hätte mich das Ehepaar Bremer / Schall in seinem Haus aus heiterem Himmel sedieren sollen, nur weil sie mich in ihrer Garage erwischt haben. Es stimmt nicht, dass ich sie und ihren Mann angegriffen habe. Sie ist Psychiaterin. Sie kennt mich. Sie hat mein plötzliches Misstrauen bemerkt und ihre Schlussfolgerungen gezogen. Suchen Sie in der Villa nach Spuren meiner Studentin Sophie und Lilly, einem 13-jährigen Mädchen, das von einer mysteriösen Rettungssanitäterin aus der Bernsteinklinik in die Medicusklinik abgeholt wurde und nie dort angekommen ist. Ebenso fehlt jede Spur von einem Danilo Flemming, dem Freund von Isa Kramer, einem obdachlosen Jugendlichen, der sich bei den Soireen im Jagdschloss Wellenbrink prostituiert. Ob freiwillig oder zwangsweise, kann ich nicht beurteilen. Er wurde verletzt und ist untergetaucht, nachdem er Richard Kramer bei dieser Veranstaltung eine Glasscherbe in den Hals gerammt hat.»

«Woher wissen Sie das?»

«Weil meine Studenten dort waren und Kramer im Krankenhaus eingeliefert haben. Ich habe ihn dann befragt. Drei Tage später hat er sich aus dem Fenster gestürzt.»

«Sie haben undercover ermittelt.» Kommissarin Hader schüttelte verständnislos mit dem Kopf.

«Ja! Das alles wäre nicht notwendig gewesen, hätte Francesco mein Hilfsangebot angenommen, aber er ist zu stur und viel zu sehr von sich selbst überzeugt. Bitte, gehen Sie schon und machen Sie Ihren Job! Es stehen immer noch drei Menschenleben auf dem Spiel. Und passen Sie auf sich auf. Diese Frau ist gefährlich. Ich weiß, das klingt irre, aber nicht ich bin hier verrückt.»

«Danke, Herr Zornik», sagte sie förmlich und klopfte an der Tür, damit man sie rausließ. Henry schloss die Augen, hoffte er doch, dass sie sich kümmerte, denn er war sich nicht sicher, ob Schall ihn mit seinem Wissen am Leben ließ. Hier war er ihr und Paul vollkommen ausgeliefert. Eine Spritze genügte, um sein Herz zum Stillstand zu bringen. Um die Ursache seines Todes festzustellen, käme er dann automatisch auf Bremers Tisch, der alle Spuren verwischen konnte.

Es dauerte eine halbe Ewigkeit, bis die Tür wieder aufschwang. Schall trat ein. Sie trug eine Spritze in der Hand und ein eiskaltes Lächeln im Gesicht. «Na, haben Sie Ihr Gewissen erleichtert?»

«Was ist das?»

«Das wird Ihren Kreislauf stimulieren. Wie schade, dass Sie uns schon verlassen werden», sagte sie und stach ihm die Nadel in den Hals.

KAPITEL 73

Gemeinsam hievten sie die Kiste aus dem Kofferraum ihres Jeeps in seinen SUV, weil der etwas größer war und noch Platz für ihre Koffer bot. Außerdem mochte Paul ihr Auto nicht, weil ihm der Motor zu laut war. Der SUV fuhr eben geschmeidiger. Das Mädchen in der Kiste zappelte, schrie und schlug so wild um sich, dass sie es erst einmal sedieren mussten. Verenas Euphorie nervte ihn. Küsschen hier und Küsschen dort. Wenn sie so drauf war, wollte sie ihn zu irgendetwas bringen, was ihm eigentlich widerstrebte. Sie hatte wieder einen Plan, in den sie ihn nicht einweihte. Paul musterte seine Frau von der Seite. Oder biederte sie sich so an, weil er immer noch sauer war, dass sie ihn im Forsthaus so barsch unterbrochen hatte. Auch wenn er ihr deshalb böse war, musste er sich eingestehen, dass es eine geniale Idee von ihr war, Kant dorthin zu locken, nachdem der Trottel sie als seine Psychiaterin angerufen hatte, um zu jammern, dass er wieder dem Drang verfallen war, ein Mädchen mitzunehmen, um es in der Aufmachung einer Leiche zu fotografieren. Und dann sahen sie, wen er da ins Forsthaus brachte. Hatten sie doch dort im Wohnzimmer eine Kamera installiert, und sich so auch das letzte Mädchen schon geschnappt, das er dort untergebracht hatte. Dass es die Bürgermeistertochter gewesen war, hatten sie erst aus der Zeitung erfahren. Da Kant es gerade so schaffte, die erste Etage seines Elternhauses zu betreten, war der ehemalige Schlachtkeller der ideale Ort gewesen, um die neue Werkstatt einzurichten. Ein Versteck, das niemand finden würde. Und wenn doch, dann hatte Kant ein Problem, nicht Verena und er. Um den Fotografen davon abzuhalten, dass er es doch wagen sollte, dort hinunterzugehen, hatten sie eine Lichtschranke eingebaut. Übertrat man sie, erklang ein dämonisches Rauschen aus der Tiefe des Kellers. Verena hatte das alles geplant und prophylaktisch in den Therapiesitzungen Kants Phobie verstärkt. Sie war eben eine Psychopathin, die selten emotional, sondern stets rational handelte. Paul wusste, dass sie auch ihn manipulierte. Sie ließ ihn seinen Drang zu töten ausleben, aber dosiert. Sie steuerte ihn, damit das Raubtier in ihm nicht die Oberhand gewann und unüberlegt handelte. Oft fiel es ihm schwer, diesem Verlangen zu widerstehen. Wie entzückt war er doch vorgestern von den Bildern der Überwachungskamera gewesen, dass es diese Schöne von der Soiree im Schloss Wellenbrink war, von der er, seitdem er sie zum ersten Mal im Wald gesehen hatte, jede Nacht träumte. Verena hatte sie auch gleich erkannt und ihn gewarnt, weil das garantiert kein naives Mädchen war, das sich von Kant nur fotografieren lassen wollte. Als ob er das nicht selbst bemerkt hätte! Das musste eine von Zorniks Studierenden sein, die in dieser lächerlichen Ermittlertruppe dem Killer von Isa Kramer auf der Spur waren und heimlich Nachforschungen anstellten. Sie spielte garantiert den Köder, denn sie hatten, wie er wusste, Kant auf dem Schirm gehabt. «Umso besser!», hatte er zu Verena gesagt, denn das erhöhte den Nervenkitzel. Oh, Mann, wie er es liebte, wenn seine Königin in Panik verfiel. Wie damals bei Hanna Grabner. Dann wurde sie besonders rabiat, um alles wieder unter Kontrolle zu bekommen. Zuckerbrot und Peitsche, Zuckerbrot und Peitsche, hämmerte es in seinem Kopf. So ging es seit Jahren. Immer wieder fing sie ihn ein. Immer wieder bestimmte sie über ihn. Doch auf der anderen Seite wollte er frei sein, sich dem Akt hingeben wie im Dschungel, ohne diesen ganzen Schnickschnack der Sicherheitsvorkehrungen, damit bloß keine DNA von ihm und ihr an den Leichen zu finden war. Paul sah seine Frau von der Seite an und widerstand dem Impuls, Verena zu erwürgen. Seine Königin, seine Wärterin.

Ihr Telefonat mit Frau Jakob vom Jugendamt und einer Frau Haberland schien äußerst befriedigend zu laufen, denn sie lächelte dabei ziemlich gelassen. Das musste Teil ihres mysteriösen Plans sein. Paul sah sie fragend an. Verena legte auf.

«Hast du deine Arzttasche?»

«Dabei, wie immer.»

«Wir holen jetzt Matti Grabner ab.»

«Was willst du mit Zorniks Jungen?»

«Etwas Neues ausprobieren, um deine Lust wieder anzuregen.»

«Ich stehe nicht auf kleine Jungs.»

«Schatz, du stehst auf Sterben», sagte sie mit einem spöttischen Zungenschlag. «Ich traue dieser Hamburger Kommissarin nicht. Zornik muss etwas erzählt haben, was sie ihm geglaubt hat. Der richterliche Beschluss, den sie mir vorgelegt hat, um Zornik zurück in die JVA zu bringen, war ein Vorwand, um ihn meinem Einflussbereich zu entziehen. Ich habe mich erkundigt. Er sitzt nicht in Untersuchungshaft.»

«Das heißt, dein Plan ist gescheitert.» Er lachte bitter auf und fuhr sie an: «Warum hast du ihn überhaupt mit jemandem reden lassen, he? Ich denke, du hast alles im Griff?»

«Was sollte ich denn machen? Einer der Pfleger auf Station hat mitgehört, dass er sich der Polizei stellen wollte. Da musste ich handeln, sonst hätten sie was bemerkt.» Jetzt hatte sie ziemlichen Schiss, wie er befriedigt bemerkte. «Lass uns einfach verschwinden.»

«Was willst du dann noch mit dem Jungen? Und was machen wir mit ihr?» Er zeigte zum Kofferraum des Wagens.

«Warte ab. Die Königin hat alles für den bösen Friederich organisiert», sagte sie in versöhnlichem Ton und strich ihm über den Arm. Mit ihrem Scannerblick checkte sie, ob er wieder parierte. Paul grunzte einsilbig. Vorerst würde er sich fügen. Überlegen lächelnd, gab sie ihr Ziel ins Navi ein. Paul grinste. Den Ort kannte er.

«Hallo Matti!», sagte er und drehte sich zu dem Jungen mit der Bommelmütze um, dem Verena hinten auf dem Rücksitz ihres Wagens den Sicherheitsgurt anlegte. Paul rang sich ein Lächeln ab. Er mochte keine Kinder, sie waren laut, machten Dreck, verursachten Chaos und nervten mit ihren Fragen. Deshalb hatten sie auch keine. Darin waren sie sich immer einig gewesen. Darum verstand er noch weniger, was sie jetzt vorhatte.

Sie setzte sich neben das Kind, das keine Miene verzog und steif wirkte. «Du brauchst keine Angst zu haben. Frau Haberland hat dir doch schon erklärt, ich bin Henrys Psychologin, die begutachten muss, ob er dich adoptieren darf. Dafür fahren wir jetzt zu ihm, und ich werde dabei zusehen, wie ihr miteinander spielt.»

«Das stand aber nicht auf meinem Plan», antwortete der Junge. Er misstraute ihr, dachte Paul und spürte so was wie Schadenfreude, dass die große Psychologin sich an diesem Bürschchen vielleicht die Zähne ausbeißen würde. Er fuhr los und beobachtete sie durch den Rückspiegel. Sie wand sich wie eine Schlange und schmeichelte dem Kind, dessen Miene sich immer mehr verfinsterte. Als er auf der Ringstraße nach links abbog, sagte der Junge: «Sie fahren in die falsche Richtung, zu Henrys Haus geht es da entlang.» Das Kind zeigte nach rechts. Im nächsten Moment riss der Junge den Mund auf und schrie aus vollem Hals, dass es Paul in den Ohren schmerzte.

«Tu was!», forderte er Verena auf und krallte sich am Lenkrad fest. Das Kind zappelte und schlug wild um sich. Verena versuchte, den Jungen zu beruhigen, aber schaffte es nicht. Da fuhr er rechts ran, stieg aus und holte eine Spritze aus der Arzttasche, die er dem Jungen injizierte, während Verena ihn festhielt. Dann war endlich wieder Ruhe, und das Kind hing mit geschlossenen Augen schlaff im Gurt.

«Da hast du dir ja eine tolle Überraschung ausgedacht», sagte er und setzte sich zurück hinters Steuer. Sie stieg aus und wechselte auf den Beifahrersitz. Schmunzelnd holte sie ein verpacktes Geschenk aus ihrer Handtasche.

«Was ist das?», fragte er und startete den Motor.

«Mach es auf.»

Paul riss das Papier auf und betrachtete die Kamera. Verena zeigte nach hinten. «Sie werden sterben, Schatz, und du kannst in Ruhe dabei zusehen. Komm, wir müssen uns beeilen, in 90 Minuten geht unser Zug von Stralsund nach Hannover und dann weiter nach Amsterdam.»

KAPITEL 74

Kommissarin Hader ließ Henry in Handschellen von zwei Beamten aus der psychiatrischen Klinik abholen. Im Auto nahmen sie ihm die Fesseln ab und erklärten, dass sie ihn aufs Revier nach Bergen bringen, wo die SOKO ihn erwartete. Henry war verblüfft. Damit hatte er nicht gerechnet. Diese Kommissarin war eben ein Fuchs. Mit dem gefälschten richterlichen Beschluss, dass Henry zurück in die Untersuchungshaft überstellt werden sollte, war Kommissarin Hader ein perfektes Täuschungsmanöver gegenüber Schall gelungen.

Im Besprechungsraum standen neben Susanne Hader und Francesco auch seine Truppe vor dem Investigation-Board, an dem alle relevanten Fakten im Rosenmörder-Fall und dem aktuellen übersichtlich angeordnet waren. Erstaunt trat er hinzu. Henry machte die plötzliche Bereitschaft seines Ex-Kollegen zur Zusammenarbeit einen Moment sprachlos. Während Francesco ihn distanziert begrüßte, nahmen ihn seine Studierenden beinahe gerührt in Empfang. Sie schienen sichtlich erleichtert, dass er den Fängen von Schall und Bremer entkommen war. «Hat sich Prof. Bertolli bei Ihnen gemeldet?», fragte er besorgt. Sie nickten. «Um wieder gesund zu werden, braucht sie ein paar Tage Erholung und ist bei ihrer Großmutter in Rom.» Okay, wenigstens wusste er jetzt, dass es ihr gut ging.

Francesco schluckte, bevor er sprach. «Es passt alles zusammen, Henry. Du könntest mit deinem Verdacht, dass das Ehepaar Schall / Bremer die Täter in allen Fällen sind, recht haben. Wir haben im Forsthaus neben deinen Fingerabdrücken in diesem Schlachtkeller nicht einen einzigen Fingerabdruck von Peter Kant und Jolien Keller gefunden, die beide von Dr. Schall beschuldigt wurden, aber einen unbekannten.»

Henry unterbrach ihn. «Ist Jolien Keller noch in Gewahrsam?»

«Nein, wir haben sie vor einer halben Stunde nach Hause geschickt. Warum?»

«Nur so», antwortete er lapidar. Dass er sich bei ihr entschuldigen wollte, weil er sie des Mordes verdächtigt hatte, wollte er Francesco nicht auf die Nase binden.

«Susanne hatte dann die Idee, Bremer unter einem Vorwand in der Pathologie zu besuchen. Wir haben ihm einen Becher Kaffee mitgebracht, den haben wir dann gesichert und die Fingerabdrücke verglichen. Sie stimmten zu 100 Prozent überein. Das beweist, Bremer war in diesem Keller. Das dort gefundene Nahtmaterial und die chemische Lösung sind die gleichen Substanzen, die wir an Isa Kramers Leiche gefunden haben. Außerdem haben wir noch Rückstände von Curare in einer benutzten Spritze gesichert. Das ist der Beweis, dass er sein letztes Opfer mit dem Nervengift außer Gefecht gesetzt hat. Wahrscheinlich hat er das auch schon bei Isa Kramer angewendet, damit sie sich nicht wehren konnte.»

«Es ist also anzunehmen, dass er Isa ermordet und ein weiteres Opfer in seiner Gewalt hat.»

«Oder Verena», sagte Henry. «Beide sind Linkshänder.»

«Das kann ich bestätigen. Die Stifte auf Schalls Schreibtisch lagen links neben dem Computer, und Bremer hat mit der linken Hand nach dem Kaffeebecher gegriffen», sagte die Kommissarin. «Dass wir von ihr keine Spuren in diesem Forsthauskeller gefunden haben, sagt nichts darüber aus, dass sie an den Taten nicht beteiligt war.»

«Die Beziehung zu ihrem Mann ist ursprünglich aus einem Abhängigkeitsverhältnis entstanden. Er war ihr Patient. Das heißt, sie kennt seine Veranlagung und seine Fantasien. Sie ist diejenige, die ihn kontrolliert, auch wenn es Momente gibt, in denen er seinen Trieb, andere zu unterdrücken, absolute Macht auszuüben und zu erniedrigen, auch an ihr auslebt. Das habe ich gesehen, aber das ändert nichts an dem grundsätzlichen Herrschaftsverhältnis. Man muss sie sich vorstellen wie jemanden, der sich ein Raubtier ins Haus holt und es dosiert seine Natur, seinen Trieb ausleben lässt, indem man ihm hin und wieder eine Beute besorgt, die das Tier zerfleischen darf. Diese Rituale, also, wie die Opfer hergerichtet wurden, entsprachen damals den Fantasien des Tom von Bredow und heute mit wenigen Abweichungen denen des Peter Kant. Beides sind ihre Patienten. Ich wette, dass sie beide Männer in den Sitzungen so manipuliert hat, dass deren Fantasien denen von Paul entsprachen. Wir bräuchten also einen Durchsuchungsbeschluss für ihre Praxis und ihr Haus. Wobei ich kaum glaube, dass sie die Unterlagen dort aufbewahrt. Schon gar nicht, nachdem sie mich vor drei Tagen dabei erwischt hat, wie ich mich abends in ihrer Praxis umgesehen habe.»

Susanne Hader grinste, auch weil Francesco ein pikiertes Gesicht machte.

«Mein Gott! Manchmal ist es notwendig, Grenzen zu überschreiten, um einer Sache auf den Grund zu gehen. Immerhin versuchen wir, eine Mordserie aufzuklären. Ich denke, da ist jedes Mittel recht. Oder?» Hader schaute Francesco versöhnlich an und wartete auf seine Zustimmung. Er grunzte einsilbig. «Auch wenn wir nicht alle offizielle Ermittler sind, sitzen wir doch im selben Boot und verfolgen dasselbe Ziel.»

Neda schaute über den Rand ihres Laptops. «Ich habe da was zu Paul Bremer gefunden. Er war 2009 sechs Monate in der Psychiatrie der Charité in Berlin. Dort könnten wir vielleicht etwas finden. Soll ich?»

«Wie sind Sie an die Daten gekommen?», fragte Francesco aufgebracht. Neda rollte schuldbewusst mit den Augen, wurde rot und schwieg.

«Na wie wohl? Sie ist eine Hackerin», sagte Henry zu Francesco, der ein empörtes Gesicht machte. «Wir können auch auf einen richterlichen Beschluss warten, dass die Klinik uns ganz offiziell Bremers Krankenakte aushändigt. Ich denke, den werden wir frühestens in zwei Tagen bekommen.» Er schaute in die Runde und blieb dann an Susanne Haders Gesicht hängen. Sie schmunzelte anerkennend. «Allerdings setzen wir damit das Leben von zwei weiteren Opfern aufs Spiel. Wir müssen zum derzeitigen Zeitpunkt davon ausgehen, dass Sophie und die vermisste Lilly noch am Leben sind. Wenn das Täterpaar mitbekommt, dass wir ihnen auf der Spur sind, werden sie die beiden töten und sicher ins Ausland verschwinden, in ein Land, das kein Auslieferungsabkommen mit Deutschland hat», sagte er und dachte dabei an die Dschungelbilder im Wohnzimmer des Ehepaares. «Das bedeutet, sie müssen fliegen. Da können sie Sophie und Lilly nicht mitnehmen.»

«Wenn sie sie irgendwo versteckt halten, lassen sie ihre Beute vielleicht einfach verdursten und verhungern», pflichtete Susanne Hader ihm bei. «Wir müssen uns also beeilen, denn ich denke, sie sind schon unterwegs. Kurz nachdem ich Schall den richterlichen Beschluss zu Ihrer Überstellung in die JVA übermittelt habe, muss sie die Klinik verlassen haben, denn ich habe sie dort nicht mehr telefonisch erreicht.»

«Vielleicht hat sie den Braten gerochen?», warf Marcus ein. «Sie haben gesagt, wer etwas zu verbergen hat, ist wachsamer als der Durchschnitt», wendete er sich an Henry.

«Das könnte gut sein.» Susanne Hader nickte. «Ich habe es dann in ihrer Praxis versucht, aber die hat ja samstags geschlossen. Über ihren Privatanschluss und mobil war sie ebenfalls nicht erreichbar. Das Gleiche gilt seit einer Stunde für ihren Ehemann.»

«Also ist Gefahr im Verzug», bekräftigte Henry. «Deine Entscheidung, Francesco.»

Alle Blicke richteten sich auf den Hauptkommissar.

«Machen Sie schon!», sagte der und trommelte wieder mit seinen Fingern auf ... wie er es immer tat, wenn er angespannt war. Doch dieses Mal fehlte der herablassende Blick. Francesco kanalisierte damit seine Anspannung, denn die Erschütterung war ihm ins Gesicht geschrieben.

Zehn Minuten später hielten sie das Indiz, den Beweis für ihre Theorie, in den Händen. Bremer hat als Siebenjähriger seine ältere Halbschwester Anna sterben sehen, nachdem sie von seinem leiblichen Vater misshandelt worden war. Sein Vater gab Anna die Schuld für die Tat, weil Anna ihn wohl provoziert hatte. Dieses traumatische Kindheitserlebnis hat Paul ohne Behandlung bis ins Erwachsenenalter mit sich herumgetragen und war der Auslöser für seine gewalttätigen Fantasien und seine unberechenbaren Wutausbrüche. Letztere hatten sich durch Medikamente und die Verhaltenstherapie in der Klinik gebessert.

Die ambulante Weiterbehandlung hatte damals Dr. Schall übernommen, weil er nach Rügen gezogen war.

«Oh Gott!», entfuhr es Francesco. Er lockerte sich den Schlips, zog das Jackett aus und öffnete den obersten Hemdknopf.

«Ich wurde von Paul in der Garage seiner Villa überwältigt, als ich versucht habe, den Kofferraum des Jeeps seiner Frau zu öffnen, weil ich daraus ein Klopfen vernahm. Du solltest sofort das SEK einschalten, wobei ich glaube, sie haben sie dort längst weggebracht.»

«Ich fahre mit», meldete sich Susanne Hader. «Inzwischen könnt ihr alle Orte ausfindig machen, mit denen das Ehepaar Schall / Bremer in Verbindung gebracht werden kann.»

Zornik zeigte auf Neda. «Okay, fangen wir bei den Besitzverhältnissen der beiden an.»

«Das Grundbuchamt kann ich nur mit behördlicher Genehmigung anfragen», sagte sie mit verschmitztem Lächeln und einem herausfordernden Blick in Richtung Francesco. Er gab ihr seine Dienstnummer. «Ihnen gehört nur das Einfamilienhaus am Schmachter See und die Psychotherapiepraxis.»

«Miet- und Pachtverträge sehen wir dort nicht. Lasst uns erst einmal in der Familie graben.» Sie benutzte abermals Francescos Dienstnummer, um an die Daten von Standes- und Einwohnermeldeamt zu kommen. Pauls Eltern waren längst verstorben. Henry stützte sich neben Nedas Platz an der Tischkante ab und schaute auf den Bildschirm.

«Sie haben von Verenas kranker Mutter gesprochen, wegen der sie dieses Jahr nicht reisen konnten.»

«Laut Geburtsurkunde ist Verena die Tochter von Joachim und Ingrid Schall, damals wohnhaft in Middelhagen. Moment!», sagte Neda und wechselte zum Einwohnermeldeamt. «Joachim Schall ist 2003 verstorben. Die aktuelle Adresse der Mutter ist das Pflegeheim in Putbus.» Alle guckten enttäuscht.

«Und die vorherige Adresse der Mutter?», fragte er.

Nedas Augen blitzten auf. «Halbinsel Mönchgut, Middelhagen. Die stimmt mit der auf Verenas Geburtsurkunde überein.»

«Ihr Elternhaus!» Henry schob sich von der Tischkante ab. Er vermutete, dass es sich um einen alten Hof handelte, was ihm Neda mit einer erneuten Abfrage im Grundbuchamt bestätigte. Ingrid Schall gehörte ein Bauernhaus am Greifswalder Bodden, umgeben von einem Hektar Land. Sie wollten sich auf den Weg machen, da klingelte Henrys Telefon. Lucia!, war sein erster Gedanke. Er zog es aus der Jackentasche und schaute auf das Display. Die Hoffnung erstarb. Eine unbekannte Nummer. Henry ging ran und riss die Augen auf, als er die verzweifelte Stimme erkannte. Verena Schall. Sie wusste also, dass Kommissarin Hader ihn nicht in die JVA gebracht und ihr eine Falle gestellt hatte. Er hob mahnend die Hand, damit die anderen still waren, und stellte den Anruf auf laut. «Zornik, Sie müssen ihn stoppen!»

«Wen?»

«Paul.»

«Er ist ein Monster, er hat mich gezwungen, Ihren Jungen zu entführen. Er wird ihn töten wie all diese Mädchen und diesen obdachlosen Jugendlichen, der gesehen hat, wie die Bürgermeistertochter in Pauls Auto gestiegen ist. Ich habe versucht, ihn aufzuhalten ...» Henry erstarrte. Matti! In ihm krampfte sich alles zusammen. Er spürte einen Stich im Herzen und rang nach Luft. Alle starrten ihn schockiert an. Er durfte jetzt nicht vor Verzweiflung den Verstand verlieren. Wenn er Matti retten wollte, musste er einen klaren Kopf bewahren.

«Wo sind Sie?», presste er mühsam hervor.

«Ich habe keine Ahnung. Irgendwo in diesem Nationalpark nördlich von Sassnitz. Er hat mich ausgesetzt und ist abgehauen.» Ihre Stimme klang weinerlich. Doch Henry überzeugte das nicht. Sie verriet ihren Mann, um ihre eigene Haut zu retten. Plötzlich verstand er. *Du hast dir Paul zum Monster gemacht, das du je nach Laune einsperrst oder von der Leine lässt. Du warst diejenige, die die Anweisungen gab und die alles im Griff hatte. Du hast sogar das Tötungsritual bestimmt. Du hast ihm die Opfer ausgesucht, die auch deinem Geschmack entsprachen. Du bist hier die Sadistin, du liebst ihn nur so lange, wie du ihn beherrschst, nur solange du die Macht über die Person deiner Liebe hast.*

«Wo wollten Sie denn mit Matti hin?»

«Mit dem Zug nach Amsterdam und dann nach Uruguay. Er hat ihn mitgenommen.»

«Welcher Zug?»

«Der ICE 15.26 Uhr von Stralsund nach Hamburg, von dort weiter über Bremen bis Amsterdam.»

Zwischen den beiden musste etwas Gravierendes vorgefallen sein. Sie schien tatsächlich die Macht über ihn verloren zu haben. Wenn er mit einer seelischen Störung aus der Psychiatrie zur ambulanten Weiterbehandlung zu ihr gekommen war, kannte sie Pauls Schwächen und sein Kindheitstrauma, die Ursache seines Leidens. Dadurch konnte sie ihn mit Einschüchterung, Angst und Manipulation lenken, psychisch vereinnahmen und von sich abhängig machen. Genau wie sie es mit Peter Kant praktiziert hat, den sie bis in den Suizid treiben konnte. Verfluchte! Sie hat Paul diesen Trieb zum Töten eingeredet und ihn dadurch zum Komplizen dieser perversen Akte gemacht. Er dachte daran, wie sie ihm Wahnvorstellungen und eine manifestierte Zwangsstörung weismachen wollte. Nein, er glaubte ihr nicht, dass Paul Matti mitgenommen hatte. Es musste ihre Idee gewesen sein, sich das Kind zu holen. Ein Junge passte nicht in Pauls Beuteschema. Henry wurde bewusst, dass Schall Matti benutzte, um ihn zu quälen, weil er ihr auf die Schliche gekommen war. *Sie* hatte das Kind in ihrer Gewalt und irgendwo versteckt. Und sie würde sich daran ergötzen, wenn Henry Matti nicht fand, der Junge qualvoll starb und Henry daran zugrunde ging. «Lassen Sie das Handy eingeschaltet und bleiben Sie, wo Sie sind! Wir werden Sie orten und finden», sagte er.

«Stoppen Sie Paul!», hörte er noch, dann drückte er sie weg. Francesco hielt bereits den Telefonhörer des Festnetzapparates in der Hand und informierte die Fahnder, wohin Paul Bremer unterwegs sein sollte. Der ICE brauchte knapp drei Stunden bis Hamburg. Saß er tatsächlich im Zug, würden sie den Pathologen an der nächsten Haltestelle noch vor der Ankunft im Hamburger Hauptbahnhof festnehmen. Dann veranlasste Francesco die Ortung von Verenas Telefon. Die Techniker riefen umgehend zurück. Sie bekamen kein Signal. Entweder war ihr Akku leer, oder sie hatte es absichtlich ausgeschaltet, weil sie nicht gefunden werden wollte. «Vielleicht hat sie sich doch bewegt und steht jetzt im Funkloch», gab Francesco zu bedenken.

«Nein, sie will uns in die falsche Richtung locken.»

«Warum sollte sie das tun?», fragte Aron.

«Weil Paul ungehorsam war, ihren Plan durchkreuzt hat und sie es noch zu Ende bringen muss», sagte Henry. In dem Moment, in dem er es aussprach, war ihm klar, dass es so sein musste. Die Erkenntnis traf ihn wie ein Hammerschlag auf den Kopf. «Los, wir müssen uns beeilen. Wenn sie uns in den Norden der Insel schicken will, befindet sie sich garantiert im Süden. Um zwei oder sogar drei Menschen zu töten, braucht sie Zeit, einen Vorsprung. Sie ist in dem Haus ihrer Eltern.»

KAPITEL 75

B is Rostock saß Paul allein im Abteil im Zug nach Hamburg und starrte angespannt aus dem Fenster. Die vorbeifliegende Landschaft nahm er kaum wahr. Seine Gedanken kreisten um die Ereignisse der letzten Stunden. Was für eine blöde Idee von Verena, dass es ihn befriedigen könnte, wenn er der Schönen und dem Jungen von Weitem digital beim Sterben zusah. Was hatte sie erwartet? Dass er sich wie diese pornoguckenden Typen dabei einen runterholte? Allein diese Vorstellung törnte ihn ab. Er würde sich langweilen wie bei einem schlechten Film. Er hatte vorgeschlagen, es unmittelbar zu tun, den Jungen, die Schöne und diese Ausreißergöre zu erstechen, dann hätte er wenigstens noch einmal ihren Angstschweiß riechen können, aber das hatte Verena abgelehnt. War das Leben nicht ohnehin schon immer mehr auf einen Bildschirm reduziert? Nein, er wollte das unmittelbare Erlebnis, nur das verschaffte ihm den nötigen Kick, um sein inneres Gleichgewicht wiederherzustellen.

Sie hatten gestritten. Aber dieses Mal würde er sich nicht beugen und ihrem Plan folgen. Sein Widerstand löste Panik in ihr aus. Das sah er an ihren Augen und war plötzlich so erregt wie schon lange nicht mehr.

«Warte, Verena, ich hole die neuen Smartphones. Wir

müssen die Technik zumindest einmal ausprobieren», hatte er gesagt, war zum Auto gelaufen, eingestiegen und davongefahren. Über ihre Verblüffung musste er jetzt noch kichern. Dieser Blick aus angstgeweiteten Augen, wie sie ihm armwedelnd hinterhergerannt kam. Und dann war er gekommen, denn er hatte es geschafft. Er hatte sich befreit. Endlich. Nun würde ihn niemand mehr aufhalten, wenn er das tat, was er einfach tun musste. Töten. Und zwar so, wie und wann er es wollte.

Der Zug hielt. Leute stiegen ein und aus. Noch acht Stunden bis zu seinem Zwischenziel Amsterdam, von wo er in den Flieger nach Uruguay steigen würde, wie Verena es ihm ja passenderweise so schön organisiert hatte. Die Abteiltür schwang auf, und eine junge hübsche Frau mit langen dunklen Haaren verglich die Platznummern über den Sitzen mit ihrer Fahrkarte, grüßte ihn freundlich, nahm ihren Trekkingrucksack ab und wollte ihn nach oben ins Gepäcknetz wuchten. Paul sprang auf und half ihr. Dabei roch er den Duft ihrer Haare. Sie bedankte sich. «Das ist doch selbstverständlich», sagte er und ließ seinen Charme spielen. Sie kamen ins Gespräch, und er erfuhr, dass sie in Amsterdam nach einer neuen beruflichen Herausforderung suchte.

Uruguay war Verenas Plan gewesen. Aber war er jetzt nicht frei? Als die junge Frau auf die Toilette verschwand, holte er die Flugtickets heraus, zerriss sie in kleine Schnipsel und warf sie aus dem Fenster.

KAPITEL 76

Nach dreißig Minuten Fahrt erreichten sie gegen 18.00 Uhr den Hof von Verenas Mutter in Middelhagen und blickten auf einen roten Klinkerbau mit Schilfdach und winzigen Fenstern in Alleinlage am Ortsrand, den ein Bauerngarten mit krüppeligen Obstbäumen sowie Weiden hinter einem niedrigen Staketenzaun umgab. Am Horizont erstreckte sich der Greifswalder Bodden. Wohnhaus und Nebengebäude sahen renovierungsbedürftig und verlassen aus. Das Dach der Scheune war löchrig. Davor stand ein verrostetes Landwirtschaftsgerät, das eigentlich ins Museum gehörte. Sie hielten auf dem unbefestigten Weg, der zwischen abgeernteten Feldern zum Gehöft führte, stiegen aus und versanken im Modder. Henrys Telefon klingelte. Frau Haberland rief ihn zurück. Sie klang schockiert, dass sie Matti im falschen Vertrauen dieser Psychopathin ausgeliefert hatte. In seiner Verzweiflung fuhr er sie an, denn dieses Mal war sie diejenige, die gedankenlos gehandelt und Matti damit sogar in Lebensgefahr gebracht hatte. Wie konnte sie einer Fremden den Jungen anvertrauen, regte er sich auf. Henry ärgerte sich jedoch gleich wieder, dass er so barsch reagierte. Sicher kannte Frau Haberland Verena Schall als die angesehene Inselpsychologin und hatte keinerlei Verdacht gehegt. «Die gesamte Polizei von Rügen und

Stralsund sucht bereits nach ihm», versuchte er die verstörte Heimleiterin zu beruhigen.

Das SEK stürmte das Wohnhaus und sicherte die Räume im Erdgeschoss und der ersten Etage unterm Dach. Henry folgte ihnen mit Francesco und den Studierenden. Nichts deutete jedoch darauf hin, dass hier jemand gefangen gehalten wurde. Sie öffneten alle Schränke und Türen, klappten Teppiche zurück und suchten nach verborgenen Einstiegen zu einem Keller. Doch den gab es nicht. Sie durchkämmten die alte Scheune und drehten sich ratlos im Kreis. Auch wenn es danach aussah, spürte er, dass sie sich nicht geirrt hatten. Nachdenklich lief er zum hinteren Scheunentor und schaute auf das Gelände, das bis zum Ufer des Boddens reichte, wo im Dunkeln ein beleuchtetes Fischerboot auf den Wellen dümpelte. Das Gehöft war bestimmt zweihundert Jahre alt und, wie sie festgestellt hatten, nicht unterkellert. Irgendwie mussten sie aber früher ihre Vorräte an Kartoffeln, Gemüse und Fleisch für den Winter eingelagert haben. So wie am Forsthaus, wo er die Erhebung entdeckt hatte. Das war's! Er lief zu den anderen zurück. «Wir müssen das Gelände nach einem Erdkeller absuchen. Schaut nach einem Hügel mit einer versteckten Tür.» Sie teilten sich in verschiedene Richtungen auf und liefen los. Nach zwanzig Minuten riefen ihn seine Studenten. Er rannte etwa hundert Meter über die Weide zu einer Baumgruppe, mit der abseits am Ende des freien Geländes der Wald begann. Marcus und Aron knieten auf dem unscheinbaren Hügel zwischen den Bäumen und wischten die Schicht aus Laub und Tannennadeln beiseite. Henry ging ebenfalls auf die Knie und lauschte an der schrägen Falltür aus modernem Stahl, die ein robustes Schloss sicherte. Henry registrierte ver-

dächtige Geräusche. Da drinnen war tatsächlich jemand eingesperrt. Er rief die SEK-Beamten herbei, die das Schloss mit
einer Axt zertrümmerten. Mit vorgehaltenen Waffen leuchteten sie in das Loch hinein, wichen entsetzt zurück und gaben
Henry ein Zeichen, dass er gefahrlos hineinsteigen konnte.
Er trat heran. Ihm schlug ein scharfer Geruch nach Fäkalien,
Urin und Verwesung entgegen, dass sich sein Magen umdrehte. Auf das Schlimmste gefasst, stieg er die glitschige Holzleiter nach unten in einen kerkerähnlichen Raum mit feuchten
schimmligen Wänden, der etwa zwei Meter breit und nach
hinten vier Meter maß und so niedrig war, dass ein normal
großer Erwachsener nicht aufrecht stehen konnte. Er folgte
dem wimmernden Geräusch, das aus der hintersten dunklen
Ecke kam, eilte vorbei an einem Metallbett ohne Matratze, auf
dem eine verweste und schon mumifizierte Leiche lag, die mit
dem Fuß am Bettgiebel angekettet war. Dahinter türmten sich
Kisten und Holzfässer. Henry hetzte weiter über Gerümpel,
bis er vor einem zweiten Metallbett stand, in dem noch eine
skelettierte Leiche lag. Daneben hockte Lilly zusammenge-
kauert auf dem Boden. Doch wo waren Matti und Sophie?
Das Mädchen atmete flach, wirkte völlig verstört und verängs-
tigt. Auf sein «Lilly!» reagierte sie apathisch. «Wir brauchen
sofort einen Krankenwagen», schrie er nach oben und stürzte
auf sie zu. Ihr Fuß war an den Bettgiebel gekettet, und sie saß
in einer Lache aus Blut. Da sah er das Ausmaß ihrer Verletzung. Die Hände blutüberströmt, hielt sie sich den Bauch, aus
dem das Blut heraussuppte. Allein bekam er die Fessel nicht
durch. Henry brüllte um Hilfe. Zwei Männer des SEKs stiegen herab und durchtrennten die Kette mit einem gezielten
Schuss, dann brachten sie das Mädchen gemeinsam ganz vor-

sichtig nach oben, wo schon von Weitem das Martinshorn des Rettungswagens zu hören war. «Kleine, du schaffst das!», redete er gebetsmühlenartig auf Lilly ein, während er seine Hände gegen ihren Bauch drückte, um den Blutfluss zu stoppen. Doch ihre Lider senkten sich, und sie verstarb noch in seinen Armen auf dem Weg nach oben, sodass der ankommende Notarzt nur noch ihren Tod feststellen konnte.

Verzweifelt und voller Blut sank Henry im nassen Laub auf die Knie, verschränkte die Arme über dem hängenden Kopf und ließ die Tränen laufen. Am liebsten hätte er laut geschrien. Doch er riss sich zusammen. Er musste Sophie und Matti finden. Henry wischte sich übers Gesicht, stand auf und starrte auf den Greifswalder Bodden, wo allein die Lichter der Fischerboote zu sehen waren. Diese Sadistin würde nicht davor zurückschrecken, Matti und Sophie ebenfalls zu töten. Er strengte sein Gehirn an. Lillys Bauchwunde konnte höchstens eine Stunde alt sein. Das hieß, Paul und sie waren mit Matti und Sophie hier, bevor er seine Frau ausgesetzt hat. Vielleicht sogar vor Ort, dann war sie noch in der Nähe. Womöglich gab es in der Umgebung ein zweites Versteck, und sie waren einfach nicht gründlich genug.

Er rannte zurück in das Haus und suchte noch einmal nach einem Hinweis, der ihm Aufschluss geben könnte. Sein Blick blieb an der Familiengalerie gerahmter Schwarz-Weiß-Fotos hängen, die mehrere Generationen der Familie Schall abbildeten. Allesamt Fischer – Bauern, die sich seit 1850 auf Mönchgut nach der Bodenreform angesiedelt hatten und von der Landwirtschaft und dem Fischfang lebten. Was war in dieser Familie schiefgelaufen, dass sich die Tochter zu so einer Sadistin entwickelt hatte? Die Eltern schienen doch stolz auf ihr Kind gewesen zu sein. Hatten mehrere Bilder an der Wand, auf denen Verena ihre Goldmedaille im Sundschwimmen in die Kamera hielt. Er schaute genauer hin und blickte in traurige Augen und ein aufgesetztes Lächeln, das unecht wirkte. Francesco trat hinter ihn. «Komm, wir setzen jetzt Suchhunde ein. Mehr können wir hier erst einmal nicht tun», sagte er und berührte ihn an der Schulter. «Die Bundespolizei hat uns Bremer gebracht. Sie haben ihn kurz vor Hamburg im Zug verhaftet.» Also hatte Verena am Telefon zumindest die halbe Wahrheit gesagt. Paul hatte sie, indem er sich ihr widersetzte, derart enttäuscht, dass sie ihn eiskalt fallen ließ und ans Messer lieferte. Ein Ablenkungsmanöver, um Zeit zu gewinnen. Für Henry stand fest, dass sie Matti und Sophie töten und verschwinden lassen musste, um die Beweise ihrer Beteiligung an den Entführungen und Morden zu vernichten. Ihr Verhalten hieß aber auch, dass sie sich sicher war, dass Paul sie nie verraten würde. Henry ging mit Francesco mit. Es würde schwierig werden, Paul zu knacken, aber er musste ihnen den Ort verraten, an dem Verena es zu Ende bringen wollte. Es war vielleicht die einzige Chance, die sie hatten.

Auf dem Kommissariat einigten sie sich mit Francesco, dass Henry und seine Spezial-Soko die Vernehmung beobachten durften. Doch wie erwartet, schwieg der Beschuldigte zu den Vorwürfen und verlangte einen Anwalt, sodass Francesco den Vernehmungsraum unverrichteter Dinge verlassen musste.

«Ich weiß, dass es dir widerstrebt und dass es gegen die Regeln verstößt, aber lass mich und Charlotte mit ihm reden, bevor dieser Anwalt hier auftaucht und dafür sorgt, dass wir mit leeren Händen dastehen. Sonst kommen wir zu spät, und das Blut der letzten Opfer dieser Psychopathin klebt auch an unseren Händen.» Entgegen seiner Erwartung widersprach Francesco nicht und ließ sie machen. Doch Henry und Charlotte bissen auch auf Granit. Wutentbrannt rannte er aus dem Raum und haute im Flur mit der Faust gegen die Wand, an der die Ahnengalerie der Polizeipräsidenten hing. Ausgerechnet das Porträt von Kriminalrat Hans Blume fiel herunter. Francesco sagte nichts, zog nur eine Augenbraue hoch und hob das Bild seines Vaters auf, der vor einem Einsatzwagen der Polizei posierte. Plötzlich fiel es Henry wie Schuppen von den Augen. Warum war er nicht gleich darauf gekommen? Die Schwarz-Weiß-Fotografie von dem alten Mann mit einem Hecht vor einem Fischerboot in der Familiengalerie von Schalls Eltern! Das Foto hing vergrößert in Schalls Praxis. Das Familienboot. Natürlich, sie könnte ihre letzten Opfer auf den Fischkutter gebracht haben. Henry hatte vorhin auf den Bodden gestarrt und ihn wahrscheinlich sogar gesehen. Da draußen dümpelte im Dunkeln ein beleuchtetes Fischerboot auf den Wellen. Plötzlich war er sich sicher, dass sich drei Personen darauf befanden. Eine von ihnen würde alles daransetzen, ihren grausamen Plan zu Ende zu bringen – wenn sie es nicht vielleicht schon getan hatte.

Henry wusste, dass sie trotz Zeitdruck nicht unüberlegt handeln durften. Mit Nedas Hilfe fanden sie heraus, dass die *Vroni* nach dem Tod von Verenas Vater im Schifffahrtsregister gelöscht wurde. Da es sich aber um einen Kutter handelte, der weniger als fünfzehn Meter Länge maß, war keine Anmeldung vorgeschrieben, Kennzeichen und Papiere nicht notwendig.

«Henry, du verrennst dich. Das Schiff ist längst abgewrackt», sagte Francesco.

«Das ist eine reine Vermutung.»

«Worauf gründet sich denn deine Ahnung, dass sie mit dem Fischerboot unterwegs ist? Doch nur auf einer spontanen Eingebung!», widersprach Francesco und schüttelte den Kopf. «Die Wasserschutzpolizei erklärt uns für verrückt, wenn wir sie beauftragen, nach einem Kutter zu suchen, der wahrscheinlich längst nicht mehr existiert.» Da war sie wieder, Francescos Sturheit, mit der Henry nicht umgehen konnte. «Sei vernünftig! Die Kollegen sind doch schon mit den Suchhunden unterwegs. Und wir nehmen uns Bremer noch einmal vor. Es ist nur eine Frage der Zeit, dass wir ihn zum Reden bringen. Deine Studentin Charlotte hatte ihn fast so weit. Susanne nimmt mit Neda die Computer des Ehepaares auseinander, um darin nach weiteren Hinweisen zu forschen. Aron und Marcus sind mit den anderen Kollegen unterwegs zum Forsthaus und der Jagdhütte an der Piratenschlucht, um dort nach einem Versteck zu suchen. Immerhin wissen wir, dass Bremer und Schall den Keller von Kants Elternhaus mindestens für den Mord an Isa Kramer benutzt haben. Und sie hat behauptet, ihr Mann habe sie im Nationalpark auf der Halbinsel Jasmund ausgesetzt.»

«Lillys Stichwunde im Bauch war höchstens eine Stunde alt. Da können sie nicht weit weg sein.»

«Trotzdem ist es möglich, dass sie mit deiner Studentin und Matti Richtung Norden gefahren sind», beharrte Francesco. «Denk doch mal nach! Du bist von keinem Ort der Insel bis zu einem anderen länger als fünfzig Minuten unterwegs. Fakt ist, sie wollten Sophie und Matti an einen Ort bringen und ihnen über die gekaufte Kamera beim Sterben zusehen, während sie ins Ausland abhauen. Bremer hat den Plan seiner Frau durchkreuzt.»

«Warum aber dieser Aufwand? Sie hätten Sophie und Matti einfach zu Lilly und den Leichen der anderen Opfer sperren und dort die Kamera installieren können. Sie wären dort verrottet, und wir hätten sie nie gefunden. Ich denke, sie waren bereits an dem Ort, als es zum Streit zwischen Schall und Bremer kam.» Henry starrte aus dem Fenster in die Dunkelheit. Er fühlte sich machtlos und musste etwas tun. Sein Instinkt sagte ihm, dass sie an all den Stellen, wo sie suchten, nichts finden würden und Paul auch nicht reden würde. Er drehte sich zu Francesco, der am Konferenztisch saß und ratlos den Kopf abstütze. Henry verließ den Beratungsraum.

«Wo willst du hin?», rief ihm sein Ex-Kollege hinterher.

«Mir ist es hier zu eng. Ich brauche frische Luft zum Denken», antwortete Henry, lief über den Flur, huschte in Francescos Büro, schnappte sich den Autoschlüssel des Dienstwagens vom Schreibtisch und zog Francescos Waffe aus dem Holster, das unter dessen Jackett über der Stuhllehne hing.

Es gab nur einen, der ihm jetzt weiterhelfen konnte.

KAPITEL 77

Sophie erwachte aus dem Dämmerschlaf. Ihr war kalt vom eisigen Wind, der durch die Ritzen pfiff. Sie konnte die Umrisse der Umgebung im Dunkeln nur schemenhaft erkennen. Zwischen den Rauten sah sie einen niedrigen Raum von höchstens drei Quadratmetern ohne Fenster. Es roch modrig, nach Algen, altem Fisch und Diesel. Und es schaukelte. Ein Motor tuckerte laut. Wellen schlugen im stetigen Rhythmus von außen gegen die Wand. Wo war sie? Sie lag ausgestreckt in einer Kajüte auf einem Boot. Dem Geruch nach zu urteilen in einem Fischerboot. Gefangen in einem Netz aus festem Nylon, das sie vollkommen umschloss und an einem Haken an der Bootswand festgemacht war. Eine Fischreuse. Bei jeder Welle rollte sie hin und her, dabei schmerzte ihr Körper, als wäre er von Hämatomen und Schürfwunden übersät. Zwischen all dem Lärm vernahm sie ein monotones Summen, das aus dem Wandschrank neben der Holzstiege kam, die nach oben auf das Deck führte. Sophie konnte sich nicht setzen. «Ist da jemand?», fragte sie in den düsteren Raum. Sie lauschte. Das Summen hörte auf. Über ihrem Kopf oben auf Deck tappten Schritte. Krampfhaft versuchte sie, sich zu erinnern, was passiert war, starrte aber nur in ein schwarzes Loch. Sie wusste noch, dass sie hinter dem Rosenmörder her waren.

Egal! Jetzt ging es erst einmal darum zu überleben. Denn sie glaubte kaum, dass man sie auf dieses Boot gebracht hatte, um mit ihr einen Angelausflug zu machen, so eingepfercht, wie sie hier lag. Sophie war sich sicher, dass sie beseitigt und im Meer versenkt werden sollte. Und zwar von demjenigen, der da über ihrem Kopf herumlief und den Kutter steuerte. Aber sie war nicht die einzige Gefangene, oder? Der Fotograf Peter Kant ... Bei ihm hatte sie im Forsthaus übernachtet. Dann war jegliche Erinnerung weg. An ihm war sie dran, weil er junge Mädchen fotografierte. Stimmt, sie wollte wissen, ob er welche für diese abscheulichen Auktionen auf den Soireen rekrutierte, mit denen ihr Vater und seine Geschäftspartner Leute erpressbar machten, die sie zur Umsetzung ihrer kriminellen Machenschaften brauchten. «He, ich bin Sophie. Wer bist du?», fragte sie Richtung Wandschrank.

«Ich habe mir in die Hose gemacht. Das ist eklig», hörte sie eine kindliche Stimme, die ihr bekannt vorkam.

«Matti? Bist du das?», fragte sie erstaunt.

«Ja.» Sophie war sprachlos. Was hatte das zu bedeuten?

«Diese Frau und der Mann haben mich und Frau Haberland belogen.» Matti klang wütend. «Wir werden sterben.»

«Nein, das werden wir nicht», antwortete Sophie. «Von welcher Frau und welchem Mann sprichst du?»

«Sie hat gesagt, sie ist eine Psychologin und muss begutachten, ob Henry mit mir zurechtkommt, weil er mich doch adoptieren will.» Sophie riss die Augen auf. Eine Psychologin? Das konnte nur Dr. Schall sein, bei der Zornik in Behandlung war, die Psychologin, die Tom von Bredow begutachtet und auch Peter Kant therapiert hat. War sie Kants Komplizin?

«Kannst du dich aus dem Schrank befreien?»

«Die Tür klemmt.»

«Warte.» Sophie sah, dass die Schranktür mit einem Stuhl verkeilt war. Sie streckte sich aus und robbte in der Reuse so weit nach vorne, dass sie das Stuhlbein am Boden mit den Zehen berührte. In einer ruckartigen Bewegung stieß sie dagegen. Der Stuhl kippte krachend um. Bei der nächsten Welle, die das Schiff in leichte Schräglage brachte, schwang die Schranktür auf. Matti stürzte heraus und kullerte ungebremst zusammen mit einigen Flaschen über den Schiffsboden. Polternd landete er an der gegenüberliegenden Schiffswand. «Aau», stöhnte er und rappelte sich hoch.

«Los, du musst mir aus dem Netz helfen. Mach eine von den Flaschen kaputt.»

Matti rutschte auf allen vieren vorwärts, nahm die Flasche und klopfte damit an die Schiffswand. «Das geht nicht.»

«Derber! Oder tritt drauf!» Matti zögerte. In dem Moment schwang die Kajütentür auf, und eine blonde Frau im Neoprenanzug stürmte die Stufen hinunter. Mit der rechten Hand hielt sie sich am Geländer fest, ihre linke umfasste ein Messer mit spitz zulaufender Klinge.

KAPITEL 78

Henry raste nach Binz und marschierte in die *Reuse*. Wie erwartet, traf er Sven Knutsen in dessen Stammkneipe am Schmachter See an. Der kleine Mann mit dem grauen Stoppelbart, der tief ins Gesicht gezogenen Wollmütze und dem Frettchengesicht hing rauchend am Tresen auf einem Hocker und starrte gelangweilt auf das Fußballspiel, das auf dem Bildschirm über dem Kopf des Wirtes lief, der ihm ein Bier vor die Nase stellte. Knutsen trank die Schaumkrone ab. Henry trat von hinten an ihn heran und flüsterte ihm sein Anliegen ins Ohr. «Vergiss es!»

«Du bist mir was schuldig. Los mitkommen!» Er schnappte das Männchen am Ärmel. Knutsen protestierte.

«Ich hab noch nicht ausgetrunken.»

Henry winkte den Wirt ran. «Kannst du ihm den Rest einpacken?» Der Wirt glotzte ihn ungläubig an, nahm einen Pappbecher und schüttete das Bier aus dem Glas um. Henry schnappte den Becher, drückte ihn Sven Knutsen in die Hand und schob ihn vor die Kneipe.

«Zornik, ich stehle doch kein Boot und gehe für dich in den Knast. Bin doch noch auf Bewährung.»

«Wir borgen es uns nur aus, und du bringst mich da raus aufs Meer.»

«Bei dem Wetter?»

«Das Wetter ist mir schnuppe, und deine Bewährung hast du letzte Woche schon riskiert, als du mich beim Bäcker beklaut hast. Ein Wort von mir zur Polizei, und du sitzt schneller im Bau, als du in ein Matjesbrötchen beißen kannst.» Knutsen riss sich los und versuchte zu verschwinden. Es brauchte dann doch noch ein schlagkräftiges Argument und die Handschellen in Blumes Dienstwagen, um den notorischen Dieb davon zu überzeugen, an diesem rauen Novemberabend mit Henry über den Greifswalder Bodden zu schippern, um ein altes Fischerboot namens *Vroni* zu suchen.

Sie parkten im Hafen von Thiessow. Knutsen fielen beinahe die Augen raus, als Henry die Waffe aus dem Handschuhfach holte. «Ey, was hast du vor, Käpt'n? Damit will ich nichts zu tun haben.» Henry löste Knutsens Handschellen und machte ihm mit vorgehaltener Pistole klar, dass es gesünder war, ihm zu gehorchen. «Ich will niemandem wehtun, sondern nur das Leben eines jungen Mädchens und eines kleinen Jungen retten.»

Knutsen hob beide Hände. «Ich bin ja dabei, aber nimm das Ding weg. Nachher geht das noch los.» Henry steckte die Waffe in den Gürtel, gab Knutsen aber zu verstehen, dass er davon Gebrauch machte, wenn der nicht spuren würde. Sie stiegen aus. Wellen schlugen klatschend an die Mole, vor der drei Motoryachten am Anleger dümpelten. Fachmann Knutsen prüfte die technischen Ausstattungen. «Alle ungeeignet», brüllte er, denn der Wind pfiff ihnen so kräftig um die Ohren, dass Henry ihn zuerst nicht verstand. In Henry wuchs der Argwohn. Versuchte Knutsen, ihn gerade trotz seiner unmissverständlichen Warnung zu verarschen? Er packte ihn an der Schulter.

«Ey, Zornik, beruhig dich. Das ist kein Scherz! Zu laut, zu träge und zu wenig Diesel im Tank.» Knutsen zeigte auf ein Schlauchboot mit Außenbordmotor, das am Rande des kleinen Hafenbeckens bereits trocken lag, lief hin, kontrollierte Motor sowie Tank und nickte. «Das nehmen wir», entschied er und stemmte sich gegen den Rumpf, um es ins Wasser zu schieben. Henry erstarrte beim Gedanken, in dieser Nussschale bei diesem Wetter aufs Meer hinauszufahren.

«Na, was nun? Ich denke, du musst die Welt retten? Los, fass mit an», rief Knutsen. Henry schluckte den Kloß im Hals herunter und half, das Boot ins Wasser zu bugsieren. Hoffentlich war Knutsen kein Blender und tatsächlich der erfahrene Skipper, wie er ihm gegenüber behauptet hatte. Knutsen schloss den Motor kurz und verlangte, dass Henry die Leine losmachte. Beim Anblick des schwarzen Wassers, das zwischen Steg und Boot nach oben schwappte, wurden Henry die Knie weich. Das Boot schwankte auf den Wellen. Krampfhaft hielt er sich beim Einsteigen an der Leine über der Schlauchwulst fest, weil er vor seinem inneren Auge sah, wie ihn als Neunjährigen eine Windböe bei dieser blöden Mutprobe auf dem Schwanenstein ins Meer befördert und er in der Brandung unter Wasser die Orientierung verloren hatte. In Todesangst und Wasser schluckend, wusste er damals nicht mehr, wo oben und unten war. Genau diese Panik fühlte er jetzt und umklammerte das Seil. Dass er den Sturz überlebt hatte, grenzte an ein Wunder. Seitdem hielt er sich eigentlich in gebührendem Abstand vom Meer fern.

«Bereit?», rief ihm Knutsen zu, der am Heck saß und Gas gab.

«Ja», antwortete Henry. Im nächsten Moment heulte der

Motor auf, das Boot machte einen Satz und schoss über die Wellen aus dem Hafenbecken hinaus. Sein Magen rebellierte, doch er riss sich zusammen und spähte in die Dunkelheit nach einem alten Kutter, auf dem Sophie und sein Junge höchstwahrscheinlich ums Überleben kämpften.

«Wo sollen wir suchen?»

«Sie will die Opfer loswerden. Entweder wirft sie sie über Bord oder versenkt das ganze Boot, um zu verhindern, dass die zwei je wieder auftauchen. Das wird sie eher westlich vor Vilm an der tiefsten Stelle versuchen.»

Knutsen nickte zustimmend. «Südöstlich von Mönchgut liegen die Wracks der Schwedenflotte von 1715, die damals verhindern sollte, dass die Russen jemals wieder von Nordosten über die Ostsee unsere Küste einnehmen. Hat nix genützt, dass die Schweden ihre Schiffe als Barriere versenkt haben. Nun bauen die Russen eine Pipeline am Meeresboden entlang, werden uns mit ihrem billigen Gas abhängig machen und auf subtilere Art erobern», rief Knutsen gegen den Wind. Henry spähte angestrengt in die Dunkelheit. Und dann sah er ihn in etwa hundert Meter Entfernung auf den Wellen schaukeln, den Fischkutter, der nur die *Vroni* sein konnte.

Das alte Holzschiff, an dem die blaue Farbe längst abgeblättert war, bewegte sich nicht von der Stelle. «Der Kutter hat geankert», stellte Knutsen fest.

Und zwar nur aus einem Grund, weil Verena ihre Fracht loswerden wollte. Hoffentlich kam Henry nicht zu spät. Er wollte die Psychopathin in einem Überraschungsmoment überwältigen. Zur Not würde er die Waffe einsetzen.

Henry hob warnend die Hand. «Mach Licht und Motor aus.»

Knutsen reagierte prompt.

In der Führerkabine brannte spärliches Licht. Doch schien niemand darin zu stehen. Seichte Wellen schlugen gegen den Bug des Kutters, der wie ein Geisterschiff hin und her tanzte. Wo steckte sie? In der Kajüte? Oder hatte sie sich nur geduckt? Dass er sie nicht sah, hieß nicht, dass sie ihn nicht beobachtete. Vielleicht hatte sie längst mitbekommen, wie sich ihrem Kutter ein Boot näherte. Er musste damit rechnen, dass Schall ihn erwartete.

Sie ruderten im Schutz der Finsternis lautlos bis an den Schiffsrumpf heran, an dem zwei Rettungsringe hingen. Knutsen machte mit einem Bootshaken das Schlauchboot etwa mittig am Rumpf des etwa acht Meter langen Kutters fest und half ihm, sich an Bord zu ziehen. Henry spähte hoch konzentriert in beide Richtungen auf Deck, bereit zum Schlag, sollte sie hinter der Führerkabine hervorspringen. Die Kajütentür seitlich neben der Führerkabine stand einen Spalt offen. Von dort kam Verenas Stimme. Sie redete nicht mit ihm, sondern schien jemandem im Befehlston Anweisungen zu geben. Matti? Sophie? In ihm keimte ein Funken Hoffnung auf, denn wenn sie mit ihnen redete, lebten sie. Doch er verstand ihre Worte nicht, die der Wind verschluckte. Schnell hievte er den Oberkörper über die Reling, hielt sich fest, schwang die Beine wie ein Turner an der Reckstange hinüber, landete mit den Füßen lautlos auf alten Netzen, zog die Waffe aus dem Gürtel und schlich sich zur Kajüte. Mit einem Mal schaukelte der Kutter fürchterlich, sodass er auf dem letzten Meter das Gleichgewicht verlor und beinahe zur Tür hineinstürzte. Entsprechend schwungvoll nahm er die Stufen unter Deck und stand schneller als erwartet in der ausgeschlachteten Kajüte vor Schall im Neoprenanzug, die Matti ein Messer an den Hals hielt. Er sendete Matti einen kurzen Blick, der dem Jungen die Angst nehmen sollte. Und tatsächlich meinte Henry auch Erleichterung in den Kinderaugen zu sehen. Die Psychopathin starrte ihn herausfordernd und triumphierend zugleich an. «Legen Sie die Waffe weg, oder ich steche ihn ab. Und das wird mir ein Vergnügen sein.» Vor ihr rollte eine leere Flasche hin und her. Schall schubste sie genervt mit dem Fuß nach hinten zum Bug, wo sich Sophie, gefangen in einer Fischreuse, die an einem Haken am Vordersteven festgemacht war, auf den Brettern hin und her wälzte. Henry nahm Schalls Warnung ernst. Sie war eine Sadistin und ergötzte sich an seiner Angst um Matti. Ihn damit zu quälen, gab ihr Macht und das befriedigende Gefühl, ihn zu beherrschen. Sie würde keinen Moment zögern, das Kind zu töten. Im Moment sah er keine andere Lösung, als ihr zu gehorchen. Er legte die Waffe auf den Boden, die bei der nächsten Welle unerreichbar über die Planken rutschte und unter einem Haufen alter Seile verschwand, auf dem eine Axt lag. Die Messerklinge berührte Mattis Hals. «Schön, dass Sie Ihre eigenen Handschellen mitgebracht haben», sagte sie und wies auf seine Jackentasche. Er schaute an sich herunter und sah, dass eine halbe Handschelle heraushing. «Los, dahin und mit beiden Händen festmachen!», forderte sie Henry auf, sich selbst an die Holzleiter zu ketten, die er gerade heruntergepurzelt war. *Der Bruchteil einer Sekunde genügt, dass sie Matti das Messer in den Hals rammt.* Er zögerte und suchte Mattis Blick. Der Junge starrte ihn nun entsetzt an. Sicher begriff er nicht, warum Henry dieser Frau gehorchte. So leicht, wie er es sich gedacht hatte, war sie leider nicht zu überwältigen. Er hatte sie unterschätzt und brauchte eine neue Strategie. Er musste Zeit schinden. Wenn Francesco nicht ganz blöd war, hatte er längst bemerkt, dass sich Henry seinen Dienstwagen und die Waffe genommen hatte. Er brauchte nur die GPS-Daten des Polizeifahrzeugs aufzurufen, dann wüsste er, wo Henry damit hingefahren war. Und würde ihm hoffentlich mit Verstärkung folgen. Also gehorchte er, hob die Hände und trat einen Schritt rückwärts, in der Hoffnung, dass sie Matti dann losließ. Wie verlangt, legte er sich die Handschellen um. Sie schaute genau hin, was er tat. «Fester!», befahl sie, weil er die Metallringe nur so locker anlegte, dass er noch hindurchschlüpfen konnte. Henry fügte sich, denn die Messerspitze bohrte sich tiefer in den Kinderhals. Matti presste Augen und Lippen zusammen. Es zerriss Henry das Herz, Matti durchlebte Todesangst. Ihm jetzt zu sagen, dass die Frau nur drohte, weil sie wollte, dass Henry ihr gehorchte, würde vermutlich das Gegenteil bewirken. Er musste sich erst einmal ihrer Macht beugen. Sein Blick traf den von Sophie, die hinter der Mörderin die ganze Zeit schwieg und die Szene beobachtete. Sie schien nicht verletzt und wirkte wachsam. Ihm war klar, dass auch sie vermied, Verena weiter zu reizen. Dabei bemühte sie sich, mit den Füßen an die Flasche heranzukommen, die in einer Lücke des teilweisen aufgerissenen Bretterbodens hängen geblieben war. Schall sperrte den Jungen in den Wandschrank und verkeilte die Tür mit einem alten Stuhl. Henry atmete kurz auf. Das Kind war erst einmal aus der direkten Gefahrenzone gebracht.

«Verena, geben Sie auf, wir haben Paul im Zug nach Amsterdam erwischt. Sie wollten doch, dass wir ihn stoppen. Er hat die ganze Schuld auf sich genommen und Sie nicht belastet. Sie müssen das hier nicht tun und seinen Dreck wegräumen», sagte Henry, um die Situation zu entschärfen, denn er erkannte nun die gleiche Panik in ihren Augen wie bei einem Geiselnehmer, der sich in die Enge getrieben fühlte. Er musste ihr einen Ausweg zeigen, damit Matti, Sophie und auch er unbeschadet aus dieser Situation kämen.

«Bringen Sie uns an Land. Ich kann verstehen, dass Sie den Jungen und Sophie nur vor Ihrem Mann in Sicherheit bringen wollten. Nicht wahr, Verena?»

«Wollen Sie mich verarschen, Zornik? Hören Sie doch auf mit dem Quatsch, oder ich könnte es auch so sagen: *deeskalierend zu intervenieren*. Ich bin Psychiaterin und durchschaue Sie. Paul ist ein Feigling, genau wie mein Vater. Der sagt entweder nichts oder schiebt mir den schwarzen Peter zu», sagte sie verächtlich und steckte das Messer in den Gürtel. «Ich gehe nicht ins Gefängnis.» Sie nahm die Axt vom Seilhaufen und trat neben Sophies Kopf. Seine Studentin erstarrte, riss panisch die Augen auf. Henry hielt die Luft an, zerrte an seiner Fessel und kam nicht los. Verena schwang die Axt, hieb mehrmals gegen den Schiffsrumpf, bis das Holz splitterte und sofort Wasser durch ein zwei Euro großes Loch neben der Fischreuse einströmte.

«Verena, was haben Sie vor?», rief er, obwohl ihm klar war, dass sie den Kutter versenken wollte. Er schluckte. Füllte sich der Rumpf, waren sie verloren. Der Kutter würde schräg nach vorne kippen und das Holz der Seitenplanken durch den immer größer werdenden Druck zerbersten. Sophie am Bug würde als Erste ertrinken. Der Schrank würde durch die Luftlöcher am Fuß der Tür volllaufen. An die Leiter gekettet, kam er nicht heran und konnte nichts tun, als dabei zuzusehen. Genau das war ihr Plan. Sie würde sich an seinem Leid, seiner

Angst weiden. «Wenn Sie sich umbringen wollen, bitte, Ihre Entscheidung, meinetwegen nehmen Sie mich mit, denn ich habe es sicher verdient, aber lassen Sie Matti und Sophie gehen», flehte Henry sie an.

«Bemerkenswert, dass Sie sich opfern wollen, aber zu spät, Zornik. Ich habe Sie mehrfach davor gewarnt, dass Sie mit Ihrem zwanghaften Verhalten, Mordfälle zu lösen, eine Gefahr für Ihre Mitmenschen darstellen, weil Sie sie mit in den Abgrund reißen. So war es bei Hanna Grabner, so ist es bei dieser Studentin. Und dass ich mir Matti geholt habe, ist allein Ihre Schuld.»

«Keine Angst, Matti! Ich hole dich gleich raus!», brüllte er und zerrte an der Fessel, er konnte nicht anders, auch wenn es vergeblich war, denn das Wasser lief ununterbrochen weiter und bedeckte schon den Boden. Verena Schall lachte verächtlich über seinen verzweifelten Versuch, sich zu befreien. Dabei sah er, wie Sophie sich hinter Schalls Rücken in der Reuse zur Seite reckte und unter Wasser den Boden abtastete.

«Es reicht, Schall, ich stoße niemanden in den Abgrund. Ich habe weder Hanna ermordet, noch trage ich die Schuld an dieser Situation. Sie sind das Monster und allein dafür verantwortlich, dass so viele Menschen sterben mussten. Sie haben Paul manipuliert und ihm seine Tötungsfantasien eingeredet. Sie haben ihn kontrolliert», brüllte er ihr entgegen, um sie zu provozieren und damit die Aufmerksamkeit der Psychopathin auf sich zu lenken.

«Nur zu Ihrer Info, ich habe gewiss nicht vor, mich auch in den Abgrund zu stürzen. Oder warum, glauben Sie, habe ich einen Neoprenanzug an?»

«Sie waren Jugendmeisterin im Sundschwimmen.» Natürlich, das war ihr Plan. Bis Vilm waren es höchstens 1000 Meter.

«Im Gegensatz zu Ihnen macht mir kaltes Ostseewasser keine Angst.» Verena rannte die Treppe hoch. Henry bekam ihren Fuß zu packen. «Dieses Mal kommen Sie nicht davon!» Sie trat ihm gegen den Kopf, dass er aufstöhnte. Er zerrte sie von der Treppe herunter, dass sie das Gleichgewicht verlor und beinahe rückwärts hinfiel. Doch sie fing sich ab, kam einen Meter vor ihm wieder in den festen Stand.

«Wer soll mich denn aufhalten, Sie?» Sie zückte das Messer aus dem Gürtel, trat auf ihn zu und schwang es vor seinen Hals, entschlossen, ihm die Kehle durchzuschneiden. Blitzschnell drehte er die Hüfte und kickte ihr seinen Fuß in den Bauch, dass sie stöhnend nach hinten kippte und das Messer fallen ließ. Plötzlich bekam das Boot Schlagseite. Henry hörte Glas zerschlagen. Der Bug, in dem Sophies Körper bis zu den Schultern schon im eiskalten Wasser lag, neigte sich nach unten. Der Seilhaufen mit darauf liegender Axt, das Messer wurden geflutet. Verena landete rücklings auf der Fischreuse, in der Sophie gefangen war. Seine Studentin schrie, doch das war kein Angstschrei. Im nächsten Moment schoss ihre Hand nach oben durch ein Loch aus dem Netz. Sie umklammerte die zerschlagene Flasche und rammte Verena die Glasscherbe in die Halsbeuge. Sofort spritzte Blut heraus. Verena Schall stöhnte auf, drückte ihre Hand gegen die Wunde. «Netter Versuch, trotzdem werdet ihr sterben», presste sie hervor, bäumte sich auf, zog ihren ausgestreckten Arm aus dem Wasser und schleuderte die Axt mit unbändiger Kraft nach Henry. Er wich aus. Die Axt landete krachend neben seinem Kopf im Geländer der Holztreppe. Verena wollte sich hochrappeln, doch Sophie hielt sie fest. Rasend vor Wut, wälzte sich Verena um, packte Sophie am Hals, würgte sie, drückte sie dabei immer wieder unter Wasser. Henry zog mit den Handschellen am angeknacksten Treppengeländer, bis es krachte und er polternd gegen den Schiffsrumpf knallte. Schnell rappelte er sich hoch, stürzte sich auf Verena, die über Sophie kniete, schlang ihr die Kette der Handschellen um den Hals und drückte zu, bis sie Sophie losließ. Prustend schoss Sophies Kopf im Netz über Wasser. *Sie lebt!* Henry ließ Verena los und schubste sie weg, gegen die Schiffswand. Die Bootsnase sank mit einem Ruck weiter, sodass nur noch wenige Zentimeter fehlten, bis die Reuse ganz unter Wasser stand. Henry rannte zurück, holte die Axt, hieb sie gegen den Haken, an dem die Reuse festgemacht war. Er brach splitternd aus der Wand. Wasser strömte ein. Verfluchte! Jetzt würden sie noch schneller sinken. Henry zog die Reuse samt Sophie gegen die Neigung zur Treppe und befreite sie aus dem Netz. Mit vereinter Kraft schafften sie es, die Tür zum Wandschrank zu öffnen. Matti hatte die Augen fest geschlossen. Die Hände auf die Ohren gepresst, summte er monoton vor sich hin, um sich vor der Außenwelt abzuschotten. Henry ging in die Knie, packte ihn an beiden Oberarmen, rief «Hey!», um ihn zu erreichen. Matti öffnete die Augen und nahm bei Henrys Anblick die Hände runter. «Du bist ganz tapfer!», sagte Henry und wendete sich an Sophie. «Nimm die Axt und zertrümmere die Kette von der Handschelle!» Er legte die Hände über einen Holzblock neben dem Schrank. Sophie hieb dreimal zu, die Kette zerbarst. «Seht zu, dass ihr nach oben kommt. Dort gibt es zwei Rettungsringe. Funke SOS und dann versucht, zu Knutsen auf das Schlauchboot zu kommen, das an der Seite des Kutters liegt.

«Und Sie?»

«Rette Matti und dich! Ich komme nach. Wir können sie hier nicht so zurücklassen.» Er zeigte auf Verena Schall. Sie lag halb im Wasser und rang keuchend nach Luft. Blut suppte ihr aus dem Hals. Sophie wollte protestieren, doch er drängte die zwei nach oben aus der Kajüte, rannte zu Verena, beugte sich über sie. «Sie werden Ihre gerechte Strafe bekommen, indem Sie überleben.»

«Das bezweifle ich», sagte sie, hob den Arm aus dem Wasser, hielt ihm Francescos Pistole vors Gesicht und krümmte mit letzter Kraft den Finger um den Abzug.

«Und Sie werden mit mir gehen.»

KAPITEL 79

Sophie hielt Mattis Hand fest umklammert, der sich völlig steif bewegte. Sie spähte in alle Richtungen über die Reling. Verdammt! Da war kein Schlauchboot. Nur schwarze Wellen, die gegen den Schiffsrumpf klatschten. Scheinbar hatte sich dieser Knutsen davongemacht. Matti hatte es auch bemerkt und blieb wie erstarrt stehen. Er schloss wieder die Augen, summte und wollte die Hände auf die Ohren pressen. Sophie versuchte, die aufkommende Panik zu unterdrücken, und einen klaren Kopf zu bewahren. Sie beugte sich zu ihm herunter. «Komm! SOS funken!» Zitternd starrte er sie aus geweiteten Augen ängstlich an. Kein Wunder, denn das untergehende Boot schaukelte gefährlich. Obwohl sie klitschnass war und ihr der eisige Wind entgegenpeitschte, spürte sie die Kälte nicht. Die Verantwortung für das Kind und ihr Überlebenswille sorgten dafür, dass sie funktionierte. Sie öffnete die Tür zur Steuerkabine und sah das Funkgerät an der Wand. «Siehst du, wir fordern jetzt Hilfe an, dann kommt gleich die Seenotrettung und holt uns ab», erklärte Sophie in zuversichtlichem Ton und lächelte Matti zu, um ihn aufzumuntern. Bei dem Schuss aus der Kajüte unter ihnen zuckte sie zusammen. Gleich darauf folgten ein zweiter und ein dritter. Matti riss vor Entsetzen die Augen auf, hielt sich die Ohren zu und summte. Sophie tätschelte seinen Arm. «Keine Angst, Henry ist gleich bei uns», sagte sie, obwohl sie wusste, dass es keine angemessene Bemerkung zu den Geräuschen war, die sie beide gerade gehört hatten. Vielleicht war es nur ihr hilfloser Versuch, ihre aufsteigende Sorge in Schach zu halten. Fahrig griff sie nach dem uralten Funkgerät und setzte ein SOS ab. Bloß gut, dass sie den Umgang damit vor zehn Jahren als Segelschülerin einmal gelernt hatte. Konnte sie Matti allein lassen und nachsehen, was unter Deck passiert war? Hatte Zornik diese Psychopathin erschossen, oder war es umgekehrt, und sie war auf dem Weg nach oben, um auch sie beide noch zu töten? Sophie musste sie aufhalten. «Hör zu! Egal, was passiert, du bist jetzt der Kapitän und hältst das Steuerrad fest.»

«Aber das Boot fährt doch gar nicht.» Jetzt war keine Zeit für eine Diskussion. Sophie nahm seine Hände und legte sie um das Steuerrad. «Halte dich einfach daran fest», befahl sie in scharfem Ton. Mattis Lippen bebten, gleich fing er an zu weinen. Sie zeigte zu den Lichtern am dunklen Horizont und sagte besänftigend. «Wir haben es gleich geschafft. Siehst du, dort kommt schon die Wasserschutzpolizei.» Sie schnappte sich eine herumliegende Eisenstange, die wie ein Feuerhaken aussah, nickte dem Jungen aufmunternd zu und trat aus dem Führerhaus. «Du bleibst da stehen! Ich bin gleich zurück.» Sie spähte in alle Richtungen. Von der Frau im Neoprenanzug war nichts zu sehen. Wankend bewegte sie sich zur Kajüte über das schaukelnde Deck, an dem das Wasser der Wellen hochspritzte. Die Tür schlug auf und zu. Vorsichtig lugte sie unter Deck. Zornik lag regungslos auf der Frau, deren Körper fast vollständig von Wasser bedeckt war. Er blutete seitlich am Kopf. Lebte er noch? Atmete er? Sie sprang die Leiter hinunter, beugte sich über ihn, drehte ihn um. Er atmete stöhnend, öffnete die Augen, um sie gleich wieder erschöpft zu schließen. Gott sei Dank! Die Kugel hatte ihn nur am Kopf gestreift. Aufatmend blickte sie nun in die toten Augen von Verena Schall. Auf Brust und Bauch der Psychopathin sah sie eine Schusswunde. Zornik hielt noch die Waffe in der Hand. Er hatte die Frau regelrecht hingerichtet. Sophie konnte ihn gut verstehen. Da krachte es, Holz splitterte, und ein Stück der Seitenplanke mit dem Leck brach heraus. In Sekundenschnelle füllte sich die Kajüte mit Wasser. Wütend vor Verzweiflung, schrie sie auf, nahm ihm die Waffe aus der Hand und steckte sie ein. Dann packte sie ihn unter den Armen. «Hey, Sie können jetzt nicht sterben, denken Sie an Matti, der braucht Sie doch.» Sophie versuchte, ihren Lehrer unter den Achseln rückwärts zur Leiter zu ziehen. Derweil füllte sich die Kajüte immer mehr mit Wasser, Verena versank. «Los, machen Sie mit! Allein schaffe ich es nicht, oder wollen Sie mich und Matti auf diesem untergehenden Kahn einfach so verrecken lassen!»

Zornik stöhnte auf, stemmte sich mit den Füßen vom Boden ab und schleppte sich mit ihrer Hilfe die Treppe hoch. Scheinwerfer der herannahenden Wasserschutzpolizei beleuchteten das Deck taghell. Mit dem nächsten Ruck, bei dem der Kutter noch mehr in Schräglage geriet, öffnete Zornik die Augen. «Lass mich, hol die Rettungsringe und spring mit Matti ins Wasser! Möglichst weit, damit ihr nicht in den Sog des Boots kommt.», schrie er auf und schubste Sophie von sich. «Und Sie?»

«Ich schaffe das jetzt allein. Ich kann sehr gut schwimmen», sagte er, was in ihren Ohren wenig überzeugend klang.

«Aber ... »

«Mach schon!» Sie rannte, holte das Kind aus dem Führerhaus, hetzte über das halbe Deck, schnappte die Rettungsringe, warf Matti reflexartig einen zu. Der Junge verkrampfte, dass Sophie die Luft anhielt. Als er ihn geradeso fing, atmete sie erleichtert aus. An die Reling geklammert, lächelte Zornik dem Kind anerkennend zu und hob den Daumen. Sie sprang über die Netze und half Matti, in den Ring zu schlüpfen. Die Wasserschutzpolizei war nun schon nah.

«Springt!», rief ein Mann ins Megafon.

«Halt dich am Ring fest!» Sophie umfasste Matti an der Hüfte, hob ihn hoch und warf ihn weit weg von Bord. Kaum dass er im Wasser gelandet war, zogen ihn die Rettungskräfte heraus. Dann rannte sie zu Zornik, packte ihn an der Jacke und zog ihn in letzter Minute mit sich über die Reling ins Wasser, bevor die Ostseewellen den alten Fischkutter völlig verschluckten.

KAPITEL 80

U nter Wasser verlor er Sophies Hand, über seinem Kopf
schlugen die Wellen zusammen. Der Sog zog ihn nach
unten. Zuerst hielt er panisch die Luft an, doch dann fühlte er
sich wieder wie der neunjährige Junge, der in Todessehnsucht
unter dem Vorwand einer Mutprobe vom Schwanenstein gesprungen war, weil er sich so ungeliebt, einsam und verloren
fühlte. Er war schuld, dass sein großer Bruder, anstatt er, bei
dieser blöden Mutprobe ertrank. Er war schuld an Hannas
Tod, er war schuld ... Da tauchte Hannas Gesicht vor seinem
inneren Auge auf. *«Du hast meine Mörder gefasst.»*

*Aber ich war zu spät! Ich habe deinem Jungen auch den Vater
genommen*, wollte er ihr antworten, doch es kamen nur Luft-
blasen aus seinem Mund.

*«Nun halte auch den zweiten Teil deines Versprechens und
sei für Matti da. Gib ihm die Familie, die du nie hattest»*, hörte er sie sagen, bevor ihr Gesicht wieder verschwand. Henry
erschrak darüber, was er fast getan hätte. Er ruderte mit den
Armen, kämpfte sich in Richtung Licht nach oben und streckte den Kopf aus dem Wasser. Die Scheinwerfer blendeten ihn.
Vor seiner Nase landete ein Rettungsring. Prustend umklammerte er ihn und ließ sich von den aufgeregten Seenotrettern
an Bord des rot-weißen Kreuzers ziehen.

Erleichtert nahm er Matti und Sophie in die Arme, die längst in warme Decken gehüllt waren.

«Die Gefahr ist vorüber. Jetzt wird alles gut», flüsterte er dem Kind ins Ohr. Dann sackte er zusammen, weil ihm schwindlig wurde. Ein Seenotretter fing ihn auf und untersuchte seine Kopfwunde über dem Ohr. «Ein Streifschuss.» Kaum dass der bärtige Mann mit der Stimme eines rauen Seebären ihn mit Pflaster, einer warmen Decke und Tee versorgt hatte, baute sich Francesco mit ernstem Gesicht vor ihm auf. «Du hast verdammtes Glück gehabt.» War das jetzt so etwas wie eine Versöhnung? «Wir reden später darüber, was passiert ist.» Henry dachte an Danilo Flemming. «Haben deine Leute eigentlich die Leiche dieses obdachlosen Jugendlichen gefunden?» Blume schüttelte den Kopf. «Die Aufarbeitung dieses Falles wird wohl noch eine ganze Weile dauern. Aber das weißt du ja selbst.» Francesco runzelte die Stirn.

«Aber eins kann ich dir sagen, dass du meinen Dienstwagen und die Waffe gestohlen hast, wird ein Nachspiel haben.» Henry lehnte sich erschöpft zurück. «Hauptsache ist doch, Matti und Sophie sind gerettet und dass wir den Fall gelöst haben. Bremer landet für alle Zeit hinter Gitter, und Verena Schall hat sich selbst gerichtet.»

«Du kannst froh sein, dass ich nach deinem Diebstahl sofort reagiert habe und geistesgegenwärtig die GPS-Daten meines Wagens von deiner Studentin habe verfolgen lassen. Sonst wäre die Geschichte anders ausgegangen. Scheinbar hast du immer noch nichts aus deinen Alleingängen gelernt.»

«Du hast mir vorhin im Büro nicht zugehört. Was hätte ich denn tun sollen? Außerdem war das kein Alleingang. Ich habe doch mit deiner Geistesgegenwart gerechnet», sagte er beinahe freundschaftlich und unternahm den Versuch eines kleinen Lächelns. Francesco runzelte die Stirn, seine Mundwinkel zuckten. Es hatte funktioniert: Sein Ex-Partner fühlte sich geschmeichelt.

Francesco streckte die Hand aus. «Übrigens hätte ich gerne meine Waffe zurück.»

«Die ist mir leider abhandengekommen.» Henry zeigte auf seine Kopfwunde.

«Willst du damit sagen, diese Psychopathin hat mit meiner Waffe geschossen und sie mit in ihr Grab genommen?» Henry schloss einen Moment die Augen. *Nicht nur sie.*

Francesco fuhr sich nervös durch die Haare. «Du bist dir schon im Klaren, dass wir den Kutter bergen müssen und die Staatsanwaltschaft uns Fragen stellen wird.»

Ja, das war ihm klar, und er hoffte, dass sie Verenas Leiche nie finden würden.

«Das Meer ist an dieser Stelle so tief und die Strömung so stark. Das Boot war so morsch und das Leck in der Kajüte so groß, dass es beim Sinken auseinandergebrochen ist. Deshalb bezweifle ich, dass ihr Dr. Schalls Leiche und deine Waffe im Inneren der Wrackteile finden werdet.»

Francesco brummte unverständlich vor sich hin, schaute auf seine Armbanduhr.

«Jetzt nach Mitternacht und bei dem Wetter bringen wir uns besser erst einmal alle aus der Gefahrenzone. Aus Sicherheitsgründen kann ich die Bergung sowieso erst veranlassen, wenn der Sturm abgeflaut ist.» Henry nickte zustimmend. Bis dahin würde das Meer alle Spuren beseitigt haben. Nein, er bereute es nicht. Wenn er Verena nicht getötet hätte, hätte sie auch Matti und Sophie mit in den Tod gerissen. Das hatte er verhindert, und er hatte mithilfe seiner Studierenden die Rosenmorde aufgeklärt. In ihm stellte sich ein innerer Frieden ein, den er schon sehr lange nicht mehr verspürt hatte. Er hatte Hanna gegenüber einen Teil seines Versprechens eingelöst, seinen Fehler korrigiert und ihre wahren Mörder gefasst. Erschöpft schloss er die Augen. *Die Waffe ...*

Als sie im Hafen von Thiessow anlegten, standen Kommissarin Hader und seine ganze Truppe am Kai. Die Studenten halfen ihnen vom Boot und umarmten Sophie und Matti stürmisch, heilfroh, dass alle lebten. Matti und Sophie wurden sofort von zwei Notärzten in Empfang genommen. Hader trat auf ihn zu. «Schade, dass Sie kein Polizist mehr sind. So einen Ermittler wie Sie könnte ich in Hamburg an meiner Seite gut gebrauchen.»

«Ist das jetzt ein offizielles Jobangebot?», fragte er, auch weil Francesco ihnen zuhörte.

«Überlegen Sie es sich. Meine Nummer haben Sie ja. Das Angebot steht.» Sie verabschiedete sich, stieg in ihren Wagen und fuhr davon. Auch wenn das verlockend klang, kam es für ihn derzeit nicht infrage, die Insel zu verlassen. Henry schaute zu Francesco, der schwieg, aber sein Gesichtsausdruck sprach Bände. Er schien beschämt. Vielleicht würde sein Ex-Partner zukünftig nicht gleich abweisend reagieren und mit ihm und seinen Studenten auch mal zusammenarbeiten. Das hatte ja schließlich ganz gut geklappt. Henry lief rüber zum Rettungswagen. Die Notärzte verlangten, dass Matti, Sophie und er erst einmal zur Versorgung ins Krankenhaus kamen. Sophie beteuerte, dass es ihr gut ging. Sie wollte nur nach Hause. Da sie bis auf ein paar Schürf- und Schnittwunden unverletzt und ihr Kreislauf stabil war, stimmte der Notarzt, der sie behandelte, schließlich zu. Francesco trat hinzu und bestellte sie und Henry zur abschließenden Zeugenvernehmung gleich für den Vormittag ins Bergener Revier.

Die vier anderen nahmen Sophie mit. Ihre Blicke trafen sich, bevor sie in Marcus' Auto stieg. Da war etwas Entschlossenes in ihren Augen, das Henry irritierte.

«Kommen Sie!», forderte ihn der Notarzt auf, zu Matti in den Rettungswagen zu steigen, dessen Augenlider vor Erschöpfung immer wieder zufielen. Das monotone Summen ebbte ab, und er ließ zu, dass Henry seine Hand hielt. Er wich auch in der Notaufnahme nicht von Mattis Seite, wo sie das Kind vollständig untersuchten. Frau Haberland war inzwischen auch eingetroffen. Zum Glück hatte Frau Dr. Kranich Notdienst. Dass die Täter die Inselpsychologin und ihr Ehemann, der Klinikpathologe, waren und ihr letztes Opfer die verzweifelte Lilly war, schockierte sie sehr. Als Matti gegen fünf Uhr morgens friedlich im Bett auf der Kinderstation schlief – sie behielten ihn einen Tag zur Beobachtung da –, ließ er ihn erst einmal in der Obhut der Heimleiterin. Henry rief Lucia an. Sie fehlte ihm so. Egal wie spät oder besser früh es war. Er musste mit ihr reden. Ihr Telefon war schon wieder besetzt. Um diese Uhrzeit am Sonntagmorgen? *Sie hat mich blockiert, weil sie eben mit mir nicht reden will. Warum?* Er verstand ihr Verhalten nicht. *Sie fährt ohne ein Wort zu mir ein paar Tage nach Rom, um zu genesen?* Für ihn sah das eher nach einer überstürzten Flucht vor ihm aus. Was hatte er ihr denn getan? Vielleicht war sie schon wieder zurück. Er rief sich ein Taxi, wollte zu ihr fahren, um das, was seit Donnerstag zwischen ihnen zu stehen schien, auszuräumen. Henry trat aus der Glastür auf den Parkplatz. Zwei Streifenpolizisten brachten einen Betrunkenen mit einer stark blutenden Platzwunde am Kinn in die Notaufnahme. Henrys Blick blieb an der Waffe am Gürtel des einen Beamten hängen. Plötzlich erschien vor seinem geistigen Auge die Situation, in der ihn Sophie aus der Kajüte geholt hatte. Francescos Pistole lag keinesfalls auf dem Meeresgrund. Sophie hatte sie ihm aus der Hand genommen und eingesteckt. Er erinnerte sich an ihren eigenartig entschlossenen Blick beim Verlassen des Seenotrettungskreuzers und auch eben beim Abschied. Sie wollte nicht schnell nach Hause, weil sie müde war. Sie wollte weg, damit niemand merkte, dass sie Francescos Waffe bei sich trug. *Hoffentlich macht sie keinen Blödsinn*. Sein Taxi kam. Er stieg ein und nannte dem Fahrer die Adresse. «Landgut von Bredow in der Pappelallee.»

Fünf Minuten später klingelte er an der Haustür zur WG im Gesindehaus auf dem Akademiegelände. Neda öffnete völlig verschlafen mit zerzaustem Haar und zusammengekniffenen Augen im Nachthemd. «Wo ist Sophie?», fragte er.

Seine Studentin setzte sich erst einmal die Brille auf. «Na, im Bett.»

«Sicher?» Henry schob sie beiseite und stürmte in das Zimmer an dessen Tür «*Privatzone Sophie, Betreten auf eigene Gefahr*» stand. Ihr Bett war leer. «Verfluchte!»

Nun kamen auch Charlotte, Aron und Marcus dazu. «Wo ist sie denn hin?»

«Ich nehme an, zu ihren Eltern nach Hamburg.» Sie schauten ihn fragend an. «Sophie hat die Waffe, die ich Hauptkommissar Blume auf dem Revier entwendet habe, bevor ich zu diesem Fischkutter rausgefahren bin. Vermutlich hat sie etwas damit vor.»

Charlotte schaltete zuerst. «Ihr Stiefvater hat sie mit irgendwas unter Druck gesetzt, damit sie ihm hilft, die Ermittlung in Richtung Kramer zu stoppen. Sie war auf der Rückfahrt ziemlich verschlossen. Ich dachte, es sei die Erschöpfung nach allem, was passiert war», sagte sie und sah Aron dabei Hilfe suchend an. Der legte seinen Arm um ihre Schulter. «Sie hasst ihn, deshalb habe ich nicht verstanden, dass sie ihm Informationen geliefert hat.»

Neda verzog das Gesicht schuldbewusst. «Das dachte ich auch, aber im Nachhinein glaube ich, dass sie sich nur zum Schein auf einen Deal eingelassen hat. In Wahrheit wollte sie ihn drankriegen. Ich denke, sie hat panische Angst vor ihm. Ich habe ihr bis zu unserem Streit geholfen, einige Beweise gegen ihren Vater zu sammeln, weil sie wirklich angenommen hat, dass er hinter Isas Ermordung und hinter dem spurlosen Verschwinden von Danilo Flemming steckt. Es war schwierig, er ist zu clever und zu vernetzt, aber wir haben einen Anfangsverdacht auf Geldwäsche ermittelt.»

Henry fasste sich ans Kinn. «Wahrscheinlich will sie ihn mit der Waffe in der Hand zu einem Geständnis nötigen und ihn dazu bringen, dass er seine kriminellen Geschäftspartner verrät.»

«Diese ekelhaften Szenen auf Schloss Wellenbrink haben sie sehr mitgenommen. Der Fall ist aufgeklärt, ihr Vater hat nichts mit dem Mord an Isa zu tun, aber dieser Sumpf aus Geldwäsche und Korruption mit allen Begleiterscheinungen existiert noch.»

Neda hob die Hände. «Kramer hat sich umgebracht.»

«Wo lebst du?», sagte Marcus. «Das hält die eigentlichen Drahtzieher im Hintergrund doch nicht davon ab, ihre Ziele umzusetzen. Die suchen einen neuen Kandidaten und machen munter weiter. Das will Sophie verhindern. Sie weiß, dass es nur zu beenden ist, wenn man diesen ganzen Sumpf austrocknet.»

Charlotte schaute ihn entsetzt an: «Sie hat angezweifelt, dass Kramer einen Suizid begangen hat. Vielleicht hat er ihr gegenüber etwas gesagt, als sie ohne Absprache mit uns bei ihm im Krankenhaus war, das diesen Verdacht untermauert. Sie hat es uns verschwiegen, weil wir alle so sauer auf sie waren.»

«Fakt ist, ihr Vater ist eine Schlüsselfigur. Sie wird einiges von ihm wissen wollen. Und da er ihr diese Frage sicher nicht freiwillig beantwortet, wird sie ihn mit der Pistole bedrängen», sagte Aron.

«Was dieser Mann sich natürlich nicht bieten lassen wird.» Henry versuchte, Sophie telefonisch zu erreichen. Doch ihr Handy war aus. «Wir müssen ihren Vater oder ihre Mutter vorwarnen.»

«Das ist nicht Ihr Ernst, oder?», sagte Neda.

Henry dachte an Sophies entschlossenen Blick im Hafen von Thiessow. «Sie ist zu wütend, um rational zu handeln. Ich habe Angst, dass sie eine Dummheit begeht, die hinterher nicht wiedergutzumachen ist.»

Neda starrte ihn nachdenklich an. «Sie hat mal die Haushälterin Edyta als einzige Person erwähnt, der sie in ihrem Elternhaus vertraut.»

«Vielleicht kann sie Sophie aufhalten.» Er schaute auf die Uhr. «Bis Hamburg braucht man mit dem Auto mindestens drei Stunden. Ihr Mini stand noch in Binz. Wenn ihr nicht bemerkt habt, dass sie sich davongemacht hat, nehme ich an, dass sie gleich, nachdem ihr schlafen gegangen seid, ein Taxi gerufen hat und sich vorne an der Pappallee hat abholen lassen.» Während Neda ihren Laptop schnappte, lief Henry kurz nach draußen und fragte bei dem Fahrer des Taxis nach, der auf ihn wartete. Er bestätigte ihm eine Fahrt seines Kollegen vor dreieinhalb Stunden, der eine junge Frau hier abgeholt und nach Binz zu ihrem Auto gebracht hatte. Henry bezahlte ihn und ging zurück in die WG-Küche.

«Sie müsste jeden Moment in Hamburg ankommen.» Neda nannte ihm die Handynummer von Edyta Nowak.

«Wie hast du die so schnell herausgefunden?», fragte Aron interessiert.

«Ich habe im Haus der Dresens drei angemeldete IP-Adressen. Zwei gehören Sophies Eltern und die dritte einer Edyta Nowak.»

Henry gab die Nummer in sein Prepaidhandy ein. «Das bedeutet vermutlich, dass sie auch im Haus der Dresens wohnt.» Es dauerte einen Moment, bis sich am anderen Ende der Leitung eine verschlafene Stimme meldete. «Frau Nowak, ist Sophie bei Ihnen? Hören Sie, sie ist auf dem Weg nach Hamburg, vermutlich auf dem Weg in ihr Elternhaus. Sie müssen sie aufhalten», sagte Henry im Polizeikommissarston.

«Mit wem spreche ich denn bitte?»

«Ihrem Lehrer an der Akademie und ihren Mitstudenten. Wir haben Grund zur Annahme, dass Sophie auf dem Weg ist, eine Dummheit zu begehen. Sie hat eine Waffe ...» Henry stellte das Handy auf laut.

«Oh Gott», rief die Haushälterin und schien aus dem Zimmer zu laufen. «Hier ist alles still.»

«Hat Sophie einen Schlüssel zum Haus ihrer Eltern?» Was für eine blöde Frage. Türen stellten für sie kein Hindernis dar.

«Nein ... Warten Sie, ich gehe nachschauen ... Die Terrassentür steht offen ... Oh mein Gott! Wilbert liegt reglos im Garten.» Wer war Wilbert, ein Hund?

«Wer ist Wilbert?»

«Herrn Dresens Personenschützer.»

«Was ist passiert?» Sie hörten die ältere Frau keuchend atmen. «Er ist tot ... Die Kehle ... durchgeschnitten.» Die Frau schrie auf, schien zurück ins Haus zu rennen, hetzte scheinbar eine Treppe hoch. Ihr Atem ging schwer. «Oh mein Gott! Sie hat sie in ihrem Bett erschossen. Ich habe doch gar nichts gehört. Da ist lauter Blut.»

«Beruhigen Sie sich! Ist Sophie noch da?»

«Nein, hier ist niemand. Sie sind alle tot.»

«Wer ist tot?»

«Alexander und Marlene ...»

«Das sind Sophies Eltern», flüsterte Neda ihnen zu.

Henry fasste sich an die Stirn. Für einen Moment war er sprachlos. «Rufen Sie den Notarzt und die Polizei!» Sollte Sophie das wirklich getan haben? Henry konnte es nicht glauben.

«Ich muss jetzt die Polizei rufen ...», sagte die Haushälterin weinend, unter Schock und verwirrt. Sie drückte ihn weg und ließ ihn und die Truppe bestürzt zurück. Niemand war in der Lage, etwas zu sagen. Schweigend saßen sie am Küchentisch, während der Zeiger der Uhr immer weiter vorrückte. Da hörten sie, dass die Wohnungstür aufgeschlossen wurde.

Sie sahen sich fragend an. Im nächsten Moment stand Sophie in der Küche und musterte ihn irritiert. Sie war verschwitzt und puterrot im Gesicht, sah aber irgendwie zufrieden aus, als käme sie vom Sport.

«Was machen Sie denn hier?»

«Wo kommst du her?», fragte er in scharfem Ton und beobachtete sie genau. Ihr Blick, der seinem auswich, verriet ihm, dass sie genau wusste, weshalb er gekommen war.

«Francescos Dienstwaffe!», befahl er und hielt die Hand auf. Dabei versuchte er, ihre Gedanken zu lesen. Sophie presste beschämt die Lippen zusammen und lief aus der Küche. Henry sprang auf und folgte ihr. Sie ging in ihr Zimmer und öffnete den Kleiderschrank, hob den Stapel T-Shirts an, holte die Pistole hervor und reichte sie ihm. Er nahm das Magazin heraus. Es fehlten drei Patronen. Die drei Schüsse auf dem Boot. Henry atmete erleichtert auf. Mittlerweile standen auch die anderen in Sophies Zimmer.

«Was ist?», fragte sie angriffslustig.

«Wir müssen die Haushälterin deiner Eltern anrufen und ihr sagen, dass du hier bist und wir uns geirrt haben.»

«Wieso, was ist denn los?»

Charlotte trat auf sie zu und nahm ihre Hand. «Du solltest dich erst einmal setzen.»

Sophie nahm den Tod ihrer Eltern gefasst auf, auch wenn die Umstände sie entsetzten. Zu gefasst, fand Henry, der zugleich schockiert und erleichtert war. Er bat die anderen, gut auf sie zu achten, weil er befürchtete, dass sie zusammenbrechen würde, wenn sie realisierte, was mit ihrer Familie passiert war. Bevor er ging, bat sie ihn zu sich ins Zimmer und gab ihm den

Brief des Labors zur Vaterschaft von Matti. Henry war ihr sehr dankbar, dass sie das Dokument vor der Polizei sichergestellt hatte, und steckte den Brief ein. Die anderen lugten neugierig zur Tür herein. Sophie störte sich nicht daran, suchte erst ihren Blick und dann seinen. «Mein Vater wollte, dass ich Sie auf Schloss Wellenbrink in eine Falle locke, damit er Sie erpressen kann. Das hätte ich nie getan.»

«Ich weiß.»

«Unsere Ermittlungen haben seine Geschäftspartner sehr nervös gemacht. Er hat gesagt, er wolle nicht für meine, unsere Fehler bezahlen müssen. Wahrscheinlich ist auch er zu einem Sicherheitsrisiko für die Leute geworden, die sich seine Geschäftspartner nennen. Meine Mutter und Wilbert waren die Kollateralschäden.»

«Sophie, keine Angst. Am Ende siegt die Wahrheit, und die Verantwortlichen werden zur Rechenschaft gezogen», sagte Henry und schaute ihr mitfühlend in die Augen, die sich nun mit Tränen füllten. Auch wenn sie ihren Vater gehasst hatte, gab es sicher auch schöne Erinnerungen aus ihrer Kindheit an ihn, die Mutter und den Personenschützer. Sein Blick wanderte zur Tür, wo die anderen ihrem Gespräch schweigend zuhörten.

«Daran glaube ich nicht, denn die mit der meisten Macht und dem meisten Geld gewinnen doch immer. Ich war kurz davor, sie auffliegen zu lassen. Kramer wollte mit seiner Frau reden, sich outen, reinen Tisch machen, von der Kandidatur zurücktreten und gegen sie alle aussagen. Er hat es mir am Sonntagabend hoch und heilig versprochen. Im Gegenzug sollte ich Danilo finden und ihm sagen, dass er ihm verzeiht, liebt und mit ihm weggehen will, um neu anzufangen. Verste-

hen Sie? Er hatte Hoffnung und keinen Grund, sich umzubringen. Wir sind doch machtlos.» Henry runzelte die Stirn.

«Keineswegs!», widersprach er und richtete seine Worte
an die gesamte Truppe. «Wir können mit unserem Einsatz
das Unrecht auf dieser Welt sicher nicht ausrotten, aber wir
können es stellenweise bekämpfen, damit es sich nicht völlig
ungehindert ausbreitet. Mit Ihrem Wissen, mit Ihren besonderen Fähigkeiten, mit Ihrem Mut haben Sie gerade mit dafür gesorgt, dass zwei Serienmörder gefasst wurden, die zum
Lustgewinn getötet haben. In unserer Lektion ging es darum,
anhand des Modus Operandi zu erkennen, welches Motiv
dahintersteckt. Dabei haben wir es mit zwei durchtriebenen
Tätern zu tun gehabt, die den Modus Operandi als Verschlei-
erungstaktik benutzt, Indizien gefälscht und Kant sowie Bredow psychologisch beeinflusst haben, um sie aus Angst vor
Entdeckung zum Sündenbock zu machen. Nun werden Sie
vielleicht denken, dass es eher nach Besessenheit, Macht und
Kontrolle aussieht. Richtig, aber Besessenheit, Macht und
Kontrolle erwächst aus Angst. Der Fall war hoch kompliziert.
Wer weiß, wie viele Menschen sie noch getötet hätten. Das
haben wir verhindert.» Alle nickten. «Am Anfang der Lektion haben wir uns über die Aufdeckungsbarrieren bei Serienmorden verständigt. Die haben wir überwunden. Erinnern
Sie sich, die Aufklärungsquote liegt zwischen 72 und gerade
einmal 80 Prozent. Fazit: Sie haben Menschenleben gerettet
und können stolz auf sich sein. Und ich verspreche Ihnen, Sophie, dass ich Kommissarin Hader einen Tipp geben werde,
was unsere Vermutung zum Zusammenhang des Todes Ihrer
Eltern und Kramers Tod betrifft.» Und dann fügte er noch
süffisant schmunzelnd hinzu: «Francesco wird sich sicher

freuen, wenn die Hamburger Kollegin sein Ergebnis infrage stellt.«

Im Morgengrauen verließ er die WG und borgte sich Sophies Mini aus, den er ihr für die Fahrt zum Vernehmungstermin im Bergener Revier zurückbringen würde. Er fuhr direkt nach Ralswiek zu Lucias Wohnung. Er klingelte. Nichts rührte sich. Dann lief er um das Haus und schaute erst durch die Terrassentür, stieg dann über die Außentreppe zum Eingang der äußeren Dachwohnung und kletterte über die Brüstungen, bis er auf Lucias Balkon vor ihrem Schlafzimmer stand. Das Bett war leer. Wahrscheinlich hatte Jolien ihr irgendeine Lüge aufgetischt, weshalb Lucia sauer auf ihn war und nicht mit ihm reden wollte. Henry gab auf. Ratlos und völlig erschöpft stieg er ins Auto und starrte zum Jasmunder Bodden, wo am Horizont an einem klaren Himmel die Wintersonne aufging und einen strahlenden Sonntag ankündigte. Ihn erfasste eine innere Leere, die ihn unglaublich traurig machte. Er hatte den Fall gelöst und das Gefühl, seine Schuld Hanna gegenüber zumindest zu einem Teil abgetragen zu haben. Er hatte Matti und Sophie vor diesen Monstern gerettet, durfte er da nicht endlich ein wenig zur Ruhe kommen? Doch er spürte keine Erleichterung. In ihm wuchs eher Angst. Die Angst, dass Lucia für immer von ihm wegging, Angst, dass sie seine Liebe nicht haben wollte, Angst, dass er wieder einsam und allein zurückblieb. Was hatte er denn nur falsch gemacht? Henry spannte seine Kiefermuskeln an. Er verbot sich, weiter zu grübeln, und steckte die Hände in die Hosentaschen. Dabei griff er in den Brief des Labors. Anstatt hier sinnlos herumzusitzen, gab es heute noch etwas Wichtiges zu erledigen. Er stand auf, fuhr zur Akademie, parkte direkt vor dem Westflügel und klingelte an Frau von Bredows Tür.

«Sie schon wieder?», sagte der korpulente Pfleger, der ihm öffnete und sogleich beiseitetrat. «Sie ist im Wohnzimmer, Sie kennen ja den Weg.»

Ja, den kannte er und erahnte auch die Situation, die sich ihm gleich bot. Überrascht stellte er fest, dass Frau von Bredow heute nicht in ihrem Brokatmantel auf dem Sofa saß und in den Fernseher starrte. Sie stand am Fenster mit dem Rücken zu ihm und drehte sich sogleich um, als er den Raum betrat. «Guten Morgen», sagte er und schaute ihr in die Augen, die völlig klar wirkten.

«Wenn Sie mich schon so früh aufsuchen, bezweifle ich, dass es ein guter Morgen wird. Ist Tom schon im Gefängnis? Sein Anwalt hat mir gesagt, dass er die Taten nicht gestanden hat. Sie haben weder den Tatort noch die Tatwaffe gefunden. Die Rosen aus unserem Garten und die Schere sind ja nun kein Beweis», sagte sie mit fester Stimme. Henry war sich sicher, dass sie ihn erkannte, allerdings sah sie in ihm den Kriminalkommissar von vor fünf Jahren. Mit dieser Haltung war sie ihm damals entgegengetreten.

«Sie hatten recht. Tom war nicht der Mörder von Hanna und den fünf Touristinnen. Er ist unschuldig.» Frau von Bredow atmete auf.

«Das habe ich Ihnen doch gleich gesagt. Ich kenne meinen Tom.» Sie stand plötzlich noch aufrechter da. Dann schien sie nachdenklich zu werden. «Er war sicher schwierig und hat viele Fehler begangen, aber ein Mörder ist er nicht. Aber dann kommt mein Junge jetzt nach Hause?» Ihre Augen füllten sich mit Tränen.

Henry wusste nicht, was er darauf antworten sollte.

«Können wir uns einen Moment setzen?», fragte er, weil er Angst hatte, dass sie die Tatsache, dass Tom tot war, nicht verkraftete. Frau von Bredow bot ihm mit einer Armbewegung den Sessel an.

«Tom ist tot», sagte er leise und hoffte, dass sie es schnell wieder vergaß.

Ihr Blick wirkte plötzlich nach innen gerichtet. Sie senkte den Kopf.

«Ja, ich erinnere mich ... er hat sich in seiner Zelle erhängt.» Henry zog den Brief des Labors aus der Jackentasche. «Tom hatte ein Kind. Wussten Sie das? Er war der Vater von Hanna Grabners Sohn.» Sie hob den Kopf.

«Ich habe einen Enkel?»

Henry nickte.

«Er heißt Matti und ist neun Jahre alt. Wenn Sie erlauben, würde ich Sie gerne mit ihm besuchen, damit er seine Großmutter kennenlernt.»

Um den Mund der alten Dame breitete sich ein zaghaftes Lächeln aus. Ihm fiel ein Stein vom Herzen. Vielleicht fand wenigstens Frau von Bredow den Frieden, der sich bei ihm nicht einstellen wollte. Und für Matti wäre es eher ein Gewinn zu erfahren, wer sein Vater und seine andere Großmutter waren. Davon war Henry überzeugt.

Gegen 8.00 Uhr traf Henry endlich zu Hause ein, stellte sich den Wecker auf 10.30 Uhr und fiel nach einer heißen Dusche in einen traumlosen Schlaf.

Mit geschlossenen Augen griff er auf den Nachtschrank, tastete nach dem Handy, um den Wecker auszudrücken. Doch es klingelte weiter. Erst jetzt bemerkte er, dass der schrille Ton aus dem Hausflur kam. Henry schälte sich aus den Kissen und lief, nur mit einer Unterhose bekleidet, barfuß nach unten. Wer konnte das sein? Francesco? Hatte er etwa den Termin seiner Zeugenvernehmung verschlafen. Nein, der war doch erst um 11.30 Uhr. Völlig benommen öffnete er die Haustür. Lucia stand davor. Hinter ihr fuhr gerade ein Taxi vom Hof. Da sie weder Tasche noch Koffer dabeihatte, nahm er an, dass sie nur ihr Auto abholen wollte. «Entschuldige, dass ich dich so überfalle, aber ich wollte mit dir reden, bevor wir uns morgen in der Akademie über den Weg laufen.» Plötzlich war er hellwach. Sie wirkte distanziert.

«Du blockierst meine Anrufe. Warum hast du mich nicht benachrichtigt, dass du nach Italien fährst? Ich habe mir seit Donnerstagmorgen Sorgen gemacht?»

«Mir ging es nicht gut. Ich musste nachdenken, über uns, und brauchte diese drei Tage.» Sie wich seinem Blick aus und strich sich das Haar aus dem Gesicht, das der Wind ihr hineinwehte.

Ihre Ablehnung war deutlich. Er wappnete sich innerlich vor diesem Schmerz. «Was hat Jolien dir am Mittwochabend erzählt, dass du Matti einfach mit ihr allein gelassen hast?», sagte er in vorwurfsvollem Ton.

«Es tut mir leid ... aber ich bin doch nicht einfach gegangen. Sie war sehr nett und hat mir von euch erzählt, dass du damals so traurig warst, als sie euer Kind verloren hat. Dass sie dich deshalb verlassen hat, weil du unbedingt ein eigenes Kind wolltest und sie gleich danach noch nicht bereit dafür war. Dass du dich danach mit deiner Kollegin getröstet hast und Jolien erst vorletzten Freitag bei eurer Begegnung im

Blumenladen gemerkt hat, wie sehr sie dich noch liebt und in deinen Augen gesehen hat, dass du sie auch vermisst hast. Mir wurde dann sehr übel, und ich bin wohl kollabiert. Du warst nicht erreichbar, und Jolien hat mir ein Taxi gerufen. Das hat mich zur Notaufnahme ins Krankenhaus gefahren.»

«Hat sie dir etwas zu trinken gegeben?»

«Sie hatte eine Flasche Wein dabei, die hat sie in der Küche aufgemacht und uns zwei Gläser eingegossen, während ich nach Matti gesehen habe. Du hast mir doch dann später in der Nacht die Nachricht geschickt, dass mit Matti alles in Ordnung sei und ich mir keine Sorgen machen soll. Du wolltest erst einmal Abstand, weil du deine Gefühle nach der Wiederbegegnung mit Jolien neu einordnen musst. Dabei wollte ich dir nicht im Weg stehen. Henry, ich habe das schon einmal bei einem anderen Mann durch, dem ich sehr vertraut habe. Das schaffe ich nicht noch einmal.»

«Aber ich habe dir nichts geschrieben. Das muss Jolien gewesen sein.» Er erzählte ihr von den K.-o.-Tropfen.

«Du denkst, sie hat mir auch was ins Glas gegeben?»

«Möglich.» Lucia runzelte die Stirn. «*Ich* habe mich damals von ihr getrennt. Sie war weder schwanger, noch hat sie ein Kind verloren», sagte er empört, nahm Lucias Hände und schaute ihr tief in die Augen. «Ich liebe *dich*!» Sie atmete tief durch. «Gib uns eine Chance, okay?»

«Henry, bitte versteh mich, ich kann mich erst auf dich einlassen, wenn du diese Geschichte in Ordnung gebracht hast.» «Das werde ich, versprochen!» Er nahm sie in den Arm und hielt sie fest. Er spürte, dass sie seine Umarmung erwiderte. Dabei durchströmte ihn ein Glücksgefühl. Eins stand fest: Jolien konnte was erleben!

DANKSAGUNG

Liebe Leserinnen und liebe Leser,
vielen Dank, dass Sie das Buch aufgeschlagen und gelesen haben. Ich hoffe, Sie haben sich gut unterhalten.

Auf Ihr Feedback, ob es mir gelungen ist, Sie mit diesem Krimi so zu fesseln, dass Sie Seite um Seite umgeblättert haben, weil Sie unbedingt wissen wollten, wie es weitergeht, bin ich gespannt. Schreiben Sie mir! Ich freue mich über jedes Lob und jede Kritik.

Für mich ist es immer wieder ein besonderer Moment, das gedruckte Buch in den Händen zu halten. Es ist diese Faszination, dass aus einem Satz, einer Idee am Ende ein ganzer Roman geworden ist. Dass er die Chance bekommen hat, in Ihre Hände zu gelangen, ist aber nicht allein mein Verdienst. An der Entstehung waren wieder viele andere Menschen beteiligt, denen ich sehr viel zu verdanken habe und die hier unbedingt benannt werden müssen.

Zuerst geht ein Riesendankeschön an meine Lektorin Anne Tente im Rowohlt Verlag. Es hat großen Spaß gemacht, mit dir zusammenzuarbeiten. Unser Austausch war wieder so inspirierend.

Gleiches gilt für Claudia Wuttke, die mit ihrem kritischen

Blick den Text im Feinlektorat geschliffen hat. Auch mit dir war die Zusammenarbeit einfach klasse!

Übrigens, eure Anmerkungen zur Rolle der Links- und Rechtshändigkeit des Täters hatten zur Folge, dass ein Stück Butter am Frühstückstisch zur Veranschaulichung des Stichkanals herhalten musste.

Ein ganz großer Dank geht natürlich auch an Bastian Schlück von der gleichnamigen Literaturagentur. Ohne sein Vertrauen in mich und diese Idee der «Akademie des Verbrechens» wäre dieser Text nicht zwischen zwei Buchdeckeln gelandet.

Danke auch an alle Beteiligten im Verlag und an die vielen Buchhändlerinnen und Buchhändler.

Danke, meine liebe Familie und Freundinnen und Freunde, für eure Beratung und Unterstützung. Was wäre ich ohne eure kriminalistische und medizinische Erfahrung sowie euren Sachverstand, den man sich als Laie nicht in Fachliteratur anlesen kann? Danke auch, dass ihr mir in den letzten Monaten stets den Rücken frei gehalten habt. Die abgesagten Verabredungen holen wir nach, versprochen!

Ein Dankeschön geht natürlich auch an alle Rezensentinnen und Rezensenten, Bloggerinnen und Blogger, die sich die Zeit für diesen Krimi nehmen. Und danke nicht zuletzt auch der Insel Rügen, die eine wunderbare Inspirationsquelle für die «Akademie des Verbrechens» war und ist.

Machen Sie es gut. Besuchen Sie mich auch gern auf meiner Homepage www.cathrinmoeller.com. Vielleicht sehen wir uns ja auf einer meiner Lesungen? Ich würde mich freuen!

Herzlichst Cathrin Moeller